Kem Nunn

Wo Legenden sterben

Roman DuMont

Kem Nunn
Wo Legenden sterben

Aus dem Englischen von Bernd W. Holzrichter

Die Originalausgabe erschien 1997
unter dem Titel *The Dogs of Winter* bei Scribner, New York

Erste Auflage 2001

Ausstattung und Umschlag: Groothuis & Consorten
Gesetzt aus der Haarlemmer
Gedruckt auf säurefreiem und chlorfrei gebleichtem Papier
Satz: Greiner & Reichel, Köln
Druck und Verarbeitung: Clausen & Bosse, Leck
Printed in Germany
ISBN 3-7701-5073-2

Diesen Buch ist dem Andenken
meines Freundes
Michael Allen Caylor gewidmet.
Long may he ride.

Der Autor möchte den vielen Menschen danken, die beim Verfassen dieses Buches ihre Zeit und ihren Sachverstand eingebracht haben. Insbesondere möchte sich der Autor bei Larry »Da Hog« Mathews vom Northern California Indian Development Council bedanken; darüber hinaus bei Steve Hawk und dem Team der Zeitschrift *Surfer*; bei John McNaughton, Bill Barich und bei Jane Rosenman, die seit fünfzehn Jahren meine Herausgeberin ist.

Teil I

Heart Attacks

1

Der erste große Swell kam in diesem Jahr früh, ein vorweihnachtliches Geschenk, in Schwaden eingehüllt. In Huntington Beach in Südkalifornien schlief Jack Fletcher – zumindest konnte man es für Schlaf halten – in einer gemieteten Studiowohnung, und der Telefonanruf weckte ihn. Er hatte sich wieder mal mit Bier und Muskelrelaxans eingelassen und brauchte einige Sekunden, um den Anrufer zu identifizieren. Als er soweit war, erkannte er die Stimme von Michael Peters, Herausgeber und Redaktionsleiter von *Victory at Sea*, dem ältesten und erfolgreichsten des halben Dutzends Magazine, die sich ausschließlich dem Surf-Sport widmeten.

In der Leitung waren beträchtliche Hintergrundgeräusche, aus denen Fletcher schloß, daß der Mann aus der Eigentumswohnung anrief, die das Magazin in der Nähe von Sunset Point am Nordstrand von Oahu unterhielt, wo offenbar eine Party im Gange war. Zugleich kam ihm der Gedanke, daß dies der Anruf war, auf den er gewartet hatte. Die Erkenntnis wurde von einer leichten Beschleunigung seines Pulsschlags begleitet.

»Hier die Ausgangslage«, sagte Peters. »Der Topf steht bei zwölfhundert Dollar. R. J. liegt schon sechs zurück. Eine Zwei und ein Herzbube liegen auf. Soll er setzen oder passen?«

Fletcher richtete sich auf seinem klumpigen Futon auf. Er strich sich mit der Hand durchs Haar und massierte sich das Genick. »Was?« fragte er.

»Komm schon«, sagte Peters. »Wir brauchen ein bißchen Beratung, Doc. Setzt er oder paßt er?«

Fletcher merkte, daß er sich die Party ziemlich deutlich vorstellen konnte – die unordentlichen Zimmer, die leeren Bierflaschen, die aufgerauchten Joints, die Boards, die in jeder verfügbaren Ecke lehnten, das unvermeidliche Surf-Video, das weitgehend unbeachtet auf einem Großbildschirm lief und sicherstellte, daß es, unabhängig von der Uhrzeit, jederzeit Wellen gab, ganz gleich, was sonst noch geschah. Mädchen und goldenen Sand und blauen, lichterfüllten Himmel würde es immer geben.

Im Dunkel seiner Wohnung fühlte Fletcher sich von einer Welle der Nostalgie erfaßt, einer Art Kummer darüber, in Ungnade gefallen zu sein. Es hatte dort drüben gute Zeiten gegeben, dachte er – zwanzig Jahre Reisen zu den Inseln. Zwanzig Jahre Ironmen und heilige Narren. In der Dunkelheit seines Zimmers lechzte er plötzlich mehr nach ihrer Gesellschaft, als er jemals für möglich gehalten hätte.

»Okay«, sagte Fletcher. »Sag's mir noch mal. Die Karten, meine ich.«

»Eine Zwei, ein Bube.«

»Was soll's?« sagte Fletcher. »Setzen.«

Er hörte, wie Peters mit den anderen redete. »Der Doktor sagt setzen«, sagte Peters. Seinen Worten folgte ein Stimmenchor, ein Moment der Stille und schließlich eine Explosion von Gelächter, Gejohle und Gebuhe.

»Eine Zwei«, sagte Peters. »Jetzt liegt er achtzehnhundert zurück.« Die Stimme des Mannes strotzte vor Vergnügen.

»Ach, übrigens«, sagte Peters, als handele sich um eine beiläufige Bemerkung zum Spiel, »heute hat es sich in der Bucht gebrochen. Ganze Serien von Close-outs.«

Fletcher bemerkte, daß er, ohne recht darüber nachzudenken, von dem Futon aufgestanden war und nun auf und ab ging. Es geschah schneller, als er sich hätte vorstellen können. Vor knapp zwei Monaten, Mitte September, hatte ihn Peters zum ersten Mal wegen des Trips angesprochen. Keiner von ihnen hatte so etwas so früh in dieser Jahreszeit erwartet.

»Ich habe die Bojenmeßwerte für dich gecheckt«, fuhr Peters fort. »Sie beginnen gerade erst aufzutauchen. Fünfzehn Fuß. Fünfzehn-Sekunden-Intervalle. Sie müßte jetzt bevorstehen. Ich setze Jones und Martin in die Nachtmaschine nach LAX.«

Fletcher strich sich mit der Hand übers Gesicht und die Dreitagestoppeln. »Wieviel Uhr ist es?« fragte er.

»Zehn.«

»Hier oder dort?«

Trotz der schlechten Verbindung hörte Fletcher Peters' Seufzen. »Hier«, sagte Peters. »Was das für deinen Wohnort heißt, mußt du dir selbst ausrechnen. Nach jetzigem Stand wirst du genau rechtzeitig eintreffen, wenn du Jones und Martin am Flughafen abholst und sofort durchfährst.«

»Verstanden«, sagte Fletcher.

»Das hoffe ich«, entgegnete Peters. »Du hättest das schon erledigt haben sollen.«

Ein Moment des Schweigens tat sich zwischen den beiden Männern auf, und erneut hörte Fletcher Stimmengewirr von jenseits des Ozeans. Es klang für ihn, als hörte er jemanden sagen: »Und sag dem Typen, diesmal soll er es nicht verpfuschen.«

Das war vermutlich Robbie Jones gewesen. Der Junge war im letzten Jahr einer der Teilnehmer beim Pipe Masters Wettbewerb gewesen. Geschüttelt von den Folgen einer durchzechten Nacht war Fletcher ins Wasser gegangen und hatte die Finals mit einem bereits belichteten Film fotografiert. Das war dann auch sein letzter Job für Peters' Zeitschrift – oder jede andere – gewesen.

»Das war Robbie«, sagte Peters. »Ich soll dir sagen, du sollst es nicht verpfuschen.«

»Vielleicht sollte er mir etwas anderes verraten«, sagte Fletcher. Seine Sehnsucht nach ihrer Gesellschaft war im Keim erstickt.

»Was meinst du?«

»Vielleicht sollte er mir verraten, welchen Flug er nehmen wird.«

Peters lachte. »Ja«, sagte er. »Ich schätze, die Taxifahrt nach Heart Attacks wäre ganz schön teuer.«

Als Fletcher die nötigen Informationen hatte, stellte er das schnurlose Telefon in die Basisstation zurück. Dann machte er sich daran, die Lichter einzuschalten und sich anzuziehen. Sobald er damit fertig war, brachte er den Futon in Ordnung und machte sich in die Küche auf. Unglücklicherweise war der Raum eine Abfallkammer aus schmutzigem Geschirr und leeren Flaschen. Vor knapp einem Jahr hatte er noch eine Frau gehabt, die ihm bei diesen Dingen half. Jetzt lebte seine Frau, eine Folge ihrer Scheidung, zusammen mit seiner Tochter auf der anderen Seite der Stadt in dem sorgfältig gepflegten kleinen Bungalow, den Fletcher vor mehr als einem Jahrzehnt erworben hatte, und zwar in der letzten Küstengemeinde von Orange County, in der damals ein solcher Kauf bei einem nicht sechsstelligen Einkommen möglich gewesen war. Und Fletcher war allein und kümmerte sich in seinem Einzimmer-Apartment selbst um sein Geschirr. Eine Uhr über dem Herd verriet ihm, daß es drei Uhr morgens war. Ein besonnener Mensch hätte vielleicht die Gelegenheit beim Schopf ergriffen, sich noch ein paar Stunden Schlaf zu gönnen. Fletcher war nicht mehr besonnen. Er setzte in seinem Mixer einen Proteindrink an und spülte mit ihm eine Pille hinunter.

Als eine Art Nachtrag zu seiner gescheiterten Ehe war es Fletcher gelungen, bei einem vermeintlichen Routine-Fotoshooting in Mexiko auf eine Sandbank geschleudert zu werden. Seitdem hatte er Probleme mit dem Rücken, die ihm einige Sorgen machten. Als Röntgenaufnahmen und Kernspintomographie keine Resultate erbrachten, hatte sein Arzt mit vagen Begriffen von verschiedenen arthritischen Beschwerden gesprochen und Fletcher den Besuch bei einem Rheumatologen empfohlen. Fletcher hatte abgelehnt. Arthritische Beschwerden hatten in seinem Deal mit dem Universum keinen Platz. Statt dessen suchte er einen Akupunktur-Experten auf, bei dem er zweimal die Woche lag und sich Walgesänge vom Band anhörte, während eine dunkeläugige Schönheit seine Energiekanäle umleitete. Zwischen diesen Besuchen verließ er sich ausgiebig auf Pillen und Bier. Daß Michael Peters ihn Mitte September, mitten in einer solchen Tiefphase, anrief, um ihm einen Bombenjob wie Drew Harmon und Heart Attacks anzubieten, war wie ein Blitz aus heiterem Himmel gekommen; eigentlich war es unglaublich, denn beide boten den Stoff für Legenden.

Der eine war der alte Löwe, der Heilige Geist des professionellen Surfens. Das zweite war Kaliforniens meistbeschworener Wellenmythos, der letzte Secret-spot. Es hieß, man müsse Indianerland durchqueren, um dorthin zu gelangen – zu einem felsigen Flecken irgendwo südlich der Grenze zu Oregon. Und dort hatte man den Namen Heart Attacks einem vorgelagerten Riff gegeben, das bei dem richtigen Swell abreitbare Wellen von über dreißig Fuß entstehen lassen konnte. Es führten keine Straßen hin. Es hieß, man riskiere schon Kopf und Kragen, um die Stelle überhaupt zu erreichen. Wenn die Gezeiten falsch waren oder der Swell von unzureichender Kraft oder nicht im richtigen Winkel zur Küstenlinie, wenn die Sicht nicht ausreichte, sei es wegen Nebel, Wind, Regenschauern oder sonst etwas, das einen daran hinderte, die Welle überhaupt zu sehen, dann würde man nie wissen, ob man die Stelle erreicht hatte oder nicht. Andererseits, wenn man sie fand, riskierte man erneut Kopf und Kragen. Das Riff lag zwischen den tiefsten küstennahen Meerescanyons des nördlichen Pazifik, preisgegeben jedem abscheulichen Ding über und unter Wasser. Und die Einheimischen waren nicht gerade scharf auf Besucher. Mindestens ein Fotograf, den Fletcher kannte, war böse verprügelt worden. Andere waren hingekommen, aber mit leeren Händen zurückgekehrt, überzeugt, daß alles bloß Schwindel war. Aber die Legende blieb bestehen, am Leben gehalten von einem gelegentlichen unscharfen Foto oder der Erzählung von jemandem, der verläßlicher als irgendein Durchschnittsidiot war und der beteuerte, er habe tatsächlich gesehen, wie das vorgelagerte Riff seinen kalten, grauen Zauber ausübte.

Fotos von der Stelle waren verständlicherweise selten. Die, die Fletcher gesehen hatte, waren von einhellig schlechter Qualität, aus der Hüfte oder im Laufen geschossen, und sie machten jede realistische Bewertung der Wellen schwierig, wenn nicht unmöglich. Die Gelegenheit, sich mit jemandem dorthin zu begeben, der sich auskannte, wäre der Traumjob jedes Surf-Fotografen gewesen; daß sich der kundige Führer als Drew Harmon entpuppte, war so perfekt, daß es fast schon wieder ein Witz war.

Es gab eine Zeit, da konnte man kein Surfmagazin in die Hand nehmen, ohne Harmons Bild zu sehen. Weltmeister. Pipe Master. Einer der ersten, der Hawaiis äußere Riffe in Angriff nahm. Und dann war er fort, hatte alles aufgegeben. Einige sagten, er sei mit dem Gesetz in Konflikt geraten. Andere meinten, er sei die zunehmende Kommerzialisierung des Sports schlichtweg satt gewesen – der vollkommene Soul-Surfer, davongegangen, um große seelenvolle Wellen zu surfen. Gerüchte eines Jahrzehnts schwammen in seinem Kielwasser. Fotos aus jüngster Zeit waren so selten wie Fotos von Heart Attacks.

Als letztes hatte man in der Surfgemeinde von ihm vernommen, er sei in Costa Rica zu einem Legends-Wettbewerb erschienen, habe aber seine Meldung vor dem Start zurückgezogen. Das war jetzt fünf Jahre her, und seitdem hatte man nichts mehr von ihm gehört. Jedenfalls nicht bis zum September, als Michael Peters ein Telefon abnahm und am anderen Ende der Leitung Drew Harmon hatte. Der Mann rief aus Nordkalifornien an, und er meldete sich, um anzukündigen, daß Heart Attacks bare Realität sei – eine Bigwave der Weltklasse, Adressat von Aleuten-Swells, verborgen zwischen Fels und Nebelbänken. Er hatte dort während der beiden letzten Winter gesurft, und er war zu Fotoaufnahmen bereit. Seine einzige Bedingung war, daß Jack Fletcher sie machte.

Am nächsten Tag hatte Peters Fletcher angerufen und ihn um ein

Treffen im Pier-Restaurant in Huntington Beach gebeten. Fletchers Anrufbeantworter hatte die Nachricht aufgezeichnet. »Erspar dir den Rückruf«, lautete sie. »Ich werde auf jeden Fall dort sein. Triff mich in der Bar. Fünf Uhr. Ich bin sicher, du findest die Bar.«

Unter besseren Umständen hätte Fletcher den Mann einfach ignoriert. Doch den September über war er von grinsenden Schwiegereltern und mondgesichtigen Bräuten heimgesucht worden und hatte Hochzeitsfotos bis hinein nach Pomona Valley, dem Landstrich des taubenblauen Smokings, gemacht. Und dementsprechend war er am nächsten Tag pünktlich um fünf im Pier-Restaurant aufgetaucht, das über der graffitibemalten Uferpromenade und dem verunreinigten Wasser seiner alten Heimatstadt aufragte.

Das Treffen war nicht sonderlich herzlich gewesen. Als Fletcher die Bar betrat, saß sein ehemaliger Arbeitgeber im Licht einer prachtvoll angeschwollenen Sonne, die im Begriff war, hinter dem Isthmus unterzugehen, der den Nordteil von Catalina Island in zwei Hälften teilte. Eingerahmt wurde die Szene von den getönten Glasrechtecken in der Westwand des Lokals, und der Raum war von einem staubgesprenkelten orangefarbenen Licht erfüllt.

Peters war ein großer, kräftig gebauter Mann, etwa im gleichen Alter wie Fletcher. Beide waren Anfang Vierzig. Peters hatte den Großteil seiner Haare verloren. Den verbliebenen Rest trug er als glänzend schwarzen Pferdeschwanz, der gerade so lang war, daß er über seinem Hemdkragen baumelte. In Fletchers Augen war das ein ziemlich übler Haarschnitt, der eher zu alternden Hollywood-Typen als zu ehemaligen Big-wave-Surfern paßte. Als Peters sich zur Begrüßung erhob, wurde Fletcher jedoch daran erinnert, daß der Mann vor ihm ein Big-wave-Surfer gewesen war, daß unter den gerundeten Kanten immer noch der Mann steckte, der die gigantische Waimea geritten war – in der alten Zeit, vor motorisierten Wasserschlitten, Surfleinen oder Helikopter-Rettungsflügen – und sich dann daran gemacht hatte, genügend Geld im Drogenhandel zu verdienen, um sich seinen Zugang zum guten Leben zu erkaufen. Er war immer noch jemand, nahm Fletcher an, mit dem man sich nicht gern anlegte.

»Dr. Fun«, sagte Peters ohne Enthusiasmus.

Fletcher setzte sich mit dem Gesicht zum Strand an die Bar. Schon lange hatte ihn niemand mehr Dr. Fun genannt.

Peters nahm neben ihm Platz. »Wie geht's dir, Doc?«

»Ganz gut.«

Peters musterte ihn einen Moment lang. »Ich sag' dir das nicht gern«, sagte er, »aber du siehst beschissen aus.«

Fletcher reagierte, indem er sich einen Drink bestellte.

»Immer noch im Filmgeschäft?«

»Ach, du weißt ja. Ab und zu mal ein Snuff-Streifen.«

Peters rang sich ein Lachen ab, was Fletcher schlußfolgern ließ, daß der Mann ein Kenner war. Peters' Bemerkung hatte sich auf Fletchers jüngstes Projekt bezogen, ein ausgefallenes kleines Opus mit dem Titel *The Dogs of Winter* – dieser Begriff stand im allgemeinen für die von Winterstürmen geschaffenen Big-waves. In Fletchers Film hatte der Doktor den Weg zweier verwegener Biker verfolgt, die von einem künstlichen Wellenpool zum nächsten quer über den nordamerikanischen Kontinent zogen. Fletcher hatte den Film sehr gemocht. Er hielt ihn für prophetisch und, auf trostlose Weise, für komisch. Anderen schienen die Pointe völlig entgangen zu sein, vor allem den Leuten im Filmgeschäft. Die meisten, glaubte Fletcher, freuten sich, daß der Film floppte. Michael Peters war einer von ihnen.

»Okay«, sagte Peters. Er seufzte, klopfte mit einer leeren Flasche auf die Bar und ließ Fletcher erkennen, daß er vorhatte, direkt auf den Punkt zu kommen. »Ich habe dich nicht herbestellt, um mit dir herumzualbern. Ich habe etwas, und ich muß wissen, ob du bereit dafür bist. Es ist mehr, als du verdienst, sollte ich hinzufügen.«

»Spannend.«

»Manna vom verdammten Himmel, genau das ist es«, sagte Peters. Und dann erzählte Peters ihm von Drew Harmons Anruf.

Spontan war Fletcher geneigt zu glauben, man wolle ihn auf den Arm nehmen. Es war einfach zu gut.

»Keine Sorge«, versicherte Peters ihm. »Ich habe versucht, es ihm auszureden. Ich habe gesagt, du bist raus aus dem Zirkus und daß du ein Versager geworden bist, daß ich ein halbes Dutzend Typen habe, die den Job erledigen können.«

Auf Fletcher machte der Mann einen so unfrohen Eindruck, daß er die Wahrheit zu sagen schien. Die Erkenntnis richtete etwas in seiner Magengrube an, ein Empfinden, das man in den Hochzeitskapellen von Santa Ana nicht zu spüren bekam.

»Mein Gott. Ich bin überrascht, daß er sich überhaupt erinnert.«

»Geschenkt.«

»Ich habe ihn mal bei den Inseln geschossen.«

»Was du nicht sagst.«

Fletcher hatte gelächelt und kurz in Erinnerungen geschwelgt. Denn damals war er jung und innovativ gewesen, einer der ersten, der mit Stangen und Helmgeräten experimentierte. Einmal war er bei Rocky Point hinter Drew Harmon einen Wellengipfel mit dem Rücken zur Welle abgeritten. Fünfzehn Jahre war das her, und der Schuß war noch immer radikal.

Peters hatte lustlos zum Strand geblickt, wo eine beträchtliche Anzahl von Möwen im dichter werdenden orangefarbenen Licht kreisten. »Leicht wird das nicht«, sagte er, »das weißt du. Wenn wir die Stelle bei dem richtigen Swell bekommen, ist Surfen das eine, gute Schüsse zu kriegen das andere. Da oben habt ihr Nebel. Ihr habt Regen. Ihr habt Wolken. Das Licht ist beschissen. Harmon weiß das nur zu gut. Deshalb hat er dich verlangt. Radikale Bedingungen, eine knappe Sache. Da nimmt man besser jemanden, der den Schuß hinbekommt. Sein Problem ist, daß er dich noch immer für denjenigen hält.«

»Was meinst du?« hatte Fletcher ihn gefragt.

Peters hatte ihm einen schroffen Blick zugeworfen. »Was ich meine, zählt nicht, Doc. Bei diesem Ding hat *er* das Sagen. Aber ich sage dir eines: Wenn du hinfährst, werden wir es alle herausfinden. Wir werden herausfinden, ob du noch immer derjenige bist oder nicht.«

Und so waren sie auseinandergegangen. Bis heute morgen, bis zum Aufkommen des Swell.

Fletcher leerte das Glas mit dem Proteindrink. Mit dem verschmutzten Mixer steigerte er die Unordnung im Spülbecken und ging hinaus. Das Herausfinden machte sich jetzt in seinem Kopf breit, als er neben der Garage stand und im Mondlicht nach dem passenden Schlüssel suchte. Er hatte wieder mit dem Schwimmen angefangen und merkte sich seine Fortschritte an der Anzahl der Rettungswachtürme, die er passierte, wenn er sich hinter der Surflinie abmühte, aber er machte nur allmählich Fortschritte und hatte sich eigentlich noch auf einige Wochen Vorbereitung eingerichtet.

Als er den Schlüssel in die Tür steckte, durchfuhr ihn der Gedanke, daß er vor gar nicht langer Zeit fast an derselben Stelle gestanden hatte. Seine Tochter war zu Besuch gewesen. Sie hatte eine Freundin mitgebracht, und die beiden hatten sich als Feen verkleidet, eine bunte Ansammlung von alten Slips, grellfarbenen Gürteln, Federn und auf dem Rücken angeklebten Papierflügeln. Die Freundin hatte einen Hund, einen kleinen braun-weißen Terrier, und als Fletcher zwischen ihnen stand, merkte er plötzlich, daß die Kinder und der Hund in schwindelerregenden Kreisen um ihn herumliefen, und er hatte sich gefühlt wie im Auge von irgend etwas. Mitten in dieser Szene kam er sich wie verirrt vor, völlig verloren. Dieses Gefühl war zermürbend und hatte ihn mehrere Tage lang verfolgt. Ihm kam es so vor, als weise es auf die Existenz eines Kontinuums hin, von dem er abgetrennt war.

Fletchers Ausrüstung war in der Garage verstaut, in einem Metallschrank, den zu benutzen der Eigentümer ihm gestattete. Es waren Teile, die er einige Zeit nicht mehr benutzt hatte. Die Goretex-Beutel waren verstaubt und voller Spinnen. Er bürstete sie ab und wischte sie dann mit einem Handtuch sauber. Er zog das alte wasserdichte Gehäuse heraus, das er selbst angefertigt hatte, und begutachtete es im trüben Licht der Deckenleuchte.

Das Gehäuse bestand aus hellem orangefarbenen Kunststoff, die Nähte waren mit silbernem Isolierband verklebt. Nach gängigem zeitgenössischen Standard war es zu groß und zu schwer, aber es hatte ihm gute Dienste geleistet, und einmal hatte er sich einen Namen gemacht, als er es an einem Supertag an der Pipe verlor, danach draußen blieb, um auf dem Riff nach dem Gehäuse zu tauchen, und es schließlich wiederfand, zwischen den Korallen in einer Spalte eingeklemmt. Das war sein zweiter Winter in den Inseln gewesen, und er hatte die Fotos gebraucht, um seine Rechnungen zu bezahlen. Der Verlust seiner Kamera hätte sein Leben auf den Kopf gestellt. Trotzdem war es tollkühn gewesen, nach ihr zu tauchen. Es war ein großartiger Tag, und unter der Wasseroberfläche konnte man absolut nicht sehen, was kam. Er hätte leicht aufs Riff geschleudert und selbst in eine Spalte gestopft werden können. Aber später schienen die Leute sich daran zu erinnern, was er getan hatte.

Er nahm seine alte Nikon und das 230-Millimeter-Objektiv, das längste, das er besaß. Heute benutzten sie vom Strand aus 600er mit Konvertern und Fokussierungsautomatik, und die Kamera machte die halbe Arbeit. Fletcher glaubte daran, daß ein Mann selbst seinen Fokus finden mußte und gezwungen sein sollte, selbst auf den Auslöser zu drücken. Gleichzeitig hatte er nicht das Geld, um seine Ausrüstung zu modernisieren. Sein Geld war offensichtlich für Sachen wie Arztrechnungen, eine erbitterte Scheidung, einen gefloppten Film draufgegangen. Er vermutete, er hatte das seiner eigenen Halbherzigkeit zuzuschreiben – und seiner fehlerhaften Wahrnehmungsfähigkeit, die es ihm erlaubt hatte, die ständige Party als angemessene Antwort auf die Herausforderungen des Lebens zu sehen. Er hatte keinen Schaden anrichten wollen. Ihm war es nur nicht gelungen, es wieder wettzumachen.

Als er herausgelegt hatte, was er mitnehmen wollte, ging er wieder in die Wohnung. Er nahm den schwersten Wetsuit aus dem

Schrank. Er nahm Stiefelschuhe und Handschuhe und entdeckte dann, daß er seine Haube vermißte. Und während er die Haube suchte, fand er das Buch, ein zerlesenes Paperback mit dem lächerlichen Titel *A Wave Hunter's Guide to the Golden State.* Er hatte es vor Jahren erworben, weil er dachte, es könnte ganz lustig sein, doch dann hatte er entdeckt, daß die Autoren die Strecke von Oregon bis zur mexikanischen Grenze mit einer Gründlichkeit abgearbeitet hatten, die Fletcher Bewunderung abzwang. Jetzt hockte er mit dem Buch auf seinem Futon, weil er plötzlich neugierig war, ob den Autoren im Norden des Bundesstaates Fotos von einem Motiv gelungen waren, das als Big-wave der Weltklasse durchgehen konnte.

Das entsprechende Kapitel war mit kleinen Schwarzweißfotos gefüllt, und Fletcher nahm eine monotone Parade von verschwommenen schiefergrauen Buckeln ab, die über schiefergraue See auf schiefergraue Felsen zu marschierten, und das vor dem unvermeidlichen Hintergrund eines schiefergrauen Himmels. Enttäuscht wandte er sich dem Text zu, wo er hocherfreut auf etwas von Interesse stieß – auch hier nicht mehr als ein Gerücht, dessen Elemente jedoch bestätigt waren.

»An einem Ort, wo Nordkaliforniens ursprünglichstes und unberührtestes Land an die Reservate der Yurok- und Hupa-Indianer grenzt«, hatten die Autoren geschrieben, hätten sie von einer schmalen, langgestreckten, von Grasland bedeckten Landzunge gehört, die dem Vernehmen nach von gewaltigen Wellen umschlungen wurden, die am Ende an einer tiefen natürlichen Bucht explodierten. Die Einheimischen kannten den Ort als Devil's Hoof, und die Autoren hatten sich auf die Suche nach ihm gemacht.

Sie hatten sich der Stelle genähert, indem sie von ihrem Lagerplatz aus nach Norden aufgebrochen waren. Der Zugang war schwierig. Fletcher konnte sie sich dort draußen vorstellen, zwei Hippies, die sich in ausgebeulten Shorts und Huarache-Sandalen durch Bachläufe vorarbeiteten, schließlich die Küste erreichten und sich auf einem felsübersäten Landstreifen ohne Ausgänge wiederfanden, fast wie in einer Falle.

Eine mittlere Tide und flache Brandung hatten ihnen ermöglicht, den Landstreifen nach Norden zu überqueren, und in der Nacht hatten sie am Fuß von steilen Klippen an einem Sandstrand gekauert. Als sie aufwachten, hatten sie eine spektakuläre Szenerie und einen flachen Ozean vor Augen, aber sie hatten die Konfiguration von Land und Meer mit dem Blick des Surfers betrachtet und ihre Phantasie mit der Frage spielen lassen, was hier wohl hätte ablaufen können, wenn sie an einem anderen Tag auf die Stelle gestoßen wären. Denn sie hatten tatsächlich das Grasland gesehen, das eine Landzunge bedeckte, die den Nordrand einer großen Bucht bildete und um die sich ein Nordswell von ausreichender Größe und Kraft sehr wohl herumschieben könnte. »Bislang unbestätigt«, räumten sie ein. »Eindeutig ungeritten, was wahrscheinlich so bleiben wird. Zu groß. Zu kalt. Und zu einsam.«

Sie hatten, dem Geist ihrer Zeit entsprechend, schwärmerisch angehängt: »Doch dies ist geheiligte Wildnis. Der Pfad ist trügerisch und manchmal unbegehbar. Aber hält man durch, wird man den Zauber dieses Landes zu schätzen wissen. Dies ist ein Ort, wo amerikanische Ureinwohner in Harmonie mit dem Land lebten, lange bevor der weiße Mann kam. Es ist ein Land des großen Geistes – der Ort, wo die Wildnis auf das Meer trifft.«

Zum Schluß hatten sie noch einen interessanten Punkt angesprochen. Er hatte mit der nächstgelegenen Ortschaft zu tun, einer kleinen Holzfällergemeinde, wo sie angehalten hatten, um einen Reifen für ihren Bus zu kaufen. Der Name der Ortschaft war Sweet Home. Es war die Ortschaft, die Peters als ihr Ziel genannt hatte, der Ort, von dem aus Drew Harmon angerufen hatte.

Fletcher hatte das Buch seiner Ausrüstung hinzugefügt und wollte sich gerade noch einmal auf die Suche nach seiner Haube machen, als wieder das Telefon klingelte.

Es war Michael Peters.

»Sie sind weg«, informierte Peters ihn. »Ich habe sie eigenhändig ins Flugzeug gesteckt.«

»Versteht sich von selbst«, sagte Fletcher. »Du wolltest sie im richtigen Flugzeug haben.«

»Nicht so trübe«, sagte Peters. »Tu einfach so, als wärst du immer noch Dr. Fun.«

»Du weißt, was Robbie Jones gemacht hat, als ich ihn das letzte Mal gesehen habe? Er hat dem Auto eines Typen Kopfstöße versetzt.«

»Ich erinnere mich. Der Op-Professional. Mann, der Kerl hat R. J.s Mädchen angemacht. Was erwartest du? Der Junge ist leicht erregbar.«

»Er ist ein Schwachkopf. Der einzige Typ auf der Tour, der noch dümmer ist, ist Sonny Martin.«

»Du bist bloß sauer, weil er dich wegen der Pleite bei den Finals vom letzten Jahr gepiesakt hat. Und ich sollte dich jedenfalls darauf hinweisen, daß Mr. Jones religiös geworden ist. Er ist ein neuer Mensch.«

»Nein.«

»Wiedergeboren.«

»Herrgott. Martin etwa auch?«

»Machst du Witze?«

»Das tust du mir an«, sagte Fletcher. »Das ist die Strafe dafür, daß ich den Job kriege.«

»Vergiß es«, sagte Peters. »Die beiden sind mit von der Partie. Übrigens ist das nicht der Grund meines Anrufs.«

Einen Moment lang herrschte Stille in der Leitung. Fletcher kam der Gedanke, daß Peters wahrscheinlich das Autotelefon benutzte, allein auf dem großartigen roten Plateau mit Ananaspflanzen im ersten Licht eines tropischen Sonnenaufgangs.

»Weißt du, was man über den Ort sagt«, fuhr Peters fort. »Es ist nicht nur die Welle. Man sagt, der Ort habe den alten Zauber, so wie die Bay ihn einmal hatte. In der alten Zeit, bevor sie einen Themenpark daraus gemacht haben.«

»Vielleicht wegen dem ganzen Indianerland«, mutmaßte Fletcher. Plötzlich hatte er das Gefühl, ein Friedensangebot stehe unmittelbar bevor.

»Mag sein«, sagte Peters. »Harmon ist jetzt verheiratet. Wußtest du das?«

»Höre ich zum ersten Mal. Wer ist die Glückliche?«

»Keine Ahnung. Keiner weiß es, wenn ich es richtig sehe. Zuletzt habe ich gehört, der Kerl lebt in Costa Rica. Dann ruft er aus Nordkalifornien an. Sagt mir, er sei verheiratet und habe ein Stück Land ...«

»So ist er wahrscheinlich an das Land gekommen«, sagte Fletcher. »Er hat eine Erbin aufgetan.«

»Ohne Frage halb so alt wie er.«

»Mit einem großen Treuhandvermögen.«

Die beiden Männer gönnten sich einen kurzen Moment des Gelächters.

»Hab' ich dir schon mal die Geschichte von Biarritz erzählt? Wir campen zwei Tage am Strand, warten auf einen Swell. Endlich kriegen wir ihn. Ich stehe im Morgengrauen auf, schaue hinaus. Und da ist er, Kordsamt bis zum Horizont. Die Sonne ist draußen. Der Wind ist ablandig. Ich höre etwas und blicke hoch. Ein Mercedes fährt vor, hält an. Die Tür öffnet sich. Heraus tritt Drew Harmon. Trägt Sonnenbrille und einen Pelzmantel bis auf die Knöchel. Ich seh' die Blondine hinter ihm im Wagen sitzen. Er hat mindestens vier Boards auf dem Dach gestapelt. Er zieht eins raus. Zieht einen Wetsuit an. Geht runter. Und legt los. Etwa drei Stunden lang. Sagt die ganze Zeit kein einziges Wort. Surft bloß. Er fährt weg, der Wind dreht sich, bläst jetzt auf Land. Eine halbe Stunde später, und die Stelle ist für'n Arsch.«

Eigentlich hatte Fletcher die Biarritz-Geschichte schon gehört. Aber Surfer lieben ihre Geschichten. Big-waves und Gesetzlose. Jeden, der alt werden und am Ball bleiben konnte. Drew Harmon war alles davon.

»Weißt du noch, wie ich das Magazin übernommen habe?« fragte Peters. »Weißt du noch, wie es damals aussah? Wir haben das alles geändert, Doc. Du hast es geändert. Die ganzen Sachen, die du vom Wasser aus geschossen hast. Das war heftiges Material. Mann, du hast die Standards gesetzt. Du hast die Latte höher gelegt ...« Der Mann hielt inne, möglicherweise von der eigenen Rhetorik bewegt.

»Was ich dir zu sagen versuche«, sagte Peters schließlich, »ich setze bei diesem Ding voll auf dich. Sonny Martin ist nichts Neues. Aber R. J. Er ist spitze. Du hast Jones und Harmon, die Übergabe der Fackel in der mystischen kalifornischen Brandung ...« Wieder unterbrach er sich. »Deinen Hochzeitern kannst du sagen, sie sollen dich kreuzweise.«

Fletcher hatte das Telefon schon fünf Minuten aufgelegt, als ihm klar wurde, daß Michael Peters eben auf die Hochzeitsfotos angespielt hatte. In diesem Augenblick legte er eine Pause beim Packen ein. Einigermaßen verwundert schaute er aufs erste Licht. Du hast dein Geld verloren. Du hast dir den Rücken versaut. Zum Schluß war es sogar schwer, das Gesicht zu wahren. Zum Schluß wußten sie es. Zum Schluß hatten sie dich. Er sah auf die Uhr. Er stopfte die letzten Utensilien in die Beutel und ging mit dem Gepäck in die schmale Gasse, in der er den alten Dodge geparkt hatte. Auf dem kurzen Weg sah er zwei Reiher, aufgestiegen von den Restflächen des Sumpflands von Bolsa Chica, in das sein Urgroßvater früher zu Pferd von Los Angeles aus gekommen war, um mit seinen Freunden zu jagen. Die Vögel strichen beinahe direkt über ihm vorüber, Schwinge an Schwinge, schmale vorgeschichtliche Schatten unter einem mattsilbernen Himmel.

2

Travis wurde früh vom Geräusch eines fernen Gewitters wach. Er sah auf die Uhr, es was war vier Uhr am Morgen. Einige Zeit lag er wach, die Hände hinter dem Kopf verschränkt, den Wellen lauschend. Er dachte an die Versammlung des Stammesrats am nächsten Abend, an der teilzunehmen er versprochen hatte. Mit der näherrückenden Saison nahmen die Spannungen am Fluß zu.

Die Bundesregierung hatte die Fischrechte am Klamath erst kürzlich aufgeteilt. Die Yurok hatten die ersten zwanzig Meilen des Flusses, einschließlich seiner Mündung. Den Hupa gehörte der Rest, und sie fühlten sich benachteiligt. Zwischen den Berufsfischern, die das Meer abfischten, den Yurok an der Flußmündung und den lizensierten Sportanglern, die den Fischen nachstellen durften, wo immer sie wollten, wurde der Fang der Hupa drastisch reduziert. Als Folge davon waren einige von ihnen flußabwärts gezogen und fischten in Yurok-Gewässern. Es war zu gewalttätigen Zusammenstößen gekommen. Die Regierung hatte bestimmte Indianer ermächtigt, die Einhaltung der Grenzen durchzusetzen. Eine häßliche Situation war entstanden. Deshalb die Versammlung. Das böse Blut floß allerdings tief, es stammte aus der Vergangenheit und rührte her von – eingebildeten und tatsächlichen – Regelverstößen in einer Zeit, in der Travis noch gar nicht auf der Welt gewesen war, und der Gedanke daran genügte, ihn in dem dunklen Zimmer wach zu halten, wogegen das Geräusch der Wellen ihn normalerweise wohl zum Einschlafen gebracht hätte.

Schließlich verließ er das Bett. Er machte sich eine Tasse Kaffee, zog sich an und ging hinaus. Die Straßen waren leer und feucht, und ein schwaches Licht begann, an den Himmelsrändern zu nagen.

Er überquerte die Straße und ging einen schmalen Landstreifen entlang, der das Kliff säumte. Unter ihm donnerte der Ozean. Ein bleiches Stück Mond entfernte sich vom Himmel über Sweet Home. Hinter dem fernen Pier sah er die Bootsmasten, die die Lage des

Hafens markierten, und tief innen hörte er ihre Takelage wie die Kettenpanzer von Gespenstern; und er hörte die Schreie kreisender Möwen, obwohl er dort, wo er am Kliff entlangwanderte, beides nicht vernehmen konnte, denn die See war hier zu laut und hatte mit ihrer aufgewühlten Brandung selbst die Vögel vertrieben.

Er ging über den feuchten Grasstreifen und gelangte endlich zu dem Halbkreis aus Stein und Beton, wo ein einzelner windgebeugter Baum den Elementen trotzte und er feststellte, daß er mit dem frühen Morgen nicht allein war.

Ein alter Mann stand dort, bärtig, in eine Bootsmannsjacke gehüllt, darüber eine gelbe Regenjacke und eine griechische Fischermütze, und Travis lächelte, als er ihn erblickte, und ging zu dem Baum und dem rostigen Geländer, auf das sich der alte Mann lehnte.

»Wie geht's denn so, Paps?« fragte Travis.

Sein Vater sah ihn mit einem Seitwärtsblick an.

»Haben dich die Wellen aus dem Bett geholt?« wollte der alte Mann wissen.

Travis bejahte die Frage.

Er lehnte sich gegen das Geländer, und einen Moment lang sagte keiner der beiden Männer ein Wort. Sie sahen dem Licht zu, das sich über dem Meer sammelte. Manchmal trafen die beiden sich hier draußen. Sie wohnten nur ein paar Blocks auseinander, aber in stummer Übereinkunft besuchten sie sich nie in ihren Wohnungen. Sie unterhielten sich am Telefon oder trafen sich bei dem Pfad, der um das Kliff herumführte.

»Die verdammte Dünung wird den Schlamm im Wasser aufwühlen«, sagte der alte Mann.

Travis nickte.

Sein Vater war in den vierziger Jahren, am Ende des Krieges, in den Ort gekommen. Er hatte Bäume gefällt, gefischt und im Sägewerk gearbeitet. Er hatte eine Hupa-Frau geheiratet. Sie hatte ihm einen Sohn und zwei Töchter geboren und war in jungen Jahren an Krebs gestorben. Eine von Travis' Schwestern war ebenfalls jung gestorben, bei einem Verkehrsunfall. Die andere lebte in San Francisco, und beide Männer hatten wenig Kontakt zu ihr. Travis war nach dem College nach Sweet Home zurückgekehrt, voller Pläne und Tatendrang. Er war mit seiner Frau zurückgekehrt, einer irischen Katholikin, die er in Berkeley kennengelernt hatte. Als die Ehe zu Ende war, hatte er eine Hupa-Frau geheiratet – auch diese Verbindung hielt nicht mal ein Jahr. Jetzt lebte er, Vater zweier Kinder von zwei verschiedenen Müttern, allein in einer schäbigen Wohnung, und die Unterhaltszahlungen verzehrten zwei Drittel von dem, was er verdiente. In den Augen seines Vaters, der achtzehn Jahre mit derselben Frau verheiratet gewesen war und sogar ihrem Andenken treu blieb, dienten diese Torheiten nicht gerade dazu, Travis' Ansehen zu heben. Nicht daß der alte Mann das Thema strapazierte. Es war nicht mehr als ein Blick oder hier und da eine knappe Bemerkung. Jeder der beiden Männer wußte sehr gut, was der andere dachte. Im Grunde mochte Travis den Alten gern. Seinetwegen mochte der alte Mann sich mit der Einbildung trösten, seinem einzigen Sohn überlegen zu sein. Travis hätte es zwar gern anders gehabt, aber es war nun einmal so, und sie würden damit leben.

»Gibt den Fischen Futter«, sagte Travis. Er meinte den Schlamm, der vom Sturm aufgewühlt wurde.

»Du sagst es«, sagte sein Vater. Die Auswirkungen des Wetters auf das Gewerbe waren stets ein Thema zwischen ihnen.

Der Alte nahm sich Zeit, den Horizont eingehend zu betrachten.

»Frank sagt mir, er hat dich aufgefordert, dieses Jahr mit ihnen zu tanzen.«

»Das hat er«, sagte Travis. Es hatte ihn einigermaßen verblüfft, daß er aufgefordert worden war, und er war sich nicht sicher, wie er sich verhalten würde.

»Sie wollen, daß du die Perlen mitbringst.«

»Allerdings.«

Die Perlen hatten Travis' Großmutter gehört. Sie war eine recht angesehene Schamanin gewesen.

»Machst du es?«

»Ich weiß nicht.«

Es dauerte zehn Tage. Der Springtanz. Ein Ritual, um das Böse zu bekriegen.

»Warum nicht?«

Travis zuckte die Achseln. Hinzugehen bedeutete Fasten. Eine bestimmte Reinheit des Denkens. »Ich weiß nicht, ob ich so weit bin«, sagte er.

Der alte Mann lachte.

»Frank scheint zu glauben, du solltest es tun.«

»Frank ist ein Prediger. Er will bekehren.«

»Von der Zeit her ist es vielleicht gar nicht so schlecht. Wenn du sie dazu bringst, die Yurok einzuladen, und ihr tanzt mit ihnen, dann könntest du sie dazu bringen, eine Einigung zu finden.«

»Ich glaube nicht, daß es so funktioniert.«

»Wie denn?«

»Das frage ich mich auch manchmal.«

Der alte Mann spie in den Wind. »Ein Haufen halsstarriger Bastarde, wenn du mich fragst.«

»Wer fragt?«

Der alte Mann sah ihn bloß an.

»Gehen wir rüber«, sagte Travis. »Ich lade dich zu einem Kaffee ein.«

Travis und sein Vater saßen, einander zugewandt, auf den Pflanzkübeln am Eingang der Einkaufspassage des Ortes und tranken ihren Kaffee. So viel wie sie redeten, hätten sie zwei Gründerväter sein können, in Stein gehauen und aufgebaut vor der Passage, die selbst eine Art Denkmal war, errichtet auf der Welle der Begeisterung, die die Planung der staatlichen Haftanstalt in Scorpion Bay begleitet hatte. Ein Dutzend Geschäfte und Verwaltungsstellen befanden sich in der Passage, darunter die Zweigstelle des Northern California Indian Development Council; das Büro des

Förderungsrats der Indianer in Nordkalifornien war Travis' Arbeitsplatz.

Travis sah, wie zwei Brüder, Bill und Tom Jenkins, vor Neds Doughnut-Laden parkten und aus ihrem Truck stiegen. Mit beiden Männern war Travis zur Schule gegangen. Sie waren früh auf an diesem Morgen, mit hüfthohen Stiefeln und Coveralls für den Fluß gekleidet. Travis hob eine Hand. Die Brüder nickten in seine Richtung. Er betrachtete sie mit einiger Melancholie. Früher hätten sie ihn vielleicht zum Mitkommen eingeladen. Und vielleicht hätte er die Einladung angenommen. Diese Zeit war vorbei. Neues Geld war nach Sweet Home gekommen. Es gab neue Spannungen. Und es gab alte Wunden. Travis hatte sich mit den alten Wunden zu befassen, und in der Folge war sein Leben einsamer geworden.

Er sah, wie die Männer den Laden verließen und davonfuhren. Sie waren gerade einen Block entfernt, als er das Hupen hörte. Und er glaubte, gleichzeitig eine Männerstimme zu hören, eine Serie von Verwünschungen vor Tagesbeginn. Er drehte sich in die Richtung der Geräusche.

Was er dort sah, war eine Frau. Sie war hochgewachsen und gertenschlank, und selbst auf die Entfernung, in der er sie zuerst sah, wußte er, daß es sich um Kendra Harmon handelte. Sie kam auf dem grauen Gehweg, der noch feucht vom Nachtregen war, auf sie zu, und als der Truck sich entfernt hatte, war das Klappern ihrer Stiefelabsätze das einzige Geräusch, das zu hören war. Wortlos ging sie an ihnen vorbei, und falls sie Travis erkannt hatte, was durchaus möglich war, konnte Travis es nicht feststellen, denn ihre Augen waren hinter einer winzigen dunklen Brille mit Drahtgestell nicht auszumachen. Außerdem trug sie eine Baseballmütze, eine schwarze, ihr Haar war hinten durch die Öffnung gezogen und der Schirm tief in ihr Gesicht, als gebe es jemanden, vor dem sie sich zu verstecken versuchte.

Travis beobachtete sie, als sie die Passage betrat. Er sah, wie sie sich einen Moment lang umschaute, dann zu der Tür seines Büros ging und hineinspähte.

»Freundin von dir?« fragte der Alte.

Travis beobachtete sie einigermaßen überrascht. Er konnte sich nicht vorstellen, was sie dort machte. »Sie ist mit dem Surfer verheiratet«, sagte er. »Der die großen Wellen am Hoof reitet.«

»Einer, der gebissen worden ist.«

Travis nickte. Er hatte, als Drew damals sein Erbe in Besitz nahm, mit den beiden in ihrer Hütte am Fluß gegessen.

Es war ein merkwürdiger Abend gewesen; Drew hatte sich gegeben wie der Mann aus den Bergen, der Besitzer seiner Kindsbraut. Travis hatte noch einen Mann mitgebracht, einen Yurok, der Landbesitz in der Nähe von Harmons Grund hatte und den kennenzulernen gut für Drew sein würde, wie Travis angenommen hatte. Von dem Abend war ihm am stärksten in Erinnerung geblieben, wie absolut desinteressiert Drew an Fragen in Zusammenhang mit dem Reservat war; und ihm war in Erinnerung geblieben, daß er an Drews Frau eine tiefgehende Traurigkeit wahrgenommen hatte.

Kendra war damals schwanger gewesen. Sie hatte ein Essen aus Fisch und Gemüsen zubereitet. Sie war Travis blass, exotisch und vielleicht ein bißchen neurotisch vorgekommen. Oder sie war möglicherweise, hatte er überlegt, einfach einsam an einem neuen Ort ohne Sonne. Es schien ihr zu gefallen, Gäste zu haben, doch nach dem Essen waren Travis und der Yurok von Drew in sein Arbeitszimmer genötigt worden, wo er ihnen einen detaillierten Überblick über seine Interessen und seine Erfindungen gab. Vorwiegend handelte es sich um Surfboards und alte Hölzer, und er hatte ausgiebig über die hawaiianischen Inseln geredet, wo ihm gestattet worden war, im Archiv des Bishop Museum zu stöbern, um Schablonenzeichnungen von uralten Boards anzufertigen, die man in den Höhlen hawaiianischer Könige gefunden hatte und die nach seiner Überzeugung über eine Art Zauber verfügten.

Schließlich hatte Travis es aufgegeben, das Gespräch auf Dinge zu bringen, welche die Nachbarn betrafen, mit denen Drew sich umgeben hatte. Am Ende war er nach Hause gegangen, gezeichnet von Bier und hawaiianischen Träumen, den Kopf voll mit hawaiianischem Zauber und mit dem sicheren Gefühl, daß der Zuzug von Drew und Kendra Harmon nicht gerade Glück heraufbeschwören würde. Binnen einer Woche hatte das Mädchen eine Fehlgeburt erlitten, und Drew war von einem Hai gebissen worden.

Als letztes hatte er von Kendra gehört, daß sie mitten in der Nacht gesehen worden war, als sie tief im Wald am Fluß entlangging. Im Reservat bot das einigen Gesprächsstoff. Der *Kidongue* streifte des Nachts umher, das Gesicht schwarz angemalt und mit einer Waffe, die aus Menschenknochen und -sehnen hergestellt war. Nichts, dem man in der Stunde seiner Stärke am Fluß begegnen wollte – jedenfalls nicht, wenn man den alten Erzählungen glaubte. Aber in den Reservaten wurden die alten Erzählungen noch immer ernstgenommen. Insbesondere die schwarze Magie wurde ernstgenommen, und allein diese Tatsache erregte Travis' Neugier. Denn früher einmal hatte es auch eine heilende Magie gegeben, und es war ihm ein Rätsel, daß ausgerechnet die schwarze Magie Macht über das Denken der Menschen hatte.

Er sah, daß die junge Frau noch immer durch die Glastür spähte. »Ich sollte mal sehen, was sie will«, sagte er. Er stand auf, als er das sagte.

»Willst du einen kostenlosen Rat?« fragte der Alte, denn er hatte das Mädchen und gleichzeitig seinen Sohn beobachtet.

Travis sah ihn bloß an.

»Bleib für dich. Einen weiteren Fehler kannst du dir nicht leisten.«

Travis überlegte, ob er darauf antworten sollte, verzichtete aber darauf. Er ließ den alten Mann auf dem Rand des Pflanzkübels sitzen und ging zu seinem Büro.

Die Frau hatte ihm den Rücken zugewandt, drehte sich aber abrupt um, als er näher kam. Sie war noch immer blass, dachte er, und auf eine Weise exotisch, die er kaum zu benennen vermochte – das Produkt eines Klimas, das sich von dem unterschied, was Nordkalifornien bot. Vergessen hatte er – oder es war seiner Aufmerksamkeit irgendwie entgangen –, wie attraktiv sie war. Die Kappe und die Brille konnten das nicht verbergen. Ihre weiße Haut kontrastierte mit der Schwärze ihres Haars. Er sah, wie sie die Hand hob, um ihre Drosselgrube mit den Fingerspitzen zu berühren. Die Geste erinnerte ihn an den Eindruck bei ihrer ersten Begegnung. Sie deutete ein Maß an Erregbarkeit an, eine Tendenz zu Komplikationen, der Travis sich zu widersetzen schwer tat, obschon er solche Pfade früher schon eingeschlagen hatte, und zwar stets mit katastrophalem Ausgang.

»Sie sind Travis«, sagte sie. »Kendra Harmon.«

»Ich erinnere mich.«

Als wolle sie ihre Blässe noch betonen, war sie vollständig schwarz gekleidet – Stiefel, Jeans und eine Bluse. Darüber trug sie eine Lederjacke, die um einiges zu groß war. Insgesamt ein Aufzug, in dem sie als langbeiniger Teenager hätte durchgehen können, aber Travis nahm an, daß sie Mitte Zwanzig war. »Was kann ich für Sie tun?« fragte er.

»Ich hab' mir gedacht«, sagte sie, »wir könnten miteinander reden.«

Vor wenigen Monaten hatte Travis eine Sekretärin eingestellt, eine junge Hupa-Frau namens Denice. Sie kam drei Tage in der Woche. Der Samstag gehörte nicht dazu. In ihrer Abwesenheit war das Büro dunkel, leer und klamm.

Als Travis das Licht einschaltete, setzte Kendra Harmon sich auf ein altes Sofa unter einem Schwarzen Brett. Das Brett bordete über von unterschiedlichen Handzetteln, Flugblättern. Prospekten und Merkblättern. Das Material pries in gehobener Sprache alles Mögliche an, von Abendunterricht über Studien zu Eingeborenenfragen bis hin zu Positionen bei den Streitkräften.

Als er den Raum so hell wie möglich erleuchtet hatte, setzte er sich auf die Kante seines Schreibtischs. Er bemerkte, daß Mrs. Harmon das Schwarze Brett hinter sich in Augenschein nahm. Sie drehte sich in einer Pose, die in Travis' Augen provozierend war – eine Pose, die ihr Adlerprofil, die lange Linie ihres Halses und die schwache Bewegung ihres Pulsschlags akzentuierte.

»Ist jemals jemand von hier nach Kuweit gegangen?« fragte sie.

Ein Plakat auf dem Brett warb für Jobs in Nahost.

»Nie.«

Sie drehte sie zu ihm um. »Nicht einer?«

»Kein einziger.«

»Aber es ist doch ein hübsches Plakat.«

Travis nickte. »Ja. Und es kostet mich zehn Dollar.«

»Zu schade«, sagte sie.

Vielleicht, dachte er, machte sie sich lustig, aber falls dem so war, konnte er es nicht erkennen.

»Wahrscheinlich fragen Sie sich, warum ich hier bin.«

Travis zuckte die Achseln. Zum ersten Mal fiel ihm auf, daß ihre Kappe über dem Schirm mit einem silbernen Schädel und gekreuzten Knochen bestickt war. Der Schädel hatte winzige rote Punkte als Augen und ein zahnbleckendes Grinsen, und er hatte eine solche Kappe schon einmal gesehen. Wenn er sich nicht irrte, hatte die frühere Besitzerin des Wohnwagens, den die Harmons jetzt bewohnten, sie getragen. Sie stammte aus dem Ort und war vor kurzem von einem arbeitslosen Hupa-Fischer namens Marvus Dove ermordet worden. Die Beobachtung erschien ihm beunruhigend.

»Haben Sie was dagegen, daß ich rauche?« fragte sie.

Travis reichte ihr einen Aschenbecher von seinem Schreibtisch.

Mrs. Harmon stellte den Aschenbecher neben ihre Füße auf den Boden. Sie nahm ein Päckchen Zigaretten aus der Jacke und hielt es in der Hand. »Amanda hat Sachen hinterlassen«, sagte sie. »In dem Arbeitsraum des Wohnwagens standen Kisten.« Die Worte kamen ihr im Stakkato über die Lippen, so als hätte sie sie einige Zeit zurückgehalten.

Travis nickte. Amanda Jaffey war der Name der Frau, die von Marvus Dove umgebracht worden war, und Travis sah seine Vermutung über die Kappe bestätigt. Und nun bemerkte er eine Tätowierung auf einem von Kendras Fingern – dem Ringfinger ihrer linken Hand. Das verblüffte ihn, denn das Tattoo kam ihm bekannt vor, doch konnte er sich nicht erinnern, es an dieser Stelle schon einmal gesehen zu haben.

»Niemand hat auf die Sachen Anspruch erhoben«, sagte Kendra. »Und schließlich habe ich den Inhalt der Kisten durchsucht. Es waren Kleidungsstücke dabei, Sachen, die ich brauchen konnte.« Sie schaute auf die ungeöffnete Zigarettenpackung. »Ich hatte gehört, daß Marvus Doves Familie einen Privatdetektiv beauftragt hat. Da habe ich überlegt, ob er über die Kisten Bescheid wissen sollte.«

»Marvus Dove ist tot«, sagte Travis. »Warum sollte seine Familie einen Detektiv beauftragen?«

»Ich dachte, Sie wüßten es vielleicht. Mir fiel ein, daß Sie das Büro hier leiten. Ich selbst kann nicht herumfragen. Wir sind hier nicht gelitten.«

»Wer hat Ihnen gesagt, daß sie einen Privatdetektiv beauftragt haben?« Die Vorstellung war absurd.

Die junge Frau zuckte die Achseln. »Irgend jemand.«

»Ein *Wagay*. Kein Indianer.«

»*Wagays.* Nennt ihr uns so?«

»Einige tun es.«

»Und wieso kein Indianer?«

»Weil Indianer keinen privaten Ermittler wegen eines toten Indianers einschalten würden. Wahrscheinlich nicht einmal wegen eines lebenden Indianers.«

»Wen würden sie denn einschalten?«

»Einen *Hee-dee* vielleicht. Wenn überhaupt jemanden.«

»Was ist ein *Hee-dee*?«

Travis lächelte. *Hee-dee* war ein Wort, das er seinen Vater hatte benutzen hören. Er war nicht sicher, woher es stammte. »Jemand, der mit schwarzer Magie vertraut ist«, sagte er. »Wenn sie Marvus für unschuldig hielten, könnten sie vielleicht einen *Hee-dee* einschalten. Damit der Medizinmann herausfindet, wer es war, und einen Fluch über den Täter verhängt.«

»Verstehe«, sagte sie.

Sie verlagerte ihr Gewicht auf dem Sofa. Die Sonne schickte einen Strahl über den Boden und fiel auf ihre Stiefel. Es waren schlichte schwarze Cowboystiefel, und er fragte sich, ob sie wohl auch der Toten gehört hatten.

»Was ist also mit diesem *Hee-dee*? Meinen Sie, er würde sich vielleicht ihre Sachen anschauen wollen?«

Travis legte die Hände flach auf den Schreibtisch. »Ich bin sicher, das würde er wollen. Aber andererseits weiß ich, daß die Jungen von Marvus einen neuen Motor für ihr Boot brauchen.« Er hielt inne, um eine Reaktion abzuwarten, obwohl er, da ihre Augen hinter der lächerlichen Brille verborgen waren, das Gefühl hatte, zu dem grinsenden Schädel auf ihrer Kappe zu sprechen. »Ich fände es schlimm«, sagte er schließlich, »wenn sie ihr Geld für falsche Hoffnungen zum Fenster hinauswerfen.«

»Heißt das, Sie wissen, wen sie eingeschaltet haben, wollen es mir aber nicht sagen?«

Er erkannte, daß sie sich schnell ärgerte. Leider trug das nicht im geringsten dazu bei, sie weniger attraktiv zu machen.

»Marvus ist tot.«

»Das weiß ich.«

»Sie haben ihn in Neah Heads mit Blut auf seinen Teerstiefeln aufgegriffen, und er hat sich im Gefängnis aufgehängt.«

Die Frau blieb stumm.

»Was sollte es seiner Familie Gutes bringen, für einen Fluch zu bezahlen?«

»Und wenn Marvus Dove es nicht getan hat?« fragte die Frau. »Vielleicht könnte diese Person sich ihre Sachen anschauen. Vielleicht würde man erfahren … Vielleicht würde man Dinge sehen …«

Die Hupa kannten ein spezielles Wort. *Oo-ma-ha*. Es war nicht ganz leicht zu übersetzen. Es bedeutete in etwa »sich hüten«, beinhaltete aber auch eine zeitliche Dimension. Hüte dich jetzt, hier und jetzt, vor diesem Ort, vor diesem Ding. Er war mit diesem Wort groß geworden. Es galt als angemessen für den Fluß, der veränderlich und trügerisch war und viele Leben gefordert hatte. Plötzlich ging ihm auf, daß auch die Gegenwart Kendras dieses Wort wachrief.

»Die Doves sind arm«, sagte Travis schließlich. »Sie sollten ihr Geld für den Motor ausgeben.«

»Verstehe.« Sie steckte die Zigaretten wieder in die Tasche. Der Aschenbecher neben ihren Füßen blieb unbenutzt. »Sie sind also ein Ungläubiger.«

Travis lachte. »Ich werde Ihnen sagen, was ich glaube«, sagte er. »Ich glaube, wenn ich Sie wäre, würde ich nachts nicht am Fluß entlanggehen.« Er merkte, daß er nicht mehr über Marvus Dove sprechen wollte. Und er wollte – sehr zu seinem Verdruß – auch nicht, daß sie wieder ging. Das Büro würde ohne sie leer werden.

»Gibt es einen Grund, warum ich das nicht tun sollte?«

»Einige würden sagen, es ist nicht sicher.«

»Es findet sich immer jemand, der das sagt.«

»Sie könnten Ihrem *Hee-dee* begegnen.«

»Warum sollte mich das ängstigen, wenn sie alle Schwindler sind?«

»Ich möchte es einmal so erklären«, sagte Travis. »Es geht nicht so sehr darum, ob sie Schwindler sind oder nicht. Ich meine, wir reden über Sachen, die es seit Hunderten von Jahren gibt. Ich glaube, es gibt einige wenige, die über echte Kenntnisse verfügen, Anwender der alten Künste. Andere ...« Er spreizte die Hände, als wollte er sich ihrer entledigen. »Die Sache ist die: Die schwarze Kunst ist keine Heilkunst. Es erfordert eine ganz bestimmte Persönlichkeit, überhaupt Interesse für sie zu hegen.« Erneut unterbrach er sich und beobachtete sie. »Selbst wenn Sie ganz sicher wissen könnten, daß die Doves eine solche Person eingeschaltet haben. Selbst wenn Sie diese Person finden könnten, was ich bezweifle, wären Sie nicht als Freund willkommen.«

Sie stieß den Atem aus, und er hatte den Eindruck, ein Funke hätte sie verlassen. »Sie haben natürlich recht«, sagte sie. »Es war verrückt, nicht? Eine verrückte Idee ...«

Er lächelte. Ihre plötzlich Verwundbarkeit hatte ihn überrumpelt. »Ich kann Ihnen sagen, was Sie tun müssen, sollten Sie einer solchen Person jemals begegnen«, schlug er vor.

»Einem *Hee-dee*?«

»Er würde sich Ihnen wahrscheinlich nicht auf solche Weise zu erkennen geben.«

»Und was müßte ich tun?«

»Sie müßten zeigen, daß Ihr Zauber stärker als seiner ist.«

Sie schien einen Moment darüber nachzudenken.

»Verraten Sie mir«, sagte sie, »ob es immer ein Er ist?«

»Wenn man den alten Erzählungen Glauben schenkt. Die *Heedees* waren in der Regel Männer, konnten ihre Gestalt aber in die von Bären oder Wölfen verwandeln. Ihr Gegenpol waren die Schamanen. Bei den Hupa waren die Schamanen oft Frauen.«

»Konnten die auch ihre Gestalt verwandeln?«

»Das weiß ich nicht.«

»Dann verraten Sie mir, was Sie wissen.«

Travis stand auf und trat zu den Buchregalreihen an der Wand hinter dem Schreibtisch. Es waren schlichte Regale, Kiefernholzbretter auf Betonsteinen. Er brauchte einen Moment, um zu finden, was er suchte – *Indianische Legenden des pazifischen Nordwesten* und Powers' *Die Stämme Kaliforniens.* Das zweite Buch galt als so etwas wie ein Klassiker.

»Was ich weiß, steht hier drin«, sagte er.

Als sie die Bücher nahm, berührten sich ihre Finger.

»Danke«, sagte sie. Sie schien sich wirklich zu freuen. »Ich werde sie lesen und Ihnen zurückbringen.«

Genau das hatte er natürlich vorgehabt. »Es eilt nicht«, versicherte er ihr.

»Vielleicht will jemand anders sie lesen.«

»Die, die sie lesen sollten, tun es nie.« Er war jetzt neun Jahre hier, und sie war die erste, die die Bücher auslieh.

»Ach«, sagte sie. »Ich bin sowieso eine schnelle Leserin.« Sie betrachtete die Bücher. »Sind Sie je einem begegnet?« fragte sie.

Einen Moment wußte er mit der Frage nichts anzufangen.

»Sie haben gesagt, es gebe ein paar, die echte Kenntnisse haben. Mich interessiert, ob Sie jemals einen kennengelernt haben.«

»Ich bin einigen begegnet, die sich für Eingeweihte gehalten haben.«

»Ich meine wirklich echte«, sagte sie. »Jemanden, an den Sie geglaubt haben.«

»Meine Großmutter hatte den Ruf, eine Schamanin zu sein«, verriet Travis ihr. »Sie ist gestorben, als ich noch sehr jung war, richtig gekannt habe ich sie also nicht. Als ich ein bißchen älter war, habe ich eine Freundin von ihr kennengelernt, eine Frau mit dem Namen Rose Hudson. Wenn man glaubte, ein *Hee-dee* habe einen Fluch auf einen gelegt, war Rose Hudson ein Mensch, an den man sich wenden konnte. Sie konnte sehen, ob es einen Fluch gab oder nicht. Falls ja, hatte sie die Macht, etwas dagegen zu tun. Zumindest haben die Menschen das geglaubt ... Aber ich würde sagen, wenn jemand wirklich echt war, dann war sie das. Sie hatte so eine Art, einen anzusehen. Hat mir manches Mal einen gehörigen Schrecken eingejagt.«

»Lebt sie noch?«

»Nein. Sie ist vor zwei Jahren gestorben.«

Die junge Frau wirkte enttäuscht.

»Sie hat an der Küste im Norden gelebt. Kennen Sie die Heads?«

»Ziemlich gut sogar. Drew und ich sind dorthin gefahren, nachdem wir hierher gezogen sind. Drew suchte nach einer Stelle, von der er gehört hatte. Ich habe das kleine Flußtal entdeckt. Drew war Surfen. Ich bin den Fluß entlanggewandert. Eines Tages bin ich zu dem ausgebrannten Wohnwagen gekommen und wurde von zwei Pitbulls gejagt. Danach war ich nie wieder da.«

Travis lachte. »Ein Glück, daß Sie nicht gefressen worden sind«, sagte er.

»Heute scheint es viel lustiger zu sein.«

Travis nickte. »Das könnte Roses Wohnplatz gewesen sein«, sagte er. »Dort oben haben zwei oder drei Familien gelebt. Die meisten waren Crankster-Gangster.«

»Crankster-Gangster?«

»Sie wissen schon. Ein kleines Methedrinlabor, ein kleines Marihuanafeld ...«

»Sie haben für jeden einen Namen, oder?« Sie lächelte ihn sonderbar an, beinahe verschmitzt, die Andeutung eines verborgenen Ich. »Dann verraten Sie mir«, fuhr sie fort, »wie Sie sich selbst bezeichnen?«

Travis ließ sich einen Moment Zeit mit der Antwort. Leider war der Moment zu lang. Er sah ihr zu, wie sie sich die Bücher unter den Arm klemmte und in Richtung Einkaufspassage ging. Eingerahmt vom Aluminiumtürrahmen drehte sie sich noch einmal um. »Danke für die Bücher«, sagte sie.

Er sah sie ins zarte Winterlicht verschwinden. Und er sah sie mit einigem Bedauern gehen. Das kleine Lächeln schien noch zu verharren, ein Geist seiner selbst, wie der Schrei eines Vogels, den man in der Nacht hört.

Als er, wie er meinte, ausreichend lange gewartet hatte, schloß er das Büro ab und ging hinaus. Der Wind kam jetzt vom Meer her, brach die Wolken auf und vertrieb sie vom Himmel. Der Morgen war in Licht getaucht. Er sah zu den Pflanzkübeln, um sich zu vergewissern, daß der alte Mann nicht geblieben war. Er war nicht mehr da. Ohne ihn ging Travis allein durch die Stadt und kam schließlich zu den Klippen oberhalb der Küste.

In der Bucht, die den Hauptstrand des Ortes bildete, waren zwei Surfer draußen. Die Wellen waren vom Wind aufgewühlt und unregelmäßig, und die Surfer schienen nicht viele Ritte zu bekommen, aber ihr Anblick erinnerte ihn, wie er merkte, an Drew Harmon. Travis wußte, daß der Mann eine Art Legende war, anscheinend eine andere Wesensart als die Jungen, die im eisigen Wasser der Bucht auf und ab hüpften.

Der Mann war eine Woche nach Travis' Besuch nicht am Fluß gewesen, als es zu einem Zwischenfall kam, weil jemand sein Strandstück benutzte, um Boote zu Wasser zu bringen. Es kam zu Wortgefechten. Drew hatte zwei Männer verprügelt, Hupa, die flußabwärts gekommen waren, um in Yurok-Gewässern zu fischen. Sein Verhalten war nicht ungefährlich, und Travis hatte mit ihm darüber gesprochen. Im Verlauf der Diskussion hatte er einen letzten Versuch unternommen, dem Mann die Politik des Reservats näherzubringen. Aber Drew hatte den Zwischenfall als belanglos abgetan.

»Es war nichts Besonderes«, hatte Harmon ihm gesagt. »Die Burschen haben sich ein bißchen daneben benommen. Ich hab' sie ein bißchen zurechtgestutzt.« An dieser Stelle hatte er Travis ostentativ seine Hände entgegenstreckt. »Ich habe sie nicht geschlagen. Nicht mit den Fäusten. Ich habe ihnen bloß eine Ohrfeige gegeben.« Einer der beteiligten Männer brauchte anschließend einen Krankenhausaufenthalt.

Travis schaute wieder in die windgepeitschte Bucht, in der die beiden in Gummi gekleideten Gestalten weiterhin gegen die kabbeligen Wellen ankämpften. Ganz gewiß, dachte er, gab es angenehmere Plätze zum Surfen. Man hätte meinen sollen, die Harmons würden ihr Erbe verkaufen und wieder auf die Inseln gehen. Vielleicht wäre es ihnen in der Sonne besser ergangen. In diesem Augenblick fiel ihm ein, wieso ihm Kendras Tattoo bekannt vorgekommen war. Die ermordete Frau, Amanda Jaffey, hatte genau so eines gehabt. Er würde es sich von jemandem bestätigen lassen müssen, aber im Grunde war er sich seiner Sache sicher. Das Wiedererkennen legte sich wie eine Wolke über ihn. Vielleicht war das, was er für eine leichte Neurose gehalten hatte, viel mehr. Vielleicht war sie verrückt, überlegte er. In bezug auf ihren Mann hatte er schon Ähnliches vermutet. Vielleicht waren sie gemeinsam verrückt. Vielleicht drehte sich ihr Leben in ihrem Wohnwagen am Fluß genau darum.

Falls dem so war, überlegte Travis, hatte er etwas gegen ihre Verrücktheit. Denn sie kollidierte mit den Dingen, deretwegen er hiergekommen war. Es ging ihm gegen den Strich, wenn Drew Harmon die Einheimischen verprügelte, genauso wie es ihm gegen den Strich ging, daß sich die Bundesregierung in die Fischereirechte auf dem Fluß einmischte oder daß Kendra Harmon in den Kleidern einer Toten durch die Wälder streifte und Erkundigungen über *Heedees* und private Ermittler einzog. Am meisten mißhagte ihm jedoch, daß er die elfenbeinhäutige Mrs. Harmon auch im Licht solcher Vorwarnungen und Abneigungen nicht aus seinen Gedanken verbannen konnte, was ihn zu seiner letzten Schlußfolgerung führte, daß er nämlich vielleicht genauso verrückt war wie die beiden. Langeweile und Isolation hatten ihn dazu gebracht, sein unglückseliger, selbst gewählter Standpunkt zwischen den Welten, und er schaute ein weiteres Mal zum Meer und zum Nordwind, der die Wolken davongetrieben hatte. Schon bald, und der Wind würde jeden Tag von Norden kommen, und mit dem Wind käme der Regen. Die Wälder an den Ufern des Flusses würden dunkel werden. Die großen Winterdünungen würden die Bucht dort unten in einen großen Kessel aus brodelndem weißen Wasser verwandeln. Und Drew Harmon würde vielleicht die riesigen Wellen reiten, die sich eine Meile vor der Küste brachen, vor einem Streifen geweihten Landes, das die Indianer Humaliwu nannten, den Ort des Großen Wassers, ein Ort, wo Legenden sterben.

Unter den Einheimischen wurde das Thema diskutiert. Der Mann war im Frühjahr dort gebissen worden. Es war nicht klar, ob er das große Wasser wieder reiten würde. Einige fürchteten, wenn er es täte und es konsequent täte, würden andere folgen, und die Indianer hätten dann nicht nur mit den Fischern und miteinander zu kämpfen, denn dann kämen auch noch die *Wagay* in Wetsuits und mit Jeeps und Surfboards. Aber Travis hatte das große Wasser gesehen.

Und er verstand etwas von dem umgebenden Land. *Oo-ma-ha* – für jeden, der dorthin ging, darunter Drew Harmon und seine sonderbare Frau, und er tröstete sich mit der Überzeugung, daß es nicht viele Interessenten geben würde.

3

Die Landung der Maschine, die Fletcher abpassen sollte, war für acht Uhr fünfundfünfzig angekündigt. Um acht Uhr fünfzig kroch er noch immer zentimeterweise über das letzte Teilstück des Century Boulevard Richtung LAX. Es war ein ganz besonders häßlicher Morgen, L. A. in Bestform, der Himmel mit Küstennebel und Smog verhangen und von der Farbe schmutzigen Betons. Fletcher blickte mit einer Mischung aus Verwunderung und Abscheu in diesen Himmel, während ein steter Strom von Jets über ihm dahindonnerte – von denen einer zweifellos seine Schutzbefohlenen von den Inseln transportierte.

Der Plan war relativ simpel. Heart Attacks brauchte einen starken Nordswell, einen von der Art, die die Nordküste von Aohu berühmt gemacht hatte, und sie hatten auch Waimea Bay als einen ihrer Indikatoren ausgesucht. Wenn es in der Bucht losging, müßte Heart Attacks annähernd achtundvierzig Stunden später folgen. Theoretisch konnte ein Mann denselben Swell an beiden Plätzen surfen. Sonny Martin und Robbie Jones würden es versuchen. Fletchers Job war es, sie am Flugzeug abzuholen und nach Sweet Home zu bringen, wo sie sich mit Drew Harmon zusammentun würden.

Fletcher fand es noch immer nicht leicht zu glauben, daß Drew Harmon einer derartigen Begleitung zustimmte. Und es war ebenso schwer zu glauben, daß Drew Harmon um Fotos gebeten hatte. Der Mann hatte das schließlich alles schon mal erlebt, und Fletcher hatte gedacht, er hätte damit abgeschlossen. Als er Michael Peters seine

Bedenken vorgetragen hatte, hatte der sie kurzerhand abgetan. »Drew Harmon und Heart Attacks«, hatte er gesagt. »Hätte ich etwa ›Nein, danke‹ sagen sollen?«

Fletcher ging davon aus, daß er die gleiche Haltung einnehmen sollte. Was Harmon mit den Fotos wollte, war seine Sache. Was er selbst wollte, wußte Fletcher recht gut. Eine gute Geschichte und viele Abdrucke. Zwar hatte er Peters wegen seiner Auswahl der Pros aufgezogen, aber Robbie Jones war tatsächlich ein cleverer Zug. Wenn sie das Glück einer guten Brandung hätten, wäre es für Fletchers Ziele entscheidend, genügend Talente im Wasser zu haben. Und es bestand kaum Zweifel, daß Robbie dem genügen würde. Was Harmon anging: ihn hatte über ein Jahrzehnt lang niemand mehr surfen sehen. Für die Brandrodungs-Eskapaden der Pro-Tour war er bestimmt zu alt. In Big-waves jedoch mochten Kraft und Erfahrung Schnelligkeit und Flexibilität ersetzen. Und wenn beide Männer gut surften, war es, wie Peters gesagt hatte: der junge Herausforderer und der alte Löwe, in mythischer kalifornischer Brandung. Für Fletcher war es der Stoff eines neuen Anfangs. Mit etwas Glück könnte er wieder in ein Impressum kommen. Es würde einen monatlichen Vorschuß geben. Ein Gehalt. Schließlich war er dort schon gewesen. Und diesmal würde er sich ein bißchen geschickter anstellen. Versprochen. Er schloß einen Pakt mit dem betonfarbenen Himmel. Er war ein erwachsener Mann, und er hatte vor, sich wie einer zu verhalten. Und wenn der Winter kam, würde er zu den Inseln gehen. Er würde sich eins von den großen Sechshundertern kaufen und vom Strand aus fotografieren. Und zwischen den Sets würde er mit den anderen Fotografen quatschen, die sich im Sand aufreihten, und abends würde er ein bißchen Karten spielen, ein bißchen Gras rauchen und sich früh zurückziehen. Keine extravaganten Kommentare über den Niedergang des Sports mehr. Keine dummen Streiche mehr. Es war so einfach, tatsächlich, und wirklich nicht zuviel verlangt.

Als er endlich auf dem Flughafengelände war, parkte Fletcher auf einem der außenliegenden Parkplätze und eilte zu Fuß zum Terminal. Auf der ersten Anzeigetafel sah er, daß die Maschine bereits am Boden war, und ging direkt zur Gepäckausgabe. Als erstes sah er, als er den Raum betrat, die Boards. Zwei hellblaue Hartschalen-Transportboxen von einer Länge, daß man auf Guns – Boards für große Wellen – schließen konnte, standen nicht weit vom Gepäckband entfernt gegen eine Betonsäule gelehnt.

Seine Schützlinge sah er als nächstes. Sie standen mit dem Rükken zu ihm, gekleidet wie Leute von den Inseln; in Sandalen, weiten karierten Shorts und Sweatshirts, die dem von Fletcher ähnelten. Robbie Jones schien sich erst kürzlich den Schädel rasiert zu haben, und das alberne Produkt, von tropischer Sonne gebräunt, glänzte in dem gedämpft blühenden Licht wie eine Eichel. Neben ihm stand Sonny Martin, dessen zottiges Gelbhaar an den Enden, die ihm auf die Schultern fielen, weiß geworden war.

Sonny erblickte ihn als erster, als er sich umdrehte und ihn mit leicht blutunterlaufenen Augen betrachtete. Augen, die Fletcher als sinnbildlich für eine ganze Generation ansah – kalt, tot und wissend, ohne jedes Mitgefühl. Doch als er sich dem Gepäckband näherte, kam ihm auch der Gedanke, daß er zu hart zu dem Jungen war. Schließlich würden sie die nächste Woche miteinander verbringen, vielleicht auch zwei. Wer wußte das schon? Vielleicht würden sie sogar im kalten Wasser des Pazifik aneinander geschmiedet sein.

Sonny offerierte einen schlaffen Händedruck. Robbie Jones nickte und wandte sich dann ab, um einen farbenfrohen Nylonbeutel vom Band zu ziehen.

»Mach dir das mal klar«, sagte Sonny. Seine Hand hing locker an seiner Seite herab, als er in Robbie Jones' Richtung nickte. »Der Typ hat einen schlimmen Flug hinter sich, Mann. Hat seine Ex als Tänzerin im Staide wiedergetroffen.«

»Laß mal gut sein«, sagte Jones.

Sonny lachte und schüttelte den Kopf. »Die Mieze in voller Lebensgröße, und führt ihre Pflaume japanischen Touristen vor. Peters hat die ganze Zeit versucht, sie dazu zu bringen, zu unserem Ende der Bar zu kommen, aber sie wußte, daß wir da waren, und wollte nicht. Peters wollte ihr einen Quarter geben, damit sie ihn sich mit der Möse schnappt.«

Mittlerweile hatte Robbie Jones sein Gepäck geschultert. Er trat zwischen die beiden Männer und sprach Martin an: »Laß gut sein, hab' ich gesagt.« Er war der größere der beiden Surfer. Seine Körpergröße überraschte Fletcher. Seine lebhafteste Erinnerung an den Jungen datierte vom Wettbewerb in Huntington Beach – dem Kopfstoßzwischenfall auf dem Parkplatz. Das Bild, das sich in Fletchers Kopf eingeprägt hatte, war das eines dünnen weißen Knaben mit rasierten Koteletten, herumwackelnd wie ein Hinterwäldler aus Arkansas, der von Amphetamin high war, nur einen Schritt weit weg von einer Geistesbehinderung und geboren, um böse zu sein. Der junge Mann, der jetzt vor ihm stand, hatte Fülle in den Schultern gewonnen, Sonnenbräune bekommen, trug einen Ohrring und würde, wie Fletcher glaubte, nicht unbedingt als Teil der Elite durchgehen. Sein Fortschritt trug allerdings kaum dazu bei, der kommenden Woche mit Optimismus entgegenzusehen. Es würde, fürchtete Fletcher, eine lange Woche werden, und er hoffte, der erwartete Sturm setzte rasch ein und brachte keinen Regen mit sich, so daß er seinen Schuß kriegte und sich wieder absetzen könnte. Ein Alptraumszenario stellte sich ihm dar: das Wetter zu schlecht für Fotos, aber der nächste Swell auf dem Weg. Vergeudete Tage, in einem schäbigen Motel darauf warten, daß der Regen aufhörte, während Sonny Martin über Frauen redete, die sich mit ihrer Möse Quarters schnappten. Im Moment jedoch schien es Robbie gelungen zu sein, Martin zum Schweigen zu bringen. Fletcher half ihnen mit der Ausrüstung, und sie verließen stumm den Gepäckbereich.

»Wie waren die Inseln?« fragte Fletcher. Sie standen vor dem Terminal an einer roten Ampel. Autos fuhren vor ihnen im Zickzack.

Hupen schrillten. Der beißende Geruch des Verkehrs lag in der Luft.

»Es waren die Inseln«, sagte Robbie.

Fletcher führte sie zu dem Van. Er stellte das Board ab, das er trug, und schloß die Tür des Laderaums auf.

»Wem gehört der Wagen?« fragte Sonny.

Fletcher sagte ihm, es sei seiner.

»Zu schade«, sagte Sonny. »Wär es ein Mietwagen, könnten wir einen Überroller machen.«

»Der sieht so aus, als hätte er schon einen hinter sich«, sagte Robbie. »Zweimal.«

Fletcher sah sie bloß an. »Ich bringe uns dorthin«, sagte er. Er hatte vor, die Interstate 5 zu nehmen, dann bei Redding zur Küste abzubiegen. Sie würden mit zwölf bis vierzehn Stunden rechnen müssen. Sie würden, wie er annahm, bei den Harmons unterkommen. Morgen früh um diese Zeit könnte er eine Big-wave der Weltklasse im Sucher haben und seinen Schuß suchen. Diese Aussicht ließ ein paar Schmetterlinge flattern.

Auf der anderen Seite des Gehwegs fuhr ein Flughafen-Pendelbus aus einer Ladezone los und stieß eine dichte schwarze Rauchwolke aus, die zwei ältere weiße Frauen an der Bürgersteigkante einhüllte. Sonny Martin sah dem Bus nach, drehte sich um und bedachte seine Begleiter mit einem glasigen Lächeln. »Die Weiber sind bestäubt worden«, sagte er. »Vom Auspuff.«

»Ich nehm den Beifahrersitz«, sagte R. J.

Die Fahrt von Los Angeles in Kaliforniens endloses Mittelstück hinein war tatsächlich weniger unangenehm, als Fletcher es sich vorgestellt hatte. Seine Begleiter, erschöpft von einer Nacht mit Karten und Stripperinnen, schliefen auf eine Weise ein, die Fletcher daran erinnerte, wie seine Tochter bei Fahrten mit ihm und seiner Frau geschlafen hatte. Martin kroch nach hinten zu den Boardtaschen und der Ausrüstung und war zweihundert Meilen nicht mehr zu hören. Robbie Jones setzte die nackten Füße aufs Armaturenbrett und legte den Kopf gegen das Seitenfenster. Er sabberte und schnarchte, war ansonsten aber still und überließ es Fletcher, in aller Einsamkeit über die endlosen Meilen von Bauernhöfen, Viehweiden und John-Deere-Mähdrescher zu sinnieren, die Unmengen Spreu in die vorherrschenden Westwinde schleuderten. Von Los Angeles bis vor Sacramento wurde kein Wort zwischen ihnen gewechselt, bis Robbie Jones mit einem gequälten Ausdruck auf seinem sonnengebräunten Gesicht wach wurde und ankündigte, es sei Zeit, seinen Schwanz auszuspülen. Und außerdem müsse er pinkeln.

Fletcher dagegen hatte Hunger und hielt beim ersten Restaurant, das er sah, einem Anderson's-Erbsensuppen-Imbiß – einer lausigen Ansammlung von Stein und Holz mit Säulen und Türmchen, auf denen über einem Parkplatz voller Pkw, Mini-Vans, Campingwagen und einer Menge von Bürgern in Traktormützen und Jeans in einer steifen Brise farbenfrohe Fahnen flatterten.

Robbie Jones zog unter seinen Füßen einen Rucksack hervor und durchwühlte ihn, als der Van auf die Zufahrt holperte und in den Parkplatz einbog.

»Wie meinst du das: deinen Schwanz ausspülen?« fragte Fletcher. Seine Neugier ging wieder einmal mit ihm durch.

Sonny, unter den Boardtaschen und der Kameraausrüstung liegend, ächzte. »O Mann«, sagte er. »Warte mal, bis du siehst, was dieser Typ sich angetan hat.«

In der Toilette des Anderson's bekam Fletcher – zusammen mit einer beachtlichen Anzahl entsetzter Bürger – zu sehen, was Robbie sich angetan hatte. Der Kerl hatte sich sein Teil piercen lassen. Ein goldener Penis-Stecker ragte, von rechts nach links, aus seinem Organ, und an beiden Seiten waren blutige Löcher zu sehen, aus denen eine eklige Mischung aus Wasser, Blut und Eiter sickerte.

Robbie begab sich mit seinem Schaustück zu einem Waschbekken, wo er sich mit einer antiseptischen Spülung ausgiebig säuberte. Zwei Jungen starrten mit offenem Mund auf seinen Schwanz, bis ein fetter Kerl mit Pilotenbrille und Traktormütze sie mit einem empörten »Herrgott!« nach draußen scheuchte.

Fletcher beobachtete die Aktion mit fasziniertem Entsetzen.

»Der Idiot mußte eine Verzichterklärung unterschreiben«, sagte Martin. »Wenn das Ding nicht mehr funktioniert, kann er niemanden verklagen.«

»Und wann weiß er es?« fragte Fletcher.

»Das mußt du dir vorstellen!« sagte Martin. »Der Arsch kann neun Monate keinen Geschlechtsverkehr haben.« Der Junge lachte und schüttelte den Kopf, als handele es sich um eine undenkbare Vorstellung. Fletcher gab sich ebenfalls ungläubig, aber in Wirklichkeit war die Vorstellung für ihn ganz und gar nicht undenkbar. Er hatte selbst ein sechs Monate währendes Zölibat hinter sich, aber vor jemandem wie Sonny Martin würde er das niemals zugeben.

»Frauen machen einem die Beine schwach«, sagte Robbie Jones. Er stopfte sich das blutige Organ in die Unterhose und taumelte, auf der Suche nach Eßbarem, aus der Toilette hinaus.

Eine halbe Stunde später befanden sich Martin und Jones in einem ernsthaften Wettstreit im Suppenessen. Sie hatten »The Traveler's Special« entdeckt: Burger und so viel Erbsensuppe, wie man runterbringen konnte. Im Augenblick waren sie bei Schüssel Nummer sieben, ohne daß ein Ende in Sicht war, und die Kellnerin wurde von Schüssel zu Schüssel unfreundlicher.

Die Kellnerin war eine dralle Blondine mit Brille und einer toupierten Hochfrisur, wie Fletcher sie in seinem Teil Kaliforniens seit fünfzehn Jahren nicht mehr gesehen hatte. Bei Schüssel Nummer acht wagte sie es, Robbie Jones zu sagen, daß er sie an Beltar erinnerte, den kegelköpfigen Alien aus der Fernsehserie *Saturday Night Live.*

»Sie meint den, der es mit dem Massenkonsum hat«, sagte Martin. Er wandte seine blutunterlaufenen Augen zu der Kellnerin, wischte sich einen Faden Erbsensuppe vom Kinn und grinste.

Die Kellnerin hatte die Hand auf die üppige Hüfte gestemmt. »Genau den«, sagte sie.

»Hey, Baby«, sagte Robbie Jones. Er sagte es, ohne den Blick zu heben, konzentriert auf die Suppenschlüssel vor sich. »Ich hab's um deiner Liebe willen getan.«

Die Kellnerin verzog das Gesicht und wollte gehen.

»Oh, hey.« Jetzt rief Sonny Martin ihr hinterher. »Miss. Würden Sie uns noch von den Crackern bringen? Die hier sind alle.« Er hielt ein kleines Körbchen hoch, aus dem ein paar Krümel auf den Tisch fielen.

Die Kellnerin ging weiter. Ihre Nylons rieben mit einem hörbaren Rascheln gegeneinander, was ein Lächeln auf Sonny Martins Gesicht zauberte.

Fletcher wandte sich seinem Essen zu.

»Also, Doctor«, sagte Sonny. »Hat Harmon wirklich einen Rausschmeißer vom Biltmore in Waikiki nach draußen befördert?«

Zum ersten Mal sprach einer von ihnen direkt über Drew Harmon oder die Welle, die zu reiten sie vorhatten. Fletcher sah den jungen Mann an, der ihm gegenübersaß. »Hat er«, sagte Fletcher.

Sonny sah ihn staunend an. »Der Laden ist wie hoch? Zwölf, fünfzehn Stockwerke ...«

»Er hat den Typen nicht von ganz oben rausgeschmissen.«

»Ich dachte, es war die Aussichtshalle.«

»So nannten sie den Raum. In Wirklichkeit war es eine seitlich gelegene Terrasse.«

Sonny wirkte enttäuscht.

»Es war immerhin zwei Stockwerke hoch«, sagte Fletcher. »Darunter war ein Swimmingpool, und Harmon ist es gelungen, den Kerl direkt hineinzusetzen.«

Aber das Leuchten war aus Sonnys Augen verschwunden, und er widmete sich wieder seiner Suppe. Fletcher nahm an, alles unterhalb von zwölf Stockwerken war unzureichend. Der Junge hatte zu viele Filme gesehen. Er war verwöhnt.

»Ich habe den Mann mal im Wasser gesehen«, sagte Robbie. »Muß mein erster Trip zu den Inseln gewesen sein. Er war immer noch da.

Es war das Jahr, in dem er zum ersten Mal Himalayas geritten ist. In der Bucht ging es ab, und er war irgendwo draußen gewesen und war dabei, zurückzupaddeln. Er ist auf die Welle drauf, und irgendein Typ hat ihn gesnaked. Hat wahrscheinlich nicht gewußt, wer er war.«

»Was hat er gemacht?« fragte Sonny.

»Er hat gewartet, bis der Typ wieder nach draußen paddelt, hat den Wichser vom Board gehauen und ihm alle Finnen mit der Handkante abgebrochen.«

Sonny Martin lachte. »Su-per!« sagte er.

Nachdenklich kaute Robbie Jones am letzten Bissen seines Burgers und wandte sich dann an Fletcher: »Wie willst du die Stelle shooten?« fragte er.

»Harmon hat Peters gesagt, es gebe dort ein Boot.«

»Was für ein Boot?« fragte Sonny.

»Das hat Peters nicht gesagt. Er hat bloß gesagt, es gebe ein Boot.«

»Ja, klar, von mir aus ist das okay«, sagte Sonny. Er sah Robbic an.

»Von mir aus auch. Aber ich bin mir nicht sicher, ob man dem Wichser glauben kann.«

»Wieso?«

»Weil Harmon einen Ruf als Schaumschläger hat. Oder etwa nicht?« Der Junge blickte Fletcher an.

»Er hat den Ruf, ab und zu Leute zu verarschen. Aber ich würde vorschlagen, du sagst es ihm nicht ins Gesicht.«

Robbie grinste ihn mit vollem Mund spöttisch an. »Wenn es kein Boot gibt, steckst du tief in der Scheiße. Oder, Doc?«

In Wahrheit steckte er ohnehin drin, aber es widerstrebte ihm, das mit Robbie Jones zu diskutieren. »Wenn es kein Boot gibt, muß ich rauspaddeln und vom Board aus shooten.«

»Heikel«, sagte Robbie. »Wirst du diesmal deinen Film noch mal gegenchecken?«

»Keine Sorge«, sagte Fletcher. »Ich krieg' dich schon drauf.« Damit überließ er sie ihrer Suppe und ging nach draußen. Er steuerte eine Telefonzelle an, die er auf dem Parkplatz gesehen hatte.

Heftiger Wind peitschte seine Kleidung. Eine willkommene Erfrischung nach dem düsteren Restaurant mit seinem Gestank nach umgewälzter Luft und gebratenem Essen. Die Sonne stand bereits halbhoch im Westen, die Schatten auf dem Asphalt wurden länger, die Autos leuchteten im reflektierten Licht.

Er stand in der Zelle, die auf einer Seite offen war. Er stand mit dem Gesicht im Wind und wählte die Nummer der Hafenpatrouille in Crescent City. Die äußeren Bojen, sagte man ihm, zeigten siebzehn Fuß bei Fünfzehn-Sekunden-Intervallen an. Von der Mündung der Meerenge bis Mendocino Point waren die Warnschilder für Kleinboote postiert worden. Es würde eine große Welle werden, und sie war auf dem Weg.

Da er keine große Neigung verspürte, ins Restaurant zurückzugehen, entschied Fletcher sich dafür, im Van auf das Ende des Suppen-Wettbewerbs zu warten. Er schluckte eine Pille, nahm seinen alten Straßenatlas heraus und schlug eine Karte von Nordkalifornien auf. Man konnte auf den ersten Blick erkennen, warum die Stelle, nach der sie suchten, über die Jahre so schwer faßbar gewesen war, denn sie lag am Rand eines weiten Landstrichs, der sanft in den Pazifik abstieg. Die Nordzone war durch grüne Färbung als nationales Schutzgebiet gekennzeichnet. Ein Großteil der Küste war von Norden, ab einer als Neah Heads gekennzeichneten Landspitze, rosa gefärbt, ebenso wie die Uferzonen des Flusses, der am Südende ins Meer floß, und die Uferzonen waren als drei getrennte Reservate ausgewiesen – für die Hupa, die Yurok und die Tolowan. Der Rest bestand aus großen weißen Flächen – öffentliches Land, von Straßen unberührt und bis auf die beiden schwarzen Punkte am Südende, südlich vom Fluß, leer. Einer der beiden Punkte war die Haftanstalt in Scorpion Bay, der andere die winzige Ortschaft Sweet Home.

Zum Meer hin war das Landstück felsig und zerklüftet. Die Möglichkeiten für Brandung waren offensichtlich. Am einladendsten allerdings war eine lange, schmale Zacke, die in einer fußähnlichen

Form auslief. Es war die am weitesten westlich gelegene Spitze des am weitesten westlich gelegenen Küstenabschnitts, den der Bundesstaat Kalifornien anzubieten hatte. Eine breite natürliche Bucht erstreckte sich am Spann des Fußes, und man konnte sich sehr gut vorstellen, daß sich ein ausgedehnter Nordswell, der irgendwo an der Ferse auftraf und dann die Sohle entlanglief, auf der Bucht brach. Fletcher nahm an, bei dieser Formation handelte es sich um die Stelle, die in seinem Buch Devil's Hoof – Teufelshuf – hieß, auch wenn sie auf der Karte als Humaliwu bezeichnet wurde und rosa gefärbt war.

Die Ortschaft Sweet Home hielt ihre einsame Wacht über diesen Landstreifen vom Rand eines kleinen Hafens aus, der sehr nahe der Mündung des Klamath River, aber einige Meilen südlich der langen Zacke gelegen war. Alles in allem hatte Fletcher den Eindruck eines recht wilden und einsamen Landstrichs, der zweifellos exzentrischen Marihuanafarmern und dem Untier Big Foot als Heimat diente. Und nun auch Heimat von Drew Harmon war, falls der Mann sie nicht verarschte und falls es dort wirklich eine Welle gab, die sein Interesse weckte. Falls es sie gab, hoffte Fletcher inständig, daß er ein Boot finden würde, um hinauszufahren.

Fletcher hatte den Atlas weggelegt und prüfte seinen Film, als Sonny Martin und Robbie Jones aus dem Restaurant kamen.

»Dreizehn Schüsseln«, sagte Martin.

»Zwei volle Kartons Cracker«, ergänzte Jones.

»Nur ein Nachteil«, wandte Fletcher ein.

»Was für einer?«

»Das Zeug gibt dir Gas.«

Sonny Martin sah ihn verständnislos an.

»Er meint«, sagte Robbie Jones, »das Zeug bringt dich zum Furzen.«

Martin bedachte Fletcher mit seinem glasierten Lächeln. »Auf keinen Fall«, sagte er.

Fletcher seufzte. Er saß bereits hinter dem Lenkrad, als Sonny Martin ihn wieder ansprach. »Yo, Doctor«, sagte Sonny. »Sieht aus, als hätte dein Gefährt ein Leck.«

Fletcher wollte glauben, daß er sich verhört hatte. Er blickte in den Außenspiegel und sah die beiden hinten am Wagen. Robbie war auf die Knie gegangen, und Fletcher sah den kahlen Schädel des Jungen wie einen riesigen fleischfarbenen Dildo in seine Richtung weisen.

»Er hat recht«, rief Robbie. »Scheiße! Ich wußte, wir hätten einen Mietwagen nehmen sollen.«

Fletcher stieg aus und schaute unter den alten Dodge. Er sah eine große Wasserpfütze, aus der ein bescheidenes Nebenflüßchen ein kurzes Stück nach rechts floß, bevor es in einer Art Abflußrinne versickerte. Wäre die Parkplatzfläche in die entgegengesetzte Richtung geneigt gewesen, hätte Fletcher das Wasser vielleicht gesehen, als er aus dem Restaurant gekommen war. Nicht, daß es einen großen Unterschied gemacht hätte. Es hätte ihm den Kommentar des Jungen erspart, mehr nicht.

Fletcher richtete sich auf und sah sich um. Etwa vierhundert Meter entfernt, an der Auffahrt zum Freeway, war eine Union-76-Tankstelle. Mit etwas Glück brauchte der Van bloß ein Schlauchstück, das sie an der Tankstelle bekommen könnten. Das sagte er den Jungen. Sonny war bereits hinten im Wagen und lag rücklings auf einer der Boardtaschen. Robbie hatte eine Zwille aus einer seiner Taschen geholt und suchte nach etwas, auf das er schießen konnte. »Ja, in Ordnung«, sagte er.

Fletcher marschierte los. Er passierte die glücklicheren Fahrzeuge der anderen Reisenden, kam an schimmernden Winnebagos und Kings of the Road vorbei, die von Radarschirmen und Fernsehantennen strotzten und auf deren Dächer Liegestühle und Fahrräder festgezurrt waren. Er kam an einem Obststand vorbei, an dem Zugvogel-Rentner, zum Golfspielen gekleidet, lauthals nach frischen Erdbeeren verlangten; die Herbstluft war schwer vom Geruch frisch gepflückter Pfirsiche. Der Weg führte leicht bergauf, und er bewegte sich wie auf Kollisionskurs mit einer gewaltigen Sonne, vor deren Antlitz sich bereits ein Flickenteppich dunstiger Wolkenfetzen breitmachte. Die Wolken stiegen von dem Küstenstreifen auf, der den Freeway auf der Westseite säumte. Sie ergossen sich über die Kämme der Klippen, sanken in die Canyons und verliehen den Hügelfalten blaue Schatten. In Fletchers Augen waren sie die Vorhut des Sturms, den zu verfolgen sie aufgebrochen waren.

4

Zwischen ihrem siebten und zehnten Lebensjahr hatte Kendras Vater sie zu Seancen mitgenommen, und manchmal glaubte sie, sich bei einer von ihnen etwas eingefangen zu haben. An dem fraglichen Morgen schoß ihr durch den Kopf, dieses Etwas befinde sich mit ihr im Zimmer. Die Vorstellung ließ sie hochschrecken, und sie erwachte aus einem unruhigen Schlaf. Beim Erwachen stellte sie fest, daß es fort war. Es lag bloß ein beunruhigender Schatten über einem Teil des Zimmers, den sie aber nicht zu betrachten wünschte, und aus Erfahrung wußte sie, daß sie sich erst sicher genug fühlen würde, das Bett zu verlassen, wenn der Schatten sich vollständig aufgelöst hatte.

Sie wartete noch immer darauf, als das Telefon zu läuten begann. Mit einiger Beklommenheit stand sie auf. Der Schatten zog sich vor ihr zurück, sammelte sich zu einem kleinen dunklen Klecks an dem Punkt, wo Wände und Fußboden sich trafen, und blieb dort – ein Schmutzfleck auf dem Morgen. Kendra nahm den Hörer ab und legte ihn ans Ohr.

»Herrgott, sag mir nicht, daß du wieder den Tag verschläfst!«

Kendra erkannte die Stimme von Pam, der Köchin bei Cassady's. Pam war einer der wenigen Menschen, mit denen Kendra sich angefreundet hatte, seit sie nach Sweet Home gezogen war. Pam war

Teilzeitköchin, Teilzeit-Bluegrass-Musikerin, Dart-Enthusiastin und New-Age-Hexe.

Kendra sah auf die Uhr. Bestürzt stellte sie fest, daß es zwei Uhr am Nachmittag war. »Offenbar«, sagte sie. Die Nacht hatte sie mit Travis' Büchern, mit Zauberern und Schamanen verbracht, und sie war erst mit der Morgendämmerung eingeschlafen. Sie hörte die Frau am Telefon lachen. Kendra starrte durch das kleine Fenster über dem Spülbecken in ihrer Küche. Dahinter lag der Nebel, der selbst die Topfpflanzen auf der Veranda kaum erkennen ließ. Hinter der Veranda waren die Bäume. Aber die Bäume konnte sie nicht wirklich sehen. Nur eine dunkle Stelle im Nebel. Der Anblick des Nachmittags mißfiel ihr, und sie wandte den Blick ab.

»Na ja«, sagte Pam, »im Grunde mach ich dir keinen Vorwurf. Wenn ich in der Todeskutsche wohnen würde, würde ich wahrscheinlich auch die ganze Nacht aufbleiben und tagsüber schlafen.«

»Die Nummer mit ›die ganze Nacht aufbleiben‹ hast du doch längst hinter dir.«

Pam lachte wiehernd, dann hustete sie laut ins Telefon. »Da hast du wohl recht«, sagte sie.

Kendra erwiderte nichts. Sie blickte erneut in den Nebel hinaus. Ihr kam der Gedanke, daß Pam sie wahrscheinlich anrief, um ihr von ihrem Gig im Bodine's zu erzählen.

»Und?« fragte Pam. »Bist du morgen im Bodine's? Oder sitzt du wieder die ganze Nacht herum und drehst Däumchen?«

Einen Moment versuchte Kendra, sich eine gewitzte Antwort auszudenken, aber ihr fiel nichts ein. Schließlich sagte sie bloß, sie würde dort sein. »Sich sehen lassen oder verpassen«, entgegnete Pam.

Als Kendra den Hörer aufgelegt hatte, ging sie ziemlich verunsichert zum Spülbecken. Als sie Wasser für den Tee einlaufen ließ, sah sie Drews Notiz vom Vortag, in der er sie daran erinnerte, Butan für den Wohnwagen zu beschaffen. Sie waren schon beim letzten Tank, und die kleine rote Fahne oben auf dem Tank, die anzeigte, daß er zur Neige ging, war vor zwei Tagen erstmals zu sehen gewesen. Der Zettel war feucht und fleckig und pappte auf der Spüle, beinahe verloren zwischen dem Durcheinander aus schmutzigem Geschirr.

Über dem Becken hatte Drew, wie sie jetzt entdeckte, eine seiner Wetterkarten auf die Schranktür geklebt. Die Karten waren ihr unverständlich, ein Wirrwarr wirbelnder Linien und winziger Zahlen. Drew schnitt sie aus der Zeitung aus. Oft machte er Fotokopien und trug Markierungen darauf ein. Die Karte, die dort vor ihr hing, hatte eine Reihe dünner roter Linien, die die Höcker mehrerer Isobaren durchschnitten. Zumindest glaubte sie, es seien Isobaren. Sicher konnte man nie sein. Die roten Markierungen jedoch konnte sie interpretieren. Sie bedeuteten, daß Drew etwas gefunden hatte, was sein Interesse weckte. Sie bedeuteten, daß er einem Sturm auf der Spur war. Und es könnte bedeuten, daß sie Gesellschaft bekommen würden, denn sie wußte, daß Drew mit einigen Leuten von einer Zeitschrift gesprochen hatte. Es würde Besucher geben, einen Fotografen, Profi-Surfer. Kendra fand die ganze Sache irgendwie abgeschmackt.

Als sie ihren Tee getrunken hatte, zog sie eine Lederjacke über die Kleider, in denen sie geschlafen hatte, und ging raus, um nach den Tanks zu sehen. Es waren zwei. Sie waren klein und dick und so angestrichen, daß sie wie riesige Marienkäfer aussahen. Das war das Werk der früheren Mieterin des Wohnwagens – der Frau, die von Marcus Dove ermordet worden war. Anscheinend hatten sich die beiden hinter einer Bar gestritten. Dann, so wurde angenommen, war Marcus ihr bis nach Hause gefolgt, hatte ihr die Kehle von Ohr zu Ohr mit einem Segelmesser aufgeschlitzt und sie auf dem Küchenboden liegen lassen, wo sie verblutet war. Als man ihn zwei Tage später mit blutverschmierten Stiefeln in Neah Heads gefunden hatte, hatte Marcus seine Unschuld beteuert und sich dann bei der erstbesten Gelegenheit erhängt. Amandas Vermieter war von Brookings angereist, hatte den Wohnwagen geschrubbt und zum Verkauf angeboten. Zwei Wochen hatte er leer gestanden, bis Drew ihn kaufte und auf sein Grundstück brachte.

Kendra nahm den Tank von der Vorderseite des Wohnwagens und ging mit ihm die lange Treppe hinab. Der Nebel haftete an ihrem Gesicht und füllte ihre Lungen. Rheuma und Schwindsucht. Die Shaker-Missionare hatten sie als die vorherrschenden Gebrechen unter den Eingeborenen vorgefunden.

Die Eingeborenen hatten bösen Geistern, deren Häuptling Skwai-il hieß, die Schuld an diesen Gebrechen gegeben. »Ihr dürft nichts Böses tun«, sollen die Tolowan ihre Kinder ermahnt haben. »Skwai-il wird euch sehen und euch als seine Wohnstatt nehmen.« Sie nahm an, den Kindern hatte das Angst eingejagt. Ihr hätte es Angst eingejagt.

Es stand alles in den Büchern, die Travis ihr geliehen hatte. Skwai-il, Kitdongwes, Zauberer und Schamanen. Wie Travis angedeutet hatte, waren die letzteren normalerweise Frauen. Geister kamen zu ihnen, während sie sich in Trance befanden, und pflanzten ihnen einen Schmerz ein. Damit er heilte, mußte der Schmerz jedoch mit einem anderen gepaart werden, und nach diesem machten sie sich auf die Suche, allein und an fernen, geweihten Orten. Einige davon befanden sich hoch in den Bergen, einige auf gefährlichen Klippen über dem Meer, und hier würden sie bleiben und tanzen und die Ankunft des Geistes und des zweiten Schmerzes erwarten. Wenn er kam, geschah das mit solcher Intensität, daß die Schamanin zeitweise ihr Bewußtsein verlor. Sie zog sich dann in eine Schwitzhütte zurück, wo die Schmerzen zu einer schleimigen Substanz wurden, die mit der Zeit aus ihrem Körper ausgestoßen werden konnte.

Kendra sah sich bewegt von diesem Bild der Frau, die allein an einem geweihten Platz tanzte und einen Schmerz erwartete. Sie ging so weit, sich vorzustellen, dies könne etwas damit zu tun haben, daß sie, in den Kleidern einer toten Frau, durch die Wälder streifte. Die Bücher wußten darüber natürlich nichts zu sagen. Sie verrieten ihr nicht, was sie wissen wollte.

Vielleicht, dachte sie, als sie den Schlamm am Fuß der Treppe erreichte, vielleicht, wenn sie keine Fehlgeburt gehabt hätte. Wenn Drew nicht gebissen worden wäre. Wenn sie nicht tagelang allein gelassen worden wäre. Sie konnte sich tatsächlich ein anderes Leben hier ausmalen – eine schimmernde Straße, unbefahren. Doch in Wirklichkeit fand sie sich in unerfreulichen Erinnerungen wieder. Sie fühlte sich eingeweiht in das, was der Wohnwagen gesehen hatte und was das reinigende Dampfbad nicht hatte wegwaschen können. Sie hatte sich an träge Tage und schlaflose Nächte gewöhnt und an das Geräusch des Regens, der auf das Blechdach prasselte, während sie sich der Lethargie ergab. Und jetzt würden Besucher kommen. Eine absurde Vorstellung. Drew hatte Big-waves versprochen, einen Secret-spot. Wenn sie dort Fotos schossen, wo war dann das Geheimnis? Es sei denn, es war so, wie die Indianer sagten. Man nimmt dein Bild auf, und du verlierst deine Seele. Das könnte etwas sein, das Bild als das eigentliche Ding. So wie man eine Aura sieht. Falls sie das zuwege brachten, dachte sie, dann würden sie mehr bekommen, als sie erwartet hatten.

Als sie Sweet Home erreichte, hatte sich der Nebel in ein leichtes Tröpfeln verwandelt, und sie entschied, ein Glas Wein würde ihr guttun – ein kleines Etwas, um die Kälte abzuwehren, während sie auf das Gas wartete. Sie setzte die Kartusche zum Nachfüllen bei Mike's Travel Land ab und ging weiter zu Bodine's Tavern.

Es war drei Uhr nachmittags, auf dem Parkplatz standen nur vier Autos. Kendra parkte neben Pams braunem Honda Civic und ging aus dem Regen hinein. Als sie die Treppe hinaufging, waren sie am Dartboard zu hören. Im Hintergrund spielte leise eine Kassette von Iris Dement – ein Lied über süße Vergebung. Kendra blieb stehen, als sie den Treppenabsatz erreichte. Sie lauschte dem Geräusch der Pfeile, die die Scheibe trafen. Dem Geräusch folgte ein Chor lauten Lachens, das die Musik zeitweilig übertönte.

Von irgendwo aus dem Inneren des Lokals kam das Geräusch

einer Eismaschine, die Würfel in eine Schale spuckte. Das Lied war zu Ende. Pams Stimme hob sich aus der Leere, eine abfällige Bemerkung, die auf den Wettbewerb am Wochenende zielte. Dart galt in Sweet Home als wichtiger Zeitvertreib. Das Bodine's hatte, wie die meisten anderen Gaststätten, ein eigenes Team. Es gab Ligaspiele, Turniere, Trophäen und viel Vergnügen. Kendra war zum Mitmachen eingeladen worden. Natürlich hatte sie abgelehnt. So war sie. Turniere würden gewonnen und verloren werden. Trophäen würden den Besitzer wechseln. Alles würde ohne sie passieren.

In ihrem Rücken wurde eine Toilettenspülung betätigt. Ein Mann, den sie nicht kannte, trat auf den Treppenabsatz und knöpfte sich dabei seine Jeans zu. Er war wie ein Holzfäller gekleidet, schwere schwarze Hose, kariertes Hemd, Hosenträger, geteerte Stiefel. Der Mann hatte widerspenstiges blondes Haar und einen Bart. Er war nicht unattraktiv. Für einen Moment blickte er Kendra an, ließ seine Augen über sie gleiten und lächelte dann. Kendra wandte sich um und betrat das Lokal.

Pam befand sich mitten im Wurf, das linke Bein gerade, das rechte Bein nach hinten, in Knie und Knöchel gebeugt, die Zehen auf dem Fußboden. Pam war eine grobknochige Frau, und die Wurfpose – Kendra hatte sie oft gesehen – kam ihr stets ein wenig lächerlich vor.

Kendra wartete am Ende der Theke, um Pams Konzentration nicht zu stören. Bei dem Wurf ging es offensichtlich um Sieg oder Niederlage. Als Pam die Faust in der Luft schwenkte, erblickte sie im matten Licht des Zigarettenautomaten Kendra, verharrte in der Bewegung und starrte Kendra mit solcher Intensität an, daß diese gezwungen war, den Blick abzuwenden. Als sie sich wieder in den Raum wandte, war Pam auf dem Weg zu ihr.

Die große Frau nahm sie beim Arm und führte sie mit solcher Entschiedenheit zu einem leeren Tisch, daß sie kaum Gelegenheit fand, den beiden Männern zuzunicken, die mit Pam gespielt hatten, doch als sie es tat, hatte sie das Gefühl, daß die beiden sie mit einem sonderbaren Blick bedachten.

»Was soll das?« fragte Pam sie. Sie saßen an der Wand. Von der Straße unter ihnen hörte Kendra die Geräusche des Verkehrs, Reifen auf nassem Asphalt, das ferne Prasseln des Regens auf Metalldächern.

»Was?« fragte Kendra zurück. Sie bemerkte, daß die beiden Männer in ihre Richtung blickten und dann wegguckten.

»Herr im Himmel!« sagte Pam. »Weißt du denn nicht, wie du ausgesehen hast, als du da standest?«

Kendra sagte nichts. Die Frau schüttelte den Kopf.

»Du hast wie Amanda ausgesehen«, sagte sie. »Ich meine, du hast genau wie sie ausgesehen. Mit den Kleidern war es schon schlimm genug, aber mußtest du dir auch noch den Haarschnitt zulegen?«

»Vermutlich.« Kendra befingerte eine Haarsträhne und steckte sie sich hinter das Ohr. Bis zum gestrigen Tag war ihr Haar lang und schwarz gewesen. In Eureka hatte sie es kurz schneiden und rötlich tönen lassen. Im Wohnwagen waren ein paar Fotos von Amanda gewesen, und Kendra hatte eines mit zu ihrer Friseuse genommen.

»Was hat Drew gesagt?«

»Nichts. Es war genau wie mit den Kleidern. Der Tätowierung. Er sagt gar nichts. Er geht einfach weg. Das gehört dazu.«

Pam betrachtete sie einen Moment lang. »Du solltest fortgehen«, sagte sie. »Ich meine das ernst. Du solltest Sweet Home verlassen, von Mister Macho-Mann weggehen und aus dem blöden Wohnwagen ausziehen.«

»Vielleicht«, sagte Kendra. »Wir könnten etwas Wein trinken.«

Pam ging zur Theke und kam mit einer Flasche und zwei Gläsern zurück.

»Ich meine das ernst«, sagte Pam.

Kendra nippte an ihrem Wein. Sie sah zu, wie Pams Bruder einen Pfeil in die Scheibe bohrte.

»Du brauchst Abwechslung. Zieh für den Winter nach Seattle. Oder San Francisco. Such dir einen Job.«

Kendra hatte einmal einen Job gehabt, in Raleigh Hills. Sie hatte in einer Zahnarztpraxis am Empfang gearbeitet. Jetzt erschien ihr das wie ein anderes Leben, und die Aussicht, etwas zu tun, was dem auch nur entfernt ähnelte, war im Augenblick unvorstellbar. Sie legte ihre Geldbörse auf den Tisch und nahm etwas heraus, einen Umschlag, der einen Scheck über fünfzig Dollar enthielt. Sie schob den Scheck über den Tisch, damit Pam ihn sehen konnte.

Pam betrachtete ihn und hob die Brauen.

»Ich habe eins von meinen Gestecken an einen Blumenladen in San Francisco geschickt. Sie haben mir das geschickt. Und eine Anfrage nach mehr.«

»Nicht zu glauben.«

Kendra nickte. Seit Monaten, seit ihrer Fehlgeburt, hatte sie in den Wäldern Dinge gesammelt. Papierdünne Hornissennester, Bündel von getrockneter Schafgarbe und getrocknetem Seetang, Treibholz und Flechten und getrocknete Palmlilie, Berufkraut und Tausendblatt. Sie war darauf gekommen, ihre Fundstücke zu Gestecken zu gestalten, überzeugt davon, daß Leute womöglich Geld dafür bezahlten. Dennoch hatte der Scheck sie überrascht. Sie sah zu, wie Pam ihn gegen das Licht hielt und ihn schließlich wieder auf den Tisch legte.

»Ich weiß nicht«, sagte Pam. »Ich meine, das ist cool, aber irgendwie glaube ich nicht, daß einsame Stunden im Wald das sind, was du brauchst.«

Hinter ihnen hatten drei Männer das Lokal betreten. »Ich habe dem Hundesohn direkt durchs Rückgrat geschossen«, sagte einer der Männer. Es war ein älterer Mann mit weißem Haar und einem schwarz-roten Flanellhemd. »Der Dreckskerl ist einfach weitergerannt, den verdammten Hügel hoch. Einfach drauflos.« Die Männer bahnten sich den Weg zur Theke. Pam stand auf, um ihnen ihr Bier zu zapfen.

Als sie zurückkam, nahm sie Kendras Hand in ihre und drehte sie um, um die einen Monat alte Tätowierung zu betrachten.

»Und was kommt als nächstes? Der Nasenring?«

»Lach nicht«, sagte Kendra. »Ich ziehe es in Erwägung.«

»Ziehe es in Erwägung, so ein Quatsch! Wenn ich dich mit so einem Ding sehe, zieh ich dich daran zur nächsten Klapsmühle.« Sie ließ Kendras Hand los.

Kendra hob ihr Glas – ein spöttischer Toast. Die andere Frau blieb unbewegt.

»Ich hoffe, du willst mir nicht erzählen, daß du noch immer nach dem Detektiv suchst.«

Kendra seufzte und senkte ihr Glas. »Ein verlorener Fall«, sagte sie. »Jedenfalls sagt Travis, sie würden keinen Detektiv beauftragen. Sie würden einen *Hee-dee* beauftragen.«

»Einen was?«

»Einen Zauberer. Ich dachte, du kennst das Wort vielleicht.«

»Herrgott! Sie sollten sich das Geld sparen.«

»Das hat Travis auch gesagt.«

»Travis McCade?«

»Ich habe versucht, ihn dazu zu bringen, mir zu verraten, wer es ist. Ich hatte das Gefühl, ich könnte die Doves nicht fragen. Ich dachte, Travis weiß es. Er hat das Büro.«

Pam drehte sich ihre Zigaretten selbst und machte sich jetzt daran, eine zu drehen. »Hast du ihm gesagt, was du gefunden hast?« fragte sie.

»Noch nicht.« Kendra nahm noch einen Schluck Wein. Alkohol spürte sie sofort, schon bei der kleinsten Menge. »Er hat mir ein paar Bücher ausgeliehen«, sagte sie. »Ich dachte, wenn ich sie ihm zurückgebe ...« Sie ließ ihre Stimme verhallen.

Was sie gefunden hatte, war ein kleines Surfboard. Sie hatte es zwischen Amandas Sachen gefunden, in einer kleinen Schachtel mit Modeschmuck. Es war nur ein paar Zoll lang, aus Redwood hergestellt, mit einem flachen Deck und einem V-förmigen Boden, und sie wußte, daß es sich um das Modell eines speziellen Boards handelte, das früher auf den hawaiianischen Inseln geritten worden war. Sie wußte das, weil Drew so etwas machte. Sie hatte nicht gewußt, daß er Miniaturboards herstellte, aber er bestritt nicht, daß er es gemacht hatte. Als sie ihn fragte, wie es zwischen Amandas Sachen gekommen sei, war er weniger mitteilsam gewesen. Er sagte bloß, es müsse während ihres Umzugs irgendwie dorthin geraten sein, und sie hatte ein ungutes Gefühl bekommen. Aus Gründen, die ihr selbst absolut nicht klar waren, hatte sie dann begonnen, die Kleider der jungen Frau zu tragen, und Drew hatte angefangen, einen Großteil seiner Zeit in dem Schuppen am Fluß zu verbringen, mit seinen Schablonenzeichnungen, seinen Wetterkarten und seinem alten Holz.

Pam legte die Zigarette auf den Tisch. »Ich erzähl dir mal was über Travis McCade. Der Typ hat zwei Kinder von zwei Frauen. Ich kenne ihn seit der Highschool. Der Mann denkt mit seinem Schwanz. Sobald du dich mit ihm einläßt, bringt er dir Probleme.«

»Als hätte ich noch keine«, sagte Kendra. Sie nahm einen Schluck von dem Wein, spürte den Pulsschlag in ihren Schläfen.

Pam musterte sie im trüben Licht des Lokals. »Hast du die Übungen gemacht?« fragte Pam. »Die ich dir gezeigt habe?«

»Meinst du die Zaubersprüche?«

»Ich meine die Meditationsübungen.«

Pam hatte ihr eine Anzahl Bücher gegeben. *Drawing Down the Moon. The Spiral Dance. Witchcraft, the Sixth Sense.*

»Ich habe die mit dem Salzwasser probiert.«

»Das Salzwasser-Reinigungsritual. Das ist gut. Wasser säubert, Salz konserviert. Du solltest das regelmäßig machen. Wie hast du dich danach gefühlt?«

»Schlecht. Es endet damit, daß man das Wasser trinkt.«

Pam verdrehte die Augen. Die Männer an der Theke riefen nach einer neuen Runde. Auf dem Kassettenrecorder hatte Charlie Daniels Iris Dement abgelöst.

»Man trinkt es nicht. Man nimmt einen Schluck davon. Ein Schlückchen ...« Pam stand auf, um die Männer zu bedienen.

In Wirklichkeit hatte das Ritual Kendra nicht geschadet, weil sie gar nicht bis zum Trinken gekommen war. Aber sie hatte ihren rituellen Kelch mit Wasser gefüllt. Mit ihrem Athame hatte sie drei Häufchen Salz hineingegeben und es gegen den Uhrzeigersinn umgerührt, während sie den Kelch im Schoß hielt. Sie hatte sich daran gemacht, ihre Ängste, Sorgen, Zweifel, Enttäuschungen und ihren Haß an die Oberfläche ihres Bewußtseins zu spülen – eine Leistung, die in ihrem Fall einige Zeit in Anspruch nahm. Sie hatte ihr Bestes getan, sie als einen schlammigen Strom zu sehen, der aus ihrem Körper floß, während sie ein- und ausatmete, hatte versucht zu sehen, wie sie sich in dem rituellen Kelch auflösten – der in diesem Fall ein Krug aus dem Chart-House-Restaurant in Haleiwa war. Sie hatte den Kelch vor sich gehalten, hatte versucht zu fühlen, wie ihr Körper Kraft aus der Erde sog, hatte die Kraft in das Salz fließen lassen ... was, so stand es im Buch, zu tun war, bis das Wasser zu leuchten begänne. Und dort hatte es aufgehört. Ihr Kelch weigerte sich zu leuchten, und das Wasser war bloß trüb wie Spülwasser, und anstatt sich tief innen gereinigt zu fühlen, hatte sie sich wie eine Närrin gefühlt. Schließlich hatte sie das Wasser ins Spülbecken gegossen und statt dessen eins von Drews Bieren getrunken.

»Du mußt von diesem Kick runter«, sagte Pam zu ihr. Sie war wieder von der Theke zurück. »Herrgott, sie haben den Mann mit Blut an seinen Stiefeln gefunden ...«

»Und dann hat er sich erhängt.«

»Meinst du, wenn er unschuldig war, hätte er sich erhängt?«

»Der Mann war zweifellos ein Versager. Wenn man Versager genug ist, fängt man an zu denken wie ein Versager. Wahrscheinlich hat er sich vorgestellt, weil er ein Indianer sei ...«

Sie brach ab, weil Pam nur den Kopf schüttelte. »Verschon mich damit«, sagte Pam zu ihr.

Einige Sekunden vergingen. Pam nahm ihre Zigarette vom Tisch. Sie steckte sie zwischen die Lippen und zündete sie an.

»Und was, wenn er es nicht getan hat?« sagte Kendra. »In der Zeitung stand, er und Amanda hätten sich gekannt. Was, wenn er erst nachher dazukam? Was, wenn er sie gefunden hat, aber Angst hatte? Weil er ein Indianer war. Weil er wußte, was die Leute sagen würden. Was, wenn der Kerl, der es getan hat, immer noch da draußen ist ...«

»Was, wenn du mit ihm zusammenlebst?«

Kendra spürte die Grundlinie der Musik in ihrem Blut. »Ja«, sagte sie. Sie glaubte, daß sie es wohl zum ersten Mal laut ausgesprochen hatte, und sie war geneigt, hier innezuhalten und darüber nachzudenken, was dadurch ausgelöst worden war.

»Sieh mal, wenn du ... wenn du irgend etwas in dieser Richtung denkst, dann ist der Wohnwagen der letzte Ort, an dem du dich aufhalten solltest.« Pam nahm einen Schluck aus ihrem Glas. »Für mich persönlich ist Drew ein Arschloch. Ich bezweifle, daß er mit dieser Frau etwas zu tun hat. Warum, um Herrgotts willen, würde er den Wohnwagen kaufen?«

»Es wäre seiner.«

»Was?«

»Ich meine ... auf diese seltsame Weise ... wäre es seiner. Er würde ihn haben wollen.« Aber sie dachte nur halbherzig über diese Antworten nach. Ihre Gedanken waren immer noch bei dem, was sie vorher gesagt hatte. Ja, hatte sie gesagt, ja.

Pam blies den Rauch durch die Nasenlöcher. »Das ist eine seltsame Antwort«, sagte sie. Sie dachte einen Moment darüber nach. »Irgend etwas geschieht hier«, verkündete sie. »Ich meine, du solltest Deborah aufsuchen. Vielleicht.«

Deborah war eine Weiße, die im Ort lebte. Die Frauen in Pams Zirkel schienen zu glauben, daß sie ein Talent dafür hatte, in der Aura zu lesen. Kendra hatte ihre Zweifel. Und sie war sich keineswegs sicher, ob sie wollte, daß jemand ihre Aura in Augenschein nahm. Ihr war diese Aussicht eher zuwider – ihr Vater hätte sich einer solchen Sache hingeben können.

»Ich meine es ernst, Kendra. Hier ist etwas, dem du auf den Grund gehen solltest. Und es hat nichts mit Drew zu tun. Oder mit Amanda oder dem verdammten Wohnwagen, in dem du zu viel Zeit allein zubringst. Es hat mit dir zu tun. Deborah könnte helfen. Der Hexenzirkel könnte helfen. Die Rituale könnten helfen ...«

»Pam, bitte! Laß mich mal verschnaufen.«

»Ich versuche es.«

»Mein Gott, Deborah sieht sich im Fernsehen *Melrose Place* an. Ich hab sie gesehen.«

»Worum geht's dir wirklich?« fragte Pam. »Angst, daß es nicht funktioniert? Oder Angst, daß es funktioniert?«

Kendra ertappte sich bei einem Lächeln.

»Und?«

»Ich weiß nicht. Nichts.«

»Ach was. Also?«

Kendra trank ihren Wein. »Vielleicht besteht nicht alles aus Rosenbeeten und Elfen«, sagte sie. Plötzlich verspürte sie den Wunsch, einfach fort zu sein. Sie nahm den Scheck vom Tisch, faltete ihn in der Mitte und steckte ihn in ihre Geldbörse. »Hier findet er ihn nie«, sagte sie.

»Er?«

»Der verrückte Professor.«

Pam wirkte verwirrt.

»Du weißt doch, Felix the Cat. Der Comic.«

»Ich erinnere mich an den Kater. Um den geht's.«

»Ja, und dann war da der verrückte Professor. Er hat dauernd Felix' Sack mit Zaubertricks gestohlen. Und dann mußte Felix ihn zurückstehlen. Und er klappte ihn zu einem Dreieck zusammen und steckte es sich in die Seite. Und er sagte: ›Hier finden sie ihn nie.‹«

Pam schüttelte den Kopf.

»Nur ein Witz«, versicherte Kendra ihr. »Als ich den Scheck sah, kam mir der Comic in den Sinn ...«

Pam drehte sich zu den Männern an der Theke um. Sie sah Kendra an. »Bleib hier«, sagte Pam.

Kendra sah, wie Pam zum Kühlschrank ging, und verließ das Lokal. Sie war wirklich ziemlich rücksichtslos und ohne Zweifel unhöflich. Sie war schon halbwegs die Treppe hinuntergegangen, als ihr einfiel, daß sie Pam für ihren Anteil am Wein nichts bezahlt hatte. Aber sie wollte nicht zurückgehen und entschied, daß es Zeit hatte.

Sie war auf dem Parkplatz und stieg in ihren Truck, als sie den Holzfäller wieder sah. Es war der Mann vom Treppenabsatz. Sie hörte jemanden rufen, und als sie sich umwandte, sah sie den Mann an ihrem Truck lehnen. Sie war nicht sicher, was der Mann gerufen hatte. Sie sah einen zweiten Mann, der hinter dem Truck hervorkam. Der Regen hatte wieder eingesetzt. Der Nachmittag wurde dunkel, und da waren zwei Männer.

Kendra glitt rasch hinters Lenkrad und fuhr, ohne hinzusehen, einem entgegenkommenden Holztransporter in die Fahrspur. Sie hörte die Hupe im selben Moment, als sie das gewaltige Fahrzeug auf sich zukommen sah. In Gedanken schien sie einen Schnappschuß von der Szene zu machen, ein Bild, das sie sich später anschauen könnte: der Fahrer, panisch über das Lenkrad gekrümmt, riß den Wagen herum, die Baumstämme schwankten, als seien sie aus Gummi. Sie schloß die Augen, wartete auf den Aufprall. Doch der Fahrer verfehlte sie, und als sie ihn wieder sah, stand er, den Mittelfinger ausgestreckt, auf dem Trittbrett seines quergestellten Fahrzeugs, während sich der Nachmittag um ihn herum in schimmernd flüssigen Schichten brach.

Kendra fuhr weiter. Sie überquerte den Fluß, kam in den Wald, und erst, als sie die Schotterstraße erreichte, die sie zu ihrem Mann zurückbringen würde, wurde ihr bewußt, daß sie die Butankartusche vergessen hatte. Ganz bestimmt würde sie deswegen nicht zurückfahren. Ohne das Gas würde es in der Todeskarosse ziemlich kalt werden. Am Morgen würde sie ihren Atem sehen können, und es würde kein warmes Wasser für die Dusche geben.

Einen Moment blieb sie an diesem Punkt der Straße stehen. Nach links wand sich die Straße zwischen den großen Bäumen den Berg hinauf. Nach rechts führte sie abwärts, zwischen Fichten und Pappeln, und selbst bei geschlossenen Fenstern und laufendem Motor konnte sie den vom Regen angeschwollenen Fluß hören, der breit, habgierig und schmutzig an ihr vorbeirauschte.

Sie schaltete den Motor ab, um mit dem Geräusch des Wassers allein zu sein. Sie saß hinter den vom Regen streifigen Fenstern, die Hände oben auf dem Lenkrad. Als sie auf den Boden des Trucks blickte, sah sie, daß ihre Geldbörse vom Sitz gefallen war; das kleine hölzerne Board war hinausgerutscht und lag inmitten des ganzen Durcheinanders. Hätte er doch nur nicht so reagiert, als sie ihn damit konfrontierte, als sie Amandas Kleider trug. Hätte er es doch einfach abgetan und weitergemacht wie bisher. Aber die Dinge standen gegen sie. Sie hatte es von Beginn an gewußt. Ihre Ankunft hatte eine Krankheit geweckt. Und dann war eines Nachts eine junge Frau gestorben. Irgend jemand. Eine Frau, die sich in einer Gasse mit einem Mann stritt. Sie legte die Stirn auf das Lenkrad. Vielleicht war sie es, dachte sie. Vielleicht war es nur ihr Verstand, der ihr Streiche spielte. Es wäre nicht das erste Mal. Eine kleine elektrische Reizung hinten am rechten Schläfenlappen, und vielleicht hörte man Stimmen, Musik von unsichtbaren Harfen. Wenn man den Gyrus stimulierte, mochte man Jahve und brennende Büsche bekommen. Eine kleine Magenverstimmung, und vielleicht hatte man Marleys Geist.

Und doch hatte sie ja gesagt, als Pam sie gefragt hatte, als wäre seine Schuld etwas, dessen man sicher sein konnte. Und ausgerechnet sie. Erneut betrachtete sie das Board. Der Anblick verursachte ihr leichte Übelkeit. Sie öffnete die Fahrertür und trat hinaus in den Regen. In einem der Bücher war ein Zauber – es war einer der Reinigungszauber, ein Zauber für Selbstanerkennung, für die Lossprechung von Reue. Sie versuchte sich daran zu erinnern, wie er ablief. Der Regen schüttete auf ihr Haar und klebte es an ihren Kopf. Sie drehte sich in dem Schlamm am Rand der Böschung, die zum Wasser hinab abfiel, schrieb ihren Kreis in die Luft. In den Schlamm zeichnete sie ein Pentagramm, blieb mit dem Gesicht nach Norden stehen, denn der Norden war die mächtigste Richtung, die Richtung des Geheimnisvollen, des Unsichtbaren. Sie nahm einen dunklen Stein aus dem Schlamm und preßte ihn gegen ihre Stirn. »Ich bin die Mutter aller Dinge«, sagte sie. An mehr erinnerte sie sich nicht, und an diesem Punkt ging ihr auf, daß sie völlig betrunken war. Sie preßte den Stein noch einen Moment gegen ihre Stirn, so fest, daß es weh tat, dann warf sie ihn in Richtung des Wassers, das auf dem Weg zum Meer war.

5

Der Van brauchte eine Wasserpumpe. Die Werkstatt konnte sie auswechseln, aber die Surfer verloren drei Stunden. Als sie die Kreuzung zur 580 und den Abzweig nach San Francisco passierten, begann der Himmel Farbe anzunehmen. Es war dunkel, als sie Redding erreichten. Sie unterbrachen die Fahrt, um zu essen, und nahmen dann die Straße zur Küste. Es war eine lange, kurvige Straße, und nach ungefähr eineinhalb Stunden platzte ein Reifen von Fletchers Van. Leider hatte er kein Reserverad.

Zu diesem Zeitpunkt befanden sie sich drei Meilen vor einem Ort namens Dutch Gulch. Sie gingen die drei Meilen zu Fuß, um festzustellen, daß die Ortschaft für die Nacht geschlossen war. Sie gingen die drei Meilen zurück und schliefen im Van. Eigentlich schlief nur Fletcher im Van. Die beiden anderen schliefen draußen, unter einer Baumgruppe ein Stückchen abseits der Straße. Fletcher wachte früh auf und fand Robbie Jones, der mit seiner Zwille ein Straßenschild verunstaltete. Es war Mittag, als sie einen neuen Reifen und etwas zu essen gefunden hatten.

Fletcher spürte, wie sich seine Zukunft zusammen mit seinem Wagen auflöste. Sie kannten die Richtung zu Drew Harmons Haus, aber keine Telefonnummer. Offenbar hatte der Mann sich geweigert, sie herauszugeben, und es gab keine Möglichkeit, ihm mitzuteilen, daß sie sich verspäteten. Allerdings könnte er Michael Peters anrufen. Und das tat er auch. Peters war noch auf Hawaii, und Fletcher meldete ein R-Gespräch an.

»Was ist?« fragte Peters. »Irgendwas nicht in Ordnung?«

»Wir hatten ein paar Probleme mit dem Van«, sagte Fletcher. Er stand in einer engen Telefonzelle auf der Rückseite einer kleinen verlotterten Werkstatt und blickte in die Kiefernhaine, die die Ortschaft Dutch Gulch umgaben. Der Tag war kalt und grau, und die Baumwipfel waren in Wolken verborgen.

»Ach, du lieber Gott!« sagte Peters.

Ein Junge im Latzoverall stand hinter der Werkstatt und bearbeitete ein verrostetes landwirtschaftliches Gerät mit dem Hammer.

»Ernste Sache?«

»Zuerst eine Wasserpumpe. Jetzt ein Reifen. Wir kommen schon hin.«

»Was ist das?« fragte Peters.

»Was ist was?«

»Das Hämmern. Ich kann dich kaum verstehen.«

»Irgend so ein Junge«, sagte Fletcher. Der Junge schien um die sechzehn zu sein. Er hämmerte immer noch auf das Gerät ein und bedachte Fletcher mit einem idiotischen Grinsen.

»Kannst du ihm nicht sagen, er soll den Scheißlärm einstellen?«

»Ich glaube, er ist zurückgeblieben«, sagte Fletcher.

Peters reagierte mit wütendem Schweigen.

»Hör zu«, sagte Fletcher. »Ich wollte dir nur Bescheid geben, falls Harmon anruft und sich wundert, wo wir bleiben. Sag ihm, wir sind im Laufe des Nachmittags dort.« Er schrie regelrecht, um den Lärm zu übertönen.

»Du solltest schon längst im Wasser sein, Doc. Der verdammte Ozean brennt. Du müßtest das hier drüben sehen.«

»Nur falls er anruft«, sagte Fletcher, »sag es ihm.«

Peters wollte noch etwas sagen, aber Fletcher legte auf. Zum ersten Mal an diesem Tag gefiel ihm, was er tat. Er ging an dem Jungen mit dem Hammer vorbei und zur Vorderseite der Werkstatt, wo sie sich bereit gemacht hatten, die Straße wieder unter die Räder zu nehmen.

»Was hat er gesagt?« fragte Sonny.

»Er sagt, da drüben geht es ab wie der Teufel.«

»Scheiße, Mann«, sagte Robbie. »Das ist ja irre.«

Der Himmel verdunkelte sich, als sie sich der Küste näherten. Sie fuhren durch eine großartige Kulisse, gespickt mit traurigen Städtchen, die zwischen den Bäumen kauerten, als seien sie bloß die Überreste von etwas ganz Großem, das ungesehen in die Nacht entschwunden war. Sie wechselten sich am Lenkrad ab, und schließlich gab Robbie die meiste Zeit den Fahrer, weil es ihn, wie er sagte, langweilte, einfach nur dazusitzen. Fletcher andererseits merkte, daß er sich zwischen den Taschen und Transportboxen recht wohl fühlte. Das Bier und das Muskelrelaxans taten das ihre dazu. Und er schlief tief und fest, als sie spät am Nachmittag des zweiten Tages ihrer Fahrt in die winzige Ortschaft Sweet Home kamen.

Das stete Trommeln von Regen auf dem Metalldach des Vans weckte ihn. Er war allein. Als er zum Fenster auf der Beifahrerseite kroch und hinausschaute, sah er, daß man ihn vor einem zweigeschossigen Haus abgestellt hatte, das ein großes Holzschild als Bodine's Tavern auswies.

Ein halbes Dutzend Männer stand unter einem Vordach, das über die gesamte Länge des Lokals verlief. Der Parkplatz vor ihnen war mit Pfützen übersät, in denen sich ein grauer Himmel widerspiegelte. Die Männer waren sich alle gleich. Sie trugen karierte Hemden, schwere dunkle Jeans und dunkle Hosenträger. Die meisten hatten Bärte. Keinen konnte man als klein bezeichnen. Sie schienen den Van mit einiger Neugier zu mustern.

Fletcher war leicht desorientiert. Er wußte nicht sofort, wie lange er geschlafen hatte. Gerade wollte er aussteigen, um nach seinen

Schützlingen zu suchen, als er sah, wie sie aus einer Tür herauskamen und sich durch die Männergruppe schoben.

Die Jungs hatten jeder einen Sixpack, und Fletcher beobachtete, wie sie die Stufen herabkamen und durch die Pfützen Richtung Van wateten. Er sah, daß die Männer sie ebenfalls beobachteten, alle sechs, aufgereiht, als wären sie allesamt Imitate des legendären Holzfällers Paul Bunyan, aus Holz geschnitzt und raffiniert angestrichen.

»Wir sind da«, sagte Sonny.

Die beiden Surfer, nach Bier und Tabak stinkend, stiegen mit großem Hallo in den Van und schüttelten sich das Regenwasser aus den Kleidern.

»Nicht ganz«, entgegnete Fletcher. Denn jetzt war er wach und erkannte, daß die Straße sie ins Landesinnere geführt hatte. Blieb noch, daß sie die Küste und Drew Harmons Haus fanden.

Peters hatte ihnen eine Karte mitgegeben. Fletcher nahm sie aus einer seiner Taschen und entfaltete sie im Rückraum des Vans. Auf der Karte war eine Brücke am Rand der Ortschaft eingezeichnet, und unmittelbar dahinter eine schmale Straße, die zur Küste führte.

Sie fanden die Brücke und überquerten sie langsam, während der vom Regen angeschwollene Fluß unter ihnen dahindonnerte. Fletcher hockte zwischen den beiden Vordersitzen. Die Karte ließ darauf schließen, daß die Straße zur Küste nahe bei der Brücke war, und tatsächlich fand sich eine solche Straße – ein schmaler Asphaltstreifen, der zwischen den Bäumen verlief und sich fast unmittelbar danach in zwei Richtungen gabelte.

Sie standen an der Abzweigung und spähten in die zunehmende Dunkelheit, während der Regen auf das Autodach hämmerte und Fletcher mit seiner Karte herumfingerte. Wie vorauszusehen, verriet sie nichts über die Alternativen. In einer Richtung bestand die Straße aus verdichtetem weißem Schottergestein und schien zurück zum Fluß abzubiegen, der jetzt in südlicher Richtung lag. Die andere Straße führte nach Norden, war gerader und immer noch aus Asphalt. Das schien der richtige Weg, und sie nahmen ihn.

Fletcher mußte ihn zweimal dazu auffordern, langsamer zu fahren. Martin grinste und mischte sich nicht ein. Der Regen prasselte heftig und ließ urplötzlich nach, als die Straße sich auf eine ebene Fläche schraubte, auf der eine Anzahl abgewrackter Autos im Gras stand und von der eine unbefestigte Straße bergauf zu einem Wohnwagen und seinem altersschwachen Anbau führte, der auf einer Seite über einer schlammigen Grube zu balancieren schien. Der Anbau wirkte wie ein verstümmeltes Gliedmaß, das jemand versehentlich gerettet hatte, anstatt es zu amputieren.

Robbie brachte den Van zum Stehen. Auf der Straße vor ihnen watschelten zwei verschreckte Enten in Begleitung von zwei ähnlich besorgten Hühnern aus dem Gebüsch und steuerten die gegenüberliegende Böschung an. Martin schlug Jones vor, einmal auszuprobieren, wie viele Stücke des Federviehs er überfahren könne. Bevor R. J. auf diesen Vorschlag reagieren konnte, kam eine junge Frau von irgendwo aus dem Gras hinter den Vögeln her. Sie trug ein geblümtes Kleid, das ziemlich naß war, und hochgeschnürte weiße Trainingsschuhe. Ihr schwarzes Haar war ebenfalls naß und rahmte ihr Gesicht mit glänzenden Strähnen. Fletcher hatte den Eindruck, daß sie eine Indianerin war; offenbar waren sie in das Reservat gefahren und würden Drew Harmons Behausung auf dieser Straße nicht finden.

Er teilte seine Einschätzung R. J. mit, aber es war das letzte Tageslicht, und der Regen hatte nachgelassen. Außerdem sahen sie ein Ende der Bäume und so etwas wie Licht am Himmel, das vom Ozean kündete, und Robbie und Martin wollten einen Blick aufs Meer werfen. Im Grunde wollte Fletcher das auch, und als die Frau und die Vögel im Gebüsch verschwunden waren, fuhren sie auf der Straße weiter.

Sie kamen an weiteren Wohnwagen vorbei, die dem der jungen Frau ähnelten, sowie an einem Sammelsurium von zusammengesetzten und selbstgefertigten Schuppen aller Größen und Formen, aber allesamt im relativ gleichen Zustand der Baufälligkeit, und alle sahen in der Gesellschaft von Regen, Schlamm und tropfenden Bäumen ziemlich ähnlich aus – grau und trüb, mit Autowracks, kleinen Fischerbooten und verschiedenen Gerätschaften, die in konzentrischen Kreisen um sie herum rosteten und verrotteten, so daß jeder Kreis ein eigener kleiner Schrottplatz geworden war; aus den geflickten und schiefen Dächern stieg vor der grauen Waldkulisse gelegentlich eine Rauchfahne empor, so daß die gesamte Szenerie wie ein schlecht ausgeführtes Aquarell wirkte, in dem sich die unterschiedlichen Farbtöne in einer nassen Oberfläche verloren hatten. Mit dem Verschwinden der Frau schienen die Männer jedoch allein zurückgeblieben zu sein, und sie fuhren die restliche Strecke zum Meer und zum Licht unbehelligt. Die Straße führte aufwärts zu einer verschlammten Ausweichstelle, wo sie den Van abstellten und zu Fuß zum Rand der Klippe gingen, um ihren ersten Blick auf den Teil der Küste zu werfen, den zu erkunden sie gekommen waren.

Unter ihnen lag die Mündung des Flusses. Sie war breit und schlammig, und auf beiden Seiten bogen sich sichelförmige felsige Ufer zu unmöglichen Küstenlinien, die an zahlreichen Stellen von riesigen Stämmen übersät waren, übereinandergehäuft wie abgebrochene Telefonmasten. Die meisten Stämme lagen parallel zur Küstenlinie, auch wenn hier und da einer aufs Meer wies, das genau in diesem Augenblick eine uniform graue Farbe hatte, obwohl der Himmel von einem blaßgoldenen Dunst erfüllt war, aus dem, den drei Surfern gegenüber, eine untergehende Sonne auftauchte, die sich für einen kurzen Moment wie ein stumpf gewordenes Medaillon in dem Raum zwischen Wasser und Wolken zeigte, aber noch während sie zusahen an Gestalt verlor, als trage das Meer selbst Verantwortung für ihre Zergliederung.

An den Rändern der Strände wurden schmale Finger aus feuchtem Sand im schwindenden Licht rot gefärbt, und oberhalb von Sand, Steinen und herumliegenden Stämmen lösten sich waldbewachsene Felsvorsprünge ins Meer hinein auf. Ihre abgebrochenen

Teile bildeten eine undefinierbare Zahl kleiner schartiger Inseln, dunkel von lebendem Grün, und vereinzelte Bäume waren darauf zu sehen, die in Winkeln, die an die skelettartigen Überreste gestrandeter Segelschiffe gemahnten, nach oben oder außen ragten.

Den Break kennzeichneten die windzerzausten und verworrenen Dünungslinien, die sich in trügerischen Winkeln vor der schlammigen Mündung des Flusses überschnitten, wo im schwindenden Licht die Strukturen des weiß schäumenden Wassers, das die Farbe alten Messings angenommen hatte, von starken Strömungen zeugten.

Fletcher sah, wie Robbie Jones unter seinem Parka die Schultern rollte. Von seinem gebräunten Schädel liefen Wassertropfen und verschwanden unter seinem Kragen. »Bizarr«, sagte er.

»Und wo ist die Stelle?« fragte Sonny. »Können wir sie von hier aus sehen?«

»Keine Ahnung«, sagte Robbie. »Was meinst du, Doc?«

Fletcher war sich nicht sicher. In seinem Buch hatte er von dem langen Fußweg gelesen, doch hatte er angenommen, die Autoren hätten die Reservate gemieden und sich vom öffentlichen Land im Norden genähert. »Deshalb brauchen wir Harmon«, sagte er.

»Müßte eigentlich beim Fluß sein«, sagte Sonny.

»Hast du dir schon mal die Mühe gemacht, auf die Karte zu schauen?« fragte R. J. ihn. »Hier in der Gegend münden ungefähr sechs Flüsse.«

Die drei Männer blickten unverwandt auf das Meer unter ihnen.

»Ich sehe da draußen nicht den kleinsten Scheißdreck«, sagte Sonny.

»Ihr habt keinen Scheißdreck gesehen, weil ihr keinen Scheißdreck sehen könnt«, sagte eine Stimme. Die Stimme war eindeutig männlich. Die Worte in übertrieben nasalem Hillbilly-Tonfall schienen von irgendwo links und ein Stückchen unter ihnen zu kommen.

»Und ihr könnt keinen Scheißdreck sehen, wenn ihr keinen Scheißdreck kennt. Und ihr kennt keinen Scheißdreck.«

Die drei Männer drehten sich in Richtung der Stimme.

»Was soll der Quatsch?« sagte Sonny.

Eine zottige Erscheinung war am Rand der Klippe aufgetaucht und näherte sich aus der Düsternis heraus, auch wenn sie sich kaum von ihr abhob, denn sie war von Kopf bis Fuß in militärisch grünes Leinen gekleidet. Sie sahen zu, wie dieses Phantom einen steilen schmalen Pfad heraufstieg, der vom Fluß nach oben führte.

Rasch erreichte der Mann den Felsvorsprung, auf dem sie standen, und schwenkte ein schattenhaftes, bärtiges Gesicht in ihre Richtung. »Erinnert mich an Sankt Philipp und den Eunuchen«, sagte der Mann, jetzt ohne den Hinterwäldlerakzent, und schüttelte Regenwasser aus einem weiten Poncho. »Und der Eunuch spricht zu Philipp: ›Wie kann ich verstehen, ohne daß jemand mich leitet?‹«

Der Mann betrachtete sie einen Moment, als erwarte er eine Antwort. Als keine kam, trat er noch näher, und Fletcher fiel an seiner Art, sich zu bewegen, etwas auf. Er bewegte sich langsam und ziemlich steif. Er bewegte sich so, wie Fletcher es bei bestimmten Berufssportlern bemerkt hatte, wenn ihre aktive Zeit vorbei war, wie ein Mann, der mit dem Schmerz bekannt ist, und als er nahe genug war, sah Fletcher, daß es sich um Drew Harmon handelte.

»Da sitze ich hübsch und trocken auf meinem Dock und sehe die drei Eunuchen, wie sie im Regen stehen und versuchen, das Wasser zu entziffern, und so eine kleine Stimme sagt, sieh mal, Junge, das müssen genau die drei Arschlöcher sein, auf die du wartest. Haben sich natürlich verlaufen. Also schaff deinen Arsch da hin, sag ihnen, was sie da sehen, was sie tun müssen und wo sie stehen müssen, bevor sie von der verdammten Klippe stürzen und die ganze Sache gegen die Wand fahren.« Einen Moment hielt er inne, die Hände auf die Hüften gelegt.

»Ich schätze also, ich sollte fragen, wonach ihr Eunuchen da draußen sucht. Vielleicht nach etwas Besonderem?«

Jones und Martin tauschten einen Blick aus. Fletcher suchte Augenkontakt zu Drew und streckte die Hand aus. »Ist einige Zeit her«, sagte er. In Wirklichkeit war er noch dabei, sich über den

Mann, der sich vor ihm aufgebaut hatte, eine Meinung zu bilden, denn er hätte ihn aus einer Menschenmenge nicht herausfinden können. Selbstredend war er immer noch kräftig, breitschultrig und hochgewachsen, aber Fletcher erinnerte sich an einen Mann, der groß und geschmeidig war und über das attraktive Aussehen eines Filmstars verfügte. Er hatte noch vor Augen, wie er, den Wind in den Haaren, auf einer BSA Lightning Rocket den Kam Highway entlangdonnerte.

Drew Harmon schielte unter der Krempe einer scheußlichen Matrosenmütze aus Gummi auf ihn hinab. Die Kopfbedeckung war vom gleichen militärischen Grün wie der Poncho, hatte Ohrklappen und einen Kinnriemen, den Harmon zusammengeknotet hatte. Sein zottiger Bart ragte in einer tropfnassen Spitze über den Riemen. Der Mann sah aus wie eine Kreuzung aus Hinterwäldler und *Captain Gorgeous* in einem bebilderten Kinderbuch. Die Augen, die Fletcher musterten, waren klein und hell und wirkten, wie Fletcher auffiel, als die Hand des Mannes seine eigene umfaßte, ein wenig verstört. Und er bemerkte, daß der Mann ihn nicht erkannte.

»Jack Fletcher«, sagte Fletcher.

»Wußte ich's doch«, sagte Harmon, ohne daß sein Gesichtsausdruck sich änderte. »Dr. Fun. Und du bist in Begleitung.«

Fletcher nickte in Richtung der Männer, die kurz hinter ihm standen. »Robbie Jones, Sonny Martin.«

Sonny Martin schüttelte Drew Harmon die Hand. Robbie Jones nickte nur, die Hände hatte er tief in die Taschen seines Parka gesteckt.

»Also«, sagte Harmon. »Sucht ihr Eunuchen nach etwas Besonderem oder labt ihr euch bloß an dem Wetter?«

»Rate mal«, sagte Robbie.

Harmon sah ihn bloß an. Der Blick war nicht sonderlich freundlich. Zwei Alpha-Männchen in derselben Crew, dachte Fletcher. Das bedeutete nie etwas Gutes.

»Haben uns gerade gefragt, was man von hier oben wohl sehen

kann«, sagte Fletcher. »Als wir uns im Reservat wiederfanden, haben wir gewußt, daß wir den falschen Abzweig genommen haben, aber wir wollten einen Blick auf die Küste werfen, bevor die Sonne untergeht.«

»Kann man es von hier aus sehen oder nicht?« fragte Sonny.

»Was sehen?«

»Scheißdreck«, sagte Robbie Jones.

»Was? Scheißdreck? Du willst wissen, ob man von hier aus Scheißdreck sehen kann? Du stehst mitten drin im Scheißdreck, Glatzkopf.«

Robbie Jones schaute auf seine Füße.

»Heart Attacks«, sagte Sonny Martin.

»Aah, Heart Attacks. Diese Stelle.« Harmon lachte laut auf. »Wollt ihr mir etwa erzählen, ihr glaubt alles, was ihr in den blöden Zeitschriften lest?«

Sonny Martin blickte Robbie Jones an. Jones, die Hände noch immer in den Parkataschen vergraben, starrte auf Harmon. Harmon blickte ihn an. »Was ist mit dir, Mister Jones? Suchst du auch nach Heart Attacks und willst dir vielleicht was Großes an Land ziehen?«

»Kommt darauf an, ob du uns zeigst, wo es ist, oder den ganzen Tag nur herumstehst und Blödsinn erzählst.«

Harmon versuchte, zerknirscht auszusehen. Das Licht in seinen Augen strafte ihn Lügen. »O ja, hab ich ja ganz vergessen. Das ist ein ernst gemeinter Coup. Ich meine, wir haben Fotografie. Wir haben Pros. Herrgott, Mann ... Guter Gott, meine ich, hier oben sind wir eine solche Behandlung nicht gewohnt. Ich muß meine Manieren vergessen haben.« Damit ging Harmon ohne ein weiteres Wort an ihnen vorbei zu einer Baumgruppe an der Nordseite der Ausweichstelle.

Die drei Surfer tauschten Blicke. Sie sahen, wie Drew Harmon, ohne sich umzusehen, zwischen den Bäumen verschwand. Sonny blickte Robbie an und zuckte die Achseln. »Meinetwegen«, sagte er.

Robbie Jones spuckte auf die schlammige Erde und sagte: »Scheiß drauf.« Und damit steuerten die beiden die Bäume an, eilig bemüht, Drew Harmon einzuholen. Fletcher folgte ihnen.

Die Bäume waren hoch und dünn, hatten ein helles Rindenkleid und tropfende Äste, und sobald er sich in ihrem Schutz befand, merkte Fletcher, daß es wieder nach oben ging. Drew Harmon bahnte sich seinen Weg zwischen den Bäumen und führte sie rasch einen gewundenen Pfad hinauf, der abrupt vor einer schmalen Klamm endete, die eine ansonsten undurchdringliche Wand aus Erde und Steinen auffaltete.

Die Klamm war flach und lehmig, übersät von knorrigen Baumwurzeln und Felsbrocken. Ein Miniaturbach tröpfelte in einer ganzen Anzahl winziger Wasserfäden über den Grund. Ihr Führer zögerte keine Sekunde und begann sofort den Aufstieg in die Klamm. Die Steine und Wurzeln nutzte er als Hand- und Fußstützen, als wären sie einzig zu diesem Zweck dort angebracht.

Fletcher versuchte, das Tempo mitzuhalten, auch wenn die Klamm für ihn ein hartes Stück Arbeit war. Er trug alte Laufschuhe, deren Profil mit der Zeit glatt und weich geworden war. Viele Male rutschte er auf glatten Wurzeln oder schlammigen Steinen aus, und er war dankbar, daß niemand hinter ihm war, um Zeuge dieses Schauspiels zu werden oder das Geräusch seiner Atmung zu hören, die ziemlich mühsam geworden war. An einem Punkt war Fletcher so weit zurückgefallen, daß er die anderen aus den Augen verlor und sich allein in der dunkler werdenden Klamm wiederfand, allein mit den tropfenden Bäumen, dem Donnern einer fernen Brandung, dem Geräusch des Blutes in seinen Ohren. Es gab sogar einen Augenblick, in dem er sich ausmalte, er könne sich verirren, und er wurde von einer momentanen Panik erfaßt, die er zwar für ziemlich absurd hielt, der er sich aber dennoch nicht entziehen konnte.

Natürlich stieg er weiter, um schließlich aus der Klamm herauszukommen und sich auf einem grasbewachsenen Felsvorsprung wiederzufinden, von dem aus man aufs Meer hinabschaute. Hier fand er die anderen, die bis zur Hüfte in einem Dickicht aus Bärensträuchern standen und konzentriert auf den Ozean hinunterblickten. Es war eine sonderbare Szene. Die beiden jüngeren Surfer schauten zum Wasser. Drew schaute ebenfalls dorthin, allerdings mit ausgestrecktem Arm. Als er näher kam, hörte Fletcher den hochgewachsenen Mann sprechen.

»Die Sets kommen mit ungefähr zwanzig Minuten Abstand. Bis zum Morgen müßten die Intervalle abnehmen. Und es sollte aufklaren«, sagte Drew. »Den Regen kriegen wir von dem kleinen pissenden Tief, das von Süden heraufzieht. Der Swell kommt aus einem Monstersystem weiter nördlich. Die Isobaren haben die richtige Dichte.« Auf dem Gesicht des Mannes machte sich ein zerfranstes Grinsen breit. »So hübsch habe ich es die ganze Saison nicht gesehen.«

Fletcher zwängte sich in die Sträucher. Es war tatsächlich ein hervorragender Aussichtspunkt, und jetzt konnte er einen weiten sichelförmigen Strand sehen, der sich direkt nördlich des Flusses ins Land hinein bog und dort so etwas wie eine Bucht bildete, die bis jetzt von der Anhöhe, die sie gerade erklommen hatten, verborgen worden war. Und er sah, was die Aufmerksamkeit der drei Männer auf sich zog, denn die Linien des Swell zeichneten sich deutlich ab. Er kam, wie Drew vorhergesagt hatte, aus nördlicher Richtung und näherte sich der Bucht derart, daß er schließlich ihren nördlichsten Rand umfing und sich dann auf die Landspitze an der Flußmündung zubewegte. Außerdem sah Fletcher eine Reihe großer, schartiger Felsspitzen, die im nördlichen Sektor der Bucht etwa eine halbe Meile von der Küste entfernt aus dem Wasser ragten, und im gleichen Moment, als er die Felsspitzen sah, hörte er, wie Drew Harmon »Okay« sagte, und er wußte, daß der Mann die ganze Zeit auf diese Felsen gezeigt hatte, denn er konnte deutlich sehen, daß dort etwas in Gang gekommen war. Trotz der Entfernung und trotz des schwindenden Lichts vermochte er es zu erkennen. Am Fuß der Felsreihe hatte das Wasser angefangen zu brodeln und wurde von einer gewaltigen Kraft ins Meer hinausgezogen. Und er sah, daß sich an der Mündung der Bucht, eine weitere Viertelmeile jenseits der Felsen, eine Welle von beträchtlicher Größe aufzubauen begonnen hatte, die sich weit genug vom Meeresgrund hob, um das Aussehen der Felsreihe zu verändern.

Die Spitze der Welle war enorm, ihre Tiefe mochte an die fünfzig Meter messen, ihr Kamm bestand aus brodelnden, vom Wind gepeitschten Schaumkronen – eine ungeheure Wassermasse, die auf die Küste zurollte. Die Frage war: Würde sie sich brechen? Denn sie wirkte schwerfällig und träge, so als könne sie unendlich lange auf die Küste zurollen, abwechselnd sich aufbauen und flach werden und ihre Last letztendlich in einem nutzlosen Strandbrecher voll vergeudeter Energie entladen. Doch dann, während er und seine Begleiter noch abwartend schauten, sahen sie plötzlich, wie die Welle das Riff fand, und sie sahen, wie sie sich hochpeitschte.

Jemand holte tief Luft. Fletcher glaubte, daß es Martin war. Drew Harmon lachte. Die Welle überschlug sich in einer rund dreißig Fuß hohen Wasserwand. Da es dort draußen keinen Maßstab gab, war die Höhe nur schwer zu beurteilen. Die Welle saugte sich weiter nach oben, gewaltig und hohl, als ihre Ausläufer sich plötzlich formierten und nord- und südwärts auffächerten, wobei sie sich eindeutig als Right-hander brach, sich von den Felsen in Richtung Flußmündung löste, und als die erste Kante der Lip krachend auf das turbulente Wasser des Pazifik schlug, spürte Fletcher sie in seinen Füßen, spürte, wie sie von der Erde unter ihm in seine Knochen hineinzog. Er bemerkte, daß Drew Harmon neben ihm seine Armbanduhr im Blick hatte. Er war bereit, die Intervalle zu messen.

Drei Wellen enthielt jedes Set, mit Intervallen von jeweils zwanzig Sekunden zwischen den Wellen. Keiner der Männer sagte etwas. Sie sahen zu, wie die letzte Welle auf die Felsen zudonnerte, und in diesem Moment hörte Fletcher erneut Drew Harmons Kichern. »Willkommen im Nordland, Jungs. Ich hoffe, ihr habt die Rhino-Häscher mitgebracht.«

»Ist es das?« fragte Sonny. »Ist das Heart Attacks?«

»Wenn du drinnen erwischt wirst«, sagte Drew, »dann nennst du es Heart Attacks.«

»Der Strand dort«, sagte Fletcher und wies auf die Bucht, »ist das Big Sandy?«

»Er ist groß und voller Sand«, sagte Drew.

»Ich dachte, man müßte erst ein größeres Geröllfeld durchqueren, um dorthin zu kommen.«

»Wer hat dir das denn erzählt?«

»Hab ich in einem Buch gelesen.«

Drew sah ihn bloß an. »Was für ein Buch?«

Fletcher zögerte, den Titel zu nennen. Er spürte, daß Jones und Martin ihn ansahen. »*A Wave Hunter's Guide to the Golden State*«, sagte er.

Drew grinste ihn an. Und er grinste Martin und Jones an. Ein Augenblick verging. Keiner sagte ein Wort.

»Wie kommt man da raus?« wollte Sonny Martin wissen, und Fletcher nahm an, daß es Heart Attacks sein mußte, Geröllfeld oder nicht, und es war ihm ein bißchen peinlich, daß er überhaupt erwogen hatte, es in Frage zu stellen. Schließlich befand er sich in der Gegenwart des verkörperten Buches – des Mannes, der sie alle geritten hatte.

Drew Harmon zeigte jetzt zur Flußmündung. »In diesem Licht und bei diesen Böen ist es schwer zu erkennen«, sagte er, »aber aus dem Fluß heraus verläuft eine wirklich gute Kabbelung. Man reitet sie einfach nach draußen. Man muß sich um die inneren Sperriegel herumschlängeln, aber man hat eine Strömung, die einen vorwärtsträgt. Sobald man an den innenliegenden Sperren vorbei ist, knickt die Strömung südwärts. Man paddelt aus ihr hinaus, biegt quer über die Bucht und beginnt, nach den Line-ups Ausschau zu halten. Ich nehme den großen Felsen und einen Punkt nördlich, den man von hier aus nicht sehen kann. Hinauszukommen ist eigentlich nicht schwer. Die Position zu halten ist etwas anderes. Man will ja nicht hinter der Wellenspitze starten.«

»Kein Scheißdreck«, sagte Sonny. »Peters hat was von einem Boot erzählt.«

»Ein Boot?« Harmon wirkte aufrichtig überrascht. Als er Sonnys Gesichtsausdruck sah, lachte er lauthals. »Was denn, hast du Angst vor ein bißchen Paddeln?«

»Nein. Nur hat Peters gesagt, du hättest etwas von einem Boot gesagt. Ich habe bloß überlegt ...«

Harmon brachte ihn mit einer Handbewegung zum Schweigen. »Mach dir nur nicht ins Hemd«, sagte er. »Ich habe alles im Griff. Das Boot hat heute morgen hier auf euch gewartet.«

»Wie kommt das Boot nach draußen?« fragte ihn R. J.

»Direkt aus der Flußmündung«, sagte Harmon. Er machte eine Bewegung mit der Hand, die die feuchte Luft durchschnitt.

»Muß schon ein tolles Boot sein.«

Drew rollte die Schultern und rieb die Hände gegeneinander, als fröstele ihn plötzlich. »Der Swell baut sich auf. Ich hab' da draußen fünfzig Fuß hohe Wände gesehen.«

Während er das sagte, versank der letzte Sonnenstrahl im Meer, und als er verschwunden war, frischte der Wind auf, trug Kälte und Regen mit sich und schlug ihnen voll ins Gesicht.

»Ihr Eunuchen könnt hierbleiben, wenn ihr wollt«, sagte Harmon. »Aber ich würde es nicht empfehlen. Die Eingeborenen können ganz schön bösartig werden. Ihr wißt schon, Feuerwasser.« Der Mann rieb die Hände gegeneinander und lachte glucksend. »Ihr könntet skalpiert werden.« Und damit zwängte er sich durch das Gesträuch wie ein Bär, der den Wald verläßt, und stieg in die Klamm hinab.

Fletcher und die beiden Surfer folgten ihm. Als sie die Ausweichstelle erreichten, war Harmon bereits auf dem schmalen Pfad nach unten, von dem er aufgetaucht war. Im Gehen sprach er zu ihnen, ohne sich zu vergewissern, ob sie nahe genug waren, um ihn zu hören.

»Fahrt zu der anderen Straße zurück«, rief er. »Folgt ihr zum Fluß.« Er sagte noch etwas, doch der Wind verwehte seine Worte.

Fletcher und die beiden Surfer blieben alleine im Schlamm und der zunehmenden Dunkelheit zurück.

»Was?« sagte Martin. Dabei sah er Fletcher an, als müßte der die Antwort wissen.

»Er hat gesagt, wir sollen der Straße zum Fluß folgen.«

»Ja. Und was hat er danach gesagt?«

»Keine Ahnung.«

»Herrgott!«

Robbie Jones spuckte in den Schlamm. Als er redete, redete er zum Fluß hin. »Ist das der Typ, der uns zeigen soll, wo es langgeht?«

»Der Mann ist ein toller Gastgeber«, sagte Sonny. »Versteht es wirklich, einem ein Gefühl von Zuhause zu geben.«

»Scheiß drauf. Ich sage, wir fahren in den Ort und essen was.«

Fletcher schüttelte den Kopf und ging zum Van. »Besser, wir tun, was er sagt, und finden sein Haus, bevor es noch dunkler wird.«

Robbie Jones blieb stehen und berührte Fletchers Arm. »He«, sagte er. »Ist das da Öl unter deinem Van?«

Fletcher spürte ein dumpfes Gefühl in der Magengrube. Rasch ging er zum Van, kniete sich und schaute unter den Wagen. Er sah nichts außer Regenwasser. Als er aufblickte, lachten Robbie und Sonny auf ihn hinab.

»Reingelegt«, sagte Robbie.

Fletcher wischte sich den Schlamm von den Knien und setzte sich hinters Lenkrad. »Hahaha«, sagte er.

Sonny und Robbie stiegen in den Van.

»Dieser Harmon ist schon eine eigene Type«, sagte Sonny. »Da fragt man sich, ob er uns wirklich eingeladen hat.«

»Wir sind ihm scheißegal. Er hat den Doc eingeladen. Er will die Fotos. Peters war es, der uns eingeladen hat. Richtig, Doc?«

Fletcher ließ den Motor an. »Ich nehme es an«, sagte er.

»Dann sag uns eines, Doc«, meinte Sonny. »Was will ein Typ wie der mit den Fotos?«

Fletcher ließ sich einen Moment Zeit mit der Antwort. Er starrte in die Dunkelheit, die jetzt das Reservat einhüllte, aus dem ein paar flackernde Lichter aufleuchteten. »Das ist etwas, was keiner weiß«, sagte er.

6

Sie fuhren den Weg zurück, fanden die Gabelung und die Schotterstraße. Es war eine Waschbrettpiste voller Furchen und Schlaglöcher. Sie führte sie zum Fluß und dann an seinem Ufer entlang. Schließlich kamen sie zu einer Plattform aus Holz, und genau dort endete die Straße.

Fletcher war sich nicht sicher, was zu finden er hier erwartet hatte. Man hatte Drew Harmon. Man hatte den großartigen Nordwesten. Der Mann hatte sich eine Braut genommen. Eine reiche Frau. So war es noch vor Beginn der Reise festgestellt und verabredet worden. Zumindest hatte Fletcher ein Haus erwartet. Vielleicht die Arbeit von Drews eigener Hand. Er hätte gehört, daß Drew die Bäume eigenhändig gefällt und das Holz selbst bearbeitet hatte. Das Haus würde auf einem Hang mit Blick aufs Meer stehen.

Was in der zunehmenden Dunkelheit vor ihm lag, war so weit von derartigen Vorstellungen entfernt, daß Fletchers erster Impuls darin bestand zu glauben, er und seine Begleiter hätten sich erneut verfahren. Hätte dort nicht der verrostete Van mit zwei auf dem Dach vertäuten Surfboards gestanden, hätte er ohne anzuhalten nach einer Stelle zum Wenden gesucht. Der Van und die Surfboards deuteten jedoch darauf hin, daß er zur richtigen Stelle gekommen war. Trotzdem blieb er einen Moment lang hinter dem Lenkrad sitzen und betrachtete die Szenerie vor sich.

»Ist es hier?« fragte Sonny Martin.

»Sieht so aus.«

»Surfen diese Indianer etwa?«

»Guck dir die Boards an«, sagte Fletcher.

Selbst in dem schwachen Licht konnte man genügend sehen, die Länge und Dicke, die Linie der Rails. Der Platz selbst allerdings sah so aus wie das, was sie im Reservat gesehen hatten. Der alte Van stand vor einer Holzplattform, die sich in den Fluß hinein erstreckte. Die Plattform befand sich vor einem Schuppen, dessen kaputte Fensterscheiben durch provisorische Bretter ersetzt worden waren; das eingesackte Schindeldach war mit Blechen geflickt. Von der Vorderseite des Schuppens führte ein Weg zu den Bäumen und zu einem steilen Hang, an dem eine Treppe zu erkennen war, die zu einer wackeligen Veranda vor einem uraltem Wohnwagen führte. Schließlich schaltete Fletcher den Motor ab und stieg aus dem Wagen. Robbie und Sonny folgten ihm.

»Scheißdreck«, sagte Robbie. »Und ich habe gedacht, der Typ stellt was dar.«

»Sieh es mal so herum«, sagte Fletcher. Er sah sich gezwungen, den Mann zu verteidigen, obschon seine eigene Enttäuschung vermutlich tiefer saß als die seiner Begleiter. »Hätte es Typen wie ihn nicht gegeben, wärt Typen wie ihr nicht die Bohne wert.«

Robbie Jones sagte nichts.

Fletcher wandte den Blick nicht von dem Wohnwagen. Ganz offensichtlich würde es hier nichts geben, was zu Michael Peters Geschichte über Biarritz paßte. Keine Pelzmäntel, keinen Mercedes.

»Und nun?« fragte Sonny.

Der Schuppen zeigte kein Zeichen von Leben. Über den Bäumen brannte an der Tür des alten Wohnwagens eine Außenbeleuchtung.

»Ich denke, wir versuchen es dort«, sagte Fletcher. Er nickte in Richtung des Lichts.

»O Gott!«

Sie waren über den dunklen Pfad gestolpert und am Fuß der Treppe angelangt, als Drew Harmon sie rief. Fletcher konnte nicht erkennen, woher er gekommen war. Als er hinsah, war der Mann auf dem Pfad hinter ihnen einfach wie aus dem Nichts aufgetaucht. In der einen Hand hielt er eine Taschenlampe, in der anderen eine Einkaufstüte.

»Das ist nicht der Weg«, sagte Drew. »Es ist dort unten.«

Er drehte sich um und ging den Weg hinunter, auf dem sie heraufgekommen waren.

Fletcher, eben noch vorn, bildete jetzt das Schlußlicht. Er warf noch einen Blick auf die Treppe. Sie war länger und steiler, als er es sich vorgestellt hatte. Gerade wollte er den anderen folgen, als er plötzlich den Eindruck hatte, daß jemand auf der Veranda dort oben stand.

Er sah, daß es eine Frau war, zumindest sah es in der Dunkelheit so aus. Nach seinem Eindruck hatte sie die Arme vor der Brust verschränkt. Sie schien auf den Fluß hinabzuschauen. Er starrte immer noch nach oben, als aus den Bäumen eine Stimme kam.

»Ich sagte, das ist nicht der Weg«, sagte die Stimme.

Fletcher wandte sich um. Drew Harmon stand mit Taschenlampe und Einkaufstüte auf dem Pfad. Martin und Jones befanden sich irgendwo hinter ihm im Schatten.

»Wohnst du da?« Fletcher wies mit einer Kopfbewegung zu der Treppe hin.

»Da wohne ich«, sagte Drew. »Aber wir bleiben hier unten.« Er beobachtete Fletcher, bis dieser Anstalten machte, ihm zu folgen. Erst dann wandte sich Drew Harmon auf dem Pfad wieder abwärts.

Fletcher warf einen letzten verstohlenen Blick auf den Wohnwagen. Er hatte jetzt einen anderen Blickwinkel und sah, daß die Frau immer noch dort stand. Er sah das gelbe Licht auf ihrem Haar. Aber er schaute nicht lange hinauf, denn Drew Harmon wartete, und schon bald war sie zwischen die Bäume getaucht.

Der Schuppen bestand aus einem einzigen Raum, knapp sechs Meter im Quadrat. An einer Wand stand ein Ofen, ein antikes rundes Stück aus Gußeisen und mit verzierten Eisentürchen. Entgegen allen Bauvorschriften, mit denen Fletcher vertraut war, stand der

Ofen auf einem unbearbeiteten Dielenfußboden. Beleuchtet wurde der Raum von einer einzigen Glühbirne, deren Kabel um einen Dachsparren gewickelt war.

»Wenn ihr pissen müßt«, sagte Drew, »dann in den Fluß. Wenn ihr andere Geschäfte erledigen müßt, steht zwischen den Bäumen ein Verschlag. Nehmt eine von denen, um den Weg zu finden.« Er zeigte auf zwei Taschenlampen neben der Tür.

»Das ist cool«, sagte Sonny.

In der Mitte des Raumes lag ein Surfboard, wie Fletcher es schon seit Jahren nicht mehr – oder vielleicht überhaupt noch nie – gesehen hatte, denn die Materialien stammten aus einer anderen Epoche, Redwood und Balsa, aber die Linienführung war die eines modernen Boards. Es lag, schlank und glänzend im Licht der nackten Glühbirne, auf zwei Sägeböcken.

An den Wänden lagen und standen weitere Boards in unterschiedlichen Entwicklungsstadien, andere lagen in Regalen, die provisorisch aus Kanthölzern zusammengenagelt worden waren. Auf weiteren Regalen waren Holzbretter gestapelt. Balsa. Redwood. Andere Hölzer, die Fletcher nicht kannte.

»Meine Großmutter hat hier gewohnt«, sagte Drew. »1894 gebaut. Ich habe den Schuppen als Werkstatt genutzt. Eines Tages werde ich mir mein Haus dort oben bauen, wo der Wohnwagen steht. Die Stelle habe ich schon ausgesucht. Man kann von dort aus die Flußmündung sehen. Im Moment lebe ich in dem Wohnwagen.«

Fletcher nickte. Sie hatten sich um das Board auf den Sägeböcken geschart. Sonny Martin strich mit dem Finger über den Brettrand.

»Wo hast du das her?« fragte Martin. »Aus einem Museum?«

Drew Harmon lachte bloß. »Wohl kaum. Um das Balsa zu bekommen, mußte ich bis nach Ecuador. In den Staaten kriegt man das Zeug nicht in der nötigen Dicke. Und dann hab ich noch mal acht Monate gebraucht, um das Holz hierher zu schaffen. Und das Redwood stammt ausschließlich aus alten Bäumen.«

Er trat zu einem der Regale und zog ein Brett heraus. Es bestand aus solidem Redwood, drei Meter lang. Fletcher schätzte sein Gewicht auf etwa zweihundert Pfund. Harmon ging damit um, als wiege es nicht mal ein Drittel davon. Er drehte es auf einer Spitze und lehnte es gegen die anderen, die in den Regalen lagen. »Guckt's euch an«, forderte er sie auf. »Es wird euch den Rest geben.« Er strich mit der Hand über eine Reihe von Narben, die sich quer zur Maserung durch das Holz zogen. »Wißt ihr, was das ist?«

Als keiner antwortete, lächelte er. »Das sind die Narben von einem Springboard«, sagte er. »An der Stelle hat ein alter Holzfäller sein Keilbrett in den Stamm getrieben. Drei Meter von dem Baum waren noch in der Erde geblieben. Eine sagenhafte Verschwendung. Ich kenne einen Typen mit 'ner Nachrodungslizenz. Wir ziehen in die Wälder und suchen Baumstümpfe. Wenn wir einen finden, schneidet er mir eine Scheibe heraus. Als ich mit dem Stück anfing, bestand es aus dreihundert Pfund solidem Holz. Aber die Narben wollte ich erhalten. Wenn ich damit fertig bin, werden sie direkt auf dem Board sein, unter dem Fiberglas-Überzug.«

Er trat einen Schritt zurück, hielt das Board auf Armlänge von sich und schaute bewundernd auf das alte Holz, das in der Tat beeindruckend wirkte.

»Daher rührt der Zauber«, sagte er. »Er ist in dem Holz.« Er wies zu dem Board auf den Sägeböcken. »Wenn ihr auf dem da rauspaddelt ... lächeln die Geister euch an.«

Er schob das Brett wieder auf das Regal, ging zu seiner Werkbank und machte sich daran, seine Tüte zu leeren – zwei Dosen Tamales, zwei Dosen Chili, zwei Sixpacks Bier und ein paar Hotdog-Brötchen.

»Hier pennen wir«, kündigte Drew an. »Es geht sehr früh los. Beim ersten Licht.«

»Vielleicht sollten wir das Ganze auch sein lassen«, sagte Robbie. Die beiden Surfer gingen nach draußen, wo es wieder zu regnen begonnen hatte.

Drew Harmon blickte ihnen nach. Er stand an der Werkbank und öffnete Dosen. Die Parka-Kapuze hatte er abgestreift. Sein Haar war naß, und er hatte es zu einem Pferdeschwanz gebunden, der auf seinem breiten Rücken auflag.

Fletcher blieb neben dem Board stehen. Er ließ seine Augen durch den Schuppen wandern. Auf der Werkbank stand eine Kochplatte. Auf dem Boden lag eine Sofamatratze mit einem Schlafsack darauf.

Drew, immer noch mit dem Rücken zu Fletcher, nickte in Richtung der beiden Surfer. »Dieser Junge, R. J. – ist das der Junge, der dieses Jahr das Masters gewonnen hat?«

»Zwei Jahre in Folge.«

»Und wie zahlt sich die kleine Nummer heutzutage aus?«

»Genau weiß ich es nicht. Ich schätze, er hat dreißig oder vierzig Riesen gemacht.«

»So ein Scheiß.« Drew Harmon schüttete die Tamales zusammen mit dem Chili in eine verbeulte Aluminiumpfanne und stellte sie auf die Kochplatte. »Weißt du, was ich gekriegt habe, als ich das Ding gewonnen habe?«

»Einen Pokal.«

»Ein Fischdinner bei Ahi's.«

Fletcher lauschte dem Geräusch des Regens auf dem Blechdach. Neben dem Schlafsack registrierte er einen Stapel alter Surf-Magazine und eine Flasche Trinkwasser.

»Wir kriegen ein paar Wellen. Ich hätte gern Fotos, wie wir alle drei meine Boards reiten. Was hältst du davon?«

Fletcher sah zu Drew hinüber. Der Mann wandte ihm den Rücken zu.

»Von mir aus in Ordnung.«

»Ich denke, es könnte einen Markt dafür geben. Hier oben, das ist ein neues Grenzgebiet. Das weißt du doch, oder? Unentdecktes Land. Man braucht die richtige Ausrüstung, um es zu erkunden.«

Fletcher nahm das Board auf den Sägeböcken in Augenschein. Die Anzahl derjenigen, die ein Board dieser Art benötigten, würde minimal sein. Aber er behielt diese Einschätzung für sich. Er sah zu, wie Drew seine Tamales mit Chili umrührte. »Weißt du, ich hab für diese Tour ein Spesenkonto. Im Ort gibt es doch bestimmt ein Lokal, wo du und deine Frau gerne essen würden ...«

»Ich gehe nicht in den Ort«, entgegnete Drew. Er drehte sich um und blickte Fletcher an. Sein Haar war straff über den Schädel gezogen und hatte an den Schläfen graue Strähnen. Fletcher sah die Krähenfüße, die die Haut um die Augen des großen Mannes zerfurchten – bei ihm selbst, nahm er an, war es genauso. Zu viele Jahre Sonnenlicht auf dem Wasser, zu viele Stunden, in denen man nach den Sets draußen auf dem Meer spähte, das vor grellen, untergehenden Sonnen zerschmolz.

»Da gibt's bloß ein paar Spießerkneipen«, fuhr Harmon fort. »So was kann ich nicht betreten.«

Wenn er nicht gerade jemanden anbrüllte oder mit seinem übertriebenen Hinterwäldlerakzent alberte, war Harmons Stimme im Grunde recht sanft, weich und wohlmoduliert und schien die Kraft ihres Besitzers zu leugnen. Jetzt sprach Harmon mit dieser sanften Stimme und zählte in vollem Ernst eine umfangreiche Liste von Dingen auf, die er nicht tun konnte. Er ging abends nicht nach draußen. Er fuhr selten Auto. Er suchte nicht die Gesellschaft anderer Menschen. Das Surfen bot natürlich die Ausnahmen dieser Regeln. Um Wellen zu suchen, konnte man Auto fahren. Man konnte abends nach draußen gehen, um rechtzeitig an einer bestimmten Stelle die Dünung zu prüfen. Alles andere war Unsinn.

Unwillkürlich dachte Fletcher an die Frau, die er oben an der Treppe gesehen hatte. Er hatte sie für Harmons Frau gehalten und fragte sich nun, was sie von diesen Regeln hielt. Denn er hatte den Eindruck, daß diese Regeln nicht gerade geeignet waren, ein geselliges Leben zu fördern. »Warum nicht?« fragte er.

Drew Harmon sah ihm direkt in die Augen. »Ich kann nicht«, sagte er. »Da draußen sind Menschen ...« Er wandte den Blick zur Tür, wo in diesem Moment Sonny Martin aufgetaucht war. Der junge Mann trug in jeder Hand einen Matchbeutel. Der Regen hinter ihm, von einer Lampe über der Tür in Licht getaucht, bildete über seinem zottigen Haarschopf einen Heiligenschein.

»Da sind Menschen, in deren Nähe ich nicht sein kann«, fuhr Drew fort. »Menschen, die mich in Schwierigkeiten bringen.«

»Herrgott!« sagte Sonny. »Hört der Regen hier denn nie auf?«

»Geh verdammt noch mal endlich weiter«, rief Robbie hinter ihm. »Du läßt den ganzen Mist rein.«

Die beiden Surfer, ihre Ausrüstung im Schlepptau, traten ein und schlugen die Tür hinter sich zu.

»Er ist bloß sauer«, sagte Sonny Martin. »Hat seine Ex als Tänzerin im Staide angetroffen. Sie schnappt für Japstouristen mit ihrer Möse nach Münzen.«

Robbie Jones setzte seine Taschen ab, drehte sich blitzschnell auf dem Absatz herum, riß den anderen Fuß dabei hoch und plazierte die Hacke in Sonny Martins Solar Plexus. Der machte ein großes Schauspiel daraus, durch den Raum zu torkeln, als suche er eine Stelle, um seinen Magen umzustülpen.

Drew Harmon stand immer noch an seinem provisorischen Herd, in der einen Hand die Pfanne, in der anderen einen Löffel. Er blickte Sonny Martin und Robbie Jones an, als sähe er sie zum ersten Mal. »Herrje«, sagte er. »Hat man da draußen jetzt so was?« Er schien aufrichtig überrascht.

»Das ist das, was der Boß geschickt hat«, sagte Fletcher.

Robbie Jones ignorierte sie. An der Wand gegenüber von Werkbank und Kochplatte waren Regale voller Bücher und Videokassetten. Außerdem stand dort zwischen Stapeln aus Zeitschriften und Büchern ein kleiner Fernsehapparat auf einem Videorecorder. Robbie las zwei Titel laut vor.

»*Die Kunst des Wellenreitens. Hawaiianische Surfboards.*«

»Praktisch alles, was über das Thema geschrieben worden ist«, sagte Harmon. »Das ist das Ziel: alles zu haben. Hier findet ihr sogar Lords Studie über Hydroschiffskörper für die U. S. Navy.«

Robbie Jones sah ihn ausdruckslos an.

»Das ist das Buch, das Simmons 1946 in die Hände gefallen ist. Und das erst das moderne Board möglich gemacht hat. Könnt ihr euch das vorstellen?«

Harmon zwinkerte Fletcher zu, denn es war offenkundig, daß Robbie Jones keine Ahnung hatte, von wem er sprach. Robbie Jones trat wieder an das Regal. »Und Videos hast du auch«, sagte er.

»Die haben einigen Wert.«

Robbie zog eins aus dem Regal und reichte es Sonny Martin. »Guck mal«, sagte er. »Er hat den Film vom Doc.«

»Sehen wir uns an«, schlug Sonny vor.

»Scheiß drauf!« entgegnete Harmon. »Essen wir!«

Als sie die Tamales mit Chili und die Hot-dogs gegessen und das Bier getrunken hatten, legten sie sich früh schlafen, um sich auf das vorzubereiten, was der Morgen bringen würde. Sie krochen in die Schlafsäcke, die sie auf dem Fußboden des Schuppens ausgerollt hatten. Fletcher fiel rasch in einen drogenbeförderten Schlaf, wurde aber einige Zeit vor dem Morgengrauen wach.

Er war schweißgebadet und erlebte einen Moment voll Schmerz und Konfusion. Schließlich nahm er seine Umgebung deutlicher wahr, er hörte das Rauschen des Flusses jenseits der Schindelwand und das weit entfernte Stöhnen, das er für ein durch die Nacht tönendes Nebelhorn hielt. Als nächstes wurde ihm bewußt, daß er das Gefühl in seiner rechten Hand verloren hatte. Als er sie öffnete und schloß, zuckten kleine Schmerzblitze durch seinen Arm bis in seinen Hals. Langsam setzte er sich aufrecht und drückte seine rechte Hand mit der linken. Er kam zu dem Schluß, daß er Pillen brauchte. Genau für diese Situation hatte er seinen Rucksack und Wasser direkt neben sich plaziert, doch als er anfing, den Rucksack zu durchstöbern, fiel ihm ein, daß er die Pillen mit seinem Film im Van gelassen hatte. Leise fluchend strampelte er den Schlafsack von seinen Beinen und stand auf. Er zog Jeans und Schuhe an, nahm eine der Taschenlampen, die Drew an der Tür gelassen hatte, und ging hinaus.

Die Nacht war kalt und feucht, erfüllt vom Geruch der Kiefern und der süßlichen Verwesung dichten Waldes. Er überquerte die Plattform und trat in den Schlamm hinaus. Neben ihm donnerte der Fluß talwärts. Er benutzte die Taschenlampe, um seinen Weg zu finden, doch im Grunde wäre er ebensogut ohne sie ausgekommen. Der Regen hatte aufgehört, der Mond stand direkt über dem Fluß und tauchte die Nacht in silbriges Licht.

Für einen Moment stand er an der Rückseite des Van und nahm den Anblick in sich auf. Der Mond war beinahe voll, und der Fluß wand sich auf ihn zu, als sei er ein Weg, auf dem man wandern konnte, und der Mond selbst ein Ort, den man auf diesem gewundenen Weg erreichen konnte. Mechanisch öffnete er die Tür des Van. Seine Gedanken waren immer noch bei dem Fluß, und er war kaum in den Wagen gestiegen, als ihm jemand entgegenächzte.

Fletcher war völlig überrascht. Er machte einen Satz nach hinten und stieß sich den Kopf am Dach des Van.

Er hörte jemanden »Scheiße« sagen, und als er wieder in den Wagen hineinschaute, sah er Robbie Jones vor sich. Der Junge saß, ganz allein im Dunkeln, auf einem umgedrehten Plastikeimer, sein Geschlechtsteil in ein blutfleckiges weißes Handtuch gehüllt.

»Scheiße«, sagte Robbie erneut. Er beugte sich vornüber und hob eine Hand, um das Licht abzuschirmen.

»Mein Gott«, sagte Fletcher. Das Bild, das er sah, bot einen beunruhigenden Anblick. »Alles in Ordnung mit dir?«

»Das Ding tut höllisch weh«, sagte Robbie. »Mir scheint, irgendwas stimmt nicht damit.« Er hob eine Ecke des Handtuchs und enthüllte sein Glied, das für Fletcher tatsächlich schlimmer aussah als beim letzten Mal.

»Kann ich dir irgend etwas bringen?« fragte Fletcher.

Robbie Jones sah ihn ausdruckslos an. »Allerdings. Einen neuen Schwanz.«

»Willst du was von dem Zeug, das sie dir mitgegeben haben? Diese Lösung?«

»Davon hat das Scheißding zu bluten angefangen, als ich es ausgewaschen habe.«

Fletcher stand in T-Shirt und Jeans in der Tür und spürte die feuchte Nachtluft.

»Es wird schon wieder«, sagte Robbie. »Laß mich einfach einen Moment in Ruhe. Irgendwie tut's weh, wenn ich spreche.«

Fletcher nickte. Er nahm den Beutel mit den Pillen und blickte sich noch einmal zu Robbie Jones um. »Willst du die Lampe?« fragte er.

Robbie schüttelte bloß den Kopf. Er schien einen Krampf zu erleiden.

Fletcher schwenkte den Lichtkegel auf die Bäume. »Sie haben mir gesagt, so was könnte passieren«, sagte Robbie.

Fletcher war fast wieder an der Plattform, als er die Frau entdeckte. Man hätte sie leicht übersehen können, eine dunkle Stelle in der Nacht. Er sah sie am Rand des Pfades, den er am Abend gegangen war – der Pfad, der zu den Stufen und dem Wohnwagen führte. Sie hatte ihn beobachtet, da war er sich sicher, und als sie sah, daß sie bemerkt worden war, bewegte sie sich auf die Bäume zu. Fletcher verhinderte es. Er hielt sie für die Frau, die er auf der Veranda gesehen hatte, und er wollte sie näher in Augenschein nehmen. »Hallo«, sagte er.

Die Frau blieb stehen. Fletcher hatte die Taschenlampe ausgeschaltet, aber das Mondlicht schien auf ihr Gesicht, und trotz der Dunkelheit konnte er ihre erstaunliche Erscheinung erkennen. Sie war in einen dunklen Mantel gehüllt, der ihr bis auf die Knöchel fiel. Ihr Haar war schwarz und kurz geschnitten.

»Sie müssen Drews Frau sein. Ich bin Jack Fletcher.«

»Der Fotograf.«

»Wie kommen Sie darauf?«

Er sah, daß sie die Achseln zuckte. In der Dunkelheit war ihr Alter schwer zu schätzen. Sie war jung, dachte er, nicht einmal dreißig.

»Sie sind ein Freund von Drew. Die anderen sind zu jung.«

»Nicht direkt ein Freund. Wir haben uns damals auf den Inseln gekannt.«

»Die ruhmreichen Jahre.«

»Kann man so sagen«, erwiderte er. »Jedenfalls sind sie dazu geworden.«

»Und was bezwecken Sie jetzt? Wollen Sie zurückkehren?«

»Zurückkehren?«

»Ihre Jugend noch einmal erleben.«

Ihr Tonfall schien Mißbilligung anzudeuten.

»Drew wollte Fotos. Wir sind gekommen.«

»Das sind Sie.«

»Sind Sie um diese Nachtzeit immer auf?« Ihm ging auf, daß sie zu ungewöhnlicher Stunde allein im Wald war.

Sie blickte zum Fluß. »Ziemlich oft.«

»Ein Geschöpf der Nacht.«

Jetzt sah sie ihn für einen langen Augenblick an. Der Fluß rauschte hinter ihm. Er sah Fledermäuse vor dem Antlitz des Mondes von Baum zu Baum fliegen. Sie hätten gezeichnete Wesen in einem Animationsfilm sein können. Als er sich wieder zu ihr wandte, zeigte sie ihm ihr Profil.

»Tja«, sagte sie. »Es ist spät. Oder ist es früh?«

»Ich weiß nicht«, sagte Fletcher. »Ich habe das Zeitgefühl verloren.«

Er hatte den Eindruck, sie lächelte, als er das sagte.

»Vielleicht sind es die Pillen«, sagte sie.

»Vitamine«, entgegnete Fletcher.

»Der Schatten weiß es«, sagte sie.

Fletcher lachte. »Wahrscheinlich soll ich Sie fotografieren«, sagte er. Der Gedanke war ihm gerade erst gekommen.

Sie hielt ihn, blickte ihn an. »Wer hat das gesagt?«

»Der Redakteur des Magazins. Er ist auch ein Freund von Drew. Ich denke, er hätte gern ein Foto für den Artikel.«

»Das ist blödsinnig.«

»Ich halte es für eine gute Idee. Ich meine, wir sollten es machen.«

»Das können Sie nicht.«

»Wirklich nicht?«

»Es ist ein Trick«, sagte sie. »Wenn man sich von jemandem fotografieren läßt, hat man am Ende mit seiner ganzen Trickkiste zu tun.«

Fletcher sah ihr nach, als sie zwischen den Bäumen verschwand. Er blieb noch einige Zeit stehen. Ganz gewiß war sie nicht, was er erwartet hatte. Kein Partygirl von den Inseln, und er stellte sich unwillkürlich die Frage, wo Drew Harmon sie gefunden haben mochte – und warum.

Schließlich ging er wieder in den Schuppen und nahm seinen Platz auf dem Fußboden ein. Die Pillen dämpften seinen Schmerz, aber er fand keinen Schlaf. Robbie Jones kam zurück. Fletcher hörte, wie er in seinen Schlafsack kletterte. Nach kurzer Zeit fing der junge Mann leise zu schnarchen an. Die Zeit verstrich. Eine Stunde vielleicht. Fletcher war immer noch wach, als Drew Harmon von seiner Matte aufstand und hinausging. Fletcher sah ihn nicht zurückkommen. Er blieb schlaflos, auf dem Rücken im Sägemehl des Schuppens liegend, wartete auf die Dämmerung, dachte an die Frau, die er am Fluß gesehen hatte, dachte an Drew Harmon, wie er die vielen Stufen zum Wohnwagen hinaufstieg, der dort unter den Bäumen stand, am Rand des Ortes, der Sweet Home hieß – auch wenn es ihm so schien, als hätte Drew Harmon hier alles andere als eine Heimat gefunden. Fletcher hatte plötzlich das Gefühl, im Land der hohen Kiefern sei irgend etwas völlig aus dem Ruder gelaufen. Er lag dort mit seinen Gedanken, während das Nebelhorn die Stunde einläutete, ein klagender Ruf, der an das gemahnte, was der Morgen bringen würde. Denn sie waren an einen Ort ohne Palmen und ohne tropisches Licht gekommen. An ihrer Stelle sah Fletcher vor seinem geistigen Auge die felsige Küstenlinie, die er von dem hochgelegenen Pfad nahe der Flußmündung erspäht hatte. Er sah eine gespensterhafte Wolke eine Meile vor der Küste aufbrechen, wo sie die Winterbrandung – die Dogs of winter – erwarten würden, und diese Wellen wären, anders als in Fletchers Film, das wahre Erlebnis.

7

Drew kam vor dem Morgengrauen zum Wohnwagen. Kendra war noch wach. Sie hatte Travis' Bücher zu Ende gelesen und war jetzt mit *The Origin of Consciousness* in *Breakdown of the Bicameral Mind* von Julian James beschäftigt. Sie las und schnippte der Katze ab und zu den Korken zu. Sie saß auf dem Boden, eine fast leere Weinflasche auf der einen und ein leeres Weinglas auf der anderen Seite.

Sie hörte Drew auf der Treppe. Sie wußte, daß er es war. Seit dem Hai hinkte er ein bißchen. Sie sah zur Tür, als er den Schlüssel drehte, um sie zu öffnen. Er schreckte auf, als er sie sah.

»Herrgott, Kendra, bist du noch auf?«

»Nein«, sagte sie. »Ich schlafe.«

Er bückte sich, um das Buch in ihrer Hand anzufassen, und schob es mit einem Finger hoch, um den Titel zu lesen.

»Ist das der Typ, der meint, jeder ist schizophren?«

»War.«

»Und sagt er auch was über diejenigen von uns, die es noch sind?«

Kendra lächelte verhalten. »Er sagt, ungefähr zwanzig Prozent der Bevölkerung erleben gelegentlich so etwas wie eine akustische Halluzination.«

Drew nickte. »Großartig. Dann hab ich wohl noch ein paar Dinge, auf die ich mich freuen kann.« Er ging an ihr vorbei in die Küche und wusch sich die Hände über dem Spülbecken.

Kendra blieb auf ihrem Kissen am Boden sitzen. Als Drew hereingekommen war, hatte sich die Katze zurückgezogen. Sie war sehr nervös. Kendra versuchte sich vorzustellen, was das Tier gesehen hatte. Die Katze schien vor Männern mehr Angst zu haben als vor Frauen. Und ihr Mann schien sie ganz besonders zu ängstigen.

Sie musterte ihn. Sein Haar war gelöst und fiel über sein Gesicht. Eine Goldmähne in dem künstlichen Licht. Es erinnerte sie daran, wie er sie in Hatteras angesehen hatte. Er war mit seiner Harley vorgefahren, um von ihrem Stiefvater ein Boot zu mieten. In T-Shirt und Jeans, mit blondem Haar, das im Wind flog. Muskeldurchsetzte Arme. Er war genau die Art von Mann, vor der ihr Stiefvater sie immer gewarnt hatte, also willigte sie sofort ein, als er sie zum Mitfahren einlud.

Er war nach Cape Hatteras gekommen, um an einem Surfwettbewerb teilzunehmen, in Wellen, die ein weit entfernter Sturm vorantrieb, und sie hatte im Sand gesessen und ihm zugesehen, als sei der Mythos des Meeres etwas, das er bezwungen hatte. Und er hatte an jenem Tag besser als jeder andere gesurft, jung oder alt, denn die Wellen waren hoch und machtvoll gewesen, und das war sein Element, und während sie ihm zusah, hatte sie gespürt, daß er möglicherweise in ihr etwas anzurühren vermochte, was zuvor noch nie angerührt worden war. Und er hatte es getan.

Sie sah zu, wie er sich vorbeugte, um sich das Gesicht zu waschen, wie er mit den Händen sein Haar zurückstrich und es an seinen Schädel klebte. Sein Gesicht nahm im Zwielicht die Züge eines Raubvogels an.

»Ich fahre heute mit den Typen von der Zeitschrift raus«, sagte er. »Wir werden wohl den ganzen Tag fort sein.« Er wandte sich zu ihr um. »Es ist ein guter Swell«, sagte er. »Der Swell, auf den man ein Leben wartet.«

Kendra nickte bloß. Viele Male hatte sie den Swell des Lebens gesehen, auf Hawaii, auf Bali, in Costa Rica. Meistens war es der Swell des Lebens, solange er unterwegs war. Hinterher war er nur noch gut. Morgen würde er besser sein. Aber morgen herrschte Wind. Eine ungünstige Strömung.

»Ich hab einen von ihnen getroffen«, sagte sie.

»Welcher war das?«

»Jack Fletcher.«

Drew nickte. »Das paßt.« Er lächelte. Es war kein sonderlich angenehmes Lächeln. In jüngster Zeit hatte sie es öfter gesehen. »Wenn es eine Frau in der Nähe gibt, findet Jack Fletcher sie auch.« Er blickte zur Seite. »In dieser Hinsicht waren wir uns immer ein bißchen ähnlich. Was hast du gemacht, daß du ihn getroffen hast?«

»Ich war spazieren.«

»Warst du am Fluß spazieren?«

Kendra nickte.

»Wenn du damit nicht aufhörst, wird dir Schlimmeres als Jack Fletcher begegnen.«

»Hat man mir gesagt.«

»Du solltest darauf hören.«

»Ist er der Fotograf? Den du von den Inseln kennst?«

Drew sah hinaus, wo sich das Licht über dem Fluß auftat. »Ja«, sagte er.

»Ich dachte, Fotos seien Blödsinn.«

»Kommt darauf an, wofür man sie braucht.«

»Wofür brauchst du sie?«

Er antwortete nicht sofort. Er schien noch auf das Heraufdämmern des Morgens zu warten. »Wir würde es dir gefallen, hier rauszukommen?« fragte er plötzlich.

Als sie nicht direkt antwortete, drehte er sich wieder um und sah sie an. In seinem Gesicht war jetzt etwas, das sie noch nie an ihm gesehen hatte. Sie brauchte einige Sekunden, um es benennen zu können. Als sie es konnte, sah sie, daß er Angst hatte.

»Ich dachte an Chile«, sagte er. »Vierzehntausend Meilen Küste da unten. Man kann von den Tropen bis zum Südpol fahren. Die letzte Grenze, davon reden wir.«

»Ich dachte, das hier sei die letzte Grenze.«

Er schnaubte. »Für Kalifornien«, sagte er, »stimmt das. Natürlich wird sie es nicht lange sein. Nicht, wenn diese Burschen damit fertig sind.« Er nickte in Richtung des Flusses. Sie nahm an, daß er den Fotografen, Jack Fletcher, und die Profi-Surfer meinte, die mit ihm gekommen waren.

»Warum hast du sie dann eingeladen?«

»Ich meine es ernst«, sagte er. »Chile. Was hältst du davon?«

Sie wußte kaum, was sie dazu sagen sollte. »Dafür braucht man Geld«, meinte sie schließlich.

»Das Geld kann ich bekommen. Ich weiß wie.«

»Wie?«

»Überlaß das mir«, sagte er.

»Warum? Warum jetzt?« fragte sie ihn.

Er tat einen Schritt auf sie zu. Für einen Moment dachte sie, er könne nahe genug kommen, um sie in den Arm zu nehmen, doch vermochte sie sich nicht vorzustellen, wie das sein würde. Früher war es ein guter Aufenthaltsort gewesen, ein Schutz vor dem Sturm. Aber sie hatten seit Monaten nicht mehr miteinander geschlafen, nicht mehr seit dem Tag, als er nach Hause gekommen war und sie Amandas Sachen getragen hatte.

»Hier ist alles schiefgelaufen«, sagte er. »Merkst du das nicht? Du schläfst nicht mehr. Zu jeder Tages- und Nachtzeit bist du draußen und läufst durch den Wald.«

»Manchmal«, erwiderte sie, »habe ich das Gefühl, ich kann sehen, was der Wohnwagen gesehen hat. Es kommt in einzelnen Lichtblitzen.«

Er sah sie lange Zeit an. »Wenn du so weitermachst, sind wir bald wieder so weit wie in Tamarindo«, sagte er schließlich. »Willst du das? Willst du in der Klinik landen?«

Unmittelbar vor ihrem Umzug nach Kalifornien hatten sie einen legendären Wettbewerb in Tamarindo in Costa Rica besucht. Dort hatte sie es erlebt, einen Anfall, wie sie ihn als Kind einige Male erlitten hatte. Sie hatte Lichtblitze gesehen, ungebetene Stimmen gehört. Schließlich war sie, vollgepumpt mit Thorazine, in einem kleinen Krankenhaus in San José gelandet. Drew war aus dem Wettbewerb ausgestiegen und hatte sie dort rausgeholt. Das hatte ihn seinen letzten Sponsor gekostet, zum Teil auch deshalb, weil er seine Geldgeber nicht über den Grund seines Ausstiegs informierte. Als sie ihn nach dem Grund fragten, hatte er ihnen nur gesagt, sie sollten sich verpissen. Es kam geradezu wie gerufen, daß seine Mutter starb und ihnen das Grundstück hinterließ. Es war zwar bis ans Limit mit Hypotheken belastet und warf kein Geld ab, aber es war ein Ort, um sich zurückzuziehen.

Sie sagte ihm, Tamarindo wolle sie nicht wieder erleben.

Das schien ihn zu besänftigen, und er streckte die Hand aus, um ihr Gesicht zu berühren. Sie zuckte zurück. Die Bewegung war unwillkürlich und abrupt. Mit dem Ellbogen traf sie die Weinflasche und stieß sie um.

Die Flasche war fast leer. Der kleine Rest tröpfelte aus der Flasche, als sie über den verfilzten Florteppich rollte. Aus irgendeinem Grund konnte sie sich nicht dazu bringen, sie aufzuheben. Sie hatte sich in ihre eigenen Arme gehüllt. Sie spürte, wie sich ihre Fingernägel in die Haut über ihrem Trizeps bohrten.

Drews Gesichtszüge wurden wieder härter. Er nahm die Flasche, richtete sich auf und hielt sie zwischen zwei Fingern. »Mit diesem Dreck solltest du wirklich aufpassen.«

»Wieso?«

Er hielt die Flasche ans Licht. »Herrgott, das ist nicht mal Traubensaft. Das ist für versoffene Indianer oder Nigger. Du sitzt hier und erzählst mir von Lichtblitzen. Wenn du weiter dieses Zeug trinkst, sitzt du eines Tages sabbernd vor Marvin's Supermarkt.«

Er setzte die Flasche mit solcher Wucht auf die Spüle, daß ein schmutziger Teller ins Becken rutschte. Der Teller zerbrach beim Aufprall. Sie hörte die klirrenden Scherben wie flüsternde Stimmen.

»Weißt du eigentlich, daß es hier beschissen kalt ist«, sagte er. »Wann läßt du endlich die verdammten Kartuschen füllen?«

»Eine ist schon gefüllt. Aber sie ist nicht hier.«

»Ist ja großartig«, sagte Drew. »Mir wird schon wärmer.«

Sie beobachtete ihn, als er zwei Wasserflaschen unter der Spüle hervorholte und hinausging. Er sagte kein Wort des Abschieds, genausowenig wie sie.

Als er draußen war, stand sie auf und ging ans Fenster. Sie sah ihn auf der Veranda, neben seinem verrosteten alten Van. Er war so klein dort, dachte sie, so verloren mit seinem abgenutzten Werkzeug und den Holzboards. Sie verspürte ein plötzliches Bedauern und den Wunsch, zu ihm zu gehen. Er war kein böser Mensch. Er brauchte Zuneigung, das war es, einen Lichtengel. Und was er hatte, war sie.

Sie dachte wieder an Tamarindo. Dort war er ihr Ritter gewesen. Aber indem sie ihn seinen letzten Sponsor kostete, hatte sie ihn die Inseln gekostet. Nicht daß sie daran etwas hätte ändern können. Es war ein Anfall gewesen, das war es. Sie hatte gedacht, sie hätte das hinter sich, das hatte man jedenfalls ihrer Mutter erzählt, als sie jung war. Sie hatten einen Namen dafür, aber ihr war es nicht der Mühe wert, sich daran zu erinnern. Es konnte sich als vereinzelter Anfall manifestieren, hatten sie gesagt, eine Reaktion auf Streß. Der fragliche Anfall war auf den Tod ihres Vaters gefolgt. Aber natürlich könnte es Wiederholungen geben. Sie könnten heftig oder mild sein. Es bestand immer die Möglichkeit, daß es chronisch werden konnte. Sie hätten diese Sachen nicht vor einem Kind sagen sollen, dachte sie. Herrgott, man verbrachte sein Leben damit, darauf zu warten.

Sie legte die Ellbogen auf den Ablauf und bedeckte ihr Gesicht mit den Handflächen. Gerade hatte er versucht, mit ihr zu reden, eine Brücke zu bauen, und sie hatte ihn weggeschickt, als wäre seine Schuld etwas, dessen sie sich sicher sein konnte. Und wie konnte sie sich sicher sein? Sicher, daß er es war und nicht sie? Wie konnte sie sich sicher sein, was in ihrem Kopf und was außerhalb war? Sie hatte hier eine harte Zeit erlebt. Wie konnte man sicher sein, daß es keine Wiederholung war? »In milden Fällen«, hatte sie irgendwo gelesen, »können die Stimmen – wie Gedanken – unter der Kontrolle bewußter Aufmerksamkeit stehen.« Sie ballte ihre Hände zu Fäusten und schlug sie gegen ihre Schläfen, als wollte sie die Gedanken vertreiben.

Sie ging taumelnd in das schmale Schlafzimmer und legte sich, schweißgebadet, auf den Rücken. »Ich höre sie, wenn ich ihnen Beachtung schenke«, sagte sie. Und wieder: »Ich höre sie, wenn ich ihnen Beachtung schenke.« Sie wiederholte es wie ein Mantra, ließ den Satz ihre Atemübungen begleiten, während die Feuchtigkeit, die beinahe ständig von den Bäumen tropfte, auf das Metalldach des Wohnwagens klickte – ein unablässiges Rascheln flüsternder Stimmen.

8

In Drew Harmons Werkstattschuppen verschwamm ein fahles Licht zwischen den auf Regalen gelagerten Brettern aus exotischen Hölzern. Ein Elektromotor surrte. Fletcher fuhr hoch und blinzelte überrascht in das merkwürdige Licht. Er hatte nicht erwartet, einzuschlafen, und als er hochblickte, um zu sehen, ob die anderen ebenfalls schliefen, stellte er fest, daß sie ohne ihn aufgestanden waren und er nun allein auf dem Boden lag. Er rollte sich auf die Seite und suchte die Quelle des mechanischen Geräusches.

Was er entdeckte, war Robbie Jones. Der junge Mann schien sich nach dem Vorfall im Van völlig erholt zu haben. Bekleidet mit übergroßer Trainingshose und Local Motion T-Shirt, bewegte er sich vor Drew Harmons Werkbank auf und ab. Auf der Werkbank selbst häuften sich Eier- und Bananenschalen neben einer Reihe von Säften und Brühen in Flaschen und Dosen. Robbie schaltete den Mixer aus und machte sich daran, einen Faden bräunlicher Flüssigkeit mit der Konsistenz ausgekauten Tabaksafts in eine große Plastiktasse zu gießen.

»Mein Gott!« sagte Fletcher. »Hast du das ganze Zeug mitgebracht?«

Robbie nickte.

»Ich hab' gar nicht gewußt, daß du auf gesunde Ernährung stehst.«

»Der Körper ist ein Tempel des Herrn, Bruder.«

Mühsam schälte Fletcher sich aus seinem Schlafsack. Er hoffte, daß Drew Kaffee zubereitet hatte, doch falls das der Fall war, konnte Fletcher ihn nicht finden. Er begann, sich in dem kalten Licht anzuziehen. »Ich frage mich«, sagte er, »welchen Anteil der Herr an Penissteckern nimmt.«

»Was ich tue«, entgegnete Robbie, »tue ich, um seinen Ruhm zu mehren.«

In diesem Augenblick kam Sonny Martin durch die Tür gestolpert. Sein Gesicht war rot, seine Augen blutunterlaufen, aber er lächelte. »Das hab' ich gehört«, sagte er. Er hatte einen Neonlolly in der Hand und einen zweiten im Mund, und wenn er redete, geschah das um den Lolly herum, von dem ein Tropfen wie ein Krebsgeschwür auf seiner Kinnspitze wackelte. »Sie haben's dem Scheißkerl gesagt«, fuhr er fort und wies dabei mit dem Neonlolly auf Robbie Jones. »Männer sind nicht dafür geschaffen, es sechs Monate zurückzuhalten. Der Kerl wollte ja nicht hören.«

»Leck mich«, sagte Robbie.

Sonny Martin schenkte Fletcher ein zuckriges Lächeln. »Ach ja«, als fiel ihm erst jetzt ein, warum er gekommen war, »Drew meint, ich soll euch sagen, daß das Boot hier ist.«

Drew Harmon stand mit dem Rücken zum Fluß auf der Veranda. Sein Oberkörper war nackt, er war, wie in trotziger Herausforderung des kalten Morgens, nur mit Sandalen und Trainingshose bekleidet, und Fletcher sah zum ersten Mal die Narben.

Er konnte sich nicht erinnern, jemals ein so großes Narbenfeld gesehen zu haben. Es sah aus, als wäre der Mann mit Nähgarn zusammengeflickt worden. Die Narben begannen unter der Gürtellinie seiner Trainingshose, kreuzten seinen Bauch und setzten sich, dem Umriß seiner Hüfte folgend, über seine Seite fort. Die Haut an den Narben war hochgewölbt und gesprenkelt – ein dunkles Violett im grauen Licht der Dämmerung –, und einen Moment lang reichte der Anblick, um Fletcher vom Grund seines Kommens abzulenken. Doch dann sah er den Jungen, und es fiel ihm wieder ein.

Denn hinter Drew stand ein dünner, dunkelhaariger Junge. Er reichte nur bis zu Drews Brustkorb, und er trug Tennisschuhe und Jeans, ein rot-schwarzes Flanellhemd und eine rote Baseballkappe, über deren Schirm ein schwarzer Merlin eingestickt war. Der Junge blickte über das lehmige Ufer zu den Bäumen hinüber. In der Hand hielt er ein Tau, das an einem Eisenring vor seinen Füßen befestigt war und an dessen anderem Ende ein Zodiac-Schlauchboot in dem schlammigen Wasser dümpelte. Der Anblick des Jungen und des Bootes ließ Fletchers Zuversicht sinken.

»Hab' mich schon gefragt, ob du es schaffst«, sagte Harmon. Er hatte eine Backe voll Kautabak und schien bester Stimmung.

Fletcher hätte jetzt gern einige Fragen über das Boot gestellt, doch Harmon hatte Robbie und Martin am Heck ihres Vans entdeckt und ging zu ihnen hinüber, um zu sehen, mit welchen Boards sie hinaus wollten.

Fletcher folgte ihm. Einerseits war er neugierig; andererseits wollte er sich von dem Jungen und dem Zodiac entfernen, als könne er dadurch abändern, was sich bereits anbahnte.

Die beiden jungen Surfer hatten sich für Brewers entschieden. Es waren wunderschöne Boards. Martins war von greller Farbe. Robbies war ebenfalls grell und hatte gelbe Rails. Beide wurden durch Fichtenstringers von einem Zoll Breite halbiert. Sie trugen das Brewer-Logo, eine Blume, und darunter die Unterschrift von Dick Brewer.

Harmon spie einen Bogen Tabak in den Schlamm und fragte nach der Länge der Boards.

»Neun Fuß sechs«, antwortete Robbie.

»Habt ihr auch längere dabei?«

»Es hieß, das Gebiet sei so ähnlich wie Waimea. Und da bin ich Neun-Sechser geritten.«

»Vielleicht wollt ihr hier etwas, das ein bißchen länger ist. Seht euch das hier mal an.«

Er führte sie an die Seite des Schuppens, wo zwei Boards gegen die Außenwand gelehnt standen. Das eine war das Board, das sie in der Werkstatt gesehen hatten. Das andere ähnelte ihm sehr. Balsa und Redwood und eine auffallend komplizierte, schöne Konstruktion: sechs schmale Stringers aus Redwood trafen sich am Heck und verliefen fächerförmig – wie ein länglich gestrecktes Sonnenrad – bis zur Bugspitze.

»Reitest du da draußen wirklich diese Dinger?« fragte Sonny Martin.

»Warum nicht?« entgegnete Harmon. Er betonte die Gegenfrage so, daß Martin für einen Moment den Faden verlor. Es war, als hätte er plötzlich gemerkt, daß eine falsche Bemerkung zu diesem Zeitpunkt gesundheitliche Schäden hervorrufen könnte.

»Nun ja, ich meine ... Herrgott, Mann ... Was ist, wenn deine Leash reißt? Was ist, wenn du es auf die Klippen setzt?«

»Ich benutze keine Leash«, sagte Drew. »Niemals.«

Es folgte ein Moment des Schweigens. Fletcher lächelte beinahe. Einzig der Anblick des Jungen und des Zodiac hinderte ihn daran.

»Ich sag euch was«, fuhr Drew fort. »Das letzte, was ihr euch da draußen wünscht, ist ein leichtes Board. Wir sind hier nicht in den Tropen, Mann. Das Wasser ist schwerer, dichter. Es ist schwieriger, durchs Wasser zu stoßen. Schwieriger, ein Rail durchzupflügen. Ich hab' diese Boards angefertigt, um damit diesen Break zu reiten. Ihr werdet dort draußen sein. Und ihr werdet sehen, was ich meine.«

Einen Moment lang war nur das Geräusch des Flusses zu hören. »Ich bleib' bei meinem Brewers«, sagte Robbie, drehte sich um und ging zum Van zurück.

Sonny sah ihm nach. Er betrachtete die Boards. Er sah Drew Harmon an. Schließlich meinte er achselzuckend: »Ich auch.« Er folgte Robbie Jones.

Drew Harmon musterte die beiden. »Wie ihr wollt«, sagte er.

Als Jones und Martin gegangen waren, ging Fletcher mit Drew zu der Plattform zurück. Hier spürte er den Sog des Flusses, spürte ihn in den Schwingungen des alten Holzes unter seinen Füßen. Drew sah zu dem Van hinüber.

»Blödiane. Sie werden es sich überlegen. Wart' nur ab.«

»Also, Drew«, hörte Fletcher sich selbst sagen. Er betrachtete das Zodiac. »Ist das das Boot?«

Harmon starrte noch einen Moment in Richtung des Van. Schließlich wandte er sich dem Zodiac und dann Fletcher zu. Er nickte bejahend und sagte: »Nein, das ist kein Boot.«

Fletcher zögerte, er wußte nicht genau, was er mit dieser Antwort anfangen sollte. Vielleicht war er mißverstanden worden. Aber der Mann nickte wieder und wiederholte seinen Satz, bevor Fletcher etwas sagen konnte. »Das ist kein Boot«, sagte er. Und in diesem Moment merkte Fletcher, daß Harmon ihn verarschen wollte.

»Ich hatte gehofft«, sagte Fletcher, »ein bißchen mehr Boot zu kriegen.«

Harmon nickte. »Ich weiß, was du meinst«, sagte er. »Ich schätze, wir alle hoffen auf ein bißchen mehr von irgendwas.« Er bückte sich zu einem Leinwandsack auf der Plattform und zog an dem Reißverschluß. Ein Neoprenanzug und Neoprenschuhe kamen zum Vorschein. Harmon wies mit einer Kopfbewegung zu der Ausrüstung. »Wenn du so etwas hast, möchtest du es jetzt vielleicht anziehen.«

Eine weitere Diskussion schien zwecklos. Fletcher sah noch einmal zu dem Jungen. Er stand da wie vorher, die Leine in der Hand, die Augen auf die Bäume gerichtet. Dann ging Fletcher am Flußufer entlang zur Rückseite des Van. Seine Hände fühlten sich in der feuchten Luft steif und kalt an, und ihm ging auf, daß er Angst hatte.

Sonny Martin war bereits im aktuellsten Kaltwasser-Look gekleidet, einem rot-schwarzen O'Neil Heat Seeker, komplett mit Schuhen und Handschuhen, in der Hand hielt er eine schwarze Neoprenkappe mit einem roten Streifen in der Mitte. Das Material schien geschmeidig und warm, und erneut ertappte Fletcher sich dabei, daß er den Verlust seiner Kappe bejammerte. Er zog eine seiner Materialtaschen an die Ladekante des Van und begann, sich auszuziehen, als er ein paar Schritte entfernt Robbie Jones bemerkte, dessen Beine im Neoprenanzug steckten. Das Oberteil war nach unten gerollt, der entblößte Rücken war lang und schmal, aber mit Muskelsträngen gerippt und mit einem kunstvollen Tattoo geschmückt: Von seinem Brustwirbel bis zur Lende hing ein gekreuzigter Jesus, dessen blutende Handflächen sich bis zu seinen Schulterblättern streckten, und unter die Hände waren Buchstaben in einem blockartigen Schrifttyp tätowiert, der Fletcher an die Chicanogangs von East L. A. denken ließ. Die Buchstaben standen auf beiden Seiten des Brustkorbs übereinander. Fletcher brauchte einen Moment, um zu erkennen, was sie ergaben. Schließlich las er die beiden Worte: TRUE LOVE.

Robbie Jones kniete in genau diesem Augenblick am Rand des Waldes, das kahl geschorene Haupt gebeugt. Fletchers erster Gedanke war, daß der junge Mann nicht gesund sei, und er sah sich zu Sonny Martin um, der sich gerade seine Kappe überzog. »Geht's ihm nicht gut?« fragte Fletcher.

Sonny warf einen Blick über die Schulter. »Ihm geht's prima. Er spricht seine Gebete.«

»Hübsches Tattoo«, sagte Fletcher.

»Ja. Zuerst hatte er dort den Jesus, danach hat er die Worte tätowieren lassen. Seiner Freundin hat er gesagt, die seien für sie.«

»Die, die jetzt im Staide tanzt?«

Sonny Martin lächelte. »Die jetzt für Japstouristen Quarters mit der Möse aufpickt. So ein Miststück!«

Sonny zog seinen Kinnriemen stramm, hielt inne und schaute zu der Plattform hinüber. »Was ist mit den Narben?« fragte er. »Der Typ ist ja fast in zwei Hälften zerbissen worden.« Er schaute dorthin, wo der Fluß ins Meer strömte. »Ich wette, das war da draußen.«

»Vielleicht sollten wir alle ein paar Gebete sprechen«, sagte Fletcher.

Sonny Martin sah ihn an. »Scheiß drauf«, sagte er. Er rückte seine Kappe zurecht und schlenderte zu dem kleinen Pier.

Fletcher war noch einige Zeit damit beschäftigt, seine Ausrüstung zusammenzustellen, und als er sie zu dem schlammigen Ufer trug, waren die anderen bereits im Boot. Der Indianerjunge saß vor dem Motor in der Mitte der Heckpartie. Die anderen hatten sich an drei Ecken des Bootes plaziert und die vierte für Fletcher frei gelassen.

Seine Ausrüstung baumelte ihm von beiden Schultern herab, als er ins Boot stieg. Sofort spürte er die Wellen des kalten Wassers unter sich. Er spürte, wie sich das Boot mit seinem Gewicht verlagerte. Einen schrecklichen Augenblick lang mühte er sich, aufrecht stehen zu bleiben, während ihn seine Ausrüstung in die eine Richtung zog und das Boot sich in die andere bewegte. Fast wäre er gestürzt, doch Drew streckte einen Arm aus, und Fletcher stützte sich darauf ab.

Harmon lachte, als Fletcher die Balance wiedergewann und sich setzte. »Daran erinnere ich mich«, sagte er mit einem Nicken zu Fletchers orangefarbenem Kameragehäuse. Er drehte sich zu Martin und Jones, die links und rechts von dem Jungen im Heck saßen. »Das Ding hat er mal verloren«, erzählte er ihnen. »Auf dem Riff in der Pipe.«

»Wir kennen die Geschichte«, sagte Robbie, und von da an fuhren sie schweigend den Fluß hinab, bis nach etwa einer Meile die Mündung in Sicht kam.

Der Junge hielt auf einen schmalen Uferstreifen auf der Nordseite zu. Als sie sich dem Ufer näherten, wurde das Wasser langsamer, zum Teil durch einen Felsarm, der sich einige Meter in den Fluß hinein erstreckte und dort eine Art Miniatur-Wellenbrecher bildete. Der Grund schien seicht und sandig zu sein, und der Junge brachte das Zodiac bis auf einen knappen Meter vor die Uferlinie. Drew Harmon stieg über die Seite ins Wasser und rief Jones und Martin zu, sie sollten ihm folgen. Fletcher wurde bedeutet, daß der Junge und er von diesem Punkt an allein weiterfahren sollten.

»Mit uns allen darin kriegen wir das Ding niemals über die Felsenbänke«, sagte Drew. Er blickte Fletcher an, als er weitersprach. »Wir gehen zu Fuß bis zur Spitze an der Nordseite der Bucht. Es ist der kürzeste Weg. Von dort an haben wir die Strömung mit uns. Ich stelle mir vor, daß ihr beide euch an der Südseite des Kamms postiert.« Harmon lächelte. »Ihr müßtet genau in die Pocket gucken. Aber paßt auf die Lines auf. Die Wellenkämme können sich verlagern. Und ihr wollt ja nicht da drinnen eingefangen werden.«

Das Zodiac schaukelte und schlingerte, als Jones und Martin Harmon ins Wasser folgten. Die drei Männer wateten mit ihren breiten Boards unter dem Arm aufs Ufer zu.

Fletcher hatte bei Drews Worten bloß genickt, nun sah er den drei Surfern nach. Unwillkürlich wurde ihm bewußt, daß sich keiner seiner beiden Reisegefährten dagegen gewehrt hatte, das Zodiac zu verlassen, und keiner der beiden hatte mit ihm gesprochen oder in seine Richtung geblickt, bevor sie ins Wasser geglitten waren. Jetzt hatten sie das Ufer erreicht und verschwanden rasch zwischen den Bäumen. Es war ihnen zweifellos ganz recht, daß sie hinauspaddeln konnten, anstatt sich in der Flußmündung einem solchen Boot anvertrauen zu müssen, und als sie nicht mehr zu sehen waren, blieben nur Fletcher und der Junge zurück, allein auf dem Fluß in einem Gummiboot.

Das Boot wurde von zwei Streben stabilisiert, die man als Sitze nutzen konnte. Der Junge saß bereits in der Mitte des Hecksitzes, und Fletcher nahm jetzt den Platz im Bug ein. Er bemerkte, daß der Junge ihn unverwandt mit glänzenden Augen ansah, und zum ersten Mal fiel ihm auf, daß Drew Harmon sie nicht einander vorgestellt hatte. Als er seine Sitzposition gefunden hatte und der Junge ihn immer noch anstarrte, fiel ihm außerdem auf, daß der Junge auf einen Befehl wartete und er nun das Kommando hatte. Diese Erkenntnis fand er ermutigend.

Fletcher brachte es nicht fertig, irgend etwas zu sagen. Er nickte, um auszuprobieren, was dies bewirken würde, und registrierte erleichtert, mit welcher Gewandtheit der Junge das Boot steuerte und wieder zur Flußmündung ausrichtete. Was er dort sah, diente allerdings nicht dazu, ihn zu erleichtern.

Es war Ebbe, und die Felsenbänke schienen ziemlich flach zu sein. Von seiner Position im Bug des kleinen Bootes konnte er eigentlich nur eine Reihe Weißwasser hinter der anderen sehen, und dahinter eine Wellenreihe nach der anderen. Die Wellen schienen sich blitzschnell aus dem Nichts heraus zu bilden, präsentierten der aufgehenden Sonne eine schmierig-schlammige Oberfläche und saugten sich hoch, um mit dem knallenden Geräusch leichter Artillerie auf die Felsenbänke zu krachen. Das Geräusch war deutlich vom Gurgeln des Flusses zu unterscheiden und auch von dem fernen Donnern der großen Sets weiter draußen, die von ihrem momentanen Aussichtspunkt nicht zu sehen, sondern nur zu erahnen waren.

Weiter flußaufwärts hatte Fletcher ein oder zwei Kanus bemerkt, die, von Fischern bemannt, im frühen Licht des Tages ihre Bahn zogen, doch hier unten in der Mündung waren er und der Junge ganz allein. Der Himmel färbte sich allmählich blau, aber am Fluß klammerten sich noch Nebelflecken an die Ufer, und als sie sich der eigentlichen Mündung näherten, setzte sich ein feiner, vom Meer abgeschüttelter Dunst feucht auf Wimpern und Lippen, und trotzdem war Fletchers Mund trocken und die Zunge darin dick und geschwollen.

Wie sich herausstellte, wußte der Junge recht gut mit dem Zodiac umzugehen. Er hielt es in ständiger Bewegung, steuerte zuerst nach links, dann nach rechts, schlängelte sich mit dem Boot durch die widerstreitenden Wellen, fuhr mindestens zweimal zielgenau auf die Kämme von Inside-Grinders, die sich vor ihnen auftürmten und sie, bei falsch bemessenem Timing, auf die Felsenbänke gekippt hätten, was eine ebenso kalte wie heikle Schwimmübung zur Folge gehabt hätte.

Doch trotz der Geschicklichkeit des Jungen spürte Fletcher die unerträgliche Eigenart des Schlauchboots, sich in sich zu krümmen, wenn der Junge es auf den Wellenkamm steuerte, und spürte ebenso, wie es sich in die entgegengesetzte Richtung bog, wenn es den Kamm und die kurzen kalten Wellen querte, die er selbst durch seine Neoprenschuhe spürte, und er war sich ziemlich sicher, daß Drew recht gehabt hatte. Das kleine Boot hätte das Gewicht der vier Männer und des Jungen nicht durch das Weißwasser tragen können, sondern wäre auf den Felsenbänken zerschellt.

Als sie endlich draußen waren, steuerte der Junge das Boot nach Norden, passierte die Landspitze, die Fletcher am Vortag erklommen hatte, und ließ einen ersten Blick auf die Bucht und die ferne Spitze zu. Das Meer war hier tiefer, und das Zodiac glitt leicht auf der Grunddünung. Glattes grünes Wasser glitt unter dem Bug daher, während der Himmel immer klarer wurde und sich das Sonnenlicht auf dem Wasser sammelte.

Im Licht trieben Treibholzstücke vorbei, zusammen mit Matten aus Seetang, von denen einige verschiedenartige Schalentiere mit sich trugen – helle Fleckchen in Rosa oder Orange, die die Kraft der Dünung von ihren Anlegeplätzen losgerissen hatte –, und mindestens zweimal hoben Seelöwen schmale, dunkle Köpfe über die Wasseroberfläche, um sie zu beäugen, und Fletcher wurde daran erinnert, was er auf der Plattform gesehen hatte: die Narben, die sich wie die Nähte eines Baseballs über Harmons Körper zogen. Er hatte nicht gewußt, daß der Mann fast zerfleischt worden war, doch genau dies war offensichtlich geschehen. Und der Ort hier war so gut wie jeder andere – das Zentrum der Gegend, welche die Surfer Red Triangle, das rote Dreieck, nannten. Die Fische kamen zum Laichen zu den Flußmündungen. Die Seelöwen kamen, um die Fische zu fressen. Die großen Weißen kamen, um die Seelöwen zu fressen, und da sie über ein schwaches Sehvermögen verfügten, erwischten sie gelegentlich auch den einen oder anderen Surfer, doch wurden diese normalerweise wieder ausgespuckt, wenn der Irrtum bemerkt wurde, und deshalb blieben einige von ihnen – so wie Drew Harmon – übrig, um die Geschichte zu erzählen.

Solche Gedanken waren natürlich kontraproduktiv, und Fletcher machte sich daran, seine Ausrüstung noch einmal zu überprüfen, um sich von ihnen abzulenken. Er spielte mit seinem Belichtungsmesser und schätzte den Einfallwinkel des Sonnenlichts ab. Am Horizont waren Unebenheiten zu erkennen, aber bis jetzt noch keine Sets. Er hörte den Jungen etwas sagen und drehte sich um. Der Junge zeigte zum Ufer, und Fletchers Blick folgte seinem Finger. Er sah drei dunkle Gestalten auf Boards, die sich ihnen von der Landspitze aus näherten, und als er ihrer Angriffslinie folgte, sah er das erste Set, das sich auf dem Riff aufbaute.

Er hatte keinen Zweifel, daß er und der Junge noch weit genug von der Shoulder entfernt waren, doch es gab keine Chance, seinen Herzschlag im Zaum zu halten, als das Set sich aufzubauen begann, keine Chance, sich dem Adrenalinschub zu entziehen, den man spürt, wenn man eine wirklich große Welle von ihrem Detonationspunkt aus sieht. Für ihn sah es nie ganz wirklich aus. Und seine erste Reaktion war immer die gleiche, und das schon seit zwanzig Jahren: Er konnte niemals recht glauben, daß er sich in ihre Bahn begab.

Fletcher war lange genug dabeigewesen, um die Prozedur zu kennen. Die Surfer würden sich ein bißchen an der Inside aufhalten, um das Set abzuwarten, und dann blitzschnell die Outside ansteuern. Einmal auf der Außenseite, bestand der Trick darin, zu wissen, wo man warten mußte. Jones und Martin genossen an diesem Morgen den Vorteil, daß sie zusammen mit jemandem surften, der den

Break bereits kartiert hatte und ihnen ihre Line-ups zeigen konnte. Fletcher und der Junge müßten ihre eigenen finden.

Fletcher beschloß, sich jetzt darauf zu konzentrieren, und er beobachtete, wie die erste Welle über das Riff wanderte und sich zu brechen begann. Aus der Nähe war es ein entmutigender Anblick und doch etwas, das man einfach sehen mußte, voller Schrecken und fließender Schönheit. Die schiere Wassermenge ließ einen glauben, man sehe zu, wie sich ein Stück der Erde verflüssigte – bei einer universalen Katastrophe oder in der Stunde der Schöpfung. Zuerst hob sich die Welle mit gewaltiger Masse wie ein Berg, doch bestand dieser Berg aus Flüssigkeit, war in ständigem Fluß und veränderte vor den Augen des Betrachters seine Form, verwandelte sich in eine lange schwarze Wand, wenn die Face sich senkrecht neigte und dann über die Vertikale hinaus, wenn der Wellenkamm anfing, sich aufzufächern und schließlich vornüber stürzte, um weit vor der Face aufs Wasser aufzutreffen und auf diese Weise den gepriesenen grünen Raum der Surfmythen schuf, den Ort, wo man sein mußte, wenn man überhaupt dort sein mußte, auf einem Board, im Auge des Sturms, umfangen vom Tosen und ungebändigter Energie, pulvertrocken an einem Ort, an dem noch nie jemand gewesen war oder jemals wieder sein würde, denn wenn die Welle fort war, war auch der Ort fort und würde nur noch in der Erinnerung existieren, oder vielleicht würde er, wenn der richtige Mann an der richtigen Stelle mit der richtigen Ausrüstung präsent war, auf einem Film existieren – ein kleines Stückchen Ewigkeit, das man sich an die Wand hängen konnte.

In dem Set waren fünf Wellen. Fletcher schätzte ihre Höhe auf fünfundzwanzig Fuß. Zwei brachen sich perfekt und hätten geritten werden können. Drei brachen sich in Abschnitten, die zu lang waren – Abschnitten von zweihundert, vielleicht dreihundert Metern Länge –, und als sich ein solcher Abschnitt brach, bemerkte Fletcher, daß die kleinen Wasserperlen, die sich auf den Seiten des Zodiac gesammelt hatten, bei dem Aufprall hochschnellten – was zweifellos auf ein physikalisches Prinzip hindeutete, über das ausgiebig nachzudenken er in seiner momentanen Position keinen Wunsch verspürte.

Als das Set vorüber war, sahen er und der Junge sich an. Einen Augenblick lang fand Fletcher keine Worte, so als benötige er einen Dolmetscher, und im gleichen Moment kam ihm der Gedanke, daß dies natürlich höchst lächerlich war.

»Wir müssen näher ran«, sagte Fletcher. Er gab sich Mühe, beiläufig zu klingen, als handele sich um ein ganz normales Vorhaben.

Der Junge nickte. Er steuerte in eine nördlichere Richtung, fuhr fast parallel zum Ufer. Allerdings gab er nicht sehr viel Gas, und Fletcher nahm an, er wolle damit ausdrücken, daß er wußte, was erforderlich war, aber keine große Eile hatte, dorthin zu kommen. Das gleiche hätte auch Fletcher für sich sagen können, und er unternahm nichts, um die Dinge zu beschleunigen. Aber er hatte seinen Schuß gesehen, und das hatte ihm etwas gegeben, mit dem er seine Angst bezwingen konnte. Die Jagd hatte begonnen. Eine Erfahrung, die er schon lange nicht mehr gemacht hatte, und es war gut, entschied er, sie wieder zu erleben. Es war gut, hier zu sein.

Im Kielwasser des Sets war das Meer glatt, und Fletcher erkannte, daß die drei Surfer sich der Linie von Norden näherten, während er und der Junge sie von Süden her ansteuerten. Er sah, wie die drei Männer auf einen unsichtbaren Punkt zupaddelten, den Drew ausgesucht hatte, dort verharrten und sich hochschwangen, um sich rittlings auf ihre Boards zu setzen. Er hob eine Hand, damit der Junge Gas wegnahm, und der Junge gehorchte. Er und der Junge waren jetzt auf gleicher Höhe mit den Surfern, durch hundert Meter Ozean von ihnen getrennt.

Grundsätzlich hatte er vor, sie im Blick zu behalten, sich südlich und westlich von ihnen zu halten und sie mit dem nächsten Set anzusteuern. Er wollte am südlichen Ende des Gipfels ansetzen, fünfzig Meter von der Brandungszone entfernt. Er wollte mit der Sonne im Rücken schießen, so daß die Welle an ihrem höchsten und dramatischsten Punkt im Licht war, und dann über eine noch ungebrochene Shoulder fahren, wenn die Welle vorüber war. Der Junge würde Gas geben müssen, um sie über die Shoulder zu bringen, aber etwas anderes hatte er auch auf den Felsenbänken nicht gemacht, und Fletcher erwartete keinerlei Problem. Am Ende der Session würden sie bloß noch die Flußmündung anzusteuern haben.

»Das ist gut«, sagte Fletcher. Er senkte die Hand. »Wir warten genau hier.«

Der Junge nickte, legte den Gashebel um und hob den Motor auf den Bootsrand, so daß sie treiben konnten. Nach Norden konnte Fletcher keine passende Linie finden, aber im Süden lag eine große Insel vor der Flußmündung, und ihre Westspitze schien ihm ein geeigneter Orientierungspunkt.

Mit einem Blick zur Bucht stellte er fest, daß sie sich am Südende eines langen Sandstreifens befanden, und er wählte die Stelle, wo der Sand auf dem Felsboden endete, als zweiten Bezugspunkt. »Da und da«, sagte er zu dem Jungen und wies dabei auf die Spitze der Insel und zum Ende des Sandstreifens. »Wir bleiben zwischen diesen beiden Punkten. Beim nächsten Set fahren wir ein bißchen näher heran. Du steuerst einfach auf sie zu.« Er zeigte zu den Surfern. »Ich werde die Fotos machen.« Er hielt die Kamera hoch, als würde der Junge ihn dadurch besser verstehen. »Aber sobald ich ›los‹ sage, gibst du Gas, fährst aufs Meer hinaus und bringst uns über die Shoulder.« Er hielt einen Moment inne. »So wie du es auf der Inside gemacht hast. Das war gut, wie du uns über die Felsenbänke gebracht hast.«

Der Junge lächelte ihn an, als er das sagte, und Fletcher dachte, es könnte schließlich doch funktionieren. Der Junge blieb stumm, und Fletcher kümmerte sich wieder um seine Ausrüstung. Jetzt arbeitete er mit dem Objektiv, spähte hindurch, stellte es scharf. Durch das Objektiv sah er die Surfer sehr deutlich, wie sie, nur ein paar Meter voneinander entfernt, auf ihren Boards saßen. Er konnte sehen, daß Robbie Jones und Sonny Martin miteinander sprachen. Er konnte sehen, daß Drew Harmon ein wenig entfernt von ihnen war, die Arme vor der Brust verschränkt, die Augen auf den Horizont gerichtet.

Er prüfte seine Uhr und seine Orientierungspunkte. Sie waren, gemessen an dem Sandstück, zu weit nach Norden getrieben, und er sagte das dem Jungen. Der Junge kippte den Motor wieder ins Wasser, fuhr einen kleinen Kreis und brachte sie wieder auf die gewählte Linie. Fletcher nickte. Er sah wieder auf die Uhr, prüfte seinen Belichtungsmesser und spähte durch sein Objektiv.

Sie waren immer merkwürdig, sinnierte er, diese kleinen Momente der Ruhe an einem großen Tag. Er spürte, wie die Sonne die Schultern seines Neoprenanzugs wärmte. Er legte die Kamera hin und griff über die Seite des Bootes. Er spritzte sich Wasser auf Gesicht und Hände und ließ das Wasser über seinen Rücken rinnen, da er in dem dicken Anzug angefangen hatte zu schwitzen. Er sah zu dem Jungen. Der Junge beobachtete die Orientierungspunkte, hielt das Boot auf Linie. Er kapiert's, dachte Fletcher. Er wird das hinkriegen. Im selben Moment sah Fletcher, wie der Junge aufs Meer hinaus schaute, und er sah, wie sich sein Gesichtsausdruck veränderte.

Fletcher folgte dem Blick des Jungen, gerade rechtzeitig, um zu sehen, wie Drew sich flach auf sein Board legte und mit mächtigen Schaufelbewegungen Richtung Horizont paddelte. Jones und Martin taten es ihm nach, und Fletcher fühlte sein Herz hüpfen. Er hatte nicht den Eindruck, daß sie so kräftig paddeln müßten, es sei denn, sie waren zu weit innen. Er blickte zum Horizont und sah, daß die Situation tatsächlich eine Wendung erfahren hatte.

Eine Welle hatte begonnen, sich aufzubauen, und ihr Gipfel hatte sich verschoben und war weiter draußen, als er erwartet hätte. Er schaute zu dem Jungen, wies ihn an, loszufahren, aber der Junge hatte den Motor hochgekippt und hatte jetzt Schwierigkeiten, ihn wieder ins Wasser zu bekommen. Fletcher ging zum Heck, um zu sehen, ob er helfen könne, und als der Junge ihn anblickte, sah er, daß der Junge Angst hatte.

Der Motor hakte an etwas, und als sie ihn ins Wasser bekamen, setzte er aus. Fletcher sah den Jungen an der Starterleine ziehen. Es war eine kurze Leine, kein Raum für zwei Hände, und es war der Motor des Jungen. Fletcher setzte sich wieder und versuchte, seine Furcht niederzukämpfen. Sie waren immer noch weit genug südlich, überlegte er, in ausreichender Entfernung vom Gipfel. Selbst mit einem blockierten Motor könnten sie ein oder zwei Wellen überstehen. Ganz bestimmt würde er schließlich noch anspringen. Als er sich gerade mit diesem Gedanken zu beruhigen versuchte, traf sie die erste Bö eines ablandigen Windes aus der Mündungsbucht des Flusses.

Fletcher sah den Jungen heftig an der Leine zerren. Der Wind war kalt und trocken und trug den Geruch von Fichten mit sich. Er kündete von Hochdruck und einem klaren Himmel. Mehr hätte er nicht verlangen können. Aber der Wind drückte das Gummiboot auch in eine nördliche Richtung, und er wußte, wenn das so weiterging und der Motor nicht bald ansprang, würden sie tief in der Scheiße stekken, der Segen würde zum Fluch. Er blickte zum Ufer, als könne er dort eine Lösung ihres Dilemmas finden, und während er hinüberschaute, hörte er jemanden schreien. Es war wie ein Kriegsschrei, der über dem Wasser widerhallte. Fletcher wußte sofort, daß es die Stimme eines der Surfer sein mußte, und er wußte nur zu gut, was das bedeutete, und drehte sich zum offenen Meer um. Was er dort sah, war eine Welle so groß wie keine, mit der er sich in dreißig Jahren auf dem Wasser abgeben mußte.

Das Ding schien sich von jenseits der Landspitze bis zur Flußmündung zu erstrecken – eine einzige endlose dunkle Mauer, die, sobald sie aufs Riff traf, ohne Zweifel den Himmel auslöschen würde. Sie begann bereits, aus der Tiefe zu schöpfen, sich vor Fletchers Auge exponentiell zu vergrößern, und in diesem Augenblick hörte er den zweiten Kriegsschrei und sah die Surfer. Es waren zwei, und seiner Ansicht nach waren es Jones und Harmon.

Harmon paddelte auf die Lip zu, versuchte, über die Spitze zu kommen. Robbie Jones war hinter ihm, doch plötzlich sah Fletcher, daß der Junge das Board herumschwenkte und anfing, mit aller Kraft in Richtung Flußmündung zu paddeln, um gegen das Wasser anzukommen, das die Face hinauf ihm entgegenströmte. Erstaunt registrierte Fletcher, daß Robbie Jones es anging: Er versuchte, die Welle zu erwischen.

Es war ein unmöglicher Moment. Fletcher hatte keinen Zweifel, daß der Junge ein unterdimensioniertes Board hatte, daß er bereits zu spät in der Welle war. Über seinem Kopf waren gut zehn Fuß Wasser, weitere zwanzig Fuß waren unter ihm, und die Welle war gerade dabei zu kippen, als er auf die Füße kam. Fletcher griff nach seiner Kamera.

Die Welle war dunkel allein durch die Wassermasse, die sie enthielt, aber die Sonne teilte die letzten dünnen Wolkenbänder, ließ die gelben Rails des Brewer-Boards und die roten Streifen des Neoprenanzugs auf eine Weise erstrahlen, daß Fletcher, als er die Szene scharf stellte, die Farben auf der Oberfläche der Welle reflektiert sah, und plötzlich hatte er Robbie Jones im Visier. Im selben Moment, als der Junge an der Starterleine zog. Im selben Moment, als die Welle auf sie niederschlug, denn in irgendeiner dunklen Ecke seines Kopfes wußte Fletcher mit aller Klarheit, was er dort erblickte. Der einzige Schuß, der jemals vom Wasser aus in Heart Attacks geschossen worden war. Unter epischen Begleitumständen. Ein Reiter im Parcours. Das Ding, für das er gekommen war. Er sah seinen Schuß und drückte ab.

Es war perfekt. Robbie Jones stand auf den Füßen, leicht gebückt, das Board unter ihm bockte, fuhr aber sauber die Face der Welle hinab. Fletcher behielt ihn im Sucher, zog langsam mit, schoß Bild auf Bild und nahm jetzt ein neues Geräusch wahr – etwas anderes als das Donnern der Wellen und das Klicken seiner Kamera. Er nahm das absurd stotternde Speien des Außenbordmotors des Zodiac wahr, als die Maschine ansprang, doch als er in Erwartung der Beschleunigung die Hand ausstreckte, hüpfte das verrückte Ding unter ihm hoch.

Fletchers nach hinten ausgestreckte Hand griff nach der Bootsreling. Diese Reling hier war jedoch breit und prall, aus synthetischem Gummi hergestellt, glitschig vom Sprühwasser, und sie bot keinerlei Halt. Und Zeit für ein zweites Zupacken gab es nicht. Und so ging Fletcher über Bord, fiel, den Hintern voran, in den eiskalten Pazifik, mit einer Hand noch immer das alte orangefarbene Kameragehäuse umklammernd, für das er einmal sein Leben riskiert hatte.

9

Als er unter die Oberfläche sank, war Fletchers erster Impuls, zu glauben, daß dies nicht wirklich passierte. Seit dreißig Jahren war er auf dem Wasser. Nur ein hochgradig Irrer würde mit der Kamera in der Hand eine halbe Meile vom Ufer entfernt aus dem Boot fallen. Der Gedanke war zwar tröstlich, aber flüchtig und wurde von dem unter zehn Grad kalten Wasser ausgelöscht, das seinen Kopf füllte, und er wußte, daß er tatsächlich aus dem Boot gefallen war, daß es vor einer der größten Wellen passiert war, mit der er je zu tun gehabt hatte, in einem von Haien verseuchten Gewässer, Hunderte Meter entfernt von einem Strand, auf dem sich keine Palmen in tropischem Licht wiegten.

Der zweite Gedanke, der ihm kam: Er würde überleben. Das offene Meer war ihm nicht fremd. Dreißig Jahre lang hatte er Wellen durchtaucht, und er würde auch diese hier durchtauchen. In diesem Moment kam er an die Oberfläche und blickte erneut in die Zähne des dunklen Ungeheuers, das sich vor einem leuchtenden Himmel bereits aufzufächern begann, und war sich gar nicht mehr so sicher. Panik machte sich in ihm breit. Er fühlte sie wie eine physische Präsenz, ein dumpfer Schmerz, der seinen Armen die Kraft entzog. Aber er wußte noch, was er tun mußte, und er wußte, daß dieses Wissen der Schlüssel war. Oder wollte vielmehr glauben, daß sich das Wissen als Schlüssel erweisen würde. Während die eine Stimme Handlungsanweisungen gab, verfluchte ihn eine andere wegen seiner Ungeschicktheit und rief laut nach Panik und Kapitulation, als könnte er die Situation ganz einfach beenden, indem er ertrank. Fletcher sammelte sich vor der näherkommenden Wasserwand. Er nahm zwei, drei tiefe Atemzüge, hielt beim letzten die Luft an, knickte in der Mitte ein, trat mit den Beinen aus und schwamm auf den Grund zu.

Das orangefarbene Kameragehäuse hielt er vor sich, stieß mit den Beinen kraftvoll aus und hoffte, er würde tief genug kommen, damit die Welle ihn nicht wieder an die Oberfläche saugte. Mit jedem Beinstoß wurde das Wasser kälter und dunkler. Er konnte nur wenige Zentimeter weit sehen, als er es kommen spürte. Zuerst kam es als Bewegung im Ozean um ihn herum. Und dann die Explosion, unnatürlich leise. Etwas, das er mehr fühlen als hören konnte. Eine Funktion des Blutes. Eine Vorankündigung dessen, was kommen würde. Doch als die Wasserturbulenz dann zuschlug, stand sie in keinem Verhältnis zu dem, was er erwartet hatte. Die Kamera wurde ihm aus der Hand gerissen. Sein Neoprenanzug füllte sich, als das kalte Wasser über seinen Rücken strömte. Im ersten Moment dachte er, an dem verdammten Ding wäre eine Naht aufgeplatzt und der Anzug würde ihn nach unten tragen, als wäre er in einen Betonmantel gehüllt.

Jetzt gab es keine Chance, dagegen anzuschwimmen. Die Schockwellen prügelten ihn durch, als wäre er ein weit unterlegener Boxer, den der Gegner an die Seile nagelte. Sein Richtungssinn war ans Meer verloren. Wieder versuchte er, sich an einen einzigen Gedanken zu klammern: daß es nur eine Frage der Zeit war, zwanzig Sekunden maximal, und daß er, obschon diese zwanzig Sekunden wie eine Ewigkeit erscheinen mochten, schon einmal hier gewesen war. Auch das würde vorübergehen. Und mit diesem Gedanken begann er, wild mit den Armen um sich zu schlagen, klammerte sich an ein paar Handvoll Wasser, ruderte in die – wie er hoffte – richtige Richtung, vergaß alles außer dem innigen Wunsch zu atmen.

Und irgendwann kam sie. Die Erlösung. Die Schwärze zu Grau geworden, die plötzliche Explosion von Sonnenlicht und Schall, als sein Kopf durch die Schichten von Schaumwasser brach und brummte wie nach einem Faustschlag. Doch sein erster Gedanke galt der nächsten Welle, instinktiv wandte er sich zum Riff hin, wo die zweite Welle des Sets sich tatsächlich aufzubauen begann, und er sah den Jungen zum letzten Mal.

Das Zodiac hatte es irgendwie geschafft, über die Spitze der ersten Welle zu kommen, denn Fletcher sah das Boot recht deutlich knapp fünfzig Meter vor sich. Er sah den Jungen in seiner blauen Hose, dem roten Flanellhemd und der roten Baseballkappe scheinbar ruhig am Heck des Bootes sitzen. Das Schlauchboot zeigte jedoch keine Anzeichen, daß es wieder unter Antrieb fuhr. Es lag einfach, etwa auf halber Höhe, auf der Face der Welle, deren Kamm sich über dem Boot bereits aufzufächern begann.

Man konnte sehen, was passieren würde. Es war unvermeidlich, und Fletcher wandte sich von dem Geschehen ab. Erneut tauchte er unter. Und erneut spürte er es kommen, den fernen Donner, den Druck in den Ohren. Diesmal jedoch gelangte er unter die Welle. Vielleicht inspirierten ihn die Prügel, die er bei der ersten Welle bezogen hatte, zu besonderer Anstrengung. Vielleicht war die zweite Welle einfach kleiner. Er gönnte sich eine kurze Ruhepause, ließ sich einen Moment nur treiben und von der Luft in seinen Lungen nach oben tragen. Aber er war ziemlich tief, und wieder trieb ihn der Drang nach Sauerstoff dazu, tretend und fuchtelnd zur Oberfläche zu streben, die ganze Zeit voller Angst vor dem, was er dort oben vorfinden würde, denn er glaubte nicht, eine dritte Welle durchtauchen zu können. Und er wußte nicht, ob die Turbulenz ihn in Richtung Ufer trug oder ihn bloß an Ort und Stelle hielt. Aber als er hochkam, war das Meer wieder in Licht getaucht, und nichts war dort außer der Bewegung des Swell selbst, der als Kräuselung des Horizonts erschien, als kreuze dort eine Prozession namenloser Ungeheuer, die durch das blaue Licht schlichen.

Jetzt spürte er die Kälte anders, als er sie vorher gespürt hatte. Sie nagte an ihm. Wieder kämpfte er gegen den beinahe überwältigenden Panikschub an, gegen den Drang, wild auszutreten und um sich zu schlagen. Er zwang sich zu einem gemessenen Armschlag, gab sich selbst Anweisungen zu seinem Bewegungsablauf, hielt den Kopf nach unten, atmete bei jedem Armzug und mühte sich, der Brandungszone zu entkommen, bevor das nächste Set ihn dort finden konnte. Er hatte schon eine gute Strecke hinter sich gebracht, als er einer Stimme gewahr wurde, die über das Wasser dröhnte. Er sah Drew Harmon. Der Mann paddelte auf seinem großen Holzboard liegend auf ihn zu, eine hellblaue O'Neil-Neoprenkappe über seinen übergroßen Kopf gezogen. Von seiner Nase und seinem Bart tropfte das Wasser, in seinen Augen glühte ein irrwitziges Licht.

Der Mann paddelte an ihn heran, setzte sich rittlings auf das Board, griff hinter sich und zog wie ein Zauberer bei einer Bühnenshow eine einzelne Churchill-Schwimmflosse hervor, die er Fletcher anreichte. Fletcher nahm sie mit Fingern entgegen, aus denen längst jedes Gefühl geschwunden war.

»Schwimm zu der Spitze an der Nordseite der Flußmündung«, schrie Harmon ihn an. Er wies auf ein paar Felsen, die Fletcher nur dann sehen konnte, wenn der Groundswell ihn ausreichend hoch hob.

»Paß auf, daß du nicht an den Felsen vorbeigezogen wirst«, sagte Drew. »Wenn es dich in die Kabbelung vor der Mündung trägt, wirst du wieder aufs Meer gespült.«

Und mit diesen Worten machte der Mann sich davon. Er lag wieder flach auf dem Board und paddelte in Richtung eines fernen Fixpunktes. Fletcher hatte nicht ein Wort gesagt. Ihm kam der Gedanke, daß er in diesem speziellen Moment gar nicht dazu fähig war. Schließlich versuchte er es. Ihm gelang es, einen grotesken Schrei auszustoßen. Seine Stimme war von Kälte und Schwäche heiser, er glaubte nicht, daß der Mann ihn überhaupt gehört hatte, und er selbst hatte keine klare Vorstellung davon, was er zu sagen versuchte. Vielleicht versuchte er ihm zu sagen, er solle den Jungen suchen. Vielleicht rief er auch um seiner selbst willen. Doch der Mann war fort, und Fletcher war wieder allein mit seinen blauen Händen, seinem Eiskremkopfschmerz und seiner Churchill-Schwimmflosse, und endlich schaffte er es, sie über seinen Neoprenschuh zu ziehen, und als das gelungen war, fing er zu schwimmen an. Er schwamm zu den Felsen und dem Ufer, die er kaum richtig erkennen konnte.

Fletcher erreichte das Ufer knapp fünf Meter von den Felsen entfernt, die die Flußmündung markierten. Ob er es ohne die Schwimmflosse bis dahin hätte schaffen können, war eine rein akademische Frage. Höchstwahrscheinlich hätte die Strömung ihn an den Felsen vorbei und in die Kabbelung getragen, und diese hätte ihn wiederum aufs Meer hinausgetrieben. Und das, dessen war er sich ziemlich sicher, wäre sein Ende gewesen. Er bezweifelte nicht, daß die Flosse ihm das Leben gerettet hatte.

Seine Beine, so schien es, hatten sich schon verabschiedet, denn als er zu stehen versuchte, gaben sie sofort unter ihm nach. Auf allen vieren kroch er auf einen steilen Uferabschnitt, wo Schaumfetzen wie Schneewehen in der Sonne glitzerten, und das eisige Wasser, das nur ungern von einem so schmackhaften Happen ablassen wollte, zerrte an seinen Armen und Beinen und drohte ihn wieder zurückzuziehen. Doch schließlich zog sich das Wasser zurück, strömte die steile Sandböschung hinunter und strich über die Myriaden winziger Körnchen, so daß sie gegeneinander rasselten wie die Instrumente einer Mariachi-Kapelle, die seine Ankunft mit spöttischer Musik begleitete.

Fletcher kroch weiter nach oben. Seine Kamera war weg, die Schwimmflosse war ihm vom Fuß gefallen, Wasser tropfte aus seiner Nase. Er kam ein Stückchen voran, wurde dann aber von einer erneuten Attacke aus Gischt und Schaum erfaßt. Die Swells auf den äußeren Riffen kamen zwar in Sets, zwischen denen Flautezonen auftraten, aber die Wellenbewegung auf den ufernahen Felsenbänken kannten keine Pause, und Fletcher wurde flach auf den Boden geworfen, dann auf dem Bauch in den Trog gezogen, aus dem er gerade gekommen war, und dann wieder nach vorn geschleudert und schaukelte mehrere Sekunden wie ein Stück Treibholz auf dem trügerischen Element auf und ab, bevor er seine Ausgangslage auf Händen und Knien wiedergewann. Diesmal kroch er hektisch aufwärts, ohne einen Gedanken daran zu verschwenden, welchen Anblick er bieten mochte, sollte es einen Augenzeugen geben.

Er kroch zwischen gesplittertem Holz und Seetanghaufen, aus denen sich Wolken schwarzer Fliegen erhoben, wenn er näherkam. Schon bald klebte trockener Sand an seinem Neoprenanzug, doch er kroch weiter, weil er es nicht riskieren wollte, aufzustehen oder dorthin zurückzublicken, woher er gekommen war, und er wäre bestimmt noch eine ganze Strecke gekrochen, hätte ihn nicht das unerwartete Geräusch eines Motors zum Anhalten veranlaßt. Er blickte den Strand entlang zum Nordende der Bucht und sah dort einen betagten grundierungsgrauen Pickup über den Felsboden hüpfen und sah gleichzeitig zwei dunkle Gestalten, die vor dem Wagen her liefen.

Und dann erkannte er die Farben ihrer Neoprenanzüge und sah, daß es sich um Sonny Martin und Robbie Jones handelte. Sie waren ohne Boards und pumpten mit den Armen, um im Sand ihr Tempo beizubehalten, oder nutzten sie zwischen den Steinen, um ihr Gleichgewicht zu bewahren, und aus einiger Entfernung hätte man sie für exotische Seevögel halten können, die versuchten, sich mit schwarzen ungefiederten Schwingen in die Luft zu erheben.

Schwankend kam Fletcher auf die Füße. Jetzt sah er den Pickup deutlicher, sah, daß sich Menschen auf der Ladefläche befanden, sah ihre Flanellhemden, ihr dunkles wehendes Haar. Plötzlich beugte sich eine der Gestalten auf dem Pickup nach vorn und warf etwas. Fletcher konnte nicht erkennen, was es war, aber er sah, wie Sonny Martin strauchelte und hinfiel.

Robbie Jones war jetzt bei ihm und hatte im Vorbeirennen nur einen knappen Rat für ihn. »Lauf!« sagte er. Und Fletcher lief.

Sie rannten an der Flußmündung in einen seichten Kanal mit rasch strömendem Wasser, und Fletcher trat in ein Loch und verletzte sich am Knöchel. Er stolperte und begann zu schwimmen. Zu seinem Glück mußte er nicht weit schwimmen, denn das Wasser war zwar nicht tief, aber kalt und schnell. Nach wenigen Stößen kam er zu der Felserhebung, die er vorher als Insel bezeichnet und als einen seiner Orientierungspunkte benutzt hatte.

Robbie erreichte den Gipfel vor ihm. Fletcher sah ihn, als er zu klettern anfing und zwischen Seegras und messerscharfen Krustentierchen nach steinigen Stellen zum Festhalten suchte. Er sah, daß Robbie sein Surfpack hatte retten können und aus diesem seine Zwille, und daß er in diesem Moment dabei war, Steine in Richtung Strand abzufeuern. Schließlich war Fletcher bei ihm. Sie befanden sich an einer ebenen Stelle zwischen den Bäumen, die die Insel krönten.

»Was zum Teufel ist das?« fragte Fletcher. »Was geht da unten vor?«

»Leck mich«, sagte Robbie. Er suchte gerade nach mehr Steinen, mit denen er sich bewaffnen konnte. »Ich hätte dir gar nicht erst sagen sollen, daß du loslaufen sollst. Ich hätte dich ihnen überlassen sollen.«

Fletcher starrte ihn verständnislos an. Er sah, daß das Gesicht des Surfers an einer Seite zerkratzt war und daß seine Augen einen wirren Blick trugen.

»Du hast den verdammten Jungen verloren«, sagte Robbie. »Du fährst mit dem verdammten Jungen da raus und kannst ihn nicht aus der Brandungszone raushalten. Ich dachte, du kennst dich aus, Mann. Der Junge ist weg, Mann. Und diese Scheißkerle da unten meinen, es ist unsere Schuld.« Er feuerte wieder einen Kiesel in die Richtung des Pickup. »Sie haben Martin«, sagte er.

Allmählich dämmerte Fletcher, was passiert war und wie sein Anteil daran eingeschätzt werden würde. »Was meinst du damit, sie haben ihn?« fragte er.

»Ich meine, eins von den Arschlöchern hat ihn mit einem Stück Holz erwischt.«

Fletcher nickte, denn soviel hatte er selbst gesehen, doch fürchtete er, daß Robbie einen weiteren Gewaltakt meinte als den, dessen Zeuge er soeben geworden war.

»Er ist noch da unten«, sagte Robbie.

Fletcher blickte zum Strand. Gischt und das gebrochene Sonnenlicht ließen den Uferstreifen verschwimmen.

»Der Junge hat seinen Motor verloren«, hörte Fletcher sich selbst sagen. »Er hat den Antrieb verloren.«

»Blödsinn, Mann. Ich hab' gesehen, wie du aus dem verschissenen Boot rausgefallen bist.«

Fletcher stand dort in seinem nassen Neoprenanzug, auf seinem schmerzenden Knöchel. Vor Leuten wie Robbie Jones, entschied er, würde er sich nicht rechtfertigen müssen.

»Du warst nicht dort«, sagte Fletcher. »Ich schon.«

»Scheiße.«

Im selben Moment war vom Strand eine Salve zu hören, die nur Schüsse aus einer Schrotflinte sein konnten. Robbie und Fletcher duckten sich schutzsuchend hinter die Felsen, als eine ganze Anzahl von Kugeln in die Bäume über ihnen einschlugen. Sie blickten hoch, als sich eine große Eule von ihrem Ast abstieß und mit gellendem Krächzen in die Sonne hineinflog.

»Mein Gott«, sagte Fletcher.

»Du kannst es mir glauben«, sagte Robbie. Sie saßen, mit dem Rücken zum Stein, auf dem starren Wintergras, das zwischen den Felsen wuchs. »Der Junge ist hin. Du hast es versaut. Und wir sind am Arsch.«

10

Travis war mit dem Morgengrauen auf. Die Sitzung des Rats der Stämme war für diesen Abend anberaumt, und er hatte sich vorgenommen, seine Notizen von der letzten Versammlung zu ordnen, weil er sich angeboten hatte, als inoffizieller Sekretär zu fungieren. Seine Gedanken kehrten ständig zu der Begegnung mit Kendra Harmon zurück. Das ärgerte ihn. Ganz bestimmt gab es produktivere Themen, auf die er sich konzentrieren könnte. Das Problem bestand offenkundig darin, daß sein Leben in Routine verfallen war. Die Frauen, mit denen er sich gelegentlich traf, waren mehr und mehr derselbe Typ: Geschiedene im mittleren Alter, verdrehte Spiegelbilder seiner selbst, mit Kindern, Hypothekenschulden und gesundheitlichen Beschwerden. Alle tranken. Und auch wenn die Frauen zur Sperrstunde hin immer hübscher wurden, wußte er aus Erfahrung, daß es besser war, beim ersten Tageslicht allein zu sein.

Schließlich stand er auf – denn er hatte am Küchentisch gesessen – und ging zu dem alten Herd, der seiner Großmutter gehört hatte und der mit einem schmalen Fach ausgestattet war, in dem man ein kleines Holzfeuer brennen lassen konnte. Er legte ein paar Scheite nach und ging dann zum Spülbecken, um Wasser für den Kaffee zu holen. Die Wellen waren heute wieder hoch. Er konnte ihr Donnern bis in seine Küche hören.

Er lehnte sich an die Arbeitsplatte und ließ den Blick durch die unaufgeräumte Küche schweifen. Die Behausung unterschied sich kaum von vielen anderen Häusern des Reservats, urteilte er. Artefakte, die einst seiner Großmutter gehört hatten, konkurrierten mit dem Abfall der Gegenwart um den spärlichen Raum. In einer Ecke stand ein Fernsehapparat mit einer verbeulten Zimmerantenne darauf. Auf dem Boden und auf den Möbelstücken, denen die Herkunft aus Trödelläden anzusehen war, lagen verschiedene Zeitschriften und Zeitungen. An einer Wand hingen zwei alte handgeschnitzte Pfeifen und ein Foto seiner Großmutter in einem schlichten Baumwollkleid; auf dem Bild trug sie die Perlen, die er zum Springtanz mitbringen sollte. Auf der gegenüberliegenden Wand hing das Bild einer jungen Indianerfrau. Sie war auf schwarzen Samt gemalt, in Gold gerahmt, und Travis hatte sie bei einem Handwerkermarkt der Hupa gekauft, dessen Erlöse in den Bau einer Sporthalle der Hupa-Schule fließen sollten. Und dieser Zweck versetzte ihr Porträt, zumindest für Travis, aus dem Reich des Kitsches ins Erhabene. Sie saß auf einem Felsstein, ihr geschlitzter Hirschlederrock entblößte einen beträchtlichen Teil ihres wohlgeformten Schenkels. Ihr Profil war dem Betrachter zugewandt, ihr Kopf war leicht aufwärts gerichtet, ihr geschmeidiges schwarzes Haar nach hinten geworfen. Ihr Blick war fest auf eine erhöhte, weit entfernte Stelle gerichtet. Sie war barfuß, um einen Knöchel lag ein ungegerbtes Lederband, das an Geschichten von Gefangenschaft und verzweifelten Jungfrauen denken ließ. Als er jetzt das Bild betrachtete, merkte er, daß es ihn an Kendra Harmon erinnerte. Irgend etwas stimmte dort unten am Fluß nicht, und irgendwann in der Nacht war er zu dem Entschluß gelangt, daß er sich darum kümmern müßte. Immerhin war sie an seine Tür gekommen, ein Vogel mit gebrochenem Flügel. Im Grunde hatte er während der letzten achtundvierzig Stunden an kaum etwas anderes gedacht, und als in diesem Moment sein Telefon zu läuten begann, glaubte er in einem ersten Impuls, daß Kendra Harmon ihn anrief.

Zu dieser Uhrzeit war das höchst unwahrscheinlich, trotzdem bewahrte er in Gedanken die Möglichkeit – so wie man die Flamme einer Kerze bewahrt, die man mit einer Hand umschließt, um sie vor dem Wind zu schützen. Die Geste gab ihm Grund zur Hoffnung. In ihr fand er einen kleinen Sieg des Herzens über die Mächte von Entropie und stummer Verzweiflung.

Leider war nicht Kendra Harmon am Telefon. Es war Denice, die junge Frau, die er fürs Büro eingestellt hatte. Sie rief aus dem Reservat an, und im selben Moment, als er ihre Stimme hörte, wußte er, daß etwas nicht stimmte. Es gab Ärger am Fluß, sagte sie ihm.

David Little aus Johnstons war zusammen mit Drew Harmon und einigen Weißen in einem Schlauchboot gesehen worden. Einige Yurok, darunter ihr Bruder, hatten sich aufgemacht, um der Sache nachzugehen. Denice hatte sie in Bean Dips weißem Toyota wegfahren sehen, und sie hatte gesehen, daß sie bewaffnet waren.

Travis machte sich rasch auf den Weg. So eine Sache mochte durchaus im Sande verlaufen. Drew Harmon war kein Fischer. David Little allerdings war ein Hupa, und Travis konnte sich nicht vorstellen, warum er bei Tagesanbruch mit Drew Harmon am Fluß sein sollte. Harmon surfte dort manchmal, an einer Stelle nördlich der Mündung, aber es war noch nie die Rede davon gewesen, daß er die Hilfe von Indianern oder von Schlauchbooten benötigte. Und dann war da noch das Schreckgespenst von Bean Dip und den Leuten, die er in seinem Pickup herumfuhr. Travis kannte die meisten von ihnen vom Sehen, einige mit Namen. Die Männer, die früh ausgestiegen waren, um eine Laufbahn als Eierdieb oder Drogendealer einzuschlagen. Bean Dip kannte er beim Namen, weil er einer der wenigen war, die Travis auf frischer Tat erwischt hatte, als sie sein Büro verwüsteten. Der Junge war nicht älter als sechzehn, und der Gedanke daran, daß er bei Tagesanbruch die Anfälle seines von Speed ausgelösten Schwachsinns durchlief und auch noch eine Knarre dabeihatte, war nicht gerade beruhigend. Travis hoffte, er könne etwas aufhalten, bevor es anfing, indem er bloß auf der Szene auftauchte, aber als er in Sichtweite des Flusses kam und die Schüsse von Schrotflinten hörte, begriff er, daß er zu spät gekommen war.

Er parkte in einer schlammigen Ausweichspur, die das Ende der unteren Straße markierte, sprang aus seinem Truck und lief los. Er lief in Richtung Küste, seine Stiefel rissen Löcher in das lockere Erdreich. Der Pfad führte bergab zwischen Kaffeebeeren, Lacksumach und durch einen Hain von Erlen, die noch ihre letzten Blätter trugen, und schließlich gelangte er an einen großen Stapel abgeholzter Stämme, den er überklettern mußte, um den Strand zu erreichen, von dessen Gipfel der Strand jedoch bereits deutlich zu sehen war. Und hier, auf diesem Stapel verwitterter Stämme, warf er den ersten Blick auf das, was der Morgen hervorgebracht hatte.

Eine ganze Anzahl Indianer hatte sich um einen Chevrolet-Pickup gruppiert, den Travis als den Wagen von Goffer Mayhew erkannte, einem ortsansässigen Yurok, der von der Indianerbehörde beauftragt war, die Fischereigrenzen zu beaufsichtigen. Über einen Feuerweg einige Meilen weiter nördlich konnte man tatsächlich ein Auto bis ans Ufer fahren, aber der Strand selbst war eine kniffelige Angelegenheit, und Travis sah, daß es Goffer gelungen war, den Pickup auf einem kleinen Felsbuckel aufzusetzen, so daß sich jetzt ein Hinterrad langsam in der Luft drehte. Es waren noch weitere Indianer am Ufer, aber sie waren auf dem Sandstück verteilt, das in einer langen, flachen Böschung zum Meer hin abfiel und daher nicht so deutlich zu erkennen war. Die meisten schienen sich um eine dunkle Kontur zu scharen, die im gischtigen Dunst an der Grenzlinie des Wassers lag. Zwar konnte er diese Kontur nicht gut genug sehen, um sie zu identifizieren, doch sah er genug, um zu wissen, daß ihm nicht gefiel, wie sie aussah. Sie sah nach Tod aus, dachte er, noch bevor er sie identifiziert oder die Gestalt auf dem Geröllstreifen gesehen hatte.

Ein Indianer von dem Pickup lenkte seine Aufmerksamkeit auf den Mann auf dem Felsgeröll. Ein Junge in Khakihose und Flanellhemd kam plötzlich hinter dem alten Chevy hervor, rannte über einen steinigen Sandstreifen und trat nach einem ausgestreckt liegenden Körper – einem blonden Mann in einem bunten Neoprenanzug. Travis sah, wie der Körper unter dem Tritt zuckte und sich krümmte.

Der Junge teilte einen zweiten Tritt aus und lief dann gebückt zu dem Pickup zurück, als hätte er vor irgend etwas Angst. Travis versuchte noch zu erraten, was dieses Irgendetwas sein mochte, als einer der Scheinwerfer des Trucks in einer für Travis unhörbaren Glasexplosion verschwand. Dem folgte der hohle Knall einer Flinte, und er sah, daß der Besitzer des Pickup, Goffer Mayhew, auf die

Ladefläche geklettert war. Er trug eine rote Bandanna um den Kopf und zielte mit einer Winchester 30/30, die er auf die Fahrerkabine aufgelegt hatte. Offenbar visierte er eine Baumgruppe auf einer kleinen Insel in der Flußmündung an, die keine hundert Meter von der Stelle entfernt war, an der sich die Indianer am Nordufer versammelt hatten. Bei Ebbe konnte man die Insel zu Fuß erreichen. Im Augenblick war sie vom Festland durch einen fünfzig Meter breiten Kanal abgetrennt, den das Wasser schnell durchströmte.

Travis verließ seinen Aussichtspunkt auf dem Holzstapel und begab sich wieder ins Unterholz. Jetzt folgte er dem Lauf eines kleinen Baches, der zum Strand floß, und erreichte schließlich die Stelle, an der ihn nichts mehr von dem Desaster dieses Morgens trennen konnte.

Die Indianer hielten, wie Travis bemerkt hatte, den Uferstreifen. Ein für ihn noch unsichtbarer Feind hatte die Insel eingenommen und war von dort aus – vielleicht mit Hilfe einer Zwille – in der Lage, Steine mit genügend Wucht und Präzision abzufeuern, um der ausgestreckten Gestalt Deckung zu geben, die jetzt im Niemandsland zwischen Pickup und Insel lag. Weiter westlich, wo der Uferstreifen sich zum Meer hin senkte, lag die dunkle Kontur, die Travis von den Stämmen aus gesehen hatte, noch immer im Dunst, und jetzt sah er, um was es sich handelte – die zerfetzten Überreste von David Littles Zodiac.

Das Boot – oder was davon übriggeblieben war – lag dort, wo es zweifellos von einem gewaltigen Brecher angespült worden war, aufgespießt auf einer gezackten Felsnase. Die Fransenränder erschöpfter Wellen streckten sich noch immer nach ihm aus, als wollten sie ihn in ein nasses Grab zurücklocken.

Die Indianer hatten sich um die beiden Objekte geschart, den Pickup und das Zodiac, und sich dadurch in zwei Hälften aufgeteilt. Zu der Gruppe, die um das Zodiac herumstand, gehörten vorwiegend Frauen. Einige weinten laut. Andere hielten die Hände kleiner

Kinder, deren leere Gesichter in der frühen Sonne zu sehen waren. Mehrere ältere Kinder waren allein gekommen oder hatten sich von ihren Eltern gelöst und tollten nun wie beim Spielen über den Strand, denn anders als die Männer bei dem Wagen befanden sie sich außerhalb der Reichweite der Steine. Zwei rostbraun gefärbte Mischlingshunde rannten zwischen den Kindern und Erwachsenen hin und her und blieben bisweilen stehen, um an den Überresten des Schlauchboots zu schnüffeln. Das Fell der Hunde war nass und begann in der Wärme der aufgehenden Sonne zu dampfen.

Travis' Route hatte ihn ziemlich nahe bei dem Pickup zum Strand geführt, und als Goffers Flinte wieder feuerte, konnte Travis den Rückstoß der Waffe sehen. Er hörte die Männer schreien, hörte die widersprüchlichen Anweisungen, mit denen sie versuchten, die Schüsse Goffers zu lenken, während dieser, der ohnehin nicht als bemerkenswerter Schütze oder auch nur als leidlicher Dartspieler bekannt war, mit der schräg von vorn einfallenden Sonne zu kämpfen hatte.

Travis blickte wieder zu der Gestalt im Sand. Der Mann war erkennbar am Leben, aber ebenso erkennbar verletzt, möglicherweise schwer. Man müßte schnell zu ihm gelangen, doch wie das angesichts fliegender Kieselsteine zu bewerkstelligen war, blieb vorerst einmal offen. Andererseits konnte Travis sich nicht vorstellen, daß der Mann noch lange durch den Steinhagel geschützt werden konnte, und dann müßte man die Männer bei dem Pickup ins Kalkül ziehen, denn hier war ganz eindeutig ein großes Unrecht geschehen, und sie bestanden auf Wiedergutmachung.

Es war eine verzwickte Situation, und Travis wartete einige Zeit hinter dem letzten Strauch. Er dachte über seinen nächsten Schritt nach und überlegte, wie er ihn im Licht dieser Schwierigkeiten vollziehen sollte, als er Drew Harmon erblickte.

Der Mann lief vom Meer her den Strand herauf. Er kam schnell, mit langen, kraftvollen Schritten, und Travis hatte gerade erst sein Auftauchen registriert, da war er schon an dem Zodiac vorbei und zwischen den Männern. Travis erstarrte wie in Erwartung einer weiteren Katastrophe. Doch dann sah er, wie die Gruppe sich teilte, um dem *Wagay* Platz zu machen. Bei näherem Hinsehen mußte er einräumen, daß er ihnen keinen Vorwurf machen konnte, denn der Mann trat mit großer Autorität auf, und ganz allgemein war es so, wie es mit seinen Leuten schon immer gewesen war: Sie erkannten echten Wahnsinn, wenn sie ihn sahen, und neigten dazu, ihn zu respektieren oder ihm zumindest Spielraum zu lassen.

Außerdem nahm er an, daß der Mann die Überraschung auf seiner Seite gehabt hatte, denn Harmon war auf ihrer Flanke aufgetaucht und sofort auf die Ladefläche des Pickup gesprungen. Travis hielt es für unwahrscheinlich, daß einer der Indianer sich ihm hätte in den Weg stellen können, nicht einmal zusammen mit einem zweiten.

Goffer drehte sich um, als sich der Pickup unter dem zusätzlichen Gewicht senkte, aber er war ein bißchen zu langsam. Drew Harmon packte die Flinte. Er zog sie mit rascher Bewegung an sich und stieß sie wieder zurück. Travis sah, wie der Kolben Goffer im Gesicht traf. Für den Indianer wäre es das Beste gewesen, loszulassen, doch das tat er nicht, und als Harmon in einer Art Drehbewegung an der Waffe zog, flog der Indianer vom Wagen und landete mit dem Gesicht voraus im Sand. Harmon blieb allein auf der Ladefläche, hielt die Flinte mit beiden Händen und ließ sie in weitem Bogen kreisen, während sich die Männer um ihn herum schutzsuchend duckten.

Jetzt lief Travis mit schnellen Schritten auf den Sand hinaus und wedelte mit den Armen. Er sah, wie die Flinte in seine Richtung geschwungen wurde, blieb aber aufrecht, die Arme in der Luft. Die Männer machten ihm Platz. Er hörte jemanden seinen Namen rufen, ignorierte die Stimme jedoch. Goffer Mayhew stemmte sich aus dem Sand hoch. Die Flinte hatte ihm die Nase gebrochen und seine Lippen aufplatzen lassen. Goffer versuchte, die Nase mit Daumen und Zeigefinger zu richten, während er Blut und Zähne in den Sand spuckte.

»Gottverdammte kleine Laus zwischen den Bäumen«, sagte Drew. »Wenn wir den Scheißkerl nicht da rausholen, wird noch jemand umkommen.«

»Jemand ist schon umgekommen«, sagte einer der Männer.

»Das war nicht ihre Schuld«, sagte Drew. »Laßt sie ihren Kumpel mitnehmen und gehen.«

Drew Harmons Auftreten erstaunte Travis. Der Surfer hatte sich die Kappe vom Kopf gestreift. In seinen Augen glomm ein dunkles Licht, unter dem Neoprenanzug standen an seinem Hals die Adern und Muskeln hervor, aber die Stimme des Mannes war ruhig, und er redete über Läuse in den Bäumen, als wären er und Travis bloß zum Strand gekommen, um ihre Köder in die Brandung zu werfen.

»Wer ist das?« fragte Travis.

Harmon ignorierte die Frage. Ein Kieselstein beulte das Dach der Fahrerkabine ein. Fluchend duckte Drew sich und schrie etwas Richtung Insel. Travis hatte den Eindruck, daß seine Worte vom Wind verweht wurden, der – wie die Sonne – günstig für den Schützen in den Bäumen war. Ein weiterer Stein war die Antwort auf Drews Worte.

Drew drehte sich um und ging mit dem Rücken zur Fahrerkabine in die Hocke. Die Flinte legte er sich quer über die Knie. »Der Junge ist so blind wie dumm«, sagte er.

»Für einen Blinden zielt er aber gut«, warf Travis ein.

Drew blickte ihn kurz an. »Ich habe versucht, sie auf dem Board zu erreichen«, sagte er. »Die Strömung hat mich auf die andere Seite des Flusses getrieben. Ich mußte den ganzen Weg um die Bucht herumpaddeln, um hierher zu kommen.«

Travis schaute aufs Meer, einen Moment lang von schlichtem Erstaunen über diesen Kraftakt erfaßt, den Drew so lapidar erwähnt hatte, als wäre es bloß um ein bißchen Hundepaddeln in einem stillen See gegangen. Die Indianer beantworteten schließlich Travis' Frage, während sie sich um ihn drängten und alle gleichzeitig redeten. Die *Wagays*, so schien es, waren zum Surfen gekommen. David

Little hatte Geld bekommen, damit er sie hinausfuhr. Sie wollten Fotos machen. Es hatte böse geendet. Das Boot war verloren. David war nicht zu finden. Während Drew draußen geblieben war, um die Suche fortzusetzen, waren drei der Surfer ans Ufer gekommen. Es hatte Streit gegeben, einen Kampf. Schließlich waren zwei der Eindringlinge auf höherliegendes Gelände geflohen. Das Gefecht auf Distanz hatte begonnen.

»Wir müssen sie da runterholen«, sagte Drew.

Travis nickte. Die gegenwärtige Situation war kaum unter Kontrolle, und er nahm an, daß sich einige Männer schon aufgemacht hatten, um Schußwaffen zu holen. Wenn hier jemand erschossen wurde, würden FBI-Leute kommen. Menschen würden schikaniert werden. Und so etwas war nie gut.

»Die Flut ist noch hoch«, sagte Drew. »Wenn Sie Ihren Arsch in einem Boot da rüberbewegen, könnten Sie sie runterholen, bevor sie zurückgeht.«

Der Vorschlag hatte einiges für sich. Travis kannte diese Menschen. Sie würden den Strand nicht verlassen. Es war ihr Strand. Er musterte die Männer, die sich um ihn geschart hatten. Sie waren keine schlechten Menschen, dachte er, ein paar Fischer, ein paar Faulenzer und Säufer, ein paar Kleinkriminelle. Er sah sie im Dunstlicht des Strandes in ihren Jeans, ihren Khakihosen und ihren Flanellhemden, die sie über T-Shirts und Hosen trugen. Er sah die Strickmützen, die sie über den Augenbrauen trugen, als hätten sie die Außenwelt kurz in Augenschein genommen und sich genau für die Modelle entschieden, die ihr eigenes Ableben am ehesten sicherstellten.

»Wie schlimm ist er dran?« fragte Travis. Er blickte jetzt auf den jungen Mann, der gestürzt war.

»Keine Ahnung«, sagte Drew. »Ich seh' mal nach. Aber er braucht einen Arzt, das kann ich jetzt schon sagen.«

Travis dachte darüber nach, als sein Blick auf Bean Dip fiel, der zusammen mit Denices Bruder zwischen den Männern stand. Zu seinem Entsetzen sah er, daß Bean Dip tatsächlich bewaffnet war. Über dem Gürtel seiner Jeans war der Griff eines kleinkalibrigen Revolvers zu erkennen, und im selben Moment sah Travis, wie Bean Dip die Waffe zog. Sein erster Gedanke war, daß er auf Drew Harmon zielen würde. Kugeln würden fliegen. Einige Menschen würden getötet werden. Doch statt dessen tat Bean Dip ein paar Schritte in den Sand und fing an, in Richtung Insel zu feuern.

Rasch war Travis bei ihm und packte sein Handgelenk. Der Arm des Jungen war in seiner Hand so dünn wie ein Zollstock, und als er ihn verdrehte, ließ Bean Dip die Waffe fallen.

»Bist du verrückt?« herrschte Travis ihn an.

Bean Dips Antwort bestand darin, ihm in den Unterleib zu treten. Travis schlug ihm die Handkante gegen die Schläfe und schickte ihn in den Sand. Er spürte, wie ein Stein an seinem Ohr vorbeiflog. Er hörte ihn sirren. Er bückte sich, packte den Jungen, zerrte ihn hoch und ging rückwärts, bis sie beide hinter dem Pickup waren. Bean Dip schüttelte sich los und forderte spuckend und fluchend seine Waffe zurück.

Travis ließ die Kammer aufschnappen und die restlichen Patronen in den Sand fallen. Die leere Waffe steckte er sich in den Hosenbund und sah die um ihn versammelten Männer an. »Okay«, sagte er. Er versuchte, sich Gehör zu verschaffen, und sah, daß die meisten Männer zu ihm schauten. »Wir wollen keine FBI-Leute hier draußen. Ich werde versuchen, diese Männer aus dem Reservat rauszuschaffen. Haltet euch zurück, wenn ihr mich da draußen seht.«

Die meisten Gesichter, die ihn anstarrten, blieben unbewegt. Trotzdem, dachte er, würden sie es tun, wenn man die *Wagays* wegschaffen konnte. Wieder ließ er seinen Blick zu Drew Harmon wandern.

Der Mann hockte noch immer auf der Ladefläche des Pickup. Das Haar fiel ihm in nassen Locken über die Schultern, ein schiefes Lächeln spielte über sein Gesicht, als wäre die kleine Szene mit Bean Dip zu seiner Belustigung aufgeführt worden.

»Sie haben ungefähr zwei Stunden, bis die Flut zurückgeht«, sagte Drew.

Travis blickte ihn stumm an. Er fragte sich, ob dem Mann auch nur der Gedanke in den Schädel käme, daß er für das, was hier passierte, mitverantwortlich wäre, doch vermutlich war das nicht der Fall. Schuld war etwas für geringere Männer. Ein Zeichen von Schwäche.

»Ich sage Ihnen was«, sagte Travis schließlich. »Ich mache es so schnell, wie ich kann.«

Drew Harmon grinste ihn an. »Tun Sie das«, erwiderte er.

Travis starrte in das grinsende Gesicht. Einen Moment lang verspürte er tiefe Verachtung – für die Arroganz des Mannes, für die Ignoranz, die damit Hand in Hand ging. Hätte Mr. Harmon sich die Zeit genommen, ein wenig mehr über die Menschen zu lernen, unter denen zu leben er sich entschlossen hatte, dann hätte er keinen Hupa angeheuert, um ein Boot durch Yurok-Gewässer zu steuern, und zumindest ein Teil der Probleme des Vormittags wäre vermieden worden. Und der Mann wäre in diesem Moment auch nicht so selbstgefällig, glaubte Travis, denn in Wahrheit mußte man sich um viel mehr Sorgen machen als über den Rückgang der Flut.

Die Männer am Strand waren Yurok. David Little war ein Hupa gewesen. Seine Familie stammte aus einem besonders üblen Teil tief im Inneren des Reservats. Die Kunde von dem Geschehen würde sich rasch verbreiten. Sie würde auch zu den Plätzen ohne Telefon und Strom vordringen, wo eine bestimmte Sorte Männer mit Gewehren und müßigen Händen ihre Drogenlabors und Marihuanafelder womöglich lange genug im Stich ließ, um flußabwärts zu kommen, angelockt von der Aussicht auf Spaß und getrieben von einer Vorliebe für sinnlose Gewalt. Travis kannte diese Männer, jedenfalls soweit dies möglich war, denn sie waren von einem anderen Schlag als die Männer am Strand, und niemand aus dieser Welt konnte sie wahrhaft kennen, weil sie zu den Überresten einer anderen Welt gehörten, und alles, was er mit einiger Gewißheit über sie sagen konnte, war, daß man mit ihnen nicht vernünftig reden konnte und daß sie nicht leicht im Zaum zu halten waren, nicht einmal von Männern wie Drew Harmon. Es war natürlich sinnlos, auch nur einen Aspekt davon mit dem Surfer zu diskutieren. Ebensogut könnte man in den Wind reden. Und deshalb drehte sich Travis um, als er sich von den Männern verabschiedet hatte, und bahnte sich seinen Weg durch die Manzanitas. Der Strand hinter ihm war still geworden – abgesehen vom Geräusch der Wellen, die weiter tosten und ächzten, als hätten sie noch nicht genug Unglück auf dieses Land gehäuft.

Travis hatte ein Boot am Fluß, ein Aluminiumskiff mit Johnson-Außenbordmotor. Das Boot lag im Dock eines alten Freundes, eines Yurok-Friseurs mit Namen Carl Sugarfoot. Das Dock befand sich rund eineinhalb Meilen nördlich der Mündung. Travis war mit seinem Truck schnell dort, und kurz darauf war er auf dem Wasser und steuerte Richtung Meer.

Die Insel, auf der die Surfer gestrandet waren, hieß in der Gegend Witch's Rock, Hexenfels. Travis hatte sie viele Male besucht. Mit jeder seiner Frauen hatte er dort gezeltet und gepicknickt. Als er sich nun auf sonnengesprenkeltem Wasser der Insel näherte, konnte er nicht umhin, an diese Zeiten zu denken und festzustellen, daß es ein perfekter Tag für einen solchen Ausflug war – ein Vorhaben, das man mit einer Flasche Wein und in Begleitung einer jungen Dame angehen sollte. Kendra Harmon kam ihm in den Sinn. Er malte sich aus, wie es sein könnte, während die Insel näherkam. Er fuhr in eine schmale Bucht auf der Südseite und vertäute das Boot an einem Baum, der senkrecht zum Wasser darunter aus dem Felsboden hervorstand. Von dieser Stelle war es eine leichte Kletterpartie, und wenig später blickte er auf das grasbewachsene Becken im Zentrum der Insel hinab, die wie ein gedrungener Vulkan geformt war.

Die Surfer befanden sich ziemlich genau dort, wo er sie erwartet hatte, aber er ließ sich Zeit damit, sie zu beobachten, da er keine

Lust verspürte, von einem Kieselstein getroffen zu werden. Nach der Anzahl der Steine, die auf den Strand geprasselt waren, hatte er angenommen, beide Männer seien bewaffnet. Jetzt sah er, daß dies nicht der Fall war.

Einer der Männer schien sich verletzt zu haben. Er lag auf dem Rücken ausgestreckt im Gras, die Hände hinter dem Kopf verschränkt, aber er hatte einen seiner Neoprenschuhe ausgezogen, als wollte er seinen Fuß untersuchen. Der andere Mann feuerte allerdings genügend Schüsse für zwei ab. Er war schmal und muskulös, hatte einen rasierten Schädel und ein Tattoo, das den größten Teil seines Rückens bedeckte. Travis wurde der Blick auf das Tattoo gewährt, weil der junge Mann seinen Neoprenanzug bis zu den Hüften heruntergewickelt hatte. Und er sah, daß er mit der Zwille recht gehabt hatte. Der Schütze krabbelte wie eine Spinne auf Speed über die Felsen, sammelte Munition, richtete sich auf, um zu feuern, und stieß gelegentlich ein wieherndes Geschrei aus, auch wenn seine Worte im Donnern der Brandung und dem Heulen des Windes größtenteils unverständlich waren.

Travis wartete, bis der Surfer nach Steinen suchte, bevor er die Grasebene betrat. Er tat es mit erhobenen Händen, die Handflächen nach vorn, der wohl universell gültigen Geste für Frieden und gute Absichten.

Der Mann, der auf dem Boden lag, sah ihn sofort. Travis sah, wie er sich aufrichtete und dem jüngeren mit der Zwille etwas zurief. Der Mann auf dem Boden war wahrscheinlich etwa in Travis' Alter. Er wirkte ziemlich groß, war wie der jüngere ein bißchen schlaksig, aber um einiges weicher und runder um die Hüften. Sein glattes, braunes Haar fiel bis auf den Kragen seines Neoprenanzugs.

»Ich bin hier, um zu helfen«, sagte Travis.

»Wobei?« fragte der jüngere.

Für einen Moment starrte Travis auf den kahlköpfigen *Wagay.* Er sah, daß der Junge ein Problem darstellen könnte.

»Ich bin Travis McCade. Ich arbeite für den lokalen Indianerrat.

Ich bin gekommen, um Sie und Ihren Freund aus dem Reservat hinauszubringen.«

»Diese Schweine haben meinen Kumpel fertiggemacht, Mann.«

Travis sah, wie der junge Mann sich rasch bückte und einen Stein aufhob.

»Sie müssen verstehen, daß dies ihr Land ist«, sagte Travis. Er gab sein Bestes, um ruhig zu bleiben. Ihm war bewußt, daß der Mann auf dem Boden ihn beobachtete. »Jetzt wollen sie nur noch, daß Sie weggehen. Wenn sie Ihrem Freund etwas antun wollten, hätten sie längst auf ihn schießen können.«

Das schien dem Jungen zu denken zu geben. Travis wandte sich an den anderen Mann. »Sind Sie in Ordnung?« fragte er.

»Hab' mir den Knöchel verstaucht. Nicht sehr schlimm. Wie wollen Sie uns hier wegbringen?«

»Ich habe ein Boot«, ließ Travis ihn wissen.

»Was ist mit unserem Freund am Strand?« fragte der Mann.

»Drew ist jetzt da unten. Wenn ich ihm das Zeichen gebe, werden sie ihm erlauben, Ihren Freund ins Dorf zu bringen.«

»Woher wissen wir, daß es kein Trick ist?« fragte der kahlköpfige Surfer.

»Wenn es ein Trick wäre, würde ich mich davonmachen, und ihr wärt tot«, antwortete Travis. Mit diesen Worten überquerte er die Grasfläche und stieg zu den Felsen hoch, von denen aus der Junge den Strand beschossen hatte. Er sah den Pickup und die Männer unten am Ufer, winkte mit den Armen und schrie. Schließlich sah er, wie Drew Harmon sich auf der Ladefläche aufrichtete und die Flinte mit einem Arm hochstreckte.

»Ist das Harmon?«

Travis drehte sich um. Der junge Surfer war ihm gefolgt und spähte auf den Strand hinab.

»Ja, das ist er. Hätten Sie darauf geachtet, auf was Sie schießen, hätten Sie ihn vielleicht schon eher gesehen.«

»Ja. Und wäre selbst erschossen worden«, entgegnete der Junge.

Travis verließ seinen Ausguck, um sich den Fuß des Älteren anzusehen. Der Mann war bereits dabei, sich den Neoprenschuh wieder anzuziehen, aber Travis sah, daß der Knöchel geschwollen war und sich verfärbte. Wahrscheinlich hatte der Mann recht, und es war nur eine Verstauchung. Trotzdem könnte es erforderlich sein, ihn zum Boot zu tragen, überlegte er und sprach diesen Gedanken laut aus.

Als er keine Antwort bekam, drehte er sich zu dem jungen Surfer um und sah, daß er immer noch auf den Felsen war und sich den Neoprenanzug wieder überzog. Er hatte die Zwille auf den Boden gelegt, doch als er den Reißverschluß zugezogen hatte, hob er sie wieder auf. »Was denn?« fragte er, als er bemerkte, daß Travis ihn ansah.

»Ihr Freund«, entgegnete Travis. »Vielleicht müssen wir ihn tragen.«

Der Junge lachte. »Tragen können Sie ihn selber«, sagte er. »Er ist nicht mein Freund.«

Travis mußte das erst verdauen. Er blickte zu dem Mann auf dem Boden, als brauche er eine Bestätigung für diese Aussage, und dann wieder zu dem Jungen. Er sah noch, daß die Hände des Jungen sich mit der Zwille zu schaffen machten. Und er konnte vorhersehen, was kommen würde. Aber er war zu langsam, um etwas dagegen auszurichten. Der Stein selbst war unsichtbar. Er kam als ein Lichtblitz, der ihn ins Dunkel tauchte, als das harte Wintergras ihm entgegenstürzte.

11

Mit ziemlichem Entsetzen wurde Fletcher Zeuge, wie der Indianer von dem Stein zu Boden gestreckt wurde. Er sah, wie der Mann eine Hand zum Kopf hob, und er sah, wie seine Knie einknickten. Der Mann schwankte und fiel zu Boden. Er sackte auf ein Knie, bevor er auf die Seite fiel und dann auf den Rücken rollte.

Fletcher drehte sich zu Robbie Jones um.

Die Zwille baumelte am Handgelenk des Jungen. »Den Scheißkerl hab' ich erwischt«, sagte er.

Fletcher schwieg ungläubig.

»Ich steig' aus«, sagte Robbie. Und dann rannte er über das Gras und verschwand zwischen den Bäumen.

Fletcher sah ihm nach. Ihm kam der Gedanke, es sei das beste, wenn auch er sich entfernte. Wenn jemand die kleine Szene betrat, könnte er sehr wohl annehmen, Fletcher hätte den Mann niedergestreckt. Das könnte üble Folgen haben. Aber es schien niemand sonst in der Nähe zu sein, und Fletcher sah, daß sich der Mann bereits mühte, auf die Füße zu kommen. Fletcher zog seinen Schuh fest und stand auf.

Der Mann, der sich als Travis McCade vorgestellt hatte, war stämmig und hatte schwarzes Haar, das an den Schläfen schon grau wurde. Als Fletcher auf ihn zutrat, hatte er sich schon halbwegs aufgerichtet. Mit einer Hand stützte er sich auf dem Boden ab, mit der anderen hielt er seinen Kopf.

Fletcher fragte ihn, ob er in Ordnung sei. Als keine Antwort kam, trat er näher. Er streckte die Hand aus, um die Schulter des Mannes zu berühren. Als er es tat, schrie der Mann. Die Hand, die auf dem Boden geruht hatte, fuhr wie bei einem Rückhandschlag hoch und streifte Fletchers Wangenknochen. Fletcher wich zurück, stolperte über einen Stein und landete auf seinem Hintern. Der Mann, von der Wucht seines Schlages aus dem Gleichgewicht gerissen, vollführte auf einem Knie so etwas wie eine Pirouette und landete ebenfalls auf dem Hintern. Dieser Szene folgte ein Augenblick, in dem die beiden Männer im Gras saßen und sich gegenseitig fixierten.

»Sie müssen mir glauben«, sagte Jack Fletcher, »ich hatte keine Ahnung, daß er das vorhatte.« Er sah, daß der andere Mann zwinkernd und Grimassen ziehend versuchte, seine Benommenheit abzuschütteln. Außerdem sah er, daß der Mann einen silbernen Schneidezahn besaß, der ab und an in der Sonne aufblitzte.

»Ich versuche, Ihren Arsch zu retten«, sagte Travis schließlich.

»Das sehe ich«, entgegnete Fletcher.

»Herrje!« Langsam kam der Mann auf die Füße. »Wo ist er?« fragte er.

Fletcher nickte zu den Bäumen hin.

Travis blickte in die Richtung, fluchte leise und setzte sich langsam in Gang.

Hinkend folgte Fletcher ihm, so schnell er konnte.

Sie brauchten nicht lange, um den Rand der Insel zu erreichen, und dann sahen beide Männer auf das Aluminiumskiff hinunter.

Travis schien höchst erleichtert, es zu sehen. »Ich hatte schon Angst, der Mistkerl hätte mir mein Boot gestohlen«, sagte er. Er wandte den Blick zu den rasch fließenden Wassermassen, die auf beiden Seiten an ihnen vorbeiströmten. »Wohin, glauben Sie, ist er?«

»An Land geschwommen, schätze ich.«

»In diesem Wasser?«

Fletcher nickte.

»Mein Gott. Wahrscheinlich ist er ertrunken.«

Fletcher redete ihm diese Idee aus. Er war der Überzeugung, daß das elende kleine Arschloch eines Tages von allem möglichen zu sich geholt werden könnte. Aber das Meer gehörte nicht dazu.

Travis stieg zu dem Skiff hinab. Als Travis die Baumgrenze erreichte, sah er sich zu Fletcher um. »Kommen Sie?« fragte er.

»Ich muß etwas wissen«, sagte Fletcher.

Der Mann sah ihn stumm an.

»Der Junge, der mich rausgefahren hat ... Wissen Sie ...« Er verstummte, als Travis den Blick abwandte, räusperte sich dann und mühte sich, seiner Stimme Herr zu werden, als er schließlich fortfuhr: »Ich dachte nur ... Solange Drew noch da draußen war ... daß er ihn vielleicht noch finden könnte.«

»Er ist weg«, sagte Travis. »Ihr Freund hat nichts gefunden.«

Fletcher sah zu den Bäumen am Nordufer, wo er und der Junge am Morgen die Surfer abgesetzt hatten. Es hätte eine Szene aus einem anderen Leben sein können, so lange schien es jetzt her zu sein, und er schaute zu den dunkler werdenden Bäumen, deren Äste wie die Arme von Bittstellern vor der Sonne hochragten, und er lauschte dem Geräusch der großen Wellen, die auf dem äußeren Riff detonierten. Gewaltige Heart Attacks unter epischen Bedingungen. Dafür war er hierhergekommen. Das hier hätte alles in Ordnung bringen sollen.

»Kommen Sie«, forderte der Mann ihn auf. »Wenn Sie hier raus wollen, sollten wir jetzt los.«

Eine Weile glitten sie schweigend über das Wasser. Travis beobachtete den Fluß und hielt das Boot ruhig vor der Strömung. Er hätte es sein sollen, dachte Fletcher, während er den Mann vor sich im Auge behielt. Er hätte es sein sollen, in diesem Boot. Er hätte die Fotos bekommen. Der Junge wäre noch am Leben. »Dieser Junge«, sagte Fletcher schließlich, »haben Sie ihn gekannt?«

Der Mann blieb stumm, beobachtete das Wasser, als sei die Frage eine unwillkommene Ablenkung. »David«, sagte er schließlich. »David Little.«

»Es tut mir leid«, sagte Fletcher. »Mir tut leid, was passiert ist.« Er dachte daran, was Robbie Jones ihm gesagt hatte, daß er den Jungen verloren hätte, und er fragte sich, ob das stimmte. »Bei der Zeitschrift hieß es, hier würde jemand mit einem Boot sein. Ich wußte nicht, daß es ein Kind sein würde. Ich wußte nicht, daß das Boot ein Zodiac sein würde.«

»Bei der Zeitschrift?«

»*Victory at Sea*. Eine Surf-Zeitschrift. Sie haben mich engagiert, hierher zu kommen und die Stelle zu schießen. Sie haben gesagt, Drew könnte uns reinbringen.«

Travis betrachtete den Fluß im herbstlichen Licht. »Tja. Nun, ich würde sagen, er hat Sie reingebracht.«

»Der Junge ... David ... Hat er im Reservat gewohnt?«

»David war ein Hupa. Seine Leute wohnen weiter oben am

Fluß. Er hätte erschossen werden können, bloß weil er hier unten war.«

»Wieso?«

»Fischereirechte. Die Yurok haben die Mündung. Die Hupa das dort oben.« Er wies mit dem Kinn zu der Stelle, wo der Fluß in den Schatten verschwand. »Jemand hätte glauben können, daß er fischte.«

»Warum sollte er es riskieren?« fragte Fletcher. »Warum sollte er versuchen, das Ding in diese Brandung hinauszubringen.«

Travis schüttelte den Kopf, als sei das eine sehr einfältige Frage. Er rieb Daumen und Zeigefinger in einer Geste gegeneinander, die Geld andeutete. »Was glauben Sie denn?« fragte er.

»Die Zeitschrift hat ihm nichts bezahlt. Mag sein, daß Drew ihm etwas angeboten hat.«

»Viel wäre nicht nötig gewesen.«

»Seine Leute sind arm?«

»Guck dich mal um, Mann.«

Sie verließen jetzt den Schatten und kamen in die Sonne, die das Ostufer erleuchtete. Drew Harmons Pier ragte vor ihnen auf, das hölzerne Deck lag so niedrig, daß es von den kleinen Schaumkronen überspült wurde, die der Wind vor sich hertrieb.

Als sie näherkamen, streckte Travis eine Hand aus, um sie an den Pier heranzuziehen. Der Aluminiumrumpf, immer noch von der Strömung getragen, schabte an dem alten Holz entlang. Fletcher bemerkte, daß Travis zu den Bäumen hinüberblickte, zu der Stelle, wo das Dach von Harmons Wohnwagen möglicherweise als ein Flekken reflektierten Lichts zu sehen war.

»Falls Sie Mrs. Harmon sehen, sagen Sie ihr, sie soll heute abend drinnen bleiben. Sagen Sie ihr, sie soll sich vom Fluß fernhalten.«

Fletcher nickte. »Glauben Sie, es wird noch mehr Ärger geben?«

»Ich würde sagen, darauf können Sie eine Bank setzen.«

Das Boot hüpfte auf dem gesprenkelten Wasser. Travis legte einen Finger an seinen Kopf. Über dem Auge, an dem ihn der Stein getroffen hatte, war ein übler Striemen erkennbar. Zwei, drei Zentimeter weiter links, und das Ding hätte ihm den Schädel brechen können. Fletcher sah ihm zu, als er Wasser aus dem Fluß schöpfte und sich das Gesicht bespritzte. Dann blickte Travis über den Schuppen hinweg dorthin, wo die leere Treppe ins Licht führte.

»Sie nehmen wohl nicht an, daß der Scheißkerl, der mich umgenietet hat, es bis hierher geschafft hat, oder?«

»Ich wüßte nicht wie.«

Travis stieß langsam den Atem aus. »Ich scheine alt zu werden«, sagte er. »Wenn Sie das Arschloch sehen, sagen Sie ihm, er soll sich vom Reservat fernhalten.«

»Mach' ich«, sagte Fletcher.

»Dasselbe sollte ich auch Ihnen raten. Ich hoffe sehr, daß es damit vorbei ist. Keine Fotos mehr.«

»Höchstwahrscheinlich nicht«, sagte Fletcher. Er legte eine Hand auf den Holzpier. »Ich möchte, daß Sie wissen, daß ich mich wegen dem, was heute da draußen passiert ist, verdammt elend fühle.«

Travis nickte nur.

»Mir ist bewußt, daß es nichts gibt, was ich sagen kann. Trotzdem, ich überlege ständig ... ich meine, ich frage mich ... ob ich der Familie des Jungen etwas sagen sollte.«

»Was denn?«

»Es muß hier doch eine Tradition geben«, sagte Fletcher schließlich. »Einen Brauch, wie die Stämme mit tödlichen Unfällen umgehen.«

»Der Schuldige stellt sich der Familie desjenigen, der getötet wurde. Die Familie könnte zwischen zwei Alternativen wählen. Sie könnte diesen Menschen töten. Oder sie könnte sich einen Weg der Wiedergutmachung ausdenken. Der Schuldige könnte eine gewisse Zeitlang als Diener für sie arbeiten. Er könnte ihnen etwas geben ...«

Travis unterbrach sich. Im Grunde wußte er gar nicht, warum er das alles sagte. Worauf lief es hinaus? »Sehen Sie«, sagte er, »ich weiß, daß Sie sich elend fühlen. Aber glauben Sie mir, Sie können hier nichts tun außer noch mehr Ärger verursachen. Die Familie des Jungen kommt von oben am Fluß. Dort oben ist eine andere Welt. Man würde Sie nicht verstehen. Sie könnten von Glück reden, wenn Sie in einem Stück zurückkommen.«

»Keine Wiedergutmachung?« fragte Fletcher.

»Wahrscheinlich bekommen Sie nie die Gelegenheit, es herauszufinden.«

Fletcher nahm an, daß der Mann recht hatte. Was wußte er über diese Menschen? Oder sie über ihn? »Fällt schwer, einfach so wegzugehen«, sagte er.

Travis sah den Fluß hinab in Richtung Meer. »Sagen Sie es der Frau«, sagte er. »Sagen Sie ihr, sie soll heute nacht drinnen bleiben.«

Fletcher versprach es. Er merkte, daß der Mann scharf darauf war, hier wegzukommen. Und warum auch nicht? Schlechtes Karma war schließlich nicht gerade etwas, dessen Nähe die Menschen freudig suchten.

12

Während er wieder auf der Strömung dahintrieb, sah Travis den Fotografen über das Holzdeck humpeln. Er hoffte aufrichtig, daß er sich auf ihn verlassen konnte; daß der Mann Kendra Harmon finden und ihr die Warnung ausrichten würde. Und er hoffte, daß er ihn davon abgebracht hatte, sich auf die Suche nach David Littles Familie zu machen. Es war eine absurde Idee, und er konnte sich einfach nicht vorstellen, welchen Nutzen der Mann daraus zu ziehen hoffte.

Die Überlegung erinnerte ihn daran, wie Kendra Harmon sich nach dem *Hee-dee* erkundigt hatte, und für einen Moment schien es ihm so, daß die Weißen ständig nach Indianerdingen strebten.

Zuerst nahmen sie den Indianern ihr Heim und ihr Land. Und nun ihren Segen. Visonen und Absolution wollten sie jetzt haben, als wären sie an einen desolaten Ort gekommen, ruiniert durch ihr eigenes Tun, und als sei es nun an der Zeit, sich den Toren der Stadt und dem trostlosen Landstrich dahinter zuzuwenden, als sei es an der Zeit, ihre Erleuchtung unter den Aussätzigen zu suchen. Travis wünschte ihnen Glück.

Während er den Fluß hinabfuhr, dachte Travis an eine Geschichte, die Frank von einem Medizinmann am unteren Elwa aufgeschnappt hatte. Der Medizinmann hatte für die *Wagays*, die auf ihrer Suche nach der Vision zu ihm kamen, einen Schwindel ausgeheckt. Er machte aus ihnen Blutläufer. Er sagte ihnen, sie sollten ihre Kleider ablegen und nackt durch die Wälder laufen. Das Lustige daran war: Sie taten es. Durch Brennesseln und Sumachpflanzen, über Stock und Stein rannten sie sich blutig und stolzierten dann zufrieden mit sich selbst herum, während die Einheimischen hinter ihrem Rücken lachten. Schließlich lief so ein Idiot in eine steile Klamm und kam dabei um. Der alte Mann gab seinen Schwindel auf. Sagte, ihm sei nicht bewußt gewesen, wie geisteskrank die *Wagays* wirklich wären. »Verrückte Hundesöhne«, sagte er zu Frank. »Da versteht man, warum sie von Anfang an alles versaut haben.«

Travis hoffte, seine Blutläufer würden mehr Vernunft zeigen. Aber der Tag hatte schon eine knappe Entscheidung gesehen. Hätten die *Wagays* es nicht bis zu der Insel geschafft ... Wäre Drew nicht fähig gewesen, seinen Freund zu beschützen ... Wäre Travis nicht dort gewesen, um sie herauszuholen ... Ein Abgrund tat sich vor ihm auf. Und das war erst der Anfang. Dessen war er sich sicher. Deshalb hatte er sich nicht die Zeit genommen, das Boot zu vertäuen und selbst nach Kendra Harmon zu suchen. Denn die Zeit lief jetzt gegen ihn. Ein Sturm braute sich zusammen, und wenn man ihn schon nicht genau kontrollieren konnte, könnte man zumindest den Weg verfolgen, den er nahm. Man könnte Vorsichtsmaßnahmen treffen.

Das war der Grund, warum Travis, als er mit dem Boot angelegt und seinen Truck beladen hatte, nicht nach Hause fuhr, wie er es gern getan hätte, denn er war müde, und sein Kopf schmerzte. Statt dessen fuhr er zum Golden Ox, der Kneipe am Rand der Ortschaft, die von Indianern besucht wurde. Denn wenn er die Situation im Griff behalten wollte, mußte er wissen, was am Fluß geredet wurde, und der Golden Ox war immerhin ein Anfang.

Der Golden Ox war ein eingeschossiges Gebäude, ein gutes Stück von der Straße weg zwischen einer Gruppe von Redwoods. Der Besitzer der Kneipe war ein alter indianischer Holzfäller namens Bone. Bone lebte in einem kleinen Wohnwagen hinter seiner Kneipe und war an diesem Nachmittag sein einziger Gast, eine Situation, die Travis als schlechtes Zeichen zu deuten geneigt war, denn es war Feierabendzeit, und Travis hätte ein paar mehr Anwesende erwartet, auch wenn viele von Bones Stammgästen keinen Feierabend kannten, weil sie keinen festen Job hatten.

Als Travis den Raum betrat, saß Bone auf einem Barhocker, als warte er auf die Bedienung. Der Raum war niedrig und dunkel und normalerweise ziemlich verraucht, aber an diesem Nachmittag war er nur dürftig erleuchtet und roch nach vergossenem, schal gewordenem Bier.

Der alte Mann beäugte ihn wie ein in die Jahre gekommener Papagei. Er hatte den Kopf schief gelegt, und in seinem Gesicht stand ein typisches stummes Lachen, das Travis für das Erkennungszeichen vieler älterer Indianer am Fluß hielt, so als wären sie in einen Scherz eingeweiht, dessen unwissende Zielscheibe man war. Er hatte gelernt, daß man nur eines tun konnte, nämlich zusammen mit ihnen zu lachen. Manchmal war das Gelächter stumm. Manchmal, vor allem in der Öffentlichkeit und ganz besonders, wenn Fremde dabei waren, war das Gelächter laut und rüde und von vielen ausgestreckten Zeigefingern und Beschimpfungen begleitet, als wäre tatsächlich jeder von ihnen die Zielscheibe eines Scherzes, und jeder wußte es und wußte, was es bedeutete, und jeder wußte, daß man kaum mehr tun konnte als zu lachen, als wäre dies die letzte mutige Tat, auf die man reduziert wurde, doch ob Travis mit seiner Einschätzung allein war oder nicht, vermochte er nicht zu sagen, denn es war nichts, über das man redete, sondern nur etwas, das man tat, und deshalb äffte er das Grinsen des alten Mannes so gut er konnte nach, setzte sich auf den Hocker neben ihm und bestellte ein Bier.

Bone schlug mit der flachen Hand auf die Theke und humpelte davon, um aus dem Kühlschrank eine Flasche Budweiser zu fischen, die er öffnete und vor Travis hinstellte.

Travis nickte. Bone nahm sich selbst auch ein Bier und setzte sich neben ihn. Schweigend tranken die beiden Männer, und Bone stand auf und holte noch zwei Flaschen Bier, und diese tranken sie auch. Travis wußte, daß es nicht Bones Art war, direkt auf den Punkt zu kommen. Und er selbst würde es auch nicht tun.

»Frank war heute früh hier«, sagte Bone nach einiger Zeit. »Er will, daß ich zum Tanz den Fluß hoch komme.«

»Gehst du hin?«

»Blödsinn. Da oben gibt's nur Flöhe und Sumach. Aber er sagt, du gehst hin. Sagt, du bringst die Perlen deiner Großmutter mit. Sagt, du wirst tanzen.«

Travis trank sein Bier.

Bone lachte. »Mit dem Zeug mußt du aufhören, wenn du tanzen willst.«

»Falls ich überhaupt tanze.«

»Frank sagt, du wirst tanzen.«

»Es gibt einige Dinge, die Frank nicht weiß.«

»Er weiß Bescheid«, sagte Bone. Eine Weile saßen die beiden Männer schweigend nebeneinander, nur mit ihrem Bier beschäftigt.

»Wo sind die ganzen Leute?« fragte Travis.

»Große Fete beim Moke.«

Travis nickte. Erfreulich fand er diese Information nicht. Und er konnte auch nicht sagen, daß sie ihn überraschte. Die Menschen im

Reservat waren zwar in viele Gruppen aufgesplittert, doch im Grunde gab es zwei Fraktionen. Zu der einen gehörten die, die willens waren, für eine Veränderung innerhalb des Systems zu arbeiten. Und die Angehörigen der anderen nahmen die Dinge hin, wie sie waren, holten sich ihre Lebensmittelmarken, kümmerten sich um ihr Marihuana und warteten auf die Apokalypse. An diesem Abend würde man die eine Gruppe bei der Versammlung des Stammesrats finden, bei der die neue Verfassung zur Debatte stand. Die anderen würden beim Moke ihre Party feiern. Und dann gab es solche wie den alten Bone, die, wie Travis wußte, keine der beiden Veranstaltungen besuchten, sondern die dunklen Stunden allein verbrachten und sich erst dann zur Ruhe begaben, wenn der Alkohol sein Werk getan hatte. Denn sie betrachteten die eine Versammlung als Zeitverschwendung und die andere als Übel.

Für Travis schien klar, was zu tun war. Der Golden Ox, überlegte er, wäre zu einfach gewesen. Trotzdem hatte er es nicht eilig, aufzubrechen. Die lange Fahrt flußaufwärts mitten in der Nacht behagte ihm gar nicht. Als Konsequenz aus seinem Mißbehagen saß er bei Bone und sah stumm zu, wie der alte Mann um die Theke herumschlurfte, um neues Bier zu holen, das Travis schweigend entgegennahm und schweigend trank, wobei er das letzte Licht aus dem schmalen Himmelsschlitz schwinden sah, der durch die halboffene Eingangstür zu sehen war, bis es schließlich der alte Mann war, der das Wort ergriff, indem er aussprach, was ihm zweifellos im Kopf herumgegangen war, seit Travis sich neben ihm niedergelassen hatte.

»Ich hab' gehört, du warst heute da draußen«, sagte Bone.

Travis nickte. »Ich war eben noch mit einem von ihnen zusammen«, sagte er.

»Welcher war das?«

Travis seufzte. »Der, der den Jungen verloren hat«, sagte er.

Eine Stunde später befand sich Travis mitten im Hupa-Reservat. Links und rechts von ihm ragte der Wald auf und stieg zu fernen

Bergkämmen an. Die Bäume verdeckten den Mond und tauchten die Straße, die am Fluß entlang verlief, in tiefes Dunkel. Folglich fuhr er langsam und ließ sich Zeit zum Nachdenken. Er dachte an sein Gespräch mit Kendra Harmon, das sie an dem Tag geführt hatten, als sie zu ihm gekommen war, um ihn über Marcus Dove zu befragen. Er hatte versucht, sie mit ein paar Brocken aus den alten Geschichten zu erschrecken. Er hatte ihr die Bücher gegeben und gesagt, daß sein Wissen in ihnen enthalten war. Aber in diesem Punkt hatte er gelogen. Die Geschichten standen nicht nur in den Büchern. Sie waren im Blut, und das Blut war tief hier, alt und rasch fließend wie der Fluß, so daß er wieder die Stimmen seiner Ahnen hörte, als er an seinem Ufer entlangfuhr. In seinem Büro, bei Tageslicht, kamen die Stimmen nicht zu ihm. Und wenn sie es taten, dann allenfalls als Erinnerung, von der Zeit geschwächt. Hier, an diesem Fluß, zwischen diesen Bäumen, in dieser Dunkelheit war es anders. Die Stimmen waren wieder grob und kräftig.

Die Hupa waren einst als die Römer des pazifischen Nordwestens bekannt gewesen. Die Yurok, die Tolowan, die Tataten – sie alle hatten Tribut an die Hupa bezahlt, und der kaltblütige Charakter der Raubzüge, die sie flußabwärts geführt hatten, um Gefangene zu verschleppen, war für die anderen Stämme lange Zeit ein Quell des Schreckens gewesen. Untereinander jedoch war die direkte Konfrontation mit einem Feind meist vermieden worden. Sie hatten schwarze Magie, den unsichtbaren Pfeil, den Zaubergesang bevorzugt. Einige bevorzugten sie noch immer. Das war eine weitere Ursache der Spaltung seines Volkes.

Daß der Junge ertrunken war, würde zu keiner Ausnahme führen. Bei der Ratsversammlung würden sie von Gerichtsverfahren und teuren Anwälten reden. In dieser Nacht war dies allerdings nicht das Thema, das Travis interessierte. Zwar hatte er es dem Fotografen nicht gesagt, aber er wußte einiges über die Familie des Jungen. Sie kam aus einem entfernten Teil des Reservats, wo die schwarze Magie noch gedieh, wo der getrocknete Lachs in den Räucherkammern hing, wo sich auf den Felsen Graffiti wie »Hupa Stoners« und »Scheiß auf die Polizei« fanden. Und während die Debatten über Gerichtsverfahren zweifellos zu nichts führen würden, könnte das üble Gerede sehr wohl üble Früchte tragen. Es war Gerede von einer verlorenen Vergangenheit, von einer apokalyptischen Zukunft, die mit Drogen und Budweiser in leuchtenden Farben gemalt wurde, und aus dem Gerede würde Schaden erwachsen.

Endlich erschien zwischen den Bäumen eine Handvoll Lichter. Travis bog in einen schmalen Kiesweg, an dessen Ende er zu den Ruinen einer Anlage kam, die einmal als Fischereizentrum geplant, aber durch Trägheit und den Fluß verkommen war, so daß jetzt nur noch eine nackte Betonplatte und eine Ziegelmauer an sie erinnerte. Auf die Mauer hatte jemand »Hupa Stoners« gesprüht.

Travis parkte vor der Ziegelmauer und stieg aus dem Truck. Dunkelheit umfing ihn, eine süßliche Dunkelheit, erfüllt von Feuchtigkeit und den Geräuschen des Flusses. Etwa fünfzig Meter von der besprühten Mauer entfernt stand eine Baumgruppe. Der Fluß nahm dort eine Biegung, und die Bäume standen auf der Uferböschung. Aus ihrer Mitte strahlte ein schwaches Licht, und Travis wußte, daß die Bäume das Haus eines alten Hupa markierten, der als der Moke bekannt war.

Der Moke war ein recht angesehener Stammesführer, der prinzipiell für zwei Dinge bekannt war: seinen geräucherten Lachs und sein gediegenes Marihuana. Er ging auf die Siebzig zu und war immer noch in Form und von gepflegtem Äußeren, obwohl das etwas war, das Travis nach all den Jahren Knochenarbeit und Schürzenjägerei, die der Moke hinter sich hatte, nicht begreifen konnte. Er war sicher, daß der alte Mann ihn überleben würde. Er war seit siebzig Jahren am Fluß und kannte sich dort besser aus als die meisten. Einige sagten von ihm, er sei ein *Hee-dee.* Ein Gerücht, das einem im Tageslicht am Rand des kleinen Einkaufszentrums, in dem Travis' Büro untergebracht war, ein Lächeln entlocken mochte.

In der Dunkelheit des Waldes, am Ufer des Flusses des Moke gelang einem ein solches Lächeln kaum.

Als Travis in Richtung des Lichtes ging, hörte er Musik. Es war die Musik des Stammes, die Musik der Trommel und des Bogens. Er ging zwischen zwei Schrottautos durch, einem verrosteten Trans Am und einem Plymouth Duster, deren Lack schon seit langem bis aufs Metall abgenutzt war und die im Licht des Mondes von identischer Farbe schienen. Solange Travis zurückdenken konnte, hatten die beiden Wagen so ausgesehen.

Wenig später wurde er begrüßt, zuerst von zwei Hunden und dann von einer jungen Frau, von der er wußte, daß sie mit dem Moke zusammenlebte. Die Frau hieß Delores, sie hatte das College besucht und war nicht unattraktiv, obschon der Alkohol sie allmählich dick machte. Er sprach mit ihr und sie mit ihm. Sie standen jetzt unter der Bergerle, die bis ans Haus wuchs, und er sah, daß jemand zwischen dem Haus und dem Schuppen, der zum Fischräuchern benutzt wurde, einen großen gehäuteten Roosevelt-Elch aufgehängt hatte. Nahe bei dem Tier war ein Feuer, und er sah einige angemalte Gestalten, die um die Flammen herum tanzten. Eine primitive kleine Szene. Eine Erscheinung aus der Vergangenheit, heraufbeschworen aus dem Ektoplasma auf dem Dunsthauch des Flusses.

Travis stand mit der jungen Frau im Dunkeln.

»Ein prächtiger Roosevelt«, sagte Travis.

Delores zog eine Zigarette aus der Tasche ihres T-Shirts und steckte sie sich zwischen die Lippen. Als sie sie anzündete, legte sie die Hände um das Streichholz, wodurch ihr Gesicht für einen Moment von unten erhellt wurde. Travis nahm ein sarkastisches Lächeln und harte Züge wahr, die er noch nicht bemerkt hatte, als er sie das letzte Mal getroffen hatte. Er sah, wie sie nickte, als die kleine Flamme erlosch, und den Rauch zum Himmel blies.

»Wer hat ihn erwischt?«

»Jimmie und Deke.«

»Wie weit mußten sie hinaus?«

Delores nahm wieder einen Zug aus ihrer Zigarette. »Gerade mal bis zu Ted's Bucket of Suds.« Sie setzte ihr sarkastisches Lächeln auf, und er sah, daß einer ihrer Zähne abgebrochen war. Der Moke würde sie nicht lange behalten, nahm er an, und er vermutete, daß sie das auch wußte. »Sie waren auf einer Zechtour. Der Elch hat hinter dem Ted's in 'ner Mülltonne rumgeschnüffelt. Jimmie ist rausgesprungen und hat ihn erschossen.«

Travis blickte zu dem Feuer und den tanzenden Schatten. Dabei sah er zum ersten Mal das Fahrzeug, das auf der anderen Seite der Flammen geparkt war. Es stand, nicht weit von der Räucherkammer, unter den Bäumen, und er sah, daß es sich um die individuelle Spielart eines selbstgebauten Wohnmobils handelte. Offenbar handelte es sich um die Überreste eines alten amerikanischen Kombi, den jemand zu einem Lieferwagen umzubauen versucht hatte, indem er einen großen Teil des Heckstücks abschnitt. Auf der daraus entstandenen Ladefläche hatte man eine Art Kabine mit einem Spitzdach errichtet, auf dessen First Travis im Mondlicht die gezackten Ränder von Holzschindeln wie die dunklen Zähne einer Säge wahrnahm. Zu einer anderen Zeit und an einem anderen Ort hätte Travis den Anblick als komisch empfunden – eine Wanderarbeiterhütte auf Rädern. An diesem Abend hatte der Anblick des Wagens genau die gegenteilige Wirkung, und er registrierte seine schwarze, schiefe Silhouette mit ziemlicher Beklemmung, denn er erschien ihm wie etwas, das man sich oben am Fluß sehr wohl vorstellen konnte. Als er sich umdrehte, um Delores nach dem Gefährt zu fragen, stellte er fest, daß sie sich bereits ein paar Schritte entfernt hatte und jetzt mit einem halbnackten Kind schimpfte. Mit der einen Hand hielt sie den Arm des Kindes, in der anderen balancierte sie Bierdose und Zigarette. Travis kam die Pose geradezu prophetisch vor, und nachdem er festgestellt hatte, daß ihre Unterhaltung beendet war, ließ er sie stehen und ging näher ans Feuer.

Daß er in der Lage war, sich ungehindert unter diesen Menschen zu bewegen, war eine der wenigen Errungenschaften, die ihm hier gelungen waren. Aber sie wußten auch, daß er gerecht war, und sie wußten, daß er sich vor einem Kampf nicht fürchtete. Ganz zu Anfang war im Büro ein Ex-Häftling namens Davies aufgetaucht. Der Mann war augenscheinlich auf der Suche nach Arbeit gekommen, aber er war betrunken und frech gewesen, und Travis hatte sich auf ihn gestürzt, direkt über seinen Schreibtisch hinweg, und ihn mit Fausthieben davongejagt. Das lag nun schon neun Jahre zurück, und Travis war damals enthusiastischer und wilder gewesen, verliebt in eine Hupa und für jede Party zu haben – alles Eigenschaften, die ihn in den meisten Winkeln des Reservats zu einem willkommenen oder zumindest geduldeten Besucher machten. Er war einigermaßen stolz darauf gewesen und hatte es für einen vielversprechenden Anfang gehalten. Aber das war neun Jahre und zwei Frauen von heute entfernt, und sehr zu seinem Bedauern war das alte Feuer ziemlich erloschen. Der Job war ein Job, und er hatte sich schon lange nicht mehr über seinen Schreibtisch hinweg auf jemanden gestürzt.

Mit diesen Gedanken im Kopf nickte er einer Anzahl von Männern zu, während er sich zwischen ihnen bewegte. Es war gut, dachte er, daß sie heute nicht dort unten bei der Insel gewesen waren und gesehen hatten, wie er von einem kahlköpfigen *Wagay* mit einer Schleuder umgenietet wurde. Er ging langsam um das Feuer herum, um den Wagen besser in Augenschein nehmen zu können, als ihn eine Hand beim Unterarm packte.

»Wir haben einen Elch erwischt«, sagte jemand.

Travis griff nach der Hand des Mannes und schüttelte sie. Er war jetzt nahe genug bei dem Wagen, um zu erkennen, daß die Nummernschilder so alt waren, daß sie unter den gelben Ziffern schwarz geworden waren.

»Einen großen Elch«, sagte der Mann.

Die Männer um ihn herum nickten. Sie waren vier und saßen auf einem Baumstamm. Sie trugen Arbeitsstiefel, Khakihosen und Flanellhemden. Der Mann, der das Wort ergriffen hatte, hieß James. Er saß neben einem Mann namens Bob und einem anderen namens Mousey, der im Gefängnis von Scorpion Bay eine Haftstrafe abgesessen hatte. Travis sah sich auch den vierten Mann an, doch er kannte ihn nicht.

»James«, sagte Travis. Er ließ die Hand des Mannes los. »Arbeitest du noch im Holzlager?«

James lachte. »Ich hab' den Test nicht bestanden«, sagte er.

Travis nahm an, daß er bei einem Drogentest aufgefallen war. Die anderen Männer lachten.

»Der Elch hat 'ne Menge Fett auf den Rippen«, sagte Bob. »Hat sich schon für den Winter präpariert.«

Travis besah sich das gehäutete Tier erneut. Der Elch, im Licht des Feuers weiß und wachsig, war tatsächlich schwer von Fett. In diesem Moment sah er den Moke.

Der alte Mann befand sich unter den Tänzern. Als Travis ihn erblickte, kam der Moke mit ausgebreiteten Armen auf ihn zugestürzt, als flöge er. Ein geschnitzter Aalhaken mit einer Feder daran drehte sich um seine Hand und beschrieb eine längliche Acht in der kalten Nachtluft, und Travis sah die Farbe auf dem Gesicht des alten Mannes und sein weißes Haar, das er lang und geflochten trug, und seine dunklen Augen, und er sah, daß der alte Mann ihn anlachte.

Hinter der Tanzszene stand an der Seite des Hauses eine Tür offen, und Travis konnte erkennen, daß Menschen im Haus waren. Das blaue Licht eines Fernsehgeräts flackerte inmitten der Schatten. Fetzen von Orgelmusik trieben über die eingesackten Treppenstufen, um den Raum einzunehmen, der ihnen zwischen dem Sägen des Bogens und dem Schlagen der Trommel blieb. Travis sah zu, wie einige Männer durch die Tür herauskamen und sich auf ihrem Weg zur Räucherhütte zwischen den Schatten bewegten. Er beobachtete ihre Bewegungen und versuchte zu entscheiden, ob sich jemand darunter befand, den er kannte, doch der Moke hatte seinen Tanz beendet, stand jetzt neben ihm und begrüßte ihn mit einem Schlag auf den Arm.

»Travis McCade«, sagte der alte Indianer. »Was führt dich mitten in der Nacht zum Fluß?«

Travis wandte sich ihm zu. »Bone hat mir gesagt, hier sei eine Party. Ich bin gekommen, um mich zu erkundigen, warum ich nicht eingeladen bin.«

Der alte Mann lachte. Er winkte jemandem außerhalb des Feuerkreises zu und rief laut nach Bier und Fisch. Auf der Stelle erschien eine junge Frau. Travis wurde eine Dose Budweiser und ein Stock Räucherlachs angeboten, er nahm beides und folgte dem Moke zu der Treppe und der Tür, aus der gerade die Männer herausgekommen waren, da der alte Mann plötzlich ganz begierig darauf war, ihm die Polaroids von dem Elch zu zeigen, die er aufgenommen hatte, bevor sie ihn gehäutet hatten, damit er die Pracht des Tieres begutachten könne, das so unglücklich gewesen war, auf dem Parkplatz von Ted's Bucket of Suds aufzukreuzen und dort von drei Männern auf Zechtour erschossen zu werden, was ihnen erlaubte, den Elch zu häuten und um ihn herumzutanzen und sich zumindest eine Nacht lang vorzustellen, daß die alten Bräuche an den Ufern des großen Flusses noch ihre Gültigkeit hatten.

Bis auf das Licht des Fernsehgeräts war das Haus dunkel. Es roch nach Tabak, Pot, Bier und Lachs. Der Moke ging zu einer Lampe neben der großen Propanheizung, und dann fiel ein trübes Licht auf die Schatten. Er reichte Travis einen Stapel Fotos.

In der Küche waren zwei Mädchen im Highschool-Alter und ein Junge, in dem Travis einen der Neffen des Moke erkannte. Als er ein bißchen nach rechts rückte, sah er auch Bean Dip. Der Junge hatte eine geschwollene Wange und redete mit zwei Männern, die Travis nicht kannte.

Die Männer lehnten an einer gelben, verrauchten Wand. Einen identifizierte Travis als Tolowan. Er war mittelgroß, dünn und drahtig und wies die scharfen Züge auf, die Travis mit dieser Rasse assoziierte. Es waren Küstenbewohner, die nördlich von den Yurok lebten. Dieser Mann hatte ein besonders übles Äußeres. Sein Haar war lang und glatt und hing an den Seiten seines dünnen Gesichts herab wie die Strähnen einer Hexe in einem Märchen. Das Haar des Mannes war fast vollständig grau, obwohl Travis schätzte, daß er kaum älter war als er selbst.

Einen Moment lang sah Travis den Tolowan an, doch sein eigentliches Interesse galt dem zweiten Mann. Denn dieser Mann war eindeutig ein Hupa, und Travis nahm an, daß er von flußaufwärts kam. Er hatte das typische Aussehen, dick und kräftig gebaut. Ein Mann mit Fähigkeiten. Sein schwarzes Haar war zu einem langen Pferdeschwanz gebunden. Er hatte einen ziemlich dünnen Schnurrbart und ein weiteres Haarbüschel unter der Unterlippe. Seine Augen waren düster, dunkel und schnell, und als er sah, daß Travis ihn in Augenschein nahm, richtete er sich auf und drehte sich, so daß nur noch eine Schulter die Wand berührte. Travis besah sich die Fotos zu Ende und gab sie dem Moke zurück.

»Er ist ein guter Elch«, sagte der alte Mann zu ihm.

Travis nickte. Als er wieder in die Küche schaute, nickte Bean Dip gerade in seine Richtung. Er sah den dünnen Mann lächeln. Dem Tolowan fehlten die beiden Schneidezähne, was das Lächeln des Mannes ziemlich irre wirken ließ. Der Hupa blickte ihn bloß an. Seine Augen verrieten gar nichts außer einer schwelenden Aufsässigkeit.

Als Bean Dip bemerkte, daß Travis sie ansah, bedachte er ihn mit einem herausfordernden Lächeln.

»Der *Wagay* steckt tief in der Scheiße«, sagte Bean Dip. Er sagte es so laut, daß seine Stimme Fernseher und Musik übertönen konnte. »Der Elch ist ein Zeichen, Mann. Wir werden uns zurückholen, was uns gehört. Wir werden es den Leuten deutlich machen.«

Bean Dip sprach ein bißchen undeutlich und schwankte leicht im Licht der Küche. Aus dem Fernsehgerät im Wohnraum brandete frenetischer Beifall zusammen mit Orgelmusik auf. Eine aufgeregte weiße Frau sprang auf dem Bildschirm auf und ab, teilnahmslos beobachtet von mehreren Indianern auf der Couch des Moke.

»Bean Dip hegt ärgerliche Gedanken«, sagte der Moke.

»Wir brauchen nicht noch mehr Ärger«, sagte Travis. Er sagte es laut genug, daß jeder im Zimmer es hören konnte, aber er blickte dabei den Hupa an. Der Mann hielt seinem Blick stand, und um seine Mundwinkel spielte ein kleines spöttisches Grinsen.

Travis merkte, daß jemand sprach, sah sich aber nicht um. Plötzlich war er benebelt von Haß, so daß ein Ausbruch körperlicher Gewalt in den Bereich des Möglichen rückte.

Die Intensität, mit der ihn dieses Gefühl erfaßte, war höchst überraschend und zweifellos nicht minder gefährlich. Einen Jungen wie Bean Dip niederzuschlagen, wie er es am Strand getan hatte, war eine Sache. Der Hupa in der Küche war etwas anderes und wahrscheinlich mehr, als Travis bewältigen konnte. Trotzdem spürte er, wie sich auf seinen Schläfen Schweiß bildete, und er nahm eine neue Stille wahr, als bemerkten die anderen in ebendiesem Moment diesen Austausch von Schwingungen und warteten nun darauf, was daraus entstehen würde. Travis wußte, daß die Situation seiner Kontrolle entglitten war. Trotz seiner körperlichen Unterlegenheit würde er mit diesem Mann kämpfen, wenn es dazu käme, als könnte er im Kampf gegen ihn das attackieren, was unter seinen Leuten die schädlichste Eigenschaft war.

Nur Bean Dip schien zu entgehen, was vor sich ging. Er nahm den Köder, als sei dies einzig und allein eine Sache zwischen ihm und Travis.

»Wir haben keinen Ärger gebracht«, sagte Bean Dip. »Sie waren es.« Er winkte zu der Dunkelheit hinter den Wänden.

»Es war so wie immer«, intonierte der Moke, als sei dies der Schlußsatz. Und sofort war der Augenblick vorbei. Die Leute wandten sich ab, setzten ihre Unterhaltung wieder fort. Es würde keinen Kampf zwischen Travis und dem Hupa geben, nicht jetzt.

»Nimm ein Bier«, sagte der Moke und reichte ihm eine zweite Dose. »Feier mit uns.«

Travis nahm das Bier. »Du weißt, daß sie sich heute treffen«, sagte er. Es lag keine Herausforderug darin, nur eine gewisse Mattheit, und doch fühlte er sich gedrängt, es zu sagen und dabei sich selbst und den Moke anzusprechen.

Der Moke lächelte bloß. »Wozu sie brauchen mich?« fragte er, plötzlich in eine Art falsche Indianersprache verfallend, womit er Travis zu verstehen gab, daß seine Argumente ihn nicht weiterführen würden, denn sie hatten sich tatsächlich schon viele Male auf dieser Straße bewegt und waren stets zum selben Schluß gekommen.

»Du könntest eine Hilfe sein«, sagte Travis. Natürlich war es zwecklos, aber er wollte es zu Ende spielen. Er wollte seine leere Geste haben. »Du könntest führen. Du bist ein Mann von Einfluß.«

Der Moke lächelte, als wäre das eine lustige Überraschung. »Ich?« fragte er.

Travis lächelte zurück. Viel mehr konnte man nicht tun. »Du«, sagte er.

»Unmöglich. Ich bin zu blöd.«

Einige Männer lachten.

Der Moke sah, daß er sein Publikum hatte. »Das sagen sie mir jedenfalls. Sie sagen mir, daß ich ein blöder Wichser bin. Blöder Indianer, sagen sie.«

»Wer sagt das?«

»Alle sagen das. Aber jetzt haben wir den Elch.«

Der alte Mann legte eine Hand auf Travis' Arm und beendete die Diskussion.

Travis wandte sich von der Küche weg und hörte fast im selben Moment eine Tür zuschlagen. Er blickte zurück in das gelbe Licht, aber Bean Dip und die Fremden waren fort. Und einen Augenblick später war zu hören, wie auf dem Hof ein Motor gestartet wurde. Als Travis nachschauen wollte, hinderte ihn der alte Mann daran, indem er seine Hand mit einem festen Griff, der sein Alter Lügen strafte, um Travis Arm schloß.

»Bean Dip ist flußaufwärts gewesen«, flüsterte der alte Mann, als sei dieser Satz nur für Travis' Ohren bestimmt, obwohl Travis annahm, daß alle Anwesenden es schon seit dem Nachmittag wußten.

»Er ist mit einigen bösen Männern zurückgekommen.«

Von draußen hörte Travis das Geräusch von Reifen im Schlamm, und er wußte, wenn er jetzt nachsehen würde, stände der Hauswagen nicht mehr an seinem Platz. Der alte Mann hielt ihn nur diesen einen Moment lang auf, als sei die Abfahrt des Wagens etwas, das nicht für Travis' Augen bestimmt war. Man könnte den Moke natürlich danach fragen. Aber genausogut könnte man auch den Fluß fragen.

»Flußaufwärts sind böse Menschen«, fuhr der Moke fort. »Ich mag sie nicht, das weißt du. Du weißt, was sie dort oben tun. Ich habe ihnen gesagt, davon will ich hier unten nichts haben.«

»Wer ist in dem Hauswagen?« fragte Travis.

Der Moke zuckte die Achseln. »Trotzdem kommen sie hierher. Was kann ich schon machen?«

Travis musterte den alten Mann. In seinem Gesicht war ein Licht, das stumme Lachen.

»Wenn diese Männer irgendwie mit David Little verwandt wären, würdest du es mir sagen?«

»Woher soll ich das wissen?«

»Komm mir nicht so! Mir ist es ernst. Du weißt, was es bedeutet, wenn es Ärger gibt.«

Der Moke lächelte ihn an. »Du machst dir zu viele Sorgen«, sagte er.

»Wer war also in dem Hauswagen?«

»Frag sie selber. Sie werden wiederkommen. Nur eine neue Sauftour. Vielleicht holen sie sich noch einen Elch.«

Travis starrte in die Schwärze hinter der Tür.

»Komm schon«, sagte der alte Mann. »Wir haben einen Elch. Tanz für ihn. Die Arschlöcher von der Ratsversammlung sollten hier sein. Sie sollten tanzen.«

Sie gingen nach draußen ans Feuer. Travis sah, daß der Hauswagen tatsächlich fort war. Mousey saß auf dem Stamm, wo er ihn bei seinem Eintreffen gesehen hatte. Er nickte in die Richtung, die der Wagen genommen haben mochte. »Wo sind sie hin?« fragte er.

Mousey sah erst den Moke, dann Travis an. »Sauftour«, sagte Mousey. »Sie kommen wieder.«

»Geh runter zur Räucherhütte«, sagte der Moke. »Bring mir meine Pfeife.«

Mousey verschwand in der Dunkelheit und kam kurz darauf mit Mokes Pfeife zurück. Der alte Mann zündete sie an, nahm einen tiefen Zug und offerierte sie Travis. Der süßliche Geruch von Marihuana stieg in die feuchte Nachtluft.

Travis sah auf die angebotene Pfeife.

»Mach schon, Vetter«, sagte der Moke. »Wir haben einen Elch. Feier mit uns.«

Travis seufzte. Er nahm die Pfeife und inhalierte so tief wie der alte Mann vor ihm. Die Männer würden zurückkommen, versicherte er sich im stillen. Sie hatten einen Elch zu feiern. Wer konnte es schon genau wissen, aber vielleicht war dies der Schlüssel, der das alte innere Auge öffnete. Es war ein langer Tag gewesen, und der Gedanke an Drew Harmon, den bedauernswerten Fotografen und den Rotzlümmel, der ihn niedergestreckt hatte, machte ihn plötzlich müder, als er geahnt hatte, vielleicht war es doch das richtige, mit der Familie seiner Mutter zu feiern, und schon bald stellte er sich vor, daß er sogar tanzen würde. Es wäre nicht wie der Springtanz, zu dem sein wirklicher Vetter ihn eingeladen hatte. Es wäre das genaue Gegenteil, ein Tanz ohne Sinn und Bedeutung, eine Ode an nichts. Unter den gegebenen Umständen erschien es Travis jedoch den Geschehnissen des Tages angemessen, und das Gras des Moke gefiel ihm wirklich sehr, und schließlich trank er noch mehr Bier und aß noch mehr geräucherten Lachs und streifte sein Hemd ab und tanzte halbnackt um das Feuer, die Nachtluft und der feuchte Dunst des Flusses waren kühl auf seiner schweißbedeckten Haut, und irgendwann, kurz bevor der Himmel über den Bäumen grau wurde und der Mond halb verschlungen auf dem eingeknickten

First der Räucherhütte des Moke lag, in der der Lachs in korallenfarbenen Streifen wie Eiszapfen von der Farbe menschlicher Haut hing, kam ihm der Gedanke, daß der Hauswagen mit den bösen Männern von flußaufwärts nicht zurückgekehrt war und daß er sich wider bessere Einsicht bekifft hatte und wie ein Trottel um des Mokes toten Roosevelt-Elch tanzte, der selbst so trottelig gewesen war, sich auf dem Parkplatz von Ted's Bucket of Suds erschießen zu lassen.

13

Wie es ihre Gewohnheit war, schlief Kendra bis nach Mittag. Sie wurde im Licht wach, das durch die schmalen rechteckigen Fenster des Wohnwagens hereinfiel. Das große Fenster blieb von einer dichten Jalousie verdeckt. Für einen Moment blieb sie auf dem Rücken liegen. Sie versuchte zu entscheiden, ob sie allein sei. Ein gefährliches kleines Spiel. Nach einiger Zeit kam sie jedoch zu dem Schluß, daß sie wirklich allein war. Es mag die Nebel, dachte sie. Im Dunkeln ist es stärker. Und in diesem Moment wurde ihr bewußt, daß sie keine klare Vorstellung davon hatte, was sie mit »es« meinte.

Sie stützte sich auf einen Ellbogen und spähte zum Fenster hinaus. Die Sonne stand jetzt über dem gegenüberliegenden Bergkamm. Der Fluß hatte sich golden mit dunklen Einsprengseln gefärbt.

Fasziniert von dem ungewöhnlichen Anblick verharrte sie in ihrer Position. Gewöhnlich lag der Fluß im Nebel verborgen, von Niederschlägen eingehüllt. Und dann gab es diese Momente, in denen sich die Wolken teilten und die Landschaft sich dem Auge nackt darbot, und es gab keinen anderen Ort, dachte sie, an dem der Zusammenprall von Land und Meer jünger erschien oder eine gewaltigere Schönheit erschaffen hatte.

Schließlich verließ sie ihr Bett. Sie hatte vollständig bekleidet geschlafen und streifte sich nur noch eine seidene Bomberjacke mit einem Drachen auf dem Rücken über. Drew hatte ihr die Jacke auf Bali geschenkt, sie hatte beim Wandern ein angenehmes Gewicht. Und sie benutzte die Jacke, um die schwarze Seidenbluse und die schwarzen Pantalons mit der roten Stickerei zu verbergen, die einmal im Besitz von Amanda Jaffey gewesen waren.

Als sie die Jacke überzog, sah sie sich in dem Spiegel auf der Schranktür. Als die Friseuse in Eureka ihr Haar geschnitten und mit Kamm und Gel letzte Hand angelegt hatte, hatte sie Kendra gesagt, daß sie bei ihren guten Knochen praktisch alles tragen könnte. Mit Kamm und Styling-Gel behandelt hatte sie wahrscheinlich ziemlich trendy ausgesehen, aber seither hatte sie beides nicht mehr benutzt und verspürte auch jetzt nicht den Wunsch dazu. Sie lief wieder zerzaust und ungekämmt herum, und falls sie wirklich gute Knochen hatte, dann waren sie an ihr verschwendet. Sie dachte an den Fotografen von der Zeitschrift, Jack Fletcher, der sie fotografieren wollte. Sie fragte sich, was er wohl noch wollen würde, wenn er sie bei Tageslicht sähe. Würde er gute Knochen sehen? Oder würde er sehen, was sie sah? Trotzdem, dachte sie, paßte ihr Aussehen zu ihr, und als sie ihre Ausrüstung zusammengestellt hatte – ihre Laterne, Messer, Leinenbeutel und Wasser – trat sie ins goldene Licht hinaus.

Sie war auf der Mitte der Treppe, als sie den Mann am Pier sah. Und dann sah sie, daß es der Fotograf war, Jack Fletcher. Er war allein und saß, die Beine im Wasser, mit dem Gesicht zur Sonne.

Auf den ersten Blick fand sie es nicht merkwürdig, daß der Fotograf allein war. Sie nahm an, daß die anderen sich in der Nähe aufhielten oder vielleicht auf einem anderen Weg herkämen, denn alles würde nach einem Plan von Drew ablaufen, und sie wußte schon seit langem, daß seine Pläne nach Überlegungen umgesetzt wurden, in die niemand eingeweiht war – außer vielleicht den Elementen von Wind und Gezeiten, mit denen sein Leben verkettet war.

Sie legte ihre Sachen in ihren Truck, der beim Fuß der Treppe geparkt war, und ging zum Pier. Normalerweise war sie zu Fremden nicht freundlich, aber sie war neugierig auf die Fotos und darauf, was Drew mit ihnen vorhatte.

»Hallo«, sagte sie.

Der Mann drehte sich ein bißchen, stand aber nicht auf und blickte auch nicht zu ihr hoch.

»Hat es nicht geklappt?« fragte sie.

Er schaute aufs Wasser und gab ihr damit zu verstehen, daß es ganz und gar nicht geklappt hatte.

»Wir haben den Jungen verloren«, sagte er.

Sie spürte, wie sich in ihrem Bauch etwas zusammenzog, und fühlte einen Schatten über dem Wasser.

»Welchen Jungen?« fragte sie.

Jetzt stand er auf und sah sie an. Er machte auf sie den Eindruck, als hätte er geweint, denn seine Augen waren geschwollen und rotgerändert, obschon sie annahm, daß dies auch von Wind, Sonne und Salz hervorgerufen sein könnte.

»Der Indianerjunge. Den Drew angeheuert hat, um mich rauszufahren.« Seine Stimme brach, und jetzt war sie sich sicher, daß er geweint hatte.

»Das ist ja schrecklich«, sagte sie. »Schlimm. Wissen Sie, wie er heißt?«

»David Little.«

Sie kannte den Namen. Er war von oben am Fluß. Er konnte höchstens fünfzehn oder sechzehn gewesen sein.

»War das das Boot?« fragte sie. »Das Boot, das Drew besorgt hat, um Sie hinauszubringen?«

Fletcher nickte.

Kendra verspürte Übelkeit. »Es ist nicht mal ein Boot«, sagte sie. »Es ist eins von diesen Gummidingern. Drew hat es mal benutzt, um Bauholz den Fluß runterzubringen. David hat ihm geholfen.«

Fletcher sagte nichts. Der Wind schlug in Böen gegen das Holz.

»Wie ist es passiert?« fragte sie.

»Wir sind gut rausgekommen, aber der Junge hat Antriebskraft verloren. Es gab ein Problem mit dem Motor. Uns hat es innen in einem großen Set festgehalten ...« Seine Stimme erstarb.

»Und Sie sind okay?«

Der Mann schüttelte den Kopf. »Ich hatte einen Neoprenanzug«, sagte er. »Ich wußte, was ich tun mußte.« Er blickte sie aus rotgeränderten Augen an. »Ich war bei ihm«, sagte er. »In dem Boot.«

Jetzt begriff sie, daß er sich die Schuld gab. Kendra wußte es besser. Die Wahrheit traf sie wie ein Keulenschlag. »Und Drew?«

»Ich weiß nicht. Ich meine, er ist okay. Ich weiß nur nicht, wo er im Moment ist. Ich nehme an, er holt Hilfe für Sonny.«

»Sonny?«

»Einer von den Pros. Einige Indianer haben gesehen, was passiert ist. Es hat am Strand einen Kampf gegeben.«

Kendra ging auf dem verwitterten Holzpier auf und ab. Sie schaute zu der Stelle, wo der dunkler werdende Flußlauf zwischen den Bergfalten verschwand und sich weiter ins Land hinein wand, hinein ins Herz des Reservats, dorthin, wo David Little gelebt hatte. Ihr war bewußt, daß der Fotograf sie beobachtete.

»Ich kann den Gedanken nicht aufgeben, daß es etwas gibt, das ich tun sollte«, sagte er. »Ich meine, ich bin der letzte, der den Jungen lebend gesehen hat. Ich denke, ich sollte zu seiner Familie gehen und ihr sagen ...«

»Was?«

Er schüttelte den Kopf. »Ich weiß es nicht.«

Kendra sah ihn mit einem gewissen Bedauern an. Auch wenn ihr dabei der Gedanke kam, daß er mit seinem Gummianzug und den rotgeränderten Augen etwas von einem Narren hatte. Sie hatte gesehen, daß er beim Aufstehen ein Bein geschont hatte. Wahrscheinlich war er verletzt. Nun ja, dachte sie, er war für eine Narretei hierhergekommen und dabei ertappt worden. Jetzt klebte Blut an seinen Händen, und er würde damit leben müssen. Ihr Mitgefühl erwuchs aus der Beobachtung, daß er es nicht ohne Reue tun würde.

Drew dagegen würde bereits seine nächste Session planen. Sie überlegte kurz, den Fotografen zu fragen, ob er seine Fotos bekommen habe, und falls ja, ob er den Preis für angemessen halte. Aber es schien wenig Sinn darin, ihn noch mehr zu quälen. Drew war der, den sie fragen sollte, und noch während sie sich den Dialog mit ihm ausmalte, spürte sie, wie ein Entschluß in ihr Gestalt annahm. Denn solche Fragen hatte sie Drew vorher schon gestellt und konnte die Antworten mittlerweile erraten, bevor sie die Fragen stellte.

Sie bewegte sich schnell, eilte durch den Matsch zu ihrem Truck. Als sie die Tür schloß, sah sie, daß der Fotograf ihr gefolgt war. Sie sah ihn im Rückspiegel, er hatte eine Hand gehoben, als wolle er sie zurückwinken, aber sie sah keine Notwendigkeit, das Gespräch fortzuführen. Sie ließ den Motor an und fuhr los. Kies spritzte in die Radkästen, die Windschutzscheibe war vom Dunst überzogen, der vom Fluß hochstieg, und ihr schien, daß etwas in der Luft lag. Energie floß vom Berg herab. Sie sah es in der Flucht eines Hirschs. In einer Eule vor der Finsternis. »*No bueno*«, sagte sie. Und noch einmal »*No bueno*«, während der Fluß zum Meer hin strömte.

Sie fuhr auf einer kurvenreichen, ungepflasterten Straße tief ins Reservat hinein. Ein orangefarbenes Licht wirbelte durch die Bäume, bestäubte die rostigen Autos, die ausgeschlachteten Geräte, die verrottenden Wohnwagen. Bald verlor sie das Geräusch des Flusses. Sie fuhr um eine Kurve und kam zu einer Stelle, wo ihre Straße von einer anderen gekreuzt wurde.

An der Kreuzung gab es einen unkrautbewachsenen Platz mit einem weitläufigen Holzgebäude, einem Company Store. Über der Dachkante prangte ein Schild: »Ted's Bucket of Suds«. Zwei altgediente Pickups parkten vor dem Gebäude. Kendra parkte den Truck neben den anderen.

Sie war noch nie in dem Laden gewesen, man hatte sie sogar vor solchen Häusern gewarnt. Sie wurden von Weißen nicht aufgesucht, hatte man ihr gesagt, und Weiße waren hier auch nicht willkommen. Aber sie fühlte sich wagemutig. Es war der Tod des Jungen. Sie fühlte sich unrein und dazu gedrängt, dem Unheil in die Quere zu kommen.

Als sie aus dem Toyota stieg, sah sie, daß auf der Ladefläche eines der Trucks etwas Totes lag – ein Hund oder vielleicht ein Koyote, das Fell bis auf die Knochen weggebrannt, eine Todesmaske ineinandergreifender Fänge. Ihre Bewegung scheuchte eine Wolke von Fliegen auf, von denen einige sie direkt anzusteuern schienen, ihr um den Kopf kreisten und sich in ihrem Haar fingen. Das führte dazu, daß sie die durchgetretenen Stufen förmlich hinaufstolperte und mit den Händen durch die Luft schlug, als die wackelige Holztür hinter ihr krachend ins Schloß fiel.

Als die Tür sich schloß, fand sie sich vor einer Handvoll Indianer wieder. Sie standen vor einer Ladentheke, hinter der sich ein weiterer Indianer als Kassierer betätigte. Sie alle blickten sie an, als sei sie ein Objekt von großer Kuriosität, und sie nahm an, mit ihrem ersten Auftritt schon einen schlechten Start erwischt zu haben. Ein Dingsda aus den Wäldern.

Sie gab sich Mühe, sich in die Gewalt zu bekommen und ihr Vorhaben zu erledigen. Und im selben Moment ging ihr auf, daß sie keine klare Vorstellung davon hatte, was ihr Vorhaben eigentlich war. Sie war hineingegangen, weil sie annahm, sie sollte es nicht tun. Mehr war es wirklich nicht.

Sie spürte, wie sie beobachtet wurde, als sie durch den Laden ging. Sie schien Richtung Kühlschrank zu gehen. Der Boden unter ihren Füßen fiel in einem bizarren Winkel ab. Über ihr flackerten und summten Leuchtstofflampen. In dem Raum waren keine Fenster, doch nahm sie durch die Fliegengittertür das späte Licht auf dem staubigen Parkplatz wahr. Sie spürte, wie die Männer sie beobachteten, als sie an den Regalen vorbeiging, die aus ungehobelten Kieferbrettern bestanden und mit einer spärlichen Auswahl von Konserven und Papierwaren bestückt waren.

Der Kühlschrank dagegen war bis zum Überfluß gefüllt. Ein Füllhorn alkoholischer Genüsse. Sie nahm eine Flasche weißen Portwein. Ein blödsinniger Einkauf. Sie glaubte sich zu erinnern, wie Drew Witze über betrunkene Indianer, weißen Port und Zitronensaft gerissen hatte, und jetzt kaufte sie tatsächlich auch Zitronensaft. Sie fand ihn nahe bei dem Wein in einer gelben Kunststoffzitrone. Sie trug ihren Einkauf zur Kasse. Schweiß stand auf ihren Handflächen, als sie ungeschickt ihre Geldbörse öffnete. Die Männer sahen zu. Niemand sagte etwas.

Man dankte ihr nicht für ihren Einkauf, und sie dankte ebenfalls niemandem. Sie hatte keine Tüte für ihre Einkäufe. Sie trug sie in der Armbeuge und trat ins Licht hinaus. Das Blut brannte in ihrem Gesicht. Die Tür des Trucks fiel mit einem hohlen Knall hinter ihr zu. Ein Kinderspielzeug. Ruckelnd und mit knirschendem Getriebe fuhr sie von dem gefurchten Parkplatz. Die Weinflasche rollte über den Sitz und stieß gegen ihren Oberschenkel.

Am Abend wanderte sie an den Banketten einer alten Holzfällerstraße entlang, bewegte sich in langgestreckten Kurven, die sie mal in den Wald und dann wieder zurück auf die Straße führten, so daß es die Straße war, die sie leitete. Es ging ständig bergauf.

Als sie diesen Ort das erste Mal aufgesucht hatte, war sie nur ein Viertel der Kammlinie hochgegangen, bevor sie erschöpft umkehrte. Heute würde sie nicht anhalten, bis sie die Spitze erreicht hatte. Dort oben standen einige Redwoodbäume, deren pfeilgerade Stämme im Mondlicht gespenstisch aufragten, und es gab eine hochgelegene Wiese, von der aus sie einen Blick auf den Fluß haben würde.

Sie hatte Freude an diesen Dingen, an ihrer Kenntnis der Landschaft, an ihrer Fähigkeit, den langen Anstieg zu schaffen. Es waren kleine Siege, aber mühsam errungen. Und jetzt gab es sogar einen Scheck, ein Zeichen dafür, daß sie hier schließlich doch noch Erfolg mit diesen Dingen haben würde. Der Gedanke kam ihr, als sie einige Schilfstengel abschnitt, sie mit einem scharfen Messer kurz über dem Erdboden abtrennte und sie in ihren Beutel legte. Und sie dachte daran, wie die Dinge, die sie auf diese Weise sammelte, sich mit den Jahreszeiten ändern würden und wie damit ein Kreis von Geschehnissen entstehen könnte und wie man sich selbst in diesem Kreis plazieren könnte. Dann dachte sie an Drew und seinen Wunsch, nach Chile zu gehen.

Plötzlich war die Idee so durchsichtig wie eine Kindergeschichte. Doch es waren ja auch ihre besten Momente. Vielleicht waren es nur die Endorphine, aber ihr wurde hier eine bestimmte Klarheit gewährt. Die Stimmen waren dort unten. Chile, Herr im Himmel. Nein, sie würde ihm das Gerede von der letzten Herausforderung nicht abkaufen. Sie wußte, was er wollte. Er wollte ein Heim und eine Familie auf dem Land seiner Mutter. Ein Haus, aus Redwood gebaut, mit Blick aufs Meer. Was er wollte, war hier. Das hatte er so viele Male gesagt. Zwar hatte sie eine Fehlgeburt gehabt, aber die Ärzte hatten ihnen versichert, es gebe keinen Grund, daß sie es nicht noch einmal versuchen sollten, keinen Grund, daß sie keinen Erfolg haben würden. Und es gab keinen Grund für Drew, plötzlich auszusteigen und nach Chile zu laufen. Keinen Grund, der ihr einfiel, außer einem, und der hatte gar nichts Angenehmes.

Jetzt hatte sie die Redwoods erreicht. Sie lehnte sich mit dem Rükken an einen Stamm und trank von ihrem Wasser. Sie hatte ihm gesagt, Chile würde Geld kosten, und er hatte gesagt, er könne es beschaffen. In dem Grundstück, das sie besaßen, steckte kein Geld. Sein Verkauf würde ausschließlich die Hypotheken tilgen. Es hatte etwas mit den Fotos zu tun, dessen war sie sich sicher. Warum sonst hätte er diese Leute einladen sollen? Warum sonst hätte er das Leben des Jungen im offenen Meer riskiert? Und was wäre, wenn es ihm gelänge, dachte sie plötzlich. Was wäre, wenn das Geld da wäre? Sie sah ihn in einer Tür stehen, in Licht getaucht, zwei Tickets in der Hand. Und was, wenn sie nein sagte? Der Gedanke traf sie wie ein Blitz aus heiterem Himmel. Sie richtete sich auf und marschierte den Rest des Weges zu der Wiese mit dem Blick auf den Fluß – ein starres Lichtband zwischen den Bäumen, so atemberaubend, wie sie es sich vorgestellt hatte. Der Anblick wirkte tröstlich auf sie. Wenn sie den ganzen Herbst durch arbeitete, könnte sie bis Weihnachten bereit sein. Und an dieser Stelle kam ihr der Gedanke, daß sie besser aufhörte und diese Dinge genau überlegte. »Bereit wozu?« fragte sie.

Die Antwort stellte sich als akustische Halluzination dar. Die Stimme befand sich irgendwo über ihrer rechten Schläfe, aber sie wußte, dort hinzusehen wäre sinnlos. »Zeit, daß du aufbrichst«, sagte die Stimme. Die Stimme kam ihr vage vertraut vor, und sie kam zu dem Schluß, daß es der Shaolin-Priester vom Anfang der Fernsehserie *Kung Fu* war. Sie registrierte diese Erkenntnis mit ziemlicher Enttäuschung. Moses hatte Jahwe und brennende Büsche gehabt. Sie mußte sich mit Fernsehen begnügen.

Sie war wieder an ihrem Truck, bevor sie daran dachte, die Begebenheit in Frage zu stellen. Hier oben sollten die Stimmen eigentlich nicht bei ihr sein. Ihre Welt war dort unten. Auf diese Verabredung hatten sie sich geeinigt. Die Flasche Wein, die sie im Reservat gekauft hatte, fand sie auf dem Sitz, wo sie sie hatte liegen lassen. Sie drehte die Verschlußkappe auf und nahm einen Schluck. Es war ein gräßliches Zeug. Man konnte geradezu sehen, wie es das Gehirn verfaulen ließ. Trotzdem, dachte sie, es gab etwas zu feiern, ganz gleich, was sie gehört hatte, und erneut dachte sie an den Plan, der ihr auf dem Bergkamm in den Sinn gekommen war – daß sie bis Weihnachten eine Menge Gestecke fertig haben könnte. Es stimmte, dachte sie. Es war etwas, das sie bewältigen konnte. Wenn Drew nach Chile ging, würde er allein gehen.

Weiter zu denken war schwierig. Schließlich war sie noch nie wirklich auf sich allein gestellt gewesen. Es war schwierig, sich vorzustellen, wie Drew reagieren würde. Sie fuhr und trank, nahm die Umgebung kaum wahr und wurde von einer Erregung durchströmt, der zu trauen ihr schwerfiel. Sie schien sich zu erinnern, irgendwo gelesen zu haben, daß jemand in ihrer Verfassung den Beginn eines Anfalls als einen Moment der Euphorie erleben konnte. Andererseits hatte es, soweit sie sich erinnern konnte, noch niemals zwei Ärzte gegeben, die sich überhaupt darüber einig werden konnten, in welcher Verfassung sie sich eigentlich befand. Einer hatte Tranquilizer verschrieben, ein anderer intramuskuläre Injektionen mit Vitamin B_{12}. Ihr Vater hatte Séancen und Exorzismus vorgezogen. Aber einmal hatte er ihnen Schwerter aus Abflußsaugern mit Holzstielen gemacht, und sie hatten auf Äste eingedroschen, die sie als Orcs bezeichneten, und einen großen Sieg gefeiert. Sie nahm an, daß er nicht gänzlich schlecht gewesen war. Vierzehn Tage später hatte er sich in einer Scheune umgebracht.

Schließlich kam der Fluß wieder in Kendras Blickfeld. Sie traf ziemlich plötzlich auf ihn, als die Holzfällerstraße, der sie gefolgt war, nach einer steilen Abfahrt zwischen Manzanitas abrupt auf eine zweispurige Asphaltstraße mündete. Als sie diese Stelle erreichte, war es Zeit für sie, sich zu orientieren, denn sie stellte fest, daß sie den Wald an einem Punkt verließ, der weiter östlich und nördlich lag, als sie erwartet hatte. Aber so waren die Holzfällerstraßen nun einmal, man wußte nie genau, wo man sich befand. Sie waren immer für eine Überraschung gut. Der Trick bestand darin, das hatte sie schon früh gelernt, nur mit vollem Tank in ihr roterdiges Labyrinth einzudringen.

Dennoch war sie einigermaßen verblüfft, wie weit ins Inland sie vorgestoßen war. Und sie vermochte sich auch nicht zu erinnern, an welchem Punkt sie sich verfahren hatte oder an welcher namenlosen Kreuzung sie nach rechts statt nach links abgebogen war. Vielleicht hatte der Wein damit zu tun. Vielleicht war es das Grübeln oder der Erregungszustand, der auf ihren gerade gefundenen Entschluß gefolgt war.

Jedenfalls war sie jetzt hier, und wenigstens war die Wegrichtung klar. Sie ließ den Fluß links liegen und bog Richtung Küste ein. Sie hatte das Manöver jedoch kaum beendet, als sie sah, daß sie nicht allein auf der Straße war. Urplötzlich leuchteten zwei Scheinwerfer in ihrem Rückspiegel auf. Das Licht erschreckte sie, denn um diese Zeit rechnete man nicht mit Begleitung, und ihr erster Gedanke war, von dem anderen Wagen fortzukommen.

Für einen Moment jedoch behielt sie ihr Tempo bei und betrachtete die Lichter zuerst im Innen- und dann im Außenspiegel, denn es kam ihr so vor, als hätten sie etwas Sonderbares an sich. Bei näherem Hinsehen erkannte sie, daß nicht die Scheinwerfer sonderbar waren, sondern das Gefährt, an dem sie angebracht waren.

Selbst mit Unterstützung des Mondlichts konnte sie nicht genau sehen, was ihr entlang des Flusses folgte. Im ersten Moment neigte sie zu der Meinung, daß dem Auto ein Haus folgte. Sie vermutete, daß es sich um etwas handelte, das jemand in Heimarbeit gebastelt hatte. Im Reservat sah man ab und zu merkwürdige Gefährte dieser Art – Schulbusse, die zum Hauswagen umgebaut wurden, klapperige Cadillacs, die als Pickup-Trucks eingesetzt wurden. Was ihr dort folgte, machte auf sie einen besonders absurden Eindruck: ein hohes Spitzdach, das vor dem sternübersäten Himmel wackelte, während die Scheinwerfer ihrem Kurs durch die Kurven oberhalb des Wassers folgten.

Ihr eigener Truck war erkennbar das wendigere der beiden Fahrzeuge. Sie hätte recht leicht davonfahren können, doch zögerte sie noch und beobachtete, wie das Haus den Wagen durch die nächste Kurve jagte. Es war ein bißchen so, als sähe man zu, wie der Teller mit dem Löffel wegrannte. Schon wieder der Wein, dachte sie. Er hatte ihr heute abend schon einmal übel mitgespielt. Sie nahm noch einen kleinen Schluck.

»Und jetzt los«, sagte sie. Der Wald war schließlich kein Ort für Spielereien. Angenommen, sie hätte eine Reifenpanne? Der Gedanke wirkte beinahe ernüchternd, sie drehte das Fenster herab und ließ die kalte Nachtluft hereinströmen, dann streckte sie die Hand zum

Fenster hinaus und drehte sie, so daß sie mit den Fingern winken konnte. »Und tschüß«, sagte sie. Sie trat die Kupplung, legte den vierten Gang ein und ließ die Scheinwerfer hinter sich zurück.

14

Drew Harmon hatte an seinem Pier eine Außendusche installiert. An ihr war nichts Aufwendiges, kein Duschkopf, bloß ein offenes Rohrende. Nur kaltes Wasser. Als die Frau fort war, wusch sich Fletcher unter der Dusche das Salz ab. Daß er nicht in der Lage gewesen war, Travis' Warnung weiterzugeben, war nur ein weiteres Detail eines Tages, der auf übelste Weise danebengegangen war. Er schälte sich den Neoprenanzug vom Leib und stellte sich nackt in den kalten Guß. Eine Weile blieb er so stehen, als wolle er sich selbst quälen oder als könne das Wasser den Anblick des Jungen in dem Boot, allein auf der Face der Welle, irgendwie wegspülen. Als das nicht funktionierte, zog er sich einen Pullover über, griff in seinen Medizinbeutel und spülte eine Kostprobe von dem, was er dort fand, mit zwei von Drew Harmons Bieren herunter.

Unruhig schlief er auf der Rückbank des alten Dodge, als er sie kommen hörte. Er hörte einen Motor, das Schlagen von Türen. Ein Licht strich durch die Fenster. Plötzlich fiel ihm ein, was Travis ihm gesagt hatte, daß es Ärger geben würde. Aus dem Wald kamen Stimmen. Im Dunkeln tastete er nach etwas, das ihm als Waffe dienen könnte. Zusammengekrümmt lag er dort, in Schweiß gebadet, einen Reifenheber in der Hand, als die Wagentür geöffnet wurde und das Licht ins Innere fiel.

»Sieh mal an«, sagte eine Stimme. »Jetzt ist der Doc völlig übergeschnappt.«

Die Stimme gehörte Drew Harmon. Fletcher legte den Reifenheber weg und kroch nach draußen. Auf der Straße war ein Fahrzeug.

Ein Truck, glaubte Fletcher, doch in Wirklichkeit sah er nur die Rücklichter zwischen den Bäumen verschwinden. Er stand barfuß auf dem schlammigen Grund und versuchte immer noch, den Adrenalinschub in den Griff zu bekommen, mit dem er wach geworden war. »Woher kommt ihr?« fragte er.

Harmon nickte in Richtung Straße. »Aus dem Ort. Wir mußten zurück trampen.«

Drew Harmon war wie am Morgen mit Parka und Shorts bekleidet. Die Wanderschuhe hatte er durch Sandalen ersetzt.

»Schön, daß du es geschafft hast«, sagte Drew zu ihm. »Der Bursche hier schien wohl zu denken, daß du ertrunken sein könntest, als du versucht hast, von dem Felsen runterzukommen.«

»Ich hatte Hilfe«, sagte Fletcher.

»Hab' ich doch gesagt.« Drew blickte über die Schulter zu Robbie Jones. Der junge Surfer ging an ihm vorbei und holte etwas aus dem Van.

»Woher sollte ich das wissen?« fragte Robbie. »Für mich hat der Wichser wie ein Indianer ausgesehen.«

»Er hat dir gesagt, warum er hier war«, sagte Fletcher.

»Ja, klar, der Wichser hat meinen Kumpel flach gelegt. Ich hab' es gesehen.«

Fletcher schüttelte den Kopf. »Du hättest ihn umbringen können«, sagte er.

»Er hat recht«, sagte Drew, an Robbie Jones gewandt. »Da ist schon mal einer, der uns helfen will, und du brätst ihm einen Stein über. Von jetzt an hältst du dich mit solchem Scheiß zurück.«

»Sonst noch was?« entgegnete Robbie.

»Hättest du diesen Scheiß vor meinen Augen abgezogen, hätte ich dir deinen verdammten Kopf abgerissen. Verstehen wir uns, Blechkopf?«

»Du kannst es ja versuchen«, sagte Robbie. »Jederzeit.«

Drew Harmon beäugte ihn einen Moment, drehte sich dann zu Fletcher um und lachte laut. »Armer Irrer«, sagte er.

Robbie Jones stolzierte in Richtung Holzplattform, wo er sich im Schein einer Außenlampe hinhockte, die an der Seite von Drews Schuppen angebracht war. Die Augen unverwandt auf den Fluß gerichtet, machte er sich daran, einen Energieriegel zu essen.

»Der ist wirklich eine Marke«, sagte Harmon. Es war schwierig zu erkennen, ob er belustigt oder sauer war.

Fletcher schaute sich suchend um. »Wo ist Sonny?« fragte er.

»Er ist okay. Mußte mit ein paar Stichen genäht werden. Er wollte nach Hause, deshalb haben wir ihn zur Busstation gebracht.«

»Warum zur Busstation? Wir haben doch den Van hier.«

»Das war's noch nicht«, sagte Robbie Jones. Er kam wieder an ihnen vorbei, um im Van den nächsten Riegel zu holen.

Fletcher beobachtete ihn. Irgendwo hinter seinem Brustbein spürte er ein krampfartiges Ziehen. »Was meint er damit?« fragte er.

Drew Harmon lächelte ihn im Mondlicht an. »Er meint, daß du noch ein paar Fotos machen mußt.«

Die Surfer berieten sich in Drew Harmons Werkstattschuppen. Zwischen den Stapeln alten Holzes brannten Propanlampen. Auf dem Boden lag eine Karte der kalifornischen Küste ausgebreitet, an den Ecken mit Bierdosen beschwert, die im gedämpften Licht der niedriggestellten Lampen schwitzten. Das Geräusch des Flusses tobte hinter den Schindelwänden und den vernagelten Fenstern.

Drew Harmon hatte den Parka abgestreift. Er saß mit nacktem Oberkörper in seinen ausgebeulten Shorts im Schneidersitz auf dem Boden. Er stieß mit einem dicken Finger auf die Karte und redete begeistert von Bojenmessungen und Swell-Richtung. Fletcher musterte ihn mit einiger Verwunderung. Hundemüde und benommen von Schmerztabletten und Bier, konnte er diese narbige, grinsende Gestalt vor ihm nicht mit dem ertrunkenen Jungen zusammenbringen. Diese Bilder konnten nicht Bestandteil derselben Wirklichkeit sein.

»Wir sind im Fenster«, sagte Drew gerade. »Daran gibt es keinen

Zweifel. Seht her.« Er legte diagonal zur Küstenlinie ein Lineal auf die Karte. »Die Bojen zeigen sich schon. Der Wetterbericht meldet Windgeschwindigkeiten von hundertdreißig Meilen und mehr. Ihr wißt, was das heißt.«

Fletcher merkte, daß der große Mann ihn anschaute. »Kategorie fünf ...« begann er.

»Es heißt«, schnitt Harmon ihm das Wort ab, »daß du jetzt zeigen mußt, daß du ein Mann bist.« Er beugte sich wieder über die Karte. »Das hier kommt in unsere Richtung«, sagte er. »Und nichts auf der Welt ist ihm im Weg.«

Fletcher folgte der Linie mit den Augen. Er sah, wo Harmon die Flußmündung markiert hatte, und er sah, daß die Stelle, wo das Lineal die Küstenlinie schnitt, ein gutes Stück nördlich lag. In Wirklichkeit zeigte Drew Harmon auf die Landzunge, die Fletcher von seinem Van aus betrachtet hatte – den westlichsten Punkt des westlichsten Grundstücks, das der Bundesstaat Kalifornien zu bieten hatte.

»Willst du mir etwa sagen«, sagte Fletcher schließlich, »daß das, was wir heute gesehen haben, nicht ... nicht Heart Attacks war? Heart Attacks ist ...« Er wedelte mit der Hand zur Karte hin. »Irgendwo hier oben.«

Harmon lachte. »Was meinst du denn?« fragte er. »Meinst du, du kannst eine Landstraße entlangfahren, über einen Pfad wandern und Heart Attacks finden?« Wieder lachte er. »Seit Jahren haben Leute diesen Platz gesucht. Herrgott! Du warst es doch, der mir von dem Steinfeld erzählt hat ... Devil's Hoof ... Mann, ich hab' das Buch gesehen. O ja, diese beiden Arschlöcher sind verdammt nah dran gewesen. Hätten sie einen Swell gehabt, hätten sie es vielleicht sogar finden können. Mach die Augen auf. Schau dich um und riech die Rosen.«

Fletcher fand keine Worte. Der Mann hatte natürlich recht. Er war ein Narr gewesen. Schließlich hatte er es selbst gesagt. »Er hat den Ruf, ab und zu Leute zu verarschen«, hatte er gesagt. Was er nicht wußte, war, ob der Mann ihn vorher verarscht hatte oder ob er es jetzt tat. Die blauen Augen verrieten nichts.

»Hör zu, Mann«, sagte Harmon zu ihm, »die Flußmündung ist gut. Und sie wird auch groß … falls dir das noch nicht aufgefallen ist.«

Fletcher hörte Robbie Jones lachen. Bis jetzt war der junge Surfer still gewesen. Er saß, in seinen Pullover gehüllt, mit angezogenen Knien da und hielt den Blick auf die Karte gerichtet. Das Problem war, wie Fletcher erkannte, daß Robbie Blut geleckt hatte. Fletcher hatte es gesehen, hatte gesehen, wie er die Face hinabgeritten war, und er sah ebenso, daß Peters es vorausgesagt hatte … »Er ist spitze«, hatte Peters gesagt. Wie der Drew Harmon von früher, und jetzt war Fletcher zwischen ihnen gefangen, zwei Junkies auf dem Drogentrip. Früher wäre er vielleicht mit ganzer Seele dabeigewesen, zu allem bereit. Im Moment fühlte er sich vor allem müde und irgendwie allein mit dem Tod des Jungen.

»Wärst du hier angekommen, als du hier sein solltest, wären wir schon dort gewesen, Mann. So wie es gelaufen ist … Ich hab' gesehen, wie die Flußmündung mit dem Swell umgeht. Es war perfekt. Und das Wetter hat mitgespielt. Wir hatten einen frühen klaren Himmel … Warum hätten wir es nicht versuchen sollen? Ich hab' mir gedacht, es wäre ein guter Probelauf. Woher sollte ich wissen …«

»Daß Mr. Pillenkopf aus dem Boot fällt und den verdammten Jungen verliert«, sagte Robbie. Er sah Harmon an. »Wolltest du das sagen?«

Fletcher nahm den ersten Gegenstand, dessen er habhaft werden konnte. Es war ein Wachsriegel, und er warf ihn nach Robbie Jones. Er prallte vom kahlen Schädel des Surfers ab und flog durch den Raum.

Robbie Jones hechtete über die Karte hinweg auf ihn zu. Das einzige, was ihn hinderte, sein Ziel zu erreichen, war Drew Harmon, der ihn mit einem Arm mitten im Flug zu packen und wieder hinzusetzen schien. »Hey«, sagte er. »Gebt Ruhe. Beide. Wenn ihr kämpfen wollt, nachdem es erledigt ist – bitteschön. Aber jetzt brauche ich euch gesund. Ihr seid wegen Heart Attacks gekommen, und ich kann euch dorthin bringen. Ich kann garantieren, daß es groß sein wird. Und vielleicht schaffen wir sogar einen Top-Job.«

Während er das sagte, zog er ein Stück Papier aus der Hüfttasche seiner Shorts. Robbie und Fletcher starrten sich unverwandt an. Fletcher nahm an, er könne sich glücklich schätzen, daß Drew dabei war, um den Streit zu beenden. Er befand sich eindeutig nicht in der Verfassung für eine körperliche Auseinandersetzung. Trotzdem blieben verlockende Visionen einer Szene, in denen er das Leben aus Robbie Jones' grinsendem Gesicht quetschte.

»Guckt euch das hier an«, forderte Drew sie auf. Was er jetzt auf der Landkarte von Kalifornien ausgebreitet hatte, war augenscheinlich eine aus einer Zeitung ausgeschnittene Wetterkarte. Fletcher nahm den Blick nicht von Robbie Jones. Er sah dort, wo der Wachsriegel ihn am Kopf getroffen hatte, eine rote Schwellung.

»Guckt euch das an, habe ich gesagt«, sagte Harmon. »Betrachtet mal die verdammten Isobaren. Und jetzt seht euch das an.« Er bewegte die Hand in einer kreisförmigen Bewegung landeinwärts. »Das schreit geradezu nach mehr Hochdruck, genau, wie wir ihn heute hatten. Man kann förmlich sehen, wie er sich aufbaut.« Er klatschte mit der flachen Hand auf die Karte. »Alles nur für dich, Doc. Wenn dir das keinen Steifen macht, kannst du dich gleich umbringen.«

Fletcher betrachtete die Karte. Er sah Drew Harmon an. »Du hättest es uns sagen müssen«, sagte er. »Du hättest uns das vorher zeigen müssen.«

»Warum?«

Fletcher suchte nach einer Antwort. Von selbst bot sich keine an.

»Ich hab' den Jungen gemocht«, sagte Harmon schließlich. »Eine Schande, daß er Scheiße gebaut hat. Heul, schluchz – und ab dafür. Ich muß jetzt wissen, ob du mit eingekniffenem Schwanz nach Hause rennst oder ob du deinen Hintern raus nach Heart Attacks schaffst und ein paar Fotos schießt.«

Fletcher hörte, wie Robbie Jones im Hintergrund höhnisch schnaubte. »Womit?« fragte Fletcher. »Den einzigen Apparat, den ich hatte, hab' ich verloren.«

»Ich habe eine Kamera.«

»Was denn? Eine Brownie?«

»Eine Minolta.«

»Was für ein Objektiv?«

»Keins von den großen Mistdingern, falls du das meinst. Aber ich habe ein Gehäuse.«

»Willst du mir etwa sagen, daß ich vom Wasser aus schießen muß?«

Drew Harmon seufzte. »Was ich dir sagen will, ist, daß ein Mann sich wegducken muß, wenn die Scheiße tief fliegt. Ursprünglich sollte es so ablaufen, daß wir das Zodiac auf dem Van festzurren. Wir hätten dort hinauffahren sollen.« Sein Finger bohrte sich in die Karte. »Von Neah Heads aus wären wir zu Fuß hineinmarschiert. So funktioniert es jetzt nicht mehr. Neah Heads werden wir meiden wie die Pest. Wir marschieren die Küste hoch. Es wird länger dauern, aber wir können es dorthin schaffen. Du wirst dir ein zusätzliches Board packen. Du kannst rauspaddeln und vom Board aus schießen, wenn du die Traute dazu hast. Wenn nicht, kannst du von den Felsen aus schießen. Wenigstens wirst du was bekommen. Und wenn du auch dazu keine Traute hast, dann sag es jetzt. Wir setzen dich dann an der Busstation ab, dann kannst du dich neben Sonny Martin hinsetzen und dich selbst bedauern. Wir werden die verdammten Fotos selber schießen.«

»Ist das noch Indianerland?« fragte Fletcher.

»Tolowan.«

»Hältst du das für schlau? Diese Leute sind stocksauer.«

»Scheiß drauf. Diese Leute sind ständig stocksauer. Das ist ihr Hauptberuf.«

»Der Bursche vom Indian Development Center scheint zu glauben, daß es diesmal etwas Besonderes ist.«

Harmon tat den Einwand mit einer Handbewegung ab. »Scheiße, Mann, hörst du mir zu oder nicht? Wir befinden uns in dem Fenster, Kumpel.« Wieder zeigte er auf seine selbstgefertigte Karte. »Du hast einen Swell. Du hast Heart Attacks, und du hast Talente im Wasser. Wenn du wegen ein paar betrunkener Indianer den Schwanz einziehen und mit leeren Händen heimfahren willst – bitteschön. Aber ich sag dir eins, dann kannst du auch mit den Hochzeiten glücklich werden, denn das ist dann alles, was du kriegen wirst.«

Fletcher saß in dem schwachen Licht vor Drew Harmons Karte. Er starrte in die Dunkelheit hinter der Tür.

»Was ist mit deiner Frau?« fragte er.

»Was?« Der Mann schien aufrichtig überrascht.

»Ist es für sie hier sicher?«

Der Mann sah ihn an. »Hierher kommen sie nicht«, sagte er. »Sie haben's versucht. Ich habe zwei von ihnen windelweich geprügelt, und jetzt bleiben sie weg. Aber ich kann ihr ja eine Nachricht hinterlassen. Sie kann bei Freunden im Ort bleiben. Macht dich das glücklich?«

Fletcher zuckte die Achseln. »Wer hat dir von den Hochzeiten erzählt?« fragte er.

Drew Harmon ließ sich mit der Antwort Zeit. Er beschäftigte sich damit, seine Karte zusammenzufalten. »So was spricht sich rum«, sagte er.

Fletcher nickte. Der Mann hatte natürlich recht. So etwas sprach sich herum. Er dachte an die lange Heimfahrt. Er sah sich in der schmalen Straße auf der Rückseite seiner Wohnung, todmüde und mit leeren Händen. Er versuchte sich ausmalen, was danach käme. Der wirklich beängstigende Aspekt war, daß er es sich nur allzu deutlich ausmalen konnte.

»Wann geht's los?« fragte er.

»Reichen dir zehn Minuten?«

Fletcher fühlte sich ein bißchen unwohl. Er hatte wenigstens mit einer Nacht Schlaf gerechnet.

»So lange brauche ich, um meine Ausrüstung zu holen und eine Nachricht zu hinterlegen. Wir schlafen am Strand und brechen am Morgen auf. Wir müssen einen Gang zulegen, um es hinzukriegen.« Der Mann sah ihn an. »Ich hoffe, du bist gut genug in Form.« Fletcher erwartete eine spitze Bemerkung von Robbie Jones, doch dessen Augen waren auf einen Punkt in der Luft fixiert, der nur ihm bekannt war.

Fletcher stand auf und ging nach draußen. Er ging ein Stück am Fluß entlang. Es war die gleiche Richtung, die Kendra Harmon eingeschlagen hatte, und er sah, daß der kleine Truck nicht nach Hause gekommen war. Er hatte das Gefühl, die junge Frau sei vor ihm davongerannt.

Nach einiger Zeit wandte er sich von der Straße ab. Er schaute zum Fluß, zu der Schwärze auf seinem Nordufer, und versuchte sich vorzustellen, was dahinter liegen mochte. Denn ihm schien, daß er es an dem ersten Nachmittag in Dunkelheit und Nieselregen flüchtig gesehen hatte: ein graues, felsiges Ödland, das sich bis zu einem letzten Ort am Ende des Landes erstreckte. Und ihm kam der Gedanke, daß er zum ersten Mal in seinen vierundvierzig Jahren erfuhr, was Bedauern war.

Teil II

Die Geisel

15

Um Mitternacht konnte man von der hölzernen Plattform, die Drew Harmons Grundstück begrenzte, die Sterne nicht mehr sehen. Vom Ozean war ein dichter Nebel heraufgezogen. Er schien sich von der Flußmündung her zu ergießen, als wäre der Fluß selbst ein Überbringer schlechter Kunde. »Man lebt und stirbt hier oben mit dem Wetter«, sagte Drew genüßlich. Womit er sagen wollte, daß die Surfbedingungen launenhaft waren und von vielen Variablen abhingen. Und auch wenn Kendra seine Wetterkarten mit ihren peniblen Zeichen immer noch nicht lesen konnte, hatte sie mit der Zeit doch einige der wesentlichen Grundlagen zu meistern gelernt. Beispielsweise wußte sie, daß in jener Nacht der Nebel völlig fehl am Platze war. Er verriet ihr, daß der Hochdruckgipfel, den ihr Mann vorausgesagt hatte, praktisch zusammengebrochen war.

Nicht daß solche Rückschläge ihn wirklich von etwas abbrachten. Und als sie über den lehmigen Platz fuhr, der an die Holzplattform grenzte, sah sie, daß sich genau das jetzt bewahrheitete. Ein Junge war tot, ein anderer verletzt. Der klare Himmel war fort. Aber der alte Van war ebenfalls fort und Drew mit ihm, und sie hegte keinen Zweifel, daß er zum Surfen gefahren war.

Der Van des Fotografen stand dort, wo sie ihn am Nachmittag zuletzt gesehen hatte, was darauf schließen ließ, daß er ebenfalls fort war, nachdem alles gesagt und getan war. Damit wären sie zu dritt, überlegte sie, im Nebel auf der Jagd nach ihrer Welle. Sie nahm an, daß Drew sie zum Hoof mitgenommen hatte, zu einer großartigen Stelle, die er dort gefunden hatte. Sie würden mindestens drei Tage brauchen, um dorthin und wieder zurück zu kommen, und vermutlich noch länger, wenn sie das fanden, hinter dem sie her waren. Sie würde allein sein. Der Gedanke tauchte plötzlich auf, daß sie fort sein könnte, wenn Drew zurückkäme, doch dann fiel ihr ein, daß sie Geld brauchen würde, wenn sie ihn verlassen wollte. Weihnachten, dachte sie, und verspürte wieder die komplexe Gefühlsaufwallung, die dieses Wort jetzt begleitete.

Sie parkte im Schlamm, ging durch den Nebel zu der Plattform, um am Rand des Wassers zu stehen und den Geruch der See einzuatmen, wie er den Fluß hinaufgetragen wurde. Die großen Hörner, die die Hafeneinfahrt markierten, hatten zu stöhnen begonnen. Der Klagegesang, den sie sich abquälten, schien in dem Nebel allgegenwärtig zu sein. Wieder dachte sie an Euphorie als den Vorboten der Verzweiflung und fragte sich, warum dies so sein sollte und ob es tatsächlich zwingend notwendig sei.

Sie hielt ihre Schlüssel noch in der Hand. An dem Ring war einer, der zur Tür des Werkstattschuppens paßte, und diesen benutzte sie jetzt und ging hinein. Sie war sich nicht sicher, warum. Den Beutel mit den Pflanzen trug sie über der Schulter. Im Kaminofen glühten noch einige Scheite, und der Raum war in ein schwaches rotes Licht getaucht. Sie schob die Scheite mit dem Stocheisen hin und her und warf ein paar Zweige in den Ofen. Sie fingen sofort Feuer, was darauf schließen ließ, daß die Männer noch nicht lange fort waren. Das Licht ihres kleinen Feuers war gelb und unstet und brachte die Schatten zum Tanzen. Sie sah Drews Matratze auf dem Boden, seine Wasserflasche, seine Zeitschriften. Sie ging an dem gestapelten alten Holz vorbei und stand dann vor dem Rollschreibtisch, der einst Drews Großmutter gehört hatte und mit ihr über das Horn hierhergekommen und in Sweet Home gelandet war, als es noch keinen Hafen gab, und deshalb hatte er, wie auch die alte Dame, auf starken Armen und Schultern über ebenjene Wellen getragen werden müssen, zu denen ihr Enkel eines Tages kommen sollte, um sie zu reiten.

Ihr Blick glitt abwesend über die Bücher und Zeitschriften, die Karten, Papiere und Videokassetten, die alle sorgsam in ihren Holzfächern geordnet waren, als ihr eine spezielle Kassette ins Auge fiel. Sie war *Dogs of Winter* betitelt und trug den Namen des Fotografen, Jack Fletcher. Sie zog die Kassette heraus, schob sie in den Recorder auf dem kleinen Fernsehgerät, welches wiederum oben auf dem Schreibtisch stand.

Sie fuhr zusammen, als sich der Raum mit Licht füllte – auf dem kleinen Bildschirm explodierten Farben. Sie hatte Wellen erwartet. Was sie sah, waren Alligatoren in Neonfarben, verstreut liegend wie gefällte Baumstämme, rote Zungen unter schwarzen Plastikaugen heraushängend. Und um sie herum sah sie gelbe U-Boote und riesige Pilze, eine Szenerie wie aus Alices Wunderland, ein halluzinogener Wald in pink, gelb und grün, in dessen Mitte sich aus vier Metallschleusentoren eine gewaltige Wasserwand ergoß.

Die Hand vor den Mund gelegt, sah sie zu, wie dieser jähe Fluß eine blaue Betonbahn hinabschoß und mit einer gekrümmten Betonmauer kollidierte. Sie sah zu, wie das Wasser diese Mauer hinaufströmte, sich zu einer langen, perfekt ausgebildeten Welle aus gechlortem, türkisfarbenem Wasser formte, groß genug, um darin zu stehen, dachte sie, und dann bemerkte sie, daß dort tatsächlich jemand stand. Im Wasser war ein Mensch, der auf einer Art Schaumfigur surfte. Es war ein junger Weißer mit breitem Brustkasten, die Haut so weiß, als hätte er den größten Teil seines Lebens unter einem Felsen verbracht – oder vielleicht hier, im Schutz dieses mechanischen blauen Barrels. Und jetzt hörte sie eine Stimme, die sie als Jack Fletchers erkannte.

»Duane Cravens, New Braunfels, Texas«, sagte Jack Fletcher. Die Kamera machte einen Schwenk und erfaßte einen sonnengebräunten, lächelnden Jack Fletcher. Er trug eine blaue Baseballkappe, über deren Schirm »Dr. Fun« eingestickt war.

Der Doc stand auf einem Metallsteg und sprach mit dem jungen Mann, Duane Cravens, der jetzt, hüfttief in dem leuchtenden Türkiswasser, direkt unter ihm stand.

»Na, Duane«, fragte Jack, »schon mal im Ozean gesurft?«

Der Junge setzte ein verschmitztes Lächeln auf. »Absolut nie«, sagte Duane in leicht nasalem Texas-Tonfall. »Fische pissen in den Ozean.«

»Ganz zu schweigen von Haien.«

»Verdammt wahr«, sagte Duane. »Ein Freund von mir war oben in Nordkalifornien. Er hat gesehen, wie ein Mann gebissen wurde. Das Vieh hat den Kerl halb durchgebissen und dann angefangen, Stücke auszuspucken.«

»Mein Gott!«

»Ungelogen.«

»Weißt du zufällig, ob der Mann überlebt hat?«

Einen Moment wirkte Duane nachdenklich, als erfordere die Antwort einige Überlegung. »Er hat überlebt«, sagte Duane schließlich. »Aber der Mann ist echt belästigt worden.«

Dr. Fun schien verblüfft. »Belästigt?« fragte er. »Von wem?«

Duane wirkte jetzt selbst leicht verblüfft. »O Mann«, sagte er schließlich und schüttelte den Kopf, weil dem Doc das Offenkundige entgangen war. »Von dem Hai.«

Kendra wollte gerade den Schuppen verlassen, als sie hörte, daß sich etwas dem Pier näherte. Es kam über die Straße, die von der Brücke und dem Highway herabführte. Instinktiv tat sie einen Schritt zurück und hielt die Tür einen Spalt offen, so daß sie es durch die schmale Öffnung sehen konnte. Und es war, wie sie sah, das Ding, das sie am Fluß verfolgt hatte. Es gab keinen Zweifel. Und jetzt erkannte sie, um was es sich handelte – einen alten Kombi mit abgeschnittenem Heckaufbau; dort, wo Rückbank und Kofferraum gewesen waren, hatte jemand ein kleines Haus aufgebaut.

Das Gefährt kam unter den Bäumen hervor, sein Motor knallte

und zischte, die Federn quietschten. Es hätte die entflohene Dampforgel eines Wanderzirkus sein können, dachte sie, und beobachtete es mit einer Mischung aus Angst und Erstaunen, als es kurz vor dem Pier zum Stehen kam. Sie beobachtete, wie zwei Türen aufgestoßen wurden und drei Männer ausstiegen. Für einen Moment standen sie dort im Schlamm und blickten sich um, als wollten sie sich über ihre Umgebung klar werden.

Kurz hegte sie die Hoffnung, daß sie sich bloß verfahren hätten, daß sie, wenn sie nicht fänden, was sie suchten, wieder in das Ding stiegen, das sie hergebracht hatte, und davonführen. Aber ihr Herz sagte ihr etwas anderes. Und obwohl sie sie in der Dunkelheit nicht deutlich erkennen konnte, sagte ihr Instinkt ihr, daß sie von flußaufwärts kamen, daß sie wegen des Jungen hier waren. Einer trug einen spitzen Hut und darunter schulterlanges Haar. Ein zweiter war ein großer Mann. Er trug eine Art Poncho, und etwas war an seinem Bein befestigt, denn sie sah, wie er sich bückte, um es zurechtzurükken. Ein dritter Mann sagte etwas zu den anderen, und sie sah, wie er zum Fluß hin winkte.

Zu diesem Zeitpunkt schienen ihr zwei Dinge möglich. Sie könnte in der Hoffnung, sich dort verstecken zu können, im Schuppen bleiben, oder sie könnte weglaufen. Direkt westlich von der Treppe, die zum Wohnwagen führte, war ein Wildwechsel. Die Männer würden sie zweifellos sehen. Aber ihr Ausgangspunkt gab ihr einen Vorteil. Sie würde einen guten Vorsprung haben. Wenn sie sie bis zum Wohnwagen hinter sich lassen könnte, hätte sie Zugang zu einem Telefon. Und dort oben war eine Waffe, eine alte Flinte, die Drews Großmutter gehört hatte und deren Handhabung ihr Drew einmal gezeigt hatte.

Viel Zeit, sich zu entscheiden, hatte sie nicht. Die Männer hatten sich in Bewegung gesetzt. Sie holte tief Luft, schob die Tür auf und rannte los. Sie hörte einen der Männer schreien, glaubte aber, sie ausgetrickst zu haben. Im Schutz der Bäume blieb sie einen Moment lang stehen, lange genug, um die Geräusche der Verfolgung zu hören, auch wenn sie noch ziemlich weit unten waren. Sie hatte ihren Vorsprung. Sie drehte sich um und floh weiter, rannte zwischen Brombeerranken und Brennesseln, die an ihren Kleidern zerrten und ihre Haut peitschten. Sie spürte, wie ihr der Beutel mit ihren Pflanzen von der Schulter fiel. Sie stolperte über knotige Wurzeln und Flecken von taufeuchtem Gras, erreichte schließlich die wackelige Holzveranda unter den hohen Bäumen vor dem alten Wohnwagen und mußte entdecken, daß man sie schließlich doch ausgetrickst hatte.

Es war der Hupa, der sie abfing. Er hatte ihre Fluchtrichtung erraten, und während seine Begleiter ihr auf dem Pfad hinterherjagten, war er auf der Treppe zu der Veranda an die Tür des Wohnwagens gekommen, so daß er sie dort abfangen konnte, als sie aus dem Unterholz herausstrauchelte, obwohl sie ihn möglicherweise beinahe genauso überraschte wie er sie. Zwar ließ sich nicht sagen, was zu finden er erwartete, aber festzustellen war, daß sich der Mond gerade in diesem Moment durch den Nebel zeigte, und in diesem Licht sah er sie: ganz schwarz und weiß, blutige Striemen auf ihrer Haut, wo die Pflanzen sie gekratzt hatten, mit bebender Brust und weitaufgerissenen Augen und tauglänzenden Spinnweben in ihrem Haar, so daß selbst ein Mann wie er, der den Glauben an alles aufgegeben hatte, was mysteriöser war als Blut, bei ihrem ersten Anblick zu einer solchen Zeit an einem solchen Ort gewillt war, in ihr eine Erscheinung zu sehen.

16

In Drews Van war nur ein Sitz, und das war ein alter Gartenstuhl, den er hinter dem Lenkrad aufgestellt hatte. Allerdings hatte er versäumt, den Stuhl zu verankern. Somit stellte die Erfindung eine höchst instabile Sitzgelegenheit dar, und immer wenn Drew in eine Kurve fuhr – was er gewöhnlich unter Mißachtung der vorgeschriebenen Geschwindigkeit tat –, kippte der Stuhl auf ein oder zwei Beine und schwankte hin und her, während Drew sich ans Lenkrad klammerte, den alten Van durch die Kurve brachte und sich selbst in der Balance hielt. Auf diese Weise machte er aus jeder Straßenbiegung einen Zirkusakt, während er gleichzeitig die freie Hand dazu einsetzte, das, was er gerade vortrug, mit markigen Bewegungen zu unterstreichen. Es war nicht zu leugnen, daß Mr. Harmon mit fortschreitendem Alter etwas von einem Professor angenommen hatte.

Das war ein neuer Zug an dem Mann, doch konnte Fletcher sehen, wie es dazu gekommen war. Er konnte sich die einsamen Stunden der Fußmärsche und des Surfens, des Baumfällens und des Boardshaping vorstellen, die Stunden im kalten Wasser, durch wechselnde und heftige ablandige Winde auf fast nicht existente Line-ups fixiert. Er konnte sich vorstellen, wie er einsam dort draußen war, an Lagerfeuern den Wind berechnete, an einem neuen Tag noch im Dunkeln aufstand, um noch mehr Stunden in seinem verrosteten, ungeheizten Van zu fahren, dessen Innenwände mit Karten und Infrarot-Satellitenfotos von den Küsten Kaliforniens und Oregons bedeckt waren, dazu mit weiteren Fotos von perfekten leeren Wellen, ohne einen einzigen Surfer, und wie er dann schließlich eine weit entfernte Felsnase erreichte, die markiert und kartiert wurde, bis er jedes Riff und jede Landspitze, jede kleine Bucht und jede Wolkenlücke kartiert hatte, bis er studiert hatte, wie jede Wolke bei verschiedenen Swells, bei wechselnden Gezeiten aufriß, wie er sie von unzugänglichen Klippen aus beobachtete, zu einem stets fernen Horizont spähend, und die ganze Zeit nur sich selbst zum Begleiter hatte.

Was der Mann aus all dieser Einsamkeit erworben hatte, war eine Sicht der Welt, die einer bizarren Steppdecke glich, die aus ungleichen Teilen zusammengenäht war. Und er neigte nicht dazu, viel Mitgefühl für seine Zuhörer zu zeigen. Seine Gedanken wurden nicht entlang einer erkennbaren Linie geordnet oder formuliert, sondern ebenso intensiv wie willkürlich ausgespien, wobei ein großer Teil der Terminologie undefiniert blieb. Ideen entsprangen einer Unzahl obskurer Quellen. Zum Beispiel hatte er eine Verbindung geschaffen zwischen Terrance MacKennas Vorstellung vom fraktalen Berg der Geschichte und der Theorie von Miklos Dora alias Da Cat, dem King über Malibus vagabundierende Welle. Professor Harmons These war, daß die Vagabundierende Welle das transzendentale Objekt am Ende der Geschichte sei, daß Wellenhöhe, Wasserdichte, Geschwindigkeit und Intervalle in einer Art pythagoreischem Fluß existierten und die Kabale des Surfers erschufen, die Mysterien dessen, das man nur unter strikter Beachtung eines Kults ergründen konnte, der unter anderem die Maserung uralter Hölzer und ihre Anordnung an den Linien der uralten Boards beinhaltete, die man in hawaiianischen Höhlen ausgegraben hatte und die mit dem Zauber der hawaiianischen Könige aufgeladen waren.

Der Mann konnte diese Ideen in epischer Breite entwickeln und hatte das ohne jeden Zweifel schon zur Genüge getan. Typisch, dachte Fletcher, wenn man nur die Gesellschaft der Metallwände des alten Van mit seinen Wetterkarten und Satellitenfotos und leeren Wellen hatte. An diesem Abend jedoch sicherten ihm ebendiese Wände ein unfreiwilliges Publikum in der Gestalt von Jack Fletcher und Robbie Jones.

Fletchers grundsätzliche Abwehrlinie bestand in Schweigen. Für Drew war das in Ordnung, denn er war kein großer Zuhörer. Sein größtes Interesse bestand darin, die gequälte Landschaft seines eigenen Geistes zu durchqueren. Andere waren eingeladen, ihm zu folgen, so gut sie konnten.

Robbie Jones dagegen war ein ungeduldiger Zuhörer mit dürftig entwickelten Gedanken zu einer breiten Palette von Themen. Und er war kein Mann, der sein großes Licht unter den Scheffel stellte. Das Ergebnis war, daß die beiden Männer oft mit den Köpfen aneinanderstießen. Board-Design war ein ganz besonders sensibles Thema. »Aber ich bin selbst dagewesen, Hornochse«, sagte Drew

Harmon beispielsweise. »Wo denn?« kam die nasale Antwort, und Harmon diktierte wieder einmal die Einzelheiten seines letzten Besuchs im Keller des Bishop Museum auf der Insel Oahu, wo man ihn mit weißen Baumwollhandschuhen ausgestattet hatte und ihm erlaubt hatte, zwischen den Stapeln auf Pirsch zu gehen.

»Da war alles, Mann. Alia, Olo, Hot Curl, Balsa. Ich hab' mich gefühlt wie Howard Carter bei der Öffnung von Tuts Grabgewölbe. Wißt ihr, was der Scheißkerl gesagt hat, als sie ihn fragten, was er gesehen hat?«

Drew wartete einen Moment auf die Antwort, die nicht kam. Fletcher hatte keine Vorstellung, was der Scheißkerl gesagt hatte. Harmon lächelte. »Er hat gesagt: ›Ich sehe wunderbare Dinge.‹«

Drew lachte.

»Ich bin im Bishop Museum gewesen«, sagte Robbie Jones. »Sie haben da einen riesigen Wal.«

Drew verdrehte den Hals und starrte nach hinten in den Van. »Wal? Hörst du mich etwa von Walen reden? Ich spreche von keinem gottverdammten Wal. Ich spreche von Surfboards.« Er schüttelte den Kopf und starrte wieder in die Nacht hinaus.

»Da bin ich, Mann, mitten in diesem ganzen ...« Er griff mit einer seiner großen, wettergegerbten Hände nach der Nacht. »... diesem ganzen Zeug. Und eine der coolsten Sachen dort ist dieses Redwood aus den Dreißigern. Das hat wirklich geatmet, sag' ich euch.«

Während Harmon sprach, beschrieb er die verschiedenen Designs nicht nur mit Worten, sondern auch mit seinen Händen, die die Luft hackten und schnitten, das Lenkrad manchmal völlig losließen und den alten Van erst wieder auf Kurs brachten, wenn zwei Räder bereits von der Straße waren, aber das mit einer gewissen Mühelosigkeit, die viel über seine Reflexe verrieten; Reflexe, die ihm, wie Fletcher sich vorstellen konnte, während der gut dreißig Jahre, in denen er die größten Wellen der Welt geritten war, bestens gedient hatten und die nun schließlich Fletchers Nervosität beruhigten. Der Mann würde nicht von der Straße herunterfahren und sie in irgendeinem Graben umbringen. Das war nicht seine Bestimmung.

»Die grundlegende Konstruktion war der unserer heutigen Boards wirklich sehr ähnlich«, sagte Harmon. »Irre komplex, wenn man bedenkt, daß es mit einer Axt geformt wurde. Das hat mich auf den Gedanken gebracht. Dieses Board wurde aus einem Baum herausgehauen. Es hat einmal gelebt. Das konnte man an der Maserung im Holz ablesen.« Harmon hielt einen Moment lang inne. »Und als ich es hochgehoben habe, ist etwas passiert. Es war dieser Klang, der aus dem Holz hervorkam. Ich schwöre euch, es hat zu mir gesungen.«

»Was hat es gesungen?« wollte Robbie Jones wissen.

Drew Harmon schüttelte den Kopf. »Herrgott. Ich weiß nicht, Mann. Schiere Energie.«

»Hört sich für mich an, als wärst du da auf was Tolles gestoßen. Fahr mal rechts ran, ich muß pissen.«

Harmon schaute bekümmert auf die Straße. »Scheiße. Piss aus dem Fenster, Junior. Wir sind mit einem Sturm verabredet.«

Robbie Jones starrte ihn an. »Du verarschst mich.«

»Ich verarsche dich nicht. Wenn du pissen mußt, dann piss aus dem Fenster. Was denkst du eigentlich? Denkst du, ich bin deine Mama, die dich an den Strand fährt? Denkst du, da draußen ist irgend jemand, der dich sieht?«

Robbie Jones fluchte und stand auf, so gut das in der Enge des Vans möglich war. Dann schob er eines der hinteren Fenster auf, bis es ihm nach einigem Fummeln gelang, seinen Schwanz aus der Hose zu holen und in die Nacht zu halten, und dann lauschte Fletcher dem prasselnden Geräusch, das Robbie Jones' Urin auf der Seite des Vans verursachte. In diesem Augenblick fuhr Drew eine scharfe Rechtskurve, Robbie Jones stolperte vom Fenster weg, fiel zuerst auf den Hintern und dann auf den Rücken, und Urin spritzte in alle Richtungen, während Drew johlte und sein Fenster hinunterdrehte, um den stechenden Geruch zu vertreiben, und Robbie rollte fluchend über den Boden, die Hände in den Schritt gepreßt, da sich sein Penisstecker beim Sturz offenbar irgendwo verhakt hatte und das verstümmelte Glied dabei so sehr malträtiert worden war, daß es zu bluten anfing.

Drew blickte zu dem Jungen, der sich über den Boden rollte, und bemerkte zum ersten Mal das Blut und den Penisstecker. »Wie nennt man denn so einen schwulen Bockmist?« fragte er.

Aber Robbie Jones war zu sehr mit Pissen und Stöhnen beschäftigt, um zu antworten. Fletcher schaute weg. Er klammerte sich an dem Stapel Neoprenanzüge fest, die er als Sitzgelegenheit nutzte, und schlug mit dem Hinterkopf gegen die Metallwand des Van, als Drew durch die nächste Kurve steuerte. Ihm kam es so vor, als würde sich das, was die nächsten Tage zu verheißen hatten, in all seiner schrecklichen Herrlichkeit offenbaren.

Eine Zeitlang fuhr Drew über Straßen, die noch Namen hatten, um dann auf Fahrwege zu kommen, über die sich nie jemand lange genug Gedanken gemacht hatte, um sie zu benennen. Straßen, die man mit Gewalt aus Berghängen und -kämmen gerissen und dabei die Erde bis zum Knochen entfernt hatte, so daß sich der verrostete alte Van jetzt klappernd und wackelnd fortbewegte und der Korkenzieherbahn seiner Scheinwerfer zu Stellen folgte, an denen bisher nur Holzfäller und Menschen, die nun schon lange nicht mehr lebten, gewesen waren.

Sie durchquerten eine Patchwork-Landschaft, eine scheckige Ansammlung von präzisen Abholzungen und Brandrodungen, von in jüngster Zeit durch die Forstbehörde angelegten Schonungen, in denen in ordentlichen Weihnachtsbaum-Pflanzreihen spindeldürre junge Bäume von bemerkenswert einförmigen Dimensionen wuchsen, die fransigen Gliedmaßen von Tau benetzt. Hier und da sahen sie schwarz vor der schwarzen Nacht eine ältere Baumgruppe aufragen, auf die Drew dann gerne zeigte und die Bäume beim Namen nannte. Douglastanne. Zeder. Die allgegenwärtige Hemlocktanne. Und die ganze Zeit passierte er Kreuzungen, die wohl nur ihm bekannt waren, und fuhr sie immer tiefer ins Herz der Wildnis hinein.

Als Harmon schließlich auf dem furchigen Rand einer Holzfällerstraße anhielt, hatten sie sich fast zwei Stunden lang vom Fluß entfernt. Steifbeinig kletterte Fletcher aus dem stinkenden Van. Auf einer Seite der Straße war eine große Rodungsfläche. Soweit das Auge sehen konnte, waren die Bäume abgeholzt worden, ohne daß Ersatz für sie gepflanzt worden war, und der Mond stand hoch und weiß über einer schwarzen und öden Landschaft, unterbrochen nur von gelegentlichen Anhäufungen aus Erde, Asche und verkohlten Baumstümpfen, die verrottend zurückgeblieben waren wie die Grabmale einer alten, vergessenen Rasse. In deutlichem Kontrast zu dieser trostlosen Szenerie und doch nur von höchstens zweieinhalb Metern felsigen Bodens von ihr getrennt erhob sich auf der anderen Seite der Straße eine Wand jungfräulichen Waldes, ein mehrstöckiges, für Licht und Menschen gleichermaßen undurchdringliches Gewebe, über dessen oberstem Grat selbst die Sterne ihr Licht preisgaben.

»Reicht aus, um an Bigfoot, das Ungeheuer, zu glauben, oder?« fragte Drew Harmon.

Er beobachtete Fletcher, der den dunklen Forst betrachtete. Robbie Jones stand ein paar Schritte entfernt. Er fluchte immer noch leise und besah sich offenbar eingehend seinen Apparat.

»Von hier aus gehen wir«, sagte Drew.

»Wohin?« fragte Robbie Jones ihn.

Drew zeigte auf die Wand aus Schwärze. »Dorthin«, sagte er. Und er ging zum Heck des alten Van, öffnete die Türen und begann, ihre Ausrüstung herauszuholen. Fletcher folgte ihm.

Jeder der Männer hatte einen Rucksack mit Lebensmitteln und Wasser, dazu Schlafsack, Neoprenanzug und ein Board. Fletcher trug außerdem die Kamera, und Drew fragte ihn, wie es seinem Knöchel gehe, denn er hatte ihn sich vor ihrer Abfahrt angesehen und mit einer Elastikbandage verbunden.

Fletcher sagte, ihm gehe es gut, und er fühle sich tatsächlich besser, als er erwartet hätte. Wie lange es anhalten werde, sei eine andere Frage, aber das werde er schon früh genug herausfinden.

»Es ist nicht so schlimm«, sagte Drew zu ihm, während er einen Rucksack schulterte. »Halte den Fuß nur in Bewegung.«

Robbie, der inzwischen fertig geworden war, betrachtete die Boards, die im Mondlicht schimmerten. Es waren Drews Boards. Robbies Board war den Einheimischen in die Hände gefallen, und wenn er Heart Attacks reiten wollte, mußte er das auf einem von Drews großen Boards tun. Er bückte sich, um ein Board anzuheben und sein Gewicht zu prüfen. »Du hast einen gut bei mir«, sagte er.

»Ach, vergiß es, Bruder. Wenn sie dein Foto in die Zeitschrift stellen, dann sagst du ihnen, wie gut das Board arbeitet.«

»Ich rede nicht von Boards.«

Drew ignorierte ihn. Er hatte sich dem Mond zugewandt, und zum ersten Mal, seit sie in den Van gestiegen waren, bekam Fletcher sein Gesicht deutlich zu sehen, und ihm schien es, als ob der Mann im Laufe der Fahrt beträchtlich gealtert sei. Er ließ eine Erschöpfung erkennen, die Fletcher in dem Werkstattschuppen am Fluß nicht gesehen hatte, und als er auf die mondbeschienenen Rodungsflächen starrte, schien sein Gesicht gefurcht und abgehärmt. Schließlich drehte er sich jedoch zu den dunklen Baumgruppen um, und als seine Stimme zu ihnen drang, hatte sie einen bestimmten Unterton, den eines müden Vaters, der ein langsam vorankommendes Kind ausschimpft.

»Also los«, sagte er. »Ich will früh genug zum Ufer kommen, um noch etwas ausruhen zu können. Am Morgen müssen wir einige Meilen schaffen, wenn wir bis morgen abend Big Sandy erreichen wollen.«

Was dann folgte, war für Fletcher wie ein halluzinogenes Erlebnis im Stroboskoplicht von Drew Harmons Lampe, angereichert mit tropfenden Schwertfarnen, Pilzen so groß wie Servierplatten und moosbewachsenen Zedern, deren Stämme bisweilen mehr als sechs Meter Durchmesser hatten. Doch es war wenig Zeit, diese Erscheinungen zu bewundern, denn Drew bestimmte das Tempo und trieb sie in einem langen Gewaltmarsch durch den Wald. Fletcher mußte sich Mühe geben, um Anschluß zu halten. Sein Knöchel pochte, und er rutschte oft aus, denn der Boden lag im Dunkeln und war mit Baumwurzeln geädert, die vom ständigen Tropfen des Waldes glatt wie Eiszapfen waren. Daß sie einmal anhielten, kam offenbar nicht in Frage. Er schleppte sich dahin, ohne sich zu beklagen. Der Marsch führte ständig bergab und folgte einige Male schmalen Rinnen, in denen seine Füße Fließwasser aufspritzen ließen, während er dauernd versuchte, Schritt zu halten und dem tanzenden Licht zu folgen, damit die Dunkelheit ihn nicht völlig verschlänge und ein Albtraum den Platz eines anderen einnähme.

Und so verging die Zeit und mit ihr die Nacht. Keine Bewegung von Mond oder Sternen markierte ihren Ablauf, denn sie waren hier gänzlich verborgen unter dem Baldachin aus lebendem Gewächs, das den Himmel abschirmte. Und das genau in diesem Moment auch das fahlrote Licht abschirmte, das sie hätten sehen können, befänden sie sich jetzt auf einem gerodeten Bergkamm statt tief versunken im Herzen des Waldes; sie hätten beobachten können, wie das Licht den Himmel über dem alten Wohnwagen färbte, der der ermordeten Frau gehört hatte und dann mit Preisnachlaß erworben und an das Ufer des Klamath gebracht worden war.

17

Steif und verkatert wurde Travis wach. Er hatte auf der hinteren Veranda des Moke auf einer Couch geschlafen und erwachte unter grauen Wolken und mit dem Geräusch des Flusses. Er schob die schmutzige Wolldecke beiseite, mit der er sich zudeckt hatte, und ging zur Vorderseite des Gebäudes, wo er sofort registrierte, daß der Hauswagen nicht zurückgekommen war.

Er verfluchte seine Trägheit und bahnte sich im kalten grauen Licht seinen Weg durch leere Bierdosen und Tierknochen zu seinem Truck, der neben dem oxidierten Duster geparkt war. Mit einem Blick zurück zum Haus des Moke sah er, wie sich eine dünne Rauchfahne gerade aus einem rostigen Abzug hochzukräuseln begann, aber das Haus selbst war wie der Morgen still und grau und zeigte keine erkennbaren Anzeichen von Leben. Er sah, daß mehrere Indianer die Nacht neben den geschwärzten Überresten des Feuers verbracht hatten, aber erst wieder zu Bewußtsein kommen mußten. Und er sah die Überreste des gehäuteten Roosevelt-Elches, der unter der Zeder am Eingang zur Räucherhütte hing und bereits die Fliegen anlockte, und er dachte, wenn sie klug wären, würden sie das Tier zu den Lachsen hängen, aber klug zu sein, gehörte nicht zu ihren Eigenschaften. Obschon er vermutete, daß sie immerhin klug genug gewesen waren, ihn zum Narren zu halten, und als er genug gesehen hatte, stieg er in seinen Truck und fuhr davon.

Er fuhr die Straße entlang, die parallel zum Fluß verlief. Das Wasser sah hoch und kalt aus, und die Wellen, die sich bei seinem Tempo formten, trugen Silberkronen im frühen Licht. Er sah zwei Männer in Fischerwesten in einem Aluminiumboot auf dem Wasser, doch außer den Westen schienen sie keinerlei Ausrüstung bei sich zu haben, und sie ruderten auch nicht, sondern begnügten sich damit, mit der Strömung dahinzutreiben, und zeigten so wenig Leben, daß es ebensogut hätten Holzklötze in Menschengestalt sein können. Als Travis weiterfuhr, nahm er jedoch wahr, daß sie die Köpfe drehten, um ihm nachzuschauen, doch wurde keine Hand zum Gruß gehoben, weder von ihrer, noch von seiner Seite.

Als er die Interstate und die Brücke erreichte, die sich über den Fluß spannte, überfiel ihn ein unerwartetes Gefühl der Angst, denn was er dort sah, war eine kleine Karawane, die von der Schotterstraße am unteren Klamath abbog. An der Spitze fuhr ein Auto, das zur Polizei von Sweet Home gehörte. Dahinter kam ein Lastwagen, der auf seiner Ladefläche einen bronzefarbenen Dodge-Van transportierte, den Travis wiederzuerkennen glaubte. Er hatte ihn an Drews Pier stehen sehen, und selbst aus der Entfernung dieses ersten Anblicks der Autokarawane erkannte er, daß der Van demoliert worden war; die Scheiben waren zerbrochen, die Reifen aufgeschlitzt. Der Wagen duckte sich auf die Ladefläche wie die Körperhülle eines riesigen, zerstörten Insekts. Hinter dem Lastwagen folgte die gesamte Mannschaft der Stammespolizei vom unteren Klamath – Jerry Blacklage und sein Stellvertreter Jim Lemon. Die Indianer fuhren in Blacklages grünweißem Bronco, auf dessen Tür ein goldener Sheriffstern prangte.

Travis hielt auf der Bankette der Straße an und sah zu, wie die kleine Prozession vom Fluß heraufkletterte und sich Richtung Sweet Home wandte. Als sie vorbeigefahren waren, schloß er sich an und ließ seine Scheinwerfer aufblinken. Als der Polizeichef ihn bemerkte, fuhr er rechts ran und ließ die Karawane ohne ihn weiterfahren. Sie verschwand im Nebel, der dünner geworden aber, sich über dem Ort aber noch nicht aufgelöst hatte.

Blacklage war ein großer, fleischiger Indianer aus Portland. Er trug seinen Sommeranzug aus Leinen und trotz des Nebels eine Pilotensonnenbrille. Während der letzten zehn Jahre hatte er versucht, sich nach Süden vorzuarbeiten und bewarb sich immer noch um Posten in den Reservaten rund um San Diego, aber an die Jobs in diesem Teil des Bundesstaats kam man nicht so leicht heran, und über Sweet Home hinaus in den Süden hatte er es nicht geschafft. Seine grundsätzliche Aufgabe bestand darin, die Fünfunddreißigmeilenzone auf dem kurzen Stück der Interstate zu überwachen, wo sie das Reservat kreuzte. Hier verbrachte er den Großteil seiner Zeit, trank Diet Coke, träumte von sonnenbeschienenen Stränden und versah unaufmerksame Bürger mit Strafmandaten. Er war bekannt dafür, abwesend zu sein, wenn es einmal Ärger gab.

Sein Stellvertreter, Officer Lemon, war ein enthusiastischer junger Hupa, der erst vor kurzem die State University im Humboldt County abgeschlossen hatte. Er war noch nicht einmal sechs Monate bei der Polizei, und Blacklage kettete ihn überwiegend an den Schreibtisch im Stammes-Center, wo er sich durch die Rückstände der Akten pflügte, die sich angesammelt hatten, seit der Chief aus Portland gekommen war. Travis nahm an, wenn es jemanden gab, der sich für Blacklages Versetzung noch entschlossener ins Zeug legte als Blacklage selbst, dann war das Jim Lemon. Die drei Männer trafen sich zwischen ihren Fahrzeugen.

»Und?« fragte Travis.

Blacklage nahm die Pilotensonnenbrille ab. Er sah noch bekümmerter aus als gewöhnlich, dachte Travis. »Vandalen«, sagte Backlage.

»Bei den Harmons?«

Blacklage nickte.

»Jemand verletzt?«

»Weiß nicht. Sieht nicht so aus. Niemand da.«

»Kendra ist nicht da?«

Blacklage schüttelte den Kopf.

»Irgendeine Ahnung, wer es war?«

Blacklage nickte in Richtung der im Nebel verschwundenen Karawane. »Die Arschgeigen da meinen, es seien Jugendliche gewesen. Die Posse vielleicht. Vielleicht die Stoners. Harmon hat schon mal Ärger mit ihnen gehabt.«

»Haben einen seiner Vorratsschuppen angesteckt.«

»Ja. Und diesmal haben sie sich die ganze Behausung vorgeknöpft.«

Travis sah ihn fragend an.

»Wenn du es dir ansehen willst, komm mit.« Er setzte die Brille wieder auf. »Ich hätte nichts dagegen, alles noch mal durchzugehen, ohne daß diese Kerle mir über die Schulter gucken.« Wieder nickte er in Richtung Ortschaft, dann schien ihm etwas einzufallen, und er wandte sich zu seinem Deputy. Der junge Mann hatte an der Seite gestanden und das Gespräch aufmerksam verfolgt.

»Warum nehmen Sie nicht den Bronco und folgen Charlie«, sagte Blacklage. »Ich will sichergehen, daß sie den Van dorthin bringen, wo wir ein Auge auf ihn haben können. Travis kann mich zurückbringen.«

»Alles klar«, sagte Lemon. Er schnappte die Schlüssel aus Blacklages Hand und ging rasch zu dem Bronco.

Travis sah ihm nach. »Du solltest den Jungen ab und zu mal etwas tun lassen«, sagte er.

»Genau davor habe ich Angst«, entgegnete Blacklage. »Ich habe Angst, daß er etwas tun wird. Macht mich jedesmal nervös, wenn ich ihn aus dem Büro rauslasse. Er hat Einfälle.«

»Er ist jung«, sagte Travis.

»Darauf will ich hinaus. Ich würde ihn gern alt werden sehen.«

Travis und Blacklage fuhren in Travis' Truck über die Schotterstraße. Sie parkten an der Plattform. Der Schuppen war zum Teil niedergebrannt. Weiter oben jedoch konnte Travis sehen, daß der Wohnwagen völlig ausgebrannt und die Bäume um ihn herum versengt waren.

Der Chief zeigte auf die verkohlten Überreste. »Wären die Butantanks nicht leer gewesen, wäre das ganze Ding wahrscheinlich hochgegangen.«

»Das hätte ein höllisches Feuer gegeben.«

»Hätte auch so ein Feuer werden können, wie es noch keiner gesehen hat, hätten wir Wind statt Nebel gehabt.«

»Herrgott, wer macht so etwas?«

Blacklage schüttelte den Kopf.

»Hast du irgendwelche Graffiti gefunden?«

Wieder schüttelte Blacklage den Kopf. »Das hier hab ich gefunden«, sagte er und ging in die Ruine des Schuppens. Als er wieder herauskam, sah Travis, daß er etwas in der Hand hatte. Im ersten

Moment glaubte er, es sei ein abgetrennter Finger. Bei näherem Hinsehen erkannte er, daß es ein Stück getrockneter Lachs war.

»So was kriegt man nicht in den Geschäften«, sagte Blacklage.

»Nein, das kriegt man nicht.«

Travis betrachtete den getrockneten Fisch. Er kam, dessen war er sich ziemlich sicher, von flußaufwärts. Vielleicht aus der Räucherhütte des Moke.

»Wo hast du das gefunden?«

Blacklage nickte zum Schuppen hin. »War in einer Bierdose, die ich dort gefunden habe.«

Gemeinsam gingen die beiden Männer in die Werkstatt. Die Zerstörung war nahezu vollständig. Zerrissene Bücher und Kassetten übersäten den Boden, einige angebrannt, einige vom Wasser, das die Flammen gelöscht hatte, in Konfetti verwandelt. Der Anblick erzeugte in Travis einen Anflug von Übelkeit. Er ging zu dem umgestürzten Fernsehgerät und dem Videorecorder. Er sah, daß noch eine Kassette im Recorder steckte. Er versuchte sie herauszuziehen, mußte aber feststellen, daß sie klemmte, vielleicht von der Hitze geschmolzen. Als er auf den Kassettenrücken sah, las er Jack Fletchers Namen auf dem Etikett. Er stand auf und ging nach draußen.

»Ich glaube nicht, daß das die Posse oder die Stoners waren«, sagte Travis. Er erzählte Blacklage, daß er oben am Fluß gewesen war. Und er berichtete ihm von den Männern, die er beim Moke gesehen hatte.

»Crankster-Gangster.«

Travis zuckte die Achseln. »Was weiß man schon da oben. Ich würde sagen, sie gehören irgendwie zur Familie von David Little.«

»Hast du den Moke gefragt?«

»Klar.«

Blacklage ließ ein schweres Seufzen vernehmen. »Tja, es gibt kein Anzeichen, daß Menschen zu Schaden gekommen sind. Ich würde sagen, Drew ist auf einem seiner Trips unterwegs.«

»Und seine Frau?«

»Ist sie schon mal mit ihm rausgefahren?«

»Ist sie.«

»Da hast du's.«

Travis sagte nichts.

»Sieht so aus, als müßten wir bloß auf ihre Rückkehr warten. Dann werden wir herausfinden, ob sie etwas wissen.«

Travis hatte keine direkte Antwort darauf. Er war hundemüde, und er konnte im Grunde nicht sagen, was seiner Meinung nach getan werden müßte. Es gab keine Möglichkeit, in Erfahrung zu bringen, wohin Drew gefahren war, wann er wieder zurück sein würde oder ob seine Frau tatsächlich bei ihm war. Es war sinnlos, den Moke zu fragen, und ganz gewiß war es sinnlos, den Polizeibeamten von Sweet Home etwas zu sagen. Das Reservat lag nicht in ihrem Zuständigkeitsbereich. Wenn es nach Problemen aussah, mit denen Jerry Blacklage nicht fertig werden könnte, dann würden sie die Feds, die Beamten des FBI, benachrichtigen. Travis hatte die Feds gesehen. Sie würden mit Gewehren und Hunden kommen. Bevor sie damit fertig waren, sich um das zu kümmern, weshalb man sie gerufen hatte, würden sie ein halbes Dutzend Begründungen finden, um ein weiteres halbes Dutzend Indianer zu Orten wie Scorpion Bay zu schicken, und der schwarze Pfahl gegenseitiger Beschuldigung und Vergeltung würde noch tiefer in das Herz des Körpers getrieben werden, den Travis zu heilen gehofft hatte. Und so stand er hier im Dunstlicht und blickte den Berg hinauf zu den verkohlten Überresten des alten Wohnwagens, während Blacklage irgend etwas davon murmelte, daß er in den Ort müßte, um sich um den Van zu kümmern, weil dieser auf seine Anordnung hin weggeschleppt worden war.

Travis sah ihn einen Moment lang müde und verständnislos an. »Warum hast du das gemacht?« fragte er schließlich.

»Weil noch Sachen drin waren«, antwortete Blacklage.

»Was für Sachen?«

»Alles, ziemlich viel. Motor. Ersatzteile ...«

»Du meinst, er ist zerstört, aber nicht ausgeschlachtet worden?«

Blacklage nickte. »Ich dachte mir, ich hole ihn hier weg, bevor er ausgeschlachtet wird.«

»Kommt dir das nicht merkwürdig vor?«

»Was? Daß er nicht ausgeschlachtet wurde?«

»Wären es Jugendliche gewesen, hätten sie alles mitgenommen. Das weißt du doch.«

Blacklage zuckte die Achseln. »Wenn sie die Zeit gehabt hätten, wenn sie nicht etwas vertrieben hätte. Wie ich schon sagte, meiner Meinung nach können wir nichts tun, außer zu warten. Die Harmons werden zurückkommen.«

»Du hoffst, daß sie zurückkommen werden.«

Jerry Blacklage sah ihn an. »Sie werden zurückkommen«, sagte er.

Die Männer stiegen in Travis' Truck.

»Hast du den Cops von Sweet Home etwas gesagt?« fragte Travis. »Über den Lachs oder darüber, daß der Van nicht ausgeschlachtet worden ist?«

Der Polizeichef lächelte. »Hältst du mich für blöde?« fragte er. Travis nickte. Er ließ den Motor an und fuhr los.

Travis fuhr an dem Tag zweimal zu dem Wohnwagen. Das erste Mal mit dem Polizeichef, das zweite Mal allein, und zwar, nachdem er nach Hause gefahren war, geduscht hatte und versucht hatte zu schlafen. Aber der Schlaf kam nicht, und etwas hatte an ihm zu nagen begonnen. Er hatte das Gefühl, daß sie etwas übersehen hatten. Er vermochte nicht zu sagen, was es sein könnte. Ein Detail. Ein Zeichen, das zu entschlüsseln war.

Er fuhr die furchige Straße zurück, bis die Plattform und Kendra Harmons Truck in Sicht kamen. Er konnte sich nur schwerlich vorstellen, daß sie mit den Surfern gefahren war, obschon sie Drew in der Vergangenheit begleitet hatte, sie hatte ihm davon erzählt, hatte ihm von Drews Interesse an entfernten Stellen mit schwierigem Zugang berichtet, und doch erschien ihm der Anblick des kleinen Trucks wie ein böses Omen.

Er parkte neben ihm und stieg aus. Die Türen waren nicht abgeschlossen. Auf dem Sitz lag eine Flasche. Weißer Port. Halbvoll. Das war sicherlich nicht das Mittel, mit dem sie sich für Mondlichtmärsche im Wald stärkte. Aber warum hätte jemand anders die Flasche dort hinlegen sollen, dazu noch halbvoll? Er ging um den Truck herum, ging immer weitere Kreise, bis er schließlich zu dem Wildwechsel kam und dort eine ungewöhnliche Anzahl von Spuren fand. Jemand war erst kürzlich diesen Pfad gegangen, dachte er, denn die Spuren waren frisch und tief, woraus er schloß, daß hier jemand in großer Eile gewesen war. Als er weiterging, fand er weitere Anzeichen für einen hastigen Aufstieg: abgebrochene Zweige, zertretene Blätter. An einer Stelle stieß er auf einen schwarzen seidigen Stofffetzen, der auf einen dornigen Ast gespießt war. Er nahm ihn zwischen Daumen und Zeigefinger und rieb den Stoff. Es war ihrer, dachte er. Wie sollte es sonst sein? Er stieg weiter zum Wohnwagen und fand auf halber Höhe – als letztes Stück eines verrückten Puzzles – die Sachen, die sie gesammelt hatte, den Schachtelhalm und die Pilze. Die gelbe Schafgarbe. Sie waren auf die Erde gefallen und aus ihrem Beutel gerutscht, als handele es sich um die farbenfrohen Innereien eines kleinen, in der Nacht erlegten Tiers.

18

Mit dem Anbruch des Morgens sah Kendra die Männer zum ersten Mal deutlich. Es waren drei, und sie sah, daß es Indianer waren. Einer war nicht älter als ein Junge, gekleidet wie ein Cholo. Sie glaubte, ihn im Ort oder im Reservat schon einmal gesehen zu haben. Die anderen waren ihr fremd. Einer war dünn, hatte ein schmales, spitzes Gesicht und langes weißes Haar. Der andere war kräftig. Nicht groß, aber mit breitem Brustkorb, dicken Armen und Schenkeln und kräftigem Hals. Sein Haar war lang und geflochten.

Er trug einen langen herabhängenden Schnurrbart und ein Haarbüschel unter dem Kinn, und sie wußte, er war derjenige, der sie am Wohnwagen überrascht hatte.

Als sie ihn auf der Veranda gesehen hatte, war sie weggelaufen. Weit war sie nicht gekommen. Sie hatten sie schnell gehabt, mit großer Kraft. Und dann hatten sie sie noch einmal auf andere Art gehabt, nicht dann und dort, sondern später, auf einer dreckigen Matratze in dem selbstgebauten Campingwagen. Und dort war sie auch jetzt, das war der Aussichtspunkt, von dem aus sie die Männer in Augenschein nahm.

Sie kauerten um ein kleines Feuer, von dem sich grauer Rauch in einen feuchten, grauen Morgen kräuselte. Es gab Kaffee, den sie mit Schuß tranken, und offenbar war jemand im Ort gewesen, denn es gab Egg McMuffins und Tater-Tots-Bratkartoffeln und Kekse und Würstchen. Die Gerüche wehten durch die Risse in den unverkleideten Sperrholzwänden und durch die Schiebefenster, die sie in der kalten Morgenluft offen gelassen hatten. Sie roch in der Luft die Bäume ebenso wie das Essen, und das erinnerte sie auf perverse Weise daran, daß hinter diesen krummen und rissigen Wänden auch weiterhin eine andere Welt existierte, obwohl es ihr im Licht dessen, was geschehen war, jetzt so schien, als müsse ihr der Zugang zu dieser Welt entzogen worden sein und bleibe ihr von nun an versagt.

Niemand dachte daran, ihr von dem Essen anzubieten, obschon sie ohnehin nicht glaubte, überhaupt etwas zu sich nehmen zu können, denn ihr Mund war noch säuerlich von ranziger Samenflüssigkeit, ihre Hals war wund und ihr Körper voll blauer Flecken und Blut. Nach einiger Zeit begriff sie, daß sie das Thema ihres Gesprächs war. Sie versuchten zu entscheiden, was sie mit ihr tun sollten, nachdem sie sie jetzt gehabt hatten.

Der Junge plädierte offenbar dafür, sie von einer Klippe zu stoßen.

»Jeder weiß, daß sie nachts durch den Wald wandert.«

»Du hast genug Saft in sie reingepumpt. Jeder wird sehen, was passiert ist, bevor sie runtergestoßen wurde.«

»Du hast ihr selbst was reingepumpt.«

Der Dünne war dafür, sie tiefer in den Wald hinein zu schaffen, wo niemand sie finden würde.

»Das ist sehr tief.«

»So tief, wie ich mit meinem Ding in ihrem Arsch war.«

»Ja, die ganzen sieben Zentimeter.«

Der Kräftige hatte bisher stumm auf dem Boden gehockt und das Feuer mit einem Stock geschürt. Jetzt sagte er, was er wollte, und sie erkannte sofort, daß die anderen ihm folgen würden.

»Wir nehmen sie mit«, sagte er.

Dem Dünnen schien die Idee zu gefallen. Während sie die Männer beobachtete, lag sie auf der Matratze, die den Boden der Sperrholzkabine bedeckte und zugleich die einzige Möblierung darstellte. Sie sah, wie der Mann sich in den Schritt griff und obszöne Bewegungen machte.

»Und dann?«

Der Kräftige blickte verärgert auf. »Was denkst du wohl, und dann? Wir vögeln sie vor den Augen ihres Alten. Danach werden wir unseren Spaß haben.«

Der Junge kaute an einem Doughnut. Der Dünne blickte zum Wagen hinüber und sah, daß sie sie beobachtete. Er schenkte ihr ein zahnloses Idiotengrinsen. Wieder griff er sich in den Schritt und wies jetzt, ihr zum Gefallen, mit dem Daumen der anderen Hand dorthin.

»Humaliwu«, sagte der Mann. »Der Ort, wo Legenden sterben.« Der Name schien ihn zu belustigen, aber Kendra schreckte zurück, als sie ihn hörte, denn sie wußte, daß sie mit ihrer Einschätzung von Drews Vorhaben recht gehabt hatte. Höchstwahrscheinlich hatte er wie so oft eine Nachricht für sie an die Wohnwagentür geheftet. Der Hupa hatte sie gefunden. Daher wußten sie es, und sie begriff jetzt, daß diese Männer vorhatten, ebenfalls dorthin zu fahren. Und als bizarren Kontrapunkt zu dieser Erkenntnis sah sie zum ersten Mal, daß die Männer bewaffnet waren.

Sie hatten ihre Positionen verändert, und sie sah in der Nähe des Feuers Flinten, die an einem liegenden Baumstamm lehnten. Eine der Flinten war unverhüllt, die andere steckte in einem verschmutzten Wildlederfutteral mit Fransen daran, das wie das Überbleibsel einer Wildwestshow wirkte.

Eigentlich hätte das für sie keine Überraschung sein dürfen, trotzdem widerte sie der Anblick der Waffen mehr an, als es das bloße Wissen um ihre Existenz vermocht hätte. Denn indem sie die Waffen sah, konnte sie zugleich sehen, wohin dies führen würde. Sie konnte das Ende im Anfang sehen.

»Also was ist jetzt mit ihr?« fragte der Junge.

Kendra zog sich in das Innere ihrer Kiste zurück. Sie trat mit dem Fuß gegen die hintere Tür, die jedoch verriegelt war. Draußen fuhren die Männer in ihrer Unterhaltung fort. Sie dachte, sie würden vielleicht nach ihr sehen, aber sie kamen nicht. Sie lag auf dem Rükken auf der schmutzigen Matratze, als der Motor angelassen wurde und der Wagen losfuhr.

Es war eine holprige Fahrt, woraus sie schloß, daß sie die Holzfällerstraßen benutzten, und als das Licht in den Fensteröffnungen schwand, nahm sie an, daß sie in den Schatten hoher Bäume gekommen waren. Sie stand nicht auf, um sich zu vergewissern. Sie verspürte nicht den Wunsch, Aufmerksamkeit auf sich zu ziehen, denn sie spürte, daß sie beobachtet wurde, daß etwas bei ihr war, die Dunkelheit vielleicht. Das Ding, das sie gesehen hatte, wie es sich im Wohnwagen bewegte, das sich sammelte und sich verteilte und über die Jahre auf sie gelauert hatte. Nun hatte sich zuletzt alles zusammengefügt. Hier würde sie zugrunde gehen. Sie und Drew und die Surfer zusammen mit ihnen.

19

Fletcher wachte zum Klang von Drew Harmons Stimme auf. Er erwachte in völliger Dunkelheit und brauchte seine Zeit, um sich zu orientieren. Wäre dort, im Dunkeln, nicht eine Hand gewesen, ihn wachzurütteln, hätte er ebensogut glauben können, gar nicht geschlafen zu haben, denn in seinen Träumen war er, rutschend und strauchelnd, durch das surreale Dunkel und Tropfen des Waldes ständig weitermarschiert, war einem fernen tanzenden Licht gefolgt und schließlich zu einem Strand gekommen, der so dicht in Nebel gehüllt war, daß nicht einmal Drew Harmons Lampe viel von ihm erkennen ließ, doch hatten sie dort das Krachen unsichtbarer Wellen gehört, das Meer geschmeckt und sich daran gemacht, zwischen dem Treibholz so etwas wie eine Schutzhütte zu bauen, um sich von der Nacht abzuschirmen.

Durch Nachdenken kam er darauf, daß er sich jetzt genau dort befand. Er kroch nicht mehr suchend wie ein blinder Wurm am Ufer entlang. Er lag auf dem Rücken in dem Ding, das sie gebaut hatten. Nachdem er sich dies klargemacht hatte, schloß er die Augen und rollte sich auf die Schulter.

»Mein Gott, Doc. Bist du tot oder was?«

Fletcher blickte in die Schwärze hinein. Er sah, wie ein Stück vom Dach hochgehoben und weggeschleudert wurde und einen Himmel kurz vor Tagesanbruch erscheinen ließ, über den sich ein blaßgraues Licht zu ergießen begann. Über ihm schwebte eine dunkle Gestalt. Langsam setzte er sich auf, der Schlafsack rutschte von seinen Schultern. Ihm wurde ein Pop-Tart in die Hand gedrückt.

»Iß das!« sagte eine Stimme zu ihm.

Fletcher entschied, daß es ihm gar nicht gutging. Mit dem gefüllten Törtchen in der Hand kroch er auf den feuchten Sand und ließ sich schließlich auf einem feuchten Stein nieder, während Drew Harmon seinen Schlafsack für ihn zusammenrollte und seinen Rucksack packte. Fletcher sah ihn als verschwommene Gestalt im Nebel.

»Das mach ich jetzt nicht jeden verdammten Morgen für dich«, sagte Drew. »Die Flut kommt rasch. Wir müssen um eine Landzunge dort drüben herum, bevor sie den Höchststand erreicht. Um drei heute nachmittag haben wir eine minus sieben. Ich hoffe, das Steinfeld um zwei zu erreichen. Schaffen wir das, schaffen wir bis Tagesende Big Sandy.«

Fletcher nahm einen Bissen von dem Pop-Tart. Er gab sich Mühe, die Information zu verarbeiten. Schließlich begann er, in der Tasche seines Parka nach einer Pille zu suchen. Das Rasseln der Tabletten in ihrem Plastikfläschchen war deutlich zu vernehmen.

»Was ist das für ein Mist?« fragte Harmon ihn. Er war mit dem Einpacken fertig und stand vor Fletcher, dessen Ausrüstung in der Hand.

»Vitamine«, sagte Fletcher.

»Nimm sie später.«

»Diese hier muß man sofort nehmen«, sagte Fletcher. Ihm gelang es, eine Pille aus der Flasche zu fingern und sie mitsamt einer Handvoll Gebäck mit Kirschgeschmack herunterzuschlucken.

»Du bist ganz schön alt geworden, Doc, oder?«

»Mir scheint, ein Mann sollte alles wenigstens einmal ausprobieren«, entgegnete Fletcher. Er rutschte von seinem Stein, als Drew hinter ihn trat und ihm half, den Rucksack zu schultern. »Und wenn er es nur deshalb tut«, fuhr Fletcher fort, »um ein vollständiges Bild von den Ressourcen des Planeten zu bekommen.« Plötzlich fühlte er sich von seiner gespielten Tapferkeit ein wenig schwindlig und geneigt, Sentenzen zu zitieren.

Harmon zog die Riemen von Fletchers Rucksack fest und hängte ihm eine Boardtasche über die Schulter. Fletcher legte eine Hand auf den Stein, um sich unter dem Gewicht abzustützen. Die Aussicht, das Zeug den ganzen Tag über meilenweit am Ufer entlang zu tragen, erschien plötzlich unvorstellbar. Eine Panikwelle schwappte über ihn und spülte den eben noch empfundenen Wagemut fort. »Sieht so aus, als hätten wir das Hochdrucksystem verloren«, sagte er. Es schien ihm erforderlich, etwas zu sagen, mochte es auch nur dazu dienen, das Gefühl zu durchbrechen, das ihn gepackt hatte. Vielleicht würde der große Mann zustimmen. Sie würden die ganze Sache abblasen. Es war nur vernünftig.

Er bemerkte, daß Harmon ihn musterte und sich dann abwandte, um ins Dunkel zu starren. Der Mann hatte eine breite Bandanna um seinen Kopf gewickelt und hätte als eine Gestalt aus einer anderen Zeit durchgehen können, als Blaubarts Geist vielleicht, der zurückgekommen war, um die Strände nach etwas abzusuchen, das er verloren hatte.

»Mutter Natur treibt ihre Spielchen mit dir«, sagte Drew. Er zog ein letztes Mal an einem von Fletchers Riemen und wandte seine Aufmerksamkeit Robbie Jones zu. Der Junge hatte sich sein Gepäck aufgebürdet und stand jetzt ein Stückchen abseits, ein Schatten im Nebel, begierig darauf, von hier fortzukommen. »Okay«, sagte Drew. »Packen wir's an.« Und so starteten sie.

Das Strandstück, auf dem sie sich befanden, endete nach einem kurzen Fußweg, und sie begannen zu klettern. Für Fletcher war es eine höllische Tortur. Er war ständig die Nachhut. Mit dem Rucksack zu klettern, wäre schon schlimm genug gewesen. Das geschulterte Board machte es geradezu unmöglich. Mehrmals schlug das Ding gegen die Felsen oder verhakte sich so, daß er aus dem Gleichgewicht gebracht wurde. Bei diesen Gelegenheiten verlor er den Halt, verkeilte seinen Schuh in einem Felsspalt oder tauchte ihn in ein Becken voll von wirbelndem kaltem Wasser. Hätte es einen Felsvorsprung gegeben, von dem man hätte hinabfallen können, hätte er sich zweifelsohne zu Tode gestürzt. Aber der Weg kam nie an solche Stellen, sondern schien durch in Fels gehauene Gänge zu führen. Manchmal führten diese Gänge sie aufwärts und über Hindernisse hinweg, und manchmal schienen sie direkt auf Meereshöhe zu verlaufen und über Felsboden zu glitschen, der glatt vom Seegras und scharfkantig von Krustentieren war, und manchmal marschierten sie durch breite Flutwasserbecken mit sandigem Grund, aber das

Meer selbst schien immer ein gutes Stück entfernt, denn nur selten spürte Fletcher sein Branden oder fühlte den Gischthauch sich brechender Wellen. Aber bei derart geringer Sicht war es im Grunde unmöglich, einen Sinn in irgendwas zu erkennen. Es war kein Ende abzusehen, aber auch kein Anfang und keine Mitte. Nur das Vorwärtsgehen gab es, die nächste Stelle, um einen Fuß aufzusetzen, den nächsten Spalt in Mauern aus Stein.

Noch am ehesten gewiß war die Tatsache, daß sie ohne Drew Harmon als Führer nicht fähig gewesen wären, überhaupt vorwärts zu kommen. Daß der Mann oft genug hier hergekommen war, um mit solchen Wegen unter solchen Bedingungen klarzukommen, war eine Art Tribut an etwas. Ob diese Gewandtheit für Hingabe oder Wahnsinn sprach, hätte Fletcher in diesem Moment auch beim besten Willen nicht zu sagen vermocht. Er konnte sich nur darauf konzentrieren, die Nachhut zu bilden, und ihm war bewußt, daß die anderen, wenn er um eine Ecke kam, häufig darauf warteten, daß er zu ihnen aufschloß. Manchmal kam Drew Harmon sogar zurück, um ihn zu suchen, weil er fürchtete, daß er eine falsche Abbiegung nahm und vom Meer geholt würde, und in diesen Momenten wußte er, daß er ihr Tempo drosselte, auch wenn kein Wort darüber gesprochen wurde, weder von Drew Harmon, noch von ihm selbst. Da war jedesmal nur diese dunkle Gestalt, die zwischen den dunklen Felsen im dunklen Licht aufragte und ihm zuwinkte, und Fletcher hievte seine Ausrüstung hoch und schlurfte los, und die Reise ging weiter. Und mit der Zeit gelang es ihm sogar, sich ein Bild vorzustellen, das ihn aufrichtete. Es war das Bild des Jungen in dem Zodiac. Denn nach dem, was ihm in der Flußmündung widerfahren war, fand Fletcher keinen passenden Platz, an dem er sich positionieren konnte, weder hier noch in den kommenden Tagen. Als Folge dieses Dilemmas begann ihm sein schmerzvolles, suchendes Vorwärtstasten zwischen den Schatten plötzlich richtig und angemessen zu scheinen. Er nahm es als Akt der Buße, ohne Zweifel die erste Strafe von vielen.

Bis zum Mittag waren sie über mehr Felsnasen geklettert und hatten mehr Buchten durchquert, als Fletcher sich überhaupt hätte vorstellen können, aber die Pillen taten ihre Wirkung, und er hatte die Kälte abgeschüttelt. Die Sonne hatte ein Loch in die Wolkendecke gebrannt, und der Wind war freundlich zu ihnen gewesen. Dennoch war ihm bewußt, daß er ihr Tempo minderte. Der Weg zum Ufer neigte sich oft in steilen Winkeln, die weder seinem Rücken noch seinen Knöcheln guttaten. Zuerst hatte Drew versucht, sie zur Eile anzutreiben. Mit der Zeit jedoch schien er sich mit Fletchers Tempo zu bescheiden, obwohl er, wie Fletcher sah, oft auf die Uhr schaute und dann zum Meer, als studiere er den Anstieg der Flut oder die kapriziösen Possen des Nebels. Dieser war durch die Sonne zwar vom eigentlichen Küstenstreifen verbannt, lag aber noch in einer dicken Bank kaum eine halbe Meile vor dem Ufer und rollte von dort hin und wieder in ihre Richtung, bevor er dünner wurde und sich zurückzog, als äffte er die Bewegung des Meeres nach, das sich unter ihm hob und senkte.

Manchmal klammerten sie sich an die Uferstreifen. Dann wieder gingen sie höher und tiefer in die Wälder, wo sie auf Pfade stießen, die sie am Ende meist in die nächste, von neuen Felsbarrieren eingegrenzte Bucht hinabführten.

Jetzt, da man sie sehen konnte, waren viele dieser Buchten mit ihrem weißen, unberührten Sand recht schön, und wo das Wasser seicht war, nahm es oft die Farbe eines prächtigen Edelsteins an, und Seesterne waren zu sehen, die sich wie Lilien im Feld an den felsigen Boden schmiegten. Schließlich führte Drew sie in eine solche Bucht und erklärte sie zu ihrem nächsten Lagerplatz.

»Es ist noch früh«, sagte Robbie Jones.

Harmon schüttelte den Kopf. »Wir waren zu langsam«, sagte er. »Wenn wir um die nächste Landspitze herumgehen, sind wir in dem Steinfeld.«

»Und was ist das?«

»Da will niemand bei steigender Flut feststecken.«

»Das ist da, wo die Burschen in dem Buch festgesteckt haben«, sagte Fletcher.

»Sie haben beinahe dort festgesteckt«, korrigierte Harmon ihn. »Sie haben Glück gehabt. Sie hatten einen flachen Ozean. Hätten sie einen Swell gehabt, hätten sie wahrscheinlich zwei Dinge getan. Wahrscheinlich hätten sie Heart Attacks gesehen. Und sie wären ertrunken.«

Fletcher ließ Rucksack und Board auf den Boden plumpsen, setzte sich auf einen großen Stein und wischte sich den Schweiß vom Gesicht. Er sah sich in der kleinen Bucht um. Zum ersten Mal hatte er sie vor einer Weile gesehen, vom Rand einer Klippe aus. Danach hatten sie einen steilen, tückischen Abstieg überwunden, bei dem sie der Bahn eines kleinen Wasserfalls gefolgt waren, wie er dreißig Meter tief in einen schmalen Bach hinabstürzte, um mit ihm in einen sandigen Strand zu münden. An einem Ende dieses Strandes war ein großer Fels, aus dessen Mitte die Elemente einen verdrehten Bogen herausgeschnitten hatten, zu dem Drew jetzt zeigte.

»Auf der anderen Seite ist es besser für uns«, sagte er.

Erneut schulterte Fletcher seine Ausrüstung. »Was ist mit den Fußwegen?« fragte er. »Die die Burschen in dem Buch benutzt haben? Könnten wir dort nicht lagern?« Offensichtlich hoffte er, den Eindruck zu erzeugen, das Programm gut verdaut zu haben. Doch in Wirklichkeit war er völlig erschöpft, und die Worte hatten einen hohlen Klang, als er sie aussprach.

Drew Harmon sah ihn stumm an. Er trug noch immer die Bandanna. Und sein Gesicht darunter war gerötet und schweißbedeckt. In den blauen Augen brannte allerdings noch das grelle Licht, und für einen Moment glaubte Fletcher, der Mann würde ihn bloßstellen oder ihn maßregeln, weil sie es nicht geschafft hatten, die Strekke zu absolvieren, die er sich vorgenommen hatte. Doch schließlich zuckte er bloß mit den Schultern und schaute zum Wasser hin. »Könnten wir«, sagte er. »Das Problem ist, wir würden dabei nicht viel gewinnen. Wir müßten trotzdem die Flut abwarten, und als

Lagerplatz ist die Stelle beschissen. Hier ist es viel angenehmer. Außerdem ist hier Brandung.«

Als dieses Thema damit erledigt war, folgte Fletcher seinen beiden Begleitern zu dem aus dem Stein geschnittenen Portal, durch das eine beträchtliche Fläche weißen Sandes im Licht schimmerte.

»Hier ist der Strand tiefer«, rief Drew, während er sie durch das Felsportal führte. »Wir bleiben trockener.«

Fletcher folgte ihm. Er trat durch den windgeformten Steinbogen ins Licht, wo er sofort sah, daß sie tatsächlich ein schönes Strandstück erreicht hatten, tief und breit und mit auffallend wenig Treibholz oder sterbendem Tang, auch wenn keine fünfzig Meter von der Küstenlinie entfernt Nester von dem Zeug im Sonnenlicht glitzerten. Als er in die Richtung zurückblickte, aus der sie gekommen waren, sah er, daß Harmon recht gehabt hatte. Weiter zu gehen, wäre riskant gewesen, die Flut hatte bereits eingesetzt. Denn er sah die ersten fransigen Finger aus weißem Wasser, die nach den vom Wind geglätteten Steinen griffen, und er konnte erkennen, daß der Ozean das Portal in ein oder zwei Stunden hinter ihnen schließen würde.

Als er sich wieder zum Strand umdrehte, sah er, daß Drew Harmon ihn beobachtete. Der Mann stand ein Stück weit weg im Sand, Boardtasche und Rucksack hingen von seinen Schultern herab. Er wartete, während Fletcher sich auf den trockenen Sand schleppte, und nickte dann in Richtung der aufkommenden Flut. Er sah Fletcher an und lächelte. »Hier kommt keiner lebend raus«, sagte er.

20

Um drei Uhr nachmittags an dem Tag, an dem er zusammen mit Jerry Blacklage den Wohnwagen aufgesucht hatte, war Travis erneut auf dem Weg zum Polizeichef. Er war sich noch nicht darüber schlüssig, was zu tun wäre, aber allmählich entwickelten sich einige

Ideen. Bei sich hatte er einen Kartenausriß, den er vom Boden des Werkstattschuppens aufgelesen hatte, und er ging davon aus, daß es Zeit sei, sich zu unterhalten. Er hätte sich gern mit jemand anderem als mit Jerry Blacklage unterhalten. Unter den gegebenen Umständen war Chief Blacklage jedoch alles, was er hatte, und er mußte sich mit ihm begnügen.

Travis verließ den Highway und fuhr durch die Ansammlung von Wohnwagen und Modulhäusern am Unteren Elwa, die alle zwischen ihren jeweiligen Müllhalden standen, zwischen verrosteten Kühlschränken und Autos, die bis zu den Achsen in Schlamm und Unkraut versunken waren, und erreichte schließlich das Stammes-Center, ein großes Gebäude mit einem Dach aus Stahl.

Es ging auf Halloween zu, und als Travis aus seinem Truck stieg, bewegte er sich plötzlich zwischen kostümierten Kindern, inmitten von kleinen Wolfmans, Barney Rubbles und Casper the Ghosts. In ihren billigen Kostümen wuselten sie um seine Beine herum und zeigten die volle Bandbreite der Fernsehhelden aus den Samstagvormittags-Serien. Beinahe stolperte er über einen knapp metergroßen Incredible Hulk, als er versuchte, durch das Gedränge der Kinder die Treppe zu erklimmen, und ihr Anblick erschien ihm Grund genug für eine tiefgehende Depression. »G. I. Joe wird euch in den Tod befördern«, sagte er zu ihnen, aber sie lärmten unaufhörlich, so daß er letztendlich nur zu sich selbst sprach.

Er durchquerte den Eingangsbereich des Centers und ging durch einen schmalen Korridor mit Teppichboden, bis er an die Tür kam, die mit Stammes-Polizei gekennzeichnet war. Ein Papierkürbis prangte vor dem Fenster in der Tür, darunter baumelte ein kleines Skelett. Travis öffnete und ging hinein.

Jerry Blacklage war allein im Büro und saß hinter seinem Schreibtisch. Er machte sich gerade über zwei Eskimo Pies und eine Dose Cola light her, als Travis eintrat. Die Papierverpackung der Eiscreme warf er in den Abfallkorb, tätschelte seinen Bauch und zuckte die Achseln. Er hob die Coladose in die Höhe.

»Nur zwei Kalorien pro Dose«, sagte er.

Travis setzte sich vor den Schreibtisch. Er sah sich in dem Zimmer um.

»Ist Lemon gerade draußen?«

»Ich hab ihn zum Highway geschickt. Zumindest sollte er da jetzt sein.«

Travis schloß daraus, daß der junge Polizist die Radarfalle im Auge hatte.

»Weißt du, man sollte meinen, daß der Junge für jemanden, der hier in der Gegend groß geworden ist, ein bißchen mehr Grips haben müßte. Ich meine, es gibt einige Dinge, die man in Ordnung bringt, und andere, die man am besten in Ruhe läßt.«

Travis nickte. »Ja. Nun, ich sag es nicht gern, aber ich glaube, wir haben da ein Ding, das man in Ordnung bringen muß.«

Ein Schatten zog über das Gesicht des Chiefs, aber er hörte zu, als Travis ihm berichtete, was er gesehen hatte. Er erzählte ihm von der Fahrt zurück zum Wohnwagen, von den Spuren und den abgeschnittenen Pflanzen aus dem Wald, die verstreut auf dem Wildwechsel gelegen hatten.

Blacklage rutschte hin und her, machte aber keine Anstalten zu sprechen.

»Ich bin nicht mehr raus zum Moke«, sagte Travis. »Die Zeit wollte ich nicht aufbringen. Aber ich sage dir eins: Ich wette darauf, daß die Männer mit dem Hauswagen, die von oben am Fluß, das Harmon-Grundstück verwüstet haben.«

Jerry Blacklage schürzte die Lippen und schaute zur Decke. »Du versuchst mir zu sagen«, sagte Blacklage, »daß deiner Meinung diese Crankster-Gangster von flußaufwärts die Frau mitgenommen haben.«

Zum ersten Mal hörte Travis es laut ausgesprochen, und er merkte, daß es ihm nicht sonderlich gefiel. Aber genau das hatte er gedacht. Er zog die Karte aus seiner Tasche und breitete sie auf Blacklages Schreibtisch aus. Sie war fleckig und zerrissen, aber lesbar.

Travis zeigte auf ein stiefelförmiges Landstück, das in den Pazifik hineinragte. Die Stelle war angestrichen, und auf dem Ozean standen Anmerkungen in roter Tinte.

»Ich denke, Drew ist dorthin«, sagte Travis. »Ich denke, er hat die Surfer von der Zeitschrift mitgenommen, und sie sind unterwegs zum Devil's Hoof.«

»Da ist überall Reservatsland. Meinst du, nach dem, was passiert ist, hat er es trotzdem versucht?«

»Ich meine, ihm ist bis auf die Wellen alles scheißegal.«

Blacklage blickte auf die Karte und schüttelte den Kopf. »Das ist weit weg von nirgendwo.« Er trommelte mit den Fingerspitzen auf dem Schreibtisch. »Verdammt. Du weißt genau, daß wir nicht viel in der Hand haben. Du weißt genau, was passiert, wenn ich mit der Geschichte zu den Feds gehe.«

Travis wußte es. Böse Indianer von oben am Fluß. Ein Kidnapping. Das reichte, um die Gewehre und die Hunde herzubringen.

»Es wäre übel, wenn wir sie holen und du dich irrst«, sagte Blacklage. »Wenn die Frau bei den Surfern wäre.«

Das stimmte. Travis stand auf und trat an die Wand neben Blacklages Schreibtisch, an der eine Karte des Reservats hing. Sie war viel besser lesbar als das Kartenstück, das er auf Harmons Fußboden gefunden hatte, und zeigte deutlich die Landzunge, die sich in den Pazifik erstreckte, und die große Bucht südlich davon.

»Es könnte eine Möglichkeit geben, es herauszufinden«, sagte Travis.

»Was? Ob du wegen der Frau recht hast?«

»Ich könnte herausfinden, ob sie bei den Surfern ist oder nicht.« Die Idee nahm Gestalt an, während er sie aussprach.

»Wie denn?«

»Hingehen und nachsehen.«

»Quatsch. Jetzt kannst du nicht mehr weg. Es ist zu spät. Wenn du morgen aufbrichst, brauchst du den ganzen Tag, nur um hinzukommen.«

»Nicht mit einem Boot. In zwei Stunden kann man vom Hafen aus hinfahren. Ich dachte, ich könnten den Alten überreden, mich früh am Morgen hochzufahren. Vor der Bucht könnte er mich absetzen. Ich könnte mit dem Kajak zum Ufer paddeln.«

Jetzt war auch Blacklage aufgestanden und sah gemeinsam mit Travis auf die Karte.

»Hast du da draußen schon mal gepaddelt?«

»Nein.«

Die beiden Männer studierten noch einen Moment die Karte.

»Ich weiß nicht«, sagte Blacklage. »Ich würde es nicht versuchen wollen.«

Travis hörte mit wachsender Ungeduld zu. Er war ungeduldig mit Blacklage, ungeduldig mit sich selbst. Ihm schien, daß er bisher praktisch alles falsch angepackt hatte, und er schüttelte den Kopf. »Wir müssen es herausfinden«, sagte er. »Die Männer dürften sowieso nicht da draußen sein. Nicht nach dem, was passiert ist. Und wenn Kendra nicht bei ihnen ist, dann ist die Kacke am Dampfen. Hol die Feds. Je eher, desto besser. In der Zwischenzeit kann es nicht schaden, nach dem Hauswagen zu suchen.«

Blacklage schnaubte. »Die Nadel im Heuhaufen«, sagte er.

Das stimmte. In den Reservaten gab es ein Netzwerk, eine Bruderschaft der Schurken. Männer wie diese könnten sich wie Geister auf alten Holzfällerstraßen und in alten Waldsiedlungen bewegen. Die Tatsache, daß das Auto seit mehr als zehn Jahren keine Zulassung besaß, sagte etwas über die Wege aus, die seine Besitzer benutzten. Trotzdem, es war etwas, das man tun konnte. Und das sagte er auch zu Blacklage.

Der Mann war an den kleinen Kühlschrank getreten, den er neben dem Schreibtisch stehen hatte, und holte eine neue Dose Cola light heraus. Er öffnete sie mit einem lauten Knacken. »Verdammt«, sagte Blacklage. »Daß der Fotograf ausgerechnet den ertränken mußte.«

21

Die Männer hatten Kendra noch immer nichts zu essen angeboten. Seit dem Beginn ihrer Gefangenschaft steckte sie in der hölzernen Kiste. Schon seit Stunden. Wie viele, konnte sie nicht sagen. Und die Männer hatten ihr auch keine Gelegenheit angeboten, sich zu erleichtern. Offenbar dachten sie bei ihr nicht in solchen Kategorien.

Sie fuhren weiter über holprige Straßen, auch wenn die Fahrt an einer Stelle ruhig verlaufen war und die Reifen zu summen begonnen hatten. Sie hatte sich etwas aufgerichtet, um aus dem Fenster zu schauen. Außer Bäumen war nicht viel zu sehen gewesen. Sie schätzte, daß sie Richtung Norden fuhren, obwohl das nur zu erwarten war, wenn sie die Wahrheit sagten und tatsächlich mit ihr zum Devil's Hoof wollten. Es war ein giftiger Gedanke. Mit der Zeit jedoch schien der Schmerz hinter dem Bedürfnis, ihre Blase zu entleeren, zurückzuweichen, und sie fing an, in dem Holzhäuschen nach etwas zu suchen, daß sie für diesen Zweck benutzen könnte.

Sie nahm ihre Suche verstohlen vor, denn sie hatte nicht den Wunsch, die Aufmerksamkeit der Männer auf sich zu ziehen. Sie saßen nur einen knappen Meter entfernt, zu dritt auf der vorderen Bank und nur durch einen Plastikduschvorhang von ihr getrennt, den man gekürzt und an einer Stange aufgehängt hatte und der in diesem Moment das rechteckig ausgeschnittene Fenster zwischen Wohnwagen und Fahrerkabine nur zu einem Teil verdeckte.

Sie unternahm ihre Suche in Fötusstellung. Sie lag unter der groben Decke und streckte in Abständen eine Hand oder einen Fuß aus, um ein Stück Leinwand hochzuheben oder gegen eine Kiste zu drücken. Zwar nahm die Matratze, auf der sie lag, den größten Teil des Fußbodens ein, doch um sie herum war eine beträchtliche Menge Gerümpel gestapelt.

Schließlich stieß sie auf eine alte Fünfgallonenkanne, die sie für geeignet hielt. Sie roch nach Resten von Chemikalien, war aber leer, und der obere Rand war abgeschnitten. Erst als sie das Ding zu sich gerollt und sich darauf gehockt hatte, die alte Decke über die Schultern gezogen und so weit in eine Ecke gekauert, wie sie konnte, erst da entdeckte sie, daß man das Oberteil mit Hilfe einer Blechschere entfernt hatte, wobei zahlreiche spitze Kanten stehengeblieben waren, und an einer von ihnen schnitt sie sich den Schenkel auf, so daß zusammen mit ihrem Urin Blut in die Kanne lief. Der Urin brannte, und sie nahm an, daß es eine Entzündung geben würde.

Der Gestank war übel und machte sich rasch in der Sperrholzkiste breit, und die Männer wurden auf die Szene aufmerksam. Sie sah eine Hand an dem Duschvorhang, und sie hörte einen von ihnen etwas sagen. Die anderen lachten. Sie versuchte, sich zu bewegen, und verlor das Gleichgewicht, denn die Holzfällerstraßen waren holperig, voller Furchen und kurvig, und als sie fiel, schnitt sie sich ein zweites Mal am Bein, die Kanne rollte von ihr weg, und ihr Urin ergoß sich über die ohnehin verdreckte Matratze, auf der ihr Gewalt angetan worden war.

Als sie wieder nach vorn schaute, sah sie, daß der dünne Indianer sie beobachtete. Der Mann beäugte sie durch den geteilten Duschvorhang, der sein zahnloses Grinsen mit gelben Gänseblümchen und Guernsey-Kühen einrahmte, und sie kam sich vor wie das Objekt einer Volksfest-Peepshow, in der die normalen Rollen vertauscht waren und die Bürger mit ihren unterschiedlichen Erniedrigungen in Dioramen ausgestellt wurden, von den Mißgebildeten mit irrem Staunen begafft.

Am späten Nachmittag erreichten sie das Tolowan-Reservat in Neah Heads. Sie kannte den Ort, denn sie hatte ihn zusammen mit Drew besucht. Der Stamm betrieb dort einen Campingplatz. Er lag im Küstenbereich mit Blick über die Strände nördlich der langen Landzunge. Vom Campingplatz aus war es ein Tagesmarsch zu den Südhängen von Devil's Hoof, von wo aus eine Reihe von Pfaden zu dem Strandstück führten, das die Surfer Big Sandy nannten.

Zu dem Platz gehörten Bretterhütten, die die Tolowan im Sommer an Touristen und Wanderer und auch an einige Surfer vermieteten, die hier herkamen, um die Felsen und die südlich gelegenen Strände zu erkunden. Im Sommer konnte es hier sehr belebt sein. Das letzte Mal waren sie und Drew am Vierten Juli hier gewesen, als die Tolowan außer ihren Strandplätzen auch Feuerwerkskörper verkauften. Damals war ihre Wanderung durch das schmale Flußtal abrupt von den Pitbulls gestoppt worden, von denen sie Travis erzählt hatte. Aber rund um den Campingplatz hatte es nach Pulverdampf gerochen, und es hatte Feststimmung geherrscht. Sie und Drew hatten oberhalb ihrer Hütte im Gras gesessen, zwischen sich eine Flasche Wein, und sie hatten von dort aus Sonnenuntergänge und Feuerwerk beobachtet. Doch jetzt war der Sommer vorüber, die Hütten standen über einem fernen stahlgrauen Meer leer und verlassen im Wind. Sie hatte allerdings den Eindruck, daß mindestens einer der Männer hier jemanden kannte, da man ihnen für die Nacht eine der abgelegenen Hütten gegeben hatte. Es handelte sich um eine wackelige Bretterbude, feucht und ohne Isolierung.

Kendra sah zu, wie die Männer ein Feuer machten, das aber nur eine dürftige Wärmequelle bot. Die Hütte blieb kalt, und solange man nicht direkt auf dem Ofen saß, kam der kaum gegen den Nordwind an, der durch die Ritzen in den Bretterwänden pfiff. Sie empfand es als besonders scheußlich, von den Männern zu einem Ort gebracht worden zu sein, den sie gemeinsam mit Drew besucht hatte. Müßt ihr jede Erinnerung nehmen? fragte sie niemanden im besonderen. Wird denn gar nichts unbefleckt bleiben? Es gab keine Antworten auf diese Fragen, weder halluzinierte, noch andere. Die Männer hatten ohnehin wenig zu ihr zu sagen. Einen Großteil ihrer Zeit verbrachten sie damit, die beiden Gewehre, die sie am Morgen schon gesehen hatte, zu ölen und zu reinigen. Eines gehörte dem kräftigen Mann, das andere dem Jungen. Die Waffe des kräftigen Mannes wirkte mit ihrem langen Lauf und dem großen Zielfernrohr über dem Schaft effizienter als die andere. Die des Jungen wirkte vergleichsweise klein, aber beide legten viel Sorgfalt in die Pflege ihrer Waffe, und mit der Zeit kam das Gespräch aufs Schießen und darauf, wie sie, sobald sie zu den Klippen kämen, auf die Strände und die Männer hinabblicken würden.

Außerdem sprachen sie über Strategie, und man gab ihr zu verstehen, daß sie die Absicht hatten, alle außer Drew auf der Stelle zu töten, und sie begriff, daß sie vorhatten, ihn als letzten aufzusparen, um ihren Spaß mit seiner Frau haben zu können, bevor er starb.

In Neah Heads bekam sie zum ersten Mal etwas zu essen, kaltes Trockenfleisch, Bohnen aus der Dose und Bier, das Gleiche, was sie selbst aßen, und sie versuchte es, konnte es aber nicht bei sich behalten.

»Das Weib ist schlimmer als ein Hund«, sagte der Kräftige.

Als sie fertig damit waren, über sie zu lachen, stopften sie sie wieder in die Holzkiste, während sie sich in der spärlichen Wärme, die der Ofen bot, weiter mit ihrem Essen und ihren Gewehren beschäftigten, und sie wurde der Kälte und der aufkommenden Dunkelheit überlassen, allein mit der Gewißheit, daß sie sich wieder über sie hermachen würden, sobald sie dazu bereit waren.

Sie wickelte sich wieder in die alte Decke, denn sie hatte angefangen, unkontrolliert zu zittern. Sie saß mit dem Rücken zur Wand, preßte sich gegen das Holz, versuchte, ihren Verstand dazu zu bringen, etwas zu tun. Er war nie ein sehr verläßliches Organ gewesen, auch nicht unter den besten Umständen. Er könnte doch, dachte sie, ihr zumindest einen Gefallen tun, indem er ihr einen Abgrund schuf, in den sie hineinstürzen könnte. Aber da war nichts, und sie blieb, wo sie war, sich jeder Qual bewußt. Sie zog die Knie an sich. Sie legte die Unterarme über die Knie und preßte ihre Stirn auf die Handrücken. Sie schloß die Augen. Der Wind war in den Bäumen. Etwas klopfte gegen den Wagen. Zuerst dachte sie, es seien die Männer, aber als sie die Augen öffnete, waren dort nur die unter den Bäumen tiefer werdenden Schatten, eine herannahende Dunkelheit, vor der sie ohne Kraft war. Sie konnte sich nicht im Alkohol verstekken oder nach einem Licht greifen. Sie spürte die Panik als Hitze und Einengung. Wieder schloß sie die Augen und öffnete sie dann schnell, denn ihr schien, daß sie schließlich doch etwas erblickt hatte – eine Gestalt in der Dunkelheit, ein Ding, das sie vorher noch nie gesehen hatte, doch bestimmt, dachte sie, war er die ganze Zeit dort gewesen. Vielleicht hatte sie nie hingesehen. Vielleicht war es das Fieber. Vielleicht sah sie ihn jetzt mit plötzlicher Klarheit, als wäre er der Bittsteller und sie die priesterliche Zeugin seines Flehens. Es war wirklich so einfach. Man brauchte ihn nur zu umarmen, um es so einfach zu machen.

Schließlich kamen sie. Als erstes sah sie den dünnen Mann mit dem weißen Haar, den Tolowan mit dem zahnlosen Grinsen. Weil er der begierigste war, hatte er die anderen überholt und die Tür aufgerissen, und so sah sie ihn jetzt – eine Vogelscheuche im letzten violetten Licht. Sie sah zu, wie er nach ihr grapschte, dann, wie er innehielt und vor sich hin stotterte, als die anderen ihn erreichten, so daß jetzt alle drei gaffend dort standen, in verschiedenen Stadien von Betrunkenheit und Ausgezogensein, im gespenstischen Zwielicht, das weder Tag noch Nacht war. Sie hatte ihnen einen bestimmten Eindruck vermittelt, und was sie jetzt sahen, war nicht das, weswegen sie gekommen waren oder was sie zu finden erwartet hatten.

Sie war halbnackt und mit blauen Flecken übersät, auf ihren Schenkeln war noch Blut von dem, was sie ihr angetan hatten, aber sie saß auf der Roßhaardecke mit gebeugtem Kopf, und als sie sich zu ihnen umwandte, sahen sie, daß sie sich mit ihrem eigenen Blut ein Pentagramm auf ihre Stirn gezeichnet hatte. Ihre Arme hielt sie wie die gekreuzten Knochen unter einem Schädel, und ihre Augen waren starr auf eine Stelle gerichtet, die sie nicht sehen konnten.

»Was zum Teufel ...« begann der Dünne.

»Ich habe von der Trommel gegessen«, sagte sie. »Ich habe von dem heiligen Korb getrunken. Ich habe in der Brautkammer bestanden. Kommt herein und begegnet meinem Freund.«

22

Den Rest des Nachmittags faulenzten die Surfer am Strand. Sie aßen Trockenobst und Sojabohnen. Die Brandung, sagte Drew voraus, würde mit steigender Flut kommen. Anfangs hatte er auf Felsen am Nordende der Bucht gezeigt und erklärt, am späten Nachmittag würden sie unter Wasser sein, und an ihrer Stelle würde eine saubere Righthander-Welle von der Landspitze aus losschießen.

Fletcher hatte wenig Interesse an solchen Dingen. Er war wegen Heart Attacks hier, und für ihn war nur wichtig, diese Welle zu finden. Im Moment war er zufrieden damit, das Soma und Percodan auszuschwitzen.

Harmon sah ihn mit den Pillen und fragte, um was es sich handele.

Fletcher verriet es ihm.

»Das Zeug macht dich vor der Zeit alt.«

»Schon passiert.«

»Du gibst nicht auf, was, Doc?«

»Würde ich aufgeben, wäre ich nicht hier.«

»Glaubst du, sie nehmen dich wieder, wenn du Heart Attacks schießt?«

»Laß es mich so sagen«, erwiderte Fletcher. »Ich habe ein Kind, eine Ex-Frau und einen Riesenhaufen Rechnungen.«

Drew Harmon nickte. Er betrachtete den Ozean und das Spiel des Lichts auf den Wellen. »Laß dir das eine Lehre sein«, sagte er.

Als Harmon sich wieder entfernte, legte er sich auf den Rücken. Der Sand hier war warm. Die Pillen versetzten ihn in einen träumerischen Zustand. Er begann, aus seiner Position die unnatürliche Kollision zwischen Erde und Himmel zu studieren. Denn die Klippen standen hier hoch auf einem Abhang, stürzten über dem Sand vorwärts, schnitten Muster in den Himmel und wirkten in dem Winkel, in dem Fletcher sie betrachtete, wie die Ränder eines Kontinents, die reichlich Flußmündungen, Halbinseln und schroffe Buchten aufwiesen. Der Himmel wurde zum Meer, auf dessen Oberfläche dünne Wolkenfetzen wie ferne Stürme wirbelten und Fletcher ermöglichten, in der Szenerie eine umgekehrte Wirklichkeit zu entdecken. Ein Zerrspiegel, auf dessen Oberfläche sich das Land krümmte und das Meer sanft wogte, aber auf dem er und seine Begleiter so geringe Bedeutung besaßen, daß sie völlig ausgeschlossen waren.

Der Blick fand sein Interesse, und schließlich beschloß er, ihn zu schießen. Er tat es auf dem Rücken liegend und nahm die interessantesten Blickwinkel auf. Drew Harmon kam näher, um ihm zuzusehen. Er hatte ein großes schwarzes, gebundenes Notizbuch, und während Fletcher fotografierte, hörte er das Kratzen des Stifts auf dem Papier. Keiner der beiden Männer sagte etwas, jeder ging seiner Beschäftigung nach.

Schließlich kam die Sonne zum Rand der Klippe und brannte die Farbe vom Himmel. Fletcher hörte zu schießen auf.

»Hast du was gefunden, das dich interessiert?« fragte Harmon ihn.

»Es ist der Winkel der Klippen«, sagte Fletcher. »Die Felsen vor dem Himmel.«

»Meinst du, sie bringen das in der Zeitschrift?«

»Wen interessiert das schon?« entgegnete Fletcher.

Drew Harmon nickte. »So wird es aufgeschrieben«, sagte er, und Fletcher hörte wieder, wie er in sein Buch kratzte.

Schließlich geschah, was Drew vorhergesagt hatte, und mit dem Ansteigen der Flut tauchte eine saubere Righthander dort auf, wo der Surfer es angekündigt hatte, und als der Himmel im Westen allmählich Farbe annahm, holten Drew und Robbie ihre Ausrüstung, standen nackt am Strand und zogen sich die Neoprenanzüge über.

Als das erledigt war, betete Robbie Jones, während Drew Stretchübungen machte. Dann legte der große Mann eine kurze Pause ein und blickte Fletcher an. »Schnapp dir ein Board, Mann. Nimm dir ein paar Wellen.«

Robbie Jones war mit Beten fertig. Er sah Fletcher an und lachte. »Der Typ ist ein Pillenkopf, Mann. Was, wenn er ertrinkt?«

Drew sah ihn kühl an. »Das hier ist kein Wettbewerb, Arschgeige. Und auch kein Foto-Shooting. Das ist ein kleiner sportlicher Ausflug unter Freunden.«

»Ich hab nicht gewußt, daß er surft«, sagte Robbie Jones.

»Es gibt eine Menge Zeug, das du nicht weißt«, entgegnete Drew. Robbie Jones wurde es jetzt zuviel, und er ging allein ins Wasser.

Drew sah wieder Fletcher an. »Wie ist es, Doc? Willst du naß werden oder am Strand bleiben und Pillen einwerfen?«

»Das mit den Pillen hört sich gut an«, antwortete Fletcher.

»Laß den Mist«, sagte Harmon. »Schnapp dir ein Board, Mann. Werd naß. Das ist gut für den Kopf.«

Mit diesen Worten lief Drew ans Wasser, und Fletcher blieb allein zurück. Er sah zu, wie die beiden Männer zur Landspitze hinauspaddelten. Der Anblick tat ihm weh, denn allmählich kam die Zeit, die er immer bevorzugt hatte – die Stunde, in der die Sonne niedrig am Himmel stand, so daß man sie beim Hinauspaddeln immer wieder hinter den Lines des sich nähernden Swells aus dem Blick verlor, bevor sie dann wieder durch die Lip einer durchscheinenden Face brannte; eine Stunde, in der man die Winde sehen konnte, wie sie Funken von den Wellenkämmen pusteten.

Drews Worte, die Tageszeit und ein in ihm schlummernder Instinkt veranlaßten Fletcher, den Break vor ihm mit einem gewissen Grad von Ernsthaftigkeit zu studieren.

Die Righthander, die Drew zu reiten vorhatte, schien ein verschlagenes kleines Ding zu sein; wo die Wellen über die Felsen rollten, zeigten sich immer noch Wirbel auf den Faces. Aber direkt davor begann sich eine breiige, vom Wind verblasene kleine Welle zu bilden, die spitz genug war, um sie wahlweise nach rechts oder links zu reiten, breiig genug, um einen sanften Start zu versprechen, und die sich trotzdem in einen Shorebreak teilte, der noch schnell genug war, um einem alternden Hipster mit verstauchtem Knöchel und schmerzendem Rücken vielleicht doch etwas Spaß zu bieten. Ohne daß er wirklich damit gerechnet hatte, war schließlich auch Fletcher nackt am Strand und zwängte sich in einen Neoprenanzug, während ihm der Wind über Brust und Schultern strich, und nach ein paar schnellen Stretchübungen nahm er eins von Drew Harmons großen Guns, mit denen er Wellen von über dreißig Fuß Höhe hätte reiten können, und marschierte mit dem Board auf die mickrige Vierfußwelle zu, die jetzt vor ihm im kalten Herbstlicht schimmerte.

Wie erwartet war der Start sanft, was von Vorteil war, denn Fletcher spürte, wie er sich unglaublich langsam abschnittsweise aufrichtete, aber sobald er auf den Füßen stand, war alles da – das Board glitt über die Face der Welle, gewann an Tempo, als die Face steiler wurde, und plötzlich stand er etwas geduckt, stieß das Board durch den schnellsten Teil der Welle wie ein Vogel im Flug, ohne einen Laut außer dem Geräusch der Lip, die hinter ihm aufs Wasser schlug.

Fletcher fuhr fort, sich an seiner Welle entlangzuarbeiten. Die Ritte vervielfachten sich. Er gewöhnte sich daran, wie das große Board über die Wasseroberfläche glitt. Er fand heraus, daß das Gewicht des Boards und die Führung seines Rails ihm ermöglichten, früh hineinzugehen und dann eine schnelle Bahn zu halten.

Anfangs war die Kälte schmerzhaft, aber mit der Zeit setzte eine gewisse Klarheit ein. Er sah die Linien der Klippen, den spitzen Winkel der Felsen und die Reflektion des letzten Lichts auf einer tiefroten Sandbank mit frischem Blick. Aber es war mehr, als diese Dinge nur zu sehen, er wurde ein Teil davon, und darin lag der Kick. Es spielte keine Rolle, daß er in mittleren Jahren und außer Form war und auf mittelmäßigen Wellen kaum mehr als die Grundlagen praktizierte. Er war zu einem Ort von großartiger Schönheit gekommen, aber die Wellen und der Akt, sie zu reiten, waren nötig gewesen, um ihn teilhaben zu lassen. Es war eine schlichte Wahrheit, war immer eine schlichte Wahrheit gewesen, und er war zu lange ohne sie ausgekommen.

Irgendwann verlor er seinen Startpunkt in der steigenden Flut. Doch jetzt war sein Selbstbewußtsein wieder da, und er paddelte zum Nordende der Bucht, vor die Felsen, obwohl die Wirbel von den Faces der Wellen jetzt verschwunden waren.

»Dr. Fun«, sagte Harmon, als Fletcher sich hochzog und sich rittlings auf sein Board setzte. »Wo hast du dich die ganze Zeit versteckt?«

Sie surften noch etwa eine Stunde lang. Die meiste Zeit ritten sie die Wellen, ohne zu reden, während die Sonne aus einem dichten Wolkenband zum fernen Horizont wanderte, ein großer, orangefarbener Buddha, der sich ins Meer ergoß. Danach machten sie am Strand ein Feuer und standen, die Neoprenanzüge auf die Hüften hinuntergerollt, um die Flammen herum, wärmten sich Brustkorb und Hände, drehten sich dann um und wärmten ihre Rücken, bevor sie das kalte nasse Gummi abschälten und hastig in ihre Kleider schlüpften, da der Wind jetzt heftig und kalt blies.

Während sie sich noch anzogen, lenkte Drew ihre Aufmerksamkeit auf ein plötzliches Brodeln und Spritzen vor der Landspitze, nicht weit von der Stelle, wo sie gesurft hatten, und sie glaubten mindestens einen dunklen Umriß durch die Wasseroberfläche brechen zu sehen, obwohl aus ihrer Perspektive bei böigem Wind und untergehender Sonne nicht ganz deutlich war, was dort vor sich ging.

»Ein Hai hat eine Robbe geschnappt«, sagte Drew. Er spähte wie gewöhnlich mit zusammengekniffenen Augen aufs dunkler werdende Meer.

»Niemals«, sagte Robbie Jones.

»Was meinst du denn, was das war?« fragte Harmon ihn.

Robbie Jones blickte zu der Stelle hinaus. »Meinst du wirklich? Genau da waren wir die ganze Zeit, Mann.«

»Kein Spaß.«

Alle drei schauten sie aufs Wasser.

»Das ist genau da, wo das Riff sein muß. Typisch für sie. Die Viecher lieben Felsvorsprünge, Untiefen und Riffs, tiefes Wasser in der

Nähe von seichtem, damit sie etwas haben, um sich zu verstecken. Man sieht den Scheißkerl erst, wenn er dich rammt oder dich beißt je nach dem, was zuerst kommt.«

Drew schien das amüsant zu finden und stand kichernd am Feuer, während die Flammen Funken in den Wind streuten.

»So ist Mutter Natur nun mal«, sagte Drew. »Immer für Überraschungen gut.«

Fletcher zog einen Parka über seinen Pullover. Robbie Jones schaute noch immer aufs Wasser. Drew hatte noch immer den Oberkörper entblößt, so daß sie die Narben sehen konnten. Er hockte vor dem Feuer und schürte es mit einem Stock.

»Japaner haben mal ein schwangeres Weibchen gefangen«, erzählte Drew. »Vor drei, vier Jahren. Das erste überhaupt. Über fünf Meter. Sie haben das Vieh aufgeschnitten, und ratet mal, was sie gefunden haben. Zehn voll ausgebildete Embryos, jedes einen guten Meter lang. Und was haben sie noch gefunden? Zähne. Die Mägen der Babys waren voll von diesen winzigen Zähnen.«

Drew blickte zu ihnen hoch und lächelte. »Die kleinen Viecher schwimmen im Bauch rum und fressen sich gegenseitig auf. Zum Schluß überlebt nur eine Handvoll der stärksten. Das Ding ist ein Raubtier, noch bevor es geboren wird.«

Drew stocherte ein letztes Mal im Feuer und sah Robbie Jones an. »Wie heißt es noch über das alte friedliebende Königreich?« fragte er.

Als Robbie nichts sagte, lachte Drew erneut. »Ich habe gesehen, daß jemand eine Parodie des Gemäldes gemacht hat«, sagte er.

»Was für ein Gemälde ist das?« fragte Robbie.

Harmon schüttelte den Kopf. »Das friedliebende Königreich. Ihr wißt schon, das Lamm liegt beim Löwen, und das Kind spielt Flöte auf dem Loch der Natter. Das ist das Gemälde. Ich rede von einem Druck. Eine Parodie auf das Bild. Alle Tiere auf dem Druck fraßen sich gegenseitig auf. So ist es doch auch, meint ihr nicht? Ihr oder sie. Und nur die Stärksten überleben.«

»Hey, Mann, was du um dich rum siehst, ist nicht Gottes Plan. Der Mensch hat es verpfuscht, das ganze Ding ist in die Hose gegangen.«

»Was denn? Willst du behaupten, die Tiere haben sich nicht gegenseitig aufgefressen, die Fische haben sich nicht gegenseitig aufgefressen, die Insekten haben sich nicht gegenseitig aufgefressen, bis der Mensch es verpfuscht hat?«

Robbie Jones zuckte die Achseln. »Ich weiß nur eins, Mann: Die Welt befindet sich in der Macht des Bösen. Deshalb ist sie auf Zerstörung programmiert.«

»Und beim nächsten Mal das Feuer.«

»Ganz genau.«

Drew lächelte. »Dann sag mir eins, du Schlaukopf. Wenn der alte Mann alles abbrennt, was machst du dann statt der Wellen?«

Robbie Jones sah ihn an. »Ach, Quatsch, Mann. Ich schätze, ich werde mir auf irgendeinem Loch ein Liedchen pfeifen müssen.«

Drew Harmon sah Fletcher an. »Wie redest du mit einem solchen Mann?« fragte er.

»Gar nicht«, antwortete Fletcher. Er entfernte sich ein paar Schritte von den beiden und betrachtete den blutbefleckten Ozean, und seine Gedanken kehrten zu dem Jungen in dem roten Flanellhemd zurück, als der Mond begann, das Wasser mit einem silbernen Licht zu bestreichen. Als er sich umdrehte, um den Mond selbst zu sehen, sah er, daß ihm das verwehrt war, denn aus seiner Position am Strand, am Fuß der Klippen, war der Mond vor ihm verborgen, und es blieb ihm nur, ihn sich vorzustellen, wie er sich wie ein Raubtier zwischen den Galgenformen der Bäume bewegte, die den Felsvorsprung hoch über ihnen säumten und die, zusammen mit dem Meer und den Felsen, ihr Gefängnis vervollständigten.

23

Die Nacht in Neah Heads war schlimm für sie, fast so schlimm wie die Nacht zuvor, mit dem Unterschied, daß einer sich enthielt, und an den beiden, die es nicht taten, bemerkte sie eine Veränderung. Sie waren weniger grob, wenn auch gleichzeitig zu größerer Heftigkeit neigend, so als seien jetzt die Einsätze erhöht und ein Willenskampf entbrannt. Diese atmosphärische Veränderung, die sie als Sieg für sich buchte, war eine zerbrechliche Sache. Sie vermutete, daß sie für einen Preis erworben war, den sie noch nicht benennen konnte, doch darüber würde sie später nachdenken, und als die Männer wieder zu ihrem Feuer und ihren Drinks gegangen waren, wandte sie ihre Aufmerksamkeit mit einer Zielgerichtetheit, die sie vorher nicht gekannt hatte, ihrer näheren Umgebung zu.

Es gab keinen Weg aus der Kiste hinaus. An diesen Gedanken hatte sie sich gewöhnt. Zwar war das Gefährt lächerlich anzusehen, aber es war von jemandem gebaut worden, der sich auskannte. Die schmalen Schiebefenster aus Glas könnte man einschlagen, aber sie waren zu schmal, um hindurchzukriechen. Die rückwärtige Tür war stabil wie ein Stück Eichenholz, und das führte sie zu der Frage, ob sie die erste Gefangene in dieser Kiste war und, falls nicht, was mit den anderen geschehen war.

Das Loch, das man zwischen Fahrerkabine und Wagenhaus geschnitten hatte, war sogar noch schmaler als die Seitenfenster. Man konnte jedoch einen Arm hindurchstecken, und genau das tat sie jetzt. Sie hatte die Vorstellung, daß sie nach etwas suchte, und sie würde es wissen, wenn sie es fand. Wenn sie ihre Schulter in die kleine Öffnung drückte, konnte sie den größten Teil der Sitzbank abtasten.

Bis auf die Risse in dem Kunststoffpolster war wenig zu fühlen. Doch dann kam sie zu etwas, das sich wie eine Papiertüte anfühlte. Sie konnte sie so eben mit der Spitze ihres kleinen Fingers berühren. Sie wand und streckte sich, preßte Achselhöhle und Hals gegen die Sperrholzkanten des Lochs. Für einen kurzen Moment hatte sie

Angst, sie könne steckenbleiben und entdeckt werden, obwohl die Männer ihr wohl kaum noch mehr würden antun können. Schließlich schaffte sie es, einen Rand der Tüte zwischen zwei Fingerspitzen zu bekommen. Es reichte, um sie heranzuziehen und schließlich durch die enge Öffnung zu zerren.

In der Kiste war es ziemlich dunkel geworden. Als sie den Inhalt der Tüte ausgeschüttet hatte, machte sie sich daran, jedes einzelne Teil zu untersuchen und wie eine Blinde festzustellen, um was es sich handelte. Zum Tüteninhalt gehörte auch ein Streichholzheftchen, und als sie es gefunden hatte, behielt sie es für eine Weile in der Hand. Nach einigem Nachdenken zog sie den Vorhang zu. Sie steckte die Gegenstände wieder in die Tüte und stellte die Tüte in eine Ecke, bis es ihr gelang, genug von der Matratze hochzuhieven, um damit das Fenster abzudecken, das von der Hütte aus zu sehen war. Dann erst zündete sie ein Streichholz an, um deutlicher zu erkennen, was sie gefunden hatte.

Außer den Streichhölzern hatte sie eine Tüte Erdnüsse, ein Päckchen Zigaretten, einen Satz Desert-Storm-Sammelkarten, eine Mundharmonika aus Plastik und ein Herren-Portemonnaie. Sie setzte sich mit dem Rücken zu der Matratze, zündete ein zweites Streichholz an und untersuchte den Inhalt des Portemonnaies. Es enthielt zweiundvierzig Dollar, ein Heftpflaster und einen Führerschein.

Es war der Führerschein des dünnen Indianers. Überraschenderweise trug er auf dem Foto falsche Zähne und machte einen etwas weniger gestörten Eindruck. Sie sah, daß er William Longtree hieß. Er war ein Meter achtundsiebzig groß und wog achtundsechzig Kilo. Er war fünfunddreißig Jahre alt. Das konnte sie kaum glauben, sie hätte ihn auf mindestens fünfzig geschätzt. Doch wenn sie es richtig überlegte, schien es noch merkwürdiger, daß er überhaupt ein Alter hatte, daß ihm einmal jemand einen Namen gegeben hatte, daß er einer Mutter Sohn war oder daß er jemals etwas anderes gewesen war als die Mutantengestalt, die sie in der Nacht wahrgenommen hatte. Diese Überlegung löste Kummer in ihr aus, auch wenn sie nicht zu sagen vermochte, worauf dieser Kummer sich bezog oder von wo er entsprungen war, denn in ihren Augen hatte er aufgehört, ein Mann zu sein. Und trotzdem, dachte sie, war er nicht viel älter als sie. Und fünfunddreißig war jung, um zu sterben.

Der Plan war natürlich voreilig, doch sie war längst darüber hinaus, sich Gedanken dieser Art zu machen. Sie war an einen Ort jenseits der Vernunft gelangt. Ihr Abkommen war besiegelt, und zwar mit der Dunkelheit. Sie hätte den Hauswagen verbrennen können, und sich mit ihm, und wenn es nur dazu diente, die Männer um ihren Spaß zu bringen, aber dann wären da noch immer die Männer am Strand, die niemand warnen oder beschützen würde, und was immer Drew sein mochte oder getan haben mochte, er hatte sie einmal von einem schlimmen Ort fortgeholt, und es war ihm mit ihrem Schweigen, ihren Krämpfen und Halluzinationen vergolten worden. Und deshalb riß sie einen Fetzen von der Decke ab. Sie wickelte die Streichhölzer und den Führerschein darin ein und steckte alles in ihren Hosenbund. Die anderen Sachen steckte sie wieder in die Papiertüte, die sie zurück auf die Sitzbank des Trucks bugsierte, und nachdem sie das getan hatte, nahm sie die Matratze vom Fenster weg und legte sich in der Dunkelheit hin. »Rebellion ist wie die Sünde der Hexerei«, hatte jemand gesagt. Aber sie antwortete: »Ich bin ein Geheimagent des Mondes. *Spirita sancta*. Heilig, heilig, heilig.«

24

Die Surfer standen wie am Vortag im Dunkeln auf. Erneut trieb Drew sie an. Die erste Ebbe kam früh, und er wollte das Steinfeld bis zum Mittag überquert haben.

Sie marschierten fast ohne zu sehen, und ganz gewiß, ohne gesehen zu werden. Sie bewegten sich zwischen steinernen Gängen und von Flechten schlüpfrigen Spalten. Sie bewegten sich zwischen Felsen, die zu jeder erdenklichen Gestalt geformt waren. Einige waren so spitz und perfekt rund, als wären sie für Gleisnägel einer viel größeren Welt geschaffen als der, in die sie hineingefallen waren. Andere waren riesig und rund und glatt wie Murmeln, während wieder andere zu Formen zerbrochen waren, die zu phantastisch waren, um ihnen Namen zu geben, und sie gingen hindurch, als wären es Portale oder Türen zu anderen Zeiten und Orten, obwohl die Szenerie auf der anderen Seite immer so war wie die, die sie hinter sich gelassen hatten.

Am frühen Vormittag war der Nebel dünner geworden, und sie kamen zu einem langen, schmalen Uferstreifen am Fuß hoher Klippen, der einen seltsamen Anblick bot, denn an dieser Stelle trafen sie auf vielleicht ein Dutzend Hirsche, die offenbar von der Klippe gestürzt waren und jetzt tot im Sand lagen. Sie sahen aus, als hätten sie schon bei Springflut hier gelegen, denn auf einigen lag Seegras, doch waren keine anderen Spuren an ihnen zu sehen, und sie lagen in unterschiedlichen Ruhestellungen, die Augen blind und zu einer fernen Sonne geöffnet.

Wortlos passierten sie die Hirsche, als berge der Anblick dieser toten Tiere ein Omen, das niemand mit Namen nennen wollte. Selbst Drew hatte nichts zu sagen, aber Fletcher sah, daß er stehenblieb und etwas in sein schwarzes Buch schrieb, und danach gingen sie weiter.

In einer anderen Bucht war der Sand schwarz und steil aufsteigend und gesprenkelt mit Bruchstücken von Muscheln und Steinen, die von der Sonne golden gefärbt wurden, und hier stießen sie auf den Kadaver eines kleinen Wals, der von Haien angegriffen und getötet worden war. Große Stücke waren aus dem Walkörper herausgerissen, der an diesen Stellen jetzt schwarz von geronnenem Blut und von Fliegen bedeckt war, und der Gestank war gräßlich, so daß sie rasch und in erneutem Schweigen weitermarschierten. Nicht einmal Drew blieb stehen, um sich etwas in seinem Buch zu notieren. Später allerdings, als sie eine Pause einlegten, um etwas zu essen, und auf einem Steingrat saßen, der in den Ozean hinein verlief, zog der Surfer das Buch wieder hervor und begann zu schreiben.

Fletcher fragte ihn, ob er eine Notiz über den Wal schrieb, und Drew bejahte die Frage.

»Was ist sonst noch da drin?« fragte Fletcher.

Drew blätterte eine Seite zurück und las aus seinem Buch vor: »15. November 1995. Pelikane. Ich surfte auf einer Fünf-Fuß-plus-Welle auf einem Nordwest-Swell. Die Wellen waren beständig sechs Fuß, gelegentlich gab es einen Acht-Fuß-Set. Ich hatte zwei Begleiter, Robbie Jones und Fletcher.« Er blickte vom Buch auf. »Man müßte den Eintrag mit einer meiner früheren Aufzeichnungen abgleichen, um mehr Informationen über Pelikane zu bekommen. Aber es ist alles aufgezeichnet. Ich habe Karten gezeichnet, Fußwege festgehalten ...«

»O Mann«, sagte Robbie, »du könntest diesen Teil der Küste richtig populär machen, wenn du das alles veröffentlichst.«

Drew Harmon sah Fletcher an. »Schlaues Kerlchen«, sagte er.

»Was hast du über den Wal geschrieben?«

»Nur, daß er von einem Hai getötet wurde. Ich mache Notizen von allen Hai-Aktivitäten, die ich finde.«

»Findest du viele?«

Drew lachte. »Man nennt das hier nicht umsonst das Rote Dreieck. Wenn man hier oben rauspaddelt, wird man Teil der Nahrungskette.« Er blickte in die Richtung, aus der sie gekommen waren. »Die Hirsche waren anders. So etwas habe ich noch nie gesehen.«

»Hast du das auch in das Buch geschrieben?« fragte Robbie.

Drew sah ihn an. »Kennst du deine Bibel?« fragte er.

»Zum Teil, ja.«

»Und woran hat dich das denken lassen, als du all die toten Tiere am Fuß der Klippen gesehen hast?«

Robbie saß, in einen karierten Pullover gehüllt und mit einer grauen Mütze auf dem rasierten Schädel, ein Stück entfernt. Fletcher sah die graue Kappe im grauen Licht hüpfen. »An Jesus, der die Dämonen in die Säue fahren läßt«, sagte Robbie schließlich.

»Ganz genau«, sagte Harmon. »Der Besessene bei den Gräbern. Das habe ich in das Buch geschrieben. Markus-Evangelium, Kapitel fünf.« Der große Mann schaute aufs Meer, und als er weitersprach, zitierte er die Heilige Schrift mit diesen Worten: »Denn er war oft mit Fesseln und Ketten gebunden gewesen und hatte die Ketten abgerissen und die Fesseln zerrieben; und niemand konnte ihn zähmen. Und er war allezeit, bei Tag und Nacht, auf den Bergen und in den Gräbern, schrie und schlug sich mit Steinen.«

Robbie Jones hatte sich auf dem Stein halb herumgedreht, um den älteren Surfer zu betrachten. Sein rasierter Schädel schaute unter der Mütze ein Stückchen hervor und war in Licht getaucht, und er sah in Fletchers Augen nicht gerade so aus wie jemand, der geistig völlig gesund war.

»Die Gnade Gottes steht jedem offen«, sagte Robbie.

»Glaubst du nicht an die unverzeihliche Sünde?«

»Apostasie.«

»Sonst nichts?«

»Mörder, Ehebrecher, Diebe, Lügner. Dies sind einige von euch gewesen. Ihr seid reingewaschen im Blut des Lammes. Alles«, sagte Robbie Jones, »kann vergeben werden, wenn man Vergebung sucht. Bis auf die Sünde der Apostasie, weil sie sich gegen das Blut Christi wendet.«

Drew Harmon hockte eine Zeitlang auf seinem Stein. Das Buch hatte er wieder geschlossen. »Was sagt das Gesetz?« fragte er. »Das Gesetz sagt, du sollst kein Blut vergießen.«

»Was ist das?« fragte Robbie Jones.

»Bela Lugosi. *Insel der verlorenen Seelen*.«

»Blödsinn, Mann. Ich rede mit dir über die Bibel. Und du erzählst mir was über einen Film.«

»Vielleicht ist es nicht mehr, was, Bruder? Es ist alles ein Film. Eine Verführung des Lichts.«

Angewidert schüttelte Robbie Jones den Kopf. Drew Harmon drehte sich zu Fletcher um und zwinkerte. Er hatte ein Pop-Tart in einer Hand, und in seinem Bart waren Krümel. Es schien, als wollte er gerade etwas sagen, als er plötzlich die Hand hob und sie aufforderte, zu lauschen. Sie hörten ein tiefes, fernes Donnern über dem Wasser widerhallen, und Drew mußte ihnen nicht sagen, was das war.

»Ist es das?« fragte Robbie Jones.

»Ist das was?«

»Heart Attacks.«

Drew Harmon zuckte die Achseln. »Meinst du, die Stelle hier ist leicht zu finden?« fragte er.

»Ich hab nur gefragt, ob es das ist.«

»Ja, das haben eine Menge Leute eine lange Zeit gefragt. Ist es das? Ist es das?«

Verärgert darüber, daß er nachgeäfft wurde, entfernte Robbie sich noch weiter und setzte sich an den Rand eines Beckens, in dem noch Flutwasser stand.

Drew Harmon ignorierte ihn und redete weiter. »Das ist heiliges Land dort«, sagte er. »Die Indianer haben davon gewußt. So wie die Hawaiianer von Waimea gewußt haben. Die Welle ist so groß wie Waimea, aber länger, tiefer, mehr Sections. Man kann die Welle eine halbe Meile lang reiten. Vielleicht noch länger.«

Fletcher schaute zu Robbie Jones, der dort im kalten Licht kauerte, ein einsamer karierter Bussard, auf einem trostlosen Felsen vor einem trostlosen Meer hockend. Nichts verriet, ob er verfolgte, was Drew sagte. Und nichts verriet, ob es ihn interessierte. Er schien ebenso viel mit sich selbst wie mit jedem seiner Begleiter zu reden.

»So eine Welle habt ihr noch nie gesehen«, sagte Drew zu sich selbst. »Wie J-Bay, aber so groß wie Waimea.« Er biß ein großes Stück von dem Pop-Tart ab und schaute gedankenverloren auf einen milchigweißen Horizont. »Deshalb braucht ihr das längere Board und das zusätzliche Gewicht, damit es euch durch die Sections trägt.«

Während Drew redete, versuchte Fletcher erneut, vor seinem geistigen Auge die Karten auszubreiten, die er im Verlauf dieser Reise studiert hatte. Er erinnerte sich an Farben, an das Grün des Nationalparks und das Rosa von Indianerland, die sich wie in einem Flikkenteppich über ein weißes Feld erstreckten, das von Sweet Home aus nach Norden verlief und auf keine Straße und keine Ortschaft mehr traf, sondern bis über die Grenze reichte – ein fünfzig Meilen langer Streifen in den Bundesstaat Oregon hinein. Drew hatte von einem Tagesmarsch gesprochen, doch sie waren schon fast zwei Tage unterwegs, und während Fletcher den großen Mann reden hörte, packte ihn das unbehagliche Gefühl, daß der Mann etwas beschrieb, was er zu finden gehofft hatte, und nicht etwas, das er tatsächlich gefunden hatte. Diesem Gedanken folgte sofort der nächste: das Fehlen eines fotografischen Beweises, die Beharrlichkeit, mit der jemand, der hier gewesen war, wiederholte, daß Heart Attacks bloß ein Gerücht sei – wie das Foto der vagabundierenden Welle, das Miklos Dora angeblich in seiner Brieftasche trug. Bisher hatte er Drew zumindest für einen kenntnisreichen Führer gehalten. Doch seine neu entdeckte Paranoia wollte sich nicht wie gewünscht verflüchtigen, und in der Hoffnung auf Zuversicht betrachtete er den großen Mann neben sich erneut. Er sah eine in Nebel gehüllte Gestalt, fast wie eine Wasserspeierskulptur, die mächtigen Schultern zum Buckel gewölbt, die Augen zu Schlitzen verengt; die rote Schnabelnase wies auf einen verlorenen Horizont, das Haar war über eine hohe, knochige Stirn feucht nach hinten gekämmt.

Es war, befand Fletcher, kein hübscher Anblick, und er wandte den Blick ab. Hätte der Mann diesen Ort nicht irgendwo außerhalb seines Kopfes gesehen, hätte er bestimmt nicht einen Fotografen und zwei Pros so weit nach Norden geholt, hätte keine Versprechungen gemacht, die er nicht einhalten könnte, hätte nicht riskiert, sich selbst als Narren darstellen zu lassen. In diesem Augenblick hörte

Fletcher ein Geräusch, von dem er im ersten Moment annahm, es sei vom Meer erzeugt, so hoch und durchdringend und willkürlich erschien es ihm, und als er sich nach der Quelle dieses Lautes umsah, entdeckte er, daß er von Drew Harmon stammte, daß der Mann, in Gedanken verloren, seine Begleiter vergessend, den Blick auf das erbarmungslose Meer gerichtet, tatsächlich begonnen hatte, so etwas wie ein summendes Geräusch von sich zu geben, ein Lied nur für sich selbst.

25

Mit der Morgendämmerung kamen die Männer zu ihr. Mit ihnen kamen der Nebel und das Nieseln, aber sie war sicher, daß sie mit der Einschätzung der Veränderung ihrer Stimmung recht gehabt hatte. In diesem Licht wirkten sie ernster und abgehärmter, als wäre dies ein Martyrium, das sie nicht nur ihr auferlegt hatten, sondern an dem sie selbst teilhaben wollten, auch wenn keiner von ihnen das jemals so ausgedrückt hätte. Es war natürlich möglich, daß sie sie falsch verstand. Sie waren jetzt einen Tagesmarsch von ihrem Abschuß entfernt, und vielleicht war es das, was sie veränderte. Schließlich war Blut der Stern, um den ihre Welt kreiste. Aber im Grunde glaubte sie das nicht.

Es gab keine Versuche, Spielchen mit ihr zu treiben oder ihr auch nur in die Augen zu schauen, mit Ausnahme des kräftigen Mannes, desjenigen, der sich enthalten hatte, und seine Augen waren so dunkel und tot wie die einer Meereskreatur, deren Augen das Licht immer verborgen geblieben war. Man gab ihr Rindfleisch und Wasser und sagte ihr, sie solle es zu sich nehmen und bei sich behalten, weil sie einen langen Fußweg vor sich hätten, und sie gehorchte.

Danach fuhren sie nur ein kurzes Stück bis zur Grenze des Reservats, von wo aus die Fußwege südwärts führten. Sie parkten neben der Straße am Beginn eines Pfades. Der Morgen war noch grau und kalt, und außer ihrem Wagen gab es kein Auto hier.

Zwei Schilder markierten den Beginn des Weges. Auf dem einen stand: »Vorsicht. Ungesicherte Wege. Gefährliche Klippen.« Das zweite war recht groß. Auf ihm war die Strichzeichnung eines Haifischs, und darunter stand: »Vorsicht. Gefährliche Strände. Starke Unterströmung. Querströmungen. Plötzliche Wellenbildung.« Als wäre dies noch nicht genug, den Durchschnittsschwimmer zu entmutigen, folgte die Aufzählung von mindestens einem halben Dutzend Hai-Attacken seit 1975.

Kendra betrachtete die Schilder und dachte an das erste Mal, als sie sie, damals zusammen mit Drew, gesehen hatte, und sie erinnerte sich, welche Ängste sie in ihr ausgelöst hatten. Aber Drew hatte sie mit einem Lachen abgetan und ihr gesagt, das seien die Stellen, an denen er sich auskenne und wohl fühle. Und so war es dann auch gewesen. Sie erinnerte sich an ihr ehrfürchtiges Staunen darüber, unter welchen Bedingungen er ins Meer paddelte, und wie er manchmal stundenlang verschwunden blieb. Anfangs hatte es für sie keine Erkundungsgänge gegeben. Sie war dort draußen am Strand geblieben, hatte darauf gewartet, ihren Mann ab und zu sehen zu können, wenn er weit vor dem Ufer die Oberfläche einer riesigen Welle hinabglitt, so als könne sie durch ihre ständige Anwesenheit seine sichere Rückkehr gewährleisten. Mit der Zeit jedoch hatte sie seine Fähigkeiten auf den Wellen zu akzeptieren gelernt und seine Rückkehr als Selbstverständlichkeit angenommen. Damals hatte sie sich zu ihren eigenen Abenteuern aufgemacht und war zu einer vorher vereinbarten Zeit zum Strand zurückgekommen. Sie konnte jedesmal sicher sein, ihn dort zu finden. Er kam dann durch den Sand auf sie zugerannt, vor Kälte fröstelnd und ein wildes Licht in den Augen, das sie als Beweis für das Geheimnis angesehen hatte, dem er in einer Welt begegnete, die sie sich nur vage vorstellen konnte. Und vielleicht war es auch tatsächlich so, auch wenn sie hier und jetzt, an diesem Morgen, zu glauben geneigt war, daß das, was sie gesehen hatte, mehr als der erregende Kitzel einer Jagd gewesen war. Es war dunkler als das, dachte sie. Es war das Bild von etwas anderem, das glühend durchschimmerte und das sie gesehen hatte – vielleicht das Licht, dem Amanda Jaffey in ihrem letzten Moment ausgesetzt gewesen war. Sie kam zu dem Schluß, daß es ein Aspekt des ihr bestimmten Schicksals war, daß sie es so sehen sollte.

Als der Hupa und seine beiden Begleiter die erforderliche Ausrüstung zusammengesucht hatten, brachen sie auf. Nach einiger Zeit erreichten sie grasbewachsene Kliffs, die schließlich zu den Klippen von Devil's Hoof führten. Der Weg knickte hier in Richtung der Strände von Big Sandy ab und folgte dem Umriß des Hufes. Es war ein kahler, windiger Landstrich. Und wenn sie auch noch zu weit entfernt waren, um es zu sehen, konnten sie doch das Geräusch der Wellen auf dem Fels hören und das Salz in der diesigen Luft schmekken.

Mehrere Male stießen sie auf Tierknochen, ganze Skelette, an manchen hingen noch Fetzen von Fell, andere waren weiß gebleicht oder zersetzten sich in der salzigen Luft. Kendra ging in den Kleidern, in denen man sie gefangen hatte, in Bluse und Pantalons, die vor ihr einem toten Mädchen gehört hatten. Sie trug noch ihre Wanderschuhe, aber die Jacke, die sie in den Wäldern getragen hatte, schien sich jemand angeeignet zu haben. Für einige Zeit setzte die Kälte ihr zu. Ebenso setzten ihr die Nesseln zu, die hier zwischen Grasbüscheln wuchsen, denn die Pantalons waren dünn und an zahlreichen Stellen aufgerissen. Die Nesseln, entdeckte sie, hatten die Wirkung, ihre Beine erst zu jucken und dann gefühllos werden zu lassen, aber schließlich brachte die Erschöpfung sie so weit, daß sie wie eine Schlafwandlerin weiterging. Zweimal stürzte sie und wurde dafür mit einem Tritt gegen die Seite oder die Hüfte bestraft. Beide Male half William Longtree ihr auf die Füße. Mit der Zeit begann sie zu reden. Sie sagte einfach alles, was ihr in den Kopf kam. Sie erzählte ihnen vom Prinzipal des Bösen. Man nannte ihn den König der Finsternis, sagte sie, und er lebte in dem Land der Finsternis, das von seinen fünf Äonen umgeben war, den Äonen von Rauch, Feuer, Wind, Wasser und Finsternis …

Bei ihren Entführern löste ihr Gerede nur Kopfschütteln und ein paar lahme Scherze aus, aber sie glaubte, daß es sie auch beunruhigte, und deshalb ging sie weiter und ließ ihr Plappern vernehmen, wenn sie denn überhaupt sprach, obwohl das Plappern ständig in ihrem Kopf zu sein schien, in rhythmischem Einklang mit ihrem Gang, sei es auf einem langsam abwärts führenden Weg, sei es auf den langen Strecken mit Gras und Wind und den Tierknochen. Und während des langen Marsches ging der kräftige Mann immer voran. Sein Gewehr steckte jetzt nicht mehr in dem Futteral, das Zielfernrohr war aufgeschraubt, und immer wieder blieb er stehen und schaute durch das Fernrohr, und manchmal verfolgte er die Bahn eines Meeresvogels, als wolle er ihn abschießen. Bei diesen Gelegenheiten blieben die Männer stehen und sahen ihm zu, aber der kräftige Mann feuerte die Flinte niemals ab. Er schaute einen Moment lang durch das Fernrohr, als müsse er sich über irgend etwas vergewissern, dann hängte er sich die Flinte wieder über die Schulter und setzte den Marsch fort, und die anderen folgten, und auch Kendra ging weiter, mit ihren gefühllosen Beinen und ihrem Geplapper, das mit der Zeit gar nicht mehr wie Geplapper wirkte, sondern wie die Wahrheit, wie sie sie kannte.

26

Travis hatte den größten Teil der Nacht mit Packen verbracht. Einmal hatte er eine kurze Pause eingelegt, um alle seine Ex-Frauen anzurufen und ihnen zu sagen, sie sollten die Kinder zur Zeit vom Fluß fernhalten und auch keine Ausflüge planen, die weit in die Wälder hineinführten. Als sie ihm versichert hatten, sich seinen Wünschen zu fügen, machte er sich wieder ans Packen und legte nach einigem Nachdenken eine 45er Automatik und zwei Magazine zu seinen Sachen. Das wäre zwar zusätzliches Gewicht, aber er hatte keinen Zweifel, daß die Männer von oben am Fluß bewaffnet kommen würden, und die Pistole einzupacken, schien ihm in diesem Augenblick eine gute Idee zu sein.

Jetzt stand er unter einem Morgenhimmel von der Farbe eines toten Fernsehgeräts neben seinem Pickup und dachte noch einmal über die Entscheidung nach. Es war eine Frage des Gewichts. Das Kajak hatte er schließlich erst kürzlich erworben, insofern beschränkte sich seine Erfahrung auf ein paar nahegelegene Buchten mit schwacher Brandung. Jetzt würde er ohnehin schon mehr Gewicht als jemals zuvor transportieren, und er bedachte wieder die besondere Anordnung von Land und Meer, die er an diesem Tag zu durchqueren hoffte.

Er hatte schon immer gemeint, daß Devil's Hoof nicht die Form eines Hufes, sondern eher die eines Schuhs hatte, dessen Zeh sich in eine große natürliche Bucht erstreckte. Travis hatte vor, sich von seinem Vater so weit wie möglich an die Bucht heranbringen zu lassen. Solange sie sich leewärts vom Hoof hielten, wäre der alte Mann in der Lage, ihn so abzusetzen, daß er der kräftigen Dünung, die von Norden hereindrückte, nur minimal ausgesetzt wäre. Dann würde Travis im Kajak an den Strand paddeln, wo er, dessen war er sicher, Drew Harmon und die anderen finden würde.

Als er diesen Plan ersonnen hatte, war er ihm mehr oder weniger vernünftig erschienen. Als er jetzt in Kälte und Dunkelheit stand und das Gewicht der Pistole der Ausrüstung hinzufügte, die er bereits über dem kleinen Gepäckfach auf dem Deck festgeschnallt hatte, war er sich weniger sicher. Es schien alles ein bißchen verrückter im kalten Licht des Tages, das die simple Wahrheit unübersehbar machte: daß er ohne die Verwicklung von Kendra Harmon zweifellos dem Hinweis des Sheriffs gefolgt wäre, die Surfer wegen ihrer Sturheit zu verfluchen und auf ihre Rückkehr zu warten. Die Frau war es, die ihn im Morgengrauen auf die Beine brachte. Wenn sie in Gefahr war, wollte er es wissen. Wenn sie mit den Surfern an den Stränden war, gab es die Aussicht auf einen Tag in ihrer Gesellschaft auf den Wegen, die zu den Heads zurückführten. Also steckte er die Waffe in einen Gore-Tex-Beutel und machte sich daran, ihn auf dem Deck seines Kajaks festzuzurren, das seinerseits auf der Ladefläche seines Trucks festgezurrt war, und die ganze Zeit grinste er irgendwo in seinem Inneren vor sich hin wie ein Esel am Fenster, zufrieden mit dem klammheimlichen Vergnügen daran, daß er nicht wie seine Frauen war, fett und selbstgefällig geworden in einem geordneten Leben. Zu guter Letzt war er noch immer ein Spieler, einer, der an das verrückte romantische Abenteuer glaubte.

Sein Vater saß auf einem Hocker im Marlin, einem Coffee-Shop, den die einheimischen Fischer gern aufsuchten. Es war ein Lokal, in dem sie die Zeit in Gesellschaft miteinander verbringen konnten, um das Ende von Stürmen, Nebelbänken und Sturmfluten abzuwarten. Der Raum bestand aus Fischernetzen und türkisfarbenem Kunstleder und hatte große Panoramafenster zum Hafen hin, der an diesem Morgen unsichtbar hinter dem schmierigen Tafelglas und der rauchigen Luft lag.

»Ich weiß nicht«, sagte sein Vater. Er blies in seinen Kaffee, als Travis sich neben ihn setzte. »Der Nebel ist biestig, und Sturm kommt auf. Die äußeren Bojen zeigen sich bei zwanzig Fuß.«

Travis besah sich sein Spiegelbild im Fensterglas. Er bestellte eine Tasse Kaffee.

»Vielleicht besser, wenn du es für heute abbläst«, sagte sein Vater.

»Die Bucht liegt normalerweise ziemlich geschützt. Bei Nebel ist es dort vielleicht sogar besser.«

Der alte Mann sah ihn über den Rand seiner Tasse hinweg an. »Du willst aber verdammt dringend da raus.«

Travis zuckte die Achseln.

»Wie kommst du zurück?«

»Zu Fuß.«

»Bis zum Ort?«

»Campingplatz an den Heads. Ich kenne da ein paar Leute. Ich laß mich von jemandem fahren.«

Sein Vater nickte. »Passen wir auf den Nebel auf«, sagte er. »Ich denke, er wird sich heben.«

Bis mittag hatte sich der Nebel in Richtung Stadt gelichtet, lag aber noch dicht auf dem wogenden Ozean. Travis sah sich genötigt, zu betonen, daß der alte Mann die Gewässer kannte, daß er mit Instrumenten ausgestattet war und zwischen Hafen und Bucht seinen Kurs wohl kaum verlieren würde.

Der alte Mann blickte zum Hafen.

»Wenn wir zu lange warten, kriegen wir womöglich Sturm.«

Schließlich seufzte der alte Mann. Er drückte seine Zigarette aus und ging mit Travis zu den Docks, wo sein Trawler in der sanften Dünung des Hafens dümpelte. Das Kajak trugen sie zwischen sich. Der alte Mann hatte nichts gesagt, aber mit skeptischen Augen zugeschaut, als Travis es von seinem Truck losband. Eine große grauweiße Möwe beäugte sie von der Spitze eines Betonpfahls aus. Der Vogel ließ sie bis auf fünf Meter herankommen, bevor er sich in die Luft erhob.

Travis' Vater ging an Bord, kontrollierte die Instrumente und zündete den Motor, während Travis die Fender einholte und die Deckleinen aufrollte – Routinegriffe, die er als Junge gelernt hatte, als sein Vater es noch unterstützte, daß sein Sohn in seine Fußstapfen treten wollte, denn damals konnte ein Mann vom Meer recht gut leben. Doch das war Vergangenheit, und beide Männer wußten es, deshalb machte es nichts aus, daß Travis des Fischgestanks überdrüssig geworden und auf die Schule gegangen war, um dann nach Hause zurückzukommen und teilnahmslose Indianer zu beraten, denn die gab es noch reichlich, und sie hatten zahlreiche Abneigungen, die sich zum Teil gegen Männer wie Travis' Vater richteten, die zum Teil aber auch dem Groll glichen, den der alte Mann selbst hegte. Und auch das wußten beide Männer, und zwar auf eine Weise, die es überflüssig machte, darüber zu reden.

Sie hatten kaum Begleitung, als sie den Kanal ansteuerten. Ein paar Fischer winkten ihnen von den Docks aus zu. Ein alter Mann, der seit Travis zurückdenken konnte auf einem Schleppkahn wohnte, den er zu einer Art Hausboot umgebaut hatte, stand mit seinem alten schwarzen Hund an Deck, rief zu ihnen hinüber und wollte laut lachend wissen, was McCade wohl in einem Sturm fangen wollte.

Travis' Vater winkte, und Travis sah zu dem alten Mann und seinem alten Hund auf ihrem alten grünen Schiff, das dieselbe Farbe schon gehabt hatte, als er noch ein Junge gewesen war, und seit dieser Zeit wahrscheinlich noch nie einen neuen Anstrich gesehen hatte, und das sagte er auch zu seinem Vater. »Wird der Alte denn nie sterben?« fragte er.

Sein Vater beobachtete den Kanal und spähte gelegentlich zu den Dünungslinien, die wie Hügelketten über den Horizont rollten.

»Er wird sterben«, sagte sein Vater. »Nur wird er vorher noch zu deiner und meiner Beerdigung kommen.«

Travis nickte und fragte sich, ob sich das bewahrheiten würde.

Inzwischen hatten sie die Hafeneinfahrt erreicht, wo die großen von Rost und Möwendreck bedeckten Bojen schwankten wie trunkene Bittsteller der Heilsarmee, die ihre Glocken läuteten und sie zum Eintritt in ein Heim für Geistesverwirrte bewegen wollten.

Sie hatten tatsächlich schwere See, und auch ohne die Umfahrung der Landspitze von Devil's Hoof fuhr der alte Trawler einen Korkenzieherkurs, während er stetig nordwärts stampfte, die Hänge der Grunddünungen erklomm und dann auf der anderen Seite hinabglitt, um auf den nächsten Wellenberg zu treffen, der manchmal das Bugspriet gänzlich eintauchen ließ, die Decks mit Wasser überspülte und dem alten Mann einen johlenden Schrei entlockte. Auch Travis gewann aus diesem Geschehen ein unerwartetes Hochgefühl, denn es war einige Zeit her, daß er auf offener See gewesen war, und eine Weile war er geradezu freudig erregt und hatte die Beklommenheit, die er an Land noch empfunden hatte, fast völlig abgestreift.

Ein gutes Stück steuerbords hatten sie die Nebelbank, während auf der Backbordseite die Küste zu sehen war. Als allerdings die eigentliche Bucht in Sicht kam, fluchten sie, und Travis spürte, wie seine Hochstimmung dahinwelkte, denn sie sahen, daß die Bucht voller Wolken war. Sie wälzten sich vor ihnen in großen bauschigen Schichten, als wäre dies der Ort, an dem die gesamte Nebelbank entstanden war, und als wären sie zu einem Schornstein gekommen, der bis in den geschmolzenen Kern des Planeten hinabreichte.

Travis sah, wie sein Vater den Kopf schüttelte und die Instrumente prüfte, als sie in den Nebel eintauchten. Er setzte die Positionslichter und aktivierte ein kleines Nebelhorn, um anderen Schiffen ihre Anwesenheit zu signalisieren, obwohl es höchst zweifelhaft war, daß hier jemand war, der sie hören würde. Er drosselte die Motoren, als das Wasser unter ihnen ruhiger wurde, was ihnen zeigte, daß sie tatsächlich in die Bucht eingefahren waren.

»Unmöglich«, sagte sein Vater. »Da kannst du nicht hinein.«

»Vielleicht können wir ein paarmal kreisen. Vielleicht finden wir eine Lücke.«

Der alte Mann schüttelte den Kopf. »Du bist fest entschlossen, oder?«

Travis starrte in den Nebel. Er spürte eine plötzliche Bö auf der Wange. Er wandte sich zu dem alten Mann um: »Wir fahren einmal einen Kreis.«

Nach etwa zwanzig Minuten stießen sie an einer Stelle, die weiter westlich lag, als Travis sie sich ausgesucht hätte, auf ein Loch im Nebel. Eine gelbgesichtige Sonne schien durch den Dunst und bestrich den Ozean und ein schmales Küstenband, wo sich zwei kleine

Sandbuchten zwischen den Felsen auftaten, und Travis entschied sich, von hier aus loszupaddeln.

»Ich schätze, du bist alt genug, um zu wissen, was du tust«, bemerkte der alte Mann, obwohl klar ersichtlich war, daß er nicht mochte, was hier vor sich ging.

»Das schätze ich auch«, entgegnete Travis. Er zog seinen Neoprenanzug über, zurrte seine Ausrüstung im Kajak fest und sicherte sich dann selbst mit Knöchelklettbändern. Das Paddel befestigte er auf gleiche Weise an seinen Handgelenken, so daß er auch im Fall einer Sturzsee nicht von Boot oder Paddel getrennt würde, denn das eine war ohne das andere nutzlos.

Er schob das Kunststoffboot über die Seite und folgte ihm sofort. Er landete neben seinem Kajak in einer Dünungswelle in dem kalten Wasser und zog sich schnell an Bord. Das Kajak war von der Sorte, auf der man rittlings hockt, anstatt darin zu sitzen, und nach einem letzten Blick zu seinem Vater begann er, mit kräftigen Bewegungen Richtung Küste zu paddeln, ständig in der Furcht, daß der Nebel hereinbrechen und das Ziel, das er anpeilte, verschlingen könnte.

Travis' Vater seinerseits nahm sich nicht viel Zeit, seinem Sohn nachzuschauen. Ein Sturm war im Anzug, und er wollte schnell wieder fort, und so bewegten sich die beiden Männer nach einem nur kurzen Blick in entgegengesetzte Richtungen, obwohl jeder das Bild des anderen in sich trug. Travis sah einen alten Mann, eine einsame Gestalt auf dem Deck eines Fischerboots, und er dachte an die Jahre, die sein Vater auf eben diese Weise verbracht hatte, allein auf See, Frau und Tochter unter der Erde und ein sprunghaftes Halbblut als Sohn. Der alte Mann fuhr mit dem Bild seines einzigen Sohnes, der eine weit entfernte Bucht ansteuerte und den eine gewaltige Grunddünung winzig erscheinen ließ, der aber sein Boot mit geübtem, kräftigem Schlag vorwärtstrieb – eine Leistung, die einen Vater wahrscheinlich mit Stolz erfüllen müßte –, und er fragte sich, was sein Sohn wohl für so wichtig hielt, daß er bereit war, sich bei solchem Seegang selbst aufs Spiel zu setzen, aber eigentlich hatte er es schon vor langer Zeit aufgegeben, solche Fragen zu stellen, weil er noch immer ohne Antwort geblieben war.

Wenn man den gesamten Küstenabschnitt von Scorpion Bay im Süden bis Neah Heads im Norden aus der Luft betrachten würde, sähe man einen großen Landbrocken von rund fünfzig Meilen Länge, der sich in den Pazifik hinausschiebt und in dessen Mitte die Landzunge liegt, die als Devil's Hoof bekannt ist.

Das Land, das diesen westlichen Vorposten bildet, ist eine öde, windgepeitschte Region. Die Bäume halten es dort nicht aus. Es gibt nur Gras und Felsen und spärliches Küstengestrüpp, und alles endet in scharfen Klippen, die zu felsigen Strandstücken abfallen – ein Rastplatz für Zugvögel, weiß von ihrem Kot, Heimstätte für Seelöwen und Robben, Brutstätte für die großen weißen Haie, die man an einem klaren Tag von den Felsen hoch über dem Meer aus ihre Kreise ziehen sehen kann. Die Indianer haben das Land Humaliwu genannt, und sie haben ihre Toten auf den grasbewachsenen Ebenen begraben. Die Weißen haben es Devil's Hoof getauft. Sie haben es den Indianern überlassen und ihre Siedlung an dem kleinen Hafen im Süden errichtet.

Und hätte man an diesem Morgen diese Küstenlinie aus der Vogelperspektive oder mit den Augen eines Gottes betrachtet, hätte man vielleicht drei getrennte Pilgergruppen sehen können, zwei zu Land, eine zur See; man hätte sehen können, wie sie langsam diese Beulenlandschaft durchquerten, jede auf ihrer eigenen Bahn, aber, wie man sehen würde, mit dem Ziel, zusammenzukommen wie bei einem Tanz. Doch wäre es nicht leicht zu sagen, welches Muster ihre Schritte webten oder wie dieser Tanz enden würde, außer man wäre ein Weltenschöpfer und dadurch in der Lage, diese Muster zu ordnen wie der Vorsänger bei einem Tennentanz und so die Tanzgruppe und ihre Schritte in Einklang mit den Absichten der Finsternis zu lenken.

27

Bis zum Mittag hatten die Surfer das langgestreckte Steinfeld endlich durchquert und einen breiten, flachen Sandstrand erreicht. Im Norden war eine Landzunge wie ein verschwommener Umriß im Nebel zu sehen. Sie schien sich weit in den Ozean zu erstrecken und damit die Nordseite einer großen natürlichen Bucht zu bilden.

Fletcher war sich einigermaßen sicher, daß sie die Stelle erreicht hätten, obschon es schwierig war, im Nebel viel zu sehen. Die donnernden Geräusche, die sie vorher gehört hatten, hatten sich jedoch nicht wiederholt, weder auf dem Marsch durch das letzte Stück des Steinfeldes, noch hier, auf diesem Sandstreifen. Aber falls diese Landzunge, die sich nach Westen erstreckte, nicht Devil's Hoof war, dann konnte man sich schwerlich vorstellen, was sie sonst sein sollte. Die Elemente lagen offen, und Fletcher lenkte Drews Aufmerksamkeit darauf.

Der große Mann nickte. »Wir werden vor der Spitze Wellen kriegen«, sagte er. »Wahrscheinlich das, was wir vorher gehört haben. Der Ort ist unbeständig wie nur was. Glaub mir, im Moment würdest du es nicht riskieren wollen, dort hinauszupaddeln. Aus dieser Bucht läuft bei ablaufendem Wasser eine Kabbelung, die man nicht für möglich hält. Es gibt zwar die Mündung, die wir da unten durchquert haben, aber die ist nicht so tief. Wenn du in diesem Ding hier festgehalten wirst, dann glaubst du, in der Mündung der San Francisco Bay oder sonstwo zu sein. Aber schließlich ist die ganze Gegend hier ein bißchen unheimlich.«

»Was meinst du mit unheimlich?« fragte Robbie.

»Sie ist irgendwie aufgeladen«, sagte Drew. »Wenn man genug Zeit hier verbringt, spürt man es. Guck dir das hier doch mal an. Niemand hat das Land für irgendwas genutzt. Nicht mal die Indianer.«

Eine Zeitlang standen die drei Surfer schweigend auf dem Strand und betrachteten die trostlose Landschaft, in die sie gekommen waren. Als Fletcher genug gesehen hatte, ließ er seine Ausrüstung in den Sand fallen und legte sich hin. Sein Rücken schmerzte höllisch, und er wollte ihn strecken. Er fing an, die Knie abwechselnd an die Brust zu ziehen.

»Was ist denn mit dem Doc los?« fragte Robbie Jones.

Drew Harmon beäugte Fletcher. »Der Rücken«, sagte er. »Was ist damit, Doc?«

»Sie können es nicht sagen«, antwortete Fletcher.

Drew Harmon nickte. »Klingt normal. Aber das hält sie nicht davon ab, ihr Geld zu verlangen, oder?«

»Die Rechnung kommt immer zur rechten Zeit. Wie der Tod und die Steuer.«

»Wo hast du ihn dir verletzt?«

»Mexiko.«

Drew nickte. »Ich hab mir vor ein paar Jahren in den Inseln drei Rückenwirbel gebrochen. Das Board von so einem Wichser hat mich in der fallenden Lip erwischt.«

»Ich hoffe, du hast ihm in den Arsch getreten«, sagte Robbie Jones.

»Ich war nicht gerade in der Verfassung, ihm in den Arsch zu treten. Und seitdem hab ich ihn nicht mehr gesehen.«

»Scheiße. Wenn das so ein Wichser mit mir macht, wäre es besser, er bringt mich gleich um. Sonst ist er selbst tot.«

Drew Harmon zog sein Hemd hoch, um die Nahtstellen zu zeigen, die um seine Seite und seinen Rücken verliefen. »Der hat mich sogar noch besser erwischt. Und den hab ich auch nicht umgebracht.«

Robbie Jones betrachtete die Narben, die abstachen wie Eisenbahnschienen in der Wüste. »Das ist eine ganz andere Geschichte«, sagte er.

Drew Harmon sah auf Fletcher hinab. »›Eine andere Geschichte‹, sagt er. Weißt du, wie sie die 1916er Harley-Davidson genannt haben? Silent gray fellow – den schweigsamen grauen Kameraden.« Harmon nickte Richtung Meer. »Und so nenne ich diese Bastarde.

Schweigsame graue Kameraden. Wenn du einen siehst, dann gib ihm für mich einen Arschtritt.« Er sah Robbie Jones an.

Robbie Jones schaute auf den Ozean. »Und? Ist es das?«

»Ist das was?«

»Nicht wieder die Tour.«

Harmon stemmte die Hände in die Hüfte. »Wir werden's sehen.«

Robbie Jones war skeptisch. »Wir werden's sehen«, wiederholte er. »Wir marschieren schon zwei Tage.«

»Und? Hast du irgendwo einen Termin?«

Fletcher hatte den Eindruck, daß Robbie Jones zum ersten Mal ein bißchen besorgt wirkte.

Drew wandte sich wieder an Fletcher. »Er weiß nicht, wovon ich rede, oder?«

»Was soll das denn jetzt heißen?« fragte Robbie Jones.

»Das soll heißen, daß du zu jung bist. Du glaubst noch, du würdest ewig leben. Frag den Doc. Er weiß Bescheid. Die schweigsamen grauen Kameraden. Sie sind da draußen. Liegen auf der Lauer. Unter Riffen. Im Schatten versteckt. Am Ende kriegen sie dich. Nicht wahr, Doc?«

Fletcher blickte zu den beiden Männern hoch, die über ihm standen. Der eine mit einem Adlergesicht und gerötet, ein Wikinger, der zu lange in den Wellen gewesen war; der andere sonnengebräunt und unter einer grauen Mütze kahlrasiert, ein winziges goldenes Kreuz an einem Ohr hängend, als wäre er Gefolgsmann eines geheimen Ordens.

»Allerdings«, sagte Fletcher.

Als Fletcher wieder aufgestanden war, sah er, daß Drew Harmon zum feuchten Sand hinuntergegangen war und sich jetzt einer Reihe ausgeklügelter Stretchübungen unterzog. Robbie Jones war auf einen Felsen geklettert, um den Break besser beobachten zu können. Fletcher sah seinen Parka und die Trainingshose blau vor dem grauen Stein, als hätte ein Maler den Morgen mit seinem Pinsel berührt und sei dann bekümmert davongegangen. Schließlich näherte sich Fletcher ihm.

Robbie Jones bemerkte ihn, sagte aber nichts. Fletcher hockte sich neben ihn und schaute aufs Meer. Der Nebel war noch ziemlich dicht, und die Wellen erschienen wie graue Buckel, die sich vor einem grauen Himmel bewegten, eine Gattung von Meereslebewesen, der bislang noch niemand einen Namen gegeben hatte. Da die Flut allmählich wieder anstieg, brachen sich die Wellen nicht auf dem Riff, sondern wogten still durch den Nebel, um sich im tiefen, ruhigen Wasser der Bucht aufzulösen.

Unten am Strand war zu sehen, wie Drew Harmon eine eigentümliche Seitwärts-Stretchübung machte. Er hielt einen Arm bogenförmig über dem Kopf und hatte die andere Hand auf die Hüfte gelegt. Langsam bewegte er sich hin und her und wirkte beinahe wie ein mutierter Kranich, der sich auf den Flug vorbereitet.

»Der Kerl ist irre. Ist dir klar, oder?«

Es war das erste Mal seit langem, daß Robbie Jones Fletcher direkt ansprach. Fletcher beobachtete den Mann am Strand, der sich, auf einem Bein balancierend, abwechselnd nach links und nach rechts beugte.

»Herrgott«, sagte Robbie Jones. Er sah zu Drew hinab. »Das ist der übelste Ausflug, an dem ich jemals teilgenommen habe. Vielleicht mit Ausnahme von damals, als wir diese Insel vor der Küste von Mexiko gesucht haben. Wir haben einen Typen mit einem Wasserflugzeug gefunden, der sagte, er könne uns dort hinbringen. Er bringt uns raus und setzt uns ab. Zwei Tage später soll er uns wieder abholen, und es ist keine einzige Welle in Sicht, nur Felsen und etwa eine Million Möwen, die die ganze Zeit überall hinscheißen. Zwei Tage haben wir damit verbracht, die Boards über uns zu halten, um die Scheiße abzuhalten. Der Hundesohn hat sich nie mehr blicken lassen. Am Ende haben wir einen Fischer aufgetrieben, der uns zurückgebracht hat. Das war auch ziemlich übel.«

»Ich kann mir die Ecke vorstellen«, sagte Fletcher.

»Was meint der Kerl damit: ›Wir werden's sehen‹? Weiß er, wo die Stelle ist, oder weiß er es nicht?«

Fletcher schüttelte den Kopf. »Ich weiß es nicht«, sagte er. »Könnte sein, daß er sie noch immer sucht.«

Robbie Jones schien darüber nachzudenken. »Wir sind verdammt weit weg von nirgendwo, ist dir das aufgefallen?«

»Ist es.«

»Da draußen könnte ein halbes Dutzend Heart Attacks sein.«

»Oder gar nichts.«

»Was ist das denn für eine Reise? Warum sind wir überhaupt hier?«

»Drew Harmon und Heart Attacks. Was sollte Peters machen? ›Nein, danke‹ sagen?«

»Klar, aber wenn dieser Irre nicht weiß, wo die Stelle ist ...«

»Er scheint zu wissen, wo alles andere ist.«

»Nun ...« Robbie wollte etwas sagen, doch ihm schienen die Worte zu fehlen.

Fletcher schüttelte den Kopf. »Er hat etwas Bestimmtes vor«, sagte er. »Es hat mit diesen Holzboards und mit seinen Aufzeichnungen zu tun. Du hast den Mann in der alten Zeit nicht gekannt. Ich schon. Er war schon immer ein Künstler des Bescheißens, und das fängt allmählich an, nach Beschiß zu riechen. Aber ich kann mir nicht vorstellen, wohin das führt. Vielleicht hat es mit dem Verkauf der Holzguns zu tun.«

»Blödsinn, Mann. Wie viele Leute, glaubst du, werden eines davon haben wollen?«

»Ungefähr sechs.«

»Ich sag dir, was ich glaube. Ich glaube, der Kerl ist von der Rolle. Vielleicht war es der verdammte Hai. Wir hatten die Wellen an der Flußmündung, und ich dachte, vielleicht sind wir wirklich auf der richtigen Spur, aber das hier ...« Er wies mit der Hand zu dem farblosen Strand, auf dem Drew Harmon mit seinen Stretchübungen fortfuhr.

»Nun, laut dem Buch muß das hier Devil's Hoof sein. Wenn sich da draußen an der Spitze nichts abspielt, sehe ich keinen Grund, weiterzumachen.«

»Und wenn er das nicht so sieht?«

Fletcher dachte darüber nach. Diese Frage sprach direkt seine eigene Paranoia an. »Vielleicht kehren wir ohne ihn nach Hause zurück«, sagte er.

»Du verarschst mich. Glaubst du, du könntest auf dem Weg rauskommen, den wir gekommen sind? Der Kerl kennt jeden Pfad. Jede Tide.«

»Es könnte einen anderen Weg geben. Falls wir da sind, wo ich glaube.«

Robbie Jones lachte. »Träum weiter, Mann. Meinst du, du kannst einen Weg finden, weil du in dem blöden Buch darüber gelesen hast?«

»Das Steinfeld haben sie richtig beschrieben. Harmon hat selbst zugegeben, daß es dort Fußwege gibt.«

»Das Problem mit den Fußwegen ist, daß man sie finden muß.«

»Harmon hat gesagt, es sei ungefähr auf halber Strecke.«

Robbie Jones spuckte über die Kante des Felsens, auf dem sie hockten. »O ja, ich bin gerade erst da durchmarschiert, und einen Dreck hab ich gesehen.«

»Es war neblig, und wir haben nicht gesucht.«

Robbie Jones schüttelte den Kopf. »Wenn du da auf eigene Faust rauskommen willst, bitte schön. Wenn du mich fragst, findest du die Wege genau so, wie du den Jungen aus dem Zodiac rausgebracht hast.«

Fletcher stand auf. »Mach, was du willst«, sagte er. Er nahm den Weg zum Strand hinunter. Er hörte, daß Robbie hinter ihm etwas sagte, aber die Worte des jungen Surfers verloren sich im Wind.

Bis zum späten Nachmittag hatte die Flut eingesetzt, und die Wellen hatten begonnen, sich in der Bucht zu brechen. Da es hier keinen

Shorebreak gab und keine Felsbänke wie an der Mündung des Flusses, war nur das Geräusch großer Wellen zu hören, die sich auf tiefem Wasser brachen, und Fletcher und Robbie hatten den Ort zu Ehren dieses Geräuschs schnell »Donnerbucht« getauft. Drew kommentierte die Namensgebung mit einer abfälligen Geste und führte sie eine lange Paddelstrecke über das eisige Wasser.

Fletcher bildete die Nachhut. Die Kamera unter dem Kinn, lag er auf dem Holzgun, das leicht übers Wasser glitt und durch die kleinen Wellenspitzen glitt, als wäre es der Bug eines schlanken Wasserfahrzeugs, und im Grunde war es das auch.

Südlich von der Spitze setzte er sich auf, so wie er es in dem Zodiac mit den Jungen getan hatte. Diesmal jedoch war er in ruhigerem Gewässer, auf der Leeseite der großen Landzunge, die ihm den einzigen Orientierungspunkt bot, den er wirklich brauchte, und bald ließ er den Film durchlaufen und schoß problemlos die Surfer, die anfingen, die Wellen zu fassen.

Die Set-Wellen waren hoch. Fletcher schätzte sie auf doppelte Mannshöhe, aber sie waren nicht vergleichbar mit dem, was er an der Mündung des großen Flusses gesehen hatte. Obwohl die Welle vielleicht günstiger über das Riff laufen würde, wenn die Flut zurückginge. Oder vielleicht war der vom Sturm erzeugte Swell nicht so groß, wie Drew vorausgesagt hatte. Oder er traf nicht im erwarteten Winkel auf.

Zum Fotografieren waren die Bedingungen auch nicht optimal, da alles in ein trübes, graues Licht getaucht war, aber Fletcher war entschlossen, das Mögliche herauszuholen, und deshalb schoß er unermüdlich weiter. Seine Finger waren vom Paddeln blau, aber er fand seine Schüsse, wobei keiner davon dem glich, was er an der Flußmündung gesehen hatte.

Er ruhte einen Moment aus, da kein Surfer aufrecht stand, und blickte zum Strand zurück, als etwas auf dem Rand der Klippe seine Aufmerksamkeit erregte. Zuerst ein Flecken reflektierten Lichts. Und dann eine kleine, gebückte Gestalt, die sich durch das Küstengestrüpp bewegte. Er hob die Kamera und richtete sie auf die Klippe. Was er dort sah, war ein Mann mit einem Gewehr. Der Mann in Jeans und Karos stand bis zu den Hüften in einem Dickicht aus Gras und Gestrüpp. Er spähte durch ein offensichtlich leistungsfähiges Zielfernrohr und schien sich auf das Meer unter ihm zu konzentrieren. Er verfolgte etwas mit dem Gewehr.

Instinktiv drückte Fletcher auf den Auslöser und schaute dann wieder zu der Line-up, um zu sehen, auf was der Mann zielte. Es war gerade rechtzeitig, um zu sehen, wie Robbie Jones sauber die Face einer grauen polierten Wand abritt. Er sah, wie die Welle steiler wurde und zu kippen begann. Er sah, wie Robbie in eine Tube fuhr und wie die Welle über ihm brach. Als er wieder zur Klippe schaute, hatte der Mann sich gedreht. Er hatte das Gewehr noch oben, doch zielte es jetzt direkt auf Fletcher.

Fletcher spürte, wie sich sein Herzschlag beschleunigte und das Blut schneller durch die Adern pumpte. Vermutlich sollte er jetzt abtauchen und unter das Board kommen. Unerklärlicherweise blieb er aufrecht, das Auge am Sucher der Kamera, so daß die beiden Männer sich einen Moment lang durch ihre Objektive beobachteten. Und dann senkte der Mann auf der Klippe die Flinte und verschwand im Gebüsch. Das geschah schnell, in einer fließenden Bewegung, so daß er in einem Moment noch da und im nächsten verschwunden war, und Fletcher war plötzlich allein, schaukelte sanft auf einem kalten Groundswell, die Augen auf eine leere Klippe im grauen Licht geheftet.

Er blieb auf dem Board sitzen. Er sah Drew Harmon auf einer Welle und schoß in dem beschissenen Licht eine weitere Serie. Robbie ritt ebenfalls noch eine Welle. Zwischen den Wellen spähte Fletcher zu den Klippen. Der Mann kam nicht zurück. Sobald er sah, daß Harmon in seine Richtung blickte, winkte er ihm zu und zeigte zum Strand, ein Signal, daß er zurückwollte.

Harmon hob die Arme mit aufwärts gerichteten Handflächen, als frage er nach dem Warum. Fletcher begann zu paddeln. Er nahm an, die anderen würden ihm folgen. Er begann mit ruhigem Armschlag, doch dann setzte plötzlich eine verspätete Panik ein, und er paddelte in dem sicheren Gefühl, daß jetzt auf ihn geschossen würde, so energisch er konnte, auf die ferne Küstenlinie zu. Er begriff nicht, wie er eben noch hatte auf dem Board sitzen und in die Mündung eines Gewehrs starren können. Tapferkeit konnte man das nicht nennen. Es war eher eine aus Überraschung geborene Lähmung, vermutete er, denn als er sich jetzt Richtung Strand mühte, fiel ihm ein, daß noch nie jemand eine Schußwaffe auf ihn gerichtet hatte. Und es war auch keine Erfahrung, die er erneut machen wollte.

Sobald er am Strand war, suchte er ihre Ausrüstung zusammen und zog sie näher zum Fuß der Klippen, damit er vor dem Blick von jedem versteckt blieb, der dort oben entlangpirschen mochte. Dann zog er seinen Trainingsanzug an und fing an, Holz zu sammeln. Als er die anderen von Norden den Strand entlangkommen sah, hatte er bereits ein kleines Feuer in Gang gebracht.

Drew begann über den Strand hinweg zu brüllen, sobald Fletcher in Hörweite war. »Was soll das, Doc? Hattest du da draußen einen Zusammenstoß oder was?«

Fletcher wartete, bis die beiden Surfer näher gekommen waren, denn er hatte keine Lust zu schreien. Als sie beim Feuer waren, berichtete er ihnen, was er auf der Klippe gesehen hatte.

Robbie blickte nach oben, als erwartete er tatsächlich, etwas zu sehen. »Willst du mir etwa sagen, daß der Wichser mit einem Gewehr auf mich gezielt hat?«

»Genau das will ich sagen.«

Drew Harmon legte sein Board in den Sand und schüttelte angewidert den Kopf. »Irgendein Arschloch von den Heads. Wahrscheinlich auf Vogeljagd.«

»Es war ein Indianer.«

»Dann war es ein Indianerarschloch auf Vogeljagd.«

»Und wenn es ein Indianer von oben am Fluß war? Jemand aus der Verwandtschaft des Jungen, der ertrunken ist?«

»Woher sollten sie wissen, wo sie suchen müssen?«

»Du hast deine Frau zurückgelassen. Sie weiß es, nehme ich an.«

»Ich hab sie in den Ort geschickt.«

»Ich weiß nicht«, sagte Robbie. »Mir gefällt der Gedanke gar nicht, daß irgendein beknackter Idiot sein Gewehr auf mich richtet. Auf was dieses Arschloch Jagd macht, ist mir egal.«

»Es gibt schlimmere Dinge im Wasser. Herrgott, ich dachte, deshalb hätte der Doc sich in die Hose gemacht. Und jetzt stellt sich raus, daß es ein betrunkener Roter mit einer Vogelflinte war.«

»Das war keine Vogelflinte«, widersprach Fletcher.

»Verstehst du denn was von Gewehren?«

»Nein. Aber auf dem Ding war ein großes Zielfernrohr, das weiß ich, und ich weiß, daß der Kerl damit auf uns gezielt hat.«

»Und warum hat er nicht geschossen?«

»Das weiß ich nicht.«

Harmon lachte. Er hatte sich den Neoprenanzug bis auf die Hüften gerollt. Jetzt nahm er ein paar Stöcke Feuerholz und warf sie in die Flammen, dann streckte er die Hände aus, um sich zu wärmen. Auch Robbie Jones nahm ein paar Äste. Das Feuer wuchs.

»Vergeßt es«, sagte Drew. »Es war nichts. Jedenfalls würde ich sagen, daß wir richtig sind. Wartet nur, bis ihr seht, was uns hinter der Landzunge erwartet.«

Fletcher brauchte einen Moment, um diese Information zu verarbeiten. Er sah Robbie Jones an. Der junge Mann starrte Harmon mit einem Blick an, der alles andere als freundlich war.

»Ach, wirklich«, sagte Fletcher schließlich. »Hinter der Landzunge. Ich dachte, du hättest gesagt, wenn wir auf den Sand am Ende des Steinfeldes kommen, dann wären wir da.«

»Quatsch«, sagte Drew. »Jeder Idiot kann von den Heads aus losmarschieren, und wird genau hier landen.«

Fletcher schaute auf die leeren Strände, die steilen Klippen. Es war schwierig, sich hier eine Menschenmenge vorzustellen.

»Das hier ist die Stelle, auf die jeder stößt«, fuhr Harmon fort.

»Aber man muß um die Spitze herum. Da oben ist eine ganze Reihe von Riffs. Wo wir heute waren, das ist das erste Riff. Es kommen noch zwei, die sich nach Norden erstrecken. Heart Attacks ist das letzte Riff.«

»Wie weit?« fragte Robbie.

»Unwichtig«, antwortete Harmon. »Von hier aus kann man in einem Tag in Oregon sein. Wie findet ihr den Witz? Kaliforniens großer mystischer Surfspot. Nur daß er nicht in Kalifornien ist. Er ist in Oregon.«

»Willst du uns jetzt etwa erzählen, daß er in Oregon ist?«

»Ich erzähle euch, daß es drei Riffs gibt. Heart Attacks ist das letzte. Am Morgen haben wir wieder Ebbe, dann können wir aufbrechen. Es ist eine Plackerei, dort hinzukommen. Es ist nicht weit, aber eine Plackerei. Es gibt praktisch keinen Strand. Man muß von den Felsen aus hinein.«

Fletcher blickte zu der großen Landzunge von Devil's Hoof. An der westlichsten Spitze, wo die Felsen aufs Meer trafen, begann der Himmel bereits dunkler zu werden. Erneut sah er die Karte von der Küste vor seinem geistigen Auge, den langen ununterbrochenen Streifen bis zur Grenze von Oregon, der sich von hier aus nach Norden erstreckte, in der Richtung, die Drew einzuschlagen gedachte. Er konnte nicht glauben, daß dort etwas war. Die Struktur des Landes sprach dagegen. »Vielleicht ist es Zeit, zurückzugehen«, sagte er. »Vielleicht ist das, was hinter der Landzunge liegt, für eine andere Reise gedacht.«

»Was willst du mir damit sagen, Doc?«

»Ich will dir sagen, daß ich nicht hier hergekommen bin, um mich erschießen zu lassen. Travis hat gesagt, es würde Ärger geben. Ich würde sagen, der Bursche auf der Klippe ist Ärger, und ich würde sagen, es ist Zeit, daß wir ihr Land verlassen.«

»Ich sage dir, warum du hier hergekommen bist«, erwiderte Harmon. »Du bist hier hergekommen, um Fotos zu kriegen.«

»Diese Fotos müssen dir eine Menge bedeuten«, sagte Fletcher.

»Um sie zu kriegen, bist du bereit zu riskieren, daß alle erschossen werden.« Er hätte auch seine Bereitschaft erwähnen können, das Leben eines Jungen in einem Zodiac zu riskieren, unterließ es aber. Das Licht in den Augen des großen Manns brachte ihn davon ab.

»Was ich mit den Fotos will, ist meine Sache«, sagte Harmon. »Peters hat mir gesagt, er hätte einen ganzen Stall voller Leute, die den Job machen könnten. Ich habe nach dir gefragt. Wir sind in dem Fenster, Mann. Weißt du, wie lange wir auf die nächste Gelegenheit warten müßten?«

Robbie Jones ersparte Fletcher die Antwort. »Du hast gesagt, du könntest uns hinbringen«, sagte Robbie. »Soweit es mich betrifft, verarschst du uns die ganze Zeit, seit wir hier sind. Woher wissen wir, daß hinter dieser Landzunge nicht die nächste kommt, und dahinter noch eine? Und ich sage dir noch was. Ich bin die Pop-Tarts und die Sojabohnen allmählich leid. Und von deinem Scheiß habe ich allmählich auch die Nase voll.«

Drew Harmon verlagerte seine Aufmerksamkeit zu Robbie Jones. Er nahm ein Stück Treibholz in die Hand. Für einen Moment stand er da, als wollte er etwas anderes damit anstellen, als es den Flammen zu übergeben. Schließlich tat er genau das, aber er hatte Robbie Jones' Aufmerksamkeit gewonnen. »Laß mich mal etwas fragen, du Blödmann«, sagte Harmon. »Wo warst du, als ich bei Himalayas rausgepaddelt bin? Denn deinen dürren Arsch hab ich da draußen todsicher nicht gesehen.«

Robbie starrte ins Feuer.

»Und was ist mit Avalanche?« fragte Harmon. »Was denn, Mann? Ich hör dich nicht. Oder Log Cabins?«

Für einen Moment starrten die beiden Männer sich an. »Du hast zwei Möglichkeiten«, sagte Harmon. »Du kannst aufstehen und bist dabei, oder du kannst in der Menge verschwinden. Wie dein Kumpel, Sonny Sowieso, den Namen hab ich schon vergessen, und alle anderen werden ihn auch vergessen. Und was dich angeht, Doc«, damit wandte Harmon seinen Blick wieder zu Fletcher, »du hast keine

Wahl. Ich hab dich hierhergeholt, damit du Fotos machst, und du wirst diese Fotos machen, darauf kannst du deinen Arsch wetten. Und ich meine nicht diese Mickeymausbilder, die du heute da draußen geschossen hast. Du gehst nicht weg, bevor du uns nicht auf diesen Boards fotografiert hast, und zwar in Wellen, bei denen einige Leute nicht wissen werden, wo ihnen der Kopf steht. Du hattest einen Schuß an der Flußmündung, und du hast ihn versiebt. Jetzt bringe ich dich zum nächsten Schuß, und du wirst es erledigen. Verstehst du, was ich dir sage?«

Fletcher warf einen Blick zu Robbie Jones. Der junge Surfer starrte Drew Harmon unverwandt an. Das Problem war, daß jetzt eine Herausforderung ausgesprochen war, und R. J. war niemand, der einer Herausforderung auswich. Harmon hatte ihn provoziert, und Fletcher nahm an, es würde darauf hinauslaufen, daß die beiden sich gegenseitig um die nächste Landspitze jagen und immer so weitermachen würden. Wenn man das Ganze lange genug verfolgte, könnte man bis zum Polarlicht kommen. Ganz sicher würde es kalt und entbehrungsreich sein. Wenn Fletcher mit dem Mann auf der Klippe recht hatte, könnte man Vergeltung und frühen Tod als Bestandteil des Handels erwarten, obwohl er nicht die Absicht hatte, diesen Wahnsinn lange genug mitzumachen, um es herauszufinden, und er sah Drew Harmon an, weil der Mann noch immer auf eine Antwort wartete. »Ich verstehe vollkommen«, sagte Fletcher.

»Das ist gut«, erwiderte Harmon. »Ich würde unsere Freundschaft nur ungern böse enden sehen.«

Sie stritten noch einmal an diesem Abend, diesmal darüber, wo sie ihr Lager aufschlagen sollten. Drew wollte weiter ins Freie, weg von den Klippen, die, wie er sagte, gefährlich seien. Fletcher wollte nicht in so offenem Gelände lagern. Am Ende fanden sie einen Kompromiß, zogen ein Stück nordwärts und errichteten ihre Feuerstelle zwischen einer Ansammlung großer Felsbrocken, die ihre ungeschützte Lage nach Fletchers Gefühl zumindest verbessern könnten.

Als sie beendet hatten, was vorgeblich ein Abendessen war, nahm Drew sein Notizbuch und seinen Stift. Aus seinem Schlafsack, den er unter dem leichten Überhang eines der Steine ausgelegt hatte, beobachtete Fletcher ihn. Der große Mann hatte den Oberkörper immer noch frei und schwitzte trotz der Kälte vor dem Feuer. Sein Haar war in einer breiten blonden Mähne über seinen Schultern ausgebreitet, sein Gesichtsausdruck blieb unbewegt. Er schrieb eine Zeitlang, und bis auf das Kratzen von Drews Stift, dem Knistern der Flammen und den nicht endenden Aussonderungen des Meeres war das Lager still.

Nach einiger Zeit legte Drew sein Buch jedoch hin. Er sah zuerst Robbie Jones, dann Fletcher an. »Hier draußen hat einst ein Stamm von Indianern gelebt«, sagte er. »Genau da, wo wir jetzt sind. Ich kann euch ihren Namen nicht sagen, und auch sonst niemand weiß ihn, denn es war ein Name, den nur sie selbst kannten. Es gab eine Zeit, da war der Stamm recht groß. Sie lebten vom Smith River, direkt nördlich von hier. Aber als die Stämme um sie herum vor dem weißen Mann kapitulierten, kämpften diese Indianer weiter, bis nur noch fünf von ihnen übrig waren. Zwei Männer, zwei Frauen und ein Kind. So viel jedenfalls weiß man, denn eine der Frauen wurde von einer Gruppe Jäger gefangen. Die Jäger versuchten, um ihre Freilassung zu verhandeln, doch wurden sie selbst getötet, mit Ausnahme eines Mannes. Das war die Geschichte, die er erzählte: daß sie fünf waren und nicht mehr. Denn er hatte sie das Lager stürmen sehen, eine Frau mit einem Tragegestell und zwei Männer, alle mit geschwärzter Haut und mit bis auf die Kopfhaut versengtem Haar.«

Drew starrte in das Feuer, während er sprach. »Hier haben sie gelebt, an diesen Stränden«, fuhr er fort. »Sie sind von Stein zu Stein gegangen, um keine Fußabdrücke für etwaige Verfolger zu hinterlassen. Sie haben nichts hinterlassen, keine Feuerstellen, keinen zerbrochenen Zweig, keinen verkohlten Knochen. Könnt ihr euch das vorstellen?« Er hob den Blick, als erwarte er eine Antwort. Als er keine erhielt, fuhr er fort. »Zwanzig Jahre haben sie in den Felsen gelebt, und sie wurden nie gefangen, und sie haben sich nie ergeben, und sie wurden nie gefunden.«

»Und was ist mit ihnen passiert?« wollte Robbie Jones wissen.

Drew seufzte. »Das müßte doch klar sein«, sagte er. »Als sie genug hatten, starben sie. Aber da sie nie gefunden wurden, müssen sie es selbst getan haben. Ich glaube, einer hat die anderen beseitigt, sie vielleicht verbrannt, wie es bei ihnen Sitte war, und dann hat er die Asche mitgenommen und ist hinausgeschwommen. Das Meer hat ihn genommen, und er war der letzte seiner Rasse. Manchmal glaube ich, daß deshalb an diesem Ort einiges nicht stimmt. Sie waren es. Sie haben ihn verzaubert.«

Drew stocherte mit einem Stock im Feuer.

Die anderen sahen ihm eine Weile schweigend zu.

»Sie hätten es alle tun sollen«, sagte Robbie, als hätte er über die Geschichte nachgedacht.

»Was tun?« fragte Drew ihn.

»Kämpfen bis zum letzten Mann, bis zur letzten Frau, zum letzten Kind.«

»Du hättest das getan.«

»Kein Pardon. Keine Gnade.«

»Keiner kann sagen, was er unter diesen Umständen getan hätte«, sagte Drew. »Wer kann schon sagen, wie die Welt für solche Menschen ausgesehen hat?«

Er hob die Augen, um sie anzusehen, denn bis jetzt hatte er in die Flammen gestarrt. Sein Gesicht wurde von unten beleuchtet und von Schatten ausgehöhlt, als würden sie nicht Fleisch und Knochen sehen, sondern das, was unter Fleisch und Knochen lag, und Fletcher kam der Gedanke, daß er diesen Mann erst jetzt erkannte. Er ist wie ich, dachte Fletcher, ein Mann mittleren Alters, der Angst davor hat, was kommen wird. Und noch während er dies dachte, spürte er eine eisige Kälte sein Rückgrat entlangfahren, denn es gab dort noch etwas anderes, ein brütendes, zusammengerolltes Etwas, kaum im Zaum gehalten, ein Ding, vor dem man sich fürchten mußte.

Als keiner eine Antwort auf seine Frage vorschlug, nahm Drew Harmon sein Buch und begann wieder zu schreiben. Robbie Jones zog sich in seinen Schlafsack zurück und drehte den Rücken zum Feuer. Fletcher blieb, wo er war, im Schatten des schwarzen Felsbrockens, von dem der Nebel zu tropfen begann, der heraufgezogen war, um die Nacht einzuhüllen. Er dachte an das Steinfeld, das hinter ihnen lag, und an die eintönigen nördlichen Landstriche vor ihnen. Jetzt sah er diesen Ort im Lichte von Drews Geschichte. Man konnte sie beinahe sehen, dachte er, die fünf Menschen, die ihr beinahe körperloses Leben in dieser Ödnis aus Wind und Stein verbrachten. Welche Gespenster mußten sie verfolgt haben. Welche Erinnerungen. Zwanzig Jahre und kein Fußabdruck im Sand und nichts, was ihre Existenz bezeugte, außer einer Geschichte, von Leuten wie Drew Harmon erzählt, der – wie alle Menschen – in Wahrheit nur Geschichten über sich selbst erzählen konnte. Dies war eine Geschichte über den Mann, den Fletcher am Feuer erblickt hatte, und über das zusammengerollte Ding, das darauf lauerte, zuzuschlagen. Sie erzählte davon, wie einer den anderen zerstörte, und wenn er noch genügend Verstand besaß, würde er Vorkehrungen treffen, um zu vermeiden, dabei Zeuge zu sein, denn er glaubte daran, daß sich Zuschauer als entbehrlich erweisen würden, wenn die Zeit käme. Für sich zog er den Schluß daraus, sich seiner Pillen zu enthalten. In dieser Nacht würde der Schmerz sein Verbündeter sein. Was danach geschehen würde, mochten die Götter wissen.

28

Travis McCade sah das erste erreichbare Land in Form der zerklüfteten Ansammlung von Felsen und Strand, aus der die Sohle des großen Stiefels bestand, ein gutes Stück nördlich von der Landspitze und meilenweit von den Sandstränden entfernt, auf denen er die Surfer zu finden erwartet hatte.

Von Beginn an war es schlecht gelaufen. Sein Kajak hatte sich mit seiner absurd großen Last schwerfälliger verhalten, als er erwartet hatte. Grunddünung, die ihn von hinten schob, spülte leicht über das Achterdeck und drückte das Boot manchmal ganz unter Wasser. Eine Zeitlang konnte er diese Beeinträchtigung ausgleichen, indem er seinen Paddelschlag behutsam so regulierte, daß ihn jede Dünungswelle ein kurzes Stück mit sich trug, bevor sie ihn überholte.

Er hatte sich jedoch kaum auf diese Strategie eingelassen, als sich ein zweites, noch ernsthafteres Hemmnis auftat. Die Klippen, entdeckte er, kamen kein bißchen näher. Statt dessen glitten sie auf seiner rechten Seite vorbei. Er war Gefangener einer großen Bewegung in dem ihn umgebenden Wasser. Wäre er an der Flußmündung gewesen, hätte er sie für ablaufendes Wasser einer Ebbe gehalten. In der Bucht, leewärts vom Huf, wußte er keine Erklärung, und er konnte nichts tun, außer zu paddeln und zu fluchen, während ihn die rätselhafte Strömung von seiner Bahn im Sonnenlicht weg und in den Nebel hineinzog.

Bis hierher hatte er das Geräusch brechender Wellen hören können, was ihn schlußfolgern ließ, daß er, wenn er weitermachte wie bisher, höchstwahrscheinlich direkt in die Brandungszone der gewaltigen Wellen gesaugt würde, die die Landspitze umschlangen. Mit dieser Annahme war er gezwungen gewesen, die Strände von Big Sandy gänzlich aufzugeben, die Ausrüstung, die er auf sein Kajak gebunden hatte, abzuwerfen und auf den offenen Ozean hinauszupaddeln, wobei er hoffte, um den steinernen Zeh des Stiefels herumzukommen und dann irgendwo an der Ferse Land zu erreichen.

Es war der spontan entwickelte Plan, der ihn hierhergebracht hatte, und nun paddelte er mit aller Kraft in Richtung einer winzigen, felsigen Bucht, einem Splitterchen Sand, vor dessen schimmernder Oberfläche der Nebel, getragen auf einem kalten Nordwind, in zerfransten, durchscheinenden Fetzen vorbeizog wie der Stoff eines heiligen Gewandes, das gewaltsam zerrissen wird.

Er paddelte weiter, sein Kajak stieß gegen ein plötzliches Felsenriff, dann gegen das nächste, aber er behielt seine Sitzposition, spürte eine Welle unter sich und verstärkte seine Anstrengung in der Hoffnung, sich von ihr mittragen zu lassen, was sich als sein letzter Akt in diesem Theater der Schmach erweisen sollte. Denn die Welle war steiler und hohler, als er sich vorgestellt hatte, und sobald er einmal in ihrem Griff war, war es ihm unmöglich, überhaupt noch eine Richtung beizubehalten. Er stach energisch mit dem Ende eines Paddels ins Wasser, aber vergeblich. Das Heck des Kajaks schwenkte zum Strand herum, so daß er nun seitlich zur Welle stand und von ihr hochgesaugt und dann aus seinem Boot geschleudert wurde, um mit Wucht auf einem steinigen Flecken nassen Sandes abgeladen zu werden. Das Kajak landete auf ihm.

Für einen Moment war er total benommen und vermochte nicht mehr zu tun, als sein Gefährt fortzuschieben, dann lag er nach Luft keuchend im Sand, während das weiße Wasser um ihn herumwirbelte. Jedoch erst, als er aufzustehen versuchte, wurde ihm das ganze Ausmaß dieser Katastrophe offenbar.

Der Schmerz traf ihn wie ein Ziegelstein. Er konnte nicht sagen, wo er sich bisher verborgen hatte. Seine Knie knickten ein. Der nasse Sand stürzte ihm ein zweites Mal entgegen. Diesmal blieb er liegen, geschüttelt von Übelkeit und nicht fähig, sofort festzustellen, wo es weh tat, denn der Schmerz schien mit gleißender Intensität aus allen Stellen des Körpers auszustrahlen. Schließlich besah er sich jedoch sein Bein.

Was er dort sah, reichte aus, die Übelkeit wieder zu beleben: Eine Ausbeulung von der Größe eines Baseballs dehnte direkt über dem Knöchel die schwarze Haut seines Neoprenanzugs. Der Anblick versetzte ihn in Panik. Gewiß, dachte er, würde er hier sterben, und eine Weile blieb er auf dem steinigen Strand liegen, wie er gefallen war – wie etwas, das schon tot war. Doch als die Zeit verstrich, versuchte er, gegen den Schmerz anzukämpfen, seine Situation zu durchdenken und nüchtern zu analysieren.

Das Kajak lag noch neben ihm, es war durch die Leine mit seinem Bein verbunden, und er war in der Lage, die Gegenstände zu registrieren, die er gerettet hatte. In dem kleinen Vorratsfach steckte ein Beutel mit seinem Parka, seinen Laufschuhen und dem Trainingsanzug, einem Klappmesser und einer kleinen Flasche Wasser. Die Inventur gab ihm ein beruhigendes Gefühl. Die trockenen Kleidungsstücke würden ihm jetzt gute Dienste erweisen, eher noch als jede Waffe und eher als Lebensmittel. Wenn er sich trocken halten konnte und sich vom Strand entfernte, würde vielleicht jemand kommen, und vielleicht würde er überleben.

Eine Stunde später hatte Travis es geschafft, sich in die Felsen direkt oberhalb der Bucht zu schleppen. Mit Hilfe seines Messers war es ihm gelungen, aus dem Neoprenanzug herauszukommen. Er hatte seinen Trainingsanzug an, und sah sich vor die Wahl zwischen zwei Alternativen gestellt. Er könnte bleiben, wo er war, oder er könnte versuchen, die Klippen zu erreichen. In jedem Fall wäre seine einzig reale Hoffnung, daß jemand nach ihm suchen würde – wenn sein Vater lange genug zurück wäre und wenn Travis nicht mehr auftauchen würde.

Am Ende entschied er sich für die Klippen. Er hatte schon ein gutes Stück überwunden, und wenn er es bis nach oben schaffte, wäre er gewiß leichter zu finden. Außerdem würde ihm das etwas zu tun geben, denn er nahm an, daß körperliche Anstrengung ihn von seinen Schmerzen ablenken könnte, so als würde er gegen den Schmerz selbst ankämpfen, wenn er sich mit den Felsen maß.

Bevor er sich aufmachte, dachte er noch einmal darüber nach, warum er hier war, und er dachte über seinen Wunsch nach, die Frau zu finden. Und er sinnierte über die Gestalt, die er darzustellen gehofft hatte: den übers Meer gekommenen abtrünnigen Beschützer. Nichts von all dem konnte er im Moment angehen. Ihm blieb nur, in die zerklüfteten Klippen zu starren und sich einige Zeit in der schlichten Frage zu verlieren, wie leicht ein Mann sterben konnte, indem er solchen Verrücktheiten nachging.

Die Flut stieg rasch, als der Tag dunkler wurde. Zwar war es ihm gelungen, in seine trockenen Kleider zu kommen, doch entdeckte Travis bald, daß er wieder naß wurde. Als erstes Ziel hatte er sich einen Felsvorsprung keine sechs Meter über dem Strand ausgesucht, aber die Fortbewegung fiel ihm schwerer als erwartet. Er krabbelte wie ein Krebs über den Fels, das gebrochene Bein hinter sich her ziehend. Und es war eine entmutigende Mühsal, denn er sah, daß es für ihn keine Möglichkeit gab, die Klippen jemals zu erreichen. Sein Zustand verschlechterte sich zusehends. Der Felsvorsprung schien zurückzuweichen, als er die Hand nach ihm ausstreckte, und erneut erfaßte ihn die Gewißheit, daß er den Morgen nie erleben würde, daß er hier, in dieser Vogelkolonie enden würde, verschollen auf einer idiotischen Mission. Mit diesen Gedanken im Kopf überwand er zumindest den Felsvorsprung und stieß auf die Leiche.

Er brauchte einige Sekunden, um sie als solche zu erkennen. Auf den ersten Blick hätte man sie im schwindenden Licht leicht für ein Lumpenbündel halten können. Unglücklicherweise sah man mehr, je länger man hinschaute, und als Travis sich über die Steine schleppte, offenbarte sich das Ding als das, was es wirklich war. Der Körper balancierte auf der Kante des Vorsprungs, der Schädel war gespalten und stand in bizarrem Winkel vom Hals ab. Ein Auge war aus seiner Höhle gesprungen und lag auf einer eingefallenen Wange, denn es gab keine Knochen, die es hätten stützen können. Der Inhalt des Schädels lag wie ausgeschüttet auf dem Felsboden. Ein grellbuntes, obszönes Gemälde, dunkel und leuchtend im Zwielicht.

Travis hielt sich an dem Felsvorsprung fest und rang keuchend nach Luft. Die Steinleiste, auf der der Körper gelandet war, war schmal und kaum breit genug, das aufzunehmen, was dorthin gefallen war, doch hinter der Leiche schien sie sich auszuweiten und in einer steinernen Sackgasse zu enden. Travis hatte keine Wahl, er mußte weiter. Der Aufstieg hatte ihn viel Kraft gekostet, und es kam wirklich nicht in Frage, wieder zurückzukriechen. Folglich blieb er lange Zeit auf der Felskante, suchte Stellen zum Festhalten, die nicht blutverschmiert waren, wollte den toten Körper nicht berühren und zog sich schließlich trotz aller Verrenkungen so an der Leiche vorbei, daß sein Gesicht nur Zentimeter von dem des Toten entfernt war, und im selben Moment rutschte sein Fuß weg, so daß er nach der Leiche griff, um sich zu halten. Seine Hand packte einen Gürtel, sein Unterarm stieß gegen gebrochene Rippen. Ein hörbares Stöhnen entfuhr ihm. Der Körper bewegte sich unter ihm. Der Kopf drehte sich, der Mund sprang unnatürlich weit auf, als könnte er im Tod die Nacht verschlingen. Gleichzeitig sah er einen Streifen aus weißem Haar, der bis zu diesem Augenblick unter dem Körper festgeklemmt war, sah, wie sich das Haar im grauen Licht entfaltete, und in diesem Moment wußte er, daß es der Tolowan war, den er als Lebenden im Haus des Moke am Flußufer gesehen hatte.

Danach bewegte er sich rasch, zog sich auf dem Bauch über den Felssims, der tatsächlich breiter wurde, bevor er endete. Er entfernte sich, so weit er konnte, von der entweihten Leiche, über die er gerade hinweggekrochen war, bis er schließlich eine Felsspalte fand und sich hineinquetschte, als wäre auch er zerbrochen, und dann sah er zu, wie sich die Nacht um ihn schloß.

Es war zweifellos die schiere Erschöpfung, die ihm in der Nacht ein wenig Schlaf ermöglichte. Ausgedörrt und unter Schmerzen wurde er wach. Er sah, daß der Nebel sich gehoben hatte oder daß er hinter die Nebelwand gekrochen war, denn der Himmel war mit grauen, sich blähenden Wolken gestreift. Ein geheimnisvoll schleichender Mond, der inmitten der Wolken dahinzog, machte sie für ihn sichtbar, und seine Gedanken schweiften wieder zu seinem Nachtgefährten auf dem Felssims. Er fragte sich, wie dieser Mann hierhergekommen war und was dieses Omen bedeuten mochte.

29

Es war spät am Tag, als die Indianer eine Stelle erreichten, an der sie offenbar ihr Lager aufschlagen wollten. Der kräftige Mann entfernte sich noch einmal mit seiner Waffe und kam wieder zurück, um zu verkünden, daß die Surfer ihr Lager am Strand aufgeschlagen hätten. »Das zweite Mal heute«, sagte er. »Bloß vorher war das Licht besser.«

Am Nachmittag war der Kräftige fortgegangen und hatte bei seiner Rückkehr berichtet, er habe die Männer im Wasser gesehen.

»Hätte sie dort direkt erwischen können«, hatte er gesagt.

»Warum hast du's nicht gemacht?« hatte der Junge ihn gefragt.

»Einer von ihnen hat mich gesehen.«

»Ja und?«

»Du hast keinen Sportsgeist, Vetter.«

Jetzt wiederholten die Männer eine ähnliche Diskussion. Der Junge, Bean Dip, war dafür, die Männer in dieser Nacht zu attackieren. Der Hupa wollte jetzt, da sie sie hatten, lieber noch ein bißchen mit ihnen spielen. William Longtree schlug sich auf die Seite des Jungen. »Ich sage, nehmt sie jetzt«, sagte er.

Der Hupa blickte auf seine Flinte, die er sich quer über die Knie gelegt hatte, und tätschelte den Schaft mit der Hand. »Vergeßt nicht, wer mir gehört«, sagte er.

Kendra dachte, sie würden nun loslegen, es hätte begonnen. Stattdessen bauten sie eine Feuerstelle und fingen zu trinken an, und ihr ging auf, daß dies wahrscheinlich als erstes käme. In jedem Fall, glaubte sie, sei ihre Zeit gekommen. Am Morgen, womöglich noch eher, würde jemand sterben.

Nachdem sie die Männer an ihrem Feuer einige Zeit beobachtet hatte, fragte sie mit einer Stimme, die deutlicher klang, als sie es bisher von ihr gehörten hatten, ob sie sich etwas entfernen könne, um sich zu erleichtern.

»Wenn du pissen willst, dann mach es gleich da.«

Kendra blieb stumm.

»Vielleicht muß sie scheißen.«

»Scheißen kann sie da auch.«

Das Gespräch wurde zwischen dem Jungen und dem Tolowan geführt, aber schließlich stand der Kräftige auf, der bis jetzt nur zugehört hatte, und ging dorthin, wo sie saß. Er stieß sie auf den Rücken, und als ihre Füße in die Luft flogen, packte er einen ihrer Knöchel, zog ihr den Schuh aus und warf ihn ins Feuer. Er ließ den Fuß los, nahm den anderen und verfuhr genauso, und als er die Schuhe beseitigt hatte, zog er ein Messer aus seiner Tasche, ließ es mit einer raschen Bewegung aus dem Handgelenk aufschnappen und schnitt ihr in die Ferse.

»Damit läuft sie nicht weit«, sagte er und ließ sie gehen.

Sie humpelte ein Stück von dem Lager weg, denn sie hatte einige Büsche gesehen, hinter die sie sich nun zurückzog. Einer der Männer rief ihr etwas hinterher, und die anderen lachten. Sie verstand nicht, was gesagt wurde, und machte sich sofort daran, ihren Plan in die Tat umzusetzen. Sie wußte, lange würden sie ihr nicht geben, und sie wollte, daß die Männer sie auf eine ganz bestimmte Weise fanden.

Sie machte eine Stelle auf dem Boden frei. Sie zeichnete mit einem Stein einen Kreis, und neun war die Anzahl der Teile des Rades, die sie in die karge Erde trieb, und neun war die Zahl des Kreises, mit Zweigen statt mit Kerzen markiert, denn im Buch hieß es, der Gedanke zähle und man müsse manchmal improvisieren. Vor jedem Zweig malte sie ein Pentagramm in den Staub. Einen flachen Stein wählte sie als provisorischen Altar aus. Sie riß die Tasche aus dem Hemd, das sie trug, band den Stoff um etwas getrocknetes Gras und schnürte ihn mit Fäden zu einer Art Püppchen zusammen. Sie zog den Führerschein aus ihrem Hosenbund, riß das Foto von William Longtree, fünfunddreißig Jahre, ab, schmierte mit Blut ein Pentagramm darauf und legte das Foto neben das Püppchen. Als dies erledigt war, zog sie sich die Kleider aus, setzte sich in der Position von

Schädel und gekreuzten Knochen nackt auf den Boden und wartete darauf, daß sie kämen.

Es verging einige Zeit, bis sie die Stimmen hörte und ihre Schritte vernahm. Sie zündete die Zweige mit den Streichhölzern an, die sie aus dem Wagen erbeutet hatte. Und wie das Glück es wollte, hatte die Sonne zu sinken und der Mond aufzugehen begonnen, und sie hatte bereits gesehen, daß es ein abnehmender Mond war – von Seelen entleert nach Vereinigung mit der Sonne und für den Zauber, den sie hervorrufen wollte, bestens geeignet, und sie setzte das Püppchen in Brand, aber ein Stückchen entfernt von dem Foto, denn sie wollte sichergehen, daß sie es fanden, und als sie damit fertig war, begann sie zu sprechen. Sie sagte einfach, was ihr in den Sinn kam. Sie sprach in Fragmenten. Die Fragmente stammten von vielen Orten. Einige kamen aus Pams kleiner Bucht, wo alternde Blumenkinder versucht hatten, einen Energiekegel zu errichten, in dem sie nie etwas anderes als Wunschdenken gesehen hatte. Einige kamen aus den Leseübungen, die sie als Schülerin ihres Vaters gemacht hatte, und einige kamen aus ihrer eigenen Lektüre. Und die ganze Zeit, während sie diese Sachen sagte – denn man mußte unbedingt etwas dabei sagen –, liefen andere Worte unausgesprochen unter dem Schutzwall ihrer improvisierten Beschwörung, ein steter ununterbrochener Appell an das Ding, das sie bei einer lange zurückliegenden Séance aufgeschnappt hatte. Denn wenn die Wahrheit offenbar würde – und warum sollte sie es nicht, hier, am Ende der Dinge –, war es das Realste in ihrem Leben und immer dagewesen. Für sie hatte es keine Energiekegel gegeben. Kein seliges Entzücken. Keine Ekstasen der Göttin. Für sie schienen in diesem Leben wirklich nur zwei Dinge zu zählen, der tote Vater und der Schatten, den sie als Kind eingeatmet hatte und vor dem sie die meiste Zeit ihres Lebens voller Angst zurückgewichen war. Doch jetzt rief sie dieses Ding mit allen Worten an, die ihr einfielen. Unter diesem dunklen Mond. Und sie hielt das brennende Püppchen an ihrer Brust und sagte: »Sei gebenedeit, du Geschöpf der Künstlichkeit, künstlich hergestellt, künstlich verwandelt. Du bestehst nicht aus Stoff und Gras, sondern aus Fleisch und Blut. Ich taufe dich William Longtree, und du bist zwischen den Welten, in allen Welten sei es so ...«

Und so fanden die Männer sie: nackt, vor den Pentagrammen. Mit dem brennenden Püppchen, das schon die Haut zwischen ihren Brüsten versengt hatte, ihr Haar wild und dunkel und ihre bleiche Haut mit Erde und Blut und Asche beschmiert. Und in dem Moment, als sie das Püppchen von sich warf, blieben alle drei wie vom Donner gerührt stehen, und einer von ihnen fluchte und stampfte auf dem Püppchen herum, um das Feuer auszutreten, und der Kräftige trat vor und packte sie beim Arm, riß sie auf die Füße, und dann sah er das blutbeschmierte Foto und hob es auf und betrachtete es.

»Sieh dir das an, Longtree«, sagte der Mann. »Du bist derjenige, den sie verflucht hat.«

»Das muß der Siebenzentimeterschwanz sein«, sagte der Junge.

Kendra sah dem Kräftigen direkt in die Augen. Denn ihr schien, daß der Augenblick der Abrechnung gekommen sei. »Es gilt euch allen«, sagte sie. »Ich habe eure Lebenslinien abgeschnitten ...« Mehr konnte sie nicht sagen, denn der Mann schlug sie, und sie sackte in seinem Griff zusammen.

Es währte nur einen Moment, dann richtete sie sich mit großer Mühe auf und sprach wieder zu ihm. »Bei Luft und Erde. Bei Wasser und Feuer. Seid gemäß meinem Wunsch gebunden, bei drei und neun binde ich eure Kraft ...«

Der Mann schlug sie erneut und zerrte sie an einem Arm zurück zum Feuer, und der Mann, dessen Bild sie mit Blut beschmiert hatte, wollte sie am liebsten an Ort und Stelle töten.

Die beiden anderen lachten ihn aus, aber als sie Kendra näher an ihn heranbrachten, wich er zurück, näher zum Rand der Klippe, und fing an zu schreien und herumzulaufen, seine dünnen Arme schwenkend und sein weißes Haar dem Mond darbietend. Er ging bis an den Rand, und sie sah, wie er hinabblickte, als suche er eine geeignete Stelle, um sie hinabzustürzen, und während er noch dabei war, gab ein Stück des Erdbodens unter seinen Füßen nach. Er verschwand ohne einen Laut, und der Kräftige ließ ihren Arm los, als habe er sich verbrannt.

30

Als der Indianer sie losließ, rannte Kendra. Sie lief in Richtung ihres Feuers, wenn auch ohne bestimmte Absicht. Die Männer brauchten etwa zwei Minuten, um sie zu finden. Der Junge brannte darauf, sie auf der Stelle zu töten, und hatte schon eine Pistole gezogen, die sie bis zu diesem Augenblick noch nicht gesehen hatte, als der Kräftige ihm mit dem Handrücken ins Gesicht schlug. Der Mann hatte Hände wie Kohlenschaufeln, und der Schlag brach dem Jungen die Nase.

Er saß auf der Erde und hielt sich das Gesicht mit der Hand. Er schien zu weinen. Der kräftige Mann nahm die Waffe und steckte sie sich in die Jeans.

»Sie ist eine Hexe«, sagte der Junge. Er trug immer noch sein Gewehr. Es war an einem Riemen befestigt, der um seine Brust geschlungen war, und als er auf die Erde fiel, sah sie, wie der Lauf gegen seinen Hinterkopf schlug. »Sie wird uns alle umbringen«, sagte er.

Der kräftige Mann trat ihm gegen die Brust.

Der Junge rollte über die Asche der Feuerstelle, kam auf allen vieren hoch und taumelte, ohne sich umzusehen, in die Nacht hinein. Er schlug in etwa die Richtung des Campingplatzes ein, von dem sie gekommen waren, obwohl der Platz einen Tagesmarsch entfernt und die Nacht noch jung war.

Der kräftige Mann sah dem Jungen nach, als dieser verschwand. Er sah Kendra an. »Nutzloser kleiner Scheißer«, sagte er.

Kendra sah zu dem Mann hoch und erwiderte seinen Blick, auch wenn er in dem spärlichen Licht schwer zu sehen war.

»Stimmt das?« fragte er sie. »Bist du eine Hexe?«

Kendra antwortete nicht sofort. Ihr Kopf schien im Takt zu ihrem Fuß und ihrem Bein zu pochen. Das Denken fiel ihr schwer. Zum Glück fuhr der Mann fort, ohne eine Antwort abzuwarten. »Tanzt vielleicht gern im Wald. Ißt Pilze. Ich wette, du hast eine Katze, die Morning Glory heißt.«

Es überraschte sie, wie er in diesem Moment sprach. Sie hatte gedacht, er sei verängstigt. Vielleicht hatte sie sich geirrt. Andererseits hatte er sie, anders als seine beiden Begleiter, in der letzten Nacht in Ruhe gelassen.

»Wir haben einmal nachts ein paar Hexen im Wald gefangen, ich und zwei von meinen Vettern. Nur war das bloß eine Horde älterer *Wagays*, die barfuß herumgelaufen sind. Vielleicht möchtest du wissen, was wir mit ihnen angestellt haben.«

Wieder versuchte sie, ihren Kopf zum Funktionieren zu bringen. Das einzige, was ihr einfiel, war Travis' Bemerkung, man müsse sie davon überzeugen, daß der eigene Zauber stärker als ihrer ist. Doch hatte sie den Eindruck, ihr Zauber sei dabei, sich zu erschöpfen. Und da fiel ihr noch etwas ein, das Travis gesagt hatte. Es war ein Name.

Der Mann hatte sein Messer gezogen und stand über ihr.

Sie brauchte den Namen.

Der Mann berührte die Klinge mit dem Daumen. »Möchtest du von der Grillparty hören?« fragte er.

»Eine Chance hast du«, sagte sie ihm. »Eine Chance hast du, am Leben zu bleiben. Du mußt weggehen. Jetzt. Wenn du das tust, kann ich den Fluch aufheben.«

Er lachte.

»Denkst du, das ist ein Witz?« fragte sie.

Er schaute sie einen Moment lang an. »Ich denke, du hast Courage. Das gebe ich gerne zu. Und ich denke, du hast Glück.«

»Und wenn es mehr als das ist?«

Er reagierte mit einem Achselzucken. »Ich schätze, ich riskiere es einfach. Glaubst du wirklich, ich renne weg wie der kleine Scheißer?« Mit einem Kopfnicken deutete er in die Nacht hinein.

»Du könntest es herausfinden«, sagte sie.

Er sah sie nur an.

»Du bist ein Hupa.«

»Wie meinst du das?«

»Es gibt eine alte Frau. Eine Hupa. Rose Hudson. Sie lebt an einem kleinen Fluß. Nicht weit von hier.«

Ihr schien, daß sich sein Gesichtsausdruck bei der Nennung des Namens ein bißchen veränderte. Sie handelte jetzt intuitiv. Es war ein Drahtseilakt. Sie hatte keine Ahnung, ob Rose Hudson eine Hupa war oder nicht, aber sie schien richtig geraten zu haben. Wenn er wußte, daß die alte Frau tot war, hätte sie verspielt.

»Sie kann es sehen«, sagte sie. »Sie kann den Fluch sehen, den ich über dich ausgesprochen habe. Sie kann dir sagen, was es ist.«

Der Mann musterte sie eine Zeitlang. »Ich habe von Rose Hudson gehört ...«

»Dann weißt du, daß es stimmt, was ich sage.«

»Ich dachte, sie lebt in der Stadt.«

»Sie lebt am Temple. Keine sechs Meilen von hier.«

Der Mann schaute in die Nacht.

Plötzlich war sie benommen. Benommen von Schmerzen, vom Mangel an Nahrung und von dem, was sie vorhatte.

Plötzlich hockte sich der Mann neben sie, brachte sein Gesicht ganz nahe an ihres, schaute ihr in die Augen. »Die Küste kenne ich nicht«, sagte er. »Aber ich kenne das Tal weiter oben. Ich weiß, daß es dort ein paar Drogenlabors gibt.«

»Davon habe ich gehört. Rose wohnt nicht weit vom Strand weg. Es ist das erste Haus im Tal. Geh alleine hin, wenn du willst.«

Er lächelte sie an. Er war jünger, als sie gedacht hatte. Das fiel ihr erst jetzt auf. Er war in ihrem Alter. Schließlich wandte er den Blick von ihr ab. Er stieß einen zischenden Laut aus und schüttelte den

Kopf. Dann stand er wieder auf und ging davon. Sie beobachtete ihn. Sie spürte den Schweiß, der sich trotz der Kälte auf ihrem Nakken und auf ihrem Brustkorb gebildet hatte.

Als er zurückkam, sah sie, daß er die Rucksäcke aus ihrem ersten Lager trug. Er legte sie neben die Überreste von Kendras Feuer. Einige Scheite glühten noch, und gelegentlich züngelte eine dünne gelbe Flamme in die Nacht. Der Mann schürte die Glut und legte Holz nach. Kurz darauf brannte ein neues Feuer über der Asche des ersten. Kendra spürte, daß er sie durch die Flammen beobachtete. Nach einiger Zeit stand er auf und kam mit einem der Rucksäcke zu ihr herüber. Sie lag auf dem Boden, auf ihren Ellbogen gestützt. Er legte den Rucksack neben ihren Fuß und hockte sich vor sie.

Sie war immer noch fast nackt, von Staub bedeckt und von Blutergüssen übersät. Sie war sicher, daß sie sterben würde. Das schien der nächste logische Schritt zu sein. Der Mann griff in den Rucksack und zog eine Flasche Wasser heraus. Er nahm ihren Fußknöchel in die Hand und begann, die Schnittwunde zu waschen. Er spreizte den Schnitt mit einer Hand und goß Wasser aus der Flasche hinein. Er ließ sich Zeit damit. Und er drückte die Schnittstelle, damit sie blutete. Nachdem er dies einige Zeit getan hatte, legte er ihren Knöchel auf sein Knie und nahm eine Limone aus dem Rucksack. Er zog ein Messer aus seiner Tasche und zerteilte die Limone. Wieder nahm er ihren Knöchel in die Hand. Wieder benutzte er seine Finger, um die Wunde zu spreizen, und diesmal wusch er sie mit dem Saft der Limone aus.

Kendra gab keinen Laut von sich, obwohl ihr Bein brannte, als der Saft in die Wunde tropfte. Die Hand des Mannes war fest wie ein Schraubstock. Sie beobachtete ihn bei seinem Tun. Seine Augen waren, so fest wie seine Hand, auf seine Aufgabe konzentriert.

Als er mit der Limone fertig war, nahm er einen kleinen, eingepackten Gegenstand aus dem Rucksack. Den Rucksack schob er unter ihr Bein, um ihre Ferse vom Boden fernzuhalten. Er stand auf, ging zum Feuer, hob auf dem Weg einen Stock auf und hielt ihn in die Flamme, bis er ein Ende angezündet hatte, dann kam er zu ihr zurück, den brennenden Stock wie eine Fackel tragend.

Er hockte sich wieder vor sie hin, und jetzt sah sie, daß der Gegenstand, den er aus dem Rucksack genommen hatte, ein Wachsriegel war. Er legte ihr Bein wieder auf sein Knie und verdrehte es in einem unangenehmen Winkel.

»Halt es so«, sagte er.

Kendra befolgte die Aufforderung.

Er hielt das Wachs an den brennenden Stock. Als es zu schmelzen anfing, ließ er es auf die Schnittwunde tröpfeln. Sie konnte nichts anderes tun, als das Bein in der unbequemen Position zu halten, und doch schien ihr, daß dabei einiges auf dem Spiel stand. Als er fertig war, war sie in Schweiß gebadet, und sie sah, daß die Wunde mit Wachs versiegelt war.

Der Mann packte seine Sachen in den Rucksack und ging wieder zum Feuer, wo er etwas aus einem der anderen Rucksäcke holte, die er dort hatte liegen lassen. Sie sah, daß es eine Decke war. Er warf sie ihr hin, und sie deckte sich damit zu. Er beobachtete sie dabei, kam dann näher und hockte sich erneut vor sie. Er besah sich ihre Ferse, als wolle er seine Arbeit prüfen, und sah ihr dann ins Gesicht.

»Ich weiß es nicht«, sagte er schließlich. »Ich weiß es wirklich nicht, ob du Glück hast oder ob du mir einen Zauber auferlegt hast.«

Kendra sah ihn stumm an.

Der Mann wandte den Blick weg. Er schaute zu der Klippe, von der William Longtree hinabgestürzt war. »Wir gehen am Morgen«, sagte er. »Wir besuchen Rose Hudson. Wir werden sehen, ob du getan hast, was du sagst. Wenn es so ist, wird sie wissen, was zu tun ist. Ist es nicht so, weiß ich, was zu tun ist.« Er stand auf und nickte Richtung Klippe. »Für sie wird noch Zeit genug sein«, sagte er. »Sie sind weit weg von zu Hause.«

Als er das gesagt hatte, ging er zum Feuer zurück. Kendra beobachtete ihn. Sie sah, wie er eine Flasche aus seinem Rucksack zog und sich damit vor die Flammen setzte. Er sah sich nicht mehr zu ihr um, aber sie konnte sich an sein Gesicht erinnern. Als er sich um ihre Wunde gekümmert hatte, hatte sie es zum ersten Mal näher betrachtet. Er war zwar ein kräftig gebauter Mann, aber seine Gesichtszüge waren in feinen, gerade Linien gezeichnet. Er war muskulös, und sie ertappte sich bei dem Gedanken, daß sie ihn an einem anderen Ort, zu einer anderen Zeit, in einem anderen Universum vielleicht, möglicherweise hätte attraktiv finden können. Wie das im Licht dessen, was geschehen war, möglich sein konnte, vermochte sie jedoch nicht zu sagen.

Der Mensch schaut zu den Sternen, dachte sie, und träumt von Welten, zu denen er eines Tages vielleicht eine Brücke schlägt. Und doch war jeder Mensch eine Welt für sich, und keine zwei Welten, und mochten sie auch an verschiedene Sterne gebunden sein, waren mehr füreinander verloren als sie und dieser Mann dort. Und es gab nichts im Himmel oder auf Erden, was dies hätte wenden oder verändern können.

31

Die Surfer fanden Travis, nachdem dieser die Nacht auf dem Felssims verbracht hatte, eingekeilt in einen Felsspalt, vor sich die Plane aus seinem Gepäck, um den Wind abzuhalten. Er hörte sie lange, bevor er sie sah, und obschon er sie nicht eindeutig als die Männer erkennen konnte, die zu suchen er gekommen war, konnte er sich nicht vorstellen, wer es an einem solchen Ort, einem solchen Morgen sonst hätte sein sollen. Und von seiner Ahnung geleitet, hatte er in der Hoffnung, daß es tatsächlich die Surfer und nicht die Gefährten des zu Tode Gestürzten wären, laut gerufen.

Sie hatten seinen Ruf erwidert, und er antwortete ihnen wieder, und dann sah er sie endlich kommen, wie sie durch den Nebel kletterten, kleine, gebeugte Gestalten, die sich wie Krebse an Gesteinsadern entlangbewegten, ihre Surfboards in Nylontaschen gehüllt, die wie Schilde einer alten Rasse von ihren Schultern hingen. Er war sich nicht sicher, ob er seinen Spalt verlassen könnte, so lang und kalt, wie die Nacht gewesen war. Er fühlte sich wie festgenagelt, als hätte die Dunkelheit im Vorbeigehen seine Knochen zu Stein verwandelt.

Er sah Drew Harmon die Gruppe anführen und rasch zwischen den Felsen heraufklettern. Er sah, wie der Mann auf Tuchfühlung mit der Leiche kam, die im Morgenlicht noch gespenstischer aussah. Jedenfalls empfand Travis es so, denn er mußte sie jetzt selbst aus nächster Nähe ansehen. Drew Harmon zuckte kaum mit der Wimper. Und er verrenkte sich auch in keiner Weise, wie Travis es getan hatte, um an dem Hindernis vorbeizukommen, ohne es zu berühren. Drew streckte einfach eine Hand aus, packte die Leiche beim Gürtel, der um die Taille geschlungen war, und schleuderte sie mit einer einzigen kraftvollen Bewegung von dem Felssims nach unten.

Selbst in seinem benommenen Zustand war Travis von dieser Handlung schockiert, so verachtungsvoll kam sie ihm vor. Als sei die Leiche nicht mehr als ein Lumpenbündel. Als gebe es kein Gesetz, von Gott oder dem Menschen verfügt, das vorschrieb, ein solches Objekt in einem anderen Licht zu betrachten oder auf andere Weise damit umzugehen.

Als er sich der Leiche auf diese Weise entledigt hatte, richtete sich der Mann auf dem Felssims auf. Er legte Rucksack und Boardtasche ab, verkeilte sie zwischen den Steinen und ging dann dorthin, wo Travis lag. Ein zweiter Surfer folgte ihm.

»Ein Freund von dir?« fragte Drew. Mit einem seltsamen Grinsen auf dem Gesicht nickte er in den Nebel hinein, in den die zerschmetterte Leiche gestürzt war.

Travis erschien das die Art von Begrüßung, die man von Drew Harmon erwarten konnte. Aber er wußte, er war der Überbringer schlechter Nachricht, und hielt es für das Beste, direkt auf den Punkt zu kommen, und er sagte ihnen, warum er gekommen war. Er berichtete ihm von den Männern von flußaufwärts. Er berichtete ihm von dem Feuer, und er sagte ihm, er habe gehofft, Kendra bei ihm anzutreffen.

Das Lächeln wich aus Harmons Gesicht, während Travis sprach. Als er verstummte, blickte der Mann mit einem Gesichtsausdruck auf ihn hinab, den Travis nicht zu deuten vermochte. »Das Feuer«, sagte Drew schließlich. »Haben sie die Werkstatt niedergebrannt? Haben sie mein Holz verbrannt?«

Travis ließ sich mit der Antwort einen Moment Zeit, denn er hatte erwartet, daß sich der Mann nach seiner Frau erkundigte. »Das meiste«, sagte er dann. »Die Feuerwehr hat einiges gerettet.«

Drew kauerte sich neben ihn, den Rücken gegen den Fels gelehnt. Er blickte auf den Nebel hinaus in Richtung Meer. Der zweite Surfer blieb ein Stück zurück auf dem Felssims stehen. Er trug ein Sweatshirt mit Kapuze, und Travis konnte nicht erkennen, ob es der Fotograf oder der Mann war, der ihn mit dem Stein niedergestreckt hatte.

»Ich hatte gehofft«, wiederholte Travis, »daß deine Frau bei dir ist.« Vielleicht, dachte er, hatte der Mann ihn nicht gehört. Doch Drew sah ihn an, als wäre das etwas, das er nicht ganz begreifen konnte.

»Was?« fragte er.

»Deine Frau. Ich dachte, sie wäre vielleicht mit euch gegangen.«

»Ich habe sie in den Ort geschickt.«

Travis sagte ihm, daß ihr Truck noch am Pier stünde. Er berichtete ihm, was er im Wald gefunden hatte, und von den abgeschnittenen Pflanzen auf dem Wildwechsel. Jetzt hatte er die Aufmerksamkeit des Mannes gewonnen, und als er diese Dinge sagte, hatte er den Eindruck, daß nicht nur das Lächeln im Gesicht des großen Mannes erstarb. Was er jetzt dort sah, war der Verlust von etwas Grundlegendem.

»Hast du dich in der Stadt umgesehen?« fragte Drew ihn. »Warst du bei Pam?«

»Nein.«

»Dann könnte sie dort sein.«

Travis sagte nichts.

»Und du meinst, das war einer von ihnen?« fragte Drew. »Einer von diesen Männern von oben am Fluß?« Er stand auf und nickte zu den blutbespritzten Steinen, als wäre das, was dort vergossen war, der Mann selbst.

»Er war einer von ihnen«, sagte Travis.

Die Muskeln an Drews Kiefer spannten sich, und er schaute zu den Höhen der Klippe hinauf, als wolle er sofort losklettern und alles hinter sich lassen, Travis eingeschlossen. Zum ersten Mal sagte jetzt der andere Mann etwas. Er war näher gekommen und hatte sich hingekniet, um Travis' Bein besser in Augenschein nehmen zu können. Er hatte die Kapuze zurückgeschoben und einen nackten Schädel entblößt, und Travis sah, daß es der junge Surfer war, der ihn mit einem Stein fast umgebracht hätte.

»Hast du das gesehen?« fragte er.

Drew drehte sich um. Er hockte sich hin und griff nach dem Bein. Er schob den Socken nach unten und drehte den Fuß ein bißchen, um ihn besser betrachten zu können.

Travis drehte den Kopf weg, um sich zu übergeben. Mehr als ein dünner Faden grünlicher Galle kam nicht.

Drew Harmon stand auf und fragte den anderen Surfer: »Schaffst du es mit beiden Rucksäcken und beiden Boardtaschen die Klippe hinauf?«

Der junge Mann starrte ihn an. »Wieso?« fragte er zurück.

»Weil jemand ihn tragen muß«, sagte Drew.

Der junge Surfer schüttelte den Kopf, als sei die gesamte Prozedur unter seiner Würde, doch begann er, sich die Ausrüstung aufzuladen. Dabei hockte er sich auf den schmalen Sims, als sei es bloß ein Bürgersteig an einer Großstadtstraße.

»Okay«, sagte Drew. Er sah Travis an. »Wir gehen huckepack. Zumindest bis wir oben sind. Was wir danach tun, weiß ich nicht.«

»Ich könnte vielleicht selbst gehen, wenn ihr etwas findet, das ich als Krücken benutzen kann.«

Drew Harmon lachte. »Hast du dir in letzter Zeit mal dein Bein angeguckt?« fragte er.

Das hatte Travis allerdings nicht, und er hatte auch keine Lust, es jetzt zu tun.

»Du bist den ganzen beschissenen Weg lang Totgewicht«, sagte Harmon ihm. »Das einzige, was uns bremst, wenn wir auf die Arschlöcher stoßen, die mein Haus niedergebrannt haben. Wenn wir sie finden, werde ich mir die Zeit nehmen, ihnen die Lungen rauszureißen.«

Erst jetzt, während sie zum Aufbruch rüsteten, fiel Travis auf, daß nur zwei Surfer hier waren und ganz offensichtlich niemand mehr aus dem Nebel heraustreten würde.

Als er sie danach fragte, drehten sich beide Männer zu ihm um.

»Er ist weg«, sagte der junge Surfer schließlich.

»Wie meinst du das: weg?« fragte Travis.

»Abgehauen«, sagte der Kahlkopf. Travis sah, daß er einen Ohrring trug, ein fein gearbeitetes goldenes Kreuz.

»Ihr wart also dabei, ihn zu suchen?«

»Teufel, nein«, sagte Drew. »Wir haben versucht, den äußeren Riffbreak nördlich der Landspitze zu erreichen, bevor die Flut kommt.«

»Habt ihr eine Ahnung, wo er hingegangen ist?« Zum Teil fragte er aus Neugierde, zum Teil, weil er Zeit schinden wollte, um sich gegen das zu wappnen, was kommen würde.

»Ich weiß sehr wohl, wohin er gelaufen ist«, sagte Drew Harmon. Aber dieses Wissen schien ihm nicht das Vergnügen zu bereiten, das Travis jetzt erwartet hätte. Seine Augen schienen über die Maßen müde. »Er ist zu der alten Holzfällerstraße zurück, die parallel zum Temple verläuft.«

»Mein Gott, warum?«

Harmon schüttelte den Kopf, als bekümmere ihn die Sache

zutiefst. »Weil er sein Buch gelesen hat und glaubt, so findet er zu den Heads zurück.«

»Früher war das vielleicht mal möglich.«

»Hmhm. Der arme Scheißer weiß nämlich nicht, daß die Wege von den Heads jetzt am Hoof enden. Die Wege, nach denen er sucht, sind im Winter '83 weggespült worden. Die alte Holzfällerstraße führt, soweit ich weiß, bis nach Oregon den Temple River hinauf.«

Der kahlköpfige Surfer lachte. »Ich hab es ihm ja gesagt«, sagte er. »Der Bursche ist ein bedauernswerter Versager.«

»Ja, aber das war er nicht immer.«

»Er wird da oben umkommen«, sagte Travis. Das war das letzte, was er für lange Zeit sagen würde. Er hatte zu zittern begonnen und merkte, daß er in kalten Schweiß gebadet war.

Drew Harmon musterte ihn ein paar Sekunden und schüttelte dann den Kopf. »Er wird gar nicht erst verhungern«, sagte er.

32

Die Tolowan-Hütten von Neah Heads standen auf einem Berghang. Durch ihre Secondhandfenster sah man den Teil des Meeres, der nördlich von Devil's Hoof lag, und es gab zahlreiche Fußwege, die zu den dortigen Stränden hinabführten. Wenn man allerdings den Hoof selbst besuchen wollte, gab es eigentlich nur einen einzigen Weg. Er war lang und gewunden. Er begann im Schatten von Redwoods, führte nach einiger Zeit aber auf die Grasebene, die den Hoof bedeckte. Wo der Weg sich seinem Ende näherte, gab es drei Pfade zu den darunterliegenden Stränden. Zwei von ihnen führten nach Big Sandy und waren relativ moderate Abstiege. Der dritte endete in den Klippen, die der Tolowan hinabgestürzt war, und wenn man zu den steinigen Buchten darunter gelangen wollte, stand man vor einer mühseligen Aufgabe, denn die Klippen waren tückisch und steil und hatten über die Jahre mehr als ein Menschenleben gefordert.

Kendra und ihre Entführer waren natürlich zu dieser Stelle gekommen. Aber als das Licht über den Bergen aufging, brachen sie und der Hupa zu den ersten Gebirgsausläufern auf und nahmen anfangs den umgekehrten Weg wie am Vortag, denn Kendra hatte dies als den schnellsten Weg zum Strand bezeichnet, und es mußte daher die direkteste Route zum Haus von Rose Hudson sein.

Als sie am Morgen aufgestanden waren, war der Himmel klar und von rosigem Glanz beschienen gewesen, doch unter ihnen hatte eine breite Nebelbank gelegen. Die Dichte dieses niedrighängenden Wolkenfeldes korrespondierte genau mit der Höhe der Klippen und erschien wie eine dampfförmige Erweiterung der Landfläche, eine große, wogende Ebene, auf deren wässriger Oberfläche der Sonnenaufgang reflektiert wurde. Kendra kam es so vor, als sei die Welt irgendwann in der Nacht in zwei Hälften zerbrochen, und sie war überrascht, von dem Spektakel nicht geweckt worden zu sein.

So kam es, daß sie und der Hupa den ersten und leichtesten Weg zum Strand einschlugen, und zwar ohne zu wissen, daß sich knapp zweihundert Meter entfernt, unter der großen Nebelschicht, jene Männer über die Klippen schleppten, die zu töten der Hupa gekommen war. Ebensowenig konnte Drew Harmon wissen, daß seine Frau sich in Rufweite von ihm befand, denn er sah vor sich nichts als Felsen, und selbst die verschwammen in dem großen weißen Kokon der Leere, in dem er sich eingeschlossen fand.

Kendra und der Hupa kamen bei ihrem Abstieg schließlich in die Nebelschicht hinein. Der Mann hatte ein Loch in die Decke geschnitten, unter der sie geschlafen hatte, und sie ihr als Oberbekleidung gegeben. Sie trug sie wie einen Poncho, eine Gestalt aus einem Western. Und er hatte Schuhe für sie gemacht. Zumindest leisteten sie die Dienste von Schuhen, auch wenn es nur Grasbüschel mit herumgebundenen Stoffstreifen waren, und sie wußte nicht, aus welchem Film diese Fußbekleidung stammte, denn bisher hatte sie so etwas noch nicht gesehen.

Sie aßen im Gehen Brombeeren, die sie in der Nähe der Hütten gepflückt hatten, und getrocknete Lachsstreifen. Sie kamen zum Strand und folgten ihm zu der kleinen Mündung, durch die der schmale Temple River seinen Weg ins Meer fand. Sie überquerten das Wasser auf einem alten Baumstamm und schlugen dann den Fußweg ein, der zur Straße führte.

Nach kurzer Zeit hatten sie den Nebel erneut hinter sich gelassen und hatten das Tal vor Augen. Kendra merkte, daß sie die intime Schönheit des Tals vergessen hatte, obwohl sie ursprünglich gerade davon angezogen worden war. Oder vielleicht sah sie sie jetzt nur deutlicher. Es war ein schmales kleines Tal. Die sanft ansteigenden Hänge waren von Bäumen bedeckt, von denen einige noch Blätter in herbstlicher Färbung trugen. Die Ufer des Flüßchens waren dicht mit allen möglichen Beerensträuchern und Ranken bewachsen, und dazwischen machte sich Lacksumach breit, der, wie viele der Bäume, jahreszeitliche Farben angenommen hatte. Alles in allem, dachte sie, war es wie ein fröhliches kleines Schmuckstück. Alles in Rot und Grün – der Stoff für Ferien und gute Laune.

Sie kamen durch Douglastannenhaine, in denen vereinzelt Zedern wuchsen, deren Äste Bärte aus einem graugrünen Moos trugen. Und im Tal wuchsen noch andere Bäume, deren Namen Kendra nicht kannte. Viele hatten schon ihre Blätter verloren, und ihre Gabeläste waren in den Himmel geflochten, als könnte jede Bewegung dort oben ihre Wurzeln aus dem lehmigen Erdboden reißen.

Die Rucksäcke hatte der Hupa in der Nähe ihres Nachtlagers im Gras versteckt, aber er trug das Gewehr, ohne das Futteral, an einem schwarzen Nylonriemen über der Schulter. Er ging fast neben Kendra, blieb aber einen knappen Schritt zurück. Wahrscheinlich, dachte sie, boten sie einen merkwürdigen Anblick: die Frau, in die alte Decke gekleidet, die Füße in Lumpen gewickelt, das Haar kurz und fransig, und der Indianer direkt dahinter mit seiner aufrechten Körperhaltung, dem langen, geflochtenen Haar und der großen Flinte. Er trug Wanderstiefel, Jeans und ein kariertes Flanellhemd, und sie fragte sich, wofür jemand, der sie sah – falls es diesen jemand gäbe –, sie halten würde. Den auferstandenen Zauberpriester Magus vielleicht, in Begleitung der Hure von Tyrus. Doch dann wiederum dachte sie, um diesen Anblick so zu deuten, müßte jemand wie ihr Vater denken, und der war schon lange tot.

Schließlich kamen sie an einen schmalen Pfad, der eher wie ein Wildwechsel aussah, und Kendra steuerte ihn an.

»Ist das der Ort?« hörte sie den Mann fragen. Es kam ihr so vor, als hätten sie schon seit Stunden nicht mehr gesprochen. Sie nickte nur und ging weiter. »Rose hat Hunde«, rief sie ihm zu. »Aber keine Angst. Sie kennen mich.«

Ihr schien, daß er auf diese Bemerkung eine Antwort gab, aber sie hielt nicht an, um seine Worte zu verstehen. Sie waren an eine schmale Brücke gekommen, und sie konnte den Wohnwagen sehen. Es war alles so, wie sie es in Erinnerung hatte. Der Wagen, die Aluminiumverkleidung schwarz versengt, stand zwischen Bäumen in einer Lichtung, und wie aufs Stichwort sah sie jetzt auch die Hunde, auch wenn es ihr schien, daß sie sich vermehrt hatten, denn es waren nun drei anstatt zwei. Die Tiere kamen herangestürzt, ihr Geheul machte den Tag zum Schrecken. Kendra rannte auf sie zu, als wolle sie sie begrüßen, denn sie war entschlossen, ihr Blatt bis zum bitteren Ende zu spielen.

33

Fletcher setzte kompromißlos auf die Autoren von *Surfing the Golden State*. Sie hatten einen Fußweg beschrieben, der durch ein Feld aus Felsblöcken führte. Fletcher glaubte, daß er und seine Begleiter ein solches Feld durchquert hatten. Auch wenn es zu neblig gewesen war, um die Klippen richtig zu sehen, hatte er ihre Anwesenheit wahrgenommen – monolithische, im Dämmerlicht aufragende Formen. Außerdem hatten die Autoren beschrieben, daß der Pfad ins Landesinnere zu dem Campingplatz bei Neah Heads führte, von dem Drew gesprochen hatte. Der Weg sollte gut erkennbar, aber beschwerlich sein, Bäche überqueren und einen Berg hinauf führen. Trotzdem hatten die Autoren ihn an einem Tag geschafft, und Fletcher setzte darauf, denn er hatte wenig mitgenommen. Eine große Auswahl hatte er ohnehin nicht gehabt. Ohne die Gelegenheit, seine Ausrüstung zu ergänzen, war er in den Kleidern losgegangen, in denen er geschlafen hatte. Er hatte ein einzelnes Pop-Tart und eine kleine Flasche Wasser mit, die er vor dem Schlafengehen in seinen Schlafsack geschmuggelt hatte. Danach war es nur noch darauf angekommen, länger als sie wach zu bleiben. Als er sicher war, daß die beiden schliefen, war er aufgebrochen.

Der Nebel hatte ihn sofort verschluckt. Er war an der Küstenlinie entlanggegangen, damit das Wasser mögliche Spuren auslöschte. Er ging stockblind, rutschte auf schleimigen Tangnestern, stolperte gelegentlich auf dem unwegsamen Felsboden, und seine Füße waren taub von der Kälte. Aber der Plan funktionierte. Bei Tagesanbruch – oder dem Zeitpunkt, der in diesem Klima als solcher gelten mochte – saß er auf einem Felsblock am Anfang des Steinfeldes.

Er war an den Punkt gelangt, an dem er seine Wahl treffen mußte. Jetzt konnte er noch zurückgehen. Weiterzugehen hieß, alles zu riskieren. Das Problem war jedoch: Zurückzugehen hieße ebenfalls, weitergehen zu müssen. In der einen Richtung war er zumindest sein eigener Herr. In seinem Parka steckte die Filmrolle, die er in der Donnerbucht belichtet hatte. Es war nichts Großartiges, aber es würde ausreichen. Er hatte Drew Harmon und R. J., wie sie doppelte Overhead-Wellen vor den stahlgrauen Kliffs von Devil's Hoof ritten. Die Kamera hatte er ihnen für den Fall zurückgelassen, daß sie etwas fanden, das ihrer Mühe wert wäre. Doch Fletcher war überzeugt, daß sie höchstwahrscheinlich nur noch mehr Schmerz finden würden.

Der Pfad ließ sich schließlich nicht so schwer aufspüren, wie er sich vorgestellt hatte. Eine Zeitlang hatte er sich an der Basis der Kliffs entlanggearbeitet. Das war der schwere Teil, denn er steckte voller Zweifel. Der Nebel schränkte seine Sicht ein. Die Kliffs schienen nicht enden zu wollen. Er kam nur langsam voran, und nach einiger Zeit bemerkte er, wie sich schaumiges Wasser auf dem Strand Kanäle schuf, ein Zeichen dafür, daß die Flut wieder einsetzte. Es war sein finsterster Moment. Kurz darauf kam er jedoch an eine Stelle, wo sich die Kliffs in langgestreckte, abgerundete Ausläufer verwandelten, zwischen denen sich der Strand in tiefen Bögen landeinwärts zwängte und das Meer mit sich zog und so eine schmale Mündung schuf, in deren Mitte zwischen Felsen und Gebüsch ein ziemlich breiter Bach strömte, um sein Wasser mit dem des Pazifik zu vereinen.

Er brauchte einige Zeit, um diese Stelle zu erkunden. Vorsichtig folgte er dem Wasserlauf, bis er schließlich zu einem Baumstamm kam, der quer über dem Bachlauf lag. Sein Zweck schien eindeutig. Näher kommend sah er, daß die Oberseite durch den Gebrauch als Brücke glattgerieben war. Er selbst nahm auch diesen Weg und kletterte unmittelbar südlich von dem Stamm die Felsen hinauf. Nach fünf Minuten kam er auf eine Grasfläche, die von einem festgetretenen Lehmstreifen durchschnitten wurde.

Anfangs war der Pfad schmal und an manchen Stellen überwachsen, und doch schien er mit jeder Bodenwelle, jedem Gewinn an Höhe ein bißchen ausgeprägter zu werden. Nach einiger Zeit lichtete sich auch der Nebel, so daß er in der Lage war, seine Umgebung einigermaßen zu deuten.

Das Wasser, das er am Strand gesehen hatte, lief auf dem Grund eines schmalen, kleinen Tales, einem steilen V zwischen den Hängen des Küstenstreifens. Der Pfad blieb in Sichtweite des Wassers, schien sich aber in die richtige Richtung zu bewegen. Fletcher hatte das Gefühl, ein Lied anstimmen zu müssen, so sicher war er, den Fußweg gefunden zu haben; vielleicht eine kleine Melodie aus seinen Tagen im XMCA-Lager, vielleicht einige Zeilen aus »When Those Caissons Go Rolling Along«, denn hier war ganz gewiß niemand, der ihm zuhörte, und die Sonne war über den Baumwipfeln aufgegangen, und er dachte, er würde bis zum Abend irgendwo ein Zimmer gefunden haben, eine heiße Dusche, ein Telefon. Er würde damit anfangen können, mit dieser Reise abzuschließen.

Gegen Mittag war Fletchers Optimismus einer mit Angst durchsetzten Erschöpfung gewichen. Er hatte sich wieder einmal hingesetzt, diesmal auf einen umgestürzten Baumstamm. Das Wasser, ein Silberfaden zwischen den herbstlichen Bäumen, war noch zu sehen, aber jetzt befand er sich ein gutes Stück über ihm, da der Weg ihn weiter aufwärts geführt hatte. Und er hatte zu seiner Bestürzung allmählich eine südliche Richtung eingeschlagen, und in Fletcher regten sich Zweifel, ob der Weg ihn zu den Heads führen würde. Er machte sich Sorgen, daß es sich um eine Holzfällerstraße handelte, und er erinnerte sich nur zu gut an das Labyrinth solcher Straßen, durch das Drew in der Nacht auf ihrem Weg zur Küste gefahren war. Die Sonne würde schon bald hinter dem Bergzug westlich von ihm untergehen, und im Tal würde es schnell kalt werden. Er hatte keine Vorräte, keine Richtung. Das waren die Ängste, die ihm zusetzten, als er aus dem Tal unter ihm Flintenschüsse hörte. Instinktiv verließ er den Stamm und zog sich zwischen die Bäume zurück.

Die Schüsse waren eine Zeitlang zu hören. Das Geräusch war eindeutig. Er glaubte, daß es sich um mehrere Waffen handelte. Umgeben von Bäumen und Bergen war es schwierig, die Richtung genau zu bestimmen, aus der die Schüsse kamen, aber er nahm an, daß sie von Westen kamen, vom Meer her. Wäre es möglich, überlegte er, daß Drew und Robbie hinter ihm hergekommen waren, daß ihr Weg sich mit dem des Mannes gekeuzt hatte, den er auf der Klippe gesehen hatte? Er nahm nicht an, daß der Mann alleine gewesen war. Es würde noch andere geben. Bilder eines Gemetzels tauchten in seinem Kopf auf. Sein erster Impuls war, eilig weiterzugehen, um wenigstens einige Entfernung zwischen sich und die Schießerei zu bekommen. Am Ende schien es ihm jedoch erforderlich, dem Geschehen auf den Grund zu gehen.

Es gab, befand er, zwei Möglichkeiten. Drew und Robbie steckten in der Bredouille. Oder dort waren Jäger unterwegs. Das zweite Szenario gefiel ihm deutlich besser als das erste. Denn sollte sich das erstere als wahr erweisen, bezweifelte er, daß er viel tun könnte, außer Zeuge des Geschehens zu sein. Im zweiten Fall bestand die Möglichkeit, daß er Hilfe bekäme. Er ging so weit, sich vorzustellen, wie er in einem Pickup saß, ein großes, kaltes Bier in der Hand, während der Wald hinter ihm verschwand. Ein letzter Schuß drang bis zu ihm, und er machte sich auf, ihm auf den Grund zu gehen.

Er kam langsam voran. Er bewegte sich jetzt bergab, auf das V des Tales zu. Er folgte einer Schneise, die er für einen Wildwechsel hielt. Das Gras unter seinen Füßen war niedergetreten, und zwischen den Büschen war ein Weg gebahnt. Ein schmaler, gewundener Weg, aber trotzdem ein Weg. Einige Male versperrten ihm Äste das Weiterkommen, und er war gezwungen, auf allen vieren zu gehen, um die Richtung beizubehalten.

Schließlich jedoch kam der Talgrund in Sicht. Er blieb stehen. Eine tote Stille schwebte in der Herbstluft. Die Bäume im Tal waren verfärbt, und er sah das silberne Wasser des Baches, der sich zwischen den Bäumen schlängelte. Er hatte allerdings den Eindruck, daß dort noch etwas anderes war, etwas außer dem das Licht reflektierende Wasser, und er bewegte sich ein bißchen weiter abwärts, angestrengt bemüht, in dem Spiel von Licht und Schatten etwas zu erkennen. Dort war eine Art Gebäude, dachte er, und ging weiter.

Schließlich kam er an ein lehmiges Ufer, das von herabgefallenem Laub rutschig war. Er befand sich noch diesseits des Flüßchens und ein gutes Stück entfernt, aber er sah jetzt, daß er sich einer kleinen

Ansiedlung näherte. Er sah einen alten Wohnwagen, zum Teil geschwärzt wie von einem Feuer. Er sah einen Schuppen, der dringend eines Anstrichs bedurfte und aus dessen Dach ein dünner grauer Rauchschwaden in die Luft wehte.

Ein kleines Stück flußabwärts von seinem jetzigen Standort sah er eine schmale, moosbewachsene Brücke, die man überqueren mußte, um den Wohnwagen zu erreichen. Mit aller Vorsicht pirschte er sich heran, schließlich war ihm klar, daß er allein und unbewaffnet und dazu in einer Gegend war, in der auf Eindringlinge schnell geschossen wurde, und er überlegte, ob sich hier die Schießerei abgespielt hatte. Eigentlich hoffte er, daß er mit seiner Vermutung unrecht hätte und daß die Gewehrschüsse aus einer anderen Richtung gekommen waren, denn er würde seine Jäger nur zu gerne gegen den großmütigen, wenn auch einsiedlerischen braven Bürger eintauschen. Mit solchen Fantasien im Kopf erreichte er die Brücke und stieß auf die erste der Leichen.

Zuerst wurde er auf das Geräusch summender Fliegen aufmerksam, dann sah er den Mann. Er erkannte ihn sofort als den Indianer, den er auf der Klippe gesehen hatte: Jeans und Karos, das Haar lang und geflochten, neben ihm eine langläufige Flinte mit einem großen Zielfernrohr. Dem Mann war mit einer offenkundig großkalibrigen Kugel durch die Brust geschossen worden. Sein Mund stand offen, und von seinen Augen war nur das Weiße zu sehen.

Die Brücke beschrieb einen kleinen Bogen über den Bachlauf und schien von geschickter Hand gefertigt. Der Indianer schien vor dem Scheitelpunkt des Bogens erschossen worden zu sein und war dann nach hinten gefallen, so daß er jetzt auf Fletchers Seite des Wassers lag.

Beim Anblick der Leiche blieb er wie erstarrt stehen und kauerte sich dann für eine Weile in den Lehm am Rand des Flüßchens. Er fürchtete, selbst erschossen zu werden, wenn er sich bewegte, auch wenn er keine Vorstellung hatte, von wem. Und er hätte auch nicht sagen können, wie lange er wartete.

Nichts geschah. Keine Schüsse mehr, keine Stimmen. Der Tag war bis auf das Summen der Insekten und das Murmeln des Wassers in seinem felsigen Bett wieder ganz still geworden. Schließlich richtete er sich auf. Seine Beine waren vom langen Hocken steif geworden. Er trat über den Mann hinweg und ging die Brücke hoch, um wenigstens einen Blick auf die Lichtung am anderen Ufer werfen zu können. Aus dieser erhöhten Position konnte er sehen, daß eine ganze Anzahl von Lebewesen erschossen worden war, nämlich drei Hunde, zwei Männer und ein Huhn. Auf den ersten Blick schien die Katastrophe vollständig. Erst bei näherem Hinsehen sah er das zweite Huhn und die junge Frau.

Die Frau war nur mit einer farbenfrohen Decke bekleidet, ihre Beine waren nackt. Sie saß auf dem Boden, den Rücken an einen Baum gelehnt, und sie wiegte das Huhn in ihren Armen. Der Kopf des Tiers hüpfte auf und ab, und ab und zu hob die Frau eine Hand, um den Hals des Huhns mit der Rückseite ihrer Finger zu streicheln. Ganz zuletzt bemerkte er, daß es sich um Kendra Harmon handelte.

Teil III

Der schweigsame graue Kamerad

34

Fletcher überquerte die Brücke und trat auf die Lichtung. Am Wasser lag ein Toter, ein großer, dünner Mann in langen Unterhosen. Der Mann hatte einen Patronengurt um die Hüfte geschlungen, und neben ihm lag ein Gartenschlauch. Aus dem Schlauch sprudelte noch Wasser, das als winziges Rinnsal über das lehmige Ufer tröpfelte, um sich mit dem Flüßchen zu vereinen. Ein anderer Mann, bekleidet nur mit schmutzigen Boxer-Shorts und einem blutigen T-Shirt, lag nicht weit weg, sein Gesicht im Dreck, eine Automatikflinte unter seinem Bauch eingeklemmt. Die Hunde lagen zwischen den beiden Männern verstreut.

Fletcher ging durch das Gemetzel und näherte sich dem Baum und Kendra Harmon. Die Frau drehte sich um und sah ihn an. Sie streichelte den Hals des Huhns. »Ich habe ihn Lucky getauft«, sagte sie.

»Alles in Ordnung mit Ihnen?« fragte Fletcher.

»Ich und Lucky«, sagte die Frau. »Wir sind mit heiler Haut davongekommen.«

Fletcher stand vor ihr und blickte sich um. Der Ort war der reinste Sumpf aus Körperflüssigkeiten. So etwas hatte er in seinem ganzen Leben noch nicht gesehen. »Mein Gott«, sagte er. Er fühlte sich schwach in den Knien. »Was ist hier passiert?«

»Ich habe ihre Lebenslinien durchschnitten«, sagte Kendra Harmon. »Was soll ich Ihnen sagen?«

Fletcher nickte. Es war klar, daß die Frau ärztlicher Hilfe bedurfte. Es war möglich, daß er selbst auch welche brauchte. Und jetzt bemerkte er die Bussarde, ein ganzer Schwarm, der in den Bäumen hockte. Sie hielten ihre großen schwarzen Schwingen starr von ihren Körper weg, als posierten sie für ihn – Schatten mit Fledermausflügeln vor einem schwindenden Himmel.

Fletcher glaubte, wegen der Leichen irgend etwas unternehmen zu müssen. Man müßte natürlich jemanden informieren. Etwas Angemessenes müßte getan werden. Und dann war da die Frau. Sie bot einen ziemlich erschreckenden Anblick. Er konnte erkennen, daß sie Schaden genommen hatte, hatte aber keine klare Vorstellung, wie er damit umgehen sollte.

Erst einmal bot er ihr eine Pille an. Doch sie schüttelte nur den Kopf, streichelte den Hals des Huhns und schaute in die Bäume. Fletcher schluckte die Pille selber. Danach unternahm er eine eilige Inspektion des Geländes. Außer dem Wohnwagen gab es zwei Gebäude. Zwei Schuppen, in denen Gartengeräte, Feuerholz und Leinensäcke aufbewahrt wurden. Hinter einem der Schuppen stand ein alter Truck. Und es gab einen zweiten Zugang zu dem Grundstück. Ein Feldweg, kaum breit genug für den Truck, wand sich nach Osten in die Schatten hinein.

Die toten Männer hatten offenbar in dem Wohnwagen gelebt. Zwar war die Außenhaut vom Feuer verschmort, aber innen war er intakt. Allerdings schienen sie beide keine guten Hausmänner gewesen zu sein. Der Wagen bestand aus einer Ansammlung von Dreck, Papiertüten, die von leeren Blechdosen überquollen, schmutzigem Geschirr und halb geleerten Schüsseln mit Hundefutter.

Als er sich vergewissert hatte, daß es kein Telefon oder andere Gegenstände von Interesse gab, ging er zu der Frau zurück. Sie saß immer noch an dem Baum, aber das Huhn lief jetzt vor ihr herum und kratzte in der Erde. Fletcher kniete sich neben sie. »Da hinten ist ein alter Truck«, sagte er. »Wissen Sie, wie man von hier fortkommt?«

Die Frau legte den Kopf gegen den Baum und schloß die Augen. »Die Schamanen in diesem Landstrich waren Frauen, und ihre Bestimmung war, Schmerz zu empfangen. Wenn dies geschah, gingen sie zu einem heiligen Ort. Sie tanzten dort, bis der Geist einen zweiten Schmerz brachte. Denn erst, wenn die beiden Schmerze sich paarten, war eine Heilung möglich.«

Fletcher nickte. Offenkundig war die Frau nicht bei klaren Gedanken. Aber schließlich hatte sie ein schweres Martyrium erlebt, Torturen, die er sich kaum vorstellen konnte.

»Ich kenne einen solchen Ort«, sagte sie. Ihr Gesicht schien leicht gerötet. Ein Licht brannte in ihren dunklen Augen. Fletcher vermutete, daß sie fieberte. »Es ist ein alter Indianerfriedhof«, fuhr sie fort. »Er ist an der Küste, nördlich von den Heads. Ich will dorthin. Ich will tanzen.«

Fletcher starrte in das schwindende Licht. Die Zahl der Bussarde hatte sich noch vermehrt. Wenn neue Vögel dazukamen, war die Luft vom Rascheln ihrer Schwingen erfüllt. Er überlegte, daß die Leichen wenigstens irgendwie geschützt werden müßten. »Kann ich Sie etwas fragen?« sagte er. Er dachte über den Indianer an der Brücke nach. In seinem Kopf formte sich allmählich eine Theorie darüber, was die Frau hier tat, und er hielt es für wichtig herauszufinden, ob er recht hatte oder nicht. »Drew hat Sie in den Ort geschickt. Wie sind Sie hier hergekommen?«

»Ein paar Männer sind zum Wohnwagen gekommen. Ich habe versucht, wegzurennen. Sie haben mich eingefangen.«

»Verwandte des Jungen, der ertrunken ist?«

»Ich weiß nicht«, sagte sie. »Sie haben Drews Nachricht an mich gefunden, in der stand, daß er zum Hoof unterwegs ist. Daher wußten sie, wohin sie gehen mußten.«

Erneut betrachtete Fletcher das Gemetzel. »Einen von ihnen habe ich gesehen«, sagte er. »Das war der Mann drüben an der Brücke. Er war auf einer Klippe und hat mit einem Gewehr auf mich gezielt.«

»Ich weiß«, sagte sie.

»Aber wieso …« begann er und verstummte, als sie die Finger an seine Lippen hob.

»Nicht«, sagte sie.

Sie zog ihre Hand weg. Ihre Finger rochen nach dem Wald, und es schien, als hätten sie einen Rückstand hinterlassen, den er noch schmecken konnte.

»Okay«, sagte er. »Aber ich denke, wir sollten wiederkommen. Wenn hier die falschen Leute auftauchen, könnten wir tief in der Scheiße stecken.«

Die Frau zuckte die Achseln. »Sie können gegen mich nichts ausrichten. Ich habe ihre Lebenslinien durchschnitten.«

Fletcher steckte das Pillenfläschchen in die Innentasche seines Parka. »Ja, sicher, ich bin sicher, es war ihnen bestimmt.«

»Sie sind sicher, daß ich nur Mist rede.«

»Ich bin sicher, daß Sie einen Arzt brauchen.«

Sie schüttelte den Kopf und wandte den Blick ab.

»Ich meine nicht die Klapse. Ich meine jemanden, der Sie untersucht. Sie haben eine Menge durchgemacht.«

»Sie wissen nicht mal die Hälfte«, entgegnete sie.

Eine Weile schwiegen sie. Mit dem schwindenden Sonnenlicht begann es kälter zu werden. Der Wind roch nach Regen. »Wenn wir jetzt fahren«, sagte Fletcher, »könnten wir dem Sturm ausweichen.«

»Wo?«

»Glauben Sie, Sie finden den Weg in den Ort?«

»Ich habe Ihnen doch gesagt«, sagte sie, »daß mich der Ort nicht interessiert. Ich habe Ihnen gesagt, wo ich hin will.«

Es war klar, daß die Frau ihre Entscheidung getroffen hatte. Fletcher war sich unsicher, was zu tun war, außer mit ihr zu kämpfen. »Könnten wir mit dem Truck dort hinfahren?« fragte er.

»Wir?«

»Ich kann Sie doch nicht hier lassen.«

Sie schaute ihn für einen Moment an. »Es könnte einen Weg

geben«, sagte sie. »Aber ich weiß nicht wie. Der einzige Weg, den ich kenne, führt über die Fußpfade.«

Fletcher setzte sich auf die Erde. Er nahm an, sie könnten die Nacht in einem der Schuppen überdauern. Im Wohnwagen wäre es wärmer, aber dort war es nach seinem Geschmack zu ekelig. Es bestand immer die Aussicht, daß noch jemand auftauchte. Sie müßten, entschied er, eine Propanlampe im Wohnwagen brennen lassen, dann könnten er und die Frau sich in einem der Schuppen verstekken. Vielleicht könnten sie abwechselnd schlafen. Wenn jemand auftauchte, würden sie es sehen, sie könnten sich davonschleichen und sich im Wald verstecken. Vielleicht, dachte er, würde es die Frau am Morgen ebenso sehen wie er.

»Okay«, sagte er schließlich. »Wir können die Nacht hier verbringen. Am Morgen überlegen wir, wie es weitergeht.«

Die Frau nickte in Richtung Wohnwagen. »Sehn Sie sich Lucky an«, sagte sie.

Gemeinsam schauten sie zum Wasser, wo der Mann in langen Unterhosen in Dreck und Blut lag. Das überlebende Huhn war auf die Brust des Mannes gestiegen. Als Fletcher und Kendra hinüberschauten, pickte es ihm ein Auge aus.

»Zeit fürs Abendessen«, sagte Kendra.

Mit großer Mühe gelang es Fletcher, zwei der Leichen in einen Schuppen zu schaffen, wo er sie mit Leinensäcken zudeckte. Der Indianer an der Brücke war zu schwer, um ihn weit zu transportieren. Schließlich rollte Fletcher ihn die Uferböschung hinab und grub ihm ein flaches Grab in der weichen Erde am Wasser. Die Hunde zog er weit genug in den Wald, wo er nicht Zeuge des Festmahls sein müßte, und überließ sie den Aasfressern.

Während er sich damit abmühte, rätselte er daran herum, was der Mann in den langen Unterhosen wohl mit einem Gartenschlauch gemacht hatte. Es lief jetzt kein Wasser mehr heraus. Als Fletcher den Schlauch bis zu seinem anderen Ende verfolgte, fand er einen

Wasserspeicher und einen Brunnen, sonst aber nichts. Soweit er es zu rekonstruieren vermochte, hatte der Mann bloß dem Bach weiteres Wasser zugeführt. Aber das Licht erschwerte seine Inspektion, und schließlich ließ er das Rätsel Rätsel sein und machte sich daran, etwas zum Essen zu finden.

Im Wohnwagen waren noch ein paar Konserven: Bohnen mit Schweinefleisch, Wiener Würstchen und abgestandene Cracker. Fletcher trug die Lebensmittel nach draußen, und er und Kendra aßen in dem Schuppen, den sie zum Schlafen ausgesucht hatten, aus den Dosen. Als Kendra gegessen hatte, ging sie nach draußen und übergab sich. Fletcher legte sich auf eine der dünnen Matratzen, die er aus dem Wohnwagen geholt hatte, wartete darauf, daß sie zurückkäme, und grübelte, was wohl aus ihnen werden würde.

Nach einiger Zeit setzte ein stetiger Regen ein. Kendra war noch draußen. Er wollte gerade nach ihr sehen, als er sie hereinkommen hörte. Sie zog eine Matratze so nah an eine der Wände, wie es nur möglich war, und legte sich mit angezogenen Knien hin, das Gesicht zur Blechverkleidung der Wand. Fletcher beobachtete sie. Sie hatte sich ziemlich unbeholfen in einen der Schlafsäcke gewickelt, die er bei den Matratzen gefunden hatte. Er wartete einen Moment, kniete sich dann neben sie und schob den Schlafsack so zurecht, daß sie gänzlich bedeckt war. Sie ließ ihn gewähren, und als er fertig war und zurück bei seiner Matratze, hörte er, wie sie sich bedankte.

Wie geplant hatte er eine Lampe im Wohnwagen brennen lassen, aber er kam zu dem Schluß, daß es wenig Sinn hätte, mit der Frau über abwechselnde Wachen zu sprechen. Er hatte die Automatikflinte und die 45er von den beiden Männern auf der Lichtung genommen. Die Flinte, weil sie ihm als die tödlichste der Waffen erschien, und die Pistole, weil er sich sicher war, daß er sie als einzige Waffe ohne große Übung zu benutzen wußte. Aber er hatte in der Nacht nicht ein einziges Mal Lust, nach draußen zu schauen.

Die Kälte war mörderisch, viel kälter, als er es von den Stränden gewohnt war. Gegen Morgen kam die Frau zu ihm. »Ich wüßte gern«, sagte sie, »ob Sie Ihre Hand hier hinlegen könnten.« Sie schien auf ihren Bauch zu zeigen. Fletcher öffnete den Schlafsack, so daß sie zu ihm hineinkriechen konnte. Es waren ihre ersten Worte, seit sie gegessen und sich übergeben hatte. Er konnte ihre Bitte nicht ablehnen. Sie legte seine Hand auf ihren Bauch, aber tief, unterhalb ihres Nabels. Er spürte, daß sich dort etwas krümmte. Eine Schlange im Garten.

Er hielt sie lange Zeit so. Jeder hätte das getan. Sie wechselten einige Worte. Zum ersten Mal fragte sie, was er hier tue und wieso er nicht draußen sei, um Fotos zu machen.

Er erzählte es ihr.

»Sie haben Angst bekommen«, sagte sie.

»Ja.«

»Vor dem Indianer, den Sie auf den Klippen gesehen haben.«

»Zum Teil, ja.«

Sie schwieg einige Zeit. »Sie haben Angst vor Drew bekommen«, sagte sie

Er antwortete nicht sofort. Er spürte, wie sie gegen seine Brust atmete. »Zum Teil auch, ja«, sagte er schließlich.

Er dachte, sie würde noch mehr sagen, doch sie blieb stumm. Mit der Zeit begann seine Schulter zu schmerzen, denn die Matratze war erbärmlich dünn, und sie hatte ihn in eine unbequeme Stellung gebracht. Trotzdem hielt er sie. Er würde es bis zum Tagesanbruch tun, entschied er, wenn sie das wollte, und dann konnte er fühlen, daß die Schlangen unter seiner Hand mit ihren ständigen windenden Bewegungen aufgehört hatten. Er wußte jedoch, daß sie nicht schlief.

»Alles in Ordnung mit Ihnen?« fragte er. Sie hatten eine ganze Weile nicht geredet.

»Eigentlich nicht«, sagte sie.

35

Die Surfer erreichten Neah Heads im Dunkeln, in peitschendem Regen. Unter optimalen Bedingungen hätten sie sechs bis acht Stunden benötigt. Doch nun waren es fast zwölf geworden, wobei sie die beiden letzten Meilen in völliger Dunkelheit blind zwischen den Redwoods dahingestolpert waren. Für Travis hatte die Zeit wenig Bedeutung. Er war den ganzen Tag über abwechselnd geschleppt, getragen, geschoben und gezogen worden. Er war auf Rücken und Boards geritten. Die Zeit war, durchsetzt von Momenten deutlicher Klarheit, wie ein Kaleidoskop von Träumen und Halbträumen verstrichen, Schmerz war die einzige Konstante, der Stern, nach dem er seine Position bestimmte, und er hatte mit einer Helligkeit gebrannt, die seine bleiche, wässerige Imitatorin bei weitem ausstach, die vor einem dunkler werdenden Himmel mit ihnen um die Wette gerannt war.

Der anfängliche Anstieg war der schwerste gewesen. Er hatte seine Arme um Drews Hals gelegt, während der große Mann mit einhundertachtzig Pfund zusätzlichem Gewicht auf dem Rücken seinen Weg zwischen den Felsen ertasten mußte. Der junge Surfer war ihnen gefolgt. Ab und zu erhaschte Travis einen Blick auf ihn. Mit dem rasierten Schädel, der spitzen Kapuze und den großen Boards, die von seinen Schultern baumelten, wirkte er auf dem nebelverhangenen Fels wie ein leicht verblödeter Vasall im Schlepptau seines Königs. Tatsache war allerdings, daß er eine beträchtliche Last trug, und Travis war sich darüber im klaren, daß man ihn zweifellos auf den Felsen zurückgelassen hätte, bis zusätzliche Hilfe geholt werden könnte, wäre er von zwei weniger fähigen Kerlen entdeckt worden.

Sobald sie das grasbewachsene Kliff erreicht hatten, probierten sie alle erdenklichen Konfigurationen der Fortbewegung aus. Einmal versuchten sie sogar, ihn in einer der Boardtaschen zu ziehen, wobei sie ihm einen Neoprenanzug unters Steißbein schoben, um ihn vor den Felsen abzupolstern. Am Ende war es jedoch wieder

Drew, der ihn in einem Rettungsgriff schulterte und dann eineinhalb Meilen ständig bergauf durch Regen und Dunkelheit trottete, bis sie die baufälligen Hütten und schließlich das Stammes-Center auf einem kahlen Bergkamm erreichten, der bei Tageslicht Aussicht auf die darunterliegenden Redwoods und das rastlose Meer dahinter bot.

Bei ihrer Ankunft mußten sie feststellen, daß die letzten Stürme die Leitungen gekappt hatten, so daß das Reservat jetzt ohne Telefon und Strom war. Das kleine Gebäude, das als Stammes-Center diente, wurde von dem Hausmeister Art in Schuß gehalten, einem stämmigen 230pfünder, der vor vierzig Jahren für eine kurze, ruhmlose Karriere als Profiboxer nach Los Angeles gezogen und dann ins Reservat zurückgekehrt war, wo er die letzten dreißig Jahre als Faktotum für den Campingplatz und das Stammes-Center von Neah Heads gearbeitet hatte. Travis glaubte sich zu erinnern, daß jemand ihm gesagte hatte, Art hätte unter dem Namen Art the Red Man Hancock geboxt.

An jenem Abend hatte es sich Art the Red Man Hancock schon für die Nacht bequem gemacht. Er trug einen Pyjama und Hausschuhe. In dem großen Kamin brannte ein Feuer, und er hatte einen kleinen Generator für sein Fernsehgerät laufen. Die Generatoren wurden eingesetzt, um Stromausfälle in Neah Heads zu überbrükken. Der Red Man trank Old Crow und sah sich eine Wiederholung der *Rockford Files* an, als die Surfer und Travis an seine Tür klopften. Als er sah, daß es Ruth McCades Junge war, lachte er laut und bat sie hinein. Sie standen im Eingangsbereich und verspritzten Wasser, als seien sie Gewitterwolken auf Beinen.

Travis versuchte, die Männer vorzustellen, aber Drew schnitt ihm das Wort ab und verlangte eine Verbindung zur Außenwelt. Der Red Man wiederholte, daß die Leitungen unterbrochen seien.

»Sie müssen hier oben doch so etwas wie einen Zweiwegfunk haben«, sagte Drew.

Art sagte, dies sei nicht der Fall.

»Blödsinn«, sagte Drew. Er drängte sich an dem alten Mann vorbei, sah sich in dem Zimmer um und hinterließ bei jedem Schritt große Wasserpfützen. »Sie haben so etwas. Ich weiß das.«

»Wofür halten Sie das hier?« fragte Art ihn. »Für eine gottverdammte Station der Küstenwache?«

Drew wirbelte zu ihm herum. »Was machen Sie, wenn Sie einen Notfall haben? Also, was?«

Die beiden Männer standen Auge in Auge.

»Wir warten«, entgegnete Art. »Wir sind Indianer. Wir können das gut. Wenn Sie mit uns warten wollen, können Sie die Kleider ablegen und sich hinsetzen. Wenn nicht, dann verschwinden Sie gefälligst, denn ich wohne hier, und Sie machen gerade einen Saustall daraus.«

Drew ging ohne ein weiteres Wort. Er drängte sich an ihnen vorbei und ging hinaus in den Regen. Travis hatte keine Vorstellung, wo er hinging, und er war auch nicht in der Lage, zu fragen. Er stand an den Türpfosten gelehnt, nur um nicht zu fallen, aber er beobachtete den alten Indianer. Drew hatte die Tür offen gelassen, und als Art the Red Man Hancock hinging, um sie zu schließen, blieb er für einen Moment stehen und schaute mit einem merkwürdigen Ausdruck auf dem Gesicht in die Nacht hinaus, so als schaue er einer jungen *Wagay*-Ausgabe seiner selbst nach, dachte Travis, die auszog, um der Welt den Krieg zu erklären.

Als Drew offenbar keine Anstalten zur Umkehr machte, schloß Art die Tür, nahm ihre Kleider und gab ihnen Handtücher und Decken, damit sie sich am Feuer wärmen konnten. Er mußte Travis beim Ausziehen helfen und sah dabei zum ersten Mal Travis' Bein.

»Sieht böse aus«, sagte er. »Das einzige, was ich vor dem Morgen tun kann, ist, Becky zu holen. Sie ist die Krankenschwester von der Schule. Vielleicht hat sie etwas.«

Travis nickte. Er sah zu, wie der alte Indianer sich daran machte, seine Jeans und den Regenumhang anzuziehen. Nachdem er einen

Moment überlegt hatte, erzählte er Art von dem Tolowan, den er auf den Felsen gesehen hatte.

Art hielt inne und sah ihn an. »Langes, weißes Haar? Keine Schneidezähne?«

»Das ist er.«

»Das ist Whitey Longtree«, sagte Art. »Er war letzte Nacht hier oben. Kam so gegen Sonnenuntergang. Wollte eine Hütte.«

»Hast du gesehen, wer bei ihm war?«

»Nein. Wen schert das um diese Zeit des Jahres? Ich hab ihm den Schlüssel zu Nummer fünfundzwanzig gegeben. Die Hütte, die er wollte. Heute nachmittag hab ich vorbeigeschaut. Sie haben ein Feuer gemacht, aber es war alles sauber. Keine Spur von Whitey. Aber es muß jemand bei ihm gewesen sein. Ich glaube nicht, daß Whitey selber mal etwas saubermacht.«

»Kennst du ihn?«

Art hob die Schultern. »Ich kannte ihn, als er ein Junge war. Er kommt nicht mehr oft hierher. Wie ich höre, wohnt er flußaufwärts. Wenn er nicht gerade im Gefängnis ist.« Art schüttelte den Kopf. »Old Whitey«, sagte er. »Hat wahrscheinlich geraucht. Meinst du, wir sollten etwas unternehmen?«

»Blacklage informieren, schätze ich. Sobald wir ihn treffen.«

Der Red Man lachte. »Dafür brauchst du erst mal 'nen Fahrschein. Ich hole jetzt die Schwester.«

Schwester Becky war ziemlich jung, jedenfalls kam es Travis so vor. Sie hatte eine kleine schwarze Tasche dabei, und als sie hereinkam, schüttelte sie sich den Regen aus dem Haar wie ein Landarzt, der in einer schlimmen Nacht rausgerufen wird. Als sie Travis' Knöchel sah, verzog sie das Gesicht, was sein Wohlbefinden nicht gerade förderte, und machte sich dann an ihrer Tasche zu schaffen. »Das muß ja scheußlich weh tun«, sagte sie.

Sie pumpte ihn mit Antibiotika und Schmerzmitteln voll. Sie wusch und verband seine Wunde, so gut sie konnte, sagte ihm aber, daß sie nicht in der Lage sei, den Bruch zu richten. Am nächsten Morgen, sagte sie, müsse er irgendwie zur Klinik in Sweet Home gebracht werden.

Danach gab es nicht viel zu tun, außer zu warten. Die Schwester machte Kaffee, und Art zog sich wieder seinen Pyjama an. *The Rockford Files* war zu Ende, und es folgte *Star Trek*.

»Die Folge ist gut«, sagte Art.

»Hey, klar, unbedingt«, sagte Robbie Jones. »Ich erinnere mich daran.«

»Das ist die, in der sie Spocks Gehirn rausnehmen«, sagte Art.

»Scheißkerle«, sagte Robbie.

Travis lag mittlerweile unter einer Wolldecke flach auf dem Boden, sein Bein war auf einem zusammengerollten Schlafsack hochgelegt. Unter sich hatte er einen zweiten Schlafsack und ein Sofakissen für seinen Kopf. So hatte die Krankenschwester ihn plaziert. Er lag ein bißchen entfernt von den anderen, dort, wo es dunkler war, weil Becky hoffte, er könne dort etwas Schlaf finden.

Bevor sie sich auf den Nachhauseweg machte, kam Becky noch einmal zu Travis.

»Ich hatte gehofft, daß Sie schlafen«, sagte sie.

»Fast.«

»Hoffentlich. Sie brauchen Ruhe. Es sind nur noch ein paar Stunden. Wenn wir bis zum Morgen keine Telefonverbindung haben, müssen wir hier jemanden finden, der Sie fährt. Tut mir leid, mehr können wir nicht tun.«

Travis nickte.

Sie richtete sich auf. Sie trug einen weiten marineblauen Mantel, und während sie ihn zuknöpfte, blickte sie nach draußen. Im selben Moment blitzte es, und Travis konnte ihr Gesicht sehen.

»Was ist mit Ihrem Freund?« fragte sie.

»Mit wem?«

»Ihrem Freund. Da draußen. Der Große.«

»Können Sie ihn sehen?«

Sie nickte. »Ja, ich kann ihn sehen. Er ist draußen.«

»Was macht er?«

»Nichts.«

»Gar nichts?«

Sie zuckte die Achseln. »Er hat sich hingehockt. Sieht so aus, als hätte er die Arme um die Knie gelegt und starre auf den Ozean. Was ist mit ihm?«

»Ich weiß es nicht«, sagte Travis. Er hatte den Kopf in eine andere Richtung gedreht und sah sich dem unglaublichen Anblick von Art the Red Man und Robbie Jones ausgesetzt. Die beiden saßen nebeneinander auf Arts Couch. Der Junge war in einen von Arts übergroßen Bademänteln gehüllt. Sie hatten die Füße auf Arts Tisch gelegt und aßen aus Cracker-Jacks-Schachteln. Ihre Gesichter wurden vom flackernden Licht des Kamins beschienen, ihre Augen klebten an dem Bildschirm über ihnen.

»Meinen Sie, ich sollte ihn hereinholen?« fragte die Krankenschwester.

»Ich denke, er kommt rein, wenn er es will«, sagte Travis. Ein rollendes Donnern unterstrich seine Worte.

»Meinen Sie, er will es?«

»Nein«, antwortete Travis. »Wahrscheinlich nicht. Heute nicht mehr.«

36

Am Morgen war die Frau augenscheinlich recht gut erholt. Das war ziemlich überraschend. Als er wach wurde, war sie schon aufgestanden und hatte sich ein Flanellhemd und Khakihosen angezogen, die ihr einige Nummern zu groß waren. Er nahm an, daß sie im Wohnwagen gewesen war. Die Hose hatte sie mit einem Tuch festgebunden, und die Füße steckten in übergroßen Socken und Ledersandalen. In dieser Kleidung stellte sie einen ganz eigenen Anblick dar: das letzte der herrenlosen Kinder. Sie hatte auch schon Beeren gepflückt und schwärmte geradezu von der Vorstellung, sie mit Vanilleeis zu essen.

In einer alten Kanne hatte sie hundert Dollar Bargeld gefunden, außerdem einen Vorrat Budweiser-Dosen. Fletcher war glücklich über den Fund. Jetzt hatte er etwas, mit dem er die Pillen runterspülen konnte.

So ausgestattet, hatten sie den Truck und das Huhn genommen und sich dafür entschieden, den Feldweg auf der Rückseite der Lichtung zu nehmen. Sie war noch immer darauf aus, den Friedhof zu finden. Die gute Nachricht war, daß er sie hatte überreden können, den Truck zu besteigen.

Zum Glück war der Truck ein alter Dodge Power Wagon. Er brachte sie ohne Klagen über Stock und Stein. Äste peitschten gegen die Windschutzscheibe. Schlamm spritzte auf die Motorhaube. Am Ende eines besonders langen und steinigen Aufstiegs erreichten sie eine Fahrspur, die fast schon als Straße durchgehen konnte. Fletcher war geneigt, in ihr die Feuerlöschstraße zu sehen, über die er am Vortag, wenn auch in größerer Höhe, gewandert war.

Die Straße führte sie auf einen Kamm, von dem aus sie aufs Meer blicken konnten – oder zumindest auf die Wolken, die es verhüllten. Hier bogen sie nach Norden, und nach einer weiteren halben Stunde qualvoller Autofahrt kamen sie zu einem langgestreckten baufälligen Gebäude, das so dicht von Efeu bewachsen war, daß es von der umgebenden Vegetation kaum mehr zu unterscheiden war.

Vor dem Gebäude stand ein 69er Coupe de Ville ohne Fenster und mit großen eisenfarbigen Rostflecken auf Motorhaube und Kofferraum. Auch die Reifen fehlten, die Räder hatten Rost angesetzt, die Achsen waren auf Steinblöcke gebockt. Es gab allerdings auch ein straßentaugliches Fahrzeug – einen allradgetriebenen Toyota, der an der Seite des Grundstücks geparkt war. Aus dem hinteren Teil des Gebäudes, das in etwa die Form eines L hatte, stieg eine dünne Rauchfahne auf. Neben dem Toyota lag ein alter Hund in einer Pfütze Sonnenlicht. Als der Power Wagon aufkreuzte, hob der Hund die ergraute Schnauze und schnüffelte in der Luft. Neben dem Hund kratzten zwei Hühner im Dreck. »Luckys Cousinen«, sagte Kendra.

Auf dem Dach des Gebäudes klärte ein Schild sie darüber auf, daß sie beim Orleans Grill angekommen waren. Fletcher hielt an und stieg aus. Der Efeu wuchs so dicht, daß er einige Zeit brauchte, um die Tür zu finden. Inzwischen war der alte Hund herangetrottet. Fletcher kraulte ihn hinter dem Ohr, und als sie die Tür fanden und hineingingen, folgte der Hund ihnen.

Wenn die Außenseite des Orleans Grill schon eine einzigartige Erscheinung bot, wurde sie vom Inneren noch übertroffen – Eßlokal und Rummelplatzbude in einem. Als sie eintraten, sahen sie einen langen, schwach beleuchteten Korridor, an dessen Wände eine Reihe gewagt konstruierter Dioramen prangten. Eines zeigte zwei weibliche Gliederpuppen, deren geblümte Baumwollkleider mit der Zeit dünn wie Papier geworden waren, wie sie sich in stummer Konzentration über eine alte Victrola-Jukebox beugten, während ihnen ein ausgestopftes zweiköpfiges Kalb zusah, dessen zur Seite geneigten Köpfe aufmerksam der Stimme ihres Herrn zu lauschen schienen, die keiner außer ihnen hören konnte. In anderen Schaukästen steckten andere Puppen und ausgestopfte Vögel, aber die meisten waren einfach mit Gerümpel vollgestopft, hauptsächlich alte Bergbaugeräte und Holzfällerwerkzeuge, etwa lange Doppelgriffsägen mit verrosteten Sägeblättern und Griffen, denen die Zeit und der Holzwurm zugesetzt hatten.

Fletcher erinnerte das Haus an einen Rummelplatz, den er als Junge in der Mojave-Wüste besucht hatte, und er rechnete schon halbwegs damit, einen Affenmenschen oder einen Alien zu finden. Zwischen den Dioramen waren die Wände mit alten Notenblättern bedeckt, und am Ende des langen Flurs kam man endlich zum eigentlichen Orleans Grill – einem einzelnen Gastraum, in dem eine fette Weiße bediente. Ein großer, dünner Mann, erkennbar indianischer Herkunft, war weiter hinten zu sehen, in der düsteren Enge einer fensterlosen Küche.

Die Wände des Lokals waren mit gußeisernen Bratpfannen bedeckt, auf deren flachen, schwarzen Böden mit weißer Farbe die Namen zahlreicher Paare geschrieben waren. »Rusty und Sue«. »Bill und Bobby«. Und in diesem Moment sah sich die fette Frau bemüßigt, sie darüber aufzuklären, daß sie sich eine Pfanne kaufen und ihre Namen darauf schreiben lassen könnten, und die auf diese Weise verzierte Bratpfanne würde dann für alle sichtbar an der Wand hängen, bis daß der Tod sie scheiden würde.

»Nett«, sagte Fletcher und ging wieder in den Flur, um mit einiger Verwunderung die Dioramen in Augenschein zu nehmen. Er fragte sich, wie diese Dinge hergekommen sein mochten und welche Geschichten sie wohl zu erzählen hätten, könnte man ihre armen, dummen Puppenstimmen nicht nur in staubiger Stille erheben. Währenddessen wickelte Kendra Harmon ihre eigenen Geschäfte ab, die unter anderem darin bestanden, Lucky gegen Eiscreme einzutauschen und sich den Weg zu dem alten Tolowan-Friedhof nördlich von den Heads erklären zu lassen. Die fette Frau kannte den Ort offenbar, denn Fletcher konnte einiges von der Unterhaltung aufschnappen. Er hörte, wie die Frau über den Zustand der Straßen und vernachlässigte Fußwege redete, ganz zu schweigen von den unsicheren Witterungsbedingungen, und aus all dem schloß er, daß die Frau versuchte, Mrs. Harmon von ihrem Vorhaben abzubringen, aber das hatte er selbst schon versucht und war sich inzwischen ziemlich sicher, daß Kendra bekommen würde, was sie wollte, und am Ende kam es genau so.

Der späte Vormittag fand sie draußen auf einem Baumstamm sitzend, der vor dem Orleans Grill lag und wahrscheinlich, wie Fletcher meinte, dazu gedacht war, als eine Art Randstein zu dienen, obwohl schwerlich zu glauben war, daß er viele Reifen aufzuhalten hatte. Andererseits gaben die Bratpfannen ihr Zeugnis ab, so daß sie offenbar doch zu einem lokalen Anziehungspunkt gekommen waren, und am Wochenende würden Menschen, die er sich kaum vorzustellen vermochte, hier vorfahren, um zu trinken und zu feiern und durch den verstaubten Gang und vorbei an den selbstvergessenen Gliederpuppen und dem verstaubten zweiköpfigen Kalb zu gehen, das, wie die fette Frau ihm versichert hatte, wirklich echt und bei einem einheimischen Farmer auf die Welt gekommen und zu der Größe herangewachsen war, die er jetzt sehen konnte, und vielleicht sollte ihm das etwas über das Alter des Kalbs verraten, woran er aber so gut wie kein Interesse hatte, denn der bloße Anblick des Tiers hatte ausgereicht, seinen Tag aufzuhellen.

»Und, was meinen Sie?« fragte Fletcher sie. »Sollen wir unsere Namen auf eine Bratpfanne schreiben lassen?«

Kendra lächelte und aß ihre Beeren und das Eis.

Fletcher hatte sich einen Joint gedreht.

Die Frau lehnte sein Angebot ab, mitzurauchen. Ihr Gehirn, sagte sie, sei noch nie ihr verläßlichstes Organ gewesen, und sie mochte es nicht, es mehr als nötig zu malträtieren.

Fletcher nickte. »Das nennt man vernünftiges Verhalten«, sagte er. Plötzlich fühlte er sich sehr zufrieden. Es gab eigentlich keinen Grund dafür. Eigentlich sprach sogar alles dagegen.

Wolken zogen in großer Zahl und schnell über den Himmel, eine Parade aufgeblähter Luftschiffe vor einem strahlendblauen Hintergrund. Zwischen den Bäumen fielen Sonnenstrahlen. Das Sonnenlicht sammelte sich vor ihren Füßen und wärmte ihre Schultern, obwohl der Wind vom Meer kam und von dem kommenden Regen kündete, den die fette Frau vorhergesagt hatte.

Fletcher setzte sich auf die Erde, um sich mit den Ellbogen auf den Stamm stützen zu können. Er war high von Gras und Pillen, in Einklang mit der Welt. Kendra blieb, wo sie war. Nach einiger Zeit stellte sie die Eiscreme zwischen ihre Füße und fing an, Sachen aus ihren Taschen zu holen.

»Das habe ich heute morgen gesammelt«, sagte sie. »Als Sie noch geschlafen haben.«

Sie legte ihre Schätze auf den Stamm. Da waren Blumen, die sie als gelbe Schafgarbe bezeichnete, zusammen mit getrockneten Seetangstreifen, Schachtelhalm und Stielfaden.

Fletcher sah ihr zu, wie sie die Pflanzen in die Hand nahm, sie flocht und wickelte, bis sie einen kleinen Kranz geformt hatte, den man in der Handfläche halten konnte. Sie gab ihn Fletcher. Er setzte sich mit dem Kranz ins Licht und musterte das komplizierte bunte Geflecht, das von den hellgelben Blüten gesprenkelt wurde.

»Man braucht einen Draht dafür«, sagte sie. »Aber das ist der Entwurf. Das Irre ist, daß die Leute Geld dafür bezahlen, und alles ist hier und wartet bloß darauf, daß jemand es pflückt.«

Fletcher nickte und betrachtete den kleinen Kranz. »Er ist hübsch«, sagte er.

»Anfangs habe ich gedacht, es wäre wirklich perfekt. Drew könnte seine Boards bauen. Ich könnte die Pflanzen flechten. Wir würden vom Wald und den Stränden leben.«

»Wieso denn nicht? Ich verstehe nicht, wieso das nicht ging.«

»Wirklich nicht?«

»Nein.«

»Weil Drew etwas getan hat«, sagte sie.

»Was?«

Die Frau sah ihn einige Sekunden lang an. »Es ist schwer, sich sicher zu sein«, sagte sie. »Aber ich bin es.«

Fletcher saß dort mit dem kleinen Kranz in den Händen.

»Ich glaube, ich kann sehen, wie es passiert ist. Es war schwer für ihn hier«, sagte Kendra. »Die alte Frau hatte Hypotheken auf das Grundstück aufgenommen. Er wünschte sich so sehr, eine Familie zu haben und ein Heim. Ich hatte eine Fehlgeburt. Er wurde gebissen. Zu den anderen Kosten kamen die Arztrechnungen. Er hatte alle seine Ersparnisse aufgebraucht. Er hat zwei Jobs gleichzeitig gemacht. Tagsüber hat er im Hafen Schiffsrümpfe saubergekratzt.

Nachts ist er nach Eureka gefahren, um Lastwagen zu entladen. Er hat nicht gesurft. Dann endlich hatte er alles abbezahlt. Er hatte die Idee mit den alten Boards. Er hat Geld für das Holz gespart. Er fing an, Boards zu bauen. Aber irgendwo ist irgend etwas zwischen ihm und der Frau vorgefallen. Ich glaube, das war, als er seinen absoluten Tiefpunkt hatte und die ganzen Jobs machte. Vielleicht gab sie ihm das Gefühl, das er von früher kannte. Eine Ablenkung. Ich glaube nicht, daß es mehr war. Vielleicht wollte sie, daß es weiterging. Oder aufhörte. Ich weiß es nicht. Als man sie das letzte Mal gesehen hat, hat sie sich in einer Gasse hinter einer Bar in Sweet Home mit einem Mann gestritten. Am nächsten Tag hat man sie mit durchgeschnittener Kehle gefunden.«

Einige Zeit verstrich. Keiner sagte etwas.

»Ich glaube, Drew war der Mann«, sagte Kendra schließlich.

Fletcher wußte nicht, was er sagen sollte.

»Sie finden es schrecklich, so etwas zu sagen, oder?«

»Nur, wenn es nicht zutrifft. Ist jemand dem nachgegangen? Hat jemand mit Drew darüber gesprochen?«

Die Frau schüttelte den Kopf. »Sie haben jemanden geschnappt. Ganz schnell. Sie haben diesen Indianer, Marvus Dove, in Neah Heads gefunden. Er hatte das Blut der Frau an seinen Stiefeln. Als sie ihn eingesperrt haben, hat er sich aufgehängt.«

Wieder blickte Fletcher auf den kleinen Kranz, das Farbengeflecht.

»Jetzt finden Sie es schrecklich, es zu sagen.« Sie legte sich die Finger an die Schläfen. »Ich habe es schrecklich gefunden. Ich fand es schrecklich, es zu sagen, es zu denken. Das Schlimme ist, ich habe angefangen, Dinge zu sehen.«

»Was für Dinge?«

»Kleine Dinge. Ich habe angefangen, nachts Dinge zu sehen. Zum Beispiel, was die Wände gesehen hatten. Drew hat den Wohnwagen gekauft, in dem sie umgebracht worden ist. Wir wohnen darin.«

Fletcher konnte nichts dazu sagen. Mit Visionen konnte man sich schwer auseinandersetzen. »Weiß Drew«, fragte er, »wie Sie sich fühlen?«

»Er weiß es.«

Fletcher saß in dem lauwarmen Licht. Über ihnen zogen Wolken dahin. Das Licht schwand. Er erinnerte sich an den Anblick von Drews Werkstatt, die Matratze auf dem Boden inmitten von Sägemehl und Hobelspänen. Er dachte daran, was Drew ihm erzählt hatte, daß es Orte gab, die er nicht aufsuchen könne, Menschen, deren Nähe er mied. Auf dem langen Marsch die Küste hinauf hatte er über unverzeihliche Sünde gesprochen.

»Der Name der Frau war Amanda Jaffey«, sagte Kendra. »Sie war hübsch, teils Indianerin, glaube ich. So etwas wie ein Straßenmädchen. Außer, daß sie diesen Scheißwohnwagen hatte. Als sie gestorben war, ist niemand gekommen. Niemand hat ihre Sachen geholt. Sie waren noch da, als Drew ihn gekauft hat. Eines Nachts habe ich sie durchsucht und das kleine Surfboard gefunden, aus Redwood geschnitzt. Es war eine ganz bestimmte Art, ohne Finne.«

»Ein Hot-curl-Board.«

»So heißt es.«

»Das haben die Hawaiianer geritten, bevor die Kalifornier mit Finnen gekommen sind.«

»Ich glaube, deshalb hat Drew den Wohnwagen gekauft. Er hat von dem Board gewußt. Vielleicht hat er auch von anderen Dingen gewußt. Wenn der Wohnwagen ihm gehörte, würde niemand jemals etwas darin finden.«

»Außer Ihnen.«

»Außer mir.«

»Haben Sie es ihm gesagt?«

Kendra nickte.

»Und was hat er gesagt?«

»Nichts. Ich habe ihre Kleider getragen, und er hat noch immer nichts gesagt. Aber er hat angefangen, in der Werkstatt am Fluß zu schlafen. Er hat davon gesprochen, nach Chile umzuziehen.«

Fletcher beobachtete die Wolken. Als er sich wieder zu der Frau umwandte, sah er, daß sie ihn mit einer Intensität beobachtete, die er beunruhigend fand. »Warum hat er die Zeitschrift angerufen?« fragte sie. »Früher hat er immer gesagt, Fotos seien Quatsch.«

Fletcher schüttelte den Kopf. »Ich weiß es nicht«, sagte er.

»An dem Morgen, als Sie mit dem Jungen rausgefahren sind, habe ich gesagt, daß Chile Geld kosten würde. Wir waren pleite, aber er hat gesagt, er hätte dafür gesorgt. Deshalb habe ich überlegt, ob die Fotos ...«

Wieder schüttelte Fletcher den Kopf. »Die Fotos bringen kein Geld. Ich meine, vielleicht hat er einen Deal mit Peters. Aber viel wäre es nicht. Vielleicht glaubt er, er kann einen Sponsor finden ...« In diesem Augenblick kam ihm ein anderer Gedanke, und er brach ab.

»Und?« fragte sie ihn.

»Die Boards«, sagte Fletcher. Er stand auf und ging ein Stück den Weg entlang. O Gott. Die Boards von Heart Attacks. Er drehte sich zu ihr um. »Wann ist das alles passiert?« fragte er. »Wann ist die Frau gestorben?«

»Amanda ist Anfang August getötet worden.«

Fletcher schüttelte den Kopf. »Er hatte vor, die Boards zu verkaufen«, sagte er. »Der Artikel war kostenlose Werbung.«

Die Frau schien verwirrt. »Aber wieviel hätte er dafür bekommen können?«

Fletcher lachte, er konnte nicht anders. Er und Robbie hatten darüber Witze gemacht. Aber jetzt sah er, daß sie sich geirrt hatten. Als Robbie gefragt hatte, wie viele Leute ein solches Board kaufen würden, hatte er daran gedacht, wie viele Leute es kaufen würden, um es zu reiten. »Es sind Sammlerstücke«, sagte er. Jetzt schien ihm alles klar: die ausgeklügelte Konstruktion mit den Stringers, den Sonnenrädern und den Tailblocks. Die Modelle von Old Greg Noll Da Cat wurden für zehn Riesen das Stück gehandelt, hatte er zuletzt gehört, und es war ein wachsender Markt. Wieviel also für ein Einzelstück von Drew Harmon, ein Gun aus Balsaholz mit roten Stringers? »Wahrscheinlich könnte er zwei- bis dreitausend pro Board bekommen«, sagte er. »Mindestens.« Er sprach ebenso sehr zu sich selbst wie zu der Frau. »Du lädst *Victory at Sea* für einen Artikel ein ... Du bringst den Redakteur dazu, zu erwähnen, wie man an eins der Boards kommen kann ... Das sind hunderttausend kostenlose Anzeigen. Und für einen schnellen Coup braucht man höchstens ein Dutzend Boards zu verkaufen, die bereits fertig sind.«

»Das sind dreißig- oder vierzigtausend.«

»Allerdings.«

»Sehen Sie«, sagte die Frau. Sie hatte zu schaukeln begonnen. Sie hatte die Arme um ihre Schultern geschlungen und saß schaukelnd auf dem Baumstamm, während die Eiscreme zwischen ihren Füßen schmolz. »Sehen Sie.«

Fletcher setzte sich neben sie. Ihr Schaukeln störte ihn, und nach kurzer Überlegung legte er einen Arm um sie, damit sie aufhörte.

Sie lehnte sich an ihn. Ihr Kopf lag auf seiner Schulter. Er spürte seinen Herzschlag, den Strom des Blutes in verborgenen Kammern, und er wußte, daß auch Drew es mit dieser Frau in seinem Arm gespürt hatte. Und er konnte nicht verhindern, daß er sich vorstellte, wie es gewesen sein mußte, sie zu verlieren. Ihr in die Augen zu schauen und zu sehen, daß es fort war.

»Ich wollte ihm sagen, daß ich nicht mitgehe«, sagte sie. »Aber ich denke, er wird jetzt auch nicht gehen. Nicht, wenn er auf die Fotos gesetzt hat.«

Fletcher nahm eine Filmrolle aus seiner Tasche und hielt sie der Frau hin.

»Ist er das?«

»Drew Harmon und Robbie Jones auf seinen Boards.«

»Aber es ist nichts übrig, was er verkaufen kann.«

Fletcher verdrehte den Hals, um ihr Gesicht besser zu sehen. »Was meinen Sie damit?« fragte er.

»Ich meine, die übrigen Boards und das Holz, um sie zu bauen.

Die Männer, die mich entführt haben – sie haben alles niedergebrannt.«

»Alles?« fragte Fletcher. »Alles, was in dem Schuppen war?«

»Es ist weg«, sagte sie.

Fletcher sah zu der Straße und zu den hohen Bäumen, über deren Wipfeln die Wolken kreisten. Die Nachricht berührte ihn auf eine Weise, die er sich nicht vorgestellt hätte, denn als erstes traf ihn das enorme Ausmaß des Verlustes. Die Bücher, die Videobänder, die Karten, die Boards, das Holz – die Schatzkammer eines Lebens, in Rauch aufgelöst. Als zweites traf ihn das Bild von Drew Harmon. Das Bild, das ihm am schnellsten in den Sinn kam, war der Mann, wie er ihn zuletzt gesehen hatte: vor den Flammen kauernd mit der Geschichte seines namenlosen Stammes und des Endes, das sie gewählt hatten. Und jetzt wußte er mit einer Klarheit, die er bisher nicht so empfunden hatte, daß er recht gehabt hatte, ihn zu verlassen. Und er hatte mit seiner Angst recht gehabt. »Wir sollten zurückfahren«, sagte er. »Auf der Stelle. Sie müssen zu einem Arzt.« Wahrscheinlich sollten sie auch mit jemandem über das reden, was passiert war, über die tote Frau und das kleine Board, das sich zwischen ihren Sachen befunden hatte. Ihm kam der Gedanke, daß sie bei dem Mann beginnen sollten, der ihn von der Insel gerettet hatte. Sie könnten zu Travis gehen, dachte er.

Er stand auf, um zum Truck zurückzugehen, aber die Frau hielt ihn am Handgelenk fest. Er sah auf sie hinunter. Ihr Gesicht war ihm zugewandt, die Eiscreme schmolz zwischen ihren Füßen. »Zuerst muß ich zu einem Ort gehen«, sagte sie. »Ich benötige seinen Segen.«

Sie meinte das natürlich absolut ernst.

»Ich glaube, ich benötige eher eine Dusche als einen Segen«, sagte Fletcher. »Und ich denke, Sie würden auch eine vertragen.«

Er hoffte, sie damit aufzuheitern, aber vergebens. »Unmöglich«, sagte sie. »Sie brauchen diesen Ort auch. Weil Sie den Jungen verloren haben.«

Er blickte die Straße hinab. Sein Blick verschwamm. »Ich sollte seine Familie aufsuchen«, sagte er. Ein Grund mehr, zurückzufahren. »Ich sollte ihnen sagen …« Seine Stimme erstarb.

Die Frau drückte sein Handgelenk. »Sie werden dort sein«, sagte sie.

»Wirklich?«

»Dort, wohin wir gehen – wo denn sonst?«

Fletcher spürte ein drückendes Gewicht auf seiner Brust. Jeder rationale Impuls forderte ihn auf, in den Orleans Grill zu gehen, nach einem Telefon zu fragen und sich nach einem vernünftigeren Weg zu erkundigen. »Und nachher«, sagte er. »Nachdem wir dort waren. Kommen Sie dann mit mir zurück? Werden wir zusammen zurückfahren?«

»Natürlich«, sagte sie.

37

Travis schlief unruhig. Als er schließlich die Augen öffnete, fiel das Sonnenlicht in Streifen auf den Fußboden. Beim Umdrehen sah er durch geriffeltes Glas einen blauen Himmel, mit weißen Wolken bestückt. Für kurze Zeit war er allein in dem Zimmer. Doch bald kam Robbie Jones in der Begleitung von Becky, der Krankenschwester, herein. Zu seiner Bestürzung erfuhr Travis, daß Drew Harmon nicht mehr in Neah Heads war, sondern mit Jim Lemon, Blacklages Deputy, davongefahren war.

Offenbar war Jim schon früh in Neah Heads eingetroffen. Auf dem Weg dorthin hatte er am Orleans Grill gehalten, wo die Besitzerin ihm von einer sonderbaren Begebenheit erzählt hatte. Gegen acht oder neun am Morgen seien dort ein Mann und eine Frau aufgetaucht, die zu der Beschreibung von Jack Fletcher und Kendra Harmon paßten. Die Frau habe ein Huhn gegen eine Großpackung

Vanilleeis tauschen wollen und sich dann erkundigt, wie man den alten Tolowan-Friedhof im Norden von Neah Heads erreichen könne. Drew hatte darauf bestanden, daß Lemon dem Hinweis nachging, und die beiden waren zusammen losgefahren.

Becky war wütend, weil niemand dem Deputy von Travis erzählt hatte, aber Art war nicht dagewesen, und Robbie Jones, der die Männer hatte abfahren sehen, gehörte nicht zu den Leuten, denen es eingefallen wäre, eine derartige Information weiterzugeben. Becky wollte es nicht glauben. »Haben Sie sie fahren sehen?« fragte sie.

Robbie nickte.

»Und was ist mit ihm?« fragte sie weiter und zeigte auf Travis. »Der Deputy hätte ihn umgehend nach Sweet Home bringen müssen.«

»Sie werden zurückkommen«, sagte Robbie.

Becky warf die Hände in die Luft und ging hinaus, um sich auf die Suche nach einem anderen Fahrer zu machen.

Robbie und Travis blieben allein in dem Haus zurück. Travis blieb nichts anderes übrig, als zu warten. Und dies in der Gesellschaft von Robbie Jones, während der Wind gegen die Wände von Art the Red Mans Wohnzimmer schlug, in dem ein schlecht gemaltes Christusbild auf knotigem Kiefernholz angebracht war. Das Bild hing über dem Fernsehgerät, in dem gerade eine Wiederholung von *Family Feud* lief. Neben dem Bild waren alte handgeschnitzte Aalhaken, perlenbesetzter Kopfputz und alte Holzmasken aufgehängt, und diese wiederum teilten sich die Wandfläche mit Fotos vom Neah-Heads-Footballteam und mehreren verstaubten Sockeln, auf denen kleine goldene Männchen, die absolut nicht wie amerikanische Ureinwohner aussahen, mit dem Football unterm Arm über nichtexistente Kreidelinien rannten, während sie den anderen Arm ausgestreckt hielten, um unsichtbare Tackler abzuwehren. Die Männer rannten unter staubbedeckten Schalen mit Halloween-Süßigkeiten und zwei toten Ratten in Hula-Röcken, die auf polierten Redwoodleisten standen.

Je mehr Zeit verstrich, desto mehr Sorgen machte Travis sich wegen Drew Harmon und Jim Lemon. Er legte seinen Kopf auf den Fußboden, während sich die Gameshow ohne Pause aus dem Fernsehgerät ergoß. Es war unmöglich, nicht hinzuhören. Weiße, die miteinander um eine ultimative Demütigung wetteiferten. »Er masturbiert mit Hühnchenteilen«, sagte eine fette Frau. Das Publikum johlte vor Vergnügen. Der Ehemann machte einen gekränkten Eindruck. »Ekelhaft, wenn man das sieht«, fuhr die Frau fort und gab dem Affen Zucker. Die Moderatorin, eine appetitliche Blondine im engen Rock, schüttelte sich vor Lachen und schien beinahe ihre Zunge zu verschlucken. Travis glaubte zu halluzinieren. Er schloß die Augen, sah es aber immer noch. Der Indianer auf den Felsen. Löcher, wo sein Gehirn gewesen war. Hinter dieser abscheulichen Szene ein Publikum aus Mutanten, das nach Blut brüllte. Und dann wurde er gewahr, daß aus der Düsternis Robbie Jones auf ihn hinabspähte, gekrönt von seiner rasierten Kuppel, auf der die ersten Anzeichen von Stoppeln erschienen.

»Hey«, sagte Robbie. »Sie sind der Typ, den ich umgenietet habe, oder?«

Travis bejahte die Frage. Er versuchte, sich die spezifische Geistesstruktur vorzustellen, die ein derart verspätetes Wiedererkennen erzeugte, gab aber ergebnislos auf.

»Tut mir leid, Mann«, sagte der junge Surfer. »Ich war da draußen ziemlich aufgeregt. Ich hatte gesehen, wie sie meinen Kumpel fertiggemacht haben.«

Travis sagte ihm, er solle es vergessen.

»Ich versuche schon, mich zu bessern«, sagte Robbie. »Sie hätten mich sehen sollen, bevor ich Jesus als meinen Herrn und Erlöser angenommen habe.« Er bot Travis seine Hand dar.

Travis nahm sie. Alles andere wäre albern gewesen. Sie schüttelten sich die Hände, während der Wind die Wände zum Klappern brachte.

Schließlich wurde beschlossen, daß ein Tolowan namens Balloon Dick Travis in seinem Jeep zur Klinik fahren sollte. Der Mann war ein notorischer Trinker. Die Straße aus den Heads heraus war fast nicht vorhanden, steil, von Furchen durchzogen und von Unkraut überwuchert. Eine Straße, auf der sich betrunkene Indianer mit stetiger Regelmäßigkeit ums Leben brachten. Balloon Dick und Art the Red Man trugen ihn auf einer Bahre nach draußen, als der Regen einsetzte und er die ersten Tropfen auf seinem Gesicht spürte. Sie trafen ihn wie Funken, die vom Wind getrieben wurden.

Die Bahre paßte nicht in den vergammelten Jeep, so daß Travis aufrecht auf dem Vordersitz Platz nehmen mußte. Balloon Dick band ihn mit zwei Leinenbändern an, weil dem Fahrzeug die Gurte ausgegangen waren. Art Hancock stand neben dem Jeep und vergewisserte sich offenbar, daß alles korrekt erledigt wurde.

Travis fiel ein, daß Robbie Jones fehlte, doch in diesem Moment sah er den jungen Mann von dem Hang hinter dem Stammes-Center herabrennen. Der Jeep schaukelte, als Robbie sich hineinhievte. Durch den Nebel von Schwester Beckys Pillen sah Travis nur, daß der Surfer bis auf einen kleinen Rucksack ohne Gepäck war. »Was ist mit dem Rest von deiner Ausrüstung passiert?« fragte Travis ihn.

»Sie ist weg«, sagte Robbie.

»Geklaut, meinst du?«

»Ja. Von Drew Harmon.«

Travis drehte sich auf seinem Sitz. Der Schmerz hinderte ihn daran, die Drehung zu vollenden, wie er es gern getan hätte.

»Du meinst, er war eben noch hier?« fragte er. Er wollte sichergehen, richtig gehört zu haben und nicht zu halluzinieren.

»Wir haben unsere Sachen in dem kleinen Lagerschuppen hinter dem Haus verstaut«, sagte Robbie. »Als ich rausging, um sie zu holen, war er gerade im Aufbruch ...«

»Gerade? Du hast gerade mit ihm gesprochen?«

»Sozusagen.«

»Und? Was hat er gesagt? Haben sie jemanden gefunden? War der Deputy bei ihm?«

»Ich weiß nicht. Nach diesem Mist habe ich ihn nicht gefragt.«

»Hat er etwas gesagt?«

»Ja. Er hat gesagt, er würde rechtzeitig hinkommen.«

Travis brauchte seine Zeit, um zu begreifen, was er damit meinte. Balloon Dick hatte seine Probleme, den Jeep zu starten. Der Motor rappelte, weigerte sich aber, anzuspringen.

»Ich weiß nicht, was er zu kriegen glaubt«, sagte Robbie.

»Ich bin nicht sicher, ob ich dir folgen kann«, sagte Travis. Er versuchte noch immer, in dem, was der junge Surfer ihm gesagt hatte, einen Sinn zu erkennen.

»Wobei?«

»Bei dem, was er kriegen will.«

Robbie Jones sah ihn an und umklammerte den Überrollbügel über seinem Kopf, als Balloon Dicks Jeep zum Leben erwachte und auf dem gefurchten Weg vorwärtssprang. Travis spürte, wie der Schmerz in sein Innerstes fuhr, und kämpfte den Drang nieder, sich zu übergeben.

»Dieser Wind«, schrie Robbie Jones über den Motorlärm. »Er wird wie die Hölle blasen. Der reine Sieg auf See. Ich hätte mit ihm gehen können, aber ich hab mir gedacht, scheiß drauf.«

Travis begriff, daß er von der Brandung sprach.

»Du meinst, er ist zum Surfen raus?« fragte Travis.

»Mann, er hatte die Boards. Was soll ich dir sagen? Der Wichser ist verrückt.«

38

Kendra Harmon lebte auf, als Fletcher eingewilligt hatte, sie zum Friedhof zu begleiten. Als sie sich jedoch nach einiger Zeit der Stelle näherten, von der die Frau vom Orleans Grill ihnen erzählt hatte, wurde sie wieder schweigsam und grüblerisch.

Den Anfang des Fußwegs erreichten sie gegen Mittag. Der Himmel hatte die Farbe von Perlmutt angenommen und leuchtete an zwei Stellen. Die eine Stelle nahm Fletcher als Sonne. Die andere schien eine Art Reflexion zu sein, wie er sie noch nie gesehen hatte. Als Ergebnis dieser Illusion gab es dort nicht nur eine Sonne, sondern ein Zwillingspaar auf Parallelbahnen über einem bleiernen Meer. Fletcher lenkte Kendras Aufmerksamkeit auf dieses Phänomen der zwei Sonnen, als sie im Gestrüpp am felsigen Ende der Straße anhielten. Die Frau stand hoch aufgerichtet auf dem Trittbrett, als könne sie auf diese Weise einen besseren Überblick bekommen.

»Es ist die Aufgabe der Sonne«, sagte sie ihm, »das Licht, das ihr vom Mond gebracht wird, aufzuteilen und zu verfeinern. Denn dieses Licht ist aus den Seelen der Toten gemacht, und es ist mit Dunkelheit gemischt.«

Fletcher war um den Wagen herumgegangen und stand nun neben ihr. Sie stand noch auf dem Trittbrett, so daß sie in etwa auf gleicher Höhe waren. Er war sich nicht ganz sicher, wie er reagieren sollte, und deshalb sagte er nichts.

»Was ist?« fragte sie. »Jage ich Ihnen Angst ein?«

»Ich glaube, die Wirkung läßt allmählich nach«, sagte er.

»Ich glaube, ich bin bloß meines Vaters Tochter«, entgegnete sie.

Er hatte keine Ahnung, wovon sie redete. Er sah auf den Pfad vor ihnen. Er war in schlechtem Zustand, ein steiler, felsiger Abstieg von ungewisser Länge, und er begann sich zu fragen, ob sie wirklich dort hinunterwollten. Er sah sich veranlaßt, zu betonen, daß es für eine Umkehr nicht zu spät sei.

»Nein, auf keinen Fall«, sagte sie.

Danach gingen sie weiter, und es war ein langer, unaufhörlicher Abstieg durch Küstengestrüpp und Manzanitas, und der Pfad bestand aus Rinnen und lockerem Geröll, das unter ihren Füßen zerbröselte und rutschte. Es war die falsche Sonne, der sie hier folgten, dessen war sich Fletcher sicher, und er bezweifelte, daß diese Sonne zu der Lichttrennung fähig war, von der die Frau gesprochen hatte, denn sie war nur ein Schwindel, ein Trick mit Spiegeln. Sie ist wie ich, dachte Fletcher, denn auch er hatte die Aufgabe gehabt, das Licht aufzuteilen, um ein bißchen davon für die Ewigkeit zu bewahren, aber es war ihm nur gelungen, einen Jungen zu ertränken.

Während ihres Marsches glaubte Fletcher manchmal, daß er verfolgt wurde, doch er vermochte beim besten Willen nicht zu sagen, von was oder wem. Den einzigen Hinweis darauf, daß es etwas anderes als seine eigene Paranoia war, bekam er, als er sich einmal schnell genug umwandte, um eine Handvoll Kieselsteine über felsigen Boden rutschen zu sehen, und dies, davon war er überzeugt, war der Beweis für eine unsichtbare Gestalt, die ihrem Weg folgte. Seine Gedanken wanderten zu den Indianern, die Kendra entführt hatten, den sie hatte von Männern gesprochen, obschon er nur den einen auf der Lichtung gesehen hatte. Als er jedoch die Sprache auf dieses Thema brachte, tat sie es mit einer Handbewegung ab. Offenbar war sie überzeugt, ihre Lebenslinien durchschnitten zu haben, so wie sie es gesagt hatte, und daß sie dermaßen verkrüppelt keine Bedrohung für die Lebenden mehr darstellten.

Der Weg ging weiter, durch Manzanitas und Dornen und einen überraschenden Hain von Redwoods, und führte dann schließlich in steifes gelbliches Gras. Das Gras war knöchelhoch, vom Wind gebeugt und mit Steinen und Knochen gesprenkelt, und an seinem westlichen Rand sah man Nebel aus dem Nichts heraufwirbeln, als seien sie ans Ende des Planeten gelangt. Fletcher nahm an, dies sei das Ziel ihres Fußmarsches, denn sie waren offenkundig am Ende des Landes angekommen, und er betrachtete mit einer gewissen Befriedigung die vom Meer hochgeschleuderten Nebel, die wirbelnd vorbeizogen und immer wieder Formen und Gestalten annahmen, die nur ein Dichter – oder vielleicht die Frau neben ihm – hätte benennen können. Aber die Gestalten waren vergänglich und verloren sich in eben den Winden, von denen sie erzeugt wurden.

Schließlich stießen sie auf eine große Zahl von Bruchsteinen, die flach auf die Erde gelegt worden waren. Sie sahen Stücke von Eisenzäunen und Muschelhügel, die weiß gebleicht, aber wie Perlmutt poliert waren, und Fletcher war gewillt, dies als den heiligen Ort anzusehen, von dem die Frau gesprochen hatte. Er hoffte, sie würde hier ihren Segen finden, aber natürlich bezweifelte er es. Was dieser Ort für ihn bereithielt, vermochte er sich nicht vorzustellen.

39

Travis belegte ein Bett in der Ambulanz von Sweet Home. Er wartete auf den Transport zur Klinik in Eureka und sah zu, wie sein Bein mittels einer langen Plastikröhre entwässert wurde, die von seinem Fuß in einen großen Plastikbehälter mit der Aufschrift »Sondermüll« lief, als er die Stimme von Jerry Blacklage hörte. Travis war allein im Zimmer und hörte Jerry im Flur. Der Polizeichef erkundigte sich nach seiner gesundheitlichen Verfassung. Travis lauschte, als die Schwester mit gedämpfter Stimme über sein Bein sprach.

Es war ein Doppelbruch. Und eine Infektion. Er hätte es niemals bis Neah Heads geschafft, wäre Drew Harmon nicht gewillt gewesen, ihn zu tragen. Er konnte nicht sagen, daß er sein Leben gern einem Mann verdankte, den er nicht mochte. Aber die Tatsache war nicht zu leugnen. Es war, wie es war. Er richtete sich ein Stück auf seinen Kissen auf, als Blacklage das Zimmer betrat. Der Chief trug seine Sommeruniform komplett mit Kappe und Sonnenbrille, als erwarte er jede Sekunde die Versetzung nach San Diego. Ein Mann von unbegrenzter Hoffnung, dachte Travis.

»Hab gehört, du bist in Balloon Dicks Jeep gekommen«, sagte Blacklage.

Travis bestätigte das.

»Glück gehabt, daß er dich nicht totgefahren hat.«

»Ich habe eine gute Nachricht für dich: Fast hätte er es geschafft.«

Blacklage nickte, ohne zu lächeln. »Nun gut. Was hast du rausgefunden?« fragte er.

»Ich habe rausgefunden, daß es bei Ebbe eine wahnwitzige Strömung aus der Bucht gibt.«

»Ich wollte dir noch einen Tag geben, dann hätte ich einen Heli gerufen, um nach dir zu suchen.«

»Noch ein Tag und ich wäre tot gewesen.«

»Hat man mir gesagt.« Blacklage zog die Mütze ab und fuhr sich mit der Hand durchs Haar. »Ich hab es von Anfang an für einen schlechten Einfall gehalten.« Er setzte die Mütze wieder auf und sah Travis an. »Was höre ich da, daß Harmon mit Jim Lemon unterwegs ist?«

»Wer hat dir das gesagt?«

»Ich hab mit dem Jungen gesprochen. Dem Kahlkopf.«

»Lemon war heute morgen beim Orleans Grill. Jenny hat ihm gesagt, zwei merkwürdige Leute seien dort gewesen, ein Mann und eine Frau. Hört sich nach Kendra und dem Fotografen an. Drew ist los, um es rauszufinden.«

»Ich dachte, die Frau ist von Crankster-Gangstern von oben am Fluß entführt worden.«

Travis spürte das Blut in sein Gesicht strömen. »Davon weiß ich nichts«, sagte er. »Sie muß da irgendwie rausgekommen sein. Ich weiß bloß, daß es so aussieht, als sei sie jetzt mit dem Fotografen zusammen. Sieht so aus, als seien sie zu dem alten Friedhof nördlich von den Heads unterwegs.«

»Mein Gott. Warum tun sie das?«

Travis spürte ein flaues Gefühl in der Brust.

Blacklage sah ihn an. »Und?« sagte er.

»Falsche Antwort, Vetter. Du solltest eigentlich sagen, daß du es schon weißt.«

»Woher sollte ich das wissen?«

»Du solltest sagen, daß Lemon sich gemeldet hat.«

Plötzlich schien Blacklage zu begreifen, worauf Travis hinauswollte. Sein Gesicht wurde merklich dunkler. »Scheiße«, sagte er. »Den ganzen Nachmittag hab ich versucht, Lemon über Funk zu erreichen.«

»Das habe ich befürchtet«, sagte Travis. »Der Surfer, mit dem du gesprochen hast, hat Drew gesehen, bevor wir von den Heads weggefahren sind. Er hat ihn natürlich nicht gefragt, aber es hörte sich so an, als sei Drew allein. Und Lemon habe ich ganz bestimmt nirgendwo gesehen, als wir da rausgefahren sind.«

»Verdammt«, sagte Blacklage. Er trat ans Fenster neben Travis' Bett. Travis verdrehte den Hals, um ihn sehen zu können. Plötzlich schien der Polizeichef ganz erpicht auf das lange Zwielicht des Nordens. Während Travis die Spiegelung des sich färbenden Himmels in der Sonnenbrille des Chiefs betrachtete, überkam ihn plötzlich das Gefühl, daß es noch schlimmer stand, als er sich vorgestellt hatte.

Schließlich drehte Blacklage sich wieder um. »Hat dir mal jemand erzählt, daß die Doves einen Privatdetektiv beauftragt haben, wegen der toten Frau zu ermitteln?«

Plötzlich war es in dem kleinen Zimmer sehr warm, und Travis merkte, daß ihm der Schweiß auf der Stirn ausbrach und das Bett unter ihm kribbelte. »Ich habe so etwas gehört«, sagte er. »Aber ich habe nicht geglaubt, daß da etwas dran ist.«

»Erinnerst du dich an Jack Lindherst?«

»Racetrack Jack?«

Blacklage löste sich vom Fenster und nahm die Sonnenbrille ab. »Er ist unten in San Francisco gewesen. Hat an einer Detektivausbildung teilgenommen.«

»Mein Gott. Der Bursche kann von Glück reden, wenn er den

Wachmann spielen darf. Willst du mir etwa sagen, daß er derjenige ist, den die Doves beauftragt haben?«

»Ja. Und ich sage dir noch etwas. Dem Burschen ist es gelungen, den Körper exhumieren zu lassen. Anscheinend gibt es da irgendwo eine Schwester. Sie hat ein paar Papiere unterschrieben.«

Die beiden Männer sahen sich an. »Sie haben zwei Dinge gefunden«, sagte Blacklage. »Offenbar war da was in den Haaren der Frau. Sägemehl, um genau zu sein. Der Clou ist, es ist nicht irgendein Sägemehl. Es ist Balsa und Redwood.«

»Drew Harmon«, sagte Travis.

»Er ist der einzige, von dem ich weiß, daß er mit dem Material arbeitet. Man findet das nicht überall. Und da war noch was.« Er wandte sich vom Fenster weg und sah auf Travis hinunter. »Die Frau war schwanger, als sie umgebracht worden ist.«

»Und das haben sie erst jetzt rausgefunden?«

»Nein. Die Leute in Sweet Home haben es bei der Autopsie entdeckt. Es ist bloß nicht bekannt geworden. Anscheinend haben sie es nicht für sonderlich wichtig gehalten. Die Frau galt als Flittchen, und sie hatten ja ihren Mann.«

»Einen heruntergekommenen Indianer.«

»Genau.«

»Glaubst du, sie haben falschgelegen?«

»Ich weiß nicht, was ich glauben soll. Sie haben die Leiche erst letzte Woche exhumiert. Racetrack versucht, den Fall wieder aufzurollen. Anscheinend hat diese Schwester reich geheiratet. Man kann nie wissen.« Blacklage spreizte die Hände. »Im Augenblick wollen die Cops von Sweet Home mit Harmon nur reden. Ich meine, soweit es sie betrifft, ist es immer noch Marvus.«

»Und Lemon weiß das alles.«

Blacklage ließ sich Zeit mit der Antwort. »Gibt der Sache einen neuen Dreh, oder?«

Travis schaute zur Decke hoch. Die Chance, einen Indianer zu entlasten und das Verbrechen einem unbeliebten *Wagay* anzuhängen. Für einen Eiferer wie Lemon könnte es schwierig sein, der Versuchung zu widerstehen. Travis konnte sich das entsprechende Szenario ziemlich leicht vorstellen. Ein Szenario, in dem Drew Harmon zu dem Friedhof wollte, während Deputy Lemon sich ausmalte, wie er seinen Mann den Cops von Sweet Home übergibt. Und das unglückliche Ende konnte man sich ebenso ausmalen. Er sah Blacklage über sich, und er war sich sicher, daß er der gleichen Wahnvorstellung nachhing.

»Was wirst du tun?« fragte Travis schließlich.

Blacklage setzte sich auf einen Stuhl. »Ich weiß es nicht«, sagte er. Travis nahm an, er würde lieber an der Interstate stehen, sich um seine Radarfalle kümmern und von sonnigen Stränden träumen. Diesmal konnte Travis ihn nicht einmal dafür tadeln.

»Wenn du da rausfährst, nimmst du besser jemanden mit«, sagte Travis.

»An wen denkst du?«

»Wie wär's mit jemandem aus Sweet Home? Sie sind es doch, die mit Drew Harmon reden wollen.«

»Quatsch. Lieber würde ich mich an den Teufel wenden. Hätten sie ihren Job von Anfang an richtig gemacht, hätten sie es vielleicht nicht so eilig gehabt, es Marvus anzuhängen.«

Travis schwieg eine Weile, dann sagte er: »Es wird schon dunkel sein, wenn du draußen am Anfang des Fußwegs bist, ist dir das klar?«

Blacklage nickte. »Ja, aber ich kann mich wenigstens nach Lemons Auto umschauen. Wenn ich es finde und er nicht drinsitzt, dann rufe ich die Feds. Sollen die Wichser doch kommen.«

»Es ist möglich, daß Lemon und Harmon gemeinsam dort runtergegangen sind.«

Blacklage schüttelte den Kopf. »Lemon hätte sich über Funk gemeldet, wenn er vorhätte, so lange ohne Verbindung zu sein. Irgendwas ist da schiefgelaufen.«

Travis schloß die Augen und lauschte dem fernen, gedämpften

Rasseln des Druckluft-Heizsystems. »Da ist noch etwas, das du vielleicht berücksichtigen solltest«, sagte Travis. »Erinnerst du dich an die Indianer, von denen ich dir erzählt habe? Die von oben am Fluß? Einen von denen habe ich auf den Felsen über dem Strand gesehen. Er war tot. Falls er und die anderen Harmon verfolgt haben ... Die beiden anderen könnten noch da draußen sein.«

Blacklage stand einen Moment lang am Fuß von Travis' Bett. »Nun ja«, sagte er schließlich. »Ich bin ganz ehrlich: Der einzige, um den ich mir jetzt Sorgen mache, ist Lemon. Wenn ich ihn nicht finde, wende ich mich ans FBI.«

»Du weißt, was das bedeutet.«

»Zum Teufel mit ihnen«, sagte Blacklage. »Zum Teufel mit ihnen allen.«

Als Blacklage gegangen war, blieb Travis allein mit seinen Gedanken. Er konnte nicht glauben, so weit vom Geschehen weg gewesen zu sein, daß er es nicht mitbekommen hatte, als die Doves Racetrack Jack holten. Er war hier alt geworden, dachte er, alt und schlaff und im Abseits. Er hatte geglaubt, immer vorn dabeizusein, aber er hatte von Anfang an hinten gelegen. Und jetzt lag er hier flach auf dem Rücken mit einer Röhre im Bein, während die Furien, die er einzudämmen gehofft hatte, auf den windgepeitschten Kliffs irgendwo nördlich vom Devil's Hoof entfesselt waren.

Er kannte den Friedhof, zu dem jetzt alle unterwegs waren, auch wenn er nur schwache Erinnerungen hatte. Die letzte Geschichte, die ihm von diesem Ort im Gedächtnis geblieben war, betraf eine Familie städtischer Tolowan, die dort hingegangen waren, um die Asche ihrer Großmutter zu verstreuen. Die Großmutter war offenbar im hohen Alter verstorben, und sie hatte ihr ganzes Leben im Reservat verbracht. Ihre Kinder und ihre Enkel, die lange vorher in die Stadt gezogen waren, hatten sich trotzdem für etwas entschieden, das sie für einen Ritus von Native Americans hielten. Sie hatten die alte Frau verbrennen lassen, und sie hatten vor, ihre Asche an einem heiligen Ort über dem Ozean zu verstreuen. Dementsprechend waren sie am Friedhof vorbei auf die Felsen gezogen, die über den Pazifik hinausragten, aber eine Welle hatte sie erfaßt, die gesamte Familie, und niemand von ihnen war je wieder gesehen worden. Einige Freunde, die nicht zur unmittelbaren Familie gehörten, hatten sie begleitet und waren Zeuge des Geschehens geworden. Die Brandung, hatten sie gesagt, sei an dem Tag nicht ungewöhnlich groß erschienen, und die Zeitungen hatten als Schuldigen eine schlafende Welle ausgemacht, eine riesige Welle, die plötzlich aus dem ansonsten unauffälligen Meer heraus Gestalt annimmt. Travis konnte sich nur schwach an den Friedhof und die Klippen erinnern, denn es war Jahre her, daß er sie gesehen hatte. Aber er wußte, daß die in Frage kommenden Felsen fast zehn Meter hoch über dem Ozean lagen.

Er dachte noch über diese Dinge nach, als sein Telefon zu klingeln anfing. Er nahm den Hörer ab. Es war sein Vater, der anrief, um ihm zu sagen, daß er ein Idiot sei. Travis erhob keinen Einwand.

»Ich schätze, dieses Jahr wirst du nicht mehr viel tanzen«, sagte der alte Mann.

»Was?« sagte Travis. Denn in Gedanken war er immer noch auf dem Friedhof.

»Der Springtanz«, sagte sein Vater. »Sieht so aus, als hätte Frank doch falschgelegen.«

Danach legte sein Vater auf. Das war eine Angewohnheit von ihm: aufzulegen, ohne sich zu verabschieden. Travis legte ebenfalls auf. Und blickte dabei in den Himmel hinter seinem Fenster. Er war jetzt ziemlich dunkel, und das erinnerte ihn unvermutet daran, wo er sich in der Nacht zuvor befunden hatte – an seinen Platz auf dem Fußboden von Art the Red Mann, als Schwester Becky in den Sturm hinausgeschaut und gefragt hatte, ob der große Mann, der ihn hergebracht hatte, aus dem Regen hereinkommen würde, und Travis hatte nein gesagt, und jetzt, als sich die ersten großen Regentropfen auf dem Fensterglas platt drückten, ging ihm auf, daß dies wirklich der Fall sein würde. Drew Harmon würde nicht wieder hereinkommen. Für Travis lag die Frage nur darin, wie viele andere, vielleicht durch die schiere Kraft des Willens eines solchen Mannes gefesselt, den Sturm in seiner Begleitung erleiden würden.

40

Die Frau tanzte. Fletcher saß auf einem Stein und sah ihr zu. Sie tanzte vor sich zusammenballenden Wolken, wirbelte hin und her, und ihre Khakihosen und das Flanellhemd flatterten um ihre Arme und Beine wie Fahnen vor einem trüben Himmel. Es gab Momente, in denen sie sehr exotisch wirkte. Ein Geschöpf aus einem anderen Zeitalter. Und es gab Momente, in denen sie bloß gestört wirkte. Es hing vom Licht ab, entschied Fletcher.

Schließlich beschloß sie, aufzuhören, aber es war zu spät, um weiterzugehen. Und Fletcher hatte auch keine klare Vorstellung, was als nächstes kommen würde. Ein Art Schutzhütte gab es dort, einen in die Erde gegrabenen Unterschlupf. Um ihn herum war ein Erdhügel aufgeschüttet. Obenauf lagen einige Bretter. Gras war auf dem Erdhügel gewachsen. Eine kleine, kreisförmige Öffnung erlaubte den Zugang.

Kendra sagte, der Bau sei früher als Schwitzhütte benutzt worden. Drinnen war ein Kreis aus Steinen, und die Wände, aus Zedernholz errichtet und mit Rindenscheiben bedeckt, waren von Ruß geschwärzt.

Der Nachmittag brachte Regen. Kendra und Fletcher kauerten sich in die Dunkelheit des irdenen Raums. Es gab nichts zu essen, und bald hielt er sie wie vorher schon einmal, seine Hand flach auf ihrem Bauch. Er überlegte, sie zu fragen, ob das Tanzen etwas verändert hätte, ob sie den Segen erhalten hätte, dessen sie bedurfte, aber ihr Schweigen hielt ihn davon ab. Sie war müde geworden. Das war alles.

Später am Tag ließ der Regen nach, aber der Himmel über dem Ozean blieb dunkel. Kendra begab sich wieder zu dem Rand der Fläche, wo sie sich wie ein Fragezeichen über dem Meer zu bis zu einem grasbewachsenen Punkt kräuselte.

Fletcher sah sie mit ausgestreckten Armen dort stehen. Er sah, wie sie sich vor dem dunkler werdenden Himmel drehte. Er sah die Gischt, die vom Meer hochgeschleudert wurde. In den Gischtfahnen waren Regenbogen eingefangen, und das Gras um ihre Füße war grün und im letzten Licht gebadet, das sich unter den Wolken hindurchstahl und auf das Land fiel.

Er hockte am Eingang des Erdlochs und überlegte, auf die Klippe hinauszugehen, falls die Frau zu nahe an den Rand käme, und in diesem Moment sah er die Gestalt, die sich aus dem Nebel auf ihn zubewegte. Er dachte wieder an die Männer, die sie oberhalb der Klippe verfolgt hatten, und er fuhr zusammen. Doch er sah sofort, daß er falsch vermutet hatte. Denn der Mann war näher gekommen, und er sah, daß es Drew Harmon war. Fletchers Erleichterung währte kurz. Nach dem, was Kendra erzählt hatte, konnte man beide Alternativen als schlechte Neuigkeiten ansehen.

Man könnte natürlich ihre Geschichte anzweifeln. Fletcher neigte eher zu der Ansicht, daß sie sie erfunden hatte. So oder so konnte er wenig tun, außer dort zu sitzen, und er sah Harmon näher kommen. Er wartete auf Robbie Jones, aber es sah so aus, als sei der große Mann allein gekommen. Er bewegte sich so, wie Fletcher ihn am ersten Tag gesehen hatte, als er auf den Kliffs über der Flußmündung zu ihnen stieß, eine gewisse Steifheit im Gang und in einem tropfenden Parka. Er hatte zwei Boardtaschen über einer Schulter hängen und einen großen Nylonbeutel über der anderen, und das war alles, was er mithatte. Als er Fletcher vor der Schwitzhütte hokken sah, blieb er stehen. Einen Moment lang starrten die beiden Männer sich über das windgebeugte Gras hinweg an. Schließlich schlug Harmon eine andere Richtung ein und ging den Hang hinauf.

»Was ist los?« rief Harmon. »Hast du dich verlaufen?«

Der große Mann war noch einige Meter entfernt. Fletcher antwortete nicht. Er stand auf und zeigte in Richtung Meer.

Harmon zögerte und drehte sich dann um. Als er sah, wohin Fletcher zeigte, ließ er seine Sachen fallen und rannte los. Fletcher beobachtete, was geschah. Er sah, wie Kendra ihres Mannes ansichtig wurde. Er sah, wie sie sich umdrehte und ein gutes Stück am Rand der Klippe entlanglief. Er sah, wie Drew ihr folgte und dann stehenblieb, eine Silhouette vor dem Himmel. Der Mann schien zu winken. Die Frau zu zögern. Eine Zeitlang hatte Fletcher den Eindruck, sie bewegten sich wie in einem Tanz.

Am Ende nahm Drew sie auf die Arme und trug sie, wie man ein Kind tragen würde, zu der Stelle, wo Fletcher neben dem Loch wartete. Er trug sie hinein und legte sie hin. Danach kam er wieder nach draußen zu Fletcher. Er öffnete eine Boardtasche, zog eines der langen Holz-Guns heraus und fing an, die Tasche mit Gras vollzustopfen. Fletcher half ihm. Sie arbeiteten schweigend. Als sie fertig waren, trug Drew die Tasche nach drinnen, wahrscheinlich als Lager für Kendra.

Das kurze Zwischenspiel von Sonne und Regenbogen war vorbei. Die Dunkelheit war gekommen, und mit ihr der Regen. Während Fletcher wartete, bemerkte er, daß die Nylontasche, die Drew getragen hatte, noch am Hang lag. Er ging hin, um sie zu holen. Der Reißverschluß war nicht ganz zugezogen, und als Fletcher die Tasche hob, konnte er sehen, daß eine Pistole darin lag. Er nahm an, daß es eine 357er Magnum war, silbern mit schwarzem Griff. Sie steckte in einem schwarzen Holster, der an einem schwarzen Gürtel befestigt war, und machte einen sehr amtlichen Eindruck. Fletcher war sich ziemlich sicher, daß es sich um eine Polizeiausrüstung handelte. Und er war sich ebenso sicher, daß Drew sie bei dem langen Marsch entlang der Küste nicht bei sich gehabt hatte. Er nahm an, daß das Auftauchen dieses Gegenstands zu diesem Zeitpunkt eine eigene

Geschichte hatte, aber sollte das tatsächlich so sein, hatte er es nicht sonderlich eilig, sie zu hören. Er könnte bis zum Tagesanbruch darauf warten, entschied er, auch wenn ihm gleichzeitig der Gedanke kam, daß er sie unter ungünstigen Umständen vielleicht gar nicht hören würde.

Und ihm kam der Gedanke, daß er die Waffe an sich nehmen könnte, obwohl das ziemlich heikel sein könnte, weil er und Drew sich jetzt gegenseitig im Blick hatten, da der große Mann sich daran gemacht hatte, beim Eingang der Hütte ein Feuer zu entzünden. Und er konnte sich eigentlich nicht vorstellen, daß er gegen Drew Harmon ziehen würde. Schließlich entschied sich Fletcher dazu, ihm beim Feuermachen zu helfen. Er stellte die Tasche vor den Eingang und ging eine spärliche Auswahl von feuchten Zweigen und Treibholz sammeln, aus denen durch die Geschicklichkeit eines Waldmenschen, die Fletcher nur bewundern konnte, unter Harmons Hand schon bald ein Beet gelber Flammen erblühte, das gegen die Dunkelheit ankämpfte.

Als das Feuer zu seiner Zufriedenheit brannte, packte Drew Harmon die Tasche mit der Pistole und zog sie in die Schwitzhütte, in deren Inneres er sich zurückzog. Fletcher blieb draußen. Niemand hatte ihn dazu aufgefordert. Noch hatte ihn jemand dazu aufgefordert zu gehen. Er hätte in der Hoffnung, den Weg und den verbeulten Dodge zu finden, davonlaufen können. Die Ehre, glaubte er, verlangte eine Form der Nachtwache, obschon nicht einfach zu sagen war, bis zu welchem Punkt er sie aufrechterhalten oder zu welchem Ende sie kommen könnte. Es gab durchaus die Möglichkeit, daß sie alle drei hier sterben würden. Zuerst Kendra, dann Fletcher. Am Ende, so nahm er an, würde Drew die Waffe gegen sich selbst richten. Solche Sachen hörte man in den Abendnachrichten. So lief so etwas ab.

Und so wartete er, den Parka um sich gezogen, während der Regen ihm auf Schultern und Schädel trommelte, aber ab und zu drehte er sich um, um in der Erdhütte eine vage Bewegung wahrzunehmen.

Mehr konnte er nicht sehen, denn die Hütte war niedrig und tief, und der hintere Teil lag im Dunkeln. Und er konnte auch nicht mit Gewißheit sagen, ob sich dort zwei Personen bewegten oder nur eine. Der Regen und der Wind waren so laut, daß ihm alle Geräusche, die dort in der Dunkelheit entstehen mochten, entgingen, so daß die Bewegung ohne begleitende Laute um so mysteriöser wirkte.

Er hätte in die Vergangenheit versetzt sein können, überlegte er, Zeuge von Riten, für die dieses Gebäude ursprünglich errichtet worden war, und er hätte von diesen priesterlichen Gesten nicht mehr verstanden als von dem, was er jetzt wahrnahm, doch wären sie nicht weniger mysteriös und nicht weniger bedeutungsgeladen erschienen.

Mit der Zeit hörte die Bewegung auf, und noch später kam Drew Harmon aus dem Loch heraus und stand vor Fletcher, jedoch mit abgewandtem Blick, das Gesicht in den Sturm gerichtet. Fletcher stand auf.

»Sie möchte etwas«, sagte Drew.

»Was?«

»Ich weiß nicht«, entgegnete Drew. Seine Stimme war ernst. »Sie möchte dich.«

Fletcher ging in die Hütte. Sie war nicht hoch genug, um darin zu stehen. Er kroch auf allen vieren rückwärts hinein. Die Frau lag dort auf der Boardtasche. Er hatte keine Vorstellung, was ihn erwartete. Sie schien zu ruhen, doch ihr Gesicht war schweißgebadet, und als sie die Augen öffnete, um ihn anzuschauen, sah er selbst in dem dürftigen Licht, daß sie von dunklen Ringen umgeben waren, aber ein fahles inneres Feuer ausstrahlten.

»Ich glaube, ich könnte jetzt eine von den Pillen vertragen«, sagte sie.

Fletcher wußte nicht sofort, was er sagen sollte. Wahrscheinlich hatte er etwas Dramatischeres erwartet. Vielleicht hatte er gehofft, eingeweiht zu werden in das, was sich bisher ereignet hatte. Doch offenbar sollte dies nicht sein.

Er fingerte in der Tasche seines Parka, fischte das Plastikfläschchen heraus und öffnete die Verschlußkappe.

Kendra streckte die Hand aus. Er spürte, wie ihre Finger über sein Handgelenk strichen. Er schüttelte eine Pille in ihre Handfläche.

»Vielleicht sollte ich von jeder eine nehmen«, sagte sie.

Fletcher lächelte. Offenbar war sie aufmerksamer gewesen, als er sich vorgestellt hatte.

Sie hatte sich auf einen Ellbogen gestützt und betrachtete ihn.

»Ich weiß nicht«, sagte er schließlich. »Glauben Sie, daß die Schamanen Pillen genommen haben?«

»Ich glaube, die Schamanen waren Trottel«, entgegnete sie.

Fletcher gab ihr die zweite Pille. Sie spülte sie mit dem Wasser herunter, das sie im Orleans Grill gekauft hatte, legte sich wieder hin und schloß die Augen. Fletcher hatte das Gefühl, mehr sagen zu sollen, tat es aber nicht. Es bot sich nichts Passendes an, und sie hielt die Augen geschlossen, und schließlich kroch er durch die Tür in den Regen hinaus.

Drew Harmon kauerte dort. Das Wasser tropfte von seinem T-Shirt, denn er hatte den Parka beiseite geworfen. Er hielt etwas in den Händen, und als Fletcher sich neben ihn kniete, sah er, daß es ein Tauchermesser war. Zuerst eine Pistole, jetzt das Messer, obschon Fletcher das Messer bereits vorher gesehen hatte, denn Drew hatte es an den Stränden gelegentlich benutzt, um Holz zu schnitzen oder etwas Interessantes von einem Stein abzukratzen. Jetzt schien er die Schneide mit dem Daumen zu prüfen. »Worum ging es?« fragte er.

»Sie wollte eine Pille.«

»Hast du ihr eine gegeben?«

»Ich habe ihr zwei gegeben. Jetzt müßte sie schlafen.«

Drew Harmon sah ihn einige Sekunden an. »Sie hat einiges durchgemacht«, sagte er.

»Ja, das hat sie.«

»Das war blöd von mir, die Nachricht zu hinterlassen. Sie sagt, sie hat ihre Lebenslinien durchschnitten.«

»Davon weiß ich nichts. Der einzige, den ich gesehen habe, wurde bei einer Schießerei mit zwei Männern an einem der Bäche getötet, die wir überquert haben. Ich hatte das Gefühl, sie hat ihn dazu gebracht, sich da hineinzubegeben.«

»Eine Falle?«

»Sah so aus. Als ich dort ankam, waren sie alle tot. Alle bis auf sie.«

»Muß das Tal gewesen sein, wo sie von den Hunden gehetzt worden ist.« Er sah auf sein Messer. »Ein irrer Plan«, sagte er.

»Allerdings.«

Harmon war still und untersuchte das Messer, als sei es ein höchst rätselhafter Gegenstand. Der Anblick beschwor Kendras Geschichte herauf: die junge Frau, die auf dem Boden ihres Wohnwagens mit durchgeschnittener Kehle gefunden worden war. Kendra hatte gesagt, sie könne sehen, wie es möglicherweise passiert sei, und Fletcher sah es jetzt auch. Schließlich hatte er jene Nacht in dem Zimmer in Waikiki erlebt. Er hatte gesehen, wie der Rausschmeißer vom Dach geworfen wurde.

Die Handlung war ihm stets eher gedankenlos denn bösartig erschienen – das rücksichtslose Benehmen eines Sonntagskindes, wobei die Tatsache, daß der Rausschmeißer im Wasser gelandet war, nur einen weiteren Beweis für Harmons Glück lieferte. Doch das alles hatte sich jetzt geändert, seit dem Vorfall in einer dunklen Gasse in einem Ort ohne Belang. Fletcher wäre nicht überrascht gewesen, zu hören, daß die Frau durch ein gebrochenes Genick gestorben war, durch einen gedankenlosen Schlag, der zu hart ausgefallen war oder in ungünstigem Winkel getroffen hatte, und daß die Kehle erst danach durchgeschnitten worden war – ein fehlgeleiteter Nachtrag in den Sekunden, die der Erkenntnis folgten, daß etwas Unwiderrufliches geschehen war. Und auch dann mußte es Harmon so vorgekommen sein, als ob sein Glück andauern würde. Ein Indianer wurde eingesperrt, dann tot aufgefunden. Es mußte einen

Moment gegeben haben, in dem Drew geglaubt hatte, er habe es hinter sich, es sei nur eine zeitweilige Anomalie gewesen. Doch dann hatte seine Frau das Board gefunden und angefangen, die Kleider der Toten zu tragen, und Drew war noch einmal zum Ursprung gegangen, hatte versucht, aus der Vergangenheit Nutzen zu ziehen, die Boards zu verkaufen, sich nach Chile abzusetzen und den Mythos unberührt zu lassen. Doch jetzt war auch dieser Plan gescheitert, und Fletcher fragte sich, was als nächstes kommen könnte und bis zu welchem Grad das Glück sie alle verlassen hatte.

»Was meinst du?« fragte Drew. »Wird es ein helles Licht geben, bevor du stirbst?«

»Weiß ich nicht«, sagte Fletcher.

»Aber hast du darüber nachgedacht?«

»In letzter Zeit, ja.«

Drew lachte. »Hab ich dir jemals erzählt, daß ich in Sweet Home geboren bin?«

»Nein, hast du nicht.«

»Bin ich aber. Meine Mutter hat sich von einem Holzfäller schwängern lassen. Als sie sah, daß der Bursche sie nicht heiraten wollte, hat sie sich nach L. A. aufgemacht. Ich glaube, sie hat gedacht, sie könnte es im Film schaffen.« Er lachte wieder. »Statt dessen hat sie es in Bars geschafft. Ich bin nie zur Schule gegangen. Ihr war das scheißegal. Ich habe mich an der South Bay herumgetrieben und den Ozean entdeckt. Und dann gab es bald Leute, die mich dafür bezahlt haben, daß ich ihre Boards ritt.«

»Daran erinnere ich mich«, sagte Fletcher. »Der Rest ist Geschichte.«

Harmon blickte ihn an. »Ja«, sagte er schließlich. »Und jetzt bin ich heimgekehrt.« Mit diesen Worten stand er auf.

Fletcher tat es ihm gleich. Der Augenblick schien es zu verlangen. Einen Moment lang sah Drew ihn an, als erschiene ihm seine Gegenwart plötzlich ganz unerwartet. »Dr. Fun«, sagte Drew. Und dann war er an ihm vorbei. Fletcher kam es so vor, als ob der große

Mann ihn mit der Schulter streifte. Fletcher drehte sich um. Er sah, wie Drew Harmon sich bückte und wieder in die Schwitzhütte kroch.

Plötzlich fühlte Fletcher seine Knie schwach werden. Er wußte nicht zu sagen, ob es daran lag, daß er gerade etwas überlebt hatte, oder ob er Zeuge von etwas werden würde. In diesem Moment hätte ihn nichts überraschen können. Es hätte ein Schuß fallen können, ein Schrei hätte ausgestoßen werden können. Er hatte keine Vorstellung, was er in einem solchen Fall tun würde. Zum zweiten Mal in dieser Nacht kam ihm der Gedanke, daß er weglaufen sollte. Er könnte selbst die Hütte betreten. Er könnte vieles tun. Doch er blieb im Regen stehen, vor der tropfnassen Hütte in dem durchweichten Boden verwurzelt, als hätte man ihn dort eingepflanzt.

Die Zeit verstrich. Das Feuer im Eingang war fast erloschen. Fletcher postierte sich nahe der Öffnung. Würde es Laute der Verzweiflung geben, würden sie nicht ungehört vom Wind davongetragen werden. Doch bis auf das Platschen des Regens blieb die Nacht stumm, und wenn er sich gelegentlich umdrehte und in die Hütte spähte, war bis auf Schatten wenig zu sehen.

Es gab jedoch eine einzige Ausnahme in dieser Routine, einen Moment, in dem eine Bewegung, durch Zufall oder Fügung, mit einem plötzlichen Aufflackern des spärlichen Feuers zusammentraf; vielleicht waren die Flammen von einer Windbö angefacht, bevor sie sich wieder in den Schein glühender Scheite zurückzogen. In diesem Licht jedenfalls sah Fletcher ein merkwürdiges Bild, das, vielleicht seiner Befremdlichkeit wegen, wie durch eine Reflexion transportiert zu sein schien, ein Bild, verschwommen auf schlechtem Spiegelglas: Was er sah, war Drew Harmon. Der Mann schien, den Kopf gebeugt, auf einem Knie zu kauern. Sein Rücken war dem Eingang zugewandt. Kendra saß fast genau vor ihm. Eine Hand lag auf der Matte, die die beiden Männer für sie bereitet hatten, als wolle sie sich abstützen. Die andere schien auf dem Hinterkopf ihres Mannes zu liegen.

Fletcher wandte den Blick ab. Das Licht flackerte und erlosch. Es war ihr Augenblick. Nichts, dessen man Zeuge werden sollte. Und doch schien es ihm noch in dem Moment, in dem er sich abwandte, als wäre eine Übereinkunft erzielt, obwohl er nicht zu ermessen vermochte, wie sie zustande gekommen war und zu welchem Preis. Er wußte nur, daß sie von Blut und Vergeltung zu ihm sprach. Und indem er, allein im Regen, an diese Dinge dachte, fand er sich ganz plötzlich an diesem bizarren Stück Felsen in seine Fesseln zurückgeworfen, gefesselt an einen Vater, der schon lange zur letzten Ruhe gebettet war, an eine weit entfernte Mutter, eine Exfrau, an eine Tochter, die irgendwo, meilenweit fort, die ganze Nacht wartete. Und er fragte sich, welche Übereinkunft wohl erzielt werden könne, und für welche Sünden ihm noch Sühne abverlangt würde. Er sah einen dunkelhaarigen Jungen in rotem Flanell vor dem Wind dahingehen, und dann gelang es ihm, als er sich die Parkakapuze fest um den Kopf gezogen hatte, in der regennassen Nacht ein wenig Schlaf zu finden. Er schlief wie ein Soldat im Feld, im Angesicht eines Sturms; wie einer, der vor einem ungewissen Morgen ruhte.

41

Der Tag brach kühl und frisch an. Eine leichte Brise trug den Geruch von Kiefern, was auf ein Hochdruckgebiet über Land und ablandige Strömung hindeutete. Fletcher spürte den Wind auf seiner Wange. Er öffnete die Augen und sah ein dünnes Farbband, das sich im Osten über dem Küstenstreifen ausbreitete.

Die Schwitzhütte war still. Als er sich umwandte, um hineinzuschauen, entdeckte Fletcher, daß jemand ein Handtuch vor den Eingang gehängt hatte. An dessen Rändern war nichts außer Schwärze zu sehen. Langsam stand er auf, steif bis auf die Knochen. Wasser rann aus winzigen Pfützen, die sich in den Falten seines Parka gebildet hatten. Als er sie ausschüttelte, hörte er jemanden über das Gras kommen. Er fuhr zusammen, sah dann aber, daß es Drew war. Der Mann trug ein T-Shirt, Jeans und Stiefel. Die Kleider waren naß und voller Schlamm und in dem frühen Licht von einer einzigen Farbe. Das lange Haar war naß und verfilzt, ebenso wie sein Bart. Wie er sich so durch das knöchelhohe Gras bewegte, hätte man ihn auch für etwas ganz und gar nicht Menschliches halten können. Fletcher sah, wie der große Mann mit gemessenem Schritt über den alten Friedhof auf ihn zu kam.

»Auf geht's!« sagte Drew, als erwarte er tatsächlich, daß Fletcher für ein neues Abenteuer startbereit sei. »Wir haben ablandiges Wasser. Und rate mal, was noch.«

Jetzt spürte Fletcher es. Die Wellen. Sie brachen sich ganz in der Nähe. Man spürte ihre Detonationen durch den Boden, als rumpelten große Maschinen über die grasbewachsenen Klippen. Er hätte wieder zwölf sein und am Strand von Salt Creek zelten können. Es war der gleiche Reiz. Der Geschmack von altem Metall hinten im Hals.

Nur, daß er natürlich nicht zwölf war, und Salt Creek war lange her. Er hatte keine Vorstellung, wie lange er geschlafen hatte oder wann Drew aufgebrochen war, um die Klippen abzuwandern; wahrscheinlich, dachte er, kurz vor dem ersten Licht.

»Wie geht es ihr?« fragte Fletcher. Harmon blieb stehen und sah ihn an, als überrasche ihn die Frage. »Sie wachte gerade auf, als ich losgegangen bin«, sagte er schließlich. »Sie hat nach mehr von den Pillen gesucht, die du ihr gegeben hast.«

Drew war jetzt bei ihm. Die beiden Männer standen vor der Hütte, als die ersten Sonnenstrahlen auf der schwarzen Oberfläche einer Felsspitze zersplitterten.

»Ich bin gerade unten gewesen, um mich umzuschauen«, sagte Drew. »Die Riffs, von denen ich euch erzählt habe, nördlich vom Hoof. Man kann die Breaks von hier aus nicht richtig sehen, aber man kann sehen, was da draußen ist, Kordsamt bis zum Horizont.«

Damit meinte er Dünungslinien, die wiederum auf Wellen hindeuteten, und trotzdem hatte Drews Stimme in Fletchers Ohren einen merkwürdigen Beiklang. Es war, als fragte der Mann, anstatt zu erzählen, vielleicht bettelte er sogar darum, daß Fletcher diesen Augenblick mit ihm teilte, seine Begeisterung für ablandige Strömung und blauen Kordsamt und Secret-spots teilte, als könnten sie beide auf diese Weise die Uhr zurückdrehen. Bloß ein Junge von der South Bay und einer vom guten alten Huntington Beach, hoch auf den Wellen und ohne jede Reue.

Fletcher war davon durchaus bewegt. Zu diesem Zeitpunkt war für ihn ganz einfach nicht klar, wieviel er noch zu geben hätte und wieviel für immer dahin war. »Würde ich gern sehen«, sagte er.

Drew gab keine Antwort. Er ging zu der großen Nylontasche, die jetzt wieder draußen stand. Fletcher sah, daß sie Neoprenanzüge enthielt – und die alte Minolta in dem wasserdichten Gehäuse, mit der er R. J. und Drew Harmon an dem Ort geschossen hatte, den sie Donnerbucht getauft hatten. Dann drehte er sich um und ging hinein.

Kendra war tatsächlich wach. Sie hatte die Finger hinter dem Kopf verschränkt und die Knie an sich gezogen. Sie drehte sich um, als Fletcher in die Hütte kam. »Haben Sie noch mehr von den Pillen?« fragte sie.

»Sie sollten damit nicht so leichtfertig umgehen«, sagte er. »Nehmen Sie erst wieder welche, wenn Sie etwas Richtiges gegessen haben.«

»Es gibt Wellen«, sagte sie. »Drew wird surfen wollen. Er wird Fotos von Ihnen wollen.«

»Ich glaube nicht, daß er sie jetzt braucht.«

Sie sagte etwas Merkwürdiges zu ihm: »Er braucht Sie.«

Fletcher wußte nicht, was er sagen sollte, aber dann ersparte die Frau es ihm. »Ich weiß«, sagte sie, »aber ich meine, Sie sollten es tun. Es wird ihm etwas bedeuten, Sie bei sich zu haben.« Sie sah an die

Decke, und Fletcher dachte erneut über die kleine Szene nach, die er im Licht des Feuers gesehen hatte, falls er nicht geträumt haben sollte. Aber natürlich fragte man nicht nach solchen Dingen. Nicht einmal Fletcher, der in mehr Dinge eingeweiht worden war, als er es sich ausmalen konnte, als er sich in Begleitung von Sonny Martin und Robbie Jones von Los Angeles aus aufgemacht hatte. Damals hätte er den Charakter der Ereignisse, deren Zeuge zu werden er aufgefordert worden war, nicht einmal vermuten können, ebensowenig wie er seine eigene Rolle darin hätte erahnen können, denn ganz gewiß hatte er eine Rolle eingenommen. Er war jetzt Teil des Dramas, und ihm schien, daß nun ein weiterer Akt gezeigt werden würde. Er lauschte den fernen gedämpften Explosionen der Bigwaves. Er sah im frühen Licht, wie Drew Harmon sich vor dem Eingang in einen Neoprenanzug zwängte.

»Ich werde schon klarkommen«, sagte sie ihm. Sie sagte das als Antwort auf eine Frage, die er noch stellen mußte. »Und außerdem wird es nicht lange dauern.«

»Viel Film ist nicht mehr da.«

»Sehen Sie.«

Er wollte hinausgehen, als sie eine Hand auf seinen Arm legte. »Sie haben mich einmal etwas gefragt«, sagte sie. »Oder vielleicht auch nicht. Ich erinnere mich jetzt nicht, aber ich schätze, es macht sowieso keinen großen Unterschied.«

»Ich habe keine Ahnung, wovon Sie sprechen«, sagte er.

»Der Mann in den langen Unterhosen. Da, wo Sie mich gefunden haben. Sie wollten, glaube ich, wissen, was er vorgehabt hatte. Ich habe Ihren Blick gesehen. Das war es. Ich habe Sie mit dem Schlauch gesehen, als Sie versucht haben, etwas zu erraten. Habe ich recht?«

»Mein Gott«, sagte er. »Daß Sie sich daran erinnern.«

»Habe ich recht?« wiederholte sie.

»Ich denke schon.«

Er spürte ihre Finger, die jetzt stärkeren Druck auf seinen Arm ausübten. »Es ist in den Bäumen«, sagte sie. »Das Geld ist in den

Bäumen. Und ich möchte nicht, daß Sie das vergessen. Kann ich jetzt noch zwei von den Pillen haben?«

Er gab sie ihr und beugte sich vor, um sie auf die Stirn zu küssen.

»Es wird nicht lange dauern«, sagte er.

»Ich weiß«, sagte sie.

Drew wartete im Gras auf ihn. Die Holz-Guns waren auch dort. Sie lagen, Seite an Seite, auf ihren Decks. Eines war das Board, das Harmon die ganze Zeit geritten hatte, das andere war das, das Fletcher am Abend des zweiten Tages in der kleinen Bucht geritten hatte. Harmon hatte seinen Anzug jetzt an. Er hielt die alte Minolta in der Hand, und als Fletcher zu ihm trat, streckte er sie ihm entgegen, damit er sie nähme.

»Eins wollte ich dir noch sagen, Doc«, sagte Drew. »Über deinen Film. Gequirlte Kacke.« Er grinste, als Fletcher die Kamera nahm. »Dein Handwerkszeug. Der Rest von dem ganzen Mist.«

Fletcher stand da, die Kamera in den Händen, und hinter ihm ging die Sonne auf. Ihm war klar, wenn er Fotos machen wollte, müßte er es machen wie in der Bucht, vom Deck des Boards, das er jetzt betrachtete: zehn Fuß Balsa und Redwood im regennassen Gras. Er konnte nicht behaupten, keine Angst zu haben. Er nahm an, daß das Meer hier ohne den Schutz durch Devil's Hoof turbulenter sein würde und die Strände den Wellen stärker ausgesetzt. Seit der Junge ertrunken war – und er selbst beinahe auch –, war er nicht mehr in rauhem Wasser gewesen. Drew schien zu ahnen, was er dachte. »Wenn du willst, kannst du dort von den Felsen aus schießen, Doc. Natürlich kriegst du dann nicht viel ...«

Fletcher unterbrach ihn. »Wie viele Anzüge sind in der Tasche?«

»Müßten noch zwei übrig sein. Deiner und Robbies.«

Fletcher nickte. Unter Drews Blick zog er einen der Anzüge aus der Tasche und begann, ihn mit einem Taschenmesser aufzutrennen.

Harmon sah mit großem Interesse zu.

»Ich hatte mal diese Idee«, sagte Fletcher, »schon lange her. Sieht so aus, als könnte man sie genausogut jetzt gleich ausprobieren.« Er hatte die Absicht, die Hülle des Neoprenanzugs wie ein Gummiband zu benutzen, um die Kamera auf dem Deck des Boards zu befestigen. Dann brauchte er sie nicht mit dem Kinn festzuhalten, so daß er eine bessere Position fürs Paddeln hätte.

Als Harmon sah, worauf er hinauswollte, verzog sich sein Gesicht zu einem zerklüfteten Grinsen. »Und mir haben sie gesagt, du wärst völlig durch den Wind«, sagte er.

Fletcher zog das Gummistück über das Board und schob dann die Kamera darunter, bis sie fest saß. Dann zog er sich aus, zwängte sich in einen klammen Neoprenanzug und stellte sich aufrecht, Auge in Auge mit Drew Harmon. Er steckte sich das Board unter den Arm, spürte sein Gewicht und die Railkante an seiner Handfläche. »Scheiß drauf«, sagte er. »Gehn wir surfen!«

Der Morgen ging ihnen voraus und schenkte dem Himmel Licht. Die vom Regen gewaschene Luft war voll vom Geruch nach Erde und der Nähe des Meeres.

»Du mußt wissen, man kann ihr nicht immer glauben, was sie erzählt«, sagte Drew. Er sah Fletcher an, während er sprach, und Fletcher antwortete nicht. Nebeneinander gingen sie weiter, die Augen auf den Himmel und die Kante der Klippe gerichtet.

»Es ist eigentlich nicht ihre Schuld. Die Männer waren oft nicht gut zu ihr. Hat sie dir von ihrem alten Herrn erzählt?«

Fletcher wollte schon verneinen, besann sich aber. »Sie hat etwas davon gesagt, ihres Vaters Tochter zu sein«, sagte er.

»Ja, das glaubt sie zumindest. Es ist nicht immer leicht zu begreifen. Jedenfalls hat der Mann, soweit ich weiß, einen Großteil seines Lebens in der Klapsmühle verbracht. Er hat Kendra mit zu Séancen genommen. Sie war damals ein kleines Kind. Hat sie sogar einmal exorziert. Ich hab sie gefragt, wie das war. Sie hat mir gesagt, sie hätten die gleiche Trickkiste wie sie.« Drew schüttelte den Kopf. »Sie ist komisch«, sagte er. »Das muß man ihr lassen.«

»Sie ist mehr als komisch«, sagte Fletcher.

Harmon schien das zu bedenken. Schließlich nickte er. »Ja, das ist sie«, sagte er. »Wenn der Alte jedenfalls gerade nicht im Irrenhaus war oder zu Séancen ging, war er hinter Frauen her und spielte.«

»Er war also nicht nur schlecht.«

»Er hatte seine guten Seiten. Natürlich hat er reichlich verloren. Am Ende steckte er zwischen Pest und Cholera. Anscheinend ist es zu einem Wettrennen gekommen: Wer würde ihn zuerst kriegen: Die Männer in den weißen Jacken oder die Kniebrecher? Eines Abends sagt er also seiner Frau, daß er in die Scheune geht, um die Pferde zu füttern. Doch er steckt sich eine Flinte in den Mund. Als er nicht zurückkommt, geht Kendra hinaus, um nachzuschauen. Sie findet ihn in der Scheune. Damals war sie zwölf. Der nächste, ihr Stiefvater ... ich nehme an, er war irgendwie pervers. Die alte Dame hatte wirklich ein Händchen. Hätte ich das damals schon gewußt, hätte ich das kleine verschlagene Miststück selbst umgepustet.«

»Wie hast du sie kennengelernt?«

Drew antwortete nicht sofort. Es war, als führte er sich die fragliche Zeit vor Augen, um sie für einen Moment ohne einen Kommentar zu untersuchen. »Ich war auf einer Promotion-Tour an der Ostküste«, sagte er schließlich. »Ich hab nach einem Boot gesucht. Ich hatte von einer Brandung gehört, für die man eines braucht. Ihr Stiefvater hat eins vermietet. Ich hab es mir angesehen. Und da war sie. Um dir die Wahrheit zu sagen: Ich glaube, sie ist bloß mit mir weggegangen, um dem Alten ans Knie zu pinkeln.«

Sie hatten jetzt das Ende der Grasfläche erreicht, und Drew führte sie in eine steile Schlucht, in der Sträucher und eine besondere, vom Wind geformte Gattung von Krüppelkiefern wuchs, und der Ozean lag sichtbar vor ihnen, die gerippte Oberfläche wie eine große Scheibe gewelltes Metall direkt am Fuß der Klippen. Für einen Moment blieben die Männer stehen, um den Blick aufzunehmen.

»Ich schätze, ich sollte dich was fragen«, sagte Drew. »Sie hat mir gesagt, daß ihr beide die Nacht in einem Schuppen verbracht habt. Irgendwas passiert, das ich wissen sollte?«

»Sie wollte, daß ich sie halte.«

»Deine Hand auf ihren Bauch legst. Hier.« Er legte seine Hand auf seinen Bauch.

Fletcher nickte.

Drew nickte auch. »Hast du dich in sie verliebt?« fragte er.

Fletcher dachte darüber nach. »Ich glaube ja.«

Harmon sah ihn an und lachte dann. »Eins muß ich dir sagen, Doc, deinen Mangel an Urteilskraft habe ich schon immer bewundert.«

»Na ja«, sagte Fletcher. »Ich schätze, jeder Mann will bewundert werden, wenn er im Leben vorankommt.«

»Ach, komm schon, Doc. Ich bin doch auf deiner Seite. Du mußt wissen, daß Peters einen anderen schicken wollte. Du weißt doch, warum ich dich haben wollte, oder?«

Fletcher rechnete damit, daß die Antwort automatisch kommen würde.

»Sieh dich doch um, Kumpel. Sonny ist weg. Robbie ist weg.« Wieder lachte Harmon, und es lag keine Bosheit darin. Er lachte so, wie man manchmal lacht, wenn man die Dinge so sieht, wie sie sind. »Sieh dich um, wer noch hier ist. Die anderen kleinen Pisser ...« Er schaute zum Meer und tat sie mit einer Handbewegung ab. »Sie haben nur eins im Sinn: den Scheck.«

»Ein Scheck wäre doch nett«, sagte Fletcher.

Drew Harmon sah ihn an. »Quatsch, Doc, du wüßtest doch mit einem Scheck gar nichts anzufangen, wenn du einen hättest – genausowenig wie ich.«

Danach gingen sie weiter, einen letzten steilen Abstieg, in dem sie mehr klettern als gehen mußten. Als sie diesen Teil des Weges – wenn man ihn denn so nennen konnte – bewältigten, bemerkte Fletcher zum ersten Mal, daß sich Drew sein Tauchermesser, das er bisher im Rucksack transportiert hatte, um die Wade geschnallt hatte. Vorher hatte er noch nie gesehen, daß Drew das Messer im Wasser trug, und er konnte sich nicht vorstellen, welchen Nutzen es ihm jetzt bringen würde, es sei denn, er hätte vielleicht vor, nach seinem Mittagessen zu tauchen, bevor sie zum Strand zurückkehrten. Fast hätte Fletcher ihn danach gefragt, aber sie waren gerade an einer besonders heiklen Stelle des Abstiegs, und als sie dann ein flaches Felsstück oberhalb eines schmalen Sandstrands erreichten, wurde seine Aufmerksamkeit vom Meer unter ihnen angezogen, und er vergaß das Messer.

Es war ein Break von beeindruckender, aber nicht außergewöhnlicher Schönheit, eine von Granit umgebene seichte Bucht. Drew Harmon schien sie voller Begeisterung zu betrachten und erklärte sie zur Königin der Küste.

Fletcher sah nur einen hufförmigen Meeresarm, vielleicht eine Meile breit und eine halbe Meile tief, an deren äußerstem Rand Swell-lines zu sehen waren, die sich über die Landzunge spannten. Solche Lines hatten sie während der letzten beiden Abschnitte ihres Abstiegs beobachtet, ein verlockendes Auf und Ab in der Oberfläche des Ozeans, gesprenkelt vom Sonnenlicht, das Produkt eines wärmeren Himmelsstrichs. Aus der Nähe jedoch konnte man entdecken, was aus diesen Lines wurde, wenn sie das Riff fanden, und es war in Fletchers Augen kein hübscher Anblick. Er sah in ihnen das, was sie waren – kalte, erbarmungslose, trübe Anhäufungen dunkelgrünen Wassers, als hätten die Klippen sich mit der See vereint und ihr Sproß wäre dann zischend und krachend auf das spiegelglatte Wasser des felsigen Meeresarms losgelassen worden. Fletcher nahm an, daß er einen Laut ausstieß. Er konnte nicht genau sagen, was es war. Er spürte die Präsenz des großen Mannes, der lächelnd neben ihm stand.

»Da rollt sie«, sagte Drew. »Viel hübscher geht es nicht.«

Fletcher schaute auf die Felsen und die Wellen, die sich dort brachen. Keine von ihnen schätzte er höher ein als die, die sie an der

Flußmündung gesehen hatten. Vielleicht waren sie sogar weniger groß, und wenn er noch Zweifel an der Richtigkeit von Kendras Geschichte gehegt hätte, wäre der Anblick des Breaks vor ihm Grund genug, sie zu zerstreuen. Denn wenn ihm dies als das Ende ihrer Reise dargeboten wurde, dann war ihm klar, daß die Reise niemals dem Ort gegolten hatte. Es war eine Reise in die Vergangenheit oder zu etwas darin gewesen, und sie würde nie zu einem Ziel kommen, das diesen Namen verdiente.

Der Pfad führte zum Strand. Während sie weitergingen, klärte Drew ihn über Strömungen und Line-ups und die Lage der Felsen auf. Sie gingen zusammen hinaus, schoben sich durch den Shorebreak, durchquerten Rauchglasflächen, als die äußeren Sets die ersten Lichtstrahlen einfingen und schimmerten, als sie sich hoben und streckten und nur darauf aus waren, daß jemand sie ritt, um sie wirklich zu machen.

Sie paddelten ein kurzes Stück nebeneinander und trennten sich dann. Jeder suchte sich einen Orientierungspunkt, der seinem Zweck diente. Die Wellen kamen wie zweigeschossige Gebäude, die zwanzig Knoten machten. Sie krümmten sich um die Landzunge, dienten den Granitwänden als Spiegel, explodierten auf den spiegelglatten Flachstücken.

Schon bald war Fletcher von seinem Vorhaben wie gefesselt, der Kitzel der Jagd hatte wieder von ihm Besitz genommen, und er konnte wirklich nicht behaupten, daß es ihm leid täte, mitgekommen zu sein. Nur den Tod des Jungen bedauerte er, und er sah, was folgen würde. Es würde Vergeltung geben, und es würde Arbeit geben. Die Landschaft selbst verlangte danach, und er richtete seine Kamera auf die Wellen. Er sah sie, von Granitklippen gerahmt, deren stahlgraue Oberflächen auf dem Meer ihr Spiegelbild fanden.

Der Himmel färbte sich zu einem blassen Blau, als Fletcher Drew Harmon beobachtete, wie er die erste Welle nahm. Er sah, wie der Mann die Face der Spiegelwand hinabpaddelte, und sah ihn in einer einzigen fließenden Bewegung auf die Füße springen, in drastischem Kontrast zu der Art, wie er sich auf dem Trockenen bewegte. Er sah durch sein Objektiv, als der Surfer einen tief einschneidenden Bottom-Turn fuhr, der einst sein Markenzeichen gewesen war und auch jetzt noch vor Schönheit strotzte, perfekt abgestimmt und ausgeführt. In der Tat vollführte er alle seine Bewegungen mit Präzision und Kraft. Es gab keine Lip-Bashes oder Floater, keines von den Manövern, die man fährt, um bei Surfwettbewerben Punkte zu machen, und auch wenn diese Wellen für solche Kunststückchen ein bißchen zu groß waren, konnte man sehen, daß so etwas nicht sein Stil war. Dies war zu pur und zu rein, um billige Schauelemente zuzulassen, und in den Bewegungen war etwas, das zu sehen Fletcher das Herz brach. Es war eine Verfügung, ein letzter Wille, ein Testament, geschrieben auf der wässrigen Oberfläche der Welt, und es gab keinen anderen Zeugen als Fletcher selbst, und er sah sich in ihrer Gegenwart erniedrigt, denn das hier war das Ding an sich.

Fletcher schoß während des ersten großen Drops und beim Turn. Er paddelte ein paar Meter nach links, um in eine bessere Position zu kommen, als die Welle sich auf einem Kessel innen brach. Er schwenkte schnell die Kamera, als Drew die Section ansteuerte, und es schien ihm ein gutes Zeichen, als wären die beiden in synchroner Bewegung. Er spähte durchs Objektiv, und noch als er zu schießen begann, sah er Drew Harmon fallen. Er ging von seinem Inside-Rail in die Face der Welle, und Fletcher hielt das für einen merkwürdigen Mißgriff, sowohl was die Stelle, als auch was die Haltung anging, und er sah deutlich, daß der auf diese Weise gefallene Surfer von der Welle auf die Face hochgesaugt und über die Falls abgeworfen wurde. Und in diesem Moment war ein scharfer, knallender Laut zu hören, der über dem Wasser widerhallte und sich zwischen den Wänden aus Stein fing, und als Fletcher ihn hörte, wußte er, was es war, ohne Zweifel und ohne daß er Bestätigung brauchte. Er wußte, was es war, und er wußte, warum Harmon gestürzt war. Er war gestürzt, weil man auf ihn geschossen hatte.

42

Kendra war in der Schwitzhütte. Sie durchstöberte die Männerkleider, als sie Drews Buch fand. Sie hatte zu tanzen aufgehört. Die kleinen Pillen, die der Doktor ihr gegeben hatte, waren genau das richtige, und sie wollte mehr davon haben. Und dann fand sie das Buch. Zuerst legte sie es beiseite und fuhr fort, die Kleider zu durchstöbern. Schließlich fand sie in der Tasche von Jack Fletchers Parka, was sie suchte. Leider waren nur noch drei übrig. Sie nahm sie für sich. Sie nahm an, es würde dort, wo sie herkamen, noch mehr geben, und der Doktor würde zwar wütend sein, wenn er entdeckte, daß sie fort wären, aber er würde ihr gewiß verzeihen. Er war eine Seele von Mensch, dachte sie. Er würde es wissen. Als sie sie genommen hatte, griff sie nach dem Buch und setzte sich im frühen Licht an den Eingang der Schwitzhütte.

Sie konnte nicht sagen, daß sie überrascht war von dem, was sie fand, nicht im Licht dessen, was sich ereignet hatte. Und sie konnte auch nicht behaupten, nicht davon bewegt zu sein. Denn hier stand alles. Sie fand es in seinen sorgfältigen Aufzeichnungen, in seiner Beschreibung von Orten und Wellen, in der Auflistung von Gezeiten und Intervallen, von Boards, die er geritten hatte, von Begleitern, wenn es einmal welche gab. Für jemanden, der Augen zu sehen hatte, stand alles da. Denn Drew hatte auch den Tagesanbruch eingetragen. Und er hatte ihn im voraus eingetragen, in den Stunden vor dem Morgengrauen.

Er hätte auf dem Friedhof nördlich von Neah Heads gecampt, hatte er geschrieben, mit seiner Frau und Jack Fletcher, einem alten Freund und Fotografen. Der Swell war stark, erzeugt von einem großen Wintersturm und mit Intervallen von fünfundzwanzig Sekunden. Ihm war ein kleines Tiefdruckgebiet vorangegangen, das ihnen die ganze Nacht Regen beschert hätte, das seiner Erwartung nach aber am Morgen verschwunden sein würde. Er war froh, mit Freunden zusammenzusein, denn er sah dies als seine letzte Session an. Er bedauerte, daß er anschließend keine Details mehr schildern könne, denn er glaubte, es würde ein epischer Morgen werden, und er beabsichtigte, so viele Wellen wie möglich zu reiten. Er ritt ein neues Board, an dem er das Tail gestreckt und die Finne versetzt hatte, und er freute sich darauf, zu sehen, wie diese Veränderungen die Eigenschaften seiner Konstruktion in Wellen von einigem Format beeinflußten. An dieser Stelle hörte Kendra Harmon den ersten Schuß.

Sie ging von der Schwitzhütte über die Grasfläche und kam zu dem Fußweg. Sie erreichte die Klippen, schaute auf das spiegelglatte Wasser hinab, und sie konnte die beiden Surfer sehen. Und sie sah auch das andere, eine dunkle, im Wasser kreisende Gestalt.

Sie hörte einen zweiten Schuß und sah unterhalb ihrer Position den kleinen, dünnen Indianer, den Jungen mit der Flinte, den sie nicht als große Bedrohung angesehen hatte. Er stand mit dem Rükken zu ihr, und bevor er noch einmal feuern konnte, hatte sie einen Stein aus der Erde gegraben und nach ihm geworfen.

Er traf ihn zwischen den Schulterblättern, und als er sich umdrehte und sie auf dem Pfad über sich sah, verzerrte sich sein Gesicht, und er trat rückwärts auf den Abhang zu. Sie nahm weitere Steine und ging werfend den Pfad hinab. Der Gedanke, daß sie erschossen werden könnte, kam ihr erst gar nicht. Einige der Steine verfehlten ihr Ziel. Einige trafen. Der Junge rannte. Er lief jetzt bergauf, in Richtung Friedhof, aber ohne einen erkennbaren Weg unter den Füßen. Er rannte zwischen Steinen und Sträuchern und stolperte im Laufen. Kendra beobachtete ihn. Sie sah, wie er das Gras erreichte, und dort fand ihn auch Sheriff Blacklage.

Kendra sah von ihrem Standort beide Männer. Sie sah, wie der junge Mann sein Gewehr hob. Sie sah, wie der Sheriff seine Waffe zog. Sie sah, wie beide Männer schossen und ihr Ziel verfehlten. Der Sheriff ging weiter, der Junge auch, beide feuerten und verfehlten ihr Ziel, und als sie sich so nahe gekommen waren, daß sie sich hätten anspucken können, sah sie, wie der Sheriff seine 45er neben dem Kopf des Jungen hochbrachte, und sie sah, daß der Junge sich wie ein Blatt im Wind zusammenknüllte.

Dann kam ihr der Gedanke, daß sie ihn lebend gesehen hatte, wo sie ihn doch hätte tot sehen müssen. Sie hatte seine Lebenslinie durchschnitten, und er war noch am Leben, was sie darauf schließen ließ, daß sie es wohl doch nicht gewesen war. Vielleicht war es alles schlicht Glück gewesen. Oder vielleicht hatte sie gefunden, weswegen sie gekommen war. Sie hatte den anderen Schmerz gefunden, und es war Drews Schmerz. Und da schreckte sie auf und drehte sich zum Meer um. Aber sie konnte nicht ertragen, was sie dort sah. Sie schwankte mit dem Wind, benommen von Pillen und Hungergefühlen. Wenn sie wollte, dachte sie, könnte sie sich einfach aufmachen. Der Wind würde sie mitnehmen. Er würde mit ihr tun, was er wollte, und deshalb geschah es mit einem gewissen Grad an Willenskraft, daß sie bestimmte, es solle anders sein. Ihr Leben gehörte zum Land. Die See lag hinter ihr.

43

Fletcher sah Drew Harmon noch einmal. Er sah ihn auf seinem Board, mit eigenartig gebrochener Bewegung paddelnd. Und vor Drew sah er noch etwas. Er sah zwei Seelöwen in großer Eile, deren schmale Köpfe durch die Wasseroberfläche brachen. Die Tiere bewegten sich so schnell, daß sie kleine V-förmige Kielwellen erzeugten. Fletcher sah auf die Kielwellen, als etwas gegen sein Board stieß, und obwohl er ähnliches noch nie gespürt hatte, wußte er instinktiv, was es war.

Für einen Moment blieb er reglos auf der Stelle. Der Hai, zweifellos vom Blutgeruch angelockt, war gekommen, um es mit ihm zu versuchen. Fletcher hatte zwei Möglichkeiten: paddeln oder treiben lassen. Da er es nicht über sich brachte, die Arme ins Wasser zu stecken, entschied er sich fürs Treibenlassen. Eine Wahl aus Mangel an echter Alternative. Er wartete, während eine dunkle Urintelligenz unsichtbar in der Tiefe kreiste, und dann sah er, wie Drew Harmon spurlos verschwand.

Eine Set-Welle donnerte auf die Bucht. Drew tauchte wieder auf, an das Deck seines Boards geklammert. Mann und Board schossen wie ein Korken vom Grund einer wassergefüllten Schüssel aus der Tiefe empor. Von Blut rosa gefärbte Gischt spritzte einen bunten Bogen vor den Himmel. Zwischen Fletcher und Drew tauchte eine Rückenflosse aus dem Wasser. Die Flosse maß einen guten halben Meter. Und dann kam der Hai hoch. Der große Buckel seines Rükkens erschien. Fletcher sah, wie sich das Wasser vor ihm teilte und weißgekrönte kleine Wellen in seinem Kielwasser schäumten. Für einen Moment schwamm der Hai direkt auf ihn zu. Plötzlich drehte er ab und zeigte ihm einen Teil seiner Kieferpartie. Ein großes, starres Auge. Er rollte auf ihn zu und dann von ihm weg, eine blendende 180-Grad-Wende. Er sah das Aufblitzen einer Schwanzflosse. Er hob den Arm, wurde von dem Hieb erwischt und von seinem Board geschmettert.

Er dachte, jetzt würde der Hai ihn holen. Er öffnete die Augen, blickte in eisiges Grau und wartete auf den Angriff. Nichts kam. Er trieb an die Oberfläche. Das Holz-Gun schwamm ganz nahe. Er erreichte es mit einem Schwimmstoß, zog sich wieder auf das Deck und wartete immer noch darauf, es zu spüren. Den tödlichen Griff am Bein, das Ding, das ihn holen würde. Das Meer war leer. Nichts außer dem Sonnenlicht auf dem Wasser. Keine Rückenflossen. Und keine Spur von Drew Harmon oder seinem Board. Es war, als hätte es nie existiert.

Er hörte die Explosion der Welle in nächster Nähe. Er drehte sich um und entdeckte, daß sein Intermezzo mit dem Hai ihn in gefährliche Nähe der Brandungszone gebracht hatte. Er sah, wie sich eine riesige Welle auffächerte und brach. Eine mannshohe Wasserlinie donnerte auf ihn zu. Es gab keine Chance, dagegen anzukämpfen. Keine Möglichkeit, sich unter sie oder durch sie hindurchzustoßen. Er konnte sich von ihr überrollen lassen oder sich Richtung Strand drehen und hoffen, mit ihr zu schwimmen, und genau das tat er. Er schob das Board so weit er konnte unter sich nach vorn, um die Nase des Boards über Wasser zu halten, und klammerte sich ein gutes Stück hinter dem Mittelpunkt an die Rails.

Das Weißwasser traf ihn in einer Explosion aus Licht und Kälte. Es hämmerte auf seinen Rücken, preßte seine Rippen auf das Board, trieb ihn aber auch mit hohem Tempo vorwärts und gab ihm so zu verstehen, daß er weit genug vor der Welle war, daß er sie bis zum Strand reiten würde.

Er zog sich auf dem Board nach vorn und strich jetzt sauber über das Wasser. Der turbulente Teil war hinter ihm, der Strand kam näher, und allmählich spürte er, wie das Weißwasser seinen Griff lockerte. Er konnte jetzt im Sprint paddeln, über die innere Felsenbank und in den Trog, der sich ganz kurz vor dem trockenen Sand am Strand entlangzog. Angesichts dessen, was gerade passiert war, war es zweifellos die einzig angemessene Handlungsweise. So etwas nannte man vernünftiges Verhalten. Er kippte das Board auf ein Rail hoch, drehte eine Rolle und ließ das Weißwasser vorbeirollen. Er richtete sich auf und sah zum Horizont und der Stelle zurück, von der er gekommen war.

Um ihn herum schäumte noch immer Weißwasser. Der Himmel war in Licht gebadet und von dem Dunst erfüllt, der durch die Kraft der Wellen erzeugt wurde. Ferne Lines schälten sich um die Landzunge und weiter zu den Stränden unterhalb der Klippen. Von Drew Harmon war noch immer nichts zu sehen. Kein Anzeichen, daß jemand auf die Küste zu paddelte. Fletcher schaute zu den Klippen, aber dort war nichts zu sehen. Er zog die Kamera aus ihrer Gummitasche, in der sie wie durch ein Wunder steckengeblieben war. Er richtete sie auf die Klippen und musterte das Gelände durchs Objektiv. Nichts außer Gestrüpp und Steinen.

Er hatte eine Entscheidung zu treffen. Er glaubte nicht, daß er Drew Harmon wiedersehen würde. Aber sicher konnte er nicht sein. Er konnte nicht sicher sein, daß der Mann nicht dort draußen war, sich in den Sets drehte und Hilfe suchte. Und er konnte nicht sicher sein, daß der Hai nicht dort draußen war. Ebensowenig wußte er, ob derjenige, der auf sie geschossen hatte, noch auf den Klippen war. Er könnte beschossen werden. Oder gebissen. Er könnte sein Board verlieren und ertrinken. Das Problem war, daß er sich ewig fragen würde, wenn er nicht nachschaute. Der Junge auf seinem Gewissen war genug, und am Ende war es dieses Bild, das ihn antrieb, der dunkelhaarige Junge in seinem roten Flanellhemd, allein auf der Face der Welle. Er paddelte zum Strand, um den zweiten Neoprenanzug und die Kamera dort abzulegen, und dann packte er das große Balsa-Gun mit den Stringers aus Redwood, das aus dem Herzen uralter Bäume herausgeschnitten war, und paddelte mit aller Kraft, schob das Board durch den Shorebreak und steuerte dann die Wellen und das ferne Riff an und was er dort sonst noch finden würde.

Eine Stunde lang kreiste er dort in Kälte und rollenden Wellen, paddelte durch die äußeren Sets und dann wieder zurück. Er rief Drews Namen, doch niemand antwortete. Es war kein Hai zu sehen. Und keine Schüsse mehr zu hören. Der Morgen war ruhig, und er war allein mit den Wellen.

Auf dem Felsplateau erwartete ihn ein korpulenter Indianer. Der Mann trug militärisches Leinen und eine Pilotensonnenbrille. Wie Fletcher bemerkte, hielt er die Pistole und den Gürtel, die Drew in der Schwitzhütte zurückgelassen hatte, in der Hand. »Ich hätte nichts tun können«, sagte der Mann. »Die Frau hat mir von dem Hai berichtet.«

Schweigend überquerten sie die Grasfläche. Der Cop sagte nichts über die Pistole, ebensowenig wie Fletcher. Als die Schwitzhütte in Sicht kam, begann Fletcher zu rennen, doch fand er die Hütte leer vor, die Frau war fort. Er sah, daß sie seine Pillen aufgestöbert hatte. Das Plastikfläschchen lag leer auf seinem Parka. Und noch etwas lag auf dem Parka: Drews schwarzes Notizbuch. Es war eindeutig, daß die Frau es dort hingelegt hatte, damit er es fand. Für den Augenblick ließ er es liegen und ging nach draußen.

Lange Zeit ging er dort herum, zog seine Kreise zwischen den Toten dort, so wie er unten auf dem Wasser gekreist war, während die Wellen auf die Felsen hämmerten und die Luft mit ihrem Dunst füllten, und er schleuderte seine Stimme in den Wind, bis ihm keine Stimme mehr blieb, sie zu schleudern. Der Cop beobachtete ihn aus der Entfernung, als wäre er eine Kuriosität oder etwas, das man besser in Ruhe ließ. Fletcher erinnerte sich an das Evangelium, das Drew zitiert hatte. Der Besessene zwischen den Gräbern. Er war jener Mann, dachte er, oder würde so werden. Und als seine letzten Rufe auf Land wie auf See unbeantwortet geblieben waren, ging er wieder in die Schwitzhütte und schälte sich den Neoprenanzug vom Leib. Er trocknete sich ab, zog sich an, nahm das schwarze Buch und ging hinaus. Der Cop wartete. »Sind Sie soweit?« fragte er.

Fletcher nickte. Er nahm das Balsa-Gun, das er so weit über die Strände getragen hatte, und wieder gingen die beiden Männer schweigend nebeneinander und kamen nach kurzer Zeit zu dem Redwood-Hain, wo zu Fletchers Erstaunen ein verbeulter Jeep Wrangler mit riesigen Rädern und Überrollkäfig direkt bei den Bäumen stand.

»Da konnte ich nicht durch«, sagte der Cop. Und jetzt sah Fletcher den Jungen, der mit Handschellen an den Überrollkäfig des Jeeps gekettet war. Er war ein kleiner, dünner Indianer mit einer Strickmütze und zwei schwarzen Augen. Kaum fünfzig völlig durchnäßte Kilo. Fletcher fragte, ob dies derjenige sei, der auf Drew Harmon geschossen hätte, und der Sheriff bejahte die Frage.

Der rundliche Cop hatte sich als Jerry Blacklage, Chief der Stammespolizei am Unteren Klamath vorgestellt. Jetzt fuhr er Fletcher und den Jungen, der auf Drew Harmon geschossen hatte und offenbar als Bean Dip bekannt war, über den Weg, den Fletcher am Vortag zusammen mit Kendra Harmon gegangen war. Fletcher hätte es nicht für möglich gehalten, daß man hier fahren konnte, aber dem Cop gelang es mit einer Geschicklichkeit, die man ihm nach seiner äußeren Erscheinung nicht zugetraut hätte.

Als sie das Nordende des Weges erreichten, sah Fletcher, daß der alte Dodge fort war. Er hatte bisher nicht daran gedacht, nach den Schlüsseln zu schauen, und als er es jetzt tat, fand er seine Taschen leer. Er verlor kein Wort darüber, und der Cop fuhr weiter, aber als sie auf der Holzfällerstraße waren, machte der Mann die Anmerkung, daß die Frau den Truck gestohlen haben mußte.

»Nehme ich auch an«, sagte Fletcher.

»Sie wissen vermutlich nicht, wohin sie ist?«

Fletcher sagte, er wisse es nicht, und danach fuhren sie schweigend weiter, doch manchmal waren von dem Jungen auf dem Rücksitz Laute zu hören. Fletcher hatte den Eindruck, daß der Junge weinte, hatte aber keine Lust, nachzusehen.

Am späten Nachmittag erreichten sie Sweet Home. Blacklage fuhr direkt zum Stammes-Center. Er parkte neben Fletchers Van, der am hinteren Ende des Gebäudes stand.

»Sie können zum Schlafen hier stehenbleiben, wenn Sie wollen«, sagte Blacklage. »Ich muß wegen dem hier ein paar Papiere ausfüllen und ihn dann in die Stadt fahren.«

Fletcher nickte und stieg aus. Er machte sich daran, das große Balsa-Gun von dem Überrollkäfig loszubinden, auf dem sie es transportiert hatten. »Danke«, sagte er. »Morgen früh besorge ich mir ein paar Reifen.«

»Bis auf Reifen und Fenster ist der Wagen okay. Sie haben Glück«, sagte Blacklage.

Fletcher empfand die Situation nicht als sonderlich glücklich, dankte ihm aber erneut. Er nahm das Board unter den Arm und trug es zu seinem Van. Kurz darauf war er dabei, die Glasreste aus dem Wageninneren zu entfernen, als Chief Blacklage ihn rief. Fletcher blickte auf. Der Mann stand ein Stückchen über ihm auf der Holzveranda, die das A-förmige Gebäude umgab.

»Ich denke, das hier gehört Ihnen«, sagte Blacklage.

Der Chief hielt ihm etwas entgegen, und als er die Treppe herabkam, sah Fletcher, daß es die alte Nikon in dem orangefarbenen Gehäuse war. Er streckte nicht sofort die Hand danach aus, sondern starrte sie einige Sekunden höchst verwundert an. »Wie ...« begann er, aber der Cop schnitt ihm das Wort ab.

»Ich weiß es nicht«, sagte Blacklage. »Wir sind runtergefahren, um uns um das Zodiac zu kümmern. Ein Kind ist mit dem Ding am Strand herumgerannt. Es muß angespült worden sein.«

»Ich begreife nicht, wie das möglich ist.«

Der Chief zuckte die Achseln, als hätte er wenig Interesse daran, wie so etwas möglich sein konnte. Es war möglich, und das genügte. Fletcher blieb nur die Feststellung, daß es seine Kamera war.

Fletcher nahm das Gehäuse. Das Klebeband war an einigen Stellen durchgescheuert, wo es wahrscheinlich über die Felsen gerollt war. Als er hineinschaute, sah er, daß Kamera und Film noch an ihrem Platz waren.

»Ob hier wohl«, sagte er, »ein Telefon ist, das ich benutzen kann?«

Blacklage nickte. Er führte ihn ins Stammes-Center, wo er nach nur zwei Anrufen ein Labor in Eureka ausfindig machen konnte, das in der Lage war, seinen Film zu entwickeln. Er dankte dem Chief, unterschrieb eine Quittung für seine Kamera und den Wagen und ging hinaus. Ein letztes Mal kam er an dem Jungen in dem Jeep vorbei. Er schaute nicht hinein und gab sich mit der Überzeugung zufrieden, daß er den Jungen nie wiedersehen würde, und damit sollte er recht behalten.

Am Abend las er Drews letzte Eintragung. Es war der Text, den Kendra früher am Tag gelesen hatte, als sie nach Fletchers Pillen suchte. Als er damit fertig war, saß er einige Zeit mit dem Buch im Schoß, während das Licht schwand und die Kälte durch die zerbrochenen Fenster des alten Vans kroch. Schließlich wickelte er sich in seinen Schlafsack und legte sich erschöpft hin, gewillt, zu schlafen, doch er hörte nicht auf, nachzudenken. Er dachte an das Tauchermesser, das Drew an diesem letzten Morgen an seinem Bein befestigt hatte. Angesichts der Eintragung schien sein Zweck eindeutig. Der Junge, Bean Dip, hatte nur getan, was Drew schließlich selbst getan hätte. Er hatte den Hai herbeigerufen. Und Drew Harmon, immer noch eine Legende, war hinausgezogen und an einem mythischen, geheimnisumwitterten Flecken von einem Hai geholt worden, und niemand würde jemals von der Frau mit dem Scheiß-Wohnwagen in einer kleinen kalifornischen Ortschaft mit dem merkwürdigen Namen Sweet Home erfahren. Und vielleicht würde mit der Zeit und mit einigem Glück die Frau, die er geheiratet und nach Sweet Home gebracht hatte, ihn als den in Erinnerung haben, der er wirklich war, und nicht als das, was aus ihm geworden war. Später würde er erfahren, daß Deputy Lemon von einem gewissen Art the Red Man Hancock in erbärmlichem Zustand gefunden worden war, nahe dem Campingplatz bei Neah Heads mit Handschellen an einen Baum gefesselt, und dies, schloß Fletcher, verlieh seiner Theorie eine gewisse Glaubwürdigkeit. Es war eine Fantasie, die auch von der Szene, die er in der alten Schwitzhütte auf den Klippen gesehen hatte, gestützt wurde. Doch am Ende, nahm er an, war es wirklich eine Sache der Hoffnung.

Die folgende Nacht verbrachte Fletcher auf dem Parkplatz des Fotolabors in Eureka, wo sie ihm die Dias binnen vierundzwanzig Stunden versprochen hatten. Am nächsten Tag betrachtete er sie im Warteraum, indem er sie gegen das Deckenlicht hielt und dabei durch die Lupe äugte, die zu seiner Ausrüstung gehörte. Nach einiger Zeit begannen seine Arme zu ermüden und sein Hals zu verkrampfen, aber er konnte sich nicht durchringen, sie hinzulegen.

Das Glanzstück war wirklich etwas ganz Besonderes, eines seiner besten. Ein Titelfoto, wenn er je eines gesehen hatte. Es zeigte Robbie Jones in einer zum Scheitern verdammten, aber heroischen Position, zu hoch und zu spät auf einer Neun-Meter-Face. Die Welle war hell und gut im Licht, der Himmel dahinter dunkel und rätselhaft, ein wirklich seltener Schuß, aber voller Kraft – als wäre er in einem Studio ausgeleuchtet. Man sah, wie sich die gelben Rails des Brewer-Gun und die roten Streifen des Neoprenanzugs auf dem Wasser widerspiegelten. In der dramatischen Beleuchtung sah die Welle gewaltig aus, sie begann bereits zu kippen, die Face wurde hohl, als lauere in der Grube nicht weniger als ein Loch in der Zeit. Wenn man lange genug hinschaute, spürte man den Sog mitten in der Brust, und Fletcher erkannte es als das, was es wirklich war: höchstwahrscheinlich die größte jemals gerittene Kaltwasserwelle. Der einzig nachweisbare Schuß von Heart Attacks, dem großen mystischen Surfspot des pazifischen Nordwestens, unter epischen Begleitumständen, ein Reiter im Parcours. Das Ding, für das er gekommen war.

44

Als der Cop Kendra auf dem Friedhof zurückließ, hatte er ihr gesagt, sie solle warten, aber Kendra hatte nicht die Absicht gehabt, das zu befolgen. Sie hatte Drews Eintragung gelesen. Sie hatte gesehen, wie er geholt worden war. Sie nahm an, es wäre nach seinem Geschmack gewesen. Sie vermutete, daß der Fotograf noch dort unten war. Sie nahm an, daß er sie sehen wollte. Sie selbst hatte andererseits das Gefühl, zumindest für eine Zeit mit den Männern abgeschlossen zu haben. Als sie durch das Gras hinaufging, kam sie ein weiteres Mal an dem Jungen vorbei. Der Cop hatte ihn mit Handschellen gefesselt, Fußknöchel und Handgelenk miteinander verkettet. Er lag mit dem Rücken zu ihr auf seiner Seite im Gras, und ihr kam der Gedanke, daß sie seine Lebenslinie höchst dramatisch durchtrennen könnte, wenn sie es wollte. Am Ende sah sie davon ab. Er würde leben oder sterben. Für sie bedeutete er nichts.

Auf ihrem Weg zum Ende des Pfades kam sie an einem Jeep vorbei, den sie für das Fahrzeug des fetten Cops hielt. Der Anblick spornte sie an. Denn sie hatte die Absicht, den Truck zu erreichen, bevor jemand ihrer habhaft werden konnte, und das gelang ihr auch. Am Truck angekommen, ruhte sie sich einen Moment lang aus. Die Anstrengung hatte sie benommen gemacht, sie rang nach Luft. Als es ihr besserging, sprang sie in den Truck und fuhr davon. Sie warf keinen Blick zurück. Sie hielt sich an die ausgefahrene Waschbrettstraße und kam schließlich an eine Gabelung. Eine Fahrbahn bog nach Südosten, und sie glaubte, mit Jack Fletcher auf diesem Weg gekommen zu sein. Die andere führte nordwärts, und sie entschied sich für diese Richtung. Sie folgte dem qualvollen Weg bergauf etwa eine Stunde, bis dem Truck das Benzin ausging. Dann stieg sie aus und ging zu Fuß weiter. Sie ging einige Zeit, bevor sie bemerkte, daß sie die großen Sandalen im Wagen vergessen hatte und daß ihre Füße rissig und schmutzig wurden. Doch als sie zurückblickte, war der Truck bereits fort, hinter einer Kurve verschwunden. Sie entschied sich, weiterzugehen. Von den Pillen des Fotografen war sie mehr als nur halb benommen. Das war wirklich eine tolle Sache. Aber sie war seit fast zwei Tage ohne Essen. Eine Kombination aus beiden Faktoren mußte verantwortlich sein für ihre derzeitige Geistesverfassung, für die Tatsache, daß der Weg unter ihren Füßen ihr ständig Streiche spielte, für die launenhafte Beschaffenheit der Sonne.

Nach einiger Zeit hörte sie jemanden kommen. Sie stolperte vor sich hin, konnte zu diesem Zeitpunkt kaum noch etwas sehen. Sie nahm an, daß man etwas tun müßte, daß bestimmte Maßnahmen zu ergreifen wären. Was hatte der Fotograf gesagt? So etwas nannte man vernünftiges Verhalten. Andererseits sah sie diese spezielle Straße mittlerweile als die ihre an. Da war der nächste Schritt, dann noch einer, und das war alles, und auf diese Weise schleppte sie sich weiter, bis sie auf der Spitze eines namenlosen Hügels Auge in Auge mit dem Ding selbst stand.

Es schien schimmernd vor ihr zu stehen wie ein entferntes Objekt, das man in einer Wüstenlandschaft sieht, das illusorische Erzeugnis von Hitze und Licht. Als sie den Schweiß von ihren Augen blinzelte, wurde ihr klar, daß das Ding ein Hauswagen von absurden Proportionen war, hoch und schmal, ein Cornflakes-Karton, den man auf die Seite gekippt und auf Räder gestellt hatte, und daß sie und dieses Objekt allein waren, sich auf einer erdigen Holzfällerstraße gegenüberstanden und anscheinend abwarteten, wer der erste wäre, der den Weg freigeben würde.

Sie nahm an, man müsse erneut Angst haben, aber darüber war sie hinaus. Sie blieb stehen, eingehüllt in das bleiche Winterlicht, das durch die Bäume gefiltert wurde. Sie schien in ein stummes Duell mit dem ersten Winnebago verwickelt, der von der Zeit auf Oxidation und Rost reduziert worden war.

Schließlich merkte sie, daß durch eine lehmverschmierte Scheibe ein Gesicht auf sie herabblickte, und als sie es sah, schreckte sie zusammen, denn das Gesicht war lang und dünn und von ergrauendem Haar eingefaßt. In einem ersten Impuls glaubte sie, sie hätte sich als zu schwach erwiesen, um einen Zauber aufzuerlegen, daß alles in der Gestalt von William Longtree, aus den Felsen wiederauferstanden, zu ihr zurückkäme. Doch da lehnte sich der Fahrer aus dem Fenster, und sie sah, daß der Wagen von einer Frau gesteuert wurde, und für einen Moment betrachteten die beiden Frauen einander im Herbstlicht, die eine aus dem Fenster gelehnt, die andere auf der lehmigen Straße stehend, als sei sie Lots Frau, am Rande der Stadt zur Salzsäule erstarrt.

»Sie sehen nicht gerade gut aus«, sagte die Fahrerin schließlich.

Kendra legte ihre Handgelenke an ihren Kopf.

»Na los«, sagte die Frau. »Sie können einsteigen. Ist schon in Ordnung.«

Jetzt bewegte sich Kendra zum ersten Mal. Sie ging zu einer Tür an der Seite des Wagens und zog sie auf. Sie tat es, ohne zu zögern. Sie war am Ende, dachte sie. Die Frau würde ihr helfen oder sie an die Fische verfüttern. Ihr Schicksal war entschieden.

Die Frau brachte sie in ein schmales Bett hinten im Wagen. Sie deckte sie zu. »Das kriegen wir wieder hin«, sagte sie. »Ich weiß, was zu tun ist.«

Kendra nickte. Sie sah, wie die Frau sich wieder ans Lenkrad setzte. Die Frau war wie ein Mann gekleidet, mit Jeans und Hosenträgern, eine rote Bandanna um den Hals. Kendra besah sich ihre Umgebung. Sie war von Gipshühnern und bunt bemalten Teekannen umgeben. Daneben fanden sich ausgestopfte Vögel und Steppdekken mit komplizierten Mustern. In einer Ecke hing eine Jacke aus Affenhaar, und sie war über eine geflochtene Schneiderpuppe drapiert, über deren konturenlosem Gesicht ein raffinierter roter Filzhut saß, der mit einer großen Smaragdnadel verziert war, und an dem Hals der Puppe lehnte ein Samuraischwert aus Kunststoff in einer glitzernden Kunststoffscheide.

Sie fragte sich, was diese Dinge bedeuten mochten und wohin sie wohl fuhren, aber sie war zu müde, um darüber zu sprechen. Sie fuhren irgendwohin, und das war gut genug. Sie ruhte in dem festen Glauben, daß mit der Zeit alles offenbart werden würde.

Als Kendra das nächste Mal die Augen öffnete, sah sie, daß sie in einem Ort angekommen waren. Der Himmel war blau und von Wolken durchzogen. Die Luft war warm und trocken, und sie wußte, daß sie ein gutes Stück von der Küste entfernt waren. Sie hörte Autos, setzte sich aber nicht sofort auf, um aus dem Fenster zu schauen. Sie war recht zufrieden damit, zu bleiben, wo sie war, in ihre Decke eingehüllt. Es war, als gehöre sie hierher, zwischen die bemalten Kannen und ausgestopften Vögel. Jeder mußte eine Nische in der Welt haben, und ihr kam es so vor, als hätte sie ihre endlich erreicht.

Dann hielt die Frau den Wagen an. Sie drehte sich auf dem Sitz um und sah nach hinten zu Kendra. »Wir sind da«, sagte sie. »Sie haben's geschafft.«

Kendra richtete sich auf dem schmalen Bett auf. »Wo sind wir?« fragte sie.

»Schon in Ordnung«, entgegnete die Frau. »Ich kenne es. Ich bin selbst mal hierhergekommen.«

»Sie sind eine Tolowan«, sagte Kendra.

Die Frau nickte.

»Von der Küste.«

»Man kriegt Sie wieder hin.«

Die Frau kam zu ihr und holte sie aus dem Bett. Erst als sie versuchte, zu stehen, merkte sie, wie schwach sie war.

»Braves Mädchen«, sagte die Frau.

Kendra stützte sich auf ihren Arm. Sie stiegen aus dem Wagen und traten ins Licht.

Vor ihnen war ein Gebäude. Betonstufen führten zu einer Glastür, auf der in Schablonenschrift ein Name stand: Casa de Madre.

»Das ist ein guter Ort«, sagte die Frau. Und sie gingen die Treppe hinauf und in das Gebäude.

45

Am Ende des Monats wurde für Drew Harmon ein Gedenkgottesdienst abgehalten. Er war dürftig besucht. Michael Peters war gekommen. Er hatte Robbie Jones mitgebracht. Zu Fletchers andauerndem Erstaunen war er erfreut, die beiden zu sehen. Das bedeutete, daß Drew gemäß der Tradition seines Stammes zur letzten Ruhe gebettet würde.

Es gab keine Zeremonien auf Land. Sie fuhren in Michael Peters' Grand Cherokee auf der alten Holzfällerstraße, die oberhalb des

Friedhofs an dem Fußweg endete. Von dort gingen sie zu Fuß zu der Bucht, in der Drew gestorben war. Da keine Leiche geborgen worden war, nahmen sie Blütenkränze, die man von den Inseln eingeflogen hatte, und paddelten mit ihnen auf das Wasser der Bucht hinaus.

Sie waren zu viert an diesem Tag. Jack Fletcher, Michael Peters, Robbie Jones und ein Junge aus dem Ort, mit dem Drew gelegentlich in der nahegelegenen Bucht gesurft war. Sie hatten sich am Strand Neoprenanzüge angezogen und waren zu der Stelle hinausgepaddelt, wo Drew zuletzt gesehen worden war. Von hier aus lag Devil's Hoof südlich, ein ödes Felsstück, das ins Meer hineinragte – die westlichste Spitze der westlichsten Landzunge, die Kaliforniens Küste anzubieten hatte. Über ihnen waren die Klippen und die einsamen Graszonen, in die die Tolowan kamen, um ihre Toten zu begraben. Fletcher schätzte, daß sie eine knappe halbe Meile weit draußen waren.

An dem Tag gab es keinen nennenswerten Swell, auch wenn ein böiger Wind die Wasseroberfläche bewegte und kleine weißgekrönte Wellen sie rüttelten, als sie ihre Hände in einem kleinen Kreis vereinten. Letzte Worte wurden gesprochen. Hände wurden über den Kopf gehoben, Arme ausgestreckt. Sie hätten die Stammeskrieger eines verlorenen Volks sein können, die ein Ritual ausführten, dem niemand einen Namen geben konnte. Ihre Hände lösten sich voneinander, die Blütenkränze wurden ins Wasser geworfen. Sie sahen die Blumen auf der Strömung dahintreiben und zwischen den Wellenspitzen hüpfen, bis sie schließlich außer Sicht waren. Danach paddelten sie wieder an Land. Mit Hilfe von Taschenlampen bewältigten sie den Pfad bis zur Straße und kehrten von dort aus in den Ort zurück.

Am Abend zeigte Fletcher ihnen die Dias. Er und Michael Peters und Robbie Jones saßen an einem Tisch im örtlichen Denny's, denn die beiden Männer wollten ohne weitere Verzögerung zurückfahren.

Peters saß einige Zeit auf der Kunstlederbank und hielt die Lupe gegen eine Deckenlampe. »Verdammt«, sagte er. »Ich kann nicht aufhören, es anzusehen.« Schließlich ermüdeten seine Arme, und er gab Robbie Jones das Dia. »Das ist ein Titelfoto, was?«

Robbie hob die Lupe, betrachtete es eine ganze Weile und drehte es in unterschiedliche Winkel. »Radikal«, sagte er nach einer guten Weile. Er gab Peters das Dia und sah Jack Fletcher an. »Ein radikaler Schuß«, sagte er. »Ich hätte nicht gedacht, daß du ihn kriegst. Aber du hast ihn gekriegt.«

»O'Neill wird das auch wollen«, sagte Peters. »Das weißt du. Damit kannst du einiges Geld machen, Doc.«

Fletcher zuckte die Achseln.

Peters schwieg eine Zeitlang. »Ich nehme nicht an«, sagte er schließlich, »daß du was von Drew Harmon hast. Vom letzten Tag.«

»Da gab es nichts zu holen«, sagte Fletcher. »Nichts, was darüber hinausging. Das waren die größten Wellen, die wir gefunden haben. Genau hier.«

»Heart Attacks?«

Fletcher schaute auf die Dias. »Warum nicht?« sagte er. Er sah Robbie Jones an. Das Haar des jungen Mannes war zu einem Zottelbusch gewachsen.

»Warum nicht?« sagte Robbie Jones.

Peters sah die beiden an. Er nickte und seufzte, dann nahm er wieder die Lupe und hielt sie gegen das Licht. »Ich muß schon sagen, Doc. Ich habe mir lange Zeit Surf-Shots angeguckt. Und das ist einer der besten. Darüber wird man lange Zeit reden.« Er ließ das Dia sinken und drehte sich zu Fletcher. »Warum fährst du nicht mit uns zurück?« fragte er.

»Fahrt nur«, sagte Fletcher.

Der Mann sah ihn an.

»Ich hab was zu erledigen«, sagte Fletcher.

»In Sweet Home?«

»Warum nicht?«

Michael Peters sah in die Runde. »Du mußt mit O'Neill reden«, sagte er.

»Du redest mit ihm.«

Peters schüttelte nur den Kopf. Auf dem Parkplatz fuhren Trucks und Pkw vor, und das Restaurant füllte sich mit Gästen. Fletcher hielt sie für die Nachtschicht von Scorpion Bay, denn sie schienen triste und farblos, begierig darauf, eine weitere Schicht in den kalten grauen Steinwänden hinunterzuspülen, zufrieden damit, jetzt auf den blutroten Bänken zu sitzen, einige von ihnen sogar alt genug, um mit ein oder zwei Geschichten über die gute alte Zeit aufzuwarten, als es noch Bäume zu fällen und Bauholz zu bearbeiten und Fische zu fangen gab.

Peters schwieg und betrachtete erneut seine Umgebung. Schließlich wandte er sich an Fletcher. »Du bist schon sonderbar, Doc. Weißt du das?«

»Immer gewesen.«

Peters lachte und wurde dann ernst. »Laß mich mal etwas fragen, Doc. Da war doch der Junge von hier, den sie oben an den Heads geschnappt haben. Hat dieser Knabe Harmon erschossen oder nicht? Aus dem Fettsteiß von Polizeichef kriege ich nichts raus. Also, Doc?«

»Zum Mitschreiben?«

»Wir müssen was drucken.«

Fletcher ließ sich Zeit mit der Antwort. Ihm war bewußt, daß Robbie Jones ihn quer über den Tisch beobachtete. Ein Truck rumpelte auf der Interstate vorbei, und Fletcher schien es, als wäre der kalte Fahrtwind zwischen den Tischen zu spüren. Eine plötzliche Kälte lief über sein Rückgrat, ein Wispern, das der Wind hätte sein können oder vielleicht die Stimme eines erhängten Indianers, der unwissend ins Grab gegangen war, oder vielleicht die Stimme einer jungen, dunkeläugigen Frau, von der er nie mehr als ihren Namen erfahren würde. Oder vielleicht, dachte er, waren es beide zusammen, die nur verlangten, daß die Wahrheit gesagt wurde, und er spürte einen momentanen Drang, zu gehorchen, dem sofort die Einsicht folgte, daß er es nicht tun würde. Zu guter Letzt sprach er für einen alten Freund und spielte die Rolle, die er in diesen Dingen für die seine hielt, zu Ende. »Ein Hai hat ihn geholt«, sagte er schließlich. »In großer Brandung. An einem mystischen Secret-spot im Herzen des roten Dreiecks. Das ist deine Geschichte.«

»Deine auch?« fragte Peters.

Fletcher wartete noch einen Moment ab, doch die Kälte war allmählich schon gewichen, die Stimmen schlichen sich davon, bis es nur das Summen vorbeifahrender Autos gab und den Wind, den man hörte, wenn die Tür aufging.

Fletcher zuckte die Achseln. »Meine auch.«

»Nun ja«, sagte Peters. »Es ist eine gute Story.«

Als sie die Rechnung bezahlt hatten, gingen sie nach draußen. Die Nacht hatte sich beträchtlich abgekühlt, und man spürte den Wind, der vom Ozean jenseits der Stadt hereinblies.

»Eins muß ich jetzt mal klarstellen«, sagte Peters. Sie standen neben seinem Jeep. »Ich kenne dich, Doc. Ich glaube dir nicht, daß du von der letzten Session keine Fotos gemacht hast. Und ich glaube, eines Tages wirst du hingehen und sie verkaufen. Wenn dieser Tag kommt, solltest du daran denken, wer für diese Reise in die Tasche gegriffen hat.«

Fletcher lächelte ihn an. »Weißt du, wie die Indianer die große Landzunge nennen, an der wir uns von Drew verabschiedet haben? Humaliwu. Das heißt: der Ort, wo Legenden sterben. Wie gefällt dir das?«

Peters dachte darüber nach. »Das ist zuviel«, sagte er. Dann überlegte er noch einmal. »Außerdem ist Drew dort nicht gestorben. Wir waren ein Stück nördlich davon.«

Fletcher zuckte die Achseln.

Peters grübelte immer noch. Fletcher konnte sehen, wie die Rädchen unter der kahler werdenden Schädeldecke arbeiteten. »Aber klingt gut, oder?«

»Du hast dein Foto«, sagte Fletcher. »Du hast deine Story. Ein guter Titel macht sich immer nett.«

Peters lächelte. »Stimmt«, sagte er. »Und du vergißt nicht, was ich über die Fotos gesagt habe.«

»Die Fotos, die ich nicht gemacht habe.«

»Ja, genau die.«

»Ich werd's nicht vergessen«, sagte Fletcher. Die beiden Männer schüttelten sich die Hände. Danach schüttelte Fletcher die Hand von Robbie Jones. Der junge Surfer machte den Eindruck, als wolle er noch mehr sagen, aber es schien ihm schwerzufallen. Und schließlich waren Worte noch nie seine starke Seite gewesen.

»Ich freue mich, daß du gekommen bist«, sagte Fletcher zu ihm. »Ich glaube, Drew hätte sich auch gefreut.«

Der junge Mann sah ihn an. »Meinst du?« Der Gedanke schien ihm zu gefallen.

»Allerdings«, sagte Fletcher.

Robbie nickte und stieg in den Jeep.

»Können wir dich denn wenigstens ein Stück mitnehmen?« fragte Peters. »Dich absetzen, wo immer du wohnst?«

Fletcher lehnte ab. Er verabschiedete sich. Er schickte sie auf die Interstate, wo sich ihre Rücklichter mit der Friedhofsschicht nach Scorpion Bay mischten. Dann drehte er sich um und ging zu Fuß nach Sweet Home hinein.

46

Travis nahm auf Krücken an Drew Harmons Trauerfeier teil. Schließlich hatte der Mann ihm das Leben gerettet. Er schloß sich den Surfern nicht an und fuhr auch nicht mit zu den Heads, sondern nahm für sich alleine eine andere Holzfällerstraße zu einem Punkt weiter nördlich von dem Weg, den die Surfer benutzten, und kam dort zu einer hochgelegenen Stelle, der ihm einen eingeschränkten Blick sowohl auf den Friedhof, als auch auf die Bucht am Fuß der Klippen gewährte. Er war für einen Fußmarsch nicht in der Verfassung und hatte ein leistungsstarkes Fernglas mitgenommen, mit dem man zumindest einen Teil dessen beobachten konnte, was sich dort unten abspielte.

Sein Vater hatte recht gehabt. Der heilige Mann hatte unrecht gehabt. Er würde nicht am Springtanz teilnehmen. Sein Bein hinderte ihn daran. Fast hätte er es verloren. Die Schwester, so schien es, hatte bei der Reinigung der Wunde ziemlich geschludert. In Sweet Home hatte sich keiner die Mühe gemacht, es sich noch einmal anzuschauen. Er war in Eureka mit vierzig Fieber angekommen, sofort in Eis gepackt und in die Chirurgie gebracht worden, wo ein Arzt seine Knochen abgekratzt und dann genagelt hatte. Er hatte sich selbst immer als leichtfüßig gesehen und dachte gar nicht gern daran, was geschehen wäre, wenn er sein Bein verloren hätte.

Trotzdem dachte er darüber nach. Er dachte daran, als er im Wind stand und den Ozean jenseits der Klippen beobachtete. Schließlich kamen die Surfer in sein Blickfeld gepaddelt. Er sah sie nicht klar genug, um sie einzeln zu erkennen, aber er wußte, daß Jack Fletcher bei ihnen war. Travis merkte, daß er eifersüchtig auf den Mann war. Er hatte eine Zeit mit Kendra Harmon verbracht, und seitdem hatte man nichts mehr von ihr gehört. Sie war verschwunden, hatte die Wälder von Sweet Home verlassen.

Er sah, wie die Surfer sich die Hände reichten und einen kleinen, unregelmäßigen Kreis in dem kalten, grauen Wasser bildeten. Er sah, wie sie etwas aufs Wasser warfen, von dem er wußte, daß es Blumen waren, auch wenn er sie aus dieser Entfernung nicht als solche erkennen konnte, doch hatte ihm jemand vorher davon erzählt. Danach sah er, wie sie sich die Hände gaben und die Arme über die Köpfe hoben. Eine primitive kleine Szene, wie etwas, daß seine Vorfahren hätten tun können, hätten sie Boards gehabt, um damit über die Brandung zu gelangen. Und doch diente das Ritual nur dazu, sein Gefühl von Sinnlosigkeit und Verdrängung zu verstärken.

In jüngster Zeit war das Gefühl recht stark gewesen. Daß er beim Moke von den Indianern zum Narren gehalten worden war, wurmte ihn immer noch, und durch die Festnahme von Bean Dip hatte er erfahren, was mit Kendra passiert war, und er hatte seine Unbeholfenheit verflucht. Er hätte den Hupa von oben am Fluß besser durchschauen müssen. Er hätte etwas unternehmen müssen. Statt dessen hatte er sich bekifft und wie ein Idiot um einen toten Elch getanzt. Als er losgezogen war, um die Surfer zu warnen, hatte er es nur geschafft, sich das Bein zu brechen und auf den Felsen zu stranden. Wäre Drew Harmon nicht gewesen, wäre er dort gestorben, was ihm nicht einmal unangemessen erschien.

Travis sah zu, wie die Surfer ihre Zeremonie beendeten und wieder aus seinem Blickfeld hinauspaddelten. Er senkte sein Fernglas und ließ es vor der Brust hängen. Aber er blieb auf dem Kap, auf dem seine Fahrt geendet hatte. Denn der Wind hatte den Nebel im Zaum gehalten, und der Abend war klar, der dunkler werdende Himmel mit Sternen übersät, und er stand unter dieser Unermeßlichkeit, auf seine Krücken gestützt, als wäre er nichts weiter als eine traurige Vogelscheuche, die man im nachhinein auf ein Feld gestellt hatte, dessen Ernte bereits hinfällig gewesen war, bevor es ihn überhaupt gegeben hatte. Ein Mann sollte etwas haben, dachte er, einen Faden zur Erde, damit er nicht den Grund unter den Füßen verliert.

Mit diesen Gedanken im Kopf machte sich Travis drei Wochen später auf den langen Weg zu dem Scheideweg, der als Soam's Bar bekannt war, wo eine kurvenreiche Forststraße ihn tief in den Wald hinein und schließlich zu einer zweiten Straße führte, die nur durch ein an einen Baum genageltes Pappschild markiert war. Mit Filzstift hatte jemand »Springtanz« auf das Schild geschrieben, und ein Pfeil wies die Straße hinab, die steil und ungepflastert war. Travis wollte sie nicht ohne Allradantrieb in Angriff nehmen. Er hatte seinen Sohn mitgenommen, und gemeinsam luden sie ihre Rucksäcke auf und warteten neben der Straße, bis ein altes Indianerpaar in einem uralten Toyota Land Cruiser ihnen anbot, sie mitzunehmen, und so kamen sie schließlich rechtzeitig zum Lager der Hupa.

Die Camps waren nach Familien aufgeteilt. Jeder Clanführer – oder Feuer-Errichter – hatte sein eigenes Camp. Travis' Vetter Frank war einer der Feuer-Errichter, und Travis und sein Sohn bezogen dort ihr Lager. Das Ritual sollte zehn Tage dauern. Es war eine mühselige Angelegenheit. Die Feuer-Errichter tanzten erst, nachdem die Sonne untergegangen war. Sie tanzten ein gutes Stück entfernt von den Camps barfuß um ein Feuer im Wald, und da es heiliges Land war, gingen die Menschen auch barfuß und erklommen mitten in der Nacht einen steilen Weg, um den Tänzern zuzusehen.

Nachdem sie zwei Tage auf dem Boden geschlafen hatten und barfuß durch den Wald gegangen waren, fühlte Travis sich allmählich wie einer der Blutläufer aus Franks Geschichte. Er war von Insektenstichen und Ausschlag übersät. Sein Bein brachte ihn um. Er hätte ja durchgehalten, aber sein Sohn war noch schlimmer dran als er und bettelte darum, gehen zu dürfen, deshalb warf er schließlich am vierten Tag das Handtuch und sicherte sich eine Mitfahrgelegenheit bei einem Hupa aus Seattle, der mit einem allradgetriebenen Range Rover mit Ledersitzen und einem Armaturenbrett aus Holz zu den Feuern gekommen war. Travis sah die ganze Sache als Eingeständnis einer Niederlage an.

Der Mann mit dem Range Rover brachte sie zu ihrem Truck. Von dort aus fuhren sie in die nächste Ortschaft, wo sie duschten und sich mit Galmei-Lotion tränkten. Travis ließ seinem Sohn den Vortritt. Er ging im Anschluß, und als er aus dem Bad kam, um sich anzuziehen, hatte sein Sohn das Fernsehgerät eingeschaltet. Der Junge saß in seiner Unterwäsche auf der Bettkante, vertieft in eine Wiederholung von *The Munsters*.

Dieses Bild deprimierte ihn noch mehr. Er hatte gehofft, hier etwas in Gang zu setzen. Er hatte gehofft, seinem Sohn etwas von den alten Traditionen und den dazugehörigen Werten zu zeigen. Aber im Grunde hatte er selbst wenig über den Tanz gewußt, und jetzt saßen sie in einem billigen Motelzimmer, während Herman Munster über einen Miniaturbildschirm tollte und Autos über die Interstate surrten.

Travis schaltete das Fernsehgerät aus, und nachdem sie sich angezogen hatten, fuhren sie in den Ort. Sie bestellten Burgers und Fritten und Schoko-Shakes. Travis sah zu, wie sein Sohn Ketchup über die Pommes frites schüttete. Sie aßen fast ohne ein Wort, umgeben von Fotos von Holzfällern, Bergleuten und anderen arbeitsamen Leuten, die genau an der Zerstörung dessen teilgehabt hatten, was seine Leute zu feiern gekommen waren und was sie immer noch irgendwo oben am großen Fluß feierten.

Er fühlte sich ziemlich niedergeschlagen, als sie das Restaurant verließen und im letzten Licht zum Parkplatz gingen, und da sah er plötzlich etwas, das ihn zum Stehenbleiben veranlaßte.

Er sah den Fotografen, Jack Fletcher. Der Mann trug Jeans, Wanderstiefel und ein Flanellhemd. Sein Haar war lang genug gewachsen, um als Pferdeschwanz getragen zu werden. Er fuhr noch immer den alten Dodge-Van. Travis sah, daß die Reifen neu waren, aber die Fenster im Rückraum waren noch immer kaputt. Als Travis seinen Namen rief, drehte Fletcher sich um und kam zu ihm.

»Was ist los?« fragte Travis ihn. »Haben Sie sich verfahren?«

Fletcher lächelte. Er machte einen gesunden Eindruck, dachte Travis, obschon er ein bißchen hinkte, als wäre sein Rücken vielleicht ein bißchen steif geworden.

»Ich wohne jetzt hier«, entgegnete Fletcher.

»Nicht zu glauben.«

Fletcher nickte. »Nicht direkt hier. Nördlich der Grenze. An einem Fluß.«

Ein Moment verging. Im Grunde, dachte Travis, hatten sie sich nicht viel zu sagen.

»Komisch, daß ich Sie hier treffe«, sagte Fletcher. »Gestern war ich in Ihrem Büro. Aber Ihre Kollegin hat mir gesagt, Sie seien unterwegs.«

»Ja«, sagte Travis. »Ich war hier.« Ihm fiel ein, seinen Sohn vorzustellen. Fletcher schüttelte dem Jungen die Hand und sah wieder Travis an.

»Erinnern Sie sich an das Gespräch, das wir mal geführt haben? Sie haben mir von dem Brauch erzählt, eine Wiedergutmachung zu leisten ...«

Travis erinnerte sich.

»Ich habe mich gefragt«, sagte Fletcher, »ob Sie viel über die Familie von David Little wissen.«

»Waren Sie deshalb im Büro?«

Fletcher nickte.

»Was ist mit der Familie?«

»Ich dachte, Sie wissen vielleicht, ob es etwas gibt, das sie brauchen. Etwas Spezielles. Ein neues Boot. Ein Auto. Vielleicht haben sie noch andere Kinder. Vielleicht brauchen sie etwas für die Schule.«

»Das weiß ich nicht. Es ist eine Weile her, daß ich das letzte Mal mit ihnen geredet habe.«

»Aber Sie könnten es herausfinden.«

Travis zuckte die Achseln. »Was ist los? Rückt Ihre Zeitschrift doch noch Geld raus?«

»Ich habe keine Zeitschrift«, erwiderte Fletcher. »Das ist nur zwischen ihnen und mir. Aber ich würde einen Vermittler brauchen. Ich kann nicht einfach hier losmarschieren und überall herumfragen.«

Travis sah ihn für einen langen Moment an. »Ein Auto?« sagte er. »Ein Boot? Könnte ganz schön teuer für Sie werden.«

»Ich denke, wir können einen Weg finden.«

Travis nickte. Er blickte zu den Bergen. Sie waren im Nachmittagslicht blau. »Haben Sie noch mal etwas von Kendra Harmon gehört?« fragte er.

Der andere Mann ließ sich mit der Antwort einen Moment Zeit. »Nein«, sagte er dann. »Und Sie?«

Travis schüttelte den Kopf.

»Was ich nicht kapiere, ist, wie sie von diesen Männern weggekommen ist. Der Hupa war ein harter Brocken.«

»Keine Ahnung«, sagte Fletcher. »Ich habe sie gefunden, als sie auf einer kleinen Brücke im Talgrund saß.«

»Ich kenne die Stelle«, sagte Travis. »Früher hat da eine alte Frau gelebt. Sie galt als Heilerin. Und sie konnte Dinge sehen. Wenn jemand glaubte, ein *Hee-dee* hätte ihm einen Fluch auferlegt, dann ging er zu ihr. Sie konnte sehen, ob man verflucht worden war.«

»Was ist ein *Hee-dee*?« fragte Fletcher.

»Ein Zauberer. So in etwa. Mein Vater hat sie immer *Hee-dees* genannt.«

Fletcher nickte.

»Die alte Frau ist vor ungefähr einem Jahr gestorben. Zuletzt habe ich gehört, ein Vetter von ihr wäre dort unten. Allen war klar, daß er Marihuana angebaut hat. Blacklage war ein oder zwei Wochen nach Ihnen da. Er sagt, alles sei niedergebrannt worden. Keine Anzeichen, daß sich dort noch jemand aufhielt. Nur eine neue Brunnenpumpe deutet darauf hin, daß nach Rose Hudson jemand da gewesen ist. Ich schätze, Sie haben nichts gesehen.«

»Nur Kendra.«

Travis nickte. »Die Pumpe ist ein Hinweis, daß die Geschichten über den Vetter stimmen können. Ich meine, wenn man Gras anbaut, muß man es wässern.«

»Anzunehmen«, sagte Fletcher.

Travis sah den Mann prüfend an. Der Mann erwiderte den Blick gelassen. Ein leichter Wind aus dem Canyon kam auf, und er spürte, daß sein Sohn neben ihm fortwollte.

»Also, was soll ich nun für Sie tun? Mit der Familie reden?«

»Ich werde mich melden«, sagte Fletcher.

Travis nickte. Die beiden Männer sahen sich wieder an. Schließlich streckte Travis die Hand aus. Jack Fletcher nahm sie, und Travis spürte an der Hand die Blasen, die noch nicht zu Schwielen verhärtet waren.

Travis stieg mit seinem Sohn in den Truck. Er sah, wie Jack Fletcher die Treppe hinauf in das Restaurant ging, an dessen Eingang eine zweieinhalb Meter hohe Holzstatue von Big Foot, dem Ungeheuer, stand.

»Wer war das?« fragte Jason ihn.

Travis wandte den Blick nicht von dem Restaurant. »So ein Typ«, sagte er. Und er sah seinen Sohn an. »Aber ich denke, er ist okay.«

Sein Sohn nickte.

Travis merkte, daß er lächelte. Ihm kam es vor, als hätte er das eine ganze Zeit nicht getan. Er startete den Motor und fuhr von dem Parkplatz hinunter.

»Fährst du nächstes Jahr auch wieder hier hin?« fragte sein Sohn.

Die Frage überraschte Travis, aber Kinder waren nun einmal so, hatte er gemerkt. Er wußte nicht immer, was sie dachten, und oft sahen sie mehr, als er ihnen zutraute. »Meinst du, wir sollten?« fragte er.

Nachdenklich sah der Junge aus dem Fenster. »Was hat das bedeutet«, sagte er, »als die Feuer-Errichter die Körbe über ihre Köpfe gehalten haben?«

»Der Korb stellt die Familie dar. Wenn der Feuer-Errichter ihn über seinen Kopf hält, heißt das, daß er die Bedürfnisse der Familie über seine eigenen stellt.« Travis blickte auf seinen Jungen. »Und hast du gesehen, was er dann damit gemacht hat?«

Der Junge schüttelte den Kopf.

»Er hat ihn heruntergeholt«, sagte Travis. Er machte in der Fahrerkabine des Trucks eine Bewegung mit der Hand. Er hielt sie vor seinen Unterleib. »Damit wollte er zeigen, daß er das Wohlergehen der Familie vor seine Manneskraft stellt.«

»Das verstehe ich nicht«, sagte sein Sohn.

»Das wirst du noch.«

Travis war ziemlich zufrieden mit sich, obwohl das eigentlich schon alles war, was er über das wußte, was sie gesehen hatten. Alles übrige war ihm immer noch ein Rätsel.

»Wirst du tanzen?« fragte sein Sohn. »Wenn wir wiederkommen? Wenn es deinem Bein bessergeht?«

Travis blickte über die Motorhaube zu den aufgereihten blauen Bergen. »Ich weiß es nicht«, sagte er. »Könnte sein. Ich kann ausreichend Insektenspray kaufen.«

Der Junge lachte. Auch Travis lachte, denn die Vorstellung, daß er wiederkommen würde, hatte ihn geradezu überfallen. Er würde durchhalten. Er konnte nicht mit Gewißheit sagen, wohin das alles führen würde. Und ebensowenig konnte er Vermutungen darüber anstellen, ob der Springtanz der Hupa in der Ökonomie des Universums möglicherweise eine Funktion erfüllte, wie sein Vetter zweifellos versichern würde. Er wußte nur, er würde wiederkommen. Er würde seinen Platz unter den Tänzern einnehmen.

47

Kendra Harmon verbrachte einige Zeit bei den Frauen von Casa de Madre. Denn die Tolowan-Frau hatte sie zu einem Zentrum für mißhandelte Frauen in Redding gebracht, etwa zweihundert Meilen von der Küste entfernt. Es war keine schlechte Entscheidung. Und man war dort nett zu ihr, obwohl sie sich nicht verpflichtet fühlte, zu reden, als hätte sie ein Schweigegelübde abgelegt, von dem nicht einmal sie selbst etwas wußte.

Eine Ärztin untersuchte sie. Die Frau verschrieb ihr Pillen, was ihr gefiel, denn die Pillen gaben ihr einen Ort, sich zu verstecken. Zeitweise dachte sie an den Hupa und durchlebte dann wieder, was in dem Tal geschehen war. Rätselhaft war, daß der Mann, der sie entführt hatte, sie auch gerettet hatte. Er hatte in schneller Folge die Hunde getötet. Ein Schuß, ein Treffer, so war es ihr vorgekommen.

Und dann hatte er seine Aufmerksamkeit auf die Männer gerichtet. Bevor sie Schutz gesucht hatte, hatte sie als letztes noch den Mann in T-Shirt und Boxer-Shorts gesehen. Er sank bereits zu Boden, und ein großer roter Fleck erblühte auf seinen Shorts, aber er hatte wie wild mit seiner Automatikwaffe gefeuert. Sie hatte die Kugeln in der Luft gespürt. Als sie dann wieder geschaut hatte, war alles tot gewesen. Alles außer ihr und dem Huhn, und sie würde nie erfahren, ob der Hupa sie wirklich hatte retten wollen oder seine Chancen bloß für besser gehalten hatte, wenn er standhielt, statt davonzulaufen; und sie würde nie wissen, wie ein Mann handelte, der glaubte, seine Lebenslinie sei durchschnitten. Aber letztlich war ihr das Handeln aller Männer unverständlich. Das galt auch für Drew. Am Ende hatte sie ihm ein Leben angeboten. Ihr Angebot war nicht ohne Bedingungen gewesen. Sie hatte sich in Sweet Home selbst angeboten, und alles, was dies einschloß. Er hatte sie abgewiesen. Manchmal sah sie ihn jetzt am Tag des Wettbewerbs am Strand von Hatteras. An dem Tag war er anders gewesen, gesund und kraftvoll. Aber als sie ihm zum Sieg gratuliert hatte, hatte er nur gelacht und gesagt, es sei ein Wettbewerb für Legenden. Und als sie ihn gefragt hatte, was das bedeutete, hatte er ihr gesagt, es sei ein Wettbewerb für Leute, die früher mal jemand waren.

Tage vergingen. Wie viele, wußte sie nicht. Eines Nachmittags jedoch fühlte sie sich veranlaßt zu sprechen. Sie hatte im Bett gelegen. In dieser Position konnte sie auf den kleinen Hof sehen, um den die Zimmer angeordnet waren. Es gab dort Blumen und zwei Zwergorangenbäume in Blüte. Irgendwo hinter sich hörte sie zwei Frauen reden.

Eine der Frauen war gerade erst eingetroffen. Sie war schrecklich verprügelt worden. Sie sprach mit einer anderen Frau, und sie redeten über die Männer, von denen sie mißhandelt worden waren.

Kendra hörte einige Zeit zu. Schließlich stand sie auf und ging zu den Frauen, die auf einer Couch neben einem kleinen Tisch mit

Illustrierten saßen. Die Frauen blickten zu ihr hoch, als sie näher kam.

»Ich kann euch sagen, was ihr tun müßt«, sagte Kendra.

Die Frauen sahen sie an. In ihren Augen hätte sie ein Geist sein können, so bleich und fahl wirkte sie, der bloße Hauch eines Dings im Winterlicht.

»Ihr müßt ihnen etwas zeigen«, sagte Kendra. »Ihr müßt ihnen zeigen, daß euer Zauber stärker ist als ihrer.«

Und dann machte sie eine Bewegung in der Luft, als nehme sie dort etwas, das sie dann zusammenfaltete und unter ihre Brust legte, und ihre Hände hielt sie in Form eines Dreiecks, als seien sie das Ding, das sie aus der Luft genommen hatte. »Hier werden sie es niemals finden«, sagte sie. Und sie lächelte.

48

In den darauffolgenden Monaten erschien Jack Fletchers Foto auf dem Titelbild von Michael Peters' Zeitschrift. Es erschien in mehreren Zeitungen und auch in einem New Yorker Blatt, oft im Zusammenhang mit der Nachricht vom Tod der Big-wave-Legende Drew Harmon, der sein Leben an einem fernen Spot im pazifischen Nordwesten in einer gewaltigen Brandung an einen Hai verlor und mit seinem Ableben eine Berühmtheit erlangte, die ihm nie zuteil geworden war, seit er als junger Löwe an der Nordküste von Oahu aufgetaucht war.

O'Neill-Neoprenanzüge kaufte die Rechte, da Robbie Jones zu ihrem Team gehörte, und das Foto wurde auf der ganzen Welt nachgedruckt. Nach einiger Zeit fand man es auf Postern von Kalifornien bis Japan. Kids, von denen Jack Fletcher nie etwas wissen würde, hängten es an die Wand, und sie kannten den Namen der Bucht und den Namen des Surfers. Einige kannten sogar den Namen des

Mannes, der das Foto gemacht hatte. Aber der Name von Jack Fletcher stand in keinem Impressum mehr, und seine Fotos waren in den Surf-Magazinen oder anderen Zeitschriften nie mehr zu sehen. Und anders, als Michael Peters vorhergesagt hatte, zeigte er auch nie Interesse daran, die Fotos von Drew Harmon zu verkaufen, die ihn bei seiner letzten Session an einem fernen Spot zeigten, den zahlreiche Gerüchte als das eigentliche Heart Attacks ansahen.

Mit der Zeit wurde Jack Fletcher immer unauffindbarer. Mitglieder der Surfergemeinde fragten sich manchmal, was aus ihm geworden sein mochte, und allmählich wurde sein Name oft in Verbindung mit Größen wie Drew Harmon erwähnt. Denn Surfer lieben ihre Geschichten. Big-waves und Gesetzlose. Ekzentriker, denen es irgendwie gelingt, das System zu schlagen und im Leben zu bleiben, wenn andere landeinwärts zogen und Steuern bezahlten.

Gerüchte besagten, Jack Fletcher sei im Norden geblieben. Es hieß, er habe dort Land gekauft, ein erlesenes Grundstück mit schwierigem Zugang und Blick aufs Meer. Niemand wußte genau, wo das Geld hergekommen war. Man nahm an, das Foto hätte ihm einiges eingebracht, aber so viel nun auch wieder nicht.

Auch Travis McCade hatte nie gefragt, wo das Geld hergekommen war, aber er hatte auch nie Anlaß dazu gehabt, obschon ihn die Frage beschäftigte, wie dieses spezielle Gewächs in dem kleinen Flußtal gezogen worden war, da weder er noch Blacklage jemals einen Beweis dafür finden konnten, daß das Land um das alte Anwesen herum umgegraben oder beackert worden war. Einige Agenten der Indianerbehörde und eine Razzia oben am Fluß waren nötig, um ihm die Erleuchtung zu bringen.

»Verdammt clever«, hatte Blacklage zu Travis gesagt, denn er war immer noch in Sweet Home und hatte bei ihm vorbeigeschaut, um darüber zu reden. »Der Kerl hat große Leinensäcke mit Erde und Gras gefüllt und sie ins Geäst von Zwergeichen gesteckt. Praktisch unsichtbar.«

Travis hatte darüber nachgedacht. »Die gleiche Eichenart wächst auch oben auf Rose Hudsons altem Grundstück«, hatte er gesagt. Und die beiden Männer hatten sich angesehen und gelacht. Und das war das Ende der Geschichte. Es wurde kein Wort mehr darüber verloren, weder von Travis noch von dem Chief der Stammespolizei. Denn der wichtige Teil war, daß Jack Travis sich als ein Mann erwies, der sein Wort hielt: Die Little-Familie hatte inzwischen als Entschädigung für den Unfalltod ihres Sohnes einen neuen Boston-Walfänger erhalten. Außerdem besuchte ihre Tochter eine Friseurschule in Eureka und eröffnete schließlich einen Salon am Unteren Elwa, der ziemlich gut lief. Das Geld für diese Dinge war in monatlichen Raten eingetroffen. Es wurde in bar bezahlt und an jedem ersten Montag im Monat in einem anonymen Umschlag im Büro für Indianer-Angelegenheiten in Sweet Home abgegeben, und vom Leiter des Büros, Travis McCade, an die Littles weitergeleitet.

Jack Fletchers Tochter blieb in Huntington Beach, ging später jedoch immer wieder auf Reisen. Zuerst im Bus, dann im eigenen Auto. Auch wenn sie aus Achtung vor den einheimischen Surfern Geheimhaltung geschworen hatte, war wohlbekannt, daß sie nach Norden fuhr, und von diesen Reisen erzählte sie nur, daß ihr Vater ihr wunderbare Dinge zeigen konnte. Denn er konnte sie zu Orten wie Witch's Rock mitnehmen, wo man mitten in dem kleinen Baumhain zelten und zu bestimmten Zeiten des Jahres, wenn der Wind vom Fluß her wehte, zusehen konnte, wie die Sterne in den eisigen Pazifik fielen. Er nahm sie mit zu alten Zeremonieplätzen nördlich von Neah Heads und auch zu anderen Stellen, die noch weiter entfernt lagen. Er tat dies, ohne sich zu verfahren oder ohne einen Zwischenfall, denn er kannte die Gegend mittlerweile wie seine Westentasche und war den Einheimischen bekannt. Sie sagten von ihm, er habe entsprechend der alten Sitten Wiedergutmachung geleistet, und sie ließen ihn in Frieden, auch wenn einige ihn für etwas sonderbar hielten, weil er bekannt dafür war, daß er nachts alleine am Fluß spazieren ging.

Seine Tochter hatte jedoch den Eindruck, daß er dort ziemlich zufrieden war. Er hatte sein Haus und seine Wege, und wenn der Winter kam, zog er mit seiner Kamera und dem wasserdichten Gehäuse die Hügel hinab und fotografierte die Wellen.

Er mochte es, wenn sie hohl, leer und perfekt waren. Die wenigen Menschen, die sie sahen, sagten, sie seien wie Edelsteine. Es hieß auch, daß er alle Kaufangebote ablehnte. Es hieß, sein Interesse gelte den Wellen, und er habe nicht viel für diejenigen übrig, die sie ritten. Es hieß auch, viele der Fotos seien an einem weit entfernten Ort aufgenommen, dessen Name niemand kenne – einer großen Bucht, von Granitklippen umgeben, in der sich einen Cloud-Break von ungeheuren Proportionen auf einem vorgelagerten Riff breche. Es hieß, eine beträchtliche Anzahl dieser Fotos sei vom Wasser aus geschossen worden, und die Fotos zeigten den Beweis für ein Barrel, das groß genug sei, um ein Haus darin zu bauen und durch das man Klippen sehen könne, auf deren Spitzen uralte Bäume wuchsen. Doch bei der Lokalisierung dieses Ortes blieb der Künstler stumm und sagte nur, es gebe ihn für diejenigen, die zu sehen wüßten.

Was Fletcher betraf, waren die Wellen nur ein Teil dessen, was ihn in den Wäldern hielt. Denn eine Frau, die er einmal kennengelernt hatte, hatte ihr Interesse geäußert, von eben diesen Wäldern zu leben, und er hegte die Hoffnung, daß ihre Schritte sich noch einmal kreuzen würden. Er hegte die Hoffnung, daß diese Dinge so geordnet seien, auch wenn für diese Hoffnung außer der Hoffnung selbst kaum eine Grundlage bestand. Doch war er zu der Überzeugung gelangt, daß alle Dinge so geordnet seien, von den Schritten, die ein Mann im Laufe der Zeit unternimmt, bis zu den Bahnen der Stürme, die mit den Jahreszeiten kommen und ihre Energien mit denen eines kalten und turbulenten Meeres austauschen und dadurch Wellen hervorrufen, als seien sie selbst Variationen Gottes fehlgeleiteter Weisheit und auf diese Weise fähig, ihre Leidenschaft in Materie umzuwandeln.

Quellen

Der Absatz aus Fletchers *A Wave Hunter's Guide to the Golden State* von S. 21 stammt aus Mikol Moons Artikel »Big Flat« in *Surfing*, Mai 1993.

Kendras Beschreibung des Salzwasser-Reinigungsrituals auf S. 64 ist entlehnt aus *The Spiritual Dance* von Miriam Simos (Starhawk).

Duanes Schilderung eines gebissenen Surfers auf S. 192 stammt aus Michael Angelis Artikel »Beach Culture« in *Esquire*, Juli 1992.

Drews Beschreibung der im Bishop Museum gefundenen Surfbretter auf S. 197 stammt aus Sam Georges Artikel »A Tribute to Tom Blake« in *Surfer*, Oktober 1994.

Kendras Mantra auf S. 229 ist zitiert aus Margot Adlers *Drawing Down the Moon.*

Drews Beschreibung der raubtierhaften Haifischjungen von S. 235 stammt aus Elias J. Swifts Artikel »White Sharks *Can* Jump« in *Surfer*, Oktober 1993.

Kendras *Spirita Sancta*-Mantra auf S. 239 ist ein Zitat aus Barbara Starretts Gedicht »I. D.« aus *Drawing Down the Moon* von Margot Adler.

Neu im Frühjahr 2001

JAMES BUCHAN
MEINE PERSISCHE BRAUT
Roman. 366 Seiten, gebunden, 2001

John Pitt kommt als junger Aussteiger in den Iran, mit Sprachunterricht hält er sich über Wasser. In seinem Kurs sitzt ein verschleiertes Mädchen, dem der Engländer verfällt: Shirin, »die süß ist wie getrocknete Maulbeeren und Granatäpfel und Hagebutte und Milch und Opium«. Doch die Tochter eines Generals ist einem anderen versprochen. Gemeinsam fliehen sie und verstecken sich vor dem Geheimdienst in einem aufgegebenen Botschaftsgebäude an der Küste. Die Liebe zwischen Pitt und der wunderbar starken Shirin flimmert vor Weisheit, Ironie und Zweideutigkeit.
Doch bei der Flucht übers Meer wird das Paar getrennt. Die Suche nach seiner Frau führt John Pitt durch die Wirren der Revolution, als Todeskandidat ins Gefängnis und an die Front des Iran-Irak-Krieges. Bis Afghanistan verfolgt er den Mann, der sie auseinandergerissen hat. Ihn treibt die Hoffnung, seine persische Braut wiederzusehen.

Literatur bei DuMont

MARCEL BEYER. SPIONE.
Roman. 2000, 308 Seiten

MIRKO BONNÉ. DER JUNGE FORDT.
Roman. 1999, 277 Seiten

JAMES BUCHAN. MEINE PERSISCHE BRAUT.
Roman. 2001, 366 Seiten

JAMES COLTRANE. ORTEGAS FINALE.
Roman. 2000, 239 Seiten

VASILIJ DIMOV.
DIE VIER LEBEN DES HEILIGEN POSSEKEL.
Roman. 1999, 220 Seiten

JOHN VON DÜFFEL. VOM WASSER.
Roman. 1998, 288 Seiten

JOHN VON DÜFFEL.
ZEIT DES VERSCHWINDENS.
Roman. 2000, 206 Seiten

GERHARD FALKNER. ALTE HELDEN.
Schauspiel und deklamatorische Farce. 1998, 60 Seiten

GERHARD FALKNER. DER QUÄLMEISTER.
Nachbürgerliches Trauerspiel. 1998, 90 Seiten

ARIS FIORETOS. DIE SEELENSUCHERIN.
Roman. 2000, 357 Seiten

JULIA FRANCK. BAUCHLANDUNG.
Geschichten zum Anfassen. 2000, 120 Seiten

JULIA FRANCK. LIEBEDIENER.
Roman. 1999, 238 Seiten

GUSTAVO MARTÍN GARZO. DER KLEINE ERBE.
Roman. 1999, 410 Seiten

ALAIN GLUCKSTEIN.
UNSERE GROSSEN MÄNNER.
Roman. 1998, 344 Seiten

JEGOR GRAN. IPSO FACTO.
Roman. 1998, 186 Seiten

THOMAS HETTCHE. ANIMATIONEN.
1999, 200 Seiten mit 30 Abbildungen

OSCAR HEYM. KURKONZERT.
Roman. 1998, 246 Seiten

MICHEL HOUELLEBECQ. ELEMENTARTEILCHEN.
Roman. 1999, 360 Seiten

MICHEL HOUELLEBECQ. LANZAROTE.
Erzählung und Fotografien. 2000, je 80 Seiten Foto- und Textband in Kassette

MICHEL HOUELLEBECQ.
DIE WELT ALS SUPERMARKT.
INTERVENTIONEN.
Essays. 1999, 120 Seiten

DAS PHÄNOMEN HOUELLEBECQ.
Thomas Steinfeld (Hg.). 2001, etwa 200 Seiten

JORGI JATROMANOLAKIS.
BERICHT VON EINEM VORBESTIMMTEN MORD.
Roman. 1998, 268 Seiten

THOMAS KLING. BOTENSTOFFE.
2001, 249 Seiten

JAN KONEFFKE.
PAUL SCHATZ IM UHRENKASTEN.
Roman. 2000, 276 Seiten

CARLO LUCARELLI. DER GRÜNE LEGUAN.
Roman. 1999, 208 Seiten

CARLO LUCARELLI. SCHUTZENGEL.
Roman. 2001, 180 Seiten

JAN LURVINK. WINDLADEN.
Roman. 1998, 190 Seiten

CHRISTIAN MÄHR. DIE LETZTE INSEL.
Roman. 2001, 216 Seiten

CHRISTIAN MÄHR. SIMON FLIEGT.
Roman. 1998, 266 Seiten

MULTATULI.
DIE ABENTEUER DES KLEINEN WALTHER.
Roman. 1999, 958 Seiten

HARUKI MURAKAMI. GEFÄHRLICHE GELIEBTE.
Roman. 2000, 230 Seiten

HARUKI MURAKAMI. MISTER AUFZIEHVOGEL.
Roman. 1998, 684 Seiten

HARUKI MURAKAMI. NAOKOS LÄCHELN.
Roman. 2001, 428 Seiten

GERT NEUMANN. ANSCHLAG.
Roman. 1999, 271 Seiten

GERT NEUMANN. ELF UHR.
Roman. 1999, 432 Seiten

NULL. LITERATUR IM NETZ.
Hg. von Thomas Hettche und Jana Hensel. 2000, 406 Seiten

KEM NUNN. WO LEGENDEN STERBEN.
Roman. 2001, 393 Seiten

SANTO PIAZZESE. DAS DOPPELLEBEN VON M. LAURENT.
Roman. 2000, 347 Seiten

SANTO PIAZZESE.
DIE VERBRECHEN IN DER VIA MEDINA-SIDONIA.
Roman. 1998, 372 Seiten

GUNDEGA REPŠE. UNSICHTBARE SCHATTEN.
Roman. 1998, 212 Seiten

JULÍAN RÍOS. LIEBE ALS SCHÖNE KUNST.
Roman. 2001, etwa 300 Seiten

ARNE ROSS. FRAU ARLETTE.
Roman. 1999, 176 Seiten

FRANZ SCHUH. SCHREIBKRÄFTE.
ÜBER LITERATUR, GLÜCK UND UNGLÜCK.
2000, 305 Seiten

GARY SCHWARTZ. LIEBE EINES KUNSTHÄNDLERS.
Roman. 2000, 287 Seiten

CLAUDE SIMON. GESCHICHTE.
Roman. 1999, 387 Seiten

CLAUDE SIMON. JARDIN DES PLANTES.
Roman. 1998, 368 Seiten

VLADIMIR SOROKIN. DER HIMMELBLAUE SPECK.
Roman. 2000, 440 Seiten

VLADIMIR SOROKIN. NORMA.
Roman. 1999, 380 Seiten

ARNOLD STADLER. EIN HINREISSENDER SCHROTTHÄNDLER.
Roman. 1999, 237 Seiten

ARNOLD STADLER. ERBARMEN MIT DEM SEZIERMESSER.
Über Literatur, Menschen und Orte. 2000. 218 Seiten

THOMAS STEINFELD. RIFF.
Tonspuren des Lebens. 2000, 275 Seiten

VALÉRIE TONG CUONG. BIG.
Roman. 1999, 310 Seiten

JANETTE TURNER HOSPITAL. OYSTER.
Roman. 1999, 416 Seiten

JEAN-PIERRE VERNANT. GÖTTER UND MENSCHEN.
Jean-Pierre Vernant erzählt griechische Geschichte von den Ursprüngen. 2000, 225 Seiten

DIRK VAN WEELDEN. ORVILLES GÄSTE.
Roman. 1999, 290 Seiten

FRANÇOIS WEYERGANS. FRANZ UND FRANÇOIS.
Roman. 1999, 422 Seiten